译文纪实

Columbine

Dave Cullen

[美]戴夫·库伦 著 傅洁莹 译

科伦拜因案

上海译文出版社

科伦拜因高中及其周边

北 ↑

← 克莱门特公园

运动场

← 雷布尔山

皮尔斯街

教职工停车点和吸烟区

行政楼（二楼）

西入口（二楼）

公共休息区 / 图书馆 *

楼内主楼梯（楼梯最上段）

西入口（二楼）

3号科学教室（二楼）

人行道
楼梯
人行道

迪伦的车

埃里克的车

学生入口（一楼）

毕业班停车点

高年级停车点

*公共休息区（浅灰色部分）位于一楼，图书馆（深灰色部分）在它的正上方。主楼梯是带拐弯的，在二楼大致朝南。从这里急转两个弯便到了图书馆入口。

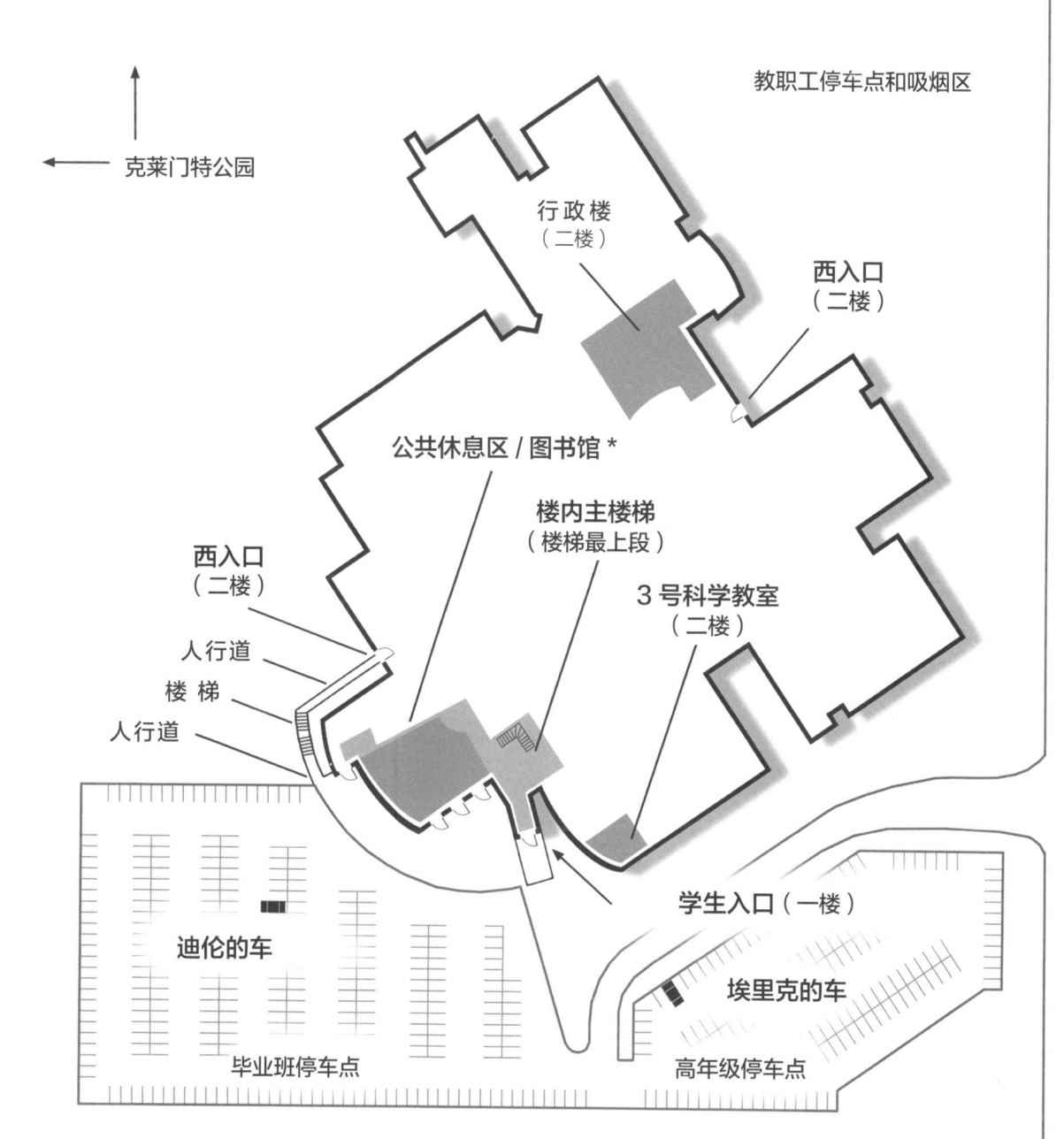

献给

瑞秋,丹尼,戴夫,卡西,斯蒂文,科里,

凯莉,马修,丹尼尔,艾赛亚,约翰,劳伦和凯尔。

还有给了我希望的帕特里克。

我是个邪恶的人……但是诸位,你们知道我邪恶的主要原因是什么吗?确切地说,整件事最惹人厌的地方恰恰在于我每时每刻,即使在我最为愤怒的时刻,都羞愧地意识到我不仅不是一个邪恶的人,甚至都不是一个心怀歹毒的人,我只是徒然地吓唬麻雀聊以自慰。

——陀思妥耶夫斯基,《地下室手记》

这世界打击每一个人,但随后,许多人会在受伤之地变得强大起来。

——海明威,《永别了,武器》

目 录

作者说明 / 001

第一部分 "有女性中枪"

1. D 先生 / 003
2. "不羁少年" / 006
3. 春天 / 014
4. "动感保龄球" / 018
5. 两个科伦拜因人 / 022
6. 他的未来 / 030
7. 狂热的教堂 / 033
8. 人最密的时候 / 037
9. 爸爸们 / 043
10. 审判日 / 047
11. 有女性中枪 / 053
12. 警戒线 / 061
13. "1 失血而死" / 067
14. 人质对峙 / 076
15. 第一种假设 / 079
16. 窗边的男孩 / 085
17. 治安官 / 096
18. 最后一班校车 / 106
19. 抽空 / 110

第二部分 之后和之前

20. 茫然 / 115
21. 最初的记忆 / 127
22. 急于收场 / 132
23. 天才男孩 / 144
24. 需要帮助的时候 / 150
25. 三人组 / 154
26. 救援已在路上 / 159
27. 黑色 / 168
28. 媒体之罪 / 171
29. 执行任务 / 185
30. 告诉我们为什么 / 191

第三部分 下行螺旋

31. 探索者 / 201
32. 耶稣 耶稣 耶稣 / 205
33. 再见 / 211
34. 完美的有袋动物 / 219
35. 逮捕 / 227
36. 阴谋论 / 235
37. 背叛 / 248
38. 殉道者 / 257

39. 上帝之书 / 271

第四部分　拿回学校

40. 精神病态 / 277
41. 家长团 / 288
42. 转处计划 / 298
43. 这是谁的悲剧 / 313
44. 炸弹难做 / 320
45. 余震 / 327
46. 枪 / 340
47. 诉讼 / 344

第五部分　审判日

48. 上帝的情感 / 353
49. 准备就绪 / 361
50. 地下室录像带 / 378
51. 两个障碍 / 392
52. 平静 / 405
53. 在受伤之地 / 411

后记　"宽恕" / 428

终曲　世界末日梦 / 442

时间线：枪击案之前 / 465

致谢 / 468

参考文献 / 472

给阅读小组的建议 / 496

给教师的建议 / 498

作者说明[1]

　　本书的很大一部分内容来自录音带或录像带，或在笔记本和日记上同时做的记录——有枪击案前凶手留下的，也有枪击案发生以后调查人员、记者和研究人员记录下的。更多的内容通过幸存者的记忆得以重建或充实。引号中的所有内容要么被录在磁带上，由我或当时的其他记者或警方调查人员记录下来，发表于官方文件中；要么是在随意交谈时，来自一名或多名说话人经过高度确认的回忆。如果说话者对措辞不太确定，我就用斜体字标示。我在没有插入省略号的情况下简化了一些对话，并纠正了一些语法错误。没有哪段对话是编造出来的。

　　上述原则也适用于对凶手之语的引述，他们为自己留下了大量的文字和影像资料。本书在此原样呈现了他们的文字，完整地保留了他们绝大部分的个人习性。

　　本书中表明他们想法的段落主要来自他们的日记和录像。我采用了大量确凿的资料，包括学校作业，与朋友、家人和老师的谈话，关键人物保存的日记，以及谋杀案发生前收集的大量警方记录，尤其是他们的心理辅导疗程的概要。我在作品中经常一字不差地援引杀手日记中的想法，没有另加引号。其他的个人感受有总结也有转述，但都是源于日记。杀手在他们的思想发展的过程中留下了一些重大的缺口。我已经试图在经年研究此案的犯罪心理学专家的帮助下来填补这些缺口。所有关于凶手想法的判断都是如此得来的。

　　所有人物都采用了真名，只有一个例外：哈丽特是个化名，指的是迪伦在日记中痴迷地写到的那个女孩。为简单起见，文中没有一一列出次要人物的名字。他们的名字均出现在脚注的网上扩充版中。

科伦拜因案　　001

此次杀戮事件的所有时间均遵循杰弗逊县治安官的报告。然而，一些受害者的家人认为，袭击开始的时间要往后推几分钟。这里使用的时间表是一个近似值，相对而言还是准确的。

我作为一名记者，从枪击案发生当天的中午前后开始广泛地参与报道了这一事件。这里所叙述的情节是我同期报道与 9 年研究的结合。其中包括对大多数主要人物的数百次采访，查阅了超过 25 000 页的警方证据，无数个小时的录像带和录音带，以及我认为可靠的其他记者的大量报道。

为免将我本人关联到故事中，我通常用第三人称来指代媒体。但在刚刚开始报道这个故事的时候，媒体犯下了大错，几乎所有人都把关键因素搞错了，我本人也难辞其咎。我希望这本书能够有助于厘清这个故事。

2010 年修订版的增编

在本书出版后的一年里，我听到的最常见的问题之一是"为什么没有照片？"虽然我从一开始就不希望把它们纳入书中，但我花

---

① 本书在很大程度上依赖于调查人员收集的证据，包括视频、照片和 25 000 多页的文件。注释中提到有证据开示的地方，是我主要的消息来源，除非另有说明。杰弗利用以下格式为大多数页面标记了唯一编号，如 JC - 001 - 000009，其中 9 表示是第 9 页。（前缀"JC - 001"是不变的。）我在这些说明的网上扩充版中提供了 JC 编号和大多数文档的在线链接，网址为 www.davecullen.com/columbine。许多其他消息来源的链接也在那里。

我还借鉴了我自己的报道和其他记者的工作。其中三个是特殊的：丹·卢扎德在《落基山新闻报》领导了一个精锐的调查小组，以重建 4 月 20 日的事件；《西部之声》（Westword）的艾伦·普伦德加斯特孜孜不倦地追问了警方在枪击案发生前所知道的以及之后如何掩盖的情况，他的工作卓有成效；《落基山新闻报》的林恩·巴特尔斯的报道几乎覆盖了这一事件的所有层面，极其全面、周到，并富有同理心。我以他们的工作为基础，对此深表感激。汤姆·肯沃西为《华盛顿邮报》所作的报道无懈可击，也是我的早期灵感来源之一。

对目击者和幸存者的话的引述，来自我的报道和可靠的公开信息。所有这些都在网上的扩充注释部分注明了出处，重要的外部消息来源则在此注明。

苏和汤姆·克莱伯德通过他们的律师核实了关于他们家的基本信息以及他们在袭击后的活动，并补充了少量信息。

了很长时间对读者说明，才解释清楚为什么这么做。归根结底，照片捕捉的是一个人生命中的一个瞬间。我希望把这些人作为复杂的个体鲜活地展现出来：充满希望的、阴郁的、焦虑的、俏皮的、狡猾的等等。在我看来，那些报道中的照片破坏了这一点。所以我们没有采用任何照片。不过，所有主要人物的照片都可以在网上找到，我在我的网站 davecullen.com 上收集了各种照片，并提供了更多的链接。

另外，我遵从读者的要求，提供了一张方位图以及杀手日记中的几页。附录中包括了一张学校及其周边环境的详细示意图，以及两个男孩的数页日记。

2016 年修订版增编

表演型谋杀（spectacle murders）的阴影继续困扰着我们。我给这个故事的尾声写了一篇新的文章，关于埃里克和迪伦创建的校园枪击案样板，以及以他们的名义重构的错误脚本。我加入了我从自己的角度对持续的余波进行的一些个人反思，也加入了让我敬佩的一些幸存者的观点。

在本书的主体部分，我纠正了几个打字错误和两个事实性错误——我很抱歉犯了这些错误。我把一段关于钓鱼的回忆错误地归为埃里克的，实际上是迪伦写的，这一点在 2000 年版中得到了纠正。我还误信了布伦达·帕克的话，她告诉调查人员她曾与埃里克有过"亲密关系"。她的证词已经被证明是可疑的，我本该更加怀疑。看起来埃里克死时还是处男。我删除了与布伦达有关的段落，约有 300 字。

我还在附录中添加了读者要求的更多材料：杀手所写文字的更多扫描图，以及我为《科伦拜因教师指南》所做的样本页。更多的扫描文件以及完整的教师指南可以在 davecullen.com 下载。对于阅读电子书的读者，请注意：由于书末附有大量的补充材料，本书将在你的阅读计数达到 100% 之前结束。

第 一 部 分

"有女性中枪"

1. D 先生

他告诉他们他爱他们，爱他们每一个人。[1]他讲话不带稿子，但字斟句酌。弗兰克·迪安杰利斯等着拉拉队花球舞表演完，然后是学业成绩颁奖以及播放学生制作的视频。一个小时的狂欢结束后，这位矮个中年男人大步穿过锃光瓦亮的篮球场，向他的学生们致辞。他并不着急，微笑着走过仪仗队、拉拉队和"不羁少年"（Rebels）标识——标识上方是飘扬的横幅，上面宣告着最近在体育方面取得的佳绩。他面对着木制露天看台上的2 000名兴高采烈的高中生，所有人都全神贯注地看着他。然后他开口告诉他们他们在他心中有多重要。失去他们中间的任何一个，他都会心碎。

一位学校管理者面对一群十几岁的孩子讲话，如此感性相当与众不同。但弗兰克·迪安杰利斯做教练的时间比当校长的时间更长，他真诚地相信最能鼓舞人心的做法是坦诚以对。他当了16年的橄榄球和棒球教练，但他看起来更像个摔跤手：紧实的身体，举止像海军陆战队员，却并不气势汹汹。他试图淡化过去当教练的经历，但举手投足之间总可见端倪。

你可以从他的声音里听出恐惧。他没有刻意掩饰，也没有强忍眼中涌出的泪水。没有人注意到这些。这些孩子能嗅出弄虚作假的气味，以窃笑、小动作和叽叽喳喳的骚动来表达不满。但他们崇拜D先生。他几乎可以对学生畅所欲言，因为他就是这么做的——不退缩，不粉饰，也不大事化小小事化了。1999年4月16日，周五早晨，弗兰克·迪安杰利斯校长是个完全透明的人。

体育馆里的每个学生都明白D先生的意思。离高三/高四的毕业舞会只剩不到36个小时，这意味着他们会喝不少酒，很多人还会开车。给孩子们讲大道理只会让他们翻白眼，所以他讲述了自己人生中经历的三桩悲剧。他的大学好友在一次摩托车事故中丧生。他说："我还记得当时在候诊室里看着他流血不止，所以别告诉我这种事情不可能发生。"他描述了自己青春期的女儿在闺蜜丧生于一场大火之后倒在他怀中的情景。最难熬的一次是召集科伦拜因棒球队的队员，告诉他们，其中一个小伙伴的车失控出事了。他再度哽咽。"我不想再参加一场葬礼了。"

他对他们说："看看你左边的人，再看看你右边的人。"他叫他们认真观察每一张笑脸，然后闭上眼睛想象其中一张消失了。他要求他们闭上眼睛跟着他重复："我是科伦拜因高中的一名重要成员。我不是一个人。"说完，他告诉他们，他爱他们，每当他把孩子们如此聚集在一起时，他总是这样做。

"睁开眼睛吧，"他说，"我期待周一早上再次见到每一张灿烂的笑脸。"

他顿了一下，说道："当你想做一些可能会给你惹麻烦的事情时，要想到我惦记着你呢。我爱你们，但请记住，我希望我们大家在一起。我们是一个大家庭，我们是——"

他停住了话头。这是给学生的信号。他们跳起来喊道："科——伦——拜因！"

充满活力、极具煽动力的老师艾沃里·摩尔也跑出来呼喊："我们是……"

"科——伦——拜因！"

声音更加响亮，他们的拳头在空中挥舞。

"我们是……"

---

[1] 涉及 D 先生演讲的大多数内容在很大程度上依赖于我对他的采访，并得到了在场其他人的证实。谋杀案发生后的几次，我在现场。我是第一个对迪安杰利斯进行深度采访的记者，1999 年 7 月 4 日，在他的办公室进行，约 2 小时。在接下来的 9 年里，我采访了他 20 多次。

"科——伦——拜因!"

"我们是……"

"科——伦——拜因!"

在他的激励下,学生们的喊声更响亮、更快、更坚定、更激昂。随后,他宣布散会。

他们涌入走廊,开始这周最后一天的课程。离那个周末只剩几个钟头了。

* * *

所有2 000名学生将在毕业舞会结束后的周一早上安全返校。然而,第二天下午,也就是1999年4月20日,D先生的24名学生[①]和教职工被抬上救护车送往医院。教学楼里有13具尸体,校园里还有2具尸体。这将是美国历史上最严重的校园枪击案——对于这样的描述,那两个才敲定计划就行事的男孩一定也始料不及。

[①] 24这个数字与《警署最终报告》导言中的数字略有不同,也与其他一些叙述中的数字不同。数字的差异取决于伤势相对较轻的人员是否被计算在内。在文件JC-001-011869和JC-001-011870中列出了24名学生的名字以及提供治疗的医院名称。州长委员会也确定为24人。21人中枪,3人在逃跑时受伤。

2. "不羁少年"

埃里克·哈里斯想要个毕业舞会的舞伴。埃里克是一名高四生,即将离开科伦拜因高中。他不想被晾在自己一生中最重要的社交活动之外。他真的很想要个舞伴。

找舞伴通常不是问题。埃里克是个有头脑的人,不过属于不常见的亚类:聪明且酷。他抽烟,喝酒,约会。他受邀参加各种聚会。他吸到嗨。他努力打造自己的形象:军人式的时髦板寸——用大量美发用品打造出短而直的效果,配上黑色T恤和宽松的工装裤。他用他的本田车放着最大音量的硬核德国工业摇滚。他喜欢放冲天炮,喜欢开长途到怀俄明州去补货。他不守规则,给自己取了个外号叫"雷布"(Reb),但他总能完成作业,多数功课都得A。他拍了很酷的视频,并在学校的闭路电视里播放。他泡妞。很多很多。

从高中最后的成绩单来看,埃里克的分数超过了校橄榄球队的大部分人。他有点小魅力。他会径直走向商场里的辣妹们。靠着他的急智、迷人的酒窝和令人不设防的微笑,他总能赢得芳心。他在黑杰克披萨店打工,这工作给了他一个好机会:待会再来,他给她们一片免费的披萨。他们常常这么做。"黑杰克"是一家乱糟糟的廉价连锁店,比达美乐披萨店还差一点。它在埃里克家附近的一条购物街上开了个小店面。生意基本上以外带和外卖为主,不过柜台边有几张圆桌子,还摆着一排凳子,给那些没地方可去的可怜鬼坐坐。埃里克和迪伦被称为"店里人",意思是除了送餐以外什么都要干——主要是做披萨,在柜台接待客人,清理垃圾杂物。在闷热的厨房里干活,又苦又累,无聊透顶。

从正面看,埃里克长得非常醒目:颧骨突出,脸颊内陷——五官匀称，轮廓分明，具有典型美国人的特征。不过，侧脸就有点问题了；他的鼻子又长又尖，显得前额过于倾斜，下巴则过于圆润。板寸头并没有让他更俊俏，只是拉长了他的棱角轮廓，不过寸头很前卫，和他那副大摇大摆的架势挺搭的。笑脸是他的王牌，他知道该怎么打这张牌：带点害羞，带点真诚，还带点挑逗。小妞们都吃这一套。高一的时候，他参加返校舞会就是靠这一招制胜，17岁时又用这招赢得了一个25岁女人的芳心。为了这事，他可嘚瑟了。

但毕业舞会成了个难题。由于某种原因——运气太差或时机不佳——他就是没找到舞伴。他发疯似的到处找，他问了一个女孩，但对方已经有男朋友了。他觉得很尴尬。又去问了另一个姑娘，再次遭到拒绝。他倒是不耻于请朋友们帮忙。伙伴们帮他问了，和他一起厮混的姑娘帮他问了，他自己也问了——就是找不到舞伴，没有，一个也没有。

他最好的朋友迪伦找到了舞伴。这有多不可思议？迪伦·克莱伯德性情温顺、敏感，极其内向。他在陌生人面前几乎说不出话来，遇上女孩子则更甚。埃里克在商场里跟姑娘搭讪的时候，他会悄悄地跟在后面，竭力不让人发现。埃里克会对着小妞们大肆恭维；迪伦则在课堂上给她们递薯片和趣多多饼干传情。迪伦的朋友们说他从来没有约会过；也许他从来没有约一个女孩出去过——包括他要带去参加舞会的那个。

迪伦·克莱伯德也很聪明，但没那么酷。当然他自己肯定不那么想。他极力模仿埃里克——在他俩的一些视频中，他趾高气扬，表现得像个硬汉，随后偷瞥一眼埃里克，希望得到其认可。迪伦比埃里克高，甚至比他机敏，但远不如埃里克帅气。迪伦讨厌自己的脸长得不对称，五官比例又过大，尤其是他的鼻子——在他眼里就是一大污点。迪伦看到的是自己最糟糕的一面。

刮刮脸也许会有帮助。他开始长胡子了，虽然还只是沿着下巴零星地出现。他似乎为自己开始有男人味感到自豪，却不知道实际效果并不理想。

然而,迪伦的样子更接近不羁少年。长长的粗糙鬈发垂在肩膀上。他比同龄人都高。随着青春期的到来,他已经长到了 6 英尺 3,体重 143 磅。他原本能凭着这副身材趾高气扬,给他的对手一点颜色看看,可是他觉得自己的个子高得没遮没拦,反而感到怯懦。于是他缩头缩脑的,想让自己看起来矮个一两英寸。他的大多数朋友都超过 6 英尺。埃里克是个例外,只有 5 英尺 9,他的眼睛刚好和迪伦的喉结齐平。

埃里克也不喜欢自己的长相,但他鲜少表现出来。他有先天性的缺陷——漏斗胸①,一种不正常的胸骨凹陷,初中时接受了矫正手术。一开始他的自信心颇受打击,但他通过表现得很坚强克服了这一点。

然而,找到舞伴的是迪伦。他租了礼服,买了胸花,和另外五对小伙伴合租了一辆豪华轿车。他要和一个可爱、聪明、信基督教的姑娘一起去舞会——四支枪里的三支是靠她帮忙搞到的。她非常崇拜迪伦,以至于对埃里克编出的用这些枪去打猎的故事完全没有起疑。罗宾·安德森是一个漂亮、娇小的金发姑娘,又长又直的头发常常遮住她的大部分脸颊,仿佛要把自己藏起来。她积极参加教会的青年团契。现在她和他们一起去华盛顿特区旅行了一周,回来刚好赶上毕业舞会。罗宾在科伦拜因中学的成绩是全 A,再过一个月她就将毕业,并以优秀毕业生的身份在典礼上做告别演讲。她每天在微积分课上和迪伦碰面,两人在走廊里闲逛,只要有时间就一起出去玩。迪伦也喜欢她,喜欢被崇拜的感觉,但并不是真的把她看作女朋友。

迪伦特别喜欢参与学校的活动,埃里克也是。他们参加了橄榄球赛、舞蹈和综艺表演,并一起为"不羁少年新闻网"(Rebel News

---

① 埃里克的医疗记录被杰弗科公布了。他还在自己的几篇作文中提到过对这种病的看法。

Network）制作视频。校园的戏剧演出对迪伦来说是大事。他从来都没有想过面对观众，不过在后台负责调音台真是挺棒的。这年早些时候，他帮了毕业班的甜妞瑞秋·斯科特的大忙——当时她的磁带在才艺表演的中途卡壳了。再过几天，埃里克就会杀了她。

埃里克和迪伦都缺乏运动细胞，但都是铁杆球迷。他们参加过美国少年棒球联合会，也踢过足球。埃里克还在踢足球，但迪伦现在基本上就是当足球观众而已。埃里克是科罗拉多落基山队的球迷，觉得春训很刺激。迪伦则支持波士顿红袜队，上哪儿都戴着他们的球帽。他看了很多棒球比赛，研究了得分，并整理了自己的数据。他在一个朋友组织的梦幻联盟①中名列第一。做分析谁也比不过迪伦·克莱伯德，因为他提前几周就已经为3月份的选秀做好了准备。他的朋友们看了第一轮的几场主要比赛后就觉得厌了，但迪伦一门心思要找到一个强大的替补队员。到了最后一周，他通知梦幻联盟的专员，他要增加一名新秀投手到自己的名册上。整个周末他都在换球员，直到周一——也就是截止日。"棒球就是他的生活。"他的一个朋友如是说。

埃里克自以为是一个不墨守成规的人，但他渴望得到别人的认可，他人最轻微的不尊重都会令他十分恼火。上课的时候他总是不停地举手，而且总能给出正确的答案。在那周的创意写作课上，埃里克写了一首关于结束仇恨、热爱世界的诗。他喜欢引用尼采和莎士比亚的话，却忽略了自己绰号"雷布"中的讽刺意味：他叛逆到了用学校吉祥物的名字来给自己命名的地步。

迪伦的外号是"伏迪加"（VoDKa）②，有时他会把自己最喜欢的

---

① fantasy league，在美国风行的运动游戏，核心玩法是将美国职业棒球联赛大联盟中的实际球员在现实世界里的表现转化成游戏中的分数，再根据每个人球队里所拥有的球员计算成绩。为了提升成绩，玩家需要查找资料发现便宜、优秀的选手并组织自己的球队。很多人认为这是研究、认识、了解大联盟球员最快最有趣的方式。——译者
② 大写字母时有变化。埃里克在其网站上写的是VoDKA；迪伦有时候写成VoDkA，或伏特加的名称Vodka，或者就是一个字母V。

酒的名字中他姓名的首字母大写。他特别能喝酒，并为此得意洋洋：据说他是在喝完了一整瓶之后得了这个绰号的。埃里克更喜欢杰克丹尼，但他小心翼翼地瞒着父母。在大人眼里，埃里克是个听话的孩子。行为不端会让他吃苦头，多半是被他父亲惩罚，通常是限制他的自由。埃里克有点控制狂，他会评估自己的行动，并确认逃脱惩罚的可能性。他会不遗余力地逢迎拍马以便让事情按他所想的方式发展。

黑杰克披萨店的老板很熟悉埃里克狂野的一面。在关店打烊后，罗伯特·基尔吉斯有时会带着埃里克和迪伦爬上屋顶，他大口大口灌啤酒的当儿，男孩们则朝购物中心上空发射冲天炮。基尔吉斯29岁，但他喜欢和这两人一起玩。他们都是聪明的孩子，有时候说起话来像成年人。埃里克知道什么时候可以玩，什么时候应该言归正传。如果有警察出现在屋顶上，大家都会让埃里克来答话。如果柜台前挤满顾客，司机们又一窝蜂来取食物，就需要一个人控制局面，而这时埃里克就是最佳人选。压力之下他像个机器人。如果他在意结果，就会不慌不忙地把事情处理好。此外，他需要那份工作；他有一个很花钱的爱好，他不会为图一时之快而把事情搞砸的。基尔吉斯不在店里的时候就会让埃里克负责。

谁都不会让迪伦管事。他不靠谱。过去一年里，他打了好几份工又陆续被辞退。他向一家电脑商店申请了一份较好的工作，并提交了一份专业简历。老板对此印象深刻，给了他那份工作，他却从未去上过班。

不过，没什么比与权威发生摩擦更能彰显这两人的个性差异的了。迪伦会惊慌失措，埃里克则能沉着应对。埃里克头脑冷静，这让他们避开了许多麻烦，当然他们也参与过校园斗殴。他们喜欢刁难年纪小的孩子。迪伦曾被抓到在一名新生的储物柜上涂写下流话。在教务长彼得·霍瓦特训斥他的时候，迪伦勃然大怒。他咒骂教务长，兴奋得上蹿下跳，表现得像个疯子。埃里克则会以他的方式来摆脱困境，道歉、推诿或声称无辜——哪个管用就用哪个。他能迅速读懂他人的想法，并调整自己的应对方式。埃里克冷静自持；迪伦则一点就爆，教务长霍瓦特先生会怎么想，他压根搞不懂也不在乎。他纯粹是感情用事，当他得知父亲被叫到学校来谈储物柜的事情时，他的反应把自己害得不浅。他这人压根不讲逻辑。

这两个男孩都有分析数据的天赋，他们是数学天才和技术狂。各种小装置、电脑、电子游戏——任何新技术都会让他们深深着迷。他们创建了网站，根据自己的特点和冒险经历改编了游戏，并拍摄了大量视频——都是他们自编自导自演的，短小精悍。令人惊讶的是，过于瘦长的害羞男孩迪伦当起演员来更具魅力。埃里克如此冷静、性情平和，甚至无法假装紧张。当面，他表现得迷人、自信、充满魅力；让他扮演一个情绪化的年轻人时，他表现出来的只有迟钝、牵强、无法表达情感。迪伦则像通了电一样。他在现实生活中胆小害羞，却并不总是沉默寡言：稍微刺激他一下，他就会爆发。在影片中，他释放了愤怒，就是个在镜头前崩溃的疯子。他双眼瞪得滚圆，脸颊绷着，所有的肉都聚集在四肢上，鼻子周围隐约可见深深的裂纹。

从外在看，埃里克和迪伦就是两个即将毕业的普通男孩。他们在试探权威，检验自己的性能力——对他们不得不对付的蠢人蠢事有点沮丧，也有点自以为是。在高中，这一切都稀松平常。

* * *

雷布尔山（Rebel Hill）的坡度很小，仅比坐落在山脚的科伦拜因中学高出40英尺。这足以使它成为周围一带的地标，但到了半山腰上，落基山脉突然变得壮观起来。每向前一步，与视线齐平的台地就变得更为开阔，后面的群山一跃而起：一堵凹凸不平的棕色岩壁直挺挺地矗立于大平原之上。它们高出地面二三千英尺，无边无际，无从逾越，逐渐隐没于北方地平线的深处，往南也是一样。当地人称之为山麓丘陵。这一耸立于科伦拜因之上的弗朗特岭（Front Range）比阿巴拉契亚山脉的所有山峰都要高。道路和常见的居住区在这山麓底下戛然而止，连植物也在苟延残喘。虽然只在 3 英里外，但那一带感觉就像世界末日。

雷布尔山的台地上几乎寸草不生。山上全是干裂的红色黏土，中间偶尔冒出一些凌乱的杂草，没有下脚的地方。前方稍近的地方，人类的住宅区终于出现了。在宽阔蜿蜒的乡间小路和独头巷道上，间隔舒服的两层楼房在松林间冒出来。还有沿马路排开的商店、足球场以及一座又一座教堂。

科伦拜因高中坐落在一片绵延起伏的草地上，边上是处在落基山脉阴影下的一个广阔的公园。这是一栋大型的现代设施——结构坚固，没有任何装饰，占地 25 万平方英尺。米黄色的混凝土外墙，窗户不多，从好几个角度看这所学校都像个工厂。这很实用，就跟生活在杰弗逊县（Jefferson County）南部的人们一样务实。当地人都管这里叫杰弗科（Jeffco），它在建筑装潢上能省则省，但在化学实验室、计算机、视频制作设备和一流的师资队伍方面则慷慨投入。

周五早上，集会结束以后，走廊里熙熙攘攘，充满了青春的气息。学生们嬉笑、调情、追逐、推搡着从体育馆里涌出来。然而，就在校园北门外面，落基山脉的山顶在雷布尔山的边缘探出头来，2 000 个吵吵闹闹的青少年发出的嘈杂声就这样消散在空气中。唯一可以表明此地是全美第二十大都市的标志就是这栋两层楼高的建筑及其两侧的运动场馆。丹佛市中心位于东北方向 10 英里处，不过茂密的树林遮住了天际线。天气暖和的时候，木工车间的推拉门会大敞着，男孩会用他们的工具切削旋转的木块，排气系统声音很响，车床也不甘示弱地发出嗡嗡声。但在周三，一股冷空气席卷了高平原，就在 D 先生告诉学生他爱他们的那天，气温在冰点上下徘徊。

感冒吓不倒吸烟的人。[1] 他们一年四季都在官方指定的吸烟区周

---

[1] 在长达 9 年的时间里，我曾多次去过吸烟区，发现那里的学生行为极其相似，只有一点不同：在枪击案发生后的几年里，学生对陌生人充满怀疑，对媒体充满敌视。随着时间的推移，这种情况有所改观。

围晃来晃去，但很少呆在里面。这个吸烟区在学校操场外的停车场旁边，是个10米×8米的长方形草地，刚好被电线杆子围成一圈。这里很安静。没有老师，没有规矩，没有喧嚣，没有压力。

埃里克和迪伦都是吸烟区的常客。他们抽同一牌子的香烟——骆驼牌。埃里克选的，迪伦跟着抽。

最近，朋友们注意到他们少做或忘记做作业的次数越来越多。迪伦总是因为上课睡觉而惹上麻烦。埃里克既沮丧又生气，但同时又一副无动于衷的样子，让人觉得有点奇怪。那年的一天，一个朋友拍下了他和他的伙伴们在午餐桌边消磨时间的视频。① 他们嘻嘻哈哈地聊着凸轮和气门，以及二手马自达车的好价钱。埃里克把手机拿在手上转来转去，似乎注意力全在上面。他好像压根没有在听，但实际上一个字也没有落下。

一个家伙走进拥挤的餐厅。"去他妈的！"埃里克的一个伙伴啐了一口唾沫，用压得极低的音量说，"我讨厌那个臭鸡巴鬼！"另一位朋友表示赞同。埃里克慢慢地转过身来，用他那招牌式的漠然神情凝视着他朋友的身后。他仔细打量了那人，然后转过身，显然他对手机的兴趣更大。"我恨所有人，"他毫无表情地说，"啊，真的。我想把他的头扯下来吃掉。"

埃里克声音平淡。没有恶意，没有愤怒，也几乎没有兴趣。他的眉毛在说到"啊，真的"的时候一扬——为这句妙语而略显得意。说完之后他再度一脸呆滞。

没人觉得这种反应非同寻常。大家都习惯了这样的埃里克。

他们接着回顾了欺负一个一年级新生的事情。埃里克模仿了一个有语言障碍的特殊教育班孩子。这时，一个胸部丰满的女孩走过，埃里克挥手示意她过来，于是大家开始跟她打情骂俏。

---

① 这个场景来自凶手的一个朋友拍摄的录像，由警方发布。他们拍了相当多的日常活动。

3. 春 天

弗朗特岭的春天突然降临。树木长出新叶，蚁丘从地上冒出来，草坪经过短暂的休眠后变得生机勃勃，从冬季的枯黄色变成了夏季暴晒后的棕黄色。数百万枫树种子荚如微型螺旋桨一般旋转着落在地面。春天带来的勃勃生机也蔓延到了教室里。老师们飞快地讲完了剩下的章节，孩子们开始紧张地准备期末考试，同时畅想着夏日时光。毕业班的学生期待着秋天的到来。科伦拜因是全州学术声誉最好的高中之一；80%的毕业生会升入大学攻读学位。这一阵，大家的谈话都围绕着大学：厚实的录取通知书和薄薄的拒绝信；最后一刻去参观大学校园以缩小选择范围。到了这个时候，应该已经选定一所大学，准备好了学费支票，并开始选第一学期的课了。高中生活基本结束。

落基山上依然是冬天。山坡上已经空旷通畅，积雪正在消融。孩子们求父母准他们向学校请一天假，最后一次在外借宿。在 D 先生召集集会的前一天，一位信福音派的少女说服父母让她出门。卡西·伯纳尔和她的弟弟克里斯一起开车去了布雷肯里奇。两人当时都还不认识埃里克和迪伦。

午餐时段仍然是每天的大事。科伦拜因中学的食堂是一个伸向宽敞走廊的开阔的球形空间，走廊位于南边角落的学生入口和可以容纳十几名学生并行的大型石阶之间。孩子们把这片地方称为"公共休息区"。食堂被一个由白色钢梁和遮阳篷组成的开放式格子幕墙及一条装饰性的纵横交错的钢索包裹着。一到午餐时间，里面就热闹非凡。轮到第一批学生午餐时，600 多人一下子冲了进来。有些人来得快去得也快，他们把食堂当作主要的碰头地点，或者直接抓一包炸薯球路上吃。食堂有 5 分钟是水泄不通的，然后迅速空了下来。在此期间最终有三四百个孩子坐到了塑料椅上，围着能坐下 6 到 8 人的活动桌安顿了下来。

集会结束两小时以后，D 先生到食堂值班——这是他一天中最喜欢做的事。学校的大多数领导都把这个任务交给了其他人，但迪安杰利斯校长干得不亦乐乎。他说："我的朋友都笑话我。午餐时间值班！啧啧！可我喜欢去那里。你能在那个时间和孩子们见面，可以趁这个时间和他们聊聊天。"

D 先生在"公共休息区"走来走去，与每张桌子的孩子聊几句，如果有学生跑过来着急跟他讲话，他就停下来倾听。他几乎每天都在第一批学生来吃午饭的时候下来。他一来总是轻松愉快、谈笑风生。他听学生诉说，帮助他们解决问题；但不会在午餐时要他们遵守纪律。不过，有一种情况是他忍不了的，那就是看到扔在桌上没收拾的餐盘和没吃完的食物。D 先生接管的科伦拜因没有做什么装饰，但他坚决要求保持整洁。

他非常讨厌颐指气使、马马虎虎的作风，所以在"公共休息区"安装了四个监控摄像头。每天上午 11∶05 左右，管理员会装上一盘新录像带，随着转动的摄像机不断扫视整个公共场所，从一台摄像机自动切换到另一台摄像机，录下每个 15 秒内的一举一动。日复一日，摄像机里录下的全是人们所能想到的最无聊的画面。谁也想不到，这些摄像头在安装 4 个月后会拍到什么。

* * *

一场可怕的新灾难席卷了美国的小城镇和郊区：校园枪击案。我们是通过电视和报纸了解这事的。两年前它就这样突然出现了。1997 年 2 月，在阿拉斯加州偏远的贝塞尔镇（Bethel），一名 16 岁的少年携带霰弹枪进入高中并开枪，打死了校长和一名学生，还打伤了 2 人。10 月，在密西西比州的珀尔市，一个男孩在校园内开枪，2 名学生死亡，7 人受伤。12 月，在偏远地区——肯塔基州西帕度卡（West

Paducah）和阿肯色州的斯坦普斯（Stamps）——又发生了两起疯狂的枪击案。截至那年年底，已有 7 人死亡，16 人受伤。

第二年的情况更糟：共发生了 5 起，造成 10 人死亡，35 人受伤。暴力在学年快结束的春季愈演愈烈。人们开始称之为"枪击季"。行凶者总是一个白人男孩，十几岁，住在一个鲜有人知的宁静小镇上。大多数枪手都是单独行动。每次袭击都发生得出人意料并迅速结束，所以电视台从未报道过这种混乱局面。全国上下看到的都是灾难发生以后的情景：学校周围都是救护车，到处都是警察，流血不止的惊恐的孩子，翻来覆去就是这些画面。

到了 1998 年的毕业季，这种情况好像疫病一样全面蔓延开来。每次事态升级，小城镇和郊区的气氛就会变得愈发紧张。城里的学校有枪已经好多年了，而郊区学校一直被认为是安全的。

公众惊呆了；人心惶惶的情况是真的。但有必要这样吗？大家都在念叨，这事在任何地方都有可能发生。司法政策研究所主任（Justice Policy Institute Director）文森特·席拉尔迪在《华盛顿邮报》上表示："可是这种事不可能什么地方都有。而且这种事几乎很少发生。"① 《纽约时报》的一篇社论也提出了相同的观点。② 疾控中心的数据显示，儿童在学校死亡的几率为百万分之一。③ 这个数字一直保持着。"趋势"实际上是稳定向下走的——当然，这取决于你从何时开始算。

然而，对中产阶级白人父母来说，这是个新现象。每一次新的恐怖袭击都令数百万人摇头叹息，不知道下一个社会弃儿何时动手。

然后……什么都没有发生。整个 1998—1999 学年期间，没有发生过一起枪击案。威胁退去时，新闻里充斥的是一场遥远的战争。南

---

① Schiraldi, "Hyping School Violence."
② Egan, "Where Rampages Begin."
③ 这是 2008 年，美国疾控中心发布的一项研究成果，题为"School-Associated Student Homicides: United States, 1992–2006"，其中加入了最新的数据，并与席拉尔迪引用的研究成果相符。

斯拉夫在缓慢解体的过程中再次爆发冲突。1999年3月,就在埃里克和迪伦最后敲定他们的计划时,北约认定塞尔维亚侵略了一个叫科索沃的地方。美国开始了自越战以来最大规模的空袭行动。成群的F-15轰炸机袭击了贝尔格莱德。中欧陷入混乱;美国处于战争状态。校园枪击案在郊区的威胁已然消退。

4."动感保龄球"

埃里克和迪伦是第一批用午餐的[①],不过他们很少再在那里等到D先生露面了。科伦拜因是一个开放的校园,所以那些年龄大一点、有驾照、有车的孩子们大多会去赛百味、温迪快餐或分散在住宅小区里的大量"得来速"[②]。科伦拜因的大多数家长还是有能力给孩子们买车的。埃里克有一辆黑色本田披露,迪伦则开一辆他爸爸翻新过的老式宝马。这两辆车每天并排停放在毕业班停车点的指定车位上。午饭时,他们就和几个朋友一起挤进一辆车,随便找点吃的,抽支烟。

周五,D先生有一个大目标,埃里克·哈里斯则至少有两个。D先生希望孩子们明白做出明智选择的重要性,希望周一返校时所有人都好好地回来。埃里克则想要弹药,以及一个舞会之夜的舞伴。

* * *

埃里克和迪伦本打算过完周末就去死,不过周五晚上他们还有点活要干:在黑杰克披萨店上完最后一班。埃里克要制造炸弹、采办武器以及用凝固汽油弹做试验,大部分靠的是这份工作的收入。黑杰克披萨店的工资略高于最低标准:迪伦每小时挣6.50美元,埃里克有资历,每小时挣7.65美元。埃里克觉得自己能赚更多。"一旦我毕业,我想我也要辞职了,"埃里克对一个前一周辞职的朋友说,"不过现在不行。等我毕业的时候,我要找一份更有前途的工作。"他说的不是真话。他压根没打算毕业。

埃里克没有任何打算,对于一个如此有潜力的孩子来说,这样子似乎有些奇怪。他是个有天赋的学生,却放弃了上大学的机会。没有职业规划,没有明确的目标。这让他的父母很抓狂。

迪伦前途一片光明。他肯定要上大学。他想成为一名计算机工程师，已经被几所学校录取，而且刚刚和父亲一起开车去图森市③旅行了四天。他已经挑好了一间宿舍。他喜欢沙漠。一切都已经安排妥当；他妈妈打算周一就把学费定金寄往亚利桑那大学。

在过去的几周里，为了安抚自己的父亲，埃里克一直在跟一名海军陆战队征募员打交道。他对此没有兴趣，但用来当掩护不错。埃里克的父亲韦恩曾是一名获得勋章的空军试飞员。23年后他以少校军衔退伍。

就目前而言，在黑杰克披萨店打工算是一个相当不错的活——收入挺好，还能接触到不少人。克里斯、内特、扎克和他们的一帮朋友都在那里打过工。埃里克对辣妹很上心。他已经追了眼前这位妹子好几个月了。苏珊在同一个购物中心的"妙剪理发店"做兼职接待，所以她总是要帮理发师们拿订的披萨。埃里克也在学校见过她——通常是在他抽烟的时候。他会直呼她的名字——她不知道他是怎么知道的——并且时不时地到她店里来和她聊天。她似乎对他有好感。埃里克受不了这种尴尬，所以老是和她的朋友们打听自己有没有希望。没错，她喜欢他。由于一场晚春的暴风雪，星期五晚上的生意清淡，所以当她来取订餐时，他俩有时间聊了几句。他跟她要电话号码。她给了。

苏珊长得不错，另外埃里克的新老板也宣布了一个新消息。基尔吉斯六周前把这家店卖了，情况正在变化。新老板解雇了部分员工。埃里克和迪伦被留下了，但屋顶上不去了——再没有啤酒和冲天炮了。不过，埃里克给人留下了很好的印象。基尔吉斯以前就非常信任埃里克，经常让他负责，而新老板在星期五提拔了他。就在他大开杀

---

① 美国有的学校会安排学生分批用餐，通常按年级高低分先后，以免过于拥挤。——译者
② drive-thru，顾客驾车进入购餐车道，不需要下车就可以进行点餐、付款、拿到产品后驶离购餐车道。很多快餐品牌都开设了这种购餐方式。——译者
③ 亚利桑那大学所在地。——译者

戒的前四天,埃里克当上了值班经理。他似乎挺开心。

那晚两个男孩都要求提前付他们工资。① 根据他们已经工作的时间,埃里克要了 200 美元,迪伦要了 120 美元。新老板付了他们现金。

下班后,他们去了贝尔维尤巷(Belleview Lanes)。星期五晚上有"动感保龄球"②,那是每周一次的大型社交活动。通常会有 16 个孩子——部分来自黑杰克披萨店这个圈子,部分是外面来的。他们挤在四条相邻的球道旁,眼睛盯着头顶显示屏上的分数。埃里克和迪伦每周五晚上都会去玩。他们球技不高——迪伦平均得分 115,埃里克则是 108——不过他们玩得不亦乐乎。他们都选了保龄球作为体育课。迪伦讨厌早晨,但从周一到周三,他都会在天未亮时开车去贝尔维尤训练。早上 6 点开始上课,他们很少迟到,几乎从不旷课。不过他们仍然迫不及待地等着周五晚上:同样的场地,但没有成人监督。他们可以放开一点。埃里克最近迷上了德国文化:尼采、弗洛伊德、希特勒、德国工业摇滚乐队,比如 KMFDM 乐队和德国战车乐队(Rammstein),还有印着德语的 T 恤。和人击掌的时候他会来一句"胜利万岁"或"希特勒万岁"。关于迪伦是不是他的跟班,报道里说法不一。迪伦的朋友、邀请他参加舞会的女孩罗宾·安德森通常会在黑杰克披萨店接上他们,然后开车送他们去巷子。不过这周她和她的教会团体在华盛顿。

那天晚上他们很早就回家了——埃里克有个电话约会。③ 他如约在 9 点后给苏珊打了电话,可是接电话的是她妈妈。她妈妈开始觉得埃里克人不错,直到她说了苏珊去朋友家过夜了。埃里克很生气。她妈妈想,真是莫名其妙,就因为苏珊不在家,埃里克一下子就怒了。

---

① 新老板克里斯·刘在接受警方问话时描述了两个男孩要求预付工资的事,说他不仅付了,还升了埃里克的职位。
② Rock 'n' Bowl,在暗室中,伴着动感音乐、荧光打保龄球的一种活动。——译者
③ 苏珊在接受警方问讯时详细讲述了她与埃里克的对话。

遭人拒绝是埃里克的软肋,尤其是被女性拒绝。他不想像迪伦那样一点就爆,但他没忍住,愤怒之情溢于言表。这真是让人恼火。他遭遇了很多次背叛,他的电脑上有一个货真价实的"黑名单",列的都是可鄙的年轻女孩。苏珊不在其中。她妈妈把她的寻呼机号码告诉了埃里克,他咬牙切齿地发了条信息。

　　苏珊回了电话,突然之间,埃里克又变得和蔼可亲起来。他们聊了学校、电脑,以及在埃里克背后使坏的孩子。埃里克没完没了地声讨一个背叛了他的孩子。他们聊了半个小时,埃里克终于问起了周六晚上的事。她忙吗?不忙,太好了。他会在下午早点给她打电话。终于成了!舞会之夜。他有舞伴了!

5. 两个科伦拜因人

星期五晚上，桑德斯教练通常会出现在科伦拜因酒吧[①]：这是一家位于商业街的小酒馆，吵吵闹闹的有点像奥尔曼兄弟乐队（Allman Brothers）现场演出的感觉。各个年龄段的人都挤进来：大部分是红脖子[②]，不过黑人和拉美裔人很容易打成一片，朋克和整日沉溺于滑板无所事事的人也很能混到一处。大家其乐融融。摩托车手有的顶着发亮的光头，有的扎着马尾辫，在和穿着印花开襟毛衣的上了年纪的妇人聊天。大多数晚上都有一个自愿即兴表演的时段，有个一把年纪的醉汉会弹奏一曲《通往天堂的阶梯》（Stairway to Heaven），接着转入《盖利根岛》[③]的主题音乐，还把歌词忘了。乐队开始表演的时候，酒保们会用胶合板把台球桌盖上，这里就变成了宴会场所。几个扩音器和一块调音台面板划出了舞台的位置，固定在天花板框架上的铝夹灯照亮了舞台。一条窄窄的地毯充当舞池。大多数情况下，舞池里充斥着留多萝西·哈米尔那款短发的四十来岁女人。她们老想把自己的男人拉下去跳舞，但很少拉到几个。戴夫·桑德斯是个例外。他喜欢在地毯上滑行。他尤其喜欢滑步舞（The Electric Slide）。看他跳舞是一种享受。30年前他在篮球场上叱咤风云，如今风姿未减。他打控球后卫，非常出色。

桑德斯教练的舞技远远高于大多数客人，但他并不觉得有什么高下之分。他在意的是与人交善、诚实努力以及真诚相待。酒馆里有很多这样的人。戴夫喜欢放松一下，尽情玩乐。他开怀大笑，在酒馆很讨人喜欢。

1974年桑德斯教练来到这里时，他就是这个社区的化身。戴夫在印第安纳州的维德斯堡长大，那是一个安静的乡村社区，他大学一毕业就来的杰弗逊县也是一样。25年后，这里已经起了变化。酒馆坐落在高中以南几个街区的地方，一开始，这里挤满了下班或锻炼结束的教职员工。他们和以前的学生、现在学生的爹妈及兄弟姐妹混在一起。一周内，全镇有一半的人在酒馆里进进出出。新来的老师对这种行为不太赞同，而且他们也不适应酒馆里的氛围。1970年代末开始涌入杰弗科、后来构成了科伦拜因高中的主力军的高档郊区居民也不喜欢去酒馆。新科伦拜因人去有绿植装饰的酒吧和本尼根酒吧，或者去参加在错层大宅子和跃层挑高豪宅里举行的私人派对。卡西·伯纳尔一家就是新科伦拜因人，哈里斯家和克莱伯德家也是。D先生是老科伦拜因人，但随着大量人口的涌入也变成了新人。老科伦拜因人依然在，人数被新来者超过，却很淡定。这里的许多老住户还住在半个世纪前建的位于小马场上的真正的牧场房舍里，这些小马场在那座高中落成时占了这里的绝大部分地方。

科伦拜因高中建于1973年，位于从马场延伸出来的一条大土路旁的土路上。它是以落基山脉部分地区漫山遍野的某种花命名的④。新大楼四周是坑坑洼洼的草地，散发着松树和马粪的气味。几乎没有人住在那里，但杰弗科正准备迎接大批人口涌入。法院下令公交车上禁止实行种族隔离和歧视政策（Court-ordered busing），引发大批白人纷纷离开丹佛，沿着山麓小丘冒出来一个接一个的建房用地。

杰弗科的官员们曾讨论过这些新来者将聚集在哪里。他们在荒野

---

① 对酒馆及其顾客的大部分描述都基于我在若干个周五周六晚上的观察，都是在枪击案发生后去的。其中提到的轶事和人物——包括歌曲名称——都是真实的，且具有代表性。琳达·桑德斯和曾与戴夫一起在那里消遣的朋友也提供了很多细节。我对戴夫和琳达在悲剧发生之前及之后的叙述主要依据的就是这些采访。
② 特指美国南方乡下白人，在媒体和主流文化中被定义为贫穷落后、肮脏没文化、种族主义倾向的白人。——译者
③ 美国著名家庭喜剧。——译者
④ Columbine，即楼斗菜，是一种春夏之际开花的多年生植物，植株低矮，花型很美，多为双色，常见于美国西部高山区，尤以科罗拉多州为多，是该州的州花。——译者

科伦拜因案　　023

中搭建了三座临时建筑以容纳蜂拥而来的人群。几座高中校舍都是一模一样的空心结构，如果进入的人口数量未能达到预期，它们随时可以转作工业用途。科伦拜因在设计上类似于工厂。在里面，可移动的折墙被推出来以后就能变成一间间教室。彼此之间的隔音效果不好，但学生们可以克服这些小困难。

开发商不断推出新的建房土地，一个比一个贵。杰弗科保留了三所临时学校。1995 年，就在埃里克和迪伦入校之前，科伦拜因高中经历了一次大修。学校安装了永久性内墙，东侧的旧食堂改成了教室。增加了一个巨大的西翼，由此建筑规模增加了一倍。它具有标志性的新建筑特点：公共休息区安装了弯曲的绿色玻璃，上面是新图书馆。

到 1999 年 4 月，平原几乎被填满了，一直延伸到山麓。但极度追求独立的居民拒绝合并。新城镇只会带来新规则和新税收。新来的 10 万人挤在一个没有镇中心的、不断绵延伸展的郊区：没有主街，没有市政厅，没有镇图书馆，也没有镇名。谁也不清楚该怎么称呼这地方。利特尔顿是丹佛南部一个安静的郊区，大屠杀其实并没有在那里发生。尽管科伦拜因这个名字后来将成为这场悲剧的代名词，但它位于其西面几英里处，横跨南普拉特河，隶属于另一个县，有自己的学区和执法机构。邮政系统用一个邮戳把"利特尔顿"的范围扩大到 700 平方英里的广阔土地上，一直延伸到山麓。平原上的人们倾向于用最近的那所高中的名字来命名，因为那里是郊区社会生活的中心。对聚居在新高中周边的 3 万人而言，"科伦拜因"就是他们家的名字。

* * *

戴夫·桑德斯教打字、键盘输入、商务课和经济学。[1] 他觉得所

---

[1] 非常感谢玛丽莲·萨尔茨曼和琳达·卢·桑德斯，他们合著的 *Dave Sanders: Columbine Teacher, Coach, Hero* 一书，我借鉴了很多。我还向琳达和戴夫的朋友证实和/或充实了我所使用的内容。

有的教材都不太有意思，不过教这些课让他有机会当教练。戴夫在科伦拜因教过7种不同的体育运动。一开始时教男孩，后来发现女孩们更需要他。一位朋友说："他有办法让每个人感到安心。"他让孩子们自我感觉良好。

戴夫不会对女孩们大喊大叫，也不会斥责她们，但他在练习过程中要求严格、丝毫不动摇。再来一次。再来一次。他在场边静静地看着，一旦他开口，他的分析或启发十分管用。那个学期他接任了女子篮球队的主教练——一支已经连续12个赛季失利的球队。他在第一场比赛前给她们买了T恤衫，背面印着"十二合一"（ONE IN A DOZEN）。那年春天，她们一路打进了州冠军锦标赛。

如果有人冒犯到戴夫·桑德斯，他会报以"那种眼神"：冷冷地死死盯着你。有一次，他用这招对付几个在商务课上聊天的女孩。她们一下子就把嘴闭上了，可当他把目光移开后，她们又开始说话。于是，他拉了一把椅子坐到她们跟前，就在那个位置给其他同学上课，眼睛来回盯着她们，直到铃声响起。

戴夫几乎每天晚上都待在体育馆或运动场，周末则会来得更勤。夏天他在怀俄明大学举办夏令营。戴夫是个务实的人，他崇尚效率，所以女儿放学后他就把她带到上班的地方以便身兼二职。安吉拉蹒跚学步的时候篮球队的女孩们就认识她了。她在体育馆里看爸爸训练球员：运球，练习赛，对决……安吉拉会把玩具放在一个小箱子里过来。训练结束时，看台和球场边上到处都散落着玩具。戴夫叫安吉拉收拾东西的时候，姑娘们就会长舒一口气。这是高强度训练即将结束的信号。

安吉拉珍视那些傍晚。"我是在科伦拜因高中长大的。"她说。戴夫是个像大熊一般宽厚温暖的男人，当他拥抱安吉拉的时候，她感到安心。

她妈妈则不以为然。凯丝·桑德斯在安吉拉3岁的时候和戴夫离婚了。戴夫在几个街区外找了个住处，这样他们就可以住得很近了。

后来，安吉拉搬去和他同住。他俩这婚离得心平气和，凯丝还和戴夫的第二任妻子琳达·卢成了朋友。

琳达说："凯丝很讨人喜欢，她和戴夫相处得很好。有一天我问她：'你们俩为什么离婚？'她说：'他一天到晚不着家。我简直像嫁给了我自己。'"①

琳达倒是很喜欢这样。她和戴夫结婚时，安吉拉17岁了，她自己的两个女儿也即将成人。多年来，琳达一直是个有工作的单亲妈妈，她已经习惯了独处。当然，她现在越来越依赖戴夫。过去她不得不活得坚强，但她更喜欢依靠一个男人。以前独当一面很好，不过这样的日子已经结束。

琳达·卢经常在酒吧和结束训练的戴夫碰头，两人晚上会待在那里。她几乎和戴夫一样喜欢那个地方。1991年他俩在酒吧相遇，两年后在那里举行了婚宴。那个地方就像他们的家一样。戴夫让琳达找到了家的感觉。

戴夫正是琳达一直期待的男人：体贴、会呵护人、顽皮地搞出浪漫情调。他是在去拉斯维加斯的旅行途中向她求婚的。他们溜达着去埃克斯卡利伯赌场的路上经过一座桥，他提出要看看她的"离婚戒指"——当时还戴在她的无名指上呢。她伸出手，然后他把那枚戒指扔进了护城河。他向她求婚。她高高兴兴地接受了。

琳达带着自己的两个女儿辛迪和科妮搬了进来，他们最终连她俩带安吉拉一起抚养了。戴夫合法收养了琳达的小女儿科妮。他把这三个孩子都看成自己的女儿，而她们也都叫他爸爸。

戴夫瘦长的跑步者体形渐渐发福了。他的胡子里长出了白的，然后变成了灰白色。他还是爱笑，蓝眼睛闪闪发光。他开始像个不太老的圣诞老人。除此之外，戴夫的生活几乎没有什么变化：训练、开怀大笑、享受和孙辈在一起的时光，但不常见到他们。他开一辆老旧的

---

① 这句话是琳达·桑德斯回忆的戴夫前妻的说法。

福特护卫者，穿土褐色的涤纶长裤和素色的纽扣衬衫。他的头发日益稀少，头路靠左整齐地分开。他戴着一副超大的眼镜，镜架早已过时。每晚临睡前他都坐在安乐椅上，手里拿着一大杯兑了健怡可乐的杰克丹尼，边看约翰尼·卡森的节目边咯咯笑。约翰尼退休以后，他们家装了卫星天线，戴夫睡前就安安心心看个比赛。琳达在楼上等着他。

就在毕业舞会前几周，他突然决定提升个人形象。他已经47岁了，该换换口味了。他戴了一副金属边框的眼镜，这是他人生第一次赶时髦，琳达挺吃惊的。是他自己挑的。"哇！"她开心地大叫。她以前从没见过这样的戴夫！

这副眼镜让他超级得意。"我终于赶上1999年的流行趋势了。"他说。

首次大型亮相是在复活节那天。他戴着那副眼镜出现在一个热闹的家庭聚会上，孙辈们都来了，谁都没有注意到。

那天晚上只剩下琳达在身边的时候，他承认自己挺受伤的。

戴夫正在计划做更多的改变。那年夏天不再弄篮球夏令营。减少训练时间，多陪陪自己的女儿和孙辈们。他还有时间调整补救。

他还在尝试一种新的睡前饮料：健怡可乐兑朗姆酒。

舞会前的那个星期天，一家人为安吉拉的孩子、4岁的奥斯汀办了个生日派对。戴夫喜欢给孙辈们做花生酱果冻三明治。他把面包片的边切掉，因为他们喜欢吃松软的部分。戴夫会在果冻里藏一条虫虫软糖，每次都能惊到孩子们。

举行舞会的那个周末，奥斯汀想打电话跟外公聊天，但是外公不在。戴夫回了电话，留了言。安吉拉把留言抹掉了。她会在这个星期再打给他一次。

* * *

毕业舞会定于4月17日举行，但对大多数孩子来说，这是一场延续到仲冬的漫长而煎熬的舞会的高潮。一晚又一晚,帕特里克·爱尔兰躺在床上,一手拿电话,一手拿着球,他漫不经心地把球往上一抛,然后在空中一把抓住,期待他最好的朋友劳拉能明白他的暗示。他不断向她打探。有什么想法吗?有人来邀你做舞伴吗?她则把问题抛回给他:你要邀请谁?什么时候?你在等什么?

帕特里克不是个优柔寡断的人。他代表科伦拜因高中参加了篮球和棒球比赛,还在滑水比赛中得了好几块冠军奖牌,同时平均成绩达到4.0。他非常专注。如果他的球队在比赛的最后几分钟还落后5分,而他恰好错过了一次轻松上篮的机会或运球不佳,感觉自己像个失败者,那么答案很简单:别去管它!如果你想赢,那就专心打好下一场比赛。和劳拉在一起,他干什么都没法专心。

大多数情况下,帕特里克都是谦虚而又不失自信。可这事实在太重要了。他不能重蹈四年级时候的覆辙了。三年级的时候劳拉成了他的初恋,他的第一个女朋友。他俩一度如胶似漆,但结局很糟糕,第二年她就不和他说话了。直到高中他俩才重新成为朋友。有一段时间就是单纯的友谊,但后来他开始感到心跳加速。他第一次时对她的感觉是对的吗?当然,她也感觉到了。要不然就是他的想象了。不对,她根本就是在跟他调情。光调情就够了吗?

劳拉开始不耐烦了。不仅仅因为舞会之夜,其间还有数周的计划、采购服装、选择配饰、没完没了的对话,成天担心自己没被人放在考虑之列。想想那些悲伤的眼神,带着怜悯——会尴尬一整季的。

又有一个人邀请她。她拖了一阵,然后,到底还是答应了。那男的超级喜欢她。

于是帕特里克以朋友的身份邀请了科拉。他们那一拨人都是以朋友身份去的。没有压力,开心就好。

毕业舞会之夜到了。大多数孩子把它变成了一个12小时的活动:拍照,美食,跳舞,舞会后的派对。帕特里克所在的那一群人先去了加布里埃尔饭店,这是一幢位于乡下的维多利亚风格老宅,已被改造成一个环境优雅的牛排海鲜馆。他们开了一辆豪华轿车,吃了一顿饕餮大餐。然后开了好长一段路去丹佛城里参加这场大型活动。组委会选择在丹佛设计中心举行毕业舞会——这是当地的一个地标,人们称之为"那栋有奇怪的黄色玩意儿的建筑"。那个"玩意儿"是一座巨大的钢质雕塑,名为"铰接墙"(The Articulated Wall),看起来像一条85英尺的DNA链,矗立在由旧仓库改建而成的商店和餐馆之上。

若要在知名地点搞活动,那就无法兼顾到空间。人在舞池里几乎没法转身。除此之外,让帕特里克·爱尔兰最难忘的时刻是跟着《冰冰宝贝》[1]的节奏跳舞。他曾在三年级的才艺秀中表演对口型假唱这首歌,所以在接下来的10年里,只要听到这首歌时,他都会抓住他的小伙伴们跳同样的傻乎乎的舞。跟搂着劳拉跳舞没法比。他和她跳了一曲,是一首慢歌,天堂一般的感觉。

* * *

没有人邀请卡西·伯纳尔参加舞会。[2]她很漂亮,可是她觉得自己很衰。教会青年团契的男孩几乎没人注意到她。学校里有人追她,但完全是被她散发出的性魅力吸引。交朋友很不容易。她和她的朋友阿曼达还是打扮了一番,做了头发,漂漂亮亮地去了阿曼达的妈妈在万豪酒店参加的一个工作宴会。然后,她们优哉游哉地去了毕业舞会后的派对,在那儿有没有舞伴都没有关系,派对一直持续到天亮。

---

[1] Ice Ice Baby,美国历史上第一次成为排行榜冠军的Hip Hop歌曲,由Vanilla Ice乐队在1990年推出。——译者

[2] 米斯蒂·伯纳尔的回忆录提供了有关卡西生活的细节以及布拉德和米斯蒂对这场悲剧的反应,给予我很大的帮助。其他信息来自我对卡西的同学、牧师以及教会成员的采访,还有伯纳尔夫妇接受的电视采访。记者温迪·默里慷慨地提供了她的现场采访笔记,其中包含对伯纳尔夫妇的采访。

6. 他的未来

迪伦和他那些参加舞会的伙伴也安排了一辆豪华轿车。周六下午,罗宾·安德森开车去接他。他们先和他父母合了影,然后再和另外五对小伙伴会合,一起进城。罗宾穿着深蓝色泡泡袖缎面裙子,戴着与之配套的看歌剧的那种长手套。她把金色长发做成螺旋卷拢到胸前,在方形低胸领口上方来回扫过——这是经典的前拉斐尔风格的郊区变体。

迪伦喜气洋洋地准备着,整个人轻飘飘,[①]他一样样收拾利索,努力让一切看起来恰到好处。他把衬衫袖口往下拽,把燕尾服拉直。他选的是传统的黑色燕尾服,领结稍微有点歪。一抹亮色点缀在上衣的翻领:那是一朵粉红的玫瑰花蕾,上面的小丝带正好跟罗宾裙子的颜色一样。他的头发平整光溜地向后梳成一个短马尾,这让他有点难堪。他刮了胡子。他爸爸拿了个便携式摄像机一直跟着他,一举一动都不放过。迪伦透过镜头看着他:老爸,20年后再看这个,我们要笑死的。

他们坐进一辆加长汽车,深色的车窗玻璃,车内顶是镜面的,一路摁着喇叭开往市中心。哇哦!迪伦拉着罗宾的手,称赞她的衣服。第一站是去贝拉餐厅吃晚餐,这是丹佛下城区的一个时髦去处。他们度过了一段欢乐时光:互相开玩笑,拿桌上的刀子和火柴玩闹,假装把自己点着了。迪伦狼吞虎咽地吃了一份超大的沙拉、一份海鲜主菜和甜点。他滔滔不绝地讲述着即将到来的小学天才班同学的聚会。再次和童年时代的聪明人联系上会很有趣。迪伦已经自告奋勇地答应用黑杰克披萨店的人脉搞些比萨饼。

他们很早就吃完了饭。迪伦出去抽了支烟。他叫他的朋友内特·

戴克曼跟他一起走。外面有点冷，但感觉很好——一段安静的时光，远离所有的纷扰和喧闹。很棒的食物，很棒的同伴，他俩都是第一次坐豪华轿车。"一切都按计划完美地进行。"内特后来说。

内特甚至比迪伦还高，有6英尺4，而且更有魅力。他的容貌具有古典美，深色浓眉愈发凸显他那双锐利的眼睛。他们谈得更多的是下次相聚。大家即将去不同的大学。他们谈到迪伦要去亚利桑那州，内特要去佛罗里达州。内特想去微软公司工作。时光流逝，在下一次相聚之前他们会做成哪些事情呢？他们反复讨论了各种可能性。"没有任何迹象表明后来会出事。"内特后来回忆道，"我们玩得很开心。这是我们的毕业舞会。我们尽情享受着这段时光。"

去设计中心的车程很短，一路上他们兴致很高：扬声器播放着硬摇滚音乐，他们一路跟着唱，肾上腺素也跟着飙升。他们取笑行人，随便挑个人就赶超上去。谁也看不见里面，可他们能看到外面。真够疯的。

迪伦心情很好。他一直说，要保持联系啊。这群人太好玩了，不能随便放弃。

*　　　*　　　*

埃里克打算碰运气。他想要个舞伴都想疯了，但他一直等到傍晚才给苏珊打电话。他很自信。女孩们喜欢他。他请她过来看电影。她7点左右过来。他父母刚刚离开，出去吃饭庆祝他们的结婚周年纪念日。埃里克想给苏珊看《黑洞表面》（*Event Horizon*），这是一部关于从地狱救回一艘宇宙飞船的低成本电影，是他迄今最爱的影片。他们从头到尾看完了，然后坐在地下室他的卧室里聊天。

埃里克的父母回家以后，下来跟她见了个面。他们漫无目的地闲聊了一会儿，比如埃里克的爸爸说他就是在"妙剪"理发店剪的头

---

① 迪伦当天下午在家里的状态，源自看过汤姆·克莱伯德所拍家庭录像的人的描述。感谢温迪·默里分享她对其中一些人的采访笔记。

发。看起来他们人很好，苏珊心想。他们相处得不错。埃里克的父母走后，他给她放了一些自己最喜欢的曲子。在她听来大多是砰砰声和尖叫声，但他又混入了一些新纪元音乐元素，比如恩雅的作品。他用胳膊搂了她一次，但没有吻她。他做了好多深思熟虑的事情，比如在她不得不回家的时候帮她热车。她待到 11 点才走——比预计的时间晚了半小时。埃里克吻了她的脸颊，道了晚安。

* * *

　　毕业舞会自有一套程序。他们选出了一位王和一位王后，这一切进行得很顺利，D 先生松了一口气。迪伦和罗宾玩得很开心，但开心并不是真正的目的。舞会更像是在模仿成人世界的一些怪异行为：打扮得像是要参加一个俗气的婚礼派对，即使两个人从未约会过也要手牵手表现得像一对情侣，还要遵守现代名人眼中的那种镀金时代的人初入社交场合时的礼仪：豪华轿车、红地毯以及由父母、老师及租来的摄影师扮演的一拨一拨的狗仔队。

　　为了消遣，有人发明了舞会后的派对。脱掉晚礼服、甩掉 2 英寸高的高跟鞋，忘掉那些傻乎乎的姿势，尽情享受真正的乐趣。比如赌博。科伦拜因体育馆里准备了一排排玩 21 点、扑克和骰子的桌子。父母们穿着拉斯维加斯那种制服充当荷官，里面还有掷球比赛、充气城堡和蹦极跳。一直热闹到天亮。舞会后的派对有自己的主题：纽约，纽约！有几位家长搭建了一个实际大小的迷宫，要进入学校就得穿过迷宫，入口处装饰着纸板做成的帝国大厦和自由女神像。有些男孩在舞会后的派对上几乎没看到自己的舞伴。有些则没有舞伴。埃里克加入了迪伦和他的豪华轿车小团体。他们在赌场玩了几个钟头，输掉了所有假币。帕特里克·爱尔兰在附近闲逛。他们从没有见过彼此。迪伦一直在谈论大学，讲他的未来。他一直说他等不及了。

7. 狂热的教堂

这是一座激情澎湃的教堂。①这是当地福音派世界的中心。这是圣三一基督徒中心，一群欣喜若狂的会众在这个离科伦拜因半英里远、由凯马特超市（Kmart）改建而成的教堂呼喊耶稣基督。当学校体育馆里的赌场收摊时，信众们则在弗朗特岭的另一端醒来。他们涌进圣三一基督徒中心的过道，里面熙熙攘攘、人头攒动，仿佛古老的帐篷集会。狂热的人群将两百只手臂伸向天空，释放出他们的灵魂无法抑制的灵性。唱诗班把人们的情绪推得更高。它用歌声划破了新颂教会热情澎湃的赞美诗合唱，人们的情绪高亢。

这座教堂正在燃烧……
我们心中满怀热望……

没人像那个被太阳晒得黝黑漂亮的高中女生那般兴奋，她在唱诗班里熠熠生辉，就像她背心裙上印着的巨大兰花一样。她把头向后仰着，双眼紧闭，一直唱着，双唇紧随着乐器的节奏开阖。

自拓荒时代和第二次大觉醒运动以来，科罗拉多州一直是牧师巡回布道的温床。到了20世纪90年代，科罗拉多的斯普林斯市被称作福音派的梵蒂冈。丹佛市内似乎没有受到这种狂热的影响，但其西郊沸腾了起来。圣三一基督徒中心是灵性的力量最强大的地方。他们的救世主会伸出援手，"那个敌人"（The Enemy）会被击退。

任何圣经教会的牧师都会说，撒旦正在杰弗逊县使坏。早在埃里克和迪伦发动袭击之前，就有成千上万的科伦拜因福音派教徒准备迎接黑暗王子。他们称之为"那个敌人"。"那个敌人"总是四处游荡。

科伦拜因位于山麓以东三英里处。越靠近山峰，房产的价值越稳步上升，同时也越庄重肃穆。与圣三一基督教堂相比，高端会众云集的山麓圣经教堂的礼拜堪比百老汇演出。山麓圣经教堂的牧师比尔·欧德莫伦出场的时候像个典型的电视福音布道者②：吹过的向后梳的大背头，挺括有型的领带，以及柔和的大地色调阿玛尼定制套装。当他开口说话时这种刻板印象就消失了，他真诚、敏锐且睿智。他谴责了贪利忘义的布道者，以及他们宣扬的快速得救的方案。

西鲍尔斯社区教堂无论是地理位置、经济能力和学术能力，都介于其他各大教堂之间。和欧德莫伦一样，乔治·克尔斯滕牧师也是一位圣经直译主义者③。他鄙视那些痴迷于慈爱救世主的同行。在他的心目中，基督有复仇的一面。宣传仁爱非常简单——但这错过了故事的另一半。"这让我反感。"克尔斯滕说。他宣扬严苛的、非黑即白的道德准则。他说："人们想把这个世界的很多东西描述成灰色，我在《圣经》里看到的并非如此。"

对这群人来说，宗教并不意味着每周日一小时的礼拜。宗教是研究《圣经》，参加青年团契、联谊会和静修会。是从清晨开始的"今日之思"，是每天睡前的经文阅读。西鲍尔斯社区教堂的孩子们故意露着写有"WWJD？"——"耶稣会怎么做"（What Would Jesus Do）——的手环在科伦拜因中学的大厅里闲逛，并交换福音摇滚CD。有时，他们会向非信徒做见证，或者与主流的新教教徒辩论经文。科伦拜因圣经研究小组每周在学校开一次会，其主要任务是抵制诱惑、坚持更高标准，并尽力做好基督的仆人。所有成员都对"那个敌人"保持警惕。

---

① 关于教堂及礼拜的所有描述都来自我本人的观察。我参加了近十家当地教堂的礼拜仪式，但集中观察了三家教会：圣三一基督教堂、西鲍尔斯社区教堂和山麓圣经教堂。我在这三个教堂分别参加过十几次礼拜仪式，均发生在枪击案以后。
② televangelist，在美国尤指定期在电视上劝人加入基督教及捐款者。——译者
③ biblical literalist，也译作经律主义，即认为《圣经》就是字面意义，不具有隐喻与象征的思想。——译者

克尔斯滕牧师和欧德莫伦牧师常常提到撒旦。欧德莫伦牧师直呼其名，而克尔斯滕牧师更喜欢称之为"那个敌人"。不管用哪种说法，撒旦都不只是邪恶的象征——他是真实存在的实体，他渴望俘获顺从的灵魂。

他抓住了最不可能的目标。谁料到卡西·伯纳尔会倒下呢？她是一个金发碧眼的天使般的少女，周六她打扮得漂漂亮亮出席了万豪酒店的宴会，却没有去参加毕业舞会。按计划，下周二她将在青年团契会议上发言。卡西家就在科伦拜因中学的旁边，不过这才是她在这个学校的第二年。她是从基督教团契学校转来的。她曾恳求父母让她转学。上帝对卡西发话了。他要她在科伦拜因做非信徒的见证人。

* * *

星期一早上平淡无奇。很多人因为周六的通宵玩乐而睡眼蒙眬，很多人都在闲聊，说着谁做了什么。D先生所有的学生都平安地回到了学校。有几个孩子还咧嘴笑着在他办公室门口探头探脑。"就是让你瞧瞧我们光彩照人的脸啦。"他们说。

周一，高级特工德韦恩·弗斯利尔有点紧张。他是FBI在丹佛的国内反恐部门的负责人，4月19日是该地区一个危险的日子。FBI历史上最大的灾难发生在6年前，两年后又发生了报复行动。1993年4月19日，FBI突袭了得克萨斯州韦科附近的大卫教营地，结束了与该教派长达51天的对峙。一场熊熊大火之后，栖居在此的80多名居民中的大多数被烧死——其中包括成人以及儿童。弗斯利尔探员是全美首屈一指的人质谈判专家之一，他花了6个星期试图说服大卫教徒走出来。弗斯利尔曾反对冲入营地发起攻击，但没有成功。在FBI发动突袭之前，他们给了弗斯利尔最后一次机会。他是已知的最后一位与大卫教派领袖大卫·柯雷什交谈的人。他亲眼看着营地大院一片火海。

关于FBI在这场火灾中扮演的角色的猜测甚嚣尘上。这场争论几乎断送了司法部长珍妮特·雷诺的职业生涯。韦科事件使反政府民兵运动变得更为激进，4月19日也因此成为倒行逆施的当权者的象征。1995年4月19日，蒂莫西·麦克维对俄克拉何马城的默拉联邦大厦发起了爆炸袭击，以此作为报复。爆炸造成168人死亡，这是美国历史上迄今为止最大的一次恐怖袭击。

8. 人最密的时候

可以肯定的是，埃里克和迪伦通过电视与全国其他观众一起看到了韦科惨案及俄克拉何马城大屠杀。这些暴行在该地区尤其引起了人们的注意。麦克维在丹佛市中心的联邦法院受审，并被判处死刑，当时这两个男孩正在郊区的科伦拜因上学。人间惨剧的场景在电视上反复播放。在自己的日记里，埃里克吹嘘说要超越麦克维。俄克拉何马爆炸案简单得很：麦克维设置好定时器就走了；他甚至都没看到自己的壮举的呈现。埃里克的梦想要大得多。

他们称之为"审判日"。科伦拜因也会有一场爆炸。埃里克设计了至少 7 个大炸弹[1]，是他根据在网上找到的一本题为《无政府主义者食谱》[2]的书制作的。他选择了"烧烤"设计：几个标准的丙烷罐，胖乎乎的白色圆罐，高 18 英寸，直径 1 英尺，里面装有大约 20 磅极易爆炸的气体。1 号炸弹使用喷雾罐作为雷管，每个喷雾罐都连接到一个老式的闹钟上，顶上有圆形的金属铃。第一步是把它们放置在埃里克家附近的公园里，那儿离学校 3 英里。这些炸弹可以炸死数百人，但只用于对付石头和树木。在袭击之前，先安排一个诱饵：吓吓社区居民，转移警察的注意力。每争取到一分钟都将增加潜在的死亡人数。他俩要把麦克维的纪录提高翻 2 倍或 3 倍。他们估计死伤数目会有"上百""好几百"和"至少四百"的差异——根据他们准备的弹药数量，这样保守有点反常。

对于埃里克而言，设计诱饵可能还有一个原因。他对人有着惊人的洞察力，迪伦一直犹犹豫豫。如果迪伦有所保留，诱饵将帮助他放松。这是一场不会造成伤害的爆炸，没有人会被伤到，不过一旦他们开车走掉，迪伦就会下手。

科伦拜因案

这件事的主要部分安排了三幕，就像剧本一样。③第一步，先在"公共休息区"引发一场大规模的爆炸。在第一批就餐开始时，有600多名学生蜂拥而入，铃响2分钟后，其中大多数就会死去。第一幕中安排了2枚炸弹——和诱饵计划一样，用丙烷罐制作，里面装了中钉子和BB弹片，这样一来就会碎片四溅，然后绑在装满汽油的罐子以及一个小一点的丙烷罐上，再用电线连接到同样的老式闹钟上。每颗炸弹的大小刚好能塞进一个行李袋，埃里克和迪伦会在场面混乱到最严重的时候把旅行包拖进去。这让迪伦再次感觉到杀人并不困难。按一下连接闹钟的铰链既不会流血，也不带个人感情。感觉不像是在杀人——不见流血，不用尖叫。迪伦的杀戮计划的大部分在他亲眼看到之前就已经结束了。

火球将吞噬大多数用午餐的人，同时让学校一片火海。埃里克画了详细的图表。他把炸弹分开放置，但都放在中心区域，以达到最大的杀伤半径。它们会被放置在两根支撑二楼的粗柱子旁边。计算机模拟和现场试验稍后将证明，炸弹极有可能炸毁二楼的部分楼面。显然，埃里克希望看到图书馆坍塌、图书馆里的人坠落下来，砸向身上着火的午餐者。

一旦定时炸弹开始滴答计时，杀人者将迅速离开，以90度角穿过停车场。他们会走向各自的车，按照他们的策略，两车停的地方相距约100码。这两辆车就是他们的移动进攻基地，在那里他们将装备完毕启动第二幕。一番预先定位后留出了最佳的开火通道。他们反复

---

① 可能还存在第八个炸弹。为了避免模仿者学样，杰弗科当局不会详细说明与炸弹有关的某些细节。我们已经了解埃里克为餐厅准备了两个炸弹，为每辆车准备了两个，另外至少有一个诱饵炸弹，用到了两个丙烷罐。杰弗科的报告没有说明那是一个单独的装置还是两个独立的装置，凯特·巴丁拒绝透露。
② *Anarchist Cookbook*，威廉·鲍威尔写的一本小册子，出版于1971年，内含制作简易爆炸物、武器、毒药等物品的方法。——译者
③ 凶手的攻击计划是根据他们的书面及口头描述、他们绘制的图表和实物证据——如停车位置（他们表示要在发动攻击时用作射击位）——综合重现的。所有要素都得到了充分的证实。

测试装备，以期快速上手。炸弹会在11:17引爆，人群密集的侧翼将轰然倒塌。当火焰腾空而起的时候，埃里克和迪伦会在出口处举着半自动枪支等待逃出来的幸存者。

第二幕：开火。这会很有趣。迪伦将用上一把英特拉泰克公司生产的TEC-9[①]和一把霰弹枪。埃里克有一支9毫米高射卡宾枪和一把霰弹枪。为了方便隐藏，他们把霰弹枪的枪管锯了下来。他们俩一共携带了80个便携式炸药——管状炸弹和埃里克称为"蟋蟀"的二氧化碳炸弹——外加一批燃烧瓶、各种奇怪的刀子，以防事情发展到需要肉搏的地步。他们会穿上步兵式的背带装，这样就能把大部分武器和炸药绑在身上。两人会各带了一个双肩包及一个行李袋，以便把更多的武器带入进攻区域。他们会把燧石火柴条绑在前臂上，以便迅速点燃炸药发动袭击。他们将自始至终穿着黑色长罩衫——一方面为了隐匿弹药，另一方面让他们看起来像坏蛋。（后来这两件长罩衫被普遍说成长风衣。）

他们计划炸弹一爆炸，就向大楼进发。他们会退回到足够远的地方，在能看到彼此的拐角处——只要不被爆炸殃及就行。他们设计了彼此之间传达信息的手势。每个细节都计划好了；排兵布阵非常重要。这所占地25万平方英尺的学校有25个出口，所以部分幸存者会逃跑。两个男孩可以在看得到对方的同时，眼睛盯着大楼的两侧——包括三个主出口中的两个。他们的火力将共同对准最重要的一个出口：毗邻"公共休息区"的学生入口，距离放置大炸弹的地点只有十几码。

将自己定位在与目标成直角的位置是美国步兵的标准做法，在佐治亚州本宁堡的步兵学校会教给每个步兵。军方称之为"交叉火力通道"。目标不断受到来自两个方向的火力攻击，但进攻者的武器绝

[①] 9毫米半自动冲锋枪，据说因为持续火力猛、装弹量多、稳定性足而销量大增，现在已成黑帮标配。——译者

不会指向同伙。即便其中一个枪手突然转向朝一个逃跑的敌人开火，其队友也是安全的。从他们的初始位置出发，埃里克和迪伦可以在90度的射击半径内扫射，而不会伤及对方。即使其中一名枪手前进速度更快，也绝不会闯入他搭档的射击路线。这是现代小型武器战中最安全、最有效的攻击模式。

这是埃里克和迪伦回味的一个阶段，也是他们料到会死的时刻。他们几乎没有希望亲眼见证第三幕的发生。在首次爆炸发生45分钟后，当警察宣布袭击结束，医护人员开始把缺胳膊少腿的人抬进救护车，记者们向密切关注此事的全国人民播报现场的恐怖情景时，埃里克的本田和迪伦的宝马将直直地冲向摄制组和急救人员。每辆车上都装着两个甚至更多的丙烷装置以及装在一堆橙色塑料罐子里的20加仑汽油。为两辆车选定的位置将使第二幕的火力达到最大，并在第三幕杀死更多的人。汽车要离大楼很近，靠近几个主出口——那里是警察指挥、紧急医疗救助以及新闻采访车的理想位置。它们离大楼的距离以及彼此的间距刚好足以扫射到高三和高四年级学生停车点的大部分地方。最大死亡人数为：近2 000名学生，加上150名教职员工，加上人数不明的警察、医护人员和记者。

埃里克和迪伦考虑大开杀戒至少有一年半了。一年前他们就已经定好了大致的时间和地点：4月，"公共休息区"。随着"审判日"的临近，他们敲定了细节：4月19日，周一。日期看起来绝不会改了，他们在临死前10天内留下的记录里面两次明确提到了这个时间。他们没有解释为什么选这一天，尽管埃里克提过要超越俄克拉何马城的爆炸案，所以他们可能正计划以此呼应该事件的周年纪念日，正如蒂莫西·麦克维的爆炸案是为了纪念韦科惨案。

袭击的时间点很关键。学生们都喜欢早点去吃饭，所以第一批次的午餐最受欢迎。学校里人口密度最大的时间和地点是11:17的"公共休息区"。埃里克把时间精确到了分钟，因为他对目标进行了清点。他算过，从10:30到10:50，只有60到80个孩子分散在"公共休息区"。在 10:56 到 10:58 之间,"食堂阿姨端出屎一样的东西",他写道。随后,食堂 2 号门打开,出现了"稳定的人流"。他记下了每扇门打开的确切时间,并以分钟为单位计算增加的人数。11:10,铃声响起,第四节课结束,学生们涌进走廊。片刻之后,大家急匆匆地排起了队,每分钟增加 50 多个人:300、350、400、450,到了 11:15 分达到 500 多人。埃里克和迪伦的各种手写时间表显示,炸弹计划在 11:16 到 11:18 之间引爆。最后一个时间的下面是一些小俏皮话:"玩得开心!"以及"哈哈哈!"

埃里克和迪伦预料到他们发动的袭击会让公众感到困惑,所以他们留下了大量材料来解释他们的一举一动。他们保存了日程安排、预算、地图、图纸和到处搜罗来的各种器物,以及在笔记本、日记簿和网站上留下的评论。他们还专门设计了一系列视频来解释这次袭击。这些视频被称为"地下室录像带"(Basement Tape),因为大多是在埃里克的地下室拍摄的。埃里克留下了 20 页的日记,专门讲述他的想法,这使得一切更加清晰。这两份按事情发生顺序留下的记录都在披露真相,但其自相矛盾之处也令人抓狂。这些内容非常令人不安,以至于治安官办公室决定不向公众公开,甚至连地下室录像带的存在也隐瞒了好几个月。多年以来,埃里克和迪伦的真实意图一直是个谜。

* * *

埃里克的计划没有成功,首先是日期——显然是由于弹药的问题。周一的时候,他有四把枪,约 700 发子弹。[①] 他想要更多。他刚

[①] 埃里克的炸弹生产日程表还包括一个关于弹药的部分。他为每把枪列了一栏,显示每次购置子弹的情况,并扣除了在训练中用掉的子弹。他没有给枪支弹药命名,只是在一栏旁边写了 R(雷布),在另一栏旁边写了 V(伏迪加)。袭击前一周半拍摄的地下室录像带上的陈述证实了其中几条,并有助于确定每一栏所代表的内容。图表显示,迪伦的 TEC-9 有 143 发子弹,埃里克的步枪有 129 发,迪伦的霰弹枪有 295 发,埃里克的霰弹枪有 122 发(最初有 272 发,用掉了 150 发),总计 689 发。这是在曼内斯购买最后 100 发 9 毫米子弹前的数据,最后这批子弹可以在前两把枪之间通用。

满 18 岁，因此可以自己去买，但不知为何他没有意识到这一点。他习惯于依赖别人，觉得马克·曼内斯能帮上忙。曼内斯是个毒贩，副业是倒卖点枪支弹药。1 月份，他恪守承诺搞到了一把 TEC-9，不过在子弹这事上面拖得太久。星期四晚上，埃里克开始缠着他想办法。4 天后，埃里克还是没拿到任何东西。

就算弹药不足，他们本来也是可以照计划进行的，只不过火力会被削弱。霰弹枪不是为了快速射击而造的。TEC-9 可以装二三十个弹匣。迪伦只需轻轻一按，一个弹匣就弹出来，再用手一推，就能装进一个新弹匣。真正的枪迷讨厌这种东西。对于专业人士来说，它太大，太笨重，太不靠谱了——就是穷人家的乌兹冲锋枪。经销商抱怨这种枪的设计粗制滥造，供弹频繁出错，瞄准装置粗糙，经常对不准还调节不了。俄罗斯一家大型枪支经销商的网站上是这么评价的："造价便宜，勉强能用。"但它容易搞到手。

*　　*　　*

星期一，埃里克和迪伦过得平淡无奇。他们在日出前起床，去上 6 点开始的保龄球课。他们没有上完第四节课就走了，留出时间去黑杰克披萨店吃了一顿很长的午餐，然后照常上了其他课。那天晚上，曼内斯突然弄到了弹药。他在凯马特买的：两盒子弹，每盒 50 发。总共 25 美元。

埃里克开车去曼内斯家取弹药。他似乎急着拿到手。曼内斯问埃里克那天晚上是否要去射击。

也许明天吧，埃里克说。

9. 爸爸们

戴夫·桑德斯以前从没说过对什么事情感到遗憾。他也从未对弗兰克·迪安杰利斯说起过。他俩每天都聊天，已经做了20年的朋友了，但是从来没有在一起谈过遗憾的事。

星期一下午，他们不经意地聊到了这个。①弗兰克溜达到棒球场边，看着他的队员和劲敌查特菲尔德队的较量。在进入学校管理层之前，他和他的老朋友戴夫·桑德斯一起执教过这个球队。戴夫正坐在看台的顶上看比赛。在他的队员来参加女篮训练前，他还有几个钟头可以打发。赛季已经结束了，他们正在为明年的比赛做基础训练。戴夫本来可以利用这段时间改试卷，但他忍不住跑到了球场边来。

D先生跟看见他在这里很激动的孩子们打了个招呼，然后坐到了戴夫旁边。他们谈了两个小时，畅所欲言，谈他们的生活，当然包括教练生涯。1979年，弗兰克来到科伦拜因，那是他俩第一次见面。弗兰克是教职工中最矮的一个，而校长聘他担任篮球教练。弗兰克说："他们需要给新生找个教练，我的合同期是一年。校长说：'弗兰克，算你帮我一个忙，我欠你一个人情。'我能说什么呢？'你说怎么办就怎么办吧，先生。'于是我就去篮球队当教练了。"

他们轻松愉快地聊了好长时间，戴夫像往常一样插话。然后，他变得严肃起来。"你怀念当教练的日子吗？"他问。

"也还好吧。"弗兰克的回答让戴夫有些吃惊。弗兰克解释道，当教练就像他的命一样，而他从来没有真正离开过。只是听他话的人多了。

"你这么认为？"戴夫有点疑惑。

哦，是的，弗兰克说。你其实教不了孩子什么东西：你只能给他

科伦拜因案　　043

指路,激励他自己去学。同理,教游击手②精准完成双杀③,帮助学生了解掌握美国政府的三权分立制度,也是一样。都是一样的工作。现在他还得指导教师如何激励自己的学生去学习。

"你呢?"弗兰克问,"有什么遗憾吗?"

"是的。训练太多了。"

他俩同时放声大笑。

戴夫说,不过,我说的是实话。他的家庭排在教练工作之后。天呐,他把家人排在第二。

弗兰克忍住不再笑出声来。他自己的儿子布赖恩 19 岁了。弗兰克自认为是个好爸爸,但怎么好都是不够的。他妻子从一开始就耿耿于怀,最近她就这样对他说:"你什么时候才能停止抚养别人家的孩子,开始管管自家的呢?"

这话让他不安。把这样的事情说给别人听有点困难,但现在似乎是个好时机,而且戴夫似乎是个好听众。戴夫是能理解的。他们俩都感到苦乐参半。他们人到中年,过得平安幸福。对他们自己而言,没有任何遗憾——但他们是不是亏欠了自己的孩子呢?弗兰克的儿子现在长大了,戴夫的女儿们也是。要补救也晚了。但她们还很年轻,戴夫有五个孙辈,他还希望有更多。戴夫还没有告诉其他教练他要减少工作量。他还没有宣布他决定在暑期休假,这是他记忆里第一次告假。他现在把一切都跟弗兰克说了。

真是个了不起的家伙,弗兰克想。他想拥抱戴夫,可他没有。

比赛还在进行,但戴夫站了起来。"姑娘们在等我了,"他说,"体育馆自主练习。"

弗兰克看着他慢慢走远。

---

① 根据我对迪安杰利斯的采访,我重现了戴夫与 D 先生在看台顶上的对话。
② 棒球运动中在第二垒与第三垒之间的人。——译者
③ 守场员使攻队两名队员连续出局的防守行为叫"双杀",双杀分为双封杀和封触双杀两种。——译者

* * *

桑德斯教练心里还有别的事。上周五,他开了球队的第一次会,而新队长莉兹·卡尔斯顿缺席了。[①] 他希望今晚能见到她。他们的对话不会轻松,而紧张的不仅仅是她。

桑德斯让所有的姑娘在球场上坐下。他们谈了很多关于敬业的事。如果球队的领导嘴上这么说,人却不出现,新队员会怎么看?他期待百分百的投入。每一次练习、每一次开会都要投入,不然你就走人。

他叫她们队内分组对抗。他让他们这么打了一晚上,自己则坐在折叠椅上观察、分析、准备。

晚上训练结束的时候,莉兹鼓起勇气想和他说几句话。她只是忘记来开会了,没有任何别的意思。她感到内疚、恐惧和愤怒。他不会真的把她踢出去吧?他为什么不给她一个解释的机会呢?

她走到球场底线处停下来换鞋。桑德斯教练就在那里。她应该和他谈谈的。

她悄悄地走了出去。甚至没有说再见。

* * *

那天晚上戴夫到家时,琳达·卢睡着了。[②] 他轻轻地吻了她。她醒了,笑起来。

戴夫手里拿着一沓现金——厚厚的一叠,70张一元的。他扔给她,票子飘落在被子上。她很兴奋。她喜欢他带来的小惊喜,虽然不清楚这是怎么回事。他先吊她胃口,等她期待满满,然后说她好傻:钱是给她妈妈的。琳达的妈妈4月20日满70岁了。她喜欢赌点小钱。她会喜欢这个礼物的。

[①] 与莉兹·卡尔斯顿相关的场景来自她的回忆录。
[②] 相比琳达和萨尔茨曼合著的书,本书对周一周二里与琳达相关的事的描述略有不同。在我采访琳达期间,她对几件事情的记忆有所变化,并补充了更多细节。

那天晚上,戴夫和琳达一起笑个不停。后来得知当晚他挺焦虑的,她大为吃惊。

她说:"男人改变起来就是这样。进了家门,他就不提打球的事了。他关心起我妈妈来了。"

他下去给自己弄了杯健怡可乐兑朗姆酒,挑了个节目来看。琳达微笑着又睡着了。

* * *

早晨就没那么愉快了。闹钟在 6:30 响起,琳达和戴夫都赶时间。琳达要去给她妈妈的生日聚会取气球,戴夫要把琳达的卷毛狗送去剪毛。

戴夫来不及吃早饭,他抓了一根能量棒和一根香蕉就走。今天是收垃圾的日子——由他负责,可他要迟到了。他问琳达是否愿意帮忙。

她也很着急。"我今天真的没时间。"

"我真的要迟到了。"他咕哝道。

他们冲出去各自上了自己的汽车,然后意识到忘了吻别。他们总是吻别。

戴夫在车道上给了她一个飞吻。

10. 审判日

星期二早上，两个男孩像往常一样早起。①天还是黑的，但已经暖和起来了，马上就会升到 80 华氏度以上，天空蔚蓝，很适合开火。这将是美好的一天。

迪伦 5:30 就出门了。他的父母还在床上睡着。他说了声"再见"就关上门走了。

他们没有去上保龄球课，而是直接开始着手了。迪伦在埃里克的日程安排簿上潦草地写了计划，标题是"让今天变得有意义"，埃里克在旁边画了一个冒烟的枪管。

第一站是杂货店，他俩在那里碰头，买了所需丙烷罐的最后一个：两个用在自助餐厅，两个装在各自的车上，还有两个充当诱饵。大型炸弹是此次袭击的核心。埃里克几个月前就设计好了，但他把购置这些东西留到了最后一天早晨。他俩把大部分武器藏在埃里克卧室的衣橱里，已经好几次差点被他父母发现。在里面藏一堆 20 磅重的罐子是不可能的。

7 点钟，他们回到埃里克家，然后分头行事：埃里克填充丙烷罐，迪伦去搞汽油。他们分出半个小时来组装大炸弹，并安装在车里，再分出一个小时来进行最后一批装备、练习和"放松"。他们得吃点东西。②迪伦显然吃了烤土豆皮。

* * *

有几个朋友注意到了一些蹊跷之处。罗宾·安德森惊讶地发现迪伦没有来上微积分课。前一天晚上他在电话里听起来还挺好的。然后一个朋友告诉她，埃里克从第三节课开始就不见人影了。两个男孩偶尔会一起翘课，但从来不会一早上都不来。罗宾希望迪伦没有生病；她心里记着回家后就打个电话给他。

他们的朋友布鲁克斯·布朗的反应更强烈些。埃里克错过了心理学课的一次考试。这是有多蠢啊？

* * *

休息时间结束了。事情拖得太久了，超过了计划，很危险。快到 11 点的时候，埃里克和迪伦带着武器出发了。迪伦穿了一条工装裤，一件印有"忿怒"（wrath）字样的黑色 T 恤，他那顶波士顿红袜队的棒球帽像往常一样帽檐朝后。他的工装裤口袋很深，装进一支锯短后的霰弹枪足以藏住大半，他在外面又披了件长罩衫。埃里克的 T 恤上印着"物竞天择"（natural selection）。他们都穿黑色军靴，一副黑色手套两人分——埃里克戴右手，迪伦戴左手。他们在埃里克家留下了 2 枚管状炸弹，在迪伦家留下了 6 枚。埃里克在厨房灶台上放了一盒微型卡式录音带，里面录了一点最后的想法。他们还留下了地下室录像带，有当天早上录下的临终告别。

他们分别开车去埃里克家附近的一个公园，把诱饵炸弹扔在一块地里，并把定时器设置在 11:14。行动就此开始。

他们跳回车里朝学校开去，这下他们得抓紧了，最后几分钟非常关键。在第一批次的午餐开始前，他们无法放置大炸弹。第四节课 11:10 结束，铃声一响，他们就有 7 分钟的时间把炸弹搬进去，混在乱哄哄的就餐学生中行进，把炸弹藏在指定的柱子旁，回到车上，准

---

① 凶手在星期二早上的活动是根据以下几个渠道整理出来的：1）目击他们出入的父母和邻居的证词；2）印有时间戳的小票；3）埃里克买汽油的两家商店及科伦拜因高中食堂的监控录像；4）凶手手写的上午日程表以及描述他们计划的录音。他们的笔记本和几张碎纸片列出了几项日程安排，但互相之间存在细微差异。外部证据表明，他们是严格照计划推进行动的。

② 迪伦的尸检报告显示他胃里有 160 毫升的食物，包括"看似土豆皮的碎片"。考虑到迪伦喜欢吃快餐，也可能是炸薯条。埃里克的报告显示 250 毫升食物，没有提到具体是什么。

备好枪支，埋伏好，准备动手。

埃里克在 11:10 驶入停车场，比预定时间晚了几分钟。两个女孩在外出吃午饭时发现了他的车。她们冲他按喇叭挥手，她们对他颇有好感，埃里克挥挥手笑了笑。迪伦跟着他进来，没有人朝他挥手。

迪伦把车开到了毕业班停车点内他的常用车位上，把他的宝马车直接停在食堂正前方。当袭击开始时，这个位置能让他清楚地看到大楼的西南面：又长又宽的绿色弧形玻璃窗包裹着一楼的"公共休息区"和楼上的图书馆。

埃里克继续向前开到小小的高三学生停车点，离迪伦的右侧大约100 码。埃里克选好的位置，直接面朝学生入口，届时大部分幸存者可能会从这里逃出。整个建筑的东南面也在他的火力范围，并与左侧的迪伦形成交叉火力。

布鲁克斯·布朗出来抽烟，发现埃里克把车停错了地方。布鲁克斯冲过去责问他缺考的事情；等他到那里时，埃里克已经跳下车来，正往外拖一个又大又笨重的行李袋。

"你是怎么回事？"布鲁克斯喊道，"心理学课有考试呐！"

埃里克很冷静，面容坚定，"这都不重要了，"他说，"布鲁克斯，我蛮喜欢你的。离开这里。回家吧。"

布鲁克斯觉得很奇怪，但他摇摇头，继续往前走，离开了学校。

埃里克的朋友内特·戴克曼也看到他来了，也觉得情形很奇怪。

埃里克拿着他的行李袋走了进去。按计划他们要在 11:12 回到车上拿起武器。一盘时间标记为 11:14 的监控录像显示，当时他们还没有进入"公共休息区"。他们只有不到 3 分钟的时间——定时器的时间设在 11:17。他们及时赶到安全地带的可能性不大。当炸弹爆炸的时候，他们几乎不可能已经锁好枪、弹匣入膛准备射击。

他们原本可以重置定时器，虽然代价是伤亡人数会少一点。这需要协调，因为他们已经把车停在了停车场的两侧，而暴露了留在食堂内的炸弹风险会很大。他们原本可以放弃这个计划，但诱饵炸弹可能已经爆炸了。

11:14过后不久,他们进入了"公共休息区"。他们的行动毫不起眼,根本没有人注意到他们。500名目击者中没有一人看见他们或是那两个又大又沉的行李袋。其中一个袋子后来将在距离两张摆满食物的桌子几英寸远的地方被发现。

他们完成了这步,并迅速拿好了枪械。这跟演习一样,只是这一次他俩各自单兵作战——他们之间的距离能看得见手势,但听不到对方说话。他们把枪支弹药绑在身上,用长外套盖住。时间紧迫,他们没有按照计划来,而是把霰弹枪留在了行李袋里。两人身上都带着一把半自动枪,行李袋里有一把霰弹枪,背包里则装满了管状炸弹和被称为"蟋蟀"的二氧化碳炸弹。他们可能就是在此刻设置了炸弹的定时器。现在就是几秒钟的事,数百孩子会死掉。在他们的认知里,大规模屠戮已经开始。定时器正在走向时间尽头。除了等待,别无选择。

监控摄像头应该能拍到凶手放置炸弹的画面——如果凶手和管理员都准时的话。每天早上,管理员都遵循同样的程序:在第一批次的午餐前几分钟,他取出午餐前的录像带,放在一边供稍后查看。他把一盘旧的、用过的录像带放进机器里,倒带,按下"录影"键。倒带需要5分钟,这就意味着录制过程会暂停一会儿。在这个空窗期,孩子们可以随心所欲地留下他们的垃圾,但几乎没有人会这么做。

星期二那天管理员迟到了。他在11:14按下"停止"按钮,没有看到炸弹;也没有看见埃里克和迪伦。在等待倒带结束期间,管理员接到一个电话。他说话时,录像带又多放了一会儿。他把新录像带放进去,在11:22按了"录影"键,这中间有8分钟的空当。第一帧图像中可见炸弹,窗户附近的学生开始有所反应。外面有什么奇怪的东西引起了他们的注意。

* * *

科伦拜因的日常是根据时钟运作的,里面的大多数人都遵循严格的程序。星期二早上有几个人打破了常规。帕特里克·爱尔兰——那个不敢邀请劳拉参加舞会的高三男孩——就喜欢事情千变万化。他有时候在图书馆吃第一批的午饭,有时候则在食堂吃。他又熬夜和劳拉打电话了,还得完成统计学作业。于是,在埃里克和迪伦摆放行李袋的时候,他和四个朋友一起去了图书馆。帕特里克坐在一枚炸弹正上方的一张桌子旁。

福音派的小信徒少女卡西·伯纳尔已经被调到科伦拜因,去教化那些不信教的人,她拉了一把椅子坐在窗户边。她这个时候出现在图书馆还挺少见的。她也没有完成作业,正努力完成一份关于《麦克白》的英文课作业。但她很高兴自己已经写完了当晚要向青年团契做的报告。

奇怪的是,D先生没有出现在食堂。他的秘书帮他预约了一次面试,推迟了他的日常安排。他正坐在主走廊对面的办公室里等待一位年轻教师的到来。D先生打算给他一份长期工作。

警官尼尔·加德纳是社区安保官,他在治安官办公室工作,但被派到科伦拜因中学来做全职。他通常和孩子们一起吃饭,第一批午餐是他与孩子们建立互信关系的最佳机会,这也是他工作的关键因素。他每天都穿着同样的保安制服,配明黄色衬衫,所以非常打眼。星期二,加德纳打破了自己的日常惯例。他不太喜欢菜单上的日式照烧,于是和他在学校的上司——一个没有武器配备的平民保安——一起去赛百味买了回来吃。这天天气很好,很多孩子都在室外,所以他们决定去查看一下那些吸烟的人。他们在加德纳的警车里吃三明治,车就停在学校对面吸烟区旁的教职员工停车场内。

就在附近,罗宾·安德森坐在车里。埃里克和迪伦把炸弹搬进来的时候,她正从毕业班停车点开出来,但没看到他俩。她绕着大楼转来转去等着接两个朋友。她有点坐立不安——午饭时间正在接近尾声。5分钟过去了,也许10分钟。女孩们终于出现了。罗宾朝她们吼了几句,然后她们开车走了。在学校的另一端,已经有人开枪了。

科伦拜因案　　051

一个叫丹尼·罗尔博的高一新生去"公共休息区"见两个朋友。几分钟后,他们决定出去抽烟。如果炸弹爆炸了,这个决定可能救了他。他或许能及时逃出来。他们在最危险的时刻从一个侧面出口出来,就在毕业班停车点旁边。

两个放炸弹的人在他们的车旁待了一两分钟。他们知道,用于转移注意力的诱饵炸弹应该已经在学校以南 3 英里外的地方爆炸了。而事实上,这事已经泡汤了。一名在该地区工作的土地测量员移动了炸弹,然后管状炸弹和其中一个喷雾罐炸了,发出一声巨响,在草地上燃起大火。但丙烷罐——主要的爆炸装置——在火场中毫无反应。诱饵炸弹是埃里克制作的唯——颗能点燃的大炸弹,而且是他最愚蠢的主意之一。官员们在枪击开始时,也就是学校打出第一个报警电话前 4 分钟,就知道了这事。诱饵炸弹的主要作用是提醒当局该地区出了问题。然而,没有任何大事把大家的注意力转移过去。

埃里克和迪伦不得不执意而行。

在埃里克和迪伦的计划中,警车已经向南飞驰。不过,他们会看到"公共休息区"四分五裂。两辆车停的地方视野都很好。食堂会在他们面前爆炸;他们将看着自己的同学被炸得血肉横飞,烧成灰烬,他们的高中也会被夷为平地。

11. 有女性中枪

11:18，学校完好无损。一些孩子已经排着队拿到了午餐，走到外面，在草坪上找个地方坐下来吃。没有乱作一团的迹象。定时装置不精确。不是那种以红色数字倒计时读秒的电子定时器，是老式的时钟，第三根小指针被拨到了3和4之间的五分之二处。但这个时候应该已经爆炸了。

数百个的攻击目标从学生入口涌出来，跳进车里，快速开走了。此时该执行备用方案了。但没有备用方案。埃里克对自己简直信心十足。没有任何迹象表明他计划过如何应对突发情况。迪伦也没有留下任何迹象表明他有过任何计划。

他们可以继续进行第二幕：根据原定部署，以交叉火力干掉出来的人，然后继续向出口推进。他们依然可能超越麦克维。但他们没有。炸弹没有爆炸似乎让其中一个男孩感到不安。

没人留意到接下来发生了什么。两个男孩都可能惊慌失措，但埃里克镇定自若，他的搭档正好相反。物证也指向迪伦。显然，埃里克迅速行动去找他那情绪不稳的小同伙了。

我们不清楚他们是否用上了手势，也不知道他们是如何碰头的。我们知道埃里克当时在最佳位置，但他舍弃了这个位置去了迪伦那边。埃里克行动迅速。不到2分钟，埃里克就发现炸弹失灵了，他抓起自己的双肩包，穿过停车场来到迪伦的车旁，和他一起冲向大楼，爬上了通往西出口的外部楼梯。这是他们第一次被人注意到，此时是11:19。

他们的新位置是校园的制高点，在那里他们可以掌握他俩车所停的两个停车场以及建筑物那一侧的所有出口。但这样一来，他们离自己的主要目标——学生出入口——就远了,那里依然有大量学生涌出。他们再也无法在不分开的情况下进行三角测量或强势推进。

11:19,他们在楼梯顶上打开了行李袋,抽出霰弹枪背在身上。① 他们把半自动枪锁定,装好子弹。其中一人喊道:"上啊!上啊!"有人——几乎可以肯定是埃里克——开枪了。

埃里克转过身朝他目光所及的任何人开枪。迪伦给他加油,没怎么开枪。他们打中了在树丛间行走的人,在南边草地上午餐的人,上楼梯往东边去的孩子。他们把管状炸弹扔下楼梯,扔到草地上,扔到屋顶上。他们一起高呼,一起嚎叫,一起狂笑。多么疯狂的时刻啊。

瑞秋·斯科特和她的朋友理查德·卡斯塔多是最早倒下的。他们俩一直在草地上吃午饭。埃里克的子弹射中了理查德的胳膊和躯干,瑞秋的胸部和头部。瑞秋当场死亡。理查德假装死了。埃里克信以为真。

丹尼和他的烟友兰斯·柯克林、肖恩·格雷夫斯正沿着土路朝楼梯走去。他们看到枪手开枪,却以为只是彩弹游戏或高年级的恶作剧。看起来很有趣嘛。他们径直向枪手冲去,以便看得更清楚。丹尼走在前面,走到了楼梯的一半。埃里克转过身来,扣动了卡宾枪的扳机。一颗子弹打穿了丹尼的左膝——前面进后面出。他绊了一下,倒

---

① 对于具体枪击情况的描述,我主要依靠警方对证人的采访、杰弗科《警署最终报告》、州长报告以及埃尔帕索县治安官的报告。通过采访调查员,特别是首席调查员凯特·巴丁,我对不一致的内容进行了整理。我对杰弗科当局关于其自身问题和警方反应的所有声明持怀疑态度。但是,总体而言,调查小组对凶手在4月20日的活动记录是全面而细致的。值得注意的例外情况——如杀害丹尼·罗尔博的凶手信息——已经得到了纠正。埃尔帕索县警方对丹尼被枪杀一事进行了彻底的重新调查,再次询问了约130名证人,并寻访了另外65名拒绝接受采访的人。由此出炉的一份450页的报告取代了杰弗科之前做的关于校园外枪击情况的报告。

事件的时间顺序参照了《警署最终报告》,并通过各种方法推断得来,其中包括证人证词以及911报警电话、出警电话和食堂监控录像的时间记录。帕蒂·尼尔森打给911的那通电话尤其重要。她放下了电话,但没有挂断,10分48秒的活动被记录下来。之后,FBI的犯罪实验室对这段音频进行了增强处理。目击者描述的每一声枪响、撞击、尖叫和高分贝对话都可以根据可靠的录音进行排序。

了下来。埃里克没有停，一枪接着一枪。当丹尼倒下时，他的胸部又挨了一枪，第三枪打在他的腹部。针对他上半身的射击直接打穿了他的身体，对他的心脏造成严重创伤，它立即停止了跳动。第三枪射进了他的肝脏和胃，造成了主要脏器的损伤和内陷。

兰斯试图抓住丹尼，但意识到他自己的胸部、腿部、膝盖和脚也挨了好多枪。

丹尼的脸撞到了水泥人行道上。死亡几乎是瞬间降临。

兰斯倒在草地上。他昏了过去，但还在呼吸。

肖恩突然大笑起来。① 他觉得肯定是彩弹游戏。他们现在也身在其中了。

肖恩觉得有个弹丸擦着脖子而过，紧接着一袭凉意，感到了一阵刺痛，仿佛拔出了一根静脉注射针。他没有意识到自己中枪了，还环顾四周，发现他的两个朋友都倒下了。疼痛的信号传到了肖恩的大脑，感觉好像有人踢了他背后一脚。他跑回到他们刚刚出来的门那儿。差一点就跑到了。但实在太疼了，他的腿使不上力，人就倒下了。他再也感觉不到自己的腿了，也搞不清楚发生了什么事，就好像被麻醉枪打中了。

埃里克再次转过身，看见有五个孩子在一丛松树下的草地上。他开了枪，孩子们拔腿就跑。一个倒下了，他也假装死了。另一个中了一枪，但还是继续跑。其他三个则毫发无损地逃掉了。

枪手们不断移动。兰斯恢复了知觉。他感到有人在他身体上方走动。他向那家伙伸出手，拉了拉他的裤腿，大声呼救。

"当然，我会帮忙的。"枪手说。

兰斯感觉等了很久很久。在他的描述中，接下来发生的事情仿佛声波爆炸，把他的脸扯开了。他眼睁睁地看着自己脸上的肉一块块飞走。呼吸急促起来：进去的是空气，流出的是血液。他再次失去了

---

① 肖恩对于当时事件的了解来自杰弗科和埃尔帕索县的警方报告。

科伦拜因案

知觉。

迪伦从小坡上下来，朝肖恩走去。食堂里有几个人看见他进来。有人跑了出来，抓住肖恩，开始把他拖进去。一个成年人拦住了他，她说移动一个重伤的人是很危险的。最后肖恩倒在了入口处，一扇门压在他身上。有人想跨过他的身体出去，一只脚踩在了肖恩的背上，说了句："哦，对不起，老兄。"

一个工友过来安慰肖恩，握着肖恩的手说自己会和他在一起，但自己此刻必须先帮助孩子们逃走。他建议肖恩装死。肖恩照做了。

迪伦又上当了，或者假装上当了。他跨过肖恩蜷成一团的身体，走了进去。

那里发生了踩踏事件。来吃午餐的人惊慌失措，大多数躲在了桌子底下；还有些人跑向楼梯。桑德斯教练在教职员工休息室里听到了外面的骚动，就朝危险地带跑去。

他的女儿安吉拉后来说："我觉得他甚至连想都没想一下。他的本能就是去救那些孩子。"

戴夫冲进"公共休息区"，试图控制局面。两个管理员跟着他去帮忙。桑德斯让学生们趴下。接着他飞快地思考了一下，大喊道："快跑！"

桑德斯环顾四周，三个方向都有出口，但多数看起来情况不妙。有一个可行的选择：穿过"公共休息区"，沿着宽阔的水泥楼梯爬到二楼。不知道上面是什么情况，但无论如何都比现在好。桑德斯带路。他在没有保护措施的情况下跑过了敞开的房间，挥舞着手臂让孩子们看到他，并大声喊着叫他们跟上。桌子并没有提供什么真正的保护，但让人感觉安全多了。外面的情况很吓人。不过，孩子们信任桑德斯教练。

桑德斯身后涌来一大群学生。公共休息区里的488人中的大多数都跟着他走向楼梯。他冲向顶上，又转身指挥人流。向左！向左！他把他们送到了走廊东面的出口，远离毕业班停车点。

"他从头到尾一直在救人,"一个学生说,"他带着我,把我推进一个房间里。"

一些学生停下来警告其他人;一些学生只是跑。有人跑进合唱队的教室里大喊:"有人开枪!"

一半的孩子躲了起来,另一半逃走了。隔了几个房间的 3 号科学教室里,学生们正在埋头进行化学考试。他们听到类似石头砸到窗户上的声音,但老师认为这是恶作剧。他说,坐好,专心考试。

* * *

戴夫·桑德斯始终留在最后,直到所有孩子都离开。当迪伦进入食堂时,这一大群人的最后几个正往楼梯上挤。

一共有 24 级台阶。大约有 100 个孩子在跑向二楼躲藏的过程中被困在楼梯上,挤在同伴和铁栏杆之间动弹不得。无处藏身。他们站成了不同的高度,很容易成为目标。根本不可能蹲下——任何试图停下脚步的人都会被踩踏。食堂大约有 100 英尺宽。迪伦的位置很方便开火。一两枚管状炸弹或者从 TEC-9 射出的一梭子弹都可以让所有人停下。迪伦走了几步,把武器举到射击位置。

这是自设置好定时器以来,迪伦第二次和埃里克分开。迪伦似乎又一次失去了勇气。他用步枪从房间这头到那头划了一道弧线,看着学生们上了楼,楼梯上空无一人。他没有开枪。他只用过几次武器。迪伦环顾四周,然后转过身来,在门口后退着从肖恩身上跨过。那扇沉重的门又狠狠地砸了肖恩。迪伦在楼梯顶上和埃里克再度会合。

不清楚迪伦为什么去食堂。很多人都说他是查看炸弹出了什么问题的。但他根本没有接近过它们,也没有试图引爆它们。更有可能的是埃里克派他去查看还可以在哪里发动袭击并杀死更多的人。

迪伦一个人啥也没干,但埃里克在楼梯顶上尽情自娱自乐,他一边开枪,一边大笑,还不时地投掷管状炸弹。他看见一个叫安妮·玛丽·霍奇哈特的高三女生从路边站起来试图逃跑。埃里克用 9 毫米半

科伦拜因案   057

自动卡宾枪打中了她。她继续跑,他又朝她射击。这次她倒下了。一个朋友把她抱起来拖到大楼边上,脱离了埃里克的视线范围。然后他留下她跑了。他躲在毕业班停车点的一辆汽车后面,一枚管状炸弹在安妮·玛丽第一次倒下的地方爆炸了。

"太棒了!"其中一个杀手喊道。

当迪伦回到埃里克身边时,他们已经对付完了所有容易对付的目标。所有还在外面的人都没命地跑或是躲了起来。还有最后一拨人在外面。这些学生跑过了毕业班停车点,翻过了铁丝网栅栏,正奔跑着穿过雷布尔山山脚附近的足球场。埃里克瞄准了他们,但他们太远了。其实并没有超出射程,只是很难打中。迪伦也向远处的目标开火,这样他总共开了五枪。当时是 11:23,杀手们已经度过了高度亢奋的 4 分钟。

* * *

加德纳警官是第一个接到报警的。管理员一装上新的监控录像带,看到窗户边孩子的反应就马上用无线电通知了加德纳。管理员听起来非常害怕。与此同时,第一通 911 电话打给了杰弗科警局。一个女孩在毕业班停车点受伤。"我感觉她瘫痪了。"打电话的人说。警讯在 11:23 到达警队,此时,加德纳开车绕过大楼来到"公共休息区",而迪伦在楼梯顶上和埃里克会合。"有女性中枪。"911 接线员说。

加德纳看到烟雾升起,孩子们在奔跑。他听到枪声和爆炸声,并从无线电接收机里听到了一系列警讯。他不太清楚骚乱的源头在哪里。

* * *

骚乱发生的头 4 分钟里,大部分学生都没有觉察。数百人在逃命,但更多的人正安静地坐在教室里。许多人听到了喧闹声;几乎没有人感觉到危险。大多数人觉得有点吵闹。混乱和安宁并存,往往只有几码之遥。戴夫·桑德斯把孩子们领到"公共休息区"的楼梯一侧时,兼职艺术老师帕蒂·尼尔森正在他上方走来走去,监督大厅内的情况。桑德斯把吃午饭的孩子们赶到楼梯口交给她，然后沿着一条平行的走廊走了下去。整个大厅挤满了近 500 个孩子。尼尔森从未亲眼见过或听到过枪击。不过，她听到了外面的喧闹声。一些孩子跑过来说他们听到了枪声。尼尔森很恼火。很明显这是个恶作剧，或者是有人在拍摄视频，搞了太长时间了。她往下朝走廊的西边出口望去。透过门上的大玻璃窗，她可以看到一个背对着她的男孩。他拿了一把枪。他正朝着毕业班停车点开枪。她以为那是个道具，声音特别响，这太没有分寸了。尼尔森冲下走廊去叫他停下来。一个叫布莱恩的高三学生跟在她后面去瞧一瞧。

当他们走近出口的时候，枪手的目标正好也跑得差不多了。那里有两扇门，中间由气闸隔开。尼尔森和布莱恩穿过第一扇门，伸手去抓第二扇门的把手。埃里克发现了他们。他转过身，把枪举到肩上，瞄准尼尔森，面带微笑。然后，他开枪了。玻璃碎了，不过子弹没打中她。尼尔森仍然以为这是一把 BB 枪。然后她看到了窗户上那个洞的大小。

"老天啊！"她尖叫起来，"老天啊，老天啊！"

她转身就跑。他又开了一枪。还是没打中，但玻璃和金属碎片，可能还有一颗擦身而过的子弹划破了她的后肩。火辣辣地疼。布莱恩也转过身来。尼尔森听到他咕哝了一声，看到他的身体突然前倾。他的背拱起来，双臂张开，重重地摔在地板上。看起来很糟糕，但他马上撑起上身手脚并用地匆忙爬回去穿过第一扇门。击中他的是霰弹片，她也一样。

她也伏下身子，他们爬了一小段路回到第一扇门那儿。他们把一边的门扒开一点挤了进去。一旦穿过了那道门，他们马上站起来跑了。

尼尔森急需一部电话。显然图书馆是个最佳选择，它就在拐角处，横跨南走廊的大部分区域，就在一堵玻璃墙的后面。尼尔森看到几十个孩子在里面转来转去，她马上想到这一幕也会被跟在她后面的

科伦拜因案　　**059**

枪手尽收眼底。她一次也没有回头看。

尼尔森跑进图书馆向他们示警。"有个孩子拿着枪!"她喊道。

里面没有成年人。这让尼尔森大吃一惊。瑞奇·朗老师几分钟前就冲进去大喊,让所有人离开,赶紧逃出去警告其他人。帕蒂·尼尔森的本能反应刚好相反。她命令他们蹲下来。

然后尼尔森一把抓住柜台后面的电话,拨了9-911。她特别留意细节,比如拨打外线要先拨"9"。一秒钟也别浪费!

尼尔森预料枪手随时会进来。但埃里克没有跟进来。他已经注意力涣散。加德纳警官驶进了停车场,警灯闪烁、警笛鸣响。加德纳从车里走了出来,但他并不清楚自己要面对什么情况。

埃里克开枪了。他打了10枪,一枪没中。迪伦什么也没做成。

加德纳躲在警车后面。埃里克就连车都没打中。然后,他的枪卡壳了。埃里克赶紧清理弹舱。迪伦逃进了学校。

加德纳看到机会来了。他把手枪放在车顶,打出了4枪。埃里克转来转去,好像被击中了一样。击毙了,加德纳想。这下好了。

几秒钟后,埃里克又开枪了。这是一次短促的连射;接着他撤退到里面去了。

当时是11:24。室外的惨剧已经持续了5分钟。主要是埃里克在开枪。在这段时间内,他一共用TEC-9打了47枪,没有用霰弹枪。迪伦用TEC-9只开了3枪,用霰弹枪开了2枪。

他们沿着走廊朝图书馆走去。

* * *

当埃里克向帕蒂·尼尔森开枪时,戴夫·桑德斯听到了枪声。桑德斯教练朝枪声的方向跑去。尼尔森跑进图书馆后不久,他就通过了图书馆门口。他发现枪手在走廊的另一端,立即转身向转角跑去。

一个男孩从合唱队教室里偷偷往外看,正好看到他跑开。桑德斯一边跑,一边试图让学生们离开射击范围。"趴下!"他大喊道。

12. 警戒线

28 分钟后，当地电视台开始报道该事件。[①]各大电视网迅速跟进。丹佛附近的一所高中发生了可怕的事。对于这样一起偏远郊区发生的枪击事件，新闻报道是以混乱开始的：伤情不明，但连开多枪——共计 9 枪——还可能发生了爆炸。其中可能用到了自动武器，甚至有手榴弹。据报发生了火灾。正在调集 SWAT 小组[②]。

CNN 正在全力报道科索沃的局势。北约因为当地的种族灭绝而开战。贝尔格莱德的夜幕刚刚降临，美国战机正集结在地平线上，准备彻底摧毁塞尔维亚首都的新目标。丹佛时间上午 11:54，CNN 把画面切到了杰弗科，新闻播了一下午都没停。广播电视网开始中断肥皂剧。很快，科伦拜因的消息使战争黯然失色。似乎没人知道到底发生了什么。还没结束吗？显然没有。就在广播电视网进行直播的同时，学校里的一些地方还在响起枪声和爆炸声。校外一片混乱：直升机盘旋，警察、消防队员、家长和记者纷纷来到校园。没人能进去。新一波的增援部队分分钟就会到，但他们只是挤在大楼周围。偶尔会有学生仓皇地跑出来。

当地电视台一直在关注该地区的医院。"目前还没有接到病人，"一名记者从一家医院发来报道，"但他们预计会有一名脚踝受伤的受害者。"

杰弗科的 911 接线员们感到不知所措。数百名学生仍在大楼里。很多人都有手机，他们打出来的报警电话内容相互矛盾。来自该地区各处的数千名家长都在拨打同一个 911 中心的电话，要求提供信息。许多学生放弃了拨打 911，转而打给电视台。当地的主播开始直播对他们的采访，有线电视网也开始采用他们提供的消息。

目击者证实有人受伤。一个女孩说她看见"像是有三个人"被射杀。

"你觉得他们是在向特定的人开枪吗?"一位记者问。

"他们就只管开枪。就那样——他们根本不在乎对准的是谁;他们就是开枪,还扔了一枚手榴弹,或是什么会爆炸的东西。"

"目击者"似乎没完没了,尽管大多数人都看到了骚乱,但没有看到是谁造成的。一位毕业班的学生描述了他们意识到出问题的那一刻:"嗯,我当时正在上数学课,突然我们看向外面,注意到有人正迅速冲进数学楼大厅,我们就打开门了,听到一声枪响,是一声巨响,然后我们听到有人说'天呐,有个家伙拿着枪!'于是大家都吓坏了,我的一个朋友走到门口说有个人站在那里。我们都跑到教室的角落里去了,我们老师不知道该怎么办,因为她实在是吓坏了。"

枪手似乎有好几个——都是男孩,都是白人,都是科伦拜因中学的学生。有人在停车场开枪,有人在食堂开枪,还有人在楼上走来走去。有人埋伏在屋顶上。这队袭击者中,有人身着T恤,另一些人穿着黑色长风衣。每一对袭击者中有一个穿T恤一个穿风衣的。有些人戴着帽子,有一两个则戴着滑雪面罩。

其中一些张冠李戴是典型的犯罪现场那种混淆。与流行的认知正好相反,目击证人的证词是出了名的靠不住——特别在证人受到胁迫时。记忆会变得杂乱无章,目击者会在没有意识到自己正在做什么的情况下想象着一些丢失的细节。但这种误解很大程度上是特定因素造成的。埃里克几乎一开始开枪时就把他的长外套扔在了楼梯顶上。迪

---

① 我依靠ABC、CBS、NBC、CNN和NPR的文字整理稿对事件进行描述,对实时电视、广播报道进行分析。CNN进行了四个多小时的直播。CNN有权使用四家地方电视台的内容——这四家电视台隶属于三个电视新闻网以及另一个电视台——并在电视台的节目间进行切换,从而提供了出色的地方新闻合辑。
② 全称为Special Weapons And Tactics,意为"特殊武器与战术部队",是美国拥有先进技术战术手段的反暴力、反恐怖特别执法单位。因全称太长,美国影视剧中常有该部门出现,中国读者可能并不陌生,所以此处采用英文简称。——译者

伦则一直穿着，进入图书馆以后才脱掉。每一次服装上的变化都让人以为又出现了一个枪手。这所学校位于一座小山包上，两层楼面附近均有入口，这样无论在楼上还是楼下都可以同时看到埃里克和迪伦。他们使用的远程武器将火力分散在数百码宽的射击半径上。远处的目击者不知道枪手在哪里；他们只知道自己受到了攻击。一些目击者仔细聆听并准确定位了混乱的来源——但炸弹的爆炸声往往会误导人，尤其是当炸弹落在屋顶上时。几个孩子确定上面有情况。他们发现了一个受惊的空调修理工，立即将其认作屋顶上的持枪歹徒。

* * *

消息迅速传遍了科伦拜因社区。孩子们一到安全的地方——或是他们希望不会有危险的地方——就用手机打电话回家。大约有500名学生在校外，有的是出去吃午饭，有的是病假或旷课。当他们在返回学校的路上看见了警察设置的路障时，这是他们感觉出了问题的第一个迹象。到处都是警察，比他们这辈子见过的警察还多。

内特·戴克曼是回学校的孩子之一。他被听到的故事惊呆了。内特回家吃午饭了，他每天都是这样。可是从学校出来的时候，他遇上了一件奇怪的事情：埃里克在不正常的时间从不该他使用的停车场走进了大楼。他本该走出来才对。埃里克和迪伦那天早上都不见踪影。显然他俩在搞什么鬼。奇怪的是，他俩没有叫上他，连电话都没有打给他。埃里克倒没什么，他不是那种体贴的朋友，但迪伦是。迪伦应该会打电话的。

最近这两个人在捣鼓一些奇怪的事。管状炸弹啊、枪啊。当内特听说发生了枪击事件时，他很紧张。而当有人提到风衣时，这事儿就板上钉钉了。

这不是真的，内特想。这不可能是真的。

他遇到了他的女朋友，后者正在十字路口那儿站着。她也是埃里克的好朋友。她跟着内特回了家。然后，内特做了几乎所有人都在做的事情：他开始给朋友们打电话，确认他们都安全。他想给迪伦家打电话，但这事太吓人了。很快。他很快会打电话过来的。他先查看其他朋友的情况再说。

* * *

加德纳警官向埃里克开枪时已经知道增援部队正在路上。一所高中"有女性中枪"的消息，在警方无线电通信中引起轩然大波。杰弗科发出了一条全城范围内的互助请求，使得全市各地的警察、消防队员和医护人员纷纷开始奔向山麓地区。警用无线电频道内很快就拥挤不堪，以至于加德纳无法通知接线员他已经到达。与埃里克交火后，加德纳回到车里，用无线电呼叫支援。这一次他成功了。加德纳遵守执法规范，没有进入校园追捕埃里克。

警官保罗·斯莫克是一名骑警，听到911接线员的调度通知时，他正在克莱门特公园的边上开一张超速罚单。他通过无线电做了回应，然后骑上摩托车在草地上疾驰而去。他穿过了足球场和棒球场，在加德纳和袭击者交火后不久，他就到达了大楼北侧。他把摩托车停在一个设备房后面，一个血流不止的男孩正躲在那里。另一辆巡逻车停在了他后面，然后又来了一辆。他们都在加德纳附近的拐角处绕来绕去，就是看不到他。男孩告诉他们他是被"内德·哈里斯"打中的，大家身上都没有带纸，所以一名警官在巡逻车的引擎盖上写下了这个名字。

他们跑上前去救助另一个躺在草地上流血的学生。当他们走近时，拐角附近的加德纳警官看见了他们。加德纳和埃里克的枪战已经过去2分钟，他拔出手枪再次下车。当埃里克再次出现在西出口的门口时，斯莫克和加德纳发现了对方。

"就是他！"加德纳大喊。他再次开火。

埃里克躲到门框后面。他用步枪戳破裂开的玻璃进行还击。有几个学生又开始挪窝了，埃里克想把他们困在原地。斯莫克看得到加德纳开枪的地方,但门口被挡住了,他看不见。他巧妙地挪到了能看见埃里克的地方,开了3枪。埃里克撤退了。斯莫克听到里面有枪声。更多的学生跑出了大楼。他没有追进去。

更多警察陆续赶来。他们照顾受惊和受伤的人们,努力想搞清楚他们面对的是什么情况。有目击者来找他们。孩子们看见警车停在山顶上就跑了过来。有些人在流血。所有人都惊慌失措。他们在汽车后面一字排开,蹲伏在警官附近以求庇护。

他们提供了大量准确的信息。警方无线电收到的报警内容差异很大,但同一地点的任何一群人倾向于提供非常一致的线索。这些孩子描述了2名身穿黑色长外套的枪手持乌兹冲锋枪或霰弹枪射击并投掷手榴弹。至少有一个是高中生年龄,一些受害者认识他们。孩子们在不断地赶过来。汽车的保护功能很差,人群聚集很可能会引起注意。警官们认为很有必要疏散人群。他们指挥一部分男孩将衬衫撕成条状,在互相帮忙处理伤口的同时设计了逃跑计划。他们决定把几辆巡逻车排成一道防御墙,然后一趟趟把学生们送到后面更安全的地方。

每个警察都受过类似事件的训练。警察的执法规范要求他们控制情况。警官们迅速分成几个负责放哨的小组(watch team),他们可以把守25个出口中的一小部分,保护那些已经出了校门的学生。"设置一条警戒线。"他们说。那天下午,他们会没完没了地重复"警戒线"这个词。医护人员正在学校外面设立分诊区,警官们要想办法把孩子们送到那里。警察会停止压制火力,以保护疏散人员,同时不让袭击者乘机发动进攻。他们不知道持枪歹徒是否还在现场,也不知道其是否有意动手。警官们已经有段时间没有看到持枪歹徒,也没有与之交手了。

刚来的警察被派去把守其他出口。第一批到达的警察以及随后到达的数百人持续听到枪声。震耳欲聋的爆炸声不断在学校里响起来。食堂和图书馆的外墙在一些爆炸中隆隆作响。斯莫克警官看到绿色的玻璃窗在变形。一次冲击波过后,有6个学生跑出了食堂大门,跑到了另一名守卫南出口的警官那里。

"我们会死吗?"其中一个女孩问他。不会的。她又问了一遍。不会的。她还是问,不停地问。

这名警察认为枪手可能会逃离大楼,穿过球场,翻过隔开校园和外面第一户人家的铁丝网。

"我们不知道坏蛋是什么人,但我们很快就意识到他们的武器非常先进,"斯莫克警官后来说,"都是大炸弹,大型枪支。我们不知道'他们'是谁。但他们正在伤害孩子们。"

当有线电视网在中午时分开始直播时,数百名穿着制服的响应者在场。35个执法机构也派人来了。他们集结了各种车辆,其中包括一辆卢米斯·法戈公司的装甲车,其司机一直在该地区工作。一名学生在从学校回家的一英里路上数了一下,总共有35辆警车从他身边疾驰而过:"救护车和警车横穿主干道的隔离带,骑警在车流中逆行,简直不要命一样。"他说。

每分钟就会来6个警察。似乎没有人统筹负责。一些警察想攻入大楼,但计划并非如此。谁制订的计划?依据是什么?

他们加强了警戒线。

埃里克在上午11:24和11:26与两名警官交火——分别在袭击发生5分钟和7分钟后。此后执法部门不再对行凶者开火,也不再向大楼推进,直到12点过后不久。

13. "1 失血而死"

黄色警用带围出了一圈警戒线。没人从里面出来，问题越来越严重。围观者、记者以及家长像警察一样迅速涌来。他们对警官不构成什么威胁，但于他们自己来说却有很大的危险。米斯蒂·伯纳尔是最早来的人之一，她不知道她女儿在图书馆，也不知道这意味着什么。她只知道卡西不知所踪，上高一的儿子克里斯也没有消息。

米斯蒂家的院子就在埃里克向学生们开枪的足球场后面，但她是绕了个大圈才过来的。米斯蒂在上班，所以她没有听到埃里克朝她家方向开枪的声音，不过她的丈夫布拉德听到了。他因病在家休息，听到了砰砰几声，但压根没放在心上。有人放鞭炮，也许是些搞恶作剧的。他们住在一所高中旁边，对这种闹腾习以为常。他甚至懒得穿上鞋子去瞧一瞧。

半小时后，米斯蒂和一位同事坐在一起吃午饭时，接到了一个令她不安的电话。也许没什么事，但她打电话让布拉德去看一下。他穿上鞋子，站在后院从篱笆那边往外看。那里乱哄哄的，校园里挤满了警察。

米斯蒂·伯纳尔是一个45岁左右的高个女人，很有魅力，大嗓门，说一不二。她五官饱满丰润，有着跟卡西一样的卷曲金发，衣着风格也类似，就是个子矮了一点，刚刚过了卡西的肩头而已。她看起来简直就是大了好几岁的姐姐。布拉德个子更高，黑发，帅气——是个声音柔和、举止谦虚的大块头。他们虔诚地信仰上帝，于是开始乞求上帝救救他们的孩子。

他们分头行动会更有效。米斯蒂去了学校。布拉德守着电话机。

警戒线外，警察们竭力阻止家长们涌进来。电视台主持人代为转达了他们的恳求："虽然很难，但还是请你们不要靠近这里。"然而还是有一波接一波父母不断蜂拥而来。

科伦拜因案 067

米斯蒂放弃了。已经设立了两个集合点,米斯蒂选择了克莱门特公园另一侧的公共图书馆。她发现只有寥寥几个学生。他们在哪里?

当学生们冲出学校时,他们看到了两个选择:一个是皮尔斯街对面的一个小区,一个是克莱门特公园的开阔地。几乎没有人选择公园。他们蹲在房子后面,藏在灌木丛里,钻到汽车底下。任何能盖住他们的物体都行。有些人拼命地敲住户的前门,但大多数房子都锁着。在家的妈妈们开始在街上招呼陌生人进门。一个学生说:"孩子们纷纷涌进这些人家。肯定有150到200个孩子挤进了这家。"

第二个集合点是利伍德小学,它位于这个社区的中心,所以大多数幸存者都不由自主地往那里跑。家长们被送去了礼堂,孩子们列队走过舞台。妈妈们尖叫着,到处是相拥的母子,无人认领的孩子们在后台静静地哭泣。因为很难把孩子们集中到一个位置,所以墙上贴了签到表,这样父母就可以看到孩子们亲手写下的他们还活着的证明。

公共图书馆里聚集的幸存者不多。米斯蒂很矛盾。离开这里去利伍德很危险:道路已经封锁,所以只能步行前往。她很可能在路上错过自己的孩子。一位当地的牧师站在椅子上高喊:"请留在这里!"他向他们保证,传真随时会发过来。大家最好等在这里。传真是从利伍德发送过来的签到表复印件。米斯蒂焦急地等待着。

气氛仍然紧张但很克制。爆发了一阵小小的骚动。"保罗没事!"一个女人尖叫起来。她举起手机。"他在利伍德!"她丈夫冲了过去,他们拥抱在一起,抽泣。并没有泪流满面。人在恐惧的时候会因为太害怕而哭不出来;只有团圆后情绪才能释放。山包那边不时会出现一小撮学生。如果他们没有被马上领走,一群母亲就会上去询问。问的总是一样:"你怎么出来的?!"[①]

[①] 与科伦拜因中学图书馆相关的大部分描述和引言是基于我自己的观察。当天中午刚过,我在那里待了大约一个小时。米斯蒂·伯纳尔在图书馆的想法和陈述是例外,这部分内容来自她写的书。

关于利伍德小学的描述来自我后来对跑到那里的孩子和家长的采访,以及我后来通过录像看到的电视直播报道。

她们需要一再确认有路可逃。

"我不知道该怎么办,"一个姑娘说,"我们听到枪声,我就站在那里,老师哭着指了礼堂的方向,大家都在跑,在尖叫,我们听到了爆炸声——我猜是炸弹什么的。我没亲眼看到,但我们想搞清楚是怎么回事,我猜他们又开枪了,所有人都跑了起来,我心想,怎么回事啊!他们又在开枪了,所有人都惊慌失措。大家推推搡搡,都要进电梯,大家你推我我推你,我们就是这样一直拼命跑……"

大多数的叙述都是这样急促而语无伦次的:杂乱无章地重新拼凑着混乱的场面。目击者连珠炮似的说个不停,直到喘不过气来才停下。一个讨人喜欢的高一新生很不一样。她身上还穿着科伦拜因中学的运动服,冷静地叙述了她的逃跑经过。她在大厅里遇上了持枪歹徒。她很确定其中一人开着枪从她身边跑过。但是那里烟太大,场面混乱,她不确定发生了什么、在哪里发生的以及其他情况。子弹弹回走廊,玻璃碎裂,打在金属上噼啪作响,大块的灰泥砸在地面上。

妈妈们呼吸一滞。有人问她是否担心过会送命。"没太担心,"她说,"因为校长和我们在一起。"她以实事求是的语气诚恳地说。一个少女在表明自己和父亲待在一起感到安全时,可能也会用这样的语气。

这些叙述令人痛心,却让妈妈们放下心来。每个人的逃跑故事都不一样,但结局都一样:孩子们躲过一劫。这样的故事越来越多,令人感到宽慰。

米斯蒂询问了每个孩子。她嘴里喊着"卡西!克里斯!"穿过人群,又穿回来。一无所获。

* * *

指挥权落在了新选出的杰弗科治安官约翰·斯通身上。他就职以来还没有遇到过谋杀案,市里的警察发现是县里的人在负责此事,也大为吃惊。许多人毫不掩饰地表达了他们的反感。城里乃至郊区的警察都认为治安官手下的警官不过是保安。这些人的工作是把犯人从监狱提到法庭上,当真正的警察就他们应对及调查的罪行出庭作证时,这些人是在一旁站岗的。

当他们得知具体是谁在指挥后,抱怨声更大了。[①] 约翰·斯通看起来像一位旧时西部的治安官:一个高大魁梧的家伙,圆滚滚的肚子,浓密的灰色胡子,饱经风霜的皮肤,炯炯有神的眼睛。他身着制服、戴着警徽、别着手枪,但他是个政客。他当了 12 年的县监事(county supervisor)。去年 11 月他竞选县里的治安官,今年 1 月宣誓就职。他任命约翰·邓纳威为副治安官,这人也是个官僚。

治安官及其手下守着警戒线。枪声此起彼伏。SWAT 小组憋了一肚子火。什么时候来个人允许他们进去?

邓纳威任命大卫·沃尔彻中尉为现场指挥。具体行动现在将由一名从事警务工作的人指挥,并由邓纳威和斯通治安官监督。这三人在学校以北半英里外的克莱门特公园的一辆拖车上设立了一个指挥所。

中午刚过,一个 SWAT 小组开始了他们接近学校的首次尝试。[②] 队员们征用了一辆消防车作为掩护。一个人开着消防车慢慢地靠近大楼,12 个人贴着车身移动。在入口附近,他们一分为二:6 人一组。特里·曼瓦林中尉的小组殿后,开火压制对方,随后朝另一个入口前进。大约在 12:06,另一组的 6 个人冲进楼里。另一个 SWAT 小组几分钟后到达并跟上了他们。

这组人以为他们离食堂咫尺之遥。实际上他们在大楼的另一端。曼瓦林中尉曾多次进入科伦拜因,但他不知道学校经过改建,食堂已挪到了另一处。他有点摸不着头脑。

火警警报依然在响。队员用手势互通消息。每一个食物柜、每一

---

① 对当天下午警方行动的反馈,来自几位身在现场并亲耳听到的人。
② 关于 SWAT 小组的描述来自《警署最终报告》以及杰弗科公布的大量文件。新闻直升机拍摄的录像是校外行动的实证。戴夫·桑德斯没有得到救援,我在第 26 章的注释中会提到与之相关的消息来源。

个杂物柜都必须被当作可疑地点进行检查。很多门都锁着,所以他们就开枪打坏门锁,开了门。被困在教室里的孩子们听到枪声稳步逼近,以为死亡就在眼前。家长、记者乃至外面的警察都听到了枪声,也得出了类似的结论。SWAT 小组一个房间一个房间有条不紊地朝着凶手推进。他们会在三小时后找到凶手的尸体。

在凶手一度活跃的西侧,一支消防队进行了一次风险更大的行动。有六个人还躺在食堂外的草坪上或附近,有几个人仍有活着的迹象。安妮·玛丽、兰斯和肖恩已经流了 40 分钟的血,当 3 名医护人员和一名紧急救护人员(EMT)冲进来时,警戒线附近的警察靠近过来为他们提供掩护。

埃里克出现在二楼图书馆的窗口,向他们开枪。两名警察开枪还击。其他人用的是压制性火力。医护人员把 3 个学生救了出来。丹尼被宣布死亡后留在了原地。

埃里克不见了。

曼瓦林中尉的另一半 SWAT 小组用消防车做掩护,在大楼外小心翼翼地移动着。半小时后,他们到达了大楼另一端。12:35,他们找到了草坪上的理查德·卡斯塔多,此时距离他中枪已经 1 小时 15 分钟。他们又想办法将瑞秋·斯科特救了出来,把她带回到消防车那个位置。① 随后他们确认她已经死亡,遂放弃救援,把她放在了地上。最后,他们去带丹尼·罗尔博,对之前的发现毫不知情。他们把丹尼留在了人行道上。

1:15,第二个 SWAT 小组从毕业班停车点方向冲入大楼,砸碎了教师休息室的窗户跳了进去。队员们迅速进入与之相邻的食堂,但发现那里几乎空无一人。吃了一半的食物剩在桌上。自动喷水灭火系统已经把房间淹了,水面上漂着书本、背包和各种各样的垃圾。水有三

---

① 几位目击者报告说,瑞秋大喊了好几分钟,这种说法广为流传。但是调查员凯特·巴丁的调查令人信服,它表明瑞秋在太阳穴部位中枪后立即死亡。

科伦拜因案

四英寸高,而且还在上涨。火把天花板烧黑了,还烧化了几把椅子。他们没有注意到因炸弹的分量而沉在地上的行李袋。一个袋子已经被烧掉了。丙烷罐暴露在人们眼前,大部分冒出水面,但混在碎片之中。到处都是恐慌的迹象,但没有伤者,没有尸体,没有血迹。

还有很多安然无恙的人。该小组惊讶地发现了数十名惊恐的学生和教职员工。他们有的蜷缩在顶部直抵天花板的储藏柜里,有的躲在一眼可见的食堂桌子下面。一位老师爬上了天花板,试图从通风管道逃出生天向警察报告,但他摔了下来,需要就医。还有两个人躲在冰柜里瑟瑟发抖,冻得连胳膊都抬不起来了。

SWAT 小组搜查了这些人,并把这些人一个个从他们攻进来的窗口送了出去。一开始并不难,但他们走得越远,就越需要留下更多的队员来确保路线安全。他们带了更多的人手进来帮忙。

在他们的头顶上,直升机不断地盘旋着,旋翼发出有规律的"嗖嗖——嗖嗖——嗖嗖"声。

罗宾·安德森在停车场目睹了这一切。① 她和朋友们一起去了"冰雪皇后"(Dairy Queen)饮品店,匆匆驶离"得来速"窗口,绕回了学校。他们回来的时候学校有很多警察。警方正在围起警戒线,但通往毕业班停车点的入口依然敞开。罗宾把车开进了自己的停车位,一名警察拔出枪大步走了过来。待在原地不要动,他出言警告。已经来不及退出去了。罗宾和她的朋友们将在她的车里等上两个半小时。当罗宾看到埃里克出现在图书馆的窗口时,她快速伏下身子。她不确定那人就是他,距离太远了。她只能看出是一个穿着白色 T 恤的男人朝她这个方向开枪。

谁会做这种事?罗宾问她的女朋友。这个弱智是谁?

罗宾看了看她朋友的停车位。埃里克、迪伦和扎克都有指定的停

---

① 我描述的凶手朋友的反应大多基于警方对他们的问询记录。其他细节则来自其中一部分人接受的电视采访。

车位，连在一起的三个位子。扎克的车在，埃里克和迪伦的车不见了。

* * *

一想到这事可能是谁干的，内特·戴克曼就觉得害怕。他给大多数密友打了电话，但拖着没给埃里克和迪伦打。他一直希望有他俩的消息。希望，但不是真的期待。迪伦会伤了他的心。多年来他们一直很要好。内特经常待在迪伦家，汤姆和苏·克莱伯德一直对他关爱有加。内特的家里很不安生，克莱伯德夫妇就像他的再生父母。

迪伦没有打电话来。中午时分，内特拨通了他家的电话。① 汤姆·克莱伯德会在的——他在家工作。但愿迪伦和他在一起。

汤姆接了电话。不，迪伦不在。他在学校呢，汤姆说。

实际上，没有，他不在学校，内特说。迪伦没去上课。内特不想让汤姆担心，但学校发生了枪击事件。有人描述了他们的样子，持枪歹徒穿着风衣。内特认识几个穿风衣的孩子——他把他们都算上了。他讨厌告诉人家坏消息，可他不能不说。他觉得迪伦和此事有关。

汤姆走进迪伦的房间去查看衣柜里那件风衣还在不在。"哦，天哪，"他说，"衣服不见了。"

内特后来说，汤姆非常震惊。"呃，我以为他会放下电话。他简直不敢相信会发生这种事，而且他的儿子还卷入其中。"

汤姆对他说："不管你听到什么，请随时通知我。"

汤姆挂了电话。他打开电视，所有的台都在说这个。

他打电话给苏。她回了家。汤姆打电话给他们的大儿子拜伦，他和苏因为拜伦吸毒——他们不能容忍这种行为——而将其赶出了家

---

① 这里涉及克莱伯德夫妇的所有记录都来自与他们相关的警方报告、内特的电视采访文稿以及记录拜伦与同事互动的新闻报道。内特和汤姆各自描述了他们的通话，中间仅存在极其微小的差异。

门①,但眼下这件事比什么都重要。

汤姆显然强压着自己对迪伦的不好猜测。拜伦对同事们说,他很担心他弟弟被困在里面,也担心年纪比他小的、还在上学的朋友。他说:"我得去看一下大家是不是都没事。"

拜伦的许多同事都和学校里的人有来往。他们都回家了。

汤姆·克莱伯德打了911,提醒他们他的儿子可能卷入此事。他还打了电话给律师。

* * *

电视上出现这场灾难的画面是在警察到场30分钟至1小时后。主持人尽职尽责地一再重复"警戒线"这个概念。警方已经"用警戒线把事发地点围了起来",但那些部队究竟在干什么?外面聚集了上百人;每个人似乎都在瞎转悠。主持人开始自说自话。还算幸运,似乎没有人受重伤。

12:30左右,报道出现了第一个可怕的转折。当地电视台记者进入了分诊区。太骇人了,这么多血,很难辨认的伤处。许多孩子被抬上了救护车;当地医院全部处于戒备状态。

六架新闻单位的直升机在盘旋,但它们扣下了大部分录像。电视台刚刚直播了几分钟,治安官的团队就要求它们停止播放。科伦拜因中学的每个房间都配有一台电视机,持枪歹徒很可能也在看电视。摄像机可能拍下了对凶手很有用的画面:SWAT小组的行动和等待救援的受伤孩子。电视台也压下了有人死亡的消息。它们直升机上的工作人员看到医护人员给丹尼做了检查之后把他留在了原地。公众依然不知情。

电视台还抓拍到了一个令人不安的画面,就在大楼侧翼二楼的3

---

① 迪伦的"转处计划"档案中多次提到拜伦被赶出家门的事。其中的"毒品/酒精史"部分指出,拜伦"因继续使用毒品被赶出家门"。

号科学教室，那里离图书馆较远。很难搞清楚里面到底发生了什么，但动静很大，还有一条令人不安的线索。有人把一块巨大的白板拖到窗前，上面用巨大的大写字母写了一行字。第一个字符看起来很像一个大写的 I，实际上却是个数字："**1 失血而死**。"

14. 人质对峙

下午 1 点左右，有消息慢慢传进记者的耳朵，说孩子们被困在大楼里。局势已升级为挟人质对峙。对公众而言，袭击的性质发生了变化。不知道行凶者会怎么做。他们在什么位置？人质似乎被关押在"公共休息区"，但报道相互矛盾。

现场出现救护车以及挟人质劫持的消息迅速传到了利伍德小学和公共图书馆。父母们越来越紧张，但他们同心协力，交换消息，传看手机上的信息。信号非常差。1999 年的时候，手机并不普遍，但在这个富裕的社区里，似乎每个人都有手机。他们狠狠地敲着按键，反复盘问邻居，向亲友提供最新消息，在每一台他们能想到的电话答录机上给他们的孩子留言。有些人一边面对面地交换信息，一边心不在焉地按着"重拨"键，往自己家打电话，祈祷这一次接电话的不是机器。米斯蒂一直在给布拉德打电话，还是没有克里斯和卡西的消息。

接着，一个新消息迅速传开：有 20 个学生——也可能是 30 或 40 个——还在学校里面。他们不是人质，他们躲在合唱教室里，把设备堆起来顶住了门。父母们倒抽了一口气。这是好消息还是坏消息？还有几十名学生处在危险之中，但这几十人确定还活着——如果一切属实的话。许多荒诞的谣言已经来了又去了。

至少有两三百名学生藏在学校里：他们躲在教室和公用设施的橱柜里、课桌和其他各种桌子下面。①有些人拼凑出了临时保护装置；另一些人则暴露在外面。大家都不敢动。许多人小心翼翼地对着手机低语，还有不少人围着教室里的电视机。他们听到砰砰声，还有震耳欲聋的火警警报声。CNN 现场直播了在当地的一名主持人和一个独自躲在课桌下的学生之间的电话连线。他听到了什么？学生回答，和你听到的一样。"我这儿有一台小电视机，（我）正在看你们的节目。"整整4个小时，小道消息、证实了的消息以及添油加醋的消息你方唱罢我登场。

  警察们非常恼火。② 记者们不知道还有数百名孩子被困在里面，而且对回声室效应正在发酵没有概念。警察们却很清楚。侦缉部门正在召集人员去采访每一个幸存者，他们知道数百名最佳目击者还困在里面，分分钟都会受到伤害。但警察没办法阻止。这是手机时代的首次重大的人质对峙，他们从未遇到过这样的情况。目前，他们更在意的是传到枪手那里的消息。孩子们的爆料时不时地把记者吓得不轻。在电视直播中，一个男孩描述了他觉得是枪手的声音："我听到周围有人扔东西，"他说，"我就待在这张桌子下面。我不知道他们是否知道我在这里。我现在就在楼上，我只是希望他们不知道……"

  女主持人打断了他的话："别告诉我们你在什么位置！"

  那男孩描述了更多的骚动。"外面有一帮子人在哭。我能听出他们在楼下。"有什么东西掉下来了。"哇！"

  主持人倒吸一口气，问道："那是什么？！"

  "我不知道。"

  主持人实在受不了了。她的搭档叫男孩挂断电话，保持安静，并尝试拨打911。"继续给他们打电话，好吗？"

  警方恳求电视台停止直播。他们说，请告诉人质不要给媒体打电话。告诉他们把电视机关了。

  各电视台播出了警察的请求，并继续播送打来的电话。"如果你正在看这个节目，孩子们，关掉电视，"一位主持人恳求道，"或者，至少把音量关小。"

---

① 这是凯特·巴丁的估计。
② 警方对新闻报道的反应基于我当天对警方高层和学校官员的采访。他们在新闻报道中的陈述则是我的辅助资料。

* * *

全国上下很多人都在关注对峙局面的发展。在此之前发生的校园枪击案没有一次被电视直播过；没有几个美国惨剧直播过。随着摄像机的拍摄，科伦拜因的情况缓缓地呈现在屏幕上。或者至少看起来是这样的：摄像机提供了一种错觉，即我们正在目睹事件的发生。但是摄像机来得太晚了。埃里克和迪伦发动攻击 5 分钟后就撤退到了学校里面。摄像机错过了校园外的杀戮，也无法去里面追踪埃里克和迪伦。大多数美国人的基本体验是几乎要亲眼见证大规模谋杀了。那是一种由于不了解情况而产生的恐慌和沮丧，一种因为恐怖场景被隐瞒、看不到而日益加深的恐惧。我们终究会了解科伦拜因事件的真相，但不是在当天。

我们看到了零星片段。摄像机给我们的信息是误导性的。一队警察守在学校外面，给人的暗示是学校里面也有同样的警力部署。歇斯底里的目击者描述了各种截然不同的袭击场面，证实了这种暗示。凶手似乎无处不在。打电话出来的人证实凶手还在行动。他们提供了无可辩驳的证据——攻击区域内有枪声。信息没有错；结论是错的。是 SWAT 小组在行动。

电视上叙述的故事看起来与凶手的计划完全不同。它只不过勉强接近实际发生的情况。调查人员将花好几个月的时间才能把学校里面发生的事情拼凑起来。动机为何，这个谜需要更长时间才能解开。而侦缉小组要解释整个事件的起因则需几年时间。

公众等不了那么久。媒体并不打算这么做。于是他们开始推测。

15. 第一种假设

　　一个调查小组在正午前集结。凯特·巴丁（姓的发音和"拉丁"一词同韵）被任命为首席调查员。巴丁已经知道主要嫌疑人是谁。大多数学生不清楚袭击他们的是什么人，但也有不少学生认出了枪手。有两个名字被重复了一遍又一遍。巴丁在克莱门特公园指挥所的拖车内迅速汇集了有关埃里克和迪伦的材料。她派出小组分别去把守两人的家。警探在 1:15 到达哈里斯的住处时[①]，第三个 SWAT 小组正好冲进科伦拜因中学教师休息室。埃里克的父母得到消息已经回到了家里。警察发现他们不合作。他们试图拒绝警察进入，警察拒不退让。当他们朝地下室走过去时，凯茜·哈里斯害怕了。"我不同意你们下去！"她说。他们说要征用这个房子，并让所有人离开。韦恩说，他对埃里克是否参与其中存疑，但如果他家真有个滥射枪手，他愿意配合。凯茜的双胞胎妹妹也在场。她解释说，韦恩和凯茜很担心事件的恶果，怕受害者的父母可能会来报复。

　　警察闻到煤气味；他们让公用事业公司切断了电源，然后继续搜查。在埃里克房间的书架上，他们发现了一个锯掉的霰弹枪枪筒，床上有未使用的弹药，地板上有剪掉了指尖的手套，桌子、梳妆台、窗台和墙壁等处有制造烟火和炸弹的材料。在别的地方，他们发现了《无政府主义者食谱》中的一页，一个新的煤气罐的外包装，后院一块石板上还散落着玻璃碎片。一位证据专家当晚赶到现场，花了 4 个小时拍了 7 卷胶卷。他在凌晨 1 点离开。

　　克莱伯德一家可谓知无不言。一份警方报告称汤姆"非常愿意沟通"。他详细讲述了迪伦的过去，并列出了他所有朋友的名字。汤姆说，迪伦的精神状态一直很好。苏说他非常开心。汤姆反对持枪，

科伦拜因案　　079

迪伦在这一点上与他观点一致——汤姆说，他们不可能在房子里找到任何枪支或爆炸物，他很确定。警察的确找到了管状炸弹。汤姆很震惊。迪伦是个好孩子，他一口咬定。他和迪伦很亲近。如果有什么问题，他应该早知道了。

第一个抵达科伦拜因中学现场的 FBI 探员是高级特工德韦恩·弗斯利尔。除了名字以外，他已经完全摆脱了卡津人②的口音。弗斯-呃-雷，他说。谁都发不好这个音。他是一名资深特工、临床心理学家、恐怖主义问题专家，也是这个国家名列前茅的人质谈判专家之一。这些都不是他去科伦拜因高中的原因。他接到了太太打的电话，他们的儿子在学校里。

弗斯利尔接到电话的时候③，正在丹佛的罗杰斯联邦大厦的自助餐厅内，那是市中心一幢高层建筑，离事发地 30 分钟车程。他正在喝一碗低盐清汤——因为他患有高血压。碗留在了桌上。弗斯利尔坐进他那辆道奇无畏时，胳膊伸向座位底下摸索便携式警灯。他已经好几年没有把警灯拉出来用了。

弗斯利尔朝山麓那边开去。他将作为人质谈判专家提供服务，或者做其他可能需要的工作。他不知道他的提议会如何被接受。

处于危机中的警察往往会对有训练有素的谈判专家到场感到兴奋，但他们对 FBI 的人心存戒备。几乎没有人喜欢 FBI 的人。弗斯利尔认为情有可原。联邦探员通常自视甚高，且很少有人试图掩饰这一点。弗斯利尔看起来不像个联邦探员，听声音也不像。他一开始是心理医生，后来成了人质谈判专家，后来又成了警探，他的车后座上放着一套莎士比亚全集的缩略本。他跟当地警察交流时没有自说自话，没有翻白眼，也没有拿他们打趣。他的姿态和讲话方式都不趾高气

---

① 几位警探就他们在哈里斯家和克莱伯德家进行调查的情况提交了详细报告。
② 法裔路易斯安那州人，讲旧式法语。——译者
③ 与弗斯利尔探员相关的大部分内容都基于对他本人、他妻子咪咪及其两个儿子的采访。其中大部分内容得到了警方报告、他发表的作品以及其他调查记者的证实。2000 年至 2008 年期间，我向弗斯利尔探员提问 50 多次。

扬,有点喜怒不形于色。拥抱儿子的话他有点窘,可是当幸存者需要拥抱的时候,他会向他们张开双臂。他随时面带微笑,开起玩笑来也常常是拿自己开涮。他真心诚意地喜欢当地的警察,也很感激他们所做的一切。他们喜欢他。

他在该地区的国内反恐特别工作组工作被证明是机缘巧合。这是地方机构和 FBI 的一次联合行动。弗斯利尔是该工作组的领导,而杰弗科的一名高级警探是他组里的成员,也是最早打电话给弗斯利尔的人之一。听说德韦恩已经在路上,他松了一口气,主动提出等他到了把他介绍给指挥官。

警探在弗斯利尔到达学校前向他汇报了事情的进展。有报道说,有 6 或 8 名戴着黑色面罩、配着军用装备的枪手逢人就开枪。他认定这是一次恐怖袭击。

要劝服持枪歹徒放下武器需要一种特定的语气。弗斯利尔探员向来温和,让人安心。不管他的谈判对象行为举止多么不稳定,弗斯利尔总是能镇定地应对。他周身散发出气定神闲,给人提供摆脱困境的办法。他训练谈判人员迅速看出对方的心思,判断其主要动机。枪手是受什么驱使,是愤怒、恐惧还是怨恨?他是在炫耀自己掌控了一切吗?发动袭击是为了满足他的自尊心,抑或是他陷入了无法控制的事件中?要让他把枪放下,最重要的是倾听。弗斯利尔教给谈判人员的第一件事就是判断现场有没有人质被挟持。对外行来说,被枪口指着的人等同于人质。事实并非如此。

FBI 的一份实战手册引用了弗斯利尔的研究,阐明了关键的区别:人质是达到要求的一种手段。手册中写道:"首要目标是不伤害到人质。事实上,劫持人质的人很清楚,只有让人质活着,他们才可能达成自己的目的。"他们行事理性。不劫持人质的枪手不会这样干。人对他们来说毫无意义。"[这些]个人的行为是情绪化的、无意义的,而且往往是自我毁灭式的。"他们通常不会提出任何要求。"他们想要的是他们已经获得的,也就是受害者。在许多此类案件

科伦拜因案　　**081**

中,大开杀戒后自杀的可能性非常高。"

杰弗科的警察已经将科伦拜因发生的事定义为挟人质对峙。每一家媒体都是这么报道的。弗斯利尔博士认为这种可能性微乎其微。而他即将面对的情况要糟很多。

对 FBI 来说,判断其为非人质对峙事件至关重要。该局建议在此类情况下采取截然不同的战略——实质上就是完全相反的做法。如果有人质被挟持,谈判人员要让对方尽可能看得到自己,让持枪者自己争取机会,并坚定地表明一切在警察的掌控之内。如果没有人质被挟持,他们就放低姿态,"给一点好处,但不期待回报"(例如,提供香烟以缓和彼此的关系),并避免向枪手做出哪怕一丁点暗示是其他人而不是他在掌控局面。挟持人质情况下,目标是逐渐降低对方的期望值;在非人质危机中,目标则是安抚对方的情绪。

弗斯利尔到达以后立即着手进行的事情之一是组织一个谈判小组。他找到了自己训练过的当地警员,FBI 的其他谈判人员也做出了回应。邻近的一个县把当时已经在现场的一个移动指挥所借给他们使用。911 接线员接到命令,将大楼里的孩子打出来的所有电话全都转接给该小组。任何他们所能了解到的关于枪手的信息都可能是有用的,他们把收集到的后勤信息交给战术小组。该小组有信心能说服持枪歹徒。他们需要的是找到一个能对话的人。

弗斯利尔穿梭于谈判中心和杰弗科指挥所之间,协调联邦部门的反应。事态暂时平静一点以后,弗斯利尔开始询问那些刚刚逃离学校的学生。他走到分诊区那里翻了翻记录,他们已经评估了几百个孩子。他翻出街区里认识的或是男足队的孩子,迅速浏览了一下。他认识的每个人都是"评估过已放行"。他一空下来就给他们的父母打了电话。

他儿子的名字一直没有出现。弗斯利尔探员很庆幸自己忙得不可开交。"我有工作要做,"他后来说,"这让我分心乏术。专注于工作让我不再一直想着布莱恩。"咪咪定期确认情况,所以德韦恩就不用去确认了。咪咪去了利伍德,见到了很多孩子。没有人见过布莱恩;也没有人听到过任何关于他的消息。

* * *

如此大规模的袭击让人感觉其中包含着一个巨大的阴谋。所有人——包括警探在内——都认为参与此事的人为数不少。这场推定出来的阴谋的第一个突破口似乎出现得很早。凶手的好朋友克里斯·莫里斯向 911 报案。他另一个朋友在家玩任天堂游戏时在电视上看到了这条新闻消息,一开始他很担心他的女朋友。而打游戏的小伙伴的爸爸则是大楼里面的一名科学老师。

两个男孩立即跳上车出发,想找到克里斯的女朋友。一路上,他们不停地遇到警察设置的路障,还听到各种零星的消息。当克里斯听说了风衣的事情时,他吓了一大跳。他知道埃里克和迪伦有枪,也知道他们一直在捣鼓管状炸弹。就是为了干这事吗?

克里斯打了 911,没有打通。他又打了好几次,接通后他把自己知道的事情讲了一下,调度员派了一辆巡逻车到他家。警察对他进行了简短的盘问,然后决定把他带到克莱门特公园的指挥所那里去。他们有很多疑惑。这孩子是谁?"克里斯·哈里斯?"一个警探问道。很快他就被警探包围了。摄影师注意到了他,电视台的工作人员开始跑过来。

克里斯看起来是这样一种人:蔫不拉叽,呆头呆脑,不知所措。他的脸颊泛着红光,戴一副金属边的眼镜,一头乱糟糟的浅棕色头发刚刚盖过耳朵。警察迅速给他上了手铐,带进了一辆巡逻车的后座。

到了此刻,凶手的好多朋友都怀疑是他们干的。在这个时候身为埃里克或迪伦的朋友成了一件可怕的事情。

* * *

打从一开始,甚至在他们尚不知晓枪手的名字或身份之前,电视台的记者就把这些男孩当作一个整体来描述。"他们是独来独往吗?"

科伦拜因案 **083**

记者不断询问目击者。"他们受到排挤了吗?"一直是"他们"。而且这种描述总是符合校园枪手的形象特点——这些特点本身就是一种迷思。目击证人几乎总是表示认同。几乎没有人认识凶手,但他们没有提这茬,也没有人问他们。是的,被排挤的人,我听说他们是的。

弗斯利尔抵达科伦拜因时抱有一个假设:有多名枪手存在,需要采取多种战术。弗斯利尔不认为他的对手是一体的。用于化解这个枪手怒气的策略很有可能会激怒那个枪手。大规模杀戮者倾向于单干,然而,一旦他们合伙行事,他们很少选择和自己一模一样的人。弗斯利尔知道,他要找的躲藏在那栋楼里的更有可能是一对各方面截然相反的人。这是完全有可能的,原因很复杂——此外,更有可能的是,他会发现埃里克与迪伦有着不同的动机。

记者们很快锁定了这次袭击背后的黑暗势力:恐怖的风衣黑手党(Trench Coat Mafia)。这种说法分分钟后传得更加诡异。在最初的2小时里,目击者在 CNN 的报道中将"风衣黑手党"描述为做哥特风格打扮的人、同性恋、被排挤者和街头帮派分子。"他们很多时候会,呃,化妆,涂指甲油之类的,"一位科伦拜因高三的学生说,"他们有点——我说不好,像哥特派那样的,而且他们,呃,总是和死亡和暴力有关。"

所有这些都将被证明是错的。事实上,那个学生并不认识他正在描述的人。但这些说法越传越广。

16. 窗边的男孩

丹尼·罗尔博是第二个死去的。当埃里克瞄准人行道上边上的丹尼时，丹尼同母异父的妹妹正在大楼里朝他走去。在他们放置炸弹的时候，妮可·佩特龙换上了运动服，今天天气很好，她所在的班级要出去打垒球。就在埃里克结束对加德纳警官的射击时，妮可班上走在前面的女孩正拐弯走向他们。

D 先生在同一时刻来到了走廊——在枪手的对面。[①]他刚刚收到有枪击事件的警报，就立即跑来查看。女孩们没有接到警告。D 先生看到迪伦和埃里克从西边的门那里进来，姑娘们稀里糊涂地闯入了他们过来的那条道。

他说："她们有说有笑地准备径直走过去。"

凶手开枪了。子弹从姑娘们身边飞过。D 先生身后的奖杯陈列柜碎了。

"我以为我当场被打死了。"他说。

子弹横飞，他不管不顾地直冲去大声喊姑娘们掉头。他把她们带到体育馆尽头的一个侧走廊上。门是锁着的。

D 先生有钥匙，拴在他口袋里的一根链子上，差不多样子的还有几十把。他不知道那把钥匙长什么样子。迪安杰利斯说："我当时脑子里想的是，他快要从拐角处过来了，我们被困在这里了。要是我不把这些门打开，我们就完蛋了。"一个电影画面在他脑海中闪现：一个纳粹集中营，一个警卫从背后射杀逃跑的人。他心想，等那人转过拐角，我们就要被扫射而死。他把手伸进去随便抓了一把钥匙。正好就是它。

他把姑娘们领进体育馆，四处寻找藏身之处。他们能听到炸弹声和枪声，只能想象外面发生了什么。他发现远处墙上有一扇不起眼的门。后面是一个储藏室，栏格里堆满了各式健身器材。他打开门让她们进去。

"你们不会有事的，"他对她们说，"我不会让任何坏事发生在你们身上。但我得带大家逃命，我要把门关上。谁来也不能开！"然后他有了一个主意，为什么不想个暗号出来呢？有人建议用"橘子"；不好，用"不羁少年"吧，另一个女孩说；不好……几个姑娘开始为此争起来。D先生简直难以置信，他突然大笑起来。女孩们也咯咯地笑。在那一瞬间紧张的气氛被打破了。

他把姑娘们锁在储藏室里，自己穿过体育馆，嘎吱一下打开了通往外面的门，探出头去。他说："我看到其他孩子和老师都出来了。然后看见杰弗科的一个警察——他的车飞一样地开过护坡，我跟几位老师说：'我得回去！里面有孩子。'于是我等警察出来后上去向他说明了情况。他说：'你进去吧。'"

D先生把妮可的班级带到了刚刚那位警察所在的位置，但现在他意识到学校里面还有几百人。

"我要……"他刚一开口就被警察打断了。

"谁也不能再进去了。"

于是，D先生带着全班同学穿过一片运动场，越过一系列小小的障碍。他在一个铁丝网前停下来，托着她们翻过去。其他姑娘则在远处接应。"走吧，姑娘们，"他说，"翻过铁丝网。"

最后一个女孩也翻过来了，她们跑过球场，直到觉得安全为止。D先生找到了指挥所，为SWAT小组画了走廊的示意图，还描述了他看到的情况。他记得一个把棒球帽帽檐转到后脑勺戴的家伙。"他们一直说这些人穿着长风衣，"D先生后来回忆道，"而我一直说：'这

---

① D先生救了上体育课的女生，这部分叙述来自对他本人以及班上部分女生的采访。

些人没有穿长风衣！他戴着帽檐转到后面的棒球帽。'"

D先生最后去了利伍德，和孩子们在一起。他在那里遇到了他的妻子、弟弟和一个好友。除了弗兰克，每个人都流下了眼泪。这可真奇怪。弗兰克向来是个容易动感情的人。但创伤后应激障碍（PTSD）的首个症状已经出现在他身上。他什么也感觉不到。

"我就像一具僵尸。"他后来说。

* * *

约翰和凯希·爱尔兰知道帕特里克是第一批次吃午餐的。[①] 但他总是在外面吃饭。约翰去找帕特里克的车，他知道帕特里克的停车位。如果车不在，他的儿子就是安全的。一名警官把他挡在了警戒线外面。"求你了！"约翰乞求道。他答应不走到学校那边去。"我只想到停车场那边看看……"求是没有用的。约翰熟悉那一带，所以他又走了另一条路。那条路也被堵了。他回到了利伍德小学。

孩子们源源不断地涌进来。大礼堂里挤满了寻找孩子的父母，但也有身边没有父母的孩子。约翰看见有几个孩子在哭，他过去和他们聊天，让他们振作起来。

看到孩子们找到自己的父母，约翰和凯希很高兴，但每一次团聚都增加了自家孩子身陷困境的可能性。有些人的孩子被救护车接走了。约翰和凯希不愿意沉溺于悲观的想法之中。"我不愿意去想帕特可能已经受伤了，"凯希后来说，"我百分百相信他会没事的。至少我不愿意无端猜测或者为此耗费精力。我只想找到他。"

约翰找到了不少帕特里克的朋友，但谁也没见过他。他和谁在一起呢？他们为什么不打电话过来？

帕特里克去图书馆做他的统计学作业了，他的4个朋友和他一起去了。谁也没有打电话给爱尔兰一家，因为他们都中枪了。

[①] 涉及爱尔兰一家以及他们早期生活的大多数场景都来自我对他们的采访。在后面的章节中还提到了其他消息来源。

* * *

德韦恩·弗斯利尔探员也没能找到他的儿子。咪咪放弃了公共图书馆,跑到利伍德那里去找了。那里的孩子更多,但没有人见过布莱恩。

德韦恩有机会接触人数在不断增加的执法队伍,但这对他没什么用。警方一直留意着布莱恩的消息,可是没人来通知。弗斯利尔还有一个有利条件,那就是他知道大楼里还有很多孩子安然无恙。他已经和许多人私下谈过,并继续向他们询问凶手的情况。他是为数不多意识到这里面暗藏风险的父母之一。有两具尸体已经在食堂外躺了几个小时,他不知道他们是丹尼·罗尔博和瑞秋·斯科特,但他知道他俩没有被搬动,随后他听到911调度员宣布他们已经死亡。其他人描述了3号科学教室里那块写着"1 失血而死"的牌子。

咪咪盯着利伍德礼堂的舞台,在那里讨论死亡和谋杀是禁忌。她仔细翻看了签到单,又在人群中查找。德韦恩每隔15分钟就用手机打来询问,但没有提到有人被杀。她没有问。

* * *

在90分钟的混乱中,持枪歹徒似乎同时出现在学校的每一个角落。然后一切安静下来。凶手似乎仍在四处游荡,随意开枪,但现在枪声是零星的,没有人受伤后跌跌撞撞地出来。伤者已送往医院。其中大部分人花了一个小时才从大楼里出来,穿过分诊区,上了救护车。下午1:00到2:30之间,受伤人数在8到18之间波动——取决于你看的是哪个电视台。数字有所不同,但在不断增加。治安官的一名发言人宣布,SWAT小组发现有更多学生被困在大楼里,他们躺在地板上,显然已经受伤。

突然,下午1:44,警察终于抓到了一个什么人。一名记者在CNN节目中说:"我们看到3名(学生),他们举着双手,身旁有两辆警车。他们的手是举着的。"警察用枪指着拿下了他们。

消息很快传到了图书馆。"他们投降了！"一个女人尖叫起来，"都结束了！"

他们在那里短暂地庆祝了一下。真相慢慢传了回来。

* * *

就在 2：30 之前，坐在新闻直升机里的一名警官发现有人在图书馆里活动。他就在被炸破的玻璃窗内侧，浑身是血，举止古怪：他的大半身体靠在窗框上，正在清理玻璃碎片。他要跳下去！

警官用无线电通知了 SWAT 小组。他们开着卢米斯装甲车冲向大楼。

"等一下，孩子！"其中一人大喊，"我们来救你了。"

帕特里克·爱尔兰感到困惑。他听到有人喊叫，但看不见任何人，也不知道声音从哪里来。他感到头晕，他的视线模糊，什么也看不清。他没有意识到血正流进他的眼睛里。他脑子里的声音占了上风：快出去！快出去！

但外头乱哄哄的叫喊声引起了他的注意。为什么他们说话这么慢？所有的声音都低沉而含糊，他的脑袋似乎在水底下。他在哪里？不太清楚。出事了，可怕的事情。开枪了？快出去！快出去！

几个小时前，帕特里克·爱尔兰和他的朋友们躲在桌子底下。马凯和丹也在那里，还有一个他不认识的女孩。科里和奥斯汀去查看情况，结果不知道去了哪里。帕特里克低下头，闭上眼睛。当他听到马凯的呻吟声时，图书馆里的枪声刚刚响起。帕特里克睁开眼睛，看见马凯的膝盖在流血，他俯身去压住伤口。他的头顶伸出了桌面边缘，迪伦看见了他，又用霰弹枪开了一枪。帕特里克眼前一片空白。

几块子弹碎片打进了帕特里克的颅骨，另一些碎片嵌进了他的头皮——可能是爆炸中从桌面上撕下的木头碎片。一颗小弹丸射穿了他的头部，它在海绵状的脑组织中钻了 6 英寸，从他左边发际线上方的头皮进去的，卡在了脑袋的中后部。他的视觉中心丧失了一部分，大部分语言功能也没了。他恢复了知觉，但很难说出完整的句子，也很难理解别人的话。各种身体功能的通路都被切断了。知觉受到阻碍，所以当他胡言乱语或发出各种含混的声音时，他并不自知。左脑控制着身体的右侧，那颗小弹丸切断了这个连接。帕特里克的右半边身体瘫痪了。他的右脚也中了枪，骨折了还在流血——他都不知道。那一侧什么也感觉不到。

帕特里克的意识一会儿清醒一会儿糊涂。凶手离开房间时，他处于半昏迷的状态。所有的孩子都往后边的出口跑，马凯和丹试图让他集中注意力。他只是茫然地看着他们。

"快点儿，伙计，"其中一个说，"赶快走！"

他根本听不进去。他们上去拽他，但两个人的腿都中枪了，帕特里克则瘫软无力。他们一点办法都没有。凶手随时可能回来。最终他们抛下帕特里克逃走了。

后来，躺在地上的帕特里克醒了。出去！他想出去。他的半边身体拒绝行动。他站不起来，甚至不能爬。他伸出左手，抓住什么东西，拖着自己的向前走。无知觉的那一侧身体在拖他的后腿。他前进了一点点，可他的意识又模糊了。

他一次次地醒来，一次次开始努力。谁也不知道反复了多少回。一条血迹斑斑的小路显示出了他绕了多少弯路。他从离窗口不到两张桌子的距离出发，但他的方向错了。他撞上了各种障碍物：尸体、桌腿和椅子。他推开了一些，绕开了另外一些。他一直朝着亮堂的方向而去。假如他能够到窗户那里，也许有人会看到他。不得已的话，也许他会跳下去。

他花了3个小时才到达那里。他在窗洞旁边找到一把安乐椅。椅子非常坚固，不易倾斜，如果凶手回来，可以拿它做掩护。他把背靠在矮墙上，身体拼命向上，最后他抓住椅子奋力站了起来。他靠在两块大玻璃窗中间的横梁上，休息了一会儿以恢复体力。然后他转过身来。他在冒险跳下去之前还有一个问题要解决。

这个问题就是帕特里克跳不了。他还得翻过一个齐腰高的窗台，而他所能做的是身子向前倾，头朝下摔在人行道上。当他翻过窗台时，前胸会压在窗台上。上面是参差不齐的碎玻璃。大部分玻璃被枪弹震碎了，但碎玻璃还嵌在窗框里面。帕特里克用一条腿支撑住自己，把肩膀抵在窗梁上，用同一侧的手把大块的碎片捡出来扔掉。他一丝不苟地捡着。他不想受伤。

就在那时，他听到了混沌不清的声音。

"别动！我们会来救你的！"

装甲车停在窗下。一队SWAT跳下车。附近有几队人从两边提供掩护。一组人从消防车后面瞄准；狙击手趴在远处的屋顶上瞄准。他们已经准备就绪，以防此次营救任务遭遇火力袭击。

帕特里克没有等。他以为自己等了一会儿。他记得他们在喊："好，安全了！跳吧。我们会抓住你的！"救援队员的回忆各不相同，而录像显示他们还在仓促就位。

帕特里克向前倒了下去。窗台卡在他的腰那里，他的身体对折，脑袋垂向地面。SWAT小组还没准备好，但帕特里克手忙脚乱，意识不清。他向前蠕动，但他无法从窗子内侧借力，因为他的脚已经离地了。

一名SWAT队员从装甲车的一侧爬了上去，把武器扔到地上。他的一名队友紧随其后。第一个人爬上车顶的那会儿，帕特里克用力往天花板的方向踢那条好腿，两条胳膊则伸向人行道。他差不多成功了。再用力踢一下，他就自由了。

SWAT队员朝他扑过去，一人抓住他的一只手。帕特里克又踢了一脚，这下他的身体完全垂直了，臀部脱离了窗框。队员们攥紧他的手，他的手几乎一动没动。他身体的其余部分就像体操运动员抓着高杆一样旋转，直到他重重地撞向装甲车的侧面。队员们一直抓着他，小心翼翼地把他放在车的引擎盖上。他试图挣脱，仍在拼命想逃走。他们把他抬下来交给其他警官，但他腿用力乱踢，然后双腿重重地砸

科伦拜因案　　091

在了地上。

他们把他放正拉直,他则试图爬到前排座位上。队员们迷惑不解。他这是想干什么?他们以为他明白自己是需要治疗的人,其实不是。他只想逃离那里。这里有一辆卡车,他要马上逃走。

他们把他送到了一个分诊点,然后直接抬上了救护车。在去圣安东尼中心医院的路上,医护人员剪掉了帕特里克身上血淋淋的衣服——只剩下内裤。他们取下了他带滑水吊坠的金项链。他的钱包里有 6 美元。他没有穿鞋。他们确认了他的左前额和右脚有枪伤,头部还有一些浅表伤口。他的肘部被划伤了。他们一边处理伤口,一边测试帕特里克的神志,并努力让他保持清醒。你知道你在哪里吗?你叫什么名字?你的生日是哪一天?帕特里克能回答这些问题——很慢,很费力。答案很简单,但他吃力地咬字。他的大部分脑组织完好无损,各部分可以单独工作,但连接各部分的线路乱了。帕特里克的大脑也很难形成新的记忆。他知道自己被一个黑衣人用长枪射中了。确定无疑。他描述了凶手脸上戴的面罩,却并不准确。他坚称自己是在医院急诊室中枪的。

说话成了问题。只有一侧的嘴角能动,而他的大脑在提取信息时无法保持一致。有时会卡住。他说得清十位数的电话号码,却没有办法说出自己的名字。帕啊啊啊啊……帕啊啊啊啊……他发不出第二个音节的音。听着像是单调无意义的呓语,然而突然之间第二个音节冒出来:里克。清晰明确。太好了。里克·爱尔兰。这在后来导致了相当大的混淆。

* * *

就在帕特里克获救之前,克林顿总统向全国发表了讲话。他请全体美国人为那所学校的学生和老师祈祷。当 CNN 的镜头从白宫转回学校时,一位主持人发现了帕特里克:"看,窗户里面有个浑身是血的学生!"她气喘吁吁地说。

这个镜头就这样在电视上直播了。帕特里克上七年级的妹妹麦琪看到了。他浑身是血，她没有认出他来。

观众都惊呆了，但在集合点并没有产生很大的影响。大多数父母，包括约翰和凯希，都没听说有孩子从窗口掉下来的消息。要不是凯希事先要邻居帮忙听一下电话答录机的留言，他们可能会找上好几个钟头。邻居听到了答录机里凯希反反复复问帕特里克有没有到家的留言，最新一条是圣安东尼医院来的：你儿子在我们这里。请打电话过来。

凯希悲喜交加：我儿子还活着！我儿子受伤了！"我觉得非常害怕，"凯希后来说，"但我有事情要忙，感觉松了一口气。"

她给护士打了电话后，感觉好多了。是头部受伤，但帕特里克神志清醒；他能说清自己的姓名和电话号码。哦，太好了，只是擦伤而已，凯希想。她后来说："我就是理所当然地觉得他只是头皮擦伤。如果他能说话，那就是表皮伤而已。"

约翰感觉情况严重，他轻松不起来。他说："我就是觉得任何人头部中弹的话，都不会好到哪里去。"

约翰开车，两口子一起去了医院。他是一名计算机程序员，对自己的方向感很自信。他心烦意乱，怎么也找不到医院。他其实知道怎么去圣安东尼医院，他说："可我开到了沃兹沃斯，我怎么也想不起来它到底在什么位置！"

他俩并排坐着，以为两个人的基本想法是一样的。直到7年后他们才发现，他们来到圣安东尼医院时的心态截然不同。

约翰感到深深的内疚。他说："我本来应该能做点什么来保护他。"约翰知道这样想不理智，但几年后他这个念头还在纠缠着他。

凯希专注于当下：她现在要怎么做才能帮助帕特里克？但没人知道问题到底出在哪里。工作人员不断地过来告知他们手术的情况，告知帕特里克和他们将会面对什么样的结果。他们被告知，死去的脑细胞不会再生，但大脑有时可以变通运作。没有人真正了解大脑是如何

科伦拜因案

改变其神经通路的，所以没有什么手术能起作用。

射向大脑的子弹通常会造成两组损伤。首先，它会撕裂大脑组织，这是永远无法修复的。其结果一是可能导致失明，一是导致逻辑障碍。而第二组损伤可能同样严重甚至更糟。大脑里面充满了血液，所以枪击往往会导致血液如泄洪一般。随着血液淤积，氧气被耗尽，血池切断了新鲜氧气的供应。原本用于滋养大脑组织的细胞现在则阻塞了大脑组织。帕特里克的医生担心，当他躺在图书馆地板上时，他的大脑已经大量积血了。

毫无疑问，帕特里克·爱尔兰有脑损伤。他的症状表明是严重的损伤。唯一的问题是大脑功能是否可以恢复。

手术原计划进行大约一个小时，实际持续了3个多小时。下午7点以后，外科医生出来告诉约翰和凯希手术结果。他已经清除了子弹碎片和杂物碎屑。一颗弹丸穿透了帕特里克的头骨，把它挖出来风险太大了。这颗铅弹将终身留在他的体内。很难说这颗弹丸对他造成了多大的伤害。主要指标是会不会肿胀。看起来很不妙。

* * *

当一个SWAT小组营救帕特里克·爱尔兰的时候，另一个小组到达了合唱教室。传言是真的：60名学生被困在里面。几分钟后，在科学教室那一带又发现了60名学生。SWAT队员带领他们穿过走廊，跑下楼梯，穿过"公共休息区"。

2:47，被围困3个半小时后，那些孩子中的第一批冲出了食堂的大门。新闻直升机立即朝他们飞去。电视主持人和观众都很困惑。这些孩子是从哪里来的？

更多的人跟着出来了，一个挨着一个排成一列，他们拼命地跑下斜坡，双手放在脑后，肘部张开。他们不断地涌出来，几十个人，沿着同一条蜿蜒的小路，先是离开学校，然后折回到一个被警车和救护车包围的没有窗户的角落。他们挤在一起待了几分钟，啜泣着，等待着,互相依偎。警察对他们进行了搜身,然后拥抱了他们。最后,警察把孩子们分成三五个人一组,塞进一辆警车,送到南边几个街区以外的分诊区。孩子们在跑出去的路上不得不从 2 具尸体旁边经过,所以一名警官在某个时刻将瑞秋挪到了较远的位置。

SWAT 小组在搜查科学教室那一带疏散了所有的孩子,同时发现了写着"1 失血而死"的牌子。牌子还靠在窗户上。3 号科学教室的地毯被血浸透了。那位老师还活着,奄奄一息。

17. 治安官

科伦拜因危机自始至终不是人质对峙。埃里克和迪伦无意提任何要求。SWAT 小组在大楼里搜了 3 个多小时,而这段时间内凶手早已死了,就在地上躺着。12:08,也就是袭击开始后 49 分钟,他们在图书馆自杀身亡。杀戮和恐怖行动是真的,但人质对峙的情况并没有发生。

SWAT 小组于 3:15 左右发现了真相。[1]他们向图书馆里窥探,见很多人躺在地板上,一动不动。他们清空了入口,准备进入。他们带上了急救医生特洛伊·拉曼,队员们提醒拉曼要小心。他们说,尽量不要触碰任何东西;什么都可能是诱杀装置。特别要留神背包。

太可怕了。屋里一片狼藉;鲜血溅到家具上,巨大的一摊血浸透了地毯。桌面上却出奇地整齐:打开的书本,正在进行的微积分作业,写了一半的大学申请材料。一个失去生命迹象的男孩手里还握着一支铅笔。一台电脑倒在另一台仍在运行的电脑旁。

拉曼的任务是确定是否还有人活着。看起来很糟糕。光凭肉眼就可以判断大多数孩子已经死了将近 4 个小时。拉曼说:"如果没法看到某个人,看着他们的脸来判断他们是否还活着,那么我就尝试触摸他们的身体。"12 具冰凉的身体。只有一个不同。拉曼摸到一个女孩,感觉她还有温度,就把她翻过来看她的脸。她的眼睛睁开了,眼泪慢慢地流了出来。

莉萨·克鲁兹被抬下楼,迅速送往丹佛医疗中心。她的左肩被子弹撕开。一只手及两个胳膊也受伤了,她失血过多,但活了下来。

大多数尸体躺在桌子下面。受害者一直在躲。只有 2 具尸体不一样。他们大剌剌地躺着,毫无遮掩,武器放在身边。显然是自杀。

SWAT 小组已经有了关于埃里克和迪伦的描述。这两个人看起来很符合。一切都结束了。

这一队 SWAT 发现有 4 名女性藏在图书馆后面的房间里。打 911 报警的美术老师帕蒂·尼尔森钻进了休息室的一个橱柜里。她在里面蹲了 3 个多小时，膝盖酸痛，并不知道危机已经过去了。另外 3 名教员躲得更远。一名警官指示其中一名教师把手放在他肩膀上，眼睛盯住他的头盔跟他出去，这样能尽量避免让她看到恐怖场景。

袭击已经结束多长时间了？没有人知道。火警警报一直在响，这几个老师没有一个位置近到能听见。

探员们最终会拼凑出答案——这次袭击持续了多久，埃里克和迪伦大开杀戒多长时间。他们得出的答案将会迥异。袭击发生 17 分钟后，发生了一些很不寻常的事。

* * *

调查的速度比 SWAT 小组的行动快。警探们正在对公园、图书馆、利伍德小学及周围社区进行彻底搜查。他们采访了数百名学生和教职工，以及每一个他们能找到的人。当一波一波逃出来的人数量超过警察时，他们在分诊区进行 30 到 60 秒的调查：你是谁？你在哪里？你看到了什么？凶手的朋友和流血事件的目击者很快被确认身份，警探们被叫过去进行更长时间的采访。

首席调查员凯特·巴丁[②]亲自进行了一部分访谈；她也听取了其他调查的简报。巴丁一心一意想把每个细节都做好，并避免发生以后会让他们付出高昂代价的错误。她后来说："我们每个人都从辛普森

[①] 感谢《落基山新闻报》发表的精彩文章 "Help Is on the Way"，我在此处的大部分描写基于该文。凯特·巴丁就一些细节进行了补充和纠正。
[②] 关于凯特·巴丁在此案中的工作的描述，来自我对她的采访、警方报告，以及由调查记者丹·卢扎德领衔、1999 年 12 月发表于《落基山新闻报》的 "Inside the Columbine Investigation" 系列精彩报道。我还与卢扎德讨论了他的调查结果，非常感谢他的慷慨支持。

案和拉姆齐案①中学到了很多东西。我们不希望再发生类似的情况。"

她的团队还对杰弗科的电脑档案文件进行了简单的搜索，发现了一些令人震惊的材料。枪手已经在警方系统里了。埃里克和迪伦在高三时被捕过。他们因闯入一辆面包车内偷窃电子设备而被抓。他们参加了一个为期 12 个月的青少年"司法转处"（Diversion）项目，提供社区服务并接受辅导。就在此次杀戮前 3 个月，他们完成了该项目，并得到了积极正面的评价。

更令人不安的是 13 个月前的一份投诉文件，由枪手的朋友布鲁克斯的父母兰迪和朱迪·布朗提交。埃里克曾对布鲁克斯发出过死亡威胁。从他的个人网站上找到的十页谋杀恐吓文件已经被打印成册。巴丁的部门内已经有人听说过这个孩子。

巴丁整理了这些信息，为搜查埃里克家写了一份没有空行、长达 6 页的搜查令，同时做了一个副本用于搜查迪伦家。她在电话里口授了这两份文件。搜查令在县政府所在地戈尔登打印了出来，交给法官签名后由人开车送往凶手家，并在第一轮枪击后的 4 小时内用上了——也就是 SWAT 小组到达图书馆并发现袭击已经结束之前那段时间。

搜查令上列举了 7 名证人，他们指认哈里斯和/或克莱伯德是枪手。

*　　*　　*

3:20，弗斯利尔探员从警用无线电里听到了有关尸体的消息。此时，他刚得到消息说他儿子布莱恩没事。大规模杀戮意味着要进行大规模调查。"我能帮什么忙吗？"弗斯利尔问杰弗科的指挥官，"你们

---

① 1996 年圣诞前夕，美国科罗拉多州小镇博德尔发生了一起震惊世界的谋杀案，年仅 6 岁的选美小皇后拉姆齐在家失踪，不久被发现死在自家的地窖里，被捆绑且现场有血迹。稍后的调查中，警方以及受害者父母犯下了一些关键性的错误。——译者

需要联邦探员吗？"当然，他们说。杰弗科只有很小的一个侦探组——不可能处理这么大的任务。一小时后，18 名证据专家开始陆续到达。12 名特工和 6 名支援人员随后就到。

下午 4 点，杰弗科向公众通告了死亡人数。① 首席发言人斯蒂夫·戴维斯在克莱门特公园召开了新闻发布会，斯通治安官站在他旁边。他俩整个下午都在向记者们做简要介绍。大多数媒体从未听说过这两个人，但很快媒体就对这两人有了一致的认识。斯通治安官是个直来直去的人；他的嗓音低沉粗哑，具有典型的西部人的思维方式：不拐弯抹角，不气势汹汹，不胡说八道。和他身边那个衣冠楚楚的发言人形成了鲜明对比。斯蒂夫·戴维斯在新闻发布会开始时重申了不得传谣的警告。他主要强调在两个问题上要谨慎：死亡人数和嫌疑人的身份。

戴维斯开始回答提问。第一个问题指名要他回答。斯通治安官走上前，完全无视戴维斯，也不顾他的提醒。他在新闻发布会的大部分时间里都霸着麦克风。警长几乎直接回答了所有问题——尽管后来有证据表明，他手头几乎或根本没有关于其中许多问题的信息。他想到什么就说什么。死亡人数几乎增加了一番。他说："我听到的数字高达 25 个。"他很肯定地宣布凶手已经死亡。他还给出了有关第三名枪手的不实信息。他说："有 3 个——2 个（嫌犯）死在了图书馆。"

"那么，第三个在哪里？"

"我们目前不确定是否还有第三个，也不知道有多少个。SWAT 队员还在里面搜查。"

斯通多次重复了错误的死亡人数。世界各地的新闻报道都以此为据。第二天早上的新闻头条是这样的：**科罗拉多州 25 人死亡**。

---

① 这是一场具有重大意义的新闻发布会，我引用的话以及所作的描述都基于自己的观察以及当时录制的录音带。当天下午大部分时间我都待在克莱门特公园的指挥所附近。斯通和戴维斯时不时出来讲话。学生们在那里流连聚集，他们提供的说法则不断变化。

斯通说,被扣押在公园内的 3 个孩子似乎是"这两位男士的同伙或好友"。他弄错了;他们从未见过凶手,而且很快就被释放了。

斯通提出了一连串让他臭名远扬的指控中的第一项。"这些父母在做什么,他们怎么能让孩子拥有自动武器?"他问。

听到有关自动武器的传言得到证实,记者们颇为惊讶。他们追问了许多问题。斯通承认:"我对这些武器一无所知。因为这是大规模伤亡,所以我推定有自动武器。"

有记者问及动机。"他们疯了。"斯通说。又答错了。

* * *

到此时为止,已经有几十个孩子和他们的伙伴一起逃离了学校。校方人员把他们带到克莱门特公园对面等校车,校车将驶过警察设置的路障前往利伍德小学。这些车就停在新闻发布会的会场旁边。

孩子们缓慢而怯懦地走向成群的媒体。许多人在默默地哭泣。还有一些人在给惊魂未定的学生们安慰,握着他们的手或用手臂搂着他们的肩。大多数孩子都眼睛盯着地面。记者们自动散开了。他们不应该成为采访对象。

但是学生们很想讲话。老师催促孩子们动作快点,要他们保持安静。他们根本做不到,校车的车窗开始下降,他们伸出脑袋讲述他们经历的磨难。接着,孩子们纷纷从校车上下来了。

老师们试图哄他们回到车上。根本没用。一位长相强硬的高年级男生带着一点逞强和侠义的态度描述了他所在的合唱队教室里的恐怖场景。但当一名记者问起他的感受时,他的声音哽咽了。"太可怕了,"他说,"有两个孩子躺在人行道上。我——我开始哭了。我好几年没哭过了,我就是——不知道怎么办才好。"

* * *

大家的注意力都在学生身上。电视上一直重复播放孩子与父母团聚的画面。另有一群人在不为人知中度过了这场危机。有 100 多名教师和几十名后勤人员在科伦拜因工作,有 150 个家庭为他们的丈夫、妻子和父母揪心。他们没有集合点可以去,大多数人开车回家,守在电话旁等待消息。琳达·卢·桑德斯就守在家里整夜祈祷。

她和家人一起庆祝了母亲的 70 岁生日,然后他们上山去兜风。在路上,琳达的妹夫打手机给她妹妹梅洛蒂。

"戴夫在哪儿上班?"

"科伦拜因啊。"

"你最好回这边来。"

所有人都来了琳达家。大部分都是好消息。据报道只有一名成年人受伤,而且是一名科学老师,不可能是戴夫。那他为什么不打电话回来?

那些报道基本上是准确的。只有一个成年人被击中,而当时戴夫还在流血不止。那天下午给人的感觉是到处都是枪声。实际上,枪击大部分发生在图书馆和外面的西台阶。老师们既没有在琢磨考试,也没有在阳光下漫步享受午餐。如果炸弹按计划爆炸的话,教师休息室内四分之一的教师将被炸死。但他们都幸免于难。除了一个人。

戴夫在 3 号科学教室撑了好几个小时。后来孩子们和老师们都被疏散了,没有人知道他是否还活着。这家人要过几天才会彻底了解那个房间里发生了什么,要过几年才会弄清楚他为什么在那里躺了 3 个多小时,以及是谁的责任。

戴夫的家人只知道他没打电话回来。他们想,他一定被困在大楼里了。那可不妙。琳达希望他没有被劫为人质。她觉得他是躲起来了。他会好好的;他这人不喜欢冒险。

一家人盯着电视看,轮流接听电话。电话响个不停,但都不是戴夫打来的。琳达不停地打他的工作电话。没人接听。

琳达年近五十,是个体格健壮的女人,但心理脆弱。她的笑容温暖但带着踌躇,似乎一句难听话或动作都能击垮她。戴夫爱护她,并从中获得了极大的满足。现在他人不在,她的女儿和妹妹充当了他的角色。每个来电都令人担忧,所以她的家人一定赶在她前面去接。下午3点左右,电话响了,她有一种想要自己接的冲动。"是个女人打来的,"她后来说,"她说她是《丹佛邮报》的记者,我丈夫被枪杀了——我有什么要说的吗?我尖叫起来,把电话扔了。那以后发生了什么我就不知道了。"

* * *

罗宾·安德森很害怕。她的舞伴是一场大规模杀戮的凶手,而且显然他的武器是她提供的。

据她所知,只有3个人知道这桩枪支交易,另外两个人已经死了。他们有没有跟人提过?枪支可以追踪吗?她什么也没签过。警察会不会知道?她是不是应该保持沉默?

警察不知道。罗宾在克莱门特公园接受了问讯,她表现得非常冷静。她告诉警探她去过哪里,看到了什么。她说的都是实话,但不是所有的事实。她不确定是谁开的枪,所以她没说她认识他们俩。她当然没有提到枪。她应该说吗?罪恶感开始吞噬她。

那天下午,罗宾和扎克·赫克勒通了电话。她闭口不谈武器的事情。他没提。谢天谢地,他对枪的事一无所知,但他知道这些家伙一直在制造管状炸弹。炸弹?真的?罗宾大吃一惊。是真的,扎克说。他一点也不吃惊。扎克不像罗宾那样觉得迪伦是个天真纯良的人。他说,据说那些家伙一边笑着跑进大厅一边杀人。

扎克没有告诉罗宾他是否帮助埃里克和迪伦制造了管状炸弹。她心里疑惑。他会吗?他和这件事有牵连吗?比她卷入得还深?

扎克也很害怕。他们都怕——和凶手走得近的人都会怕。扎克不会主动向警察提供信息,被问讯时他没有提到管状炸弹的事。

克里斯·莫里斯的做法恰恰相反。他一开始怀疑他的朋友跟此事有牵连,就马上报警了。全国的电视都播出了他在克莱门特公园被铐上带走的画面。在警察局里,他滔滔不绝地讲着,描述了埃里克对纳粹的兴趣，一个关于运动爱好者的笑话，以及最近的一些可怕的提议：切断学校的电源，在出口处放置用螺丝钉充当弹片的 PVC 炸弹。

如果克里斯的话靠谱，那说明凶手一直在泄露他们的计划——这是年轻行凶者的典型特点。如果埃里克和迪伦泄露给了克里斯，那他们也有可能跟其他人说过。

克里斯的父亲被叫来了。他联系了一位律师。晚上 7：43，三个人与警探一起坐下来接受正式问讯。克里斯和他父亲签署了一份放弃他们权利的声明表。警察发现克里斯非常配合。他描述了凶手对爆炸物的痴迷，并主动提供了各种细节。迪伦有一次曾经带着一个管状炸弹去上班，但克里斯命令他把它弄出去。克里斯知道那两个家伙搞到了枪。黑杰克披萨店的人几个月前就知道埃里克和迪伦在搜罗枪械，这是一个公开的秘密。他们从来没有直接跟克里斯说过，但他听好几个人说起过。

克里斯的直觉告诉他，是一个叫菲尔·杜兰的孩子帮了他们。杜兰以前在黑杰克披萨店工作，后来搬到芝加哥去从事高科技工作。杜兰走之前告诉克里斯，他跟埃里克和迪伦一起去玩过射击，讲到了保龄球瓶，可能还提到一支 AK - 47。杜兰从未说过他买了枪，但克里斯感觉是他买的。

这简直令人震惊，克里斯竟然知道这么多的事情。他发誓说他并没有放在心上。他同意把身上穿的衣服交给警方，也允许警探搜查他的房间。所有人一致同意在他家集合。克里斯的妈妈在大门口迎接警察，交上他的电脑，并带他们上楼。然后他哥哥把克里斯的衣服放在一个纸袋里。他说克里斯不敢回家。一大群媒体已经在街上守着了。

警察没有发现任何明显有价值的东西，但还是收集了大量材料。11：15，他们离开了。

* * *

罗宾需要人陪。她无法独自承受这样的压力。她的闺蜜凯莉周二晚上 7:30 左右过来了。她们去了罗宾的房间。凯莉也认识这两个男孩，尤其是迪伦。她是同一个毕业舞会小组的一员。罗宾跟凯莉说，有件事她不知道。还记得去年 11 月她帮了埃里克和迪伦一个忙吗？凯莉记得。这是个大秘密。罗宾曾多次告诉凯莉她帮了那些男孩一个大忙，但她从来没有透露过是什么大忙。现在她必须找个人说出来。那是一个枪支展览，丹佛的坦纳枪展。埃里克和迪伦在某个周日给她打了电话，如果她没记错的话。他们周六去看过了，见到了那些迷人的霰弹枪。但他们被要求出示证件；而当时他们都还未成年。他们需要一个年满 18 岁的人陪同。罗宾 18 岁了，她真的很喜欢迪伦，于是她就去了。

用的是他俩的钱。罗宾说好了不签署任何文件。但她才是购买这三支枪的人。两个男孩一人买了一把霰弹枪。其中一个上面有某种泵一样的东西。埃里克还买了一把步枪——半自动的，看起来像一把巨大的彩弹枪。凯莉后来说，罗宾感到很内疚。她怎么想得到事情会变成这样？

罗宾并没有把所有的事情都告诉凯莉。她坦白了主要的部分，但隐瞒了一个细节。她告诉凯莉，直到当晚在电视上听到消息，她才知道杀人的是埃里克和迪伦。凯莉可不信。罗宾在高中时从未拿过 A 以下的分数——她有本事把这些谜团拼凑起来的。但凡她听说了风衣的事情，就一定心知肚明了。

* * *

克莱伯德一家在门廊上度过了下午和晚上。就是等着。他们不再被允许进入房子。晚上 8:10，一名警官带着指令过来。他们家现在是犯罪现场。他们必须离开。汤姆和苏·克莱伯德告诉朋友们，他们感到被飓风刮了。飓风不会袭击落基山脉。他们从没见过飓风。

"我们是在逃命，"苏后来说，"我们不知道发生了什么。我们不能为自己的孩子悲伤。"①

　　警官们护送汤姆进屋拿接下来几天要穿的衣服。然后苏进去照顾宠物。她带上了两只猫，两只鸟，还有它们的食具和猫砂盆。晚上9点，他们开车走了。

　　那天晚上他们和一名律师谈了。他提出了一个让人心头一紧的想法："迪伦已经死了，没办法再恨他。所以人们会恨你们的。"

---

① 汤姆和苏·克莱伯德的话来自他们2004年接受大卫·布鲁克斯采访时所说——其中包括这句话及其律师随后发表的声明。大卫·布鲁克斯在《纽约时报》发表了相关专栏文章。

18. 最后一班校车

　　校车不断到达利伍德小学，带来的消息有人欢喜有人愁。看见自己家的孩子从车上下来令人欣喜；然而随着剩下的父母越来越少，坏消息的可能性增加了。多琳·汤姆林回忆道："我开始嫉妒那些看见了孩子就大声喊出他们名字的父母。"她觉得站起来都越来越艰难。她丈夫还有信心，但她的信心渐渐破灭了。校车来了，她呆在座位上没动，默默地责备自己。"我心想，你为什么不起来看一眼呢？其他所有的父母都死死地守着舞台那边，可你却坐在这里。"

　　布莱恩·罗尔博甚至更早就放弃了希望。[1]下午2点的时候，当利伍德挤满了满怀希望的父母时，布莱恩就已经接受了丹尼的命运。"我知道他走了，"他说，"我想是上帝告诉我的，让我做好准备。我希望我错了。我们看着一车又一车的孩子被送过来，但我知道他不会在车上。我告诉苏，'他已经走了。'"

　　然而他的前妻还是满怀希望。在公共图书馆，米斯蒂·伯纳尔也一样。她的儿子克里斯已经找到，但卡西仍然没有踪影。她还活着！米斯蒂一个劲地告诉自己。没有什么能挫败她的决心或者毅力。

　　她女儿的一个朋友说："她妈妈每隔2分钟就来找我，问我有没有见过卡西。我告诉她，'肯定有很多人没有被统计到吧。'"米斯蒂听不进去。

　　祈祷让她找到了支撑。"求求你了，上帝，把我的孩子还给我吧，"她祈求道，"求你了，上帝，她在哪里？"

　　米斯蒂决定离开公共图书馆。她穿过克莱门特公园，发现学生们正在上校车。她从一辆车飞跑到另一辆。卡西的一个朋友伸出手来抓住了她的手。

"你见过卡西吗?"米斯蒂大喊。

"没有。"

米斯蒂回到了图书馆。布拉德和克里斯在那里跟她碰头。所有人都被送往利伍德。这对等在那里的父母来说是一个巨大的安慰:更多的家庭团聚,更多的孩子生还。

汽车不断开来,有段时间每隔10到20分钟就来一趟。然后隔的时间很长了。4点钟左右,再没有车来了。他们答应还会来一辆。父母们环顾四周。会是谁家的孩子呢?

无尽的等待。5点钟的时候,车还是没来。家家户户的兄弟姐妹们出去到处寻找,希望能带一些消息回来。多琳·汤姆林已经好久没站起来了,但她仍在祈祷她的儿子会在车上。"我们一直抱着这个希望。"她说。

晚餐时分,克林顿总统在白宫西翼举行了记者招待会,讨论这次袭击事件。他说:"我和希拉里对今天发生在利特尔顿的悲剧深感震惊和痛心。"他转述了杰弗科一位官员的愿望,后者刚刚告诉他:"想一想这样的事件竟然发生在利特尔顿这样的地方,也许今天美国人就会意识到这场挑战的规模。"

克林顿派出了一个联邦危机应对小组,并敦促记者切勿急于下结论。"我希望大家冷静几天,因为我们不确定事实是怎么样的,"他说,"记住,这个社区现在好比一个没有愈合的伤口。"

在利伍德,即使是有抗压能力的家庭也在彷徨失措。没有任何变化:连续几个小时没有校车,没有消息。地区检察官戴夫·托马斯希望给这些家庭带去一点宽慰,他很清楚哪些人需要。他胸前的口袋里

---

① 关于布莱恩·罗尔博和苏·佩特龙的大部分叙述都基于我对他们的多次采访。我还借鉴了他们的电视采访记录以及大量有他们发言的新闻报道。关于约翰和多琳·汤姆林的描写采纳了温迪·佐巴所著的《清算之日》(*Day of Reckoning*)中的材料,该书是她采访写成的。与红十字会志愿者琳恩·达夫相关的叙述基于我对她的采访。涉及检察官戴夫·托马斯以及验尸官的细节来自警方报告和新闻报道,特别是卢扎德的"Inside the Columbine Investigation"系列报道。

装着 13 个人的名字。根据衣着和容貌，他们在图书馆确认了 10 名学生的身份，在校外确认了 2 人。一名教师倒在 3 号科学教室。这些人都已经死亡。这是一个确凿的名单，但并非最终名单。托马斯守口如瓶。他叫父母们别担心。

晚上 8 点，他们被转移到另一个房间。斯通治安官向大家介绍了验尸官。她向家长分发表格，要他们描述孩子的着装及其他身体细节。约翰·汤姆林在那一刻意识到了真相。验尸官让他们回去找孩子的牙科记录。大家反应不一。很多人面色凝重一语不发；还有些人强打起精神。他们终于有事可做了，也有希望找到答案了。

一个女人跳了起来。"那辆校车在什么地方！"她质问道。

没有校车了。多琳·汤姆林后来说："再也没有车来了，他们就是在给我们虚假的希望。"许多家长感到被欺骗了。布莱恩·罗尔博后来指责校方管理人员撒谎；米斯蒂·伯纳尔也感到上当了。她写道："也许他们不是故意的，但还是骗了我们。这种痛苦几乎让我感到窒息。"

斯通治安官告诉他们，大多数死去的孩子都在图书馆里。"约翰总是去图书馆，"多琳说，"我觉得自己就要昏过去了。我非常难受。"

她感到悲伤，但并不感到惊讶。多琳是一个福音派基督徒，她笃信上帝整个下午都在帮她准备迎接这个消息。大多数福音派教徒的反应与其他父母不太一样。新闻工作者已经被要求离开此地，琳恩·达夫作为红十字会志愿者正在帮助这些家庭。她是一名来自旧金山的自由派犹太人，眼前的一切让她颇为讶异。

"这些家庭的反应太不一样了，"她说，"和其他人的反应简直相差十万八千里。他们唱歌；他们祈祷；他们抚慰其他父母，尤其是［遇害的唯一一个非裔美国人］艾赛亚·休尔斯的父母。他们为其他父母、其他家庭考虑了很多，并且照应其他人的需求。他们肯定非常痛苦，你可以从他们的眼睛里看到痛苦，但他们对自己孩子的归宿很有信心。他们平静地接受了。他们就像是他们信仰的活生生的例子。"

但并不是所有的福音派教徒都是一样的反应。米斯蒂·伯纳尔不认命。她坚定地认为卡西还活着。

* * *

D 先生和家人待在一起。他尽力安慰他们，同时在等一个好友的消息。他认识戴夫·桑德斯 20 年了。他们一起指导了三个体育项目，一起喝过几百瓶啤酒，弗兰克还参加了戴夫的婚礼。整个下午弗兰克不断听到关于戴夫的传闻。

验尸官宣布后不久，一位教师、同时也是两人朋友的瑞奇·朗来到了利伍德。他看见弗兰克就冲上前去拥抱他。弗兰克后来说："我只记得他裤子和衬衫上有血迹。我说，'瑞奇，告诉我。是真的吗？戴夫死了吗？'而他不知道怎么回答。"

弗兰克向瑞奇保证自己有勇气面对任何消息。"告诉我！"他恳求道，"我得知道他怎么了。"

瑞奇帮不上忙。他的内心也为同一个问题而挣扎。

* * *

弗斯利尔探员曾说服歹徒放下了武器，也曾看着他人在眼前开枪。他努力数周，试图疏散困在韦科的 82 人，然后却看着煤气罐喷发，建筑物焚毁。他知道这些人都会死在韦科里面。这样的场景令人不忍卒睹。这一次更糟。

弗斯利尔回到家给了布莱恩一个拥抱。他们已经很久没有拥抱了，两人久久不愿意放开。然后他坐下来和咪咪一起看新闻。他握着她的手，强忍着不让眼泪掉下来。"你怎么能回家找牙科记录？"他问道，"接下来怎么办？你很清楚你的孩子躺在那里已经死了。你怎么睡得着？"

科伦拜因案

19. 抽　空

　　戴夫·桑德斯是少数几个下落不明的教师之一。他还在3号科学教室里。当SWAT小组找到他时，他还有生命迹象，但生还希望渺茫。几分钟后，就在他被疏散之前，戴夫·桑德斯失血而死。

　　还没有通知他的家人。下午晚些时候，他们得知他受伤并被送去了瑞典医疗中心。

　　"我不记得是谁开车送我的，"琳达·卢说，"我不记得我是怎么到那儿的。我不记得那趟车程，也不记得怎么走进医院的。我只记得我们到那儿以后的事情。他们带我们进了一个房间。有食物，有咖啡，还有修女们。"好像有一个欢迎委员会在等待他们的到来，奇怪的是，他们也在等戴夫。琳达觉得护士长令人安心。"她说，'等他一来你就可以见到他了。'他没有来。他永远不会来了。"

　　他们最终放弃了，转而去了利伍德。他们在那里等了一会儿，然后回家了。救援机构给受害者家庭派了受害者权益保护人[①]。有几个人来了家里——他们带来帮助，但也带来不祥的兆头。电话响个不停——咖啡桌上放着五个手机——没有一通电话是他们想要的。

　　琳达缩回自己的房间。每次有人用楼下的卫生间，排气扇会咔哒一声启动，琳达就跳起来，以为是车库门开了。

　　安吉拉说："最后，10点半左右，妈妈和我等得不耐烦了。我们知道他当时和几位老师在一起，那些老师跟他相熟已久——我出生前他们就认识了。于是我们打电话给他们，想知道事情的经过。他们跟我们说了实情。"戴夫就是那个失血而死的教师。

　　可他是失血过多而死吗？SWAT小组疏散所有平民时戴夫还活着。之后，似乎没人知道发生了什么。只有警察看到了结局，而他们还不打算说出来。

安吉拉说:"我们还是不知道他有没有被带出学校,但至少我们了解了一点里面发生的事。"

琳达想睡觉。她睡不着。她穿着戴夫的袜子蜷成一团。

* * *

整个晚上琳达都试图把脑子清空。一些奇奇怪怪的念头在脑子里闪过。"客厅里有那么多人,"她心想,"我都没有时间吸尘了。"

这是一种常见的反应。幸存者将注意力放到日常事务上——这是他们能达成的微小成就。许多人被自己的反应吓坏了。

玛乔莉·林德霍姆下午大部分时间都和戴夫·桑德斯在一起。②他的脸色越来越苍白。爆炸声不断。SWAT 小组最终救出了玛乔莉,她在出去的路上经过了 2 具尸体。她担心自己的衣着有问题。她父母会发现她穿着背心,这突然让她觉得邋遢。她借了朋友的衬衫来遮掩自己。一名警察开车把她送到克莱门特公园的安全地带,一名医护人员过来对她进行检查。她心里想,天哪,他好性感。"我感到羞愧,"她后来写道,"有人在死去,而我却在想着医护人员的长相。"

一名高二年级的学生为自己的求生本能感到内疚。她看见凶手马上就跑了,在她身边的另一个女孩倒下了。"到处都是血,"这个高二学生说,"太可怕了。"她继续跑。当天晚些时候,她向一位《落基山新闻报》记者坦陈了自己的经历。"我为什么不停下来帮助那个女孩?"她问。她的声音变得很低很弱。"我很生气,"她说,"我太自私了。"

* * *

晚上 10 点左右,布拉德和米斯蒂·伯纳尔回到家。布拉德爬上

---

① victim's advocates,也称受害者代言人,主要工作是帮助暴力犯罪受害人,提供紧急援助、司法救助以及危机调停。——译者
② 有关玛乔莉·林德霍姆的回忆来自她本人的回忆录。

花园棚屋的屋顶,用一副双筒望远镜查看运动场对面的情况。图书馆的窗户被炸飞了,他能看到里面有人在走动。他们身穿蓝色夹克,上面印着很大的黄色字母:ATF①。他们低着头,但布拉德不太清楚他们在干什么。他说:"我想他们是在跨过尸体寻找爆炸物。"

他们在搜寻尚未爆炸的炸弹和尚未死亡的歹徒。几个 SWAT 小组搜查了每个清洁用品储藏柜。如果第三、第四或第五名枪手还躲在什么地方,天亮前就会被找出来。

布拉德回到屋里。10:30,一声爆炸震动了整个街区。布拉德和米斯蒂跑上楼,从卡西房间的窗口望出去,一切还是原样。不管是什么情况,已经过去了。卡西的床空空荡荡。米斯蒂担心她还在学校里面。她有没有在爆炸中受伤?

这是拆弹小组的一次重大失误。他们正在把炸弹移出该区域,以便进行安全控爆。当他们把其中一个装进拖车时,埃里克用来引爆雷管的那种随处可擦燃的火柴擦过拖车内壁,导致了爆炸。拆弹技术人员像训练时那样向后倒去,爆炸的冲击波直冲向上。没有人受伤,但此事给拆弹小组带来极大的恐慌,大家都已经精疲力竭,这越来越危险了。他们决定当晚就此收工。指挥官要求他们第二天早上 6:30 返回。

布拉德和米斯蒂一直在看。布拉德说:"我知道卡西在学校的某个地方。明知道她就在篱笆的另一边我们却无能为力,真是太痛苦了。"

---

① Bureau of Alcohl, Tabacoo, Firearms and Explosives,美国烟酒枪支爆炸物管理局,是联邦执法机构,隶属于美国司法部。——译者

第二部分

之后和之前

20. 茫　然

有这样一张照片,[①]一个金发女孩号啕大哭,她的头向后仰,被双手抱住:手掌抵着太阳穴,手指伸进头发里。她嘴巴张开,双眼紧闭。她成了科伦拜因事件的象征。那个周二下午的克莱门特公园,那些抓拍到事件片段的照片,都在重复同样的场景。男孩或女孩,大人或小孩,几乎每个人都紧紧地抓着什么:一只手,她的膝盖,他的脑袋,彼此的身体。

在那些照片出现在报摊之前,幸存者已经有了改变。[②]星期三早上,孩子们在游离状态中走进了克莱门特公园,他们的手不再攥紧。他们的眼睛干涩,面容呆滞。他们的表情变得茫然。

大多数父母在哭泣,却几乎见不到一个孩子哭。他们安静得令人不安。成百上千的青少年,没有一丝惶恐焦虑的气氛。一个女孩会不时地抽泣,一个男孩会冲过去拥抱她——几个男孩差点为谁去拥抱而起了争执——但这只是意外的插曲。

他们感觉到一种茫然。这是一种深切的感受。他们不理解,但他们体会到了,大部分人愿意坦率地讨论。很多人说感觉自己在看一场电影。

之所以会产生这样的情况,是因为没有见到尸体,所有的尸体都还在警戒线内。死难者的姓名还一个都没有公布。学校实际上已经不复存在了,只有警察才能靠近。即便是人群聚集的警方拉的警戒线那一带,也看不到尸体。

学生们很清楚谁被杀了。每一桩杀戮都有目击者,而消息传得很快。但很多故事都被证明是错误的。每个人的陈述中似乎都有几个人下落不明。"如果我们不知道自己在为谁哭,我们怎能哭得出来?"

一个女孩问。但她还是哭了。她说她哭了一整晚。到了早晨,她已经流不出眼泪了。

*　　*　　*

治安官办公室没有一个人打电话给布莱恩·罗尔博。没有一名警官来到他家门前通知他,他的儿子遇害了。星期三,布莱恩被电话吵醒了。是一个朋友打给他的,此时他还没拿起《落基山新闻报》,对方提醒他报上有张照片。

布莱恩迅速翻到了硕大的令人心碎的标题,有几十个故事,有示意图,有攥紧拳头的幸存者的照片,但没有一个是他的儿子。他翻到第13页,停了下来。这是新闻直升机俯拍到的一张照片,占据了页面的一半,因而被拍摄对象很大,不会弄错。6个学生挤在停车场的一辆汽车后面,一名警察紧挨着他们——他蹲在轮子后面以此作掩护,步枪架在后备厢上,眼睛盯着瞄准器,手指扣在扳机上。一个男孩无遮无挡地躺在附近的人行道上。他在室外开阔处,身体侧卧,单膝蜷在胸前,双臂摊开。"一动不动。"标题上这么写着。距他一英尺远的地上有一摊巨大的血泊,几乎和他的身形一样大,混凝土路面上血污一片,血迹还渗进了两块人行道石板之间的缝隙。受害人身份不明,面部模糊,加上角度问题根本没办法辨识。但布莱恩·罗尔博认出来了。他没有再翻到报纸的第14页。

布莱恩是个高个子,体格魁梧,像个干体力活的。他长着一张鼓鼓的长脸,银色头发的发际线渐渐后移,更凸显了紧绷的额头:深刻的皱纹堆积在他额头上,鼻梁上方有两道直直的切口。丹尼长得和他

---

① 《落基山新闻报》用相机镜头极其出色地捕捉到了这场悲剧带来的痛苦,并因这些照片获得了普利策奖。在普利策官网上有14张最具代表性的摄影作品。
② 关于那一周学生的反应的描述,几乎都基于我的观察以及与幸存者的交谈。那一周的大部分时间里我都在克莱门特公园,或者该地区教堂和学生聚集区域。其间,我采访了约200名学生,并观察了数百名学生。这些描述也是基于我当时看过的媒体报道以及后来的重新采访。

极其相似，当然他还没有长出布莱恩所有的特征，也没有多出忧心的皱纹。

丹尼是布莱恩的一切。他和苏在儿子 4 岁时离婚了。苏后来再婚，但布莱恩没有。他做定制音响生意。很成功，他也乐在其中，但最棒的是丹尼也热爱这一行。他从能走路起就在车间里蹒跚学步，7 岁那年，他就已经能制作线束和装配扬声器电线了。到了初中，他放学后就开始正儿八经地像工作日那样干活了。布莱恩和苏是和平分手，两家只相隔几个街区，但丹尼和父亲待在一起的时间总也不嫌多。

对一个高中男孩来说，这家商店是一个超酷的去处：一个油腻腻的大车库里满是电动工具和价值近 10 万美元的老式汽车。丹尼帮忙安装带剧院效果的音响系统——这可比他那帮有钱朋友的车还贵。视安装系统的不同，这个地方有时候会散发着烧焦的橡胶味，有时候是刺鼻的环氧树脂味。当布莱恩用电锯切割樱桃木的时候，新鲜木材的香味飘到了街上。

丹尼仿佛天生就是干这个的。他喜欢汽车，也喜欢声响。他对电脑很在行，听力也非常敏锐。他喜欢摆弄电脑程序，大有可能把这项业务推往一个新的方向。而且他知道如何表现得举止得体。布莱恩为科罗拉多州一些最古老、最富有的家庭提供服务，丹尼在那样的家庭耳濡目染，知道规矩。他讨人喜欢，布莱恩很喜欢带着他四处显摆。

几个月前，丹尼做出了一个决定：他不想去上大学。从科伦拜因毕业后他将直接进入这行并以此为业。布莱恩欣喜若狂。3 年后，他会让儿子成为合伙人。再过 4 个星期，丹尼会在店里度过他第一个全职工作的暑假。

星期三早上，布莱恩一看到照片就开车去了科伦拜因中学。他冲向警戒线，要求看儿子的遗体。那里的警察拒绝了。

他们非但不愿意把丹尼交给他，甚至都没有把他挪到里边。丹尼还躺在人行道上；他就这么被风吹雨打了一整夜。当局说，炸弹太多

科伦拜因案　　117

了,尸体上可能被放了饵雷。

布莱恩清楚他得不到明确的答案。拆弹小组从星期二下午开始一直在清理学校;布莱恩的儿子并不是他们要处理的优先事项。布莱恩无法想象他们竟然如此轻慢受害者的遗体。

随后开始下雪了。

丹尼在人行道上躺了 28 个小时。

* * *

周三凌晨 3 点,米斯蒂·伯纳尔醒了。她恍恍惚惚地睡了一会儿。噩梦将她惊醒:卡西被困在大楼里,不是蜷缩在某个黑漆漆的壁橱里,就是躺在冰冷的瓷砖地上。她的女儿需要她。"她就在篱笆那头 100 码开外,"米斯蒂想,"可他们就不让我们去找她。"

她不睡了,起来冲了个澡。布拉德也起了。他们穿好衣服,穿过后院来到警戒线那里。

有个警察在站岗。布拉德告诉他卡西在里面。他恳求警察直接告诉他们实话。"我们只想知道里面是不是还有活着的人。"

警察顿了一下。"没有,"他终于开口道,"没有人是活着出来的。"

他们向他道谢。"谢谢你据实相告。"米斯蒂说。

但米斯蒂不愿意放弃。警察也可能弄错。说不定卡西正躺在医院里,她的身份尚未被确认。整个上午米斯蒂都在警戒线四周求告,每一次都遭到拒绝。

后来有人提醒他俩回利伍德看看。布拉德和米斯蒂马上就过去了,还在那里等了好几个小时。

1:30 左右,地区检察官戴夫·托马斯来了,他还揣着那份死者名单。名单没有变化;然而也没有得到证实。验尸官还需要 24 小时,于是他决定冒个险。他挨个通知了死者的家属。他跟鲍勃·柯诺说:"我不知道怎么跟你开口。"

"不用说了，"柯诺说，"看你的脸色我就知道了。"

米斯蒂非常难过，她还是不能完全接受。检察官说卡西死了，但他也说了这是非官方的消息。

希望渐渐转化为愤怒。如果卡西死了，米斯蒂希望有人把她从图书馆移出来，照料她的遗体。

* * *

琳达·桑德斯的家人都在家里等消息。星期三下午，房子里挤满了亲朋好友。大家都知道结果会是什么。媒体工作人员架了一排摄像机等着捕捉痛苦的瞬间。"好了，"一名受害者权益保护人跟梅洛蒂说，"准备好安慰你姐姐。"

下午3点不到，一辆巡逻车停在了门口。一位警察按了门铃，梅洛蒂让他进去了。琳达还没准备好听到坏消息。他说："我们已经初步确认你丈夫是科伦拜因的遇难者。"

琳达尖叫起来，然后吐了。

* * *

弗兰克·迪安杰利斯还不清楚他是否已经安全。星期三他在他哥哥家醒来，因为有人劝他不要待在自己家里。他的车被封锁在警戒线内，所以黎明前一位副校长顺道来接弗兰克。他要去开会，想知道该怎么办。接下来他们到底要做什么？

而且他能说什么呢？上午10点，孩子们，家长们，老师们——所有心痛的人——要来听他讲话，在"世界之光"，一个大的天主教堂，这是为数不多的能够容纳这么多人的地方之一。他们要向他寻求答案。可他没有。

弗兰克整夜都躺在床上翻来覆去。他祈祷："上帝啊，请指引我。"

天亮了，他心里还是一片茫然。他满怀歉疚。"我的工作是提供一个安全的环境，"他后来说，"我让很多人失望了。"

"世界之光"能容下 850 人,① 每一排长椅上都挤满了人,还有数百名学生和家长靠墙而站。当地官员轮流走上讲台,试图安慰那些伤心欲绝的孩子。学生们礼貌地为每位演讲者鼓掌。没有人打动他们的心。

D 先生接受了礼貌性的掌声。他希望自己不会被严刑拷问。他活该吗?他没有准备演讲稿,也没有做笔记——他只打算说出自己的感受。

有人宣布轮到他发言,他站起来朝麦克风走去。人们从长椅上一跃而起,他们大喊、欢呼、吹口哨、鼓掌——孩子们几个小时来都没动一下嘴角或皱个眉了,现在他们一起开始鼓掌、挥拳,有的人强忍泪水,有的人泪如雨下。

D 先生弯下腰,按住自己的肚子,踉踉跄跄地转过身,背对观众,难以控制地抽泣起来。他的上半身和地面平行,身体不住地颤抖,连最后一排的人都看得见。他站在那里整整一分钟,大家的反应却没有停息。他没有办法直面他们;他没有办法平静下来。"太奇怪了,"他后来说,"我就是控制不住自己;我的身体一直抽搐。我背过身去,是因为我感到歉疚。我觉得丢脸。当他们开始鼓掌并起立时,我明白了他们理解并支持我,那一刻我崩溃了。"

他终于走上讲台,开口先道歉:"我为发生的事情以及你们的感受感到非常抱歉。"他让孩子们放心,并承诺给予支持——"无论什么时候你们需要我,我都会在你们身边,"——但他没有粉饰太平。"我希望有根魔杖,挥挥手就能抹去你们现在的感受,但我做不到。我想告诉你们伤疤终会愈合,但其实是不会的。"他说。

---

① 这一幕是基于我的观察和录音带所写。这次活动没有通知媒体,主流新闻机构被拦在外面不得入内。我通过克莱门特公园的学生了解到这个活动。作为一个自由职业者,我没有收到要求回避的通知,也没有见到任何相关标示。我看到外面有电视台的工作人员,以为摄像机禁止入内,但记者可以出入。因此,据我了解,除了几个月后我在丹佛城市杂志《5280》上发表的关于弗兰克·迪安杰利斯的简介以外,并没有其他纸媒对此事进行过报道。

他的学生们感激他的坦诚。那天早上在克莱门特公园的很多孩子都说，他们已经听了太多人告诉他们一切都会好起来的，他们实在是听厌了。他们知道真相，他们只是希望亲耳听到有人说出来。

D先生在演讲结束时告诉他们他爱他们。爱他们每一个人。他们也需要有人告诉他们这个。

* * *

孩子们和他们的父母——尤其是他们的妈妈——之间出了问题。"对我来说，待在家里挺难受的，"一个男孩说，"比如说我妈妈回家的时候，我就尽量不在家里待着。"其他许多男孩点头同意；越来越多的人说起同样的事。他们的妈妈被吓坏了，就算最后找到了孩子，她们的恐惧并没有减弱；现在她们只想抱住孩子。牢牢抱着他/她不放手——这是周二那天的主旋律。星期三变成了我的妈妈不懂我。在情感上，他们的母亲和他们完全不同步。一开始，孩子们极度需要拥抱；而现在他们希望母亲们别再抱了。

* * *

大部分学生在公园里闲逛，不顾一切地想把他们的故事讲出来。他们需要大人倾听，可他们的父母做不到。他们找到了自己的听众——媒体。起初学生们很谨慎，但很快就放松了警惕。记者们似乎能理解他们。星期三，克莱门特公园似乎变成了一个巨大的告解屋。孩子们会为此后悔的。

其间，一声尖叫响彻了媒体驻扎的地方。哀悼者们怔住了，不知道该怎么办。更多的尖叫响起来：声音不同，却来自同一个方向。数百人朝那里跑去：学生，记者，凡是听到的人都跑了过去。他们发现，在公园边缘的一个小停车场里，十几个女孩围在一辆车旁，周围全是卫星转播车。这是第一个被枪杀的女孩瑞秋·斯科特的车。瑞秋没有固定的停车位，所以周二那天她把车停在了离学校半英里的地方。没有人来认领这辆车，现在车的前前后后都被鲜花和蜡烛覆盖

科伦拜因案

着。写给已在天堂的瑞秋的信笺贴满了车窗。她的闺蜜们手拉手在车后围成半圆抑制不住地抽泣着。一个女孩开始唱歌，其他人也跟着唱起来。

* * *

哈里斯和克莱伯德两家都聘请了律师。理由很充分：他们马上就会面临有罪推定的后果。调查人员不会起诉他们，但公众肯定会。袭击发生后不久进行的全国民调将很快列出造成这场悲剧的罪魁祸首：暴力电影、电子游戏、哥特文化、宽松的枪支管理法、霸凌以及撒旦。埃里克不在其中，迪伦也不在，他们只是孩子。一定是什么东西或什么人将他们引入了歧途。韦恩、凯茜、汤姆和苏是主要的嫌疑人。在一项盖洛普民意调查中，85%的人认为他们的责任远远超过其他原因。他们还多了一个被追究的理由，那就是他们还活着。

律师提醒他们保持缄默。两家人都没有接受媒体采访，然后双双在周三发表了声明。克莱伯德夫妇表示："我们不知该如何开口向所有遭遇这场悲剧的人致以最诚挚的哀悼。我们向受害者、他们的家人、朋友以及整个社区表达我们的哀思，为他们祈祷并表达衷心的歉意。与这个国家其他所有人一样，我们正在努力理解为什么会发生这样的事，恳请诸位在这段痛苦的日子里尊重我们的隐私。"

哈里斯一家的声明更为简短，他们表示："我们想就这场无谓的悲剧向所有受害者家属和整个社区表达衷心的同情。恳请诸位为所有遭遇这些惨剧的人祈祷。"

迪伦的哥哥待在家好几天没去上班。拜伦比迪伦大了将近3岁，但因为迪伦入学早，所以拜伦毕业才2年。他在一家汽车经销店做勤杂工：洗车、铲雪、在停车场移车。"他干的是入门级的活，不过干得挺不错的。"该店的一位发言人告诉《落基山新闻报》。

他的雇主理解拜伦需要离开一段时间。这位发言人说："我们所有人都感到震惊。在这里我们是一家人，大家互相照顾。我们关心拜伦。这孩子很不错。"①

* * *

周三上午,特工弗斯利尔关注的是阴谋论。所有人——包括警察——都认为科伦拜因大屠杀是一起大阴谋。这事实在太大,惊天动地,非常复杂,不像是两个孩子能想到的,更不用说还实施了。看起来倒像是有8到10人参与其中。每一次发生如此规模的袭击都会引发阴谋论,但这一回似乎确有道理。这些理论的后续发展,以及杰弗科对此的反应,将以独特的方式对科伦拜因的复苏造成困扰。

周三早上,弗斯利尔进入了触目惊心的犯罪现场。走廊上散落着弹壳、爆过的管状炸弹和没有引爆的炸药,到处都是弹孔和碎玻璃。图书馆被血浸透了,大部分尸体都躺在桌子下面。弗斯利尔见过大屠杀,但眼前这一切仍然非常可怕。真正让他吃惊的是外面——人行道和草坪。丹尼·罗尔博和瑞秋·斯科特还躺在外面。甚至没有人给他们的身上盖点什么。几年后,他想到这些还是不寒而栗。

弗斯利尔是以FBI特工的身份前来科伦拜因的,但他将作为临床心理学家发挥更重要的作用。算起来,他在该领域已经工作了30年;从私人诊所开始,然后为空军工作。在冲绳接受的人质谈判课程改变了他的人生。他擅长看人,有能力说服人。1981年,弗斯利尔加入了FBI。干探员一行让他每年少挣5 000美元,但他一心想加入FBI特别行动和研究小组(Special Operations and Research Unit,简称SOARU)——这是全球领先的人质谈判研究中心。

弗斯利尔探员通过常规案件调查一步步意识到他也喜欢侦探工作。最终,他得到了SOARU小组的关注,开始了化解枪战的新事业。他将处理在美国发生的好几起最严重的人质危机,包括1987年亚特

---

① 这句话引自《落基山新闻报》。

兰大监狱暴动①和"蒙大拿自由人"对峙事件②。他是 FBI 在韦科的最后希望,也是坦克开进去前最后一个和大卫·柯雷什交谈的人。弗斯利尔在 SOARU 小组工作的大部分时间都在研究之前的事件,分析成功率。他的团队制定的人质对峙基本谈判策略今天仍在沿用。弗斯利尔因处乱不惊而闻名,但他的心力逐渐衰弱,两鬓开始斑白,最终他希望能过上更安宁的生活。1991 年,他举家搬到科罗拉多州,在利特尔顿一个宁静的社区定居下来。

在了解科伦拜因杀手方面,弗斯利尔将挑起大梁,但他参与到这个案子中纯属机缘巧合。要不是弗斯利尔的儿子布莱恩在那所高中读书,他甚至可能被派去调查。事实上,FBI 不太可能在其中扮演主角。但由于弗斯利尔抵达了现场,与指挥官关系融洽,并提供了联邦方面的支持,FBI 特工将在团队中发挥主要作用。弗斯利尔是该地区的高级督查之一,并已经与当地指挥官建立了联系,因此他被任命为 FBI 小组的指挥官。在 4 月 20 日之前,弗斯利尔是 FBI 在该地区的国内反恐部门的领导。在接下来的一年里,他将把这方面的大部分职责委派给他人。眼前此事是重点。

科伦拜因事件是科罗拉多州的世纪大案,③ 该州组建了有史以来规模最大的团队来解决此事。近百名侦探聚集在杰弗科。十几家政府机构出借了旗下最优秀的人才。FBI 派来了 10 多名特工,就地方案件而言这是一个相当惊人的人数。身为整个 FBI 最资深的心理学家之一的弗斯利尔探员领导这个 FBI 调查小组。其他人都向杰弗科的凯

---

① 1987 年 11 月 23 日,1 500 名古巴难民在佐治亚州亚特兰大的一座联邦监狱发动暴乱,劫持了 76 名人质。经过 FBI 谈判人员的斡旋,该暴乱于 12 月 5 日结束。——译者
② 1996 年 3 月 25 日,反政府的准军事组织"蒙大拿自由人"(Montana Freemen)与 FBI 发生对峙,经 FBI 谈判人员努力,81 天后投降。——译者
③ 对于警方调查过程的描述,我主要依靠数千页的警方档案以及我对弗斯利尔探员以及杰弗科高级官员的采访,其中包括凯特·巴丁和约翰·基克布希。卢扎德的"Inside the Columbine Investigation"系列报道是重要的佐证。丹为了这个系列报道耗时数月,并且慷慨而坦率地与我讨论了他的观察及看法。

特·巴丁报告——她是一位出色的侦探,她在破获复杂的白领犯罪案件方面的工作对她助益良多。她向"司法转处"项目的主管约翰·基克布希汇报工作,此人是一颗冉冉上升的新星,刚刚晋升为高级指挥官。基克布希和弗斯利尔在日常工作中发挥了积极的作用,并且定期就案件的总体进展进行商讨。

这个小组查出了 11 名可能的同谋。布鲁克斯·布朗的说法最为可疑,克里斯·莫里斯也承认听说过炸弹的事。另外有两人符合第三及第四名枪手的描述。这四人排在最前面,紧接着是迪伦的舞伴罗宾·安德森。

将他们绳之以法需要付出极大的努力。侦探们计划询问科伦拜因的每一位学生和老师,以及凶手的所有朋友、亲戚和熟人,不管是过去的还是现在的。在接下来的 6 个月里,他们将进行 5 000 次面谈。他们会拍摄数千张照片,收集超过 3 万页的证据。① 其内容极其详尽:每一个弹壳、每一个子弹碎片和霰弹弹丸都被一一列出——为了区分每一个碎片,他们写了 55 页、列了 998 个证据编号。

杰弗科指挥小组在科伦拜因中学乐队教室里为弗斯利尔临时辟了个办公位。凶手把这地方弄得一团糟,连个落脚的地方都没有。被丢弃的书籍、背包、乐谱、装鼓的包和乐器散落在弹片中。教室的门不见了——被 SWAT 小组在搜捕持枪歹徒的过程中打飞了。

学校的大部分地方看起来相当糟糕。管状炸弹和燃烧弹已经烧穿了地毯,触发了喷水灭火系统。食堂被水淹了,图书馆惨不忍睹。几个老警察从里面走出来,步履跟跟跄跄,泪流满面。地区检察官戴夫·托马斯说:"SWAT 的有些队员曾经在越南打过仗,他们见到眼前的情景也哭了。"

探员小组正在进入现场。每一块残骸都是证据。他们面对的是 25 万平方英尺的犯罪现场——这还只是校园内部。脚印、指纹、散

---

① 3 万这一数字中包含约 4 000 页经过编辑的文件。

落的毛发或枪支残留物可能出现在任何地方。关键的 DNA 证据可能在食堂里飘着。而且尚未爆炸的炸弹现场可能还有。

探员们几乎清空了埃里克和迪伦的卧室,除了家具以外,他们把其余大部分东西都拖走了。在克莱伯德家所获甚微——几本学校年鉴以及一小摞文字材料——迪伦已经把硬盘清干净了。埃里克家则起获了大量东西:日记、存于电脑的牢骚怪话、录音带、录像带、预算单、图表、时间表。埃里克记录了一切。他唯恐别人不知。

* * *

在紧迫感——以及阴谋论——之外,还有某种语焉不详的信息,暗示未来可能会有更多的暴力事件发生。弗斯利尔说:"我们忙了好几天追查这条线索。"他们再次搜查了学校寻找炸药,还向可能是同谋的人施加压力。

探员们在头 72 个小时里进行了 500 次访谈。这种推进幅度很大,但也变得混乱。巴丁很担心目击者,随着时间的流逝,他们在报纸上读到、在电视上看到的东西会对他们造成影响。调查人员安排了优先次序:亲眼看到枪手的学生排在最前面。

其他探员则去了嫌疑人童年成长的地方。

21. 最初的记忆

一开始并没有谋杀计划。[①] 在埃里克策划这场大屠杀之前,他在生活中有过轻度犯罪的痕迹。更早一点,甚至在青春期之前,他就表现出某种杀手的迹象。现在回想起来,这些特征相当明显,但在当时却不易察觉——未经训练的眼睛是看不出来的。

埃里克经常深情地写他的童年往事。刚记事时候的事他已经不记得了。烟火,他记得。有一天,他坐下来想把自己最初的记忆写在笔记本上,却发现自己做不到。他写道:"很难回想起具体的场景,我大脑里的各种记忆交织在一起。不过我记得 12 岁那年的 7 月 4 日。"爆炸声,如同雷声轰鸣,整个天空像烧着了一般。他写道:"我记得和好多孩子一起在外面跑。感觉像是被入侵了。"

埃里克细细品味着这个想法——一次消灭外星人入侵的英雄的机会。他的梦里充满了枪炮和爆炸声。埃里克享受等待雷管爆炸的过程,火焰令他着迷。只要一回忆,他就能再次嗅到烟火燃烧后的刺鼻余味。12 岁那年,烟火表演后的当晚,埃里克到处烧东西。

火焰真美。火柴点燃的小小喷发,保险丝的突然冒火熔断,都会让埃里克亢奋不已。这会把那帮蠢蛋吓得屁滚尿流——再没有比这更好玩的事了。

一开始,爆炸也让埃里克害怕,即便它们令他兴奋不已。在描述"最早的记忆"的那些文字中,当烟花表演开始时,他就逃开去找地方躲藏。"我藏在壁橱里,"他写道,"当我想一个人呆着的时候,我会躲起来。"

* * *

埃里克是随军子弟。他父亲 15 年里带着全家住过 5 个州。1981

科伦拜因案 127

年 4 月 9 日，韦恩和凯茜的儿子埃里克·大卫·哈里斯在堪萨斯州威奇托市（Wichita）出生，这一天距离埃里克试图炸毁自己的高中有 18 年零 11 天。威奇托是埃里克读初中以前住过的最大城镇。他开始入学时是在俄亥俄州的比弗克里克（Beavercreek），后来在密歇根州的奥斯科达（Oscoda）和纽约州的普拉茨堡（Plattsburgh）待过一段时间，都是位于乡村的空军驻地。埃里克在五所不同的学校入学又中途退学，这些学校通常都在军事基地附近，他的朋友也和他一样来去匆匆。

韦恩和凯茜努力克服这些干扰。凯茜选择做个全职妈妈来照顾孩子们。她还履行了身为军官妻子的职责。凯茜很有魅力，却很朴素。她的棕色鬈发打理得很简单：齐齐梳到耳后，内卷，长度及肩。

韦恩身材结实，皮肤白皙，发际线已经逐渐后退。他教棒球，还是童子军的领队。傍晚的时候，他会带着埃里克及其哥哥凯文一起在车道上练习投篮。

一位住在附近的牧师说："我印象中觉得他们希望孩子们能在一个平常的社区里建立一种正常的、非军事化的关系。他们是很好的邻居——热情，外向，关心他人。"[2]

---

[1] 关于埃里克和迪伦的童年以及他们人生最后几年的活动信息来自大量的资料，其中包括他们自己写的数百页的文章、日程表、他们自己拍的录像、警方对其朋友的大量采访、对这些朋友的电视采访、我对审查所有证据的调查员的采访、可信的记者（特别是林恩·巴特尔斯）的新闻报道，以及我对他们的一些朋友的采访，其中有乔·斯泰尔、布鲁斯·布朗和几个自幼与他们熟识的孩子。有几位与他们交往甚密的朋友拒绝与我合作，但是向警探做了详细的陈述。汤姆和苏·克莱伯德在警方问讯中提供了迪伦童年的大量细节。巴特尔斯和克劳德在《落基山新闻报》上发表了一篇人物简介，题为"Fatal Friendship"，对我特别有帮助；我从中借鉴了大量素材。其他重要的资料还包括辛普森、卡拉汉和洛维所写的"Life and Death of a Follower"、布里格斯和布莱文所写的"A Boy with Many Sides"以及约翰逊和威尔戈伦所写的"The Gunman: A Portrait of Two Killers at War with Themselves"。

[2] 埃里克在普拉茨堡和奥斯科达的儿时朋友及邻居的话，引自杰弗科的《警署最终报告》以及前注提到的人物简介。这些叙述非常相似，而且也没有透露很多信息。埃里克在上高中之前似乎是一个很普通的孩子。这与埃里克年少时的自我描述以及朋友向警察描述的一致。

哈里斯少校不能接受家中有人行为失当。① 惩戒措施迅速而严厉，但仅限于家庭内部。至于外来的威胁，韦恩则以典型的军人方式回应：严阵以待，护好团队。他不喜欢仓促做决定。他更愿意考虑予以惩罚，哪怕此时孩子们正在对自己的行为进行反思。一两天后，韦恩会做出决定，而且将是最终决定。通常是禁足或剥夺某项待遇——视孩子更看重哪项而定。随着埃里克年龄渐长，他时不时被迫停止使用电脑——那让他百爪挠心。韦恩认为，一旦他和埃里克进行了讨论，双方就事实和惩罚达成一致意见，冲突就终结了。接下来，埃里克必须为自己的行为承担责任并接受惩罚。

探员们发现，埃里克在 Instagram 上的个人资料和媒体报道的内容存在极大的矛盾。他在普拉茨堡的朋友们把他描述为一个和少数族裔一起混的体育爱好者。埃里克最好的两个朋友，分别是亚裔和非裔美国人，而且那个亚洲男孩还是个出色的运动员。埃里克踢足球，还加入了少年棒球联盟，甚至在他全家搬到科罗拉多州以前他就已经是落基山队（Rockies）的球迷了，经常戴着这个队的棒球帽。到了初中，他就迷上了电脑，最后沉湎于流行的电子游戏。

童年照片上的埃里克看起来健康、整洁、自信——比迪伦稳重多了。不过，两人都非常害羞。一位来自普拉茨堡的小联盟队友说，埃里克"是所有人中最害羞的"。他不怎么说话，其他孩子形容他怯生生的但讨人喜欢。

在球场上，他的一个核心性格特征已经展示出来了。他的教练说："有时候我们老得催他挥杆击球。他并不是怕击球，他是怕击不中。他不想失败。"

---

① 我对韦恩·哈里斯的育儿方式的描述有以下几个来源：他自己在一本标有"埃里克"字样的本子上写了25页的笔记；埃里克在自己的作文中经常抱怨父亲的惩戒手段；为了参加"转处计划"，埃里克和他的父母分别填写了8页和10页的家庭调查问卷；记录在案的埃里克对"转处计划"辅导员的陈述；埃里克朋友的陈述，这部分内容主要出现在警方报告中，同时也包括我本人做的采访以及一部分电视采访。

埃里克继续做梦。哈里斯少校激发了埃里克的从军梦想，但他觉得自己应该当一名海军陆战队员。他后来写道："枪！我的天，我喜欢玩枪。"他成长的乡村小镇有田野、森林和溪流，给了他扮演士兵的场所。埃里克8岁的时候，全家搬到了密歇根州的奥斯科达，风景优美的奥萨布尔河（Au Sable River）在该州险峻崎岖的北部地区与休伦湖汇合。韦恩和凯茜在镇上买了一栋房子，这样孩子们就可以和普通百姓家的孩子一起长大了。奥斯科达大部分地区是空军基地；人口只有1 061人，并且还在下降。成年人能从事的工作很少，但这里是小男孩的冒险乐园。

哈里斯家的房子坐落在休伦国家森林公园的边上。在小埃里克的眼里，这里广阔、空旷而古老。空气中弥漫着发霉的白松的味儿，早期的伐木工人曾以此地为家。州政府宣布这里是保罗·班扬①的老家，附近还竖立着青铜的伐木工纪念碑（Lumberman's Monument）。埃里克、凯文和他们的朋友索尼娅会花上一个下午在此追捕敌军并抵御外星人入侵。他们用树干和枝权造了一个小小的堡垒，作为他们的大本营。

"开火！"埃里克在某次演练中大喊。② 3个小勇士拿着的玩具枪发出了一连串机关枪的声响。索尼娅向来无所畏惧——她会直接冲向想象中的枪林弹雨。凯文大声呼叫空军支援；埃里克向树上扔了一枚手榴弹。3名守军躲进掩体，想象着大地因鏖战而颤动。埃里克又扔了一枚手榴弹，然后一枚又一枚，消灭了一波又一波的敌军。当埃里克上了高中以后每每回想起那些场景时，记起自己那时总是主角，而且永远都是正义的一方。

---

① 美国神话人物，传说中的巨人樵夫，力大无穷，伐木如割草，据说五大湖及密西西比河都是他挖出来的。——译者
② 这一章中的大部分场景来自埃里克的学校作业，他在其中回忆了小时候的事情。我选择了他反复描写的场景作为素材。

埃里克11岁那年，id软件公司发布了电子游戏《毁灭战士》（*Doom*）①，他发现这是一个探索其幻想的完美的虚拟游乐场。他的对手现在有了面孔、身体和身份，他们能发出声音并反击，埃里克可以评估自己的技能，还可以得分。他几乎打败了所有他认识的人。在互联网上，他可以击败成千上万他从未见过的陌生人。他差不多总是赢，直到后来遇到迪伦。他俩势均力敌。

1993年，韦恩退伍。这一家人再次搬家，这次他们搬到了科罗拉多州，在杰弗科永久定居下来。埃里克上了七年级，凯文成为科伦拜因高中的新生。韦恩最终在一家制造电子飞行模拟器的国防承包商那里找到了一份工作。凯茜开始在一家餐饮公司做兼职。

3年以后，哈里斯夫妇在风景秀丽的查特菲尔德水库（Chatfield Reservoir）以北、科伦拜因高中以南2英里处的一个更好的社区买了一套价值18万美元的房子。凯文在橄榄球队打边锋，在他被科罗拉多大学录取之前是科伦拜因中学不羁少年队的开球手。哈里斯少校日益稀疏的头发渐渐发白，他留着浓密的白胡子，胖了几磅，但依然保持着军人的风度。

---

① 这是一款著名的射击游戏，1993年推出，彻底改变了电子游戏业，在当时有着里程碑的意义。——译者

22. 急于收场

    周四上午《丹佛邮报》发文表示疗愈的过程已经开始。袭击发生36小时后，硕大的标题横跨第一页的整个版面。牧师、精神科医生和悲伤心理辅导师（grief counselor）都愣住了。[①]这么表达为时过早，非常不成熟。这家报纸想提供帮助，但在杰弗科，急于解脱的过程很不顺利。每过一周，社区里就会有更多的人嘟囔是时候朝前看了。幸存者却另有看法。

    周四，遇难者遗体最终被交还到家属手中。大多数父母都迫不及待地希望了解孩子是怎么死的。目击证人非常多，但总有一小撮人喜欢夸大其词，添油加醋的说法往往流传更广。

    丹尼·罗尔博临死前的英雄壮举迅速传开，并被媒体广泛报道。《落基山新闻报》报道说："（他）把住校门让其他人逃走，并为了他的朋友献出了自己的生命。"

    "知道吗，他原本有可能活下来，"在丹尼的葬礼上，罗尔博的牧师将对1 500名哀悼者说，"他选择留下来为其他人扶住大门，这样他们就可以先他一步逃到安全的地方。他们活下来了，丹尼却没有。"

    后来这种说法被推翻了。丹尼的父亲布莱恩说他从来不信这种说法。他说："我知道，如果丹和他的朋友们认为自己身处险境，不会呆在原地不动的。"这种添油加醋让丹尼之死看起来更加悲惨或更加有意义的做法激怒了布莱恩。他说，这事本身已经够悲惨的了。

    * * *

    克莱门特公园里，近百名学生挨在一起进行了一场青少年独有的祈祷仪式。②他们踮起脚尖,双手伸向天空,彼此贴紧手臂合拢成一个巨大的人形尖塔。祈祷仪式气氛热烈,一个个面容平静。他们唱着甜美的圣歌,身体整齐划一地摇摆,向耶稣祈求带领他们度过这艰难时刻。他们说到了"那个敌人"。一个小女孩表示:"我们感觉到撒旦正在我们周围出没!"

星期四下午,学校为学生们安排了第二次官方集会。大型教堂是该地区少数能容纳这么多人的建筑之一,所以集会安排在西鲍尔斯社区教堂。这是一次非正式的集会,目的只是指定一个地点让希望见面的学生们能够找到彼此。D先生本来不打算发言,一名辅导师进入大厅打断了他与教职员工的会议。他说:"弗兰克,他们需要你。你得出去见他们。"

弗兰克穿过走廊走向教堂正厅,一路想着该说些什么。他又一次面临着如何面对麦克风的困境。他的几个朋友——包括员工在内——也劝他不要再哭了。他们说:"天哪,你会在全国媒体上露面。你不能哭,那是软弱的表现。"他侥幸逃过了一次,但如果媒体发现他是个软蛋,一定会把他钉上十字架的。

对此,精神创伤方面的专家不认同。这些孩子是在西方思维方式里长大的,他们认为:真正的男人要自食其力;眼泪属于弱者;心理治疗就是扯淡。一位心理辅导师向他建议道:"弗兰克,你是个关键。你是一个感情充沛的人,你需要表达这些感情。如果你试图控制自己内心的情绪,那就是在给他人制造样板。"迪安杰利斯觉得,男孩们尤其会盯着他看。他们已经在心里憋了很多不好的情绪了。辅导

---

① 事件尚未平息就宣布一切开始复原,《丹佛邮报》的这则报道仅仅是最令人震惊的事例之一。这种情况随处可见。从最初的几周到接下来的9年里,我采访了许多牧师、精神科医生和悲伤心理辅导师。几乎所有人从一开始就认为过早做出评估是一个可怕的错误。

② 我在现场目睹了这场持续数分钟的祈祷仪式。《落基山新闻报》刊登了一幅现场大照片。在本书中,只要有可能,我会把我的观察与照片、电视录像以及其他记者的新闻报道进行比对。

师说:"弗兰克,他们必须明白释放情绪没有什么不对。帮他们表达出来吧。"

学生们正等着他出现,他一进来,他们就开始高呼学校的集会口号——上一回他们这么喊还是在毕业舞会前那次集会上:"我们是科——伦——拜因!我们是科——伦——拜因!"他们一次比一次喊得更响亮、更自信、更起劲。听到这样的喊声,D先生才意识到他也渴望着从他们身上汲取力量。他以为他在那里只是为了给予。"我没办法装样子,"他后来说,"我走上讲坛,看到孩子们在欢呼,眼泪夺眶而出。"

这一次,他决定谈谈这些泪水。"孩子们,相信我,现在不是展示你男子气概的时候,"他告诉他们,"情感就是情感,把它藏在心里并不意味着你坚强。"

那是D先生最后一次为在公共场合哭泣感到不安。

* * *

学校面临的一个大问题是如何完成这一年的学业。孩子们需要尽快恢复常态。但是警察在接下来几个月内都不会允许人出入学校。政府决定一周以后在附近的查特菲尔德高中复课——该校历来是科伦拜因的竞争对手。每天下午该校归科伦拜因高中使用,第二天早上则归查特菲尔德高中使用。本学年结束前两家学校的课程时间均相应缩短。

长远的解决方案更为棘手。有人建议拆除教学楼;一些家长坚称他们的孩子再也不会踏足谋杀现场。但也有人指出,将学校完全拆掉带来的心理打击会更严重。《落基山新闻报》周四那期在显要位置刊登了其出版人的一封公开信,信中写道:"如果学生、教师和家长觉得他们无法回到科伦拜因的教室上课,丹佛《落基山新闻报》将牵头筹集资金建一所新学校,并敦促立法机构提供帮助。如果他们不希望被迫离开他们的学校,我们将支持社区重建校园。"

* * *

比尔·欧德莫伦牧师开始着手准备两场葬礼。约翰·汤姆林和劳伦·汤森是山麓圣经教堂的忠实信众。牧师走过克莱门特公园,嗅了嗅空气。撒旦。牧师能闻到他在公园里出没的气息。这是一种刺鼻的气味——如果再浓一点,他的鼻毛可能会被烧焦。"那个敌人"在周二袭击了这里,但真正的战斗才刚刚开始。

"我闻到了撒旦的气息,"周日早晨,欧德莫伦牧师站在讲坛上怒吼道,"我们在星期二见证的是来自撒旦大本营的行动。撒旦有个计划。他要我们在利特尔顿生活在恐惧中。他想让我们看到身穿黑色风衣的人,或是穿着哥特服装、化哥特妆的人,他要我们感受到:瞧,撒旦是多么强大、多么可怕!"①

他看过美国广播公司的一个特别节目,调查肯塔基州西帕度卡在发生校园枪击案 13 个月以后的余波。欧德莫伦告诉他的会众,西帕度卡的人们仍然充满敌意。他说:"我很清楚撒旦希望利特尔顿在 13 个月后变成什么样子。他希望我们生气,撒旦要我们活在悲伤中,难以自抑。他要我们以恶报恶,他要我们冤冤相报。这是撒旦对利特尔顿的计划。"

卡西·伯纳尔的牧师乔治·克尔斯滕也声讨了同一个罪魁祸首。在他们看来,该事件远不止与两个带着枪乃至炸弹的男孩有关。这是信仰之战。"那个敌人"在光天化日之下占领了杰弗科大战场,乔治·克尔斯滕牧师渴望见证基督再度现身打败他。克尔斯滕在西鲍尔斯社区教堂对着信众演讲时,将卡西比作《启示录》中写到的、末世来临前向上帝吁求的殉道者。他呼喊道:"多久?还要多久才能为我们的血报仇?"

---

① 欧德莫伦牧师和克尔斯滕牧师在礼拜活动上讲这些话的时候我本人均在场。我获得更多信息的渠道还包括:采访牧师、持续数月定期参加礼拜、聆听欧德莫伦牧师的其他布道录音带,并经克尔斯滕牧师同意参加了他所领导的西鲍尔斯社区教堂的圣经研究小组。

克尔斯滕牧师援引了《圣经》中的关键一幕。四骑士一出现，第五封印就被揭开了，天地初开以来的所有基督教殉道者都出现在祭坛下，祈求以敌人的鲜血作为回报。不久之后，所有忠诚的信徒都欣喜若狂，天启降临。

克尔斯滕牧师刚好在给西鲍尔斯社区教堂的圣经研究小组讲授《启示录》，每周一章。他相信，正如已经发生的那样，启示已然呈现伟大的征兆，这个时刻可能就在眼前。

* * *

唐·马克斯豪森牧师是不认同所有这些即兴的翻来覆去的关于撒旦的说法的。他看到的是两个内心充满恨意、手中握着攻击性武器的男孩。他认为这个社会需要迅速弄清楚他们是怎么做到的，为什么会这样。在他看来，指责撒旦就是轻而易举地放过了他们，并且逃避了我们的调查之责。"世界末日"更是让人上火的无稽之谈。

在"世界之光"的那场集会上，马克斯豪森设法与孩子们进行了接触。他带的是科伦拜因周边的一大群路德教派会众，多年来，他领导着一个由主流新教神职人员组成的委员会——"主流"是对大而温和的教派的通称，比如长老会、圣公会、卫理公会以及除美南浸信会以外的浸信会等。马克斯豪森只有45岁，但被公认为西郊的智者。在杰弗科，主流教会的人数不如福音派教徒多，甚至少于天主教徒，但他们仍然保持着强大的影响力，马克斯豪森的教堂能容纳千人，每个周日都座无虚席。

大多数主流教派的教徒和天主教徒都反对把科伦拜因的悲剧归咎于撒旦，但他们决意不在这个问题上纠缠。[1] 当地的牧师们很快达成了一致意见，他们需要团结起来，把宗教派系之争搁置一边。

---

[1] 在事件发生后的头几周内，我采访了几十位当地的牧师，以及大量参加当地周日礼拜活动的人。大多数教会和大多数牧师都达成共识，即反对利用这个时机大规模招募新会众。我采访了巴布·洛兹，记录了她描述的场景，并得到了许多在场学生的证实。

巴布·洛兹在大屠杀发生24小时以后面临了她的第一次考验。星期三晚上，她在自己担任牧师的"世界之光"天主教堂安排了一个大型祈祷仪式。信仰不同的学生都受到了邀请，每一排长椅都坐满了人。她希望所有人都有宾至如归之感。

仪式进行到一半时，一位来自福音派教堂的年轻牧师激动地走向洛兹，想做一场"圣坛召唤仪式"——这是召唤新人或旧人再度加入以获重生的一种仪式。显然这不是天主教的教仪，时机看起来也不太合适，但洛兹决定与福音派教会搞好互惠关系。

于是她勉强同意了。

年轻的牧师冲到麦克风前，宣告耶稣的力量。谁愿意接受耶稣基督为自己的救主？他大喊。

谁也没有动。他很吃惊。

"没人吗？"他问。

他坐了下来，观众继续之前的仪式。"他们只想被拥抱，"洛兹说，"他们想要被爱，想要听到别人说我们会共渡难关。"

* * *

孩子们源源不断涌进教堂。[①] 从周二晚上开始，原本只是为了逃避父母和寻找伙伴，现在很快成了习惯。一夜又一夜，他们成群结队地回到教堂——这些孩子已经多年没见过圣坛了。对一部分人而言，在绝望之际仰望上帝是一种有意识的选择，但对大多数人而言这里不过是一个去处。

教堂在晚间组织了非正式的礼拜。白天，他们只是打开大门，让孩子们随意出入。少数人看到了吸纳新会众的机会。任何一个开车去克莱门特公园待上几个小时的人，都会发现雨刷下出现好几张传单："我们在此等你倾诉，我们为你提供帮助"，"如有需要——提供祈祷、咨询、食物"，"免费！！提供热巧克力、咖啡曲奇，到加略山教

[①] 大量学生陈述了那一周涌向教堂的情况。

科伦拜因案　　137

堂（Calvary Chapel）来感受温暖"。一箱箱口袋大小的《圣经》被卡车运到公园，分发给路人。山达基教徒（Scientologists）向列队前来瑞秋·斯科特的车旁致哀的民众分发了《幸福之道》① 小册子——那辆车仍然被遗弃在停车场。

* * *

最终，调查人员将带着数十名目击者重返学校，协助他们重建袭击事件的经过。D 先生是第一个去的。杀戮事件几天后，探员们带着他穿堂而过，弗斯利尔博士也在其中。他们经过残破的奖杯陈列柜，迪安杰利斯描述了它是如何在他身后爆炸的。他们沿着过道向前，他指认了他是在哪里拦住那些去上体育课的女生的。

他回忆起了当时的一切：呼喊声，尖叫声，呛人的烟味。弗兰克·迪安杰利斯并没有因此惊慌失措，他已经哭过了，他希望跟那些孩子一样坚忍，愿意敞开心扉。

他们转过一个角落，弗兰克看见地毯上血迹斑斑。② 他知道戴夫·桑德斯曾到过那里。他没想到那里留下了不少污渍。他说："你可以看出指关节的印子。实际上他是四肢着地，所以才在地上留下了他的指关节印——那是他在挣扎啊。真让我心碎。"

一条血迹斑斑的路反映出了戴夫从拐角处穿过大厅的活动路线。探员们把弗兰克·迪安杰利斯带到 3 号科学教室。里面什么也没有动过。

"他们把我带到戴夫死的地方，"弗兰克回忆说，"那里有几件满是血迹的运动衫。我看不下去。"在科学教室里，弗兰克再度崩溃，他转向弗斯利尔求助。迪安杰利斯后来说："我很庆幸他在那里。大多数 FBI 的人不会这么做的，但德韦恩给了我一个拥抱。"

---

① *Way to Happiness*，这是一本描述山达基教基本教义的小册子，该教派由美国科幻小说家 L. 罗恩·哈伯德 1952 年创立，一度在美国拥有十多万信众，近年来其教义和敛财方式饱受质疑，并遭遇前教徒的猛烈抨击，信众人数锐减。——译者
② 迪安杰利斯和弗斯利尔在接受我采访时分别描述过这一场景。

　　　　　　　＊　　＊　　＊

　　除了目击者，破案的最大希望似乎在于物证：首先也是最重要的是枪支。迪伦是个未成年人，埃里克刚满18岁，他们可能是在别人的帮助下才弄到了武器。出面买枪的人，不管是谁，都可能是头号同谋。

　　调查人员分头同时进行追查。ATF探员从技术角度出发：他们想到了半自动手枪的可靠使用寿命。埃里克的卡宾枪用了还不到一年；这把枪最初在亚拉巴马州的塞尔玛市（Selma）售出，后来到了科罗拉多州朗蒙特（Longmont）的一家枪械商店，这地方离丹佛不到一个小时的车程。他们追踪到，在1997年至1998年间，迪伦的TEC-9半自动手枪曾经在4个人那里转手，但后来记录消失了。① 第三任枪主说，他在坦纳枪展上卖掉了这把枪，但当时没有要求他保留销售记录。几把霰弹枪的问题更复杂。它们已经有30年的历史了，当时还不需要序列号。这些枪根本无从追踪。

　　拆弹小组拆解并研究了那些大型炸弹。埃里克把炸弹的核心部分装得乱七八糟。"他们不懂爆炸反应，"消防队副队长说，"他们也不懂电路。"

　　这些警官拒绝透露更多细节，理由是不想给效仿者任何暗示。副队长将主要错误概括为"熔断不良"。

　　侦探们在调查嫌疑人时撞了大运。克里斯·莫里斯在第一天就表示菲尔·杜兰与此事有牵连。如果莫里斯的话可信，那么就能解释几支枪是从哪里来的了，说不定全部4支的来历都能搞清。杜兰装出无辜的样子，但他们知道他们能拿下他。然后，他们听说了罗宾·安德森的消息。

　　周二晚上罗宾把自己的秘密透露给了凯莉，但内心还是忐忑。周

---

① 关于TEC-9所有权的信息来自与曼内斯的银行记录相关的搜查令。相关陈述出现在文件JC-001-025739中。

科伦拜因案　　139

三早上,她又给扎克打了电话。这次她什么都说了。她还对他撒了个小谎,说这事只有他一个人知道。然后她又跟她妈妈说了。

* * *

罗宾的妈妈把她带到了学校。杰弗科在犯罪现场成立了"科伦拜因事件特别工作组"(Columbine Task Force),总部设在乐队排练室。探员们对罗宾进行了问讯,她妈妈陪在她身边。[1] 两名探员交替问话——一人来自检察官办公室,一人来自附近郊区的警察局。他们把问讯过程从头到尾拍了下来。他们非常严厉。根据探员为录音带内容写的概要,当他们第一次问起枪的时候,罗宾"明显往后缩了"。她看向母亲寻求帮助。他们问,她买枪了吗?不,她没有买枪。她和他们一起去看枪展,但他们买了武器。他们为什么要买武器?迪伦住在城外,所以她以为他们想打猎。不,他们从来没说过开枪打人,甚至没有拿这个开过玩笑。

探员们问了她有关毕业舞会、"风衣黑手党"以及凶手的性格,然后又回到了枪上面。她说,这是一家私人经销商。男孩们付了现金。他们没有讨价还价,开价多少就付多少——大约每把250到300美元之间。没人在任何东西上签字,她也没有出示身份证。霰弹枪的枪管很长,但卖的人说可以截掉。

探员们开始对她施加更大的压力:迪伦和埃里克看起来不像猎人,是不是?迪伦住在山上,那里到处都是鹿。她爸爸有一支枪——他从来没用过,但他有一支枪。很多人都收藏枪支。埃里克和迪伦都喜欢这东西——他们怎么会不想要一把呢?她说,她实际上曾经问过这俩男孩会不会拿枪干蠢事。他们向她保证绝对不会伤害任何人。

---

[1] 警方报告中详细记录了审讯罗宾的内容。这份长达20页的无空行审讯记录记下了所有问题及回答。不同字体部分是对她所说的话的转述。同一份报告中还列出了她前一天的活动,以及她承认自己对哪些事知情、从什么时候开始对埃里克和迪伦参与谋杀有所怀疑。最终,她承认在枪击案一开始就怀疑是他们干的,所以基本上没有理由不相信她说的。

埃里克和迪伦有没有要你对枪的事情保密？探员们问。是的。这没有引起你的怀疑吗？他们还未成年。这是违法的。他们必须瞒着父母。他们把这些枪藏在哪里了？她不知道埃里克怎么做的。迪伦让他先下了车，埃里克把枪放在他的本田车的后备厢里。她觉得他后来把枪藏到家里去了。迪伦想把他的枪藏在梳妆台最下面的抽屉里，但枪太大了。他把它塞进了壁橱，不过后来他跟她说他把枪管截短了，放进抽屉了。

这还没有引起她的怀疑吗？没有，因为这是卖枪的人建议的。

罗宾说她再也没见过那几把枪。探员们继续问话。他们问了各种各样的问题；最后，他们提到了炸药。她有没有见过，她有没有帮他们制作，埃里克和迪伦的朋友有没有帮过他们？没有，没有，哦……也许扎克·赫克勒帮过。扎克？为什么是扎克？扎克跟她说过，他知道更多事情。她告诉探员，她和扎克通过电话，扎克承认自己知道管状炸弹的事。

探员们说，这就怪了——埃里克和迪伦每周都和她一起打保龄球，迪伦每隔一天的晚上都给她打电话，他们跟她透露了枪支的事情，却只字未提管状炸弹。他们肯定是不想让我知道。得了吧！探员们说。你在撒谎！他们一次又一次地嘲笑她被区别对待——男孩们跟扎克说了管状炸弹的事，却从来没有告诉她？没有，没有，从来没有。他们就是这样的。如果他们想让人知道，他们就说。如果他们不想让人知道，你就什么也不会知道。他们会做得非常隐秘，就他们自己知道。

他们继续揪着她不放。她说，这些枪是个孤立事件。还有扎克——他也不会知道很多。他知道他们在制造炸弹，但他不知道他们要干什么。

审讯进行了 4 个小时。罗宾始终不松口。

* * *

拆弹小组在学校里反复搜查，找到了近百枚大小不一、成分各异

科伦拜因案　　141

的炸弹——大多数已经爆炸，一部分还没有。大部分是管状炸弹或"蟋蟀"，但食堂里有个东西很突出：一个竖着放的白色大丙烷罐，约莫2英尺高。它被楔入一个1加仑的汽油罐。最让人觉得不祥的部分是闹钟。还有一个橘色大行李袋的残骸，大部分已被燃烧殆尽。他们还发现了汽车炸弹，很多的布线错误。空地上放着转移注意力的炸弹，之所以令人不安另有原因。它被移动后不久就爆炸了，表明它可能是诱杀装置。引信有可能在任何位置。

FBI提供了一组犯罪现场专家来协助记录海量的证据。周四早上8:15，这组人艰难地在食堂的废墟中搜寻。几百个书包、午餐盘和吃了一半的饭菜散落在各处，其中许多不是被打翻了，就是被火烧焦了，或者被炸得四分五裂，所有东西都被喷了好几个小时的水的灭火系统淋透了。设置成静音的寻呼机在书包里不紧不慢地发出哔哔声，提醒孩子们打电话回家。

走着走着，一名特工发现了一个蓝色行李袋，距离装有大炸弹的那个被烧毁的橘色袋子10英尺左右。袋子鼓鼓囊囊的，大小正适合装一个同样的装置。他们靠近袋子。一名特工从顶上慢慢地往下按压。很硬。可能又是一个罐子。他们打电话叫来了两名警官和一个FBI拆弹专家，其中一名警官是迈克·格拉，一年前调查埃里克·哈里斯的就是他。他切开了袋子。他们可以看到丙烷罐的底部以及跟前面见过的那个一样的闹钟。这里还有未引爆的炸弹。到底有几个呢？他们立即封锁了这一区域。

如果这些丙烷炸弹被引爆，会把位于"公共休息区"的大部分或所有人都烧成灰。他们会在爆炸的头几秒内杀死500人，相当于俄克拉何马城爆炸案死难人数的4倍。美国历史上最严重的10起国内恐怖袭击事件，其死难者总数加起来也不到这个数字。

在调查人员看来，几枚大型炸弹意味着一切都变了：袭击的规模、方法以及动机。最重要的是，这是无差别杀人。每个人都得死。科伦拜因枪击案与其他学校的枪击案存在着本质差异，它其实并非意在持枪杀人。这是一起没有得逞的炸弹袭击。

就在同一天,官方宣布发现了这些大型炸弹,同时宣告了其杀伤力。这引发了新一轮的媒体冲击波。但奇怪的是,记者们并未领会其中的含义。探员们马上就摒弃了针对特定目标作案的说法。一开始他们还比较隐晦,如今完全否定了。媒体却没有摆脱这个观点。他们把在科伦拜因发生的事件看成一桩枪击案,把凶手看作针对运动健将的孤僻异类。他们通过这个视角过滤每一个新进展。

23. 天才男孩

  迪伦·班纳特·克莱伯德天生聪明。他提前一年开始上学，到了三年级，就参加了"CHIPS 项目"——CHIPS 指的是具有超高智力潜能的学生（Challenging High Intellectual Potential Students）。[①]即使处于一群聪明人当中，迪伦也是个显眼的数学神童。这么早加入该计划并不曾妨碍他的智力发展，倒是使得他越来越内向。

  克莱伯德夫妇这对理想主义者，以迪伦·托马斯和拜伦勋爵[②]的名字为他们的两个儿子取名。汤姆和苏在俄亥俄州立大学学艺术的时候相识，汤姆学的是雕塑。他们转到了威斯康星州，获得了更实用的硕士学位：汤姆学的是地球物理学，苏修教育学，是阅读方面的专家。汤姆找了一份跟石油打交道的工作，他们把家搬到了杰弗科，之后他们这里逐渐成为丹佛大城区的一部分。

  1981 年 9 月 11 日，迪伦出生在这里，他比埃里克小 5 个月。两人都在小镇长大。迪伦在童子军中得过荣誉徽章，还赢过一场松木赛车比赛[③]。运动总是很重要的。他的好胜心非常强，痛恨失败。当他在少年棒球联盟时，总能投出好球让对方三振出局，击球手气得把球棒都扔了。他会崇拜大联盟的球手们直到他死的那天。

  克莱伯德家井然有序，充满知性。苏·克莱伯德有洁癖，但迪伦不嫌脏。一位邻居——将在那场杀戮前拼命阻止埃里克的女人——满足了迪伦小时候当哈克·费恩[④]的愿望。朱迪·布朗是邻家妈妈，她给孩子们做好吃的，招待孩子们在她家过夜，还召集他们进行小冒险。迪伦在天才儿童计划中遇到了她的儿子布鲁克斯。布鲁克斯和迪伦一样长着一张鹅蛋形长脸，窄窄的下巴。不过，让迪伦神采飞扬的事情，布鲁克斯却提不起劲来，他脸上总有一副倦怠忧虑的表情。两个男孩都长得比同学快——布鲁克斯最终长到了 6 英尺 5。他们有时候会在布朗家待一下午,坐在沙发上大嚼奥利奥饼干,吃完了礼貌地跟朱迪再要一份。迪伦看见陌生人特别害羞,但他会突然跑过来扑通一声坐在她膝上,依偎着她。他非常讨人喜欢,但你不能惹到他脆弱的自尊心。轻轻一碰它就碎了。

　　朱迪第一次见到迪伦发作,是在他八九岁的时候。⑤ 他们开车来到一条很浅的溪流附近,像往常一样探险。苏·克莱伯德也在,到处是泥,她慌得要命,但为了儿子她还是跟来了。他们说是来抓小龙虾,但实际上一直在找青蛙、蝌蚪或任何滑溜溜黏糊糊的玩意儿。苏担心有细菌,一直絮叨着要孩子们乖一点,别把身上弄脏。

　　他们带了一个大水桶,打算装小龙虾带回家,但回到山坡那边时桶里面空空如也。然后,其中一个男孩从小溪里奋力爬了上来,腿上粘了一条水蛭。孩子们全都欣喜若狂。他们把水蛭扔进装青蛙的罐子——一个蛋黄酱瓶子,瓶盖上打了几个洞——没完没了地盯着它看。中午,他们吃了一顿野餐,然后跑回小溪里玩。水只有一英尺深,但非常浑浊,看不到底。迪伦穿着网球鞋的脚踩进了烂泥里。所有的男孩都踉踉跄跄的,但迪伦摔得最厉害。他拼命摆动双臂以防摔倒,结果没有成功,一屁股坐在了泥巴上。他的短裤立刻湿透了;黑

---

① 不少资料显示,迪伦从二年级就入选了"CHIPS 项目",但他是三年级才转到该小学的。汤姆和苏·克莱伯德在警方报告中提供了迪伦早期生活的许多细节。
② 迪伦·托马斯是威尔士诗人。拜伦勋爵是世袭男爵,全名乔治·戈登·拜伦,英国诗人、革命家,浪漫主义文学泰斗。——译者
③ 童子军活动之一。比赛孩子的动手能力。参赛者要把一块松木先锯成想要的车型,然后加轮子,比比看谁的车快。要用到设计、锯、打磨、喷漆、校正轮子。最难的是如何提速。——译者
④ 马克·吐温笔下的著名顽童,哈克没有母亲,父亲又是个酒徒加无赖。因此,他从小无人管束,厌恶"文明"和"礼法",是个抽烟、骂人、整天在外晃荡的"野孩子",但天真无邪、正直善良。——译者
⑤ 在浅溪发生的这一幕是根据我对朱迪·布朗和她丈夫的采访描述的。迪伦说的话来自她的回忆。这一事件与许多认识迪伦的可靠人士转述的事件相吻合,他们都是在迪伦小时候和高中时认识他的。我选择记录这句话是因为它概括了迪伦幼年的主要经历和脆弱心理。

乎乎的脏水溅到了他干净的 T 恤上。布鲁克斯和他弟弟亚伦哈哈大笑，迪伦突然发作。

"住嘴！"他尖叫道，"不许笑我！住嘴！给我停停停停停停停下来……"

笑声戛然而止。布鲁克斯和亚伦有点被吓住了。他们从没见过一个小孩子这样发疯。朱迪冲过去安慰迪伦，但怎么哄也哄不好。大家都一声不吭，但迪伦一直尖叫，要他们住嘴。

苏抓住他的手腕，赶紧把他带走了。她用了几分钟时间才让他冷静下来。

苏·克莱伯德早就料到他会随时爆发。久而久之，朱迪也发现了。

她说："我看到迪伦对自己感到懊丧，然后发疯。"他会温顺几天或几个月，然后他会怒火中烧，一点点小错都让他感觉丢脸。朱迪觉得他终究会长大的，但他没有。

探员们收集了凶手的特征，觉得这两人的背景惊人地相似和寻常：宁静的小镇人家的小儿子，家里温馨舒适，父母双全、育有二子。克莱伯德家富一点，哈里斯家流动性大一点。两个男孩都在哥哥的庇护下长大——他们都有个块头大、个子高也更强壮的哥哥。埃里克和迪伦最终会有相同的兴趣爱好、上一样课程、有一样的工作和朋友、服装品位差不多，参加一样的俱乐部。然而他们的内心世界截然不同。迪伦总感觉自己低人一等，愤怒和厌恶在他的内心蔓延。朱迪·布朗说："他是在跟自己过不去。"

*　　*　　*

迪伦的母亲是犹太人。苏·克莱伯德的娘家名是苏·亚森诺夫，出自哥伦布市有名的犹太家族。她爷爷利奥·亚森诺夫是一位慈善家，算是当地的大亨，该市的"利奥·亚森诺夫犹太社区中心"就是他资助的基金会建立的。迪伦的同学们说他从来没有像埃里克那样迷恋希特勒、纳粹或德国，还有些人认为他很烦这事。汤姆是路德教派教徒，他们家人在宗教上各信各的。他们会以传统的逾越节家宴来庆祝复活节和逾越节。① 一年中的大部分时间，他们心灵上保持平静，很少参加有组织的宗教活动。

1990年代中期，他们尝试去了一家传统教堂。他们加入了圣菲利普路德教会的教区；孩子们和父母一起去参加礼拜活动。他们的牧师唐·马克斯豪森形容他们"勤劳，非常聪明，是60年代的那种人。他们不信暴力、枪支或种族主义，当然也不是反犹太主义者"。他们喜欢马克斯豪森牧师，但正式的礼拜活动不太适合他们。他们参加了一段时间，然后就不再去了。

苏从事高等教育。一开始她做家教，后来成了实验室助理，最后从事残疾学生的教育工作。1997年，她离开了当地一所社区学院，进入科罗拉多社区学院系统工作。她在那里负责协调一个教育项目，以帮助高职/康复学生获得工作和培训。

汤姆在石油行业做得相当不错，但在装修及出租公寓方面做得更好。他擅长修理、翻新房子。爱好变成了生意。汤姆和苏开了个喷泉房地产管理公司来购买和管理房产，与此同时，汤姆继续为各独立的石油公司提供兼职咨询服务。

克莱伯德一家的经济状况越来越好，但他们担心会宠坏自己的孩子。道德准则在他们家至关重要，孩子们需要学会克制。汤姆和苏对于花在孩子们身上的钱定了恰当的数字，并且一直坚持。有一年圣诞节，迪伦想要一张昂贵的棒球卡②，这张卡会花掉准备给他买礼物的全部预算。苏非常纠结。除了给儿子卡片，要不要再添一件小礼物？也许她能多花一点点。不行。节俭之道也是礼物，迪伦得到了他想要

---

① 在警方报告中，汤姆和苏描述了他们的宗教及家庭背景。马克斯豪森牧师在接受我采访时补充了一些细节。迪伦的作文和视频提供了更多信息。
② 美国棒球爱好者的一种收藏品，球员表现出色，卡片的价值也会随之提高。——译者

的东西，不能再给了。

1990年，当丹佛地铁延伸至杰弗科时，克莱伯德一家退居到猪背岭①之外，这是第一条数百英尺高的山麓地带，从空中俯瞰像是猪背上的隆起。猪背岭的功能就像是丹佛的海岸线——感觉文明世界到此为止。道路稀少；住户相距甚远，互不来往。店铺、商业和活动几乎不存在。他们家搬进了鹿溪台地（Deer Creek Mesa）上的一栋破旧的玻璃和雪松木构成的房子，它位于一个看得到全景的岩层内，从几英里外看过来像是缩微版的红岩露天剧场②。在汤姆的努力下，房子逐渐回复到令人惊叹的宜居状态。迪伦现在正式生活在了偏远地区——算是半个乡下男孩，每天早上骑车去人口稠密的市郊上学。

七年级的时候，迪伦迎来了一次令他不安的大变动。此前他一直是CHIPS项目的天才儿童中的一员。肯-卡里尔中学的规模大了5倍，但这里没有天才儿童项目。汤姆形容迪伦在"从摇篮跌跌撞撞走向现实世界"③。

* * *

迪伦喜欢突然发作，但也很珍视自己内心的平静。最棒的事情是和他爸爸一起出去钓鱼。他在一篇题为《寻常一日》的文章中生动地捕捉到了这份宁静从容。头天晚上，他不得不早早上床，平常日子要他早睡总是会引发"一连串的争执和牢骚"，但在钓鱼这类事上他一点意见没有。他醒来时，天空还是漆黑一片，浓郁的咖啡味飘到了他的房间。迪伦不喜欢喝那玩意儿，但他喜欢咖啡的香气。"我哥哥早就起床了，"他接下去写道，"他还没到喜欢喝咖啡的年纪，但是为了讨爸爸的欢心他硬着头皮喝了。我一直记得我哥老是想让大家留

---

① hogback，这是一种地形，是倾斜排列的岩层被侵蚀后形成的两边山坡极斜的山，形同拱起的背。——译者
② Red Rocks Amphitheatre，位于丹佛市以西，依岩石而建，是世界公认的唯一一个具有完美声学效果的天然露天剧场。——译者
③ 汤姆的这句话来自警方报告。他还描述了迪伦在CHIPS项目备受照顾。

下好印象,而我总觉得那么做真是浪费时间。"

迪伦蹦蹦跳跳地跑到车库去把铲子收好,又帮着把便携冰柜装进他们家那辆 73 年产的道奇公羊皮卡后面。然后他们往山里开去。"群山总是静谧祥和,高高的山峦和郁郁葱葱的松树林里蛰伏着某种宁静。回想起来,就算世界千变万化,这些山脉也亘古不变。"他写道。他们会驱车前往荒野中的一个高山湖泊,那里几乎空无一人,除了"几个讨厌的市郊蠢蛋。这些人似乎总会打破湖泊的宁静"。

迪伦喜欢水。就这么站在岸边,凝望着水面:涟漪以奇特的方式在水面上起舞,突然之间波浪涌起,有了出乎意料的形状,然后又消失了——多么卓越的戏法啊。如果迪伦的目光看到一些有意思的东西,他会紧紧盯着,他觉得鱼儿可能也会被这吸引。

然后一切结束。回到脑残的现实社会,到处乱哄哄的,大家不知道外面是什么样子。"不过,无所谓啦,"他总结道,"大自然向独具慧眼之人呈现了秘而不宣的沉静美好。其他人只会看到糟糕的一面。"

24. 需要帮助的时候

在圣菲利普路德教会，马克斯豪森牧师照看着数千会众，其中不少人在科伦拜因高中读过书。利伍德"人质危机"期间，他竭尽全力寻找学生，安抚家长。他的教区会众似乎幸免于难。

第一天晚上，他在圣菲利普教堂组织了一次守夜活动。① 他给大家分发圣餐，觉得这是一项特别抚慰人心的任务。轻声细语的互动如同咒语一样让他平静下来：基督的身体② ……阿门……基督的身体……阿门……。其节奏平稳：他那温柔而威严的男中音里，穿插着会众简短、几乎听不清的回应。各种各样的男高音和女高音为他指挥的这段交响乐增添了色彩，但节奏保持不变。随着领圣餐的队伍逐渐缩短，一个女人轻柔的声音打破了咒语。"基督的身体……"他说。

"克莱伯德。"

什么？乍一听他吃了一惊，但这种情况偶尔会发生：一位教区居民在慢慢走过来领圣餐的过程中专心地默诵祈祷，牧师的声音吓得她忘词了。

马克斯豪森牧师又重复了一遍："基督的身体……"

"克莱伯德。"

这一次，他想起了这个名字——他在电视上看到过；他已经忘记了他与这个家庭有过短暂的交集。

他抬起头。女人接着说："请不要在他们需要帮助的时候忘记他们。"

她接过圣餐，继续往前走。

那天晚上，马克斯豪森检查了教区的会众名册。汤姆和苏·克莱伯德以及他们的两个儿子迪伦与拜伦 5 年前就登记了。他们没有待太久，但这并不意味着他就没什么责任了。如果他们找不到精神家园，那他们仍由他照看。

他找到了一户和汤姆及苏相交甚好的人家，请他们传话说他愿意帮忙。

几天后，他们打电话过来。汤姆说："我需要您的帮助。"显然是这样的，他的声音在颤抖。他需要为儿子举行葬礼。缺席了5年后问这个问题非常难堪，但汤姆别无选择。

他还有个要求。"这事必须保密。"他说。

当然，两个要求马克斯豪森都答应了。他跟汤姆谈过以后又和苏聊了聊，问他们过得怎么样。他后来回忆道："他们用了'身心交瘁'（devastated）这个词，我就不想再问什么了。"

周四，汤姆和苏收到了孩子的遗体。葬仪在周六举行。一切都是悄悄进行的，只来了15个人，包括朋友、家人和神职人员。跟着马克斯豪森来的还有另一位牧师以及他们各自的妻子。迪伦躺在一个打开的棺材里，他的面容已经修复了，头部没有裂开的伤痕。他看起来很安详。脸部周围堆了一圈豆豆公仔以及别的填充玩偶。

马克斯豪森进来的时候，汤姆还是无法接受这一切，苏也处于崩溃状态。她瘫倒在牧师的怀里，马克斯豪森搂住了她。她虚弱的身体颤抖着；她就这样啜泣了大概一分半钟——"感觉过了很久很久。"他说。

汤姆就是无法相信他的小儿子是凶手。第二天，马克斯豪森转述了他的说法，大意就是："那不是我儿子。你在报纸上看到的不是我儿子。"

其他的哀悼者也来了，气氛越来越尴尬。祈祷仪式不会让他们觉

---

① 对守夜及葬礼的描述来自我对马克斯豪森牧师的采访。其他信息来自他在新闻报道中的陈述。
② 对于"基督的身体"这句的回复通常是"阿门"。这里苏用夫家的姓代替了"阿门"作为回答。——译者

科伦拜因案　　151

得好过点。马克斯豪森感到很有必要暂停仪式,让他们说几句话。他建议道:"你们介意先谈一谈吗?然后我们再祷告。"

他关上门,问谁愿意先说。

他回忆说:"有一对夫妇,他们吐露了心声。他们的儿子小时候常常和迪伦一起玩。他们很喜欢迪伦。"

枪是从哪里来的?汤姆问。他们家只有一把BB枪(仿真玩具)。为何会诉诸暴力?纳粹的那些玩意儿是怎么回事?

还有什么反犹太主义?苏说。她是犹太人,迪伦是半个犹太人,这到底是怎么回事?

一位朋友说,他们是非常好的父母。迪伦是个很好的孩子。"他就像我们的儿子!"

他们你一言我一语——不到十来个人,但在45分钟的时间里,他们倾诉着痛苦和困惑,以及对那个时不时脾气失控的笨小孩的爱。

迪伦的哥哥拜伦大部分时间都在听着。他静静地坐在汤姆和苏之间,快结束的时候终于开口。他说:"我要感谢你们今天为了我父母和我来到这里。我爱我的弟弟。"

然后,马克斯豪森诵读了《圣经》经文,给了他们一些无声的鼓励。他说:"诚然,有些人不知道恩典,只想要裁决。"但是,帮助会适时以让你惊讶的方式出现。"我不知道你们的伤痛将如何痊愈。但上帝依然会降临,并且总会以某种方式向你们伸出双手。"

他读了《旧约》中大卫王的爱子押沙龙的故事。押沙龙不动声色地讨好他的父亲、朝廷和整个王国,暗中却密谋篡位。最终,他将以色列推入内战。他似乎准备推翻他父亲,然而大卫王的将军们占了上风。国王先得到了胜利的消息,然后被告知儿子的死讯。"大卫王的悲痛让打了胜仗犹如吃了败仗,人们悄悄地溜进城里。"马克斯豪森读着《撒母耳记》。大卫王流着泪恸哭道:"我儿押沙龙啊,我儿,我儿押沙龙!我儿押沙龙啊,我恨不得替你去死,我儿押沙龙啊。"

* * *

克莱伯德家不敢给迪伦下葬，怕他的坟墓会被损毁，被人涂写羞辱。他们火化了他的尸体，并把骨灰留在了家里。

马克斯豪森觉得媒体早晚会知道这场葬礼。他向克莱伯德家的一位律师咨询该如何应对人们的询问。律师说："你就直接告诉他们你今晚在这里看到了什么。"

他照做了。他告诉了《纽约时报》，该报在头版刊登了这则报道。他说，汤姆和苏被悲伤、内疚和困惑折磨着。"他们失去了儿子，但他们的儿子同时又是杀手。"他深情地讲述了这件事。他形容汤姆和苏是"全世界最孤独的人"。

唐·马克斯豪森让教区里的部分居民感到异常自豪。那是他们的牧师——一个对任何人都怀有同情心的人。他有本事安抚那一对无意中养出了一个怪物的夫妇。这就是为什么他们每周日都挤在长椅上听他布道。

一些教区居民——以及大部分社区居民——则感到震惊。孤独？克莱伯德一家感到孤独？好几位遇难者的遗体还在等待下葬。幸存者仍在等着接受手术。有些人要好几个月以后才能走路或开口说话，或者发现他们再也不能这么做了。有些人无法对克莱伯德一家产生同情。他们孤不孤独，并不是一个大家特别关心的问题。

* * *

韦恩和凯茜·哈里斯大概为埃里克举行了什么仪式，但他们从来没有对媒体提过。一个字也不曾泄露。

25. 三人组

没人记得埃里克和迪伦是怎么认识的。埃里克在七年级时转到肯-卡里尔中学,当时迪伦已经在那里了。两个男孩在某个时间点在学校相识,但并没有马上成为朋友。

他们俩都升入了科伦拜因高中。布鲁克斯·布朗重新进了那里的学区。几年前,他父母把他转到私立学校后,他和迪伦的友情就断了。但他在高一那年重回公立学校,与埃里克在校车上相遇。三个人很快就形影不离了。

他们玩电子游戏一玩就是几个小时。有时他们会当面比赛,但也会熬夜在网上玩。高一那年他们一起去看科伦拜因中学的不羁少年队打比赛。因为埃里克的哥哥是校队的首发球员,他多少也沾了点风光。

埃里克、布鲁克斯和迪伦是三个志存高远的读书人。他们对古典哲学家和文艺复兴时期的文学作品感兴趣。那个时候这三个男孩都很害羞,但埃里克开始打开心房逐步融入外部世界。这个过程开始偶有传言。刚进入高中两个月,他就邀请了一个同学参加一年一度的返校舞会。她记得他很紧张,安安静静的,太过平淡无奇,直到他在舞会后几天假装自杀。

"他让他的朋友带我去他家,"她后来说,"等我到的时候,他躺在那里,头靠在一块石头上,周围洒了假血,装得好像死了一样。"这不是一个原创恶作剧——可能是模仿 1970 年代经典电影《哈罗德和莫德》(*Harold and Maude*)中的场景。但这事让她很不舒服,她再也不想和他约会了。

＊　　＊　　＊

　　高一第一学期，埃里克交作业，是一首题为"我是……"的诗。这是他的自画像，他写了18行，分5次告诉读者他是一个多好的人。诗一上来就写道："我是个好人，我讨厌人们只把易拉罐拉开一道小缝"。每一节的结尾埃里克都用了同一句话。他形容自己比所有人都飞得高，吹嘘自己得了全A，并展示了自己情感的深度："如果我看到或听说一条狗死了，我会哭泣。"

　　他保留了高中时期的大部分作品，显然为此感到骄傲。"我梦想我是地球上的最后一个人。"他在《我是……》这首诗中写道。

　　埃里克一直是个梦想家，但他喜欢丑陋的梦：凄凉而忧郁，却又无聊如地狱。他在虚空中看到了美。埃里克梦想着一个什么都没发生的世界，一个其他人都被赶走的世界。

　　埃里克在网上聊天室里分享他的梦境。他活灵活现地跟网上遇到的小妞描述他的梦。在其中一个梦境里，他被吊在一个潮湿的小房间里，房间看起来像一艘船的内舱。很有未来感，然而布满墙面的是破旧的电脑显示屏，到处都是灰尘、霉斑和藤蔓。唯一的光亮来自月亮，月光隐隐约约地透过舷窗照进室内，影影绰绰。茫茫大海单调地起伏着。死气沉沉。埃里克喜不自胜。

　　他在自己的梦境里鲜少遇到人类——只是偶尔会跟人作战，将其消灭，或者是不见其人但闻其声，冒出一句讽刺的格言。梦境里的埃里克消灭了人类。他创造了一个结构精细，色调丰富，对他自己没有任何好处的世界。他流连其中，只是沉迷于阴郁的平庸。他在聊天室里向一个女孩描述了他的一个梦境。

　　"哇，有点吓人呐。"她回答说。

　　"是的。但还是挺有意思的。压根没有人。就像是……每个人都死了，已经死了好几个世纪。"

　　埃里克的幸福就是消灭我们这些人。

科伦拜因案

女孩说她想见识一下，不过得和几个人一起。埃里克说他只想要一两个人，这就引出了他最喜欢在网上问的一个问题：

如果只剩下几个人，她会选择继续繁衍生息还是选择灭绝一切？

也许是灭绝吧，她说。

回答得好。这就是他想要的。这就是这场聊天的重点："嗯，"他说，"我只希望我能真的做到这一点，而不仅仅是梦到。"

灭绝的幻想经常出现，在埃里克生命的最后几年一直困扰着他。不过从他的网上聊天记录来看，感觉他并不真的打算付诸行动。他对这个世界抱有大胆的梦想，但对自己的看法更谦虚一点。他非常确定，没有他的帮助我们终究也会毁了地球。

* * *

高一那年，扎克·赫克勒和迪伦上了同一门课——就这样成了朋友。终于有人理解他了。跟布鲁克斯和埃里克在一起玩很有意思，但他们从来没有真正了解迪伦。不了解"基布尔"[①]的行事。扎克不喜欢这个绰号，但大家都这么叫他。他特别爱吃零食，所以孩子们叫他"基布尔"。行吧。绰号有时候特别讨人厌——难听的绰号根本甩不掉。于是扎克耍起了小聪明。他不再抗拒这个标签，而是改动了一下。基布尔，基布，基布大人——最后一个还不坏。

扎克和迪伦的老师留给他们很多自学时间，埃里克会从隔壁教室里溜达出来。一开始，他过来和迪伦聊天，但很快三个人就在一起翘课了。他们玩《毁灭战士》，打保龄球，在其中一人家里过夜玩乐，去看球赛，在班迪默尔赛道[②]（Bandimere Speedway）看汽车拉力赛。他们取笑愚蠢的孩子和无知的成年人。电脑白痴最差劲了，尤其是有些人还当着全班的面犯傻。他们看了大量的电影：很多动作片、恐怖片和科幻片。他们在商场转悠，找小妞搭讪。开口的总是埃里克，扎

[①] Kibble，一种广受欢迎的干狗粮。——译者
[②] 科罗拉多著名飙车场地，举行赛车等赛事。——译者

克和迪伦总是退缩，跟在他屁股后面。

迪伦加入了学校的剧团。上台的话他会怯场，搞灯光和音响他很卖力。埃里克对此不感兴趣。他们跟内特·戴克曼及克里斯·莫里斯也很要好。他们大多在迪伦家待着。内特说："他爸爸妈妈对我太好了。他们给我甜甜圈吃，要不然就做薄煎饼或煎蛋卷。"迪伦也会照顾他的客人，会在意他们是否玩得开心。

在埃里克家，只要哈里斯少校在家就得规规矩矩的，不过在他回家之前，埃里克想在地下室的卧室干什么都行。他们请女孩们过来，向她们展示如何用 BB 枪把花园里的蟋蟀钉死。

友谊来了又去，但扎克和迪伦之间的关系越来越牢固。他们嘴巴不饶人，脑子聪明，心里充满了青少年的愤怒，但胆子太小，不敢表现出来。

迪伦和扎克需要埃里克。必须有人来说话。埃里克则需要观众；他也渴望刺激。他很酷，很超脱，很有韧性。似乎没有什么能使他慌乱。迪伦是一根未点燃的导火索。埃里克有领导力。完美契合。

他们现在成了三人组。

* * *

埃里克不断提升他玩《毁灭战士》的水平。他厌倦了 id 公司设计的画面，于是弄了一套他自己的，在笔记本上画了一系列英雄和恶棍。他黑进了软件，创造了新的角色、独一无二的障碍、更高级别，以及越来越复杂的冒险。他创造了肌肉发达、眼睛好像飞行员的太阳镜的变种人，还有长着牛角、利爪、尖牙的绿巨人那般大小的恶魔。他画的许多战士大都穿着中世纪的盔甲，配备冲锋枪；其中一人的前臂长着火焰喷射器。受害者经常被烧死或被斩首；有时他们会用手捂住自己的头。在埃里克看来，他的创作是无与伦比的。他在一份作业中写道："在当今这个时代，很难找到一种可以完全支配和掌握的技能。但我相信，在《毁灭战士》的创意上，我一定是最棒的。"

科伦拜因案

埃里克喜欢创造。高一时,他在一篇题为"宙斯和我的相似之处"的作文中写道:"我经常尝试创造新事物。"他称赞他们俩皆是伟大的领袖,没觉得他们的小气和恶意有什么错,还发现他们拥有共同的倾向。他写道:"宙斯和我都容易生气,都会用不寻常的方式惩罚人。"

26. 救援已在路上

戴夫·桑德斯的女儿们很恼火。在得到确认父亲死亡的通知前，她们听到了有关他弥留之际的一些说法，这些说法令人不安。

安吉拉·桑德斯对一家澳大利亚报纸说："我担心的是我父亲被扔在那里，（他）还活着，却没人施救。"

给她家人的印象是，子弹一离开枪膛，这12名受害者就没救了，但戴夫·桑德斯还是撑了3个多小时。从安吉拉的角度来理解，她父亲原本是可以得救的。

戴夫的女儿们开始琢磨那些报道，但对她们的母亲一个字也没提。她醒着的时候，她们还得把电视关了。她们抢在她前面去门廊上拿报纸，从信箱里取杂志。辛迪、科妮和安吉拉一致同意得照顾好琳达。她已经崩溃了。

第一枪打中戴夫·桑德斯时，他离安全位置只有数英尺而已。[①] 他看到凶手以后，马上转过身，向拐角跑去，希望去那边再救几个学生出来。一颗子弹击中了他的背部，击穿了他的胸腔，又从前胸射出。又一颗子弹从他脖子侧面射入，从口腔射出，撕开了舌头，打碎了几颗牙。颈部的伤口伤及一条颈动脉，这是通向大脑的主要血液通道。而他背上的子弹则打断了锁骨下静脉，这是一条通向心脏的主要血管。大量血液喷涌而出。

所有人都在猜测走哪条路最安全。瑞奇·朗是技术部门的负责人，也是戴夫的好朋友，他选择了跟戴夫相反的路线。他先听到从图书馆传来的枪击声，他叫学生们赶紧出去，然后领着一组人沿着主楼梯直接往食堂走，却没有意识到有数百人刚刚从那里逃出来。在楼梯底部，他们看到子弹从窗口飞过，于是又掉头跑。他们在楼梯顶部向

科伦拜因案　　159

左拐，离开图书馆进入科学楼一侧，那座辅楼里包括音乐教室。他们赶到那里时正好看到戴夫中枪了。

戴夫撞在储物柜上，接着倒在了地毯上。瑞奇和大多数学生立即俯身扑向地面。这下戴夫真的急坏了。

一位毕业班的学生说："他用手肘撑着身体，想给孩子们指路。"

埃里克和迪伦都在开枪。他们还在沿着大厅的长度方向投掷管状炸弹。

"戴夫，你得站起来！"瑞奇大喊，"我们得离开这里。"

戴夫爬了起来，在拐角处跟跟跄跄地走了几步。瑞奇飞快地跑过去。一旦逃出了火力范围，他立即把肩膀垫到戴夫的胳膊下面。另一位老师扶住戴夫的另一侧身体，他们把他拖到了十几英尺外的科学楼。

"瑞奇，他们打中了我的牙齿。"戴夫说。

他们走过第一间和第二间教室，进入了3号科学教室。

高二学生玛乔莉·林德霍姆说："门开了，桑德斯先生进来了，他开始咳血。他的下巴好像少了一部分。他的血就这样往外冒。"

房间里挤满了学生。他们的老师到大厅那里去查看情况了。他回来的时候，叫大家不要管考试了，并命令所有人靠墙站着。教室的门上有一块玻璃窗。对于可能偷偷跟进大厅的枪手来说，如果所有人都紧紧贴着内墙，从外面看房间里就是空的。

---

① 在我详述戴夫·桑德斯所经历的4个钟头的煎熬之前，此事已经有了详细的记录，因此我通过诉讼双方的信息源以及杰弗科当局公布的911电话录音证实了现有的说法。双方在大多数问题上意见一致。警方发布了大量记录警方行动的报告；至于桑德斯一家，我的资料主要来自为安吉拉·桑德斯服务的法律团队，他们对该案进行了数月的研究，并最终取得了胜利。这其中包括对首席律师彼得·格里尼尔的采访。他在案件结束后做了长达13页的精彩概述，并于2000年4月提交了42页的申诉书。州长调查委员会的报告以及《落基山新闻报》和《丹佛邮报》的报道帮助我发现了更多的细节，特别是《落基山新闻报》发表的文章"Help is on the way; mundane gave way to madness..."。在采访中，琳达·桑德斯和戴夫的几个朋友提供了他们对此事的看法。

就在那时，戴夫在两位老师的帮助下踉踉跄跄进了教室。他又一次倒下了，就在房间前面，脸先着地。"他摔下来的地方掉了好几颗牙。"一名高一女生说。

他们把戴夫弄到椅子上坐着。"瑞奇，我不行了。"他说。

"你会没事的。我去打电话找人帮忙。"

来了几个老师，于是瑞奇回到混乱的人群中去找电话。他听说有人已经打电话求救了。他又跑了回来。

瑞奇说："我要想办法让人来救你。"他回到了烟雾弥漫的走廊，进了另一个实验室。但杀手越来越近，显然已经在实验室门外。瑞奇最后躲了起来。戴夫身边有好几个成年人，也有很多人打电话报警了。瑞奇相信救援人员已在路上。

另一位和戴夫在一起的教师肯特·弗里森出去找人急救。他跑进了附近的一个实验室，更多的学生挤在那里。"你们谁懂急救？"他问道。

高三学生亚伦·汉西是一名鹰级童子军①，他自告奋勇去帮忙。

"跟我来。"弗里森说。就在这时走廊里一阵大乱，爆炸声犹如地狱一般可怕。

亚伦说："隔着墙壁我都能感觉到。每次［爆炸］我都感觉到墙壁在晃。"他不敢出去。但弗里森张望了一下，没有枪手的行踪，于是冲进了走廊，亚伦紧随其后。

亚伦迅速检查了戴夫的状况：呼吸平稳，呼吸道通畅，皮肤温暖，肩膀受伤，伤口开裂，失血过多。亚伦脱下自己的白色阿迪达斯T恤为他止血。其他男孩也把衬衫脱下来给他。他撕了几条做成绷带，又临时做了几根止血带。他把剩下的布头绑在一起做了个枕头。

"我得离开这里，我得离开这里。"戴夫说。他想站起来，但没

---

① Eagle scout，是美国童子军军阶计划中的最高成就，只有4%的童子军在经过漫长的审核过程后才能晋级。——译者

科伦拜因案　　161

有成功。

老师们护着学生。他们把桌子翻过来抵住门。他们打开了教室后面与隔壁科学实验室相连的一个隔板,几个孩子冲向了离门最远的中心地带。枪声和爆炸声还在继续。附近的一个房间里起火了,一名老师抓起一个灭火器将其扑灭。隔着大厅都能听到图书馆里传来的尖叫声。这和玛乔莉·林德霍姆以前听到过的尖叫声完全不同——她说,这是"人受到折磨的时候发出的声音"。

房间里的另一个男孩说:"这就像是在执行死刑。先听到一声枪响。然后安静了一会儿。再来一枪。砰。砰。砰。"

尖叫声和枪声都停止了。一片寂静,然后传来了更多的爆炸声。断断续续。突然之间火警铃声大作,震耳欲聋,其本意是想用这种让人难以忍受的声音迫使人们离开大楼。在这高亢尖锐的警报声中,师生们几乎听不清任何声音,但能听出外面直升机节奏稳定的拍打声。

有人打开了天花板上挂下来的巨型电视。他们把音量关了,好在有字幕。屏幕上是他们的学校,从外面拍的。一开始,教室里的大部分人都愣住了,但他们很快失去了兴趣。看起来谁都不了解情况。

亚伦打电话给他的父亲,父亲用另一个电话拨打了911,以便医护人员可以提问并给予指导。其他几个学生和老师报了警。整个下午,科学教室里的人都在通过各种渠道与当局保持联系。

高二的凯文·斯塔基也是鹰级童子军,他过来协助亚伦。"你做得很好,"两个孩子小声地对戴夫说,"他们在路上了。坚持住。你一定能行的。"他们轮流把手掌压在他的伤口上施压。

"我需要帮助,"戴夫说,"我得离开这里。"

亚伦向他保证说:"救援已在路上。"

亚伦相信是这样的。11:45左右,执法部门第一次听说了戴夫的危急情况。调度员开始回应救援人员"正在路上","大约10分钟后"就会到达。这样的保证他们反复说了3个多小时,与此同时命令任何人在任何情况下都不得离开房间。911接线员指示教室里的人迅速开一下门：他们要在面对走廊的门把手上系一件红色衬衫。这样SWAT小组就能看到并确认这个房间。3号科学教室里，有很多人对该指令持不同意见。红色物品不是也会把杀手吸引过来吗？还有，派谁到走廊上去呢？他们决定服从指示。有人自愿把衬衫系到门把手上。中午时分，道格·约翰逊老师在白板上写下了"1（人）失血而死"几个字，并把它移到了窗口，以便确定。

电视上的报道偶尔会引起房间里人的注意。玛乔莉·林德霍姆一度以为她在电视上看到了一大摊血从一扇门下面渗出来。她看错了。恐惧占了上风。

每次亚伦和凯文交换位置，他们都感觉到戴夫的皮肤变冷了一点。他脸色渐渐苍白，呈现出青紫色。医护人员在哪里？他们心里疑惑。这十分钟要等到什么时候？戴夫的呼吸开始减弱，他时而清醒时而昏迷。亚伦和凯文在瓷砖地上轻轻推着他翻身，让他保持清醒，保持呼吸道畅通。他不能长时间仰卧，不然会被自己的血呛死。

他们从急救柜里拿出羊毛防火毯，把他裹起来保暖。他们问他关于教练、教学的问题——任何能让他保持清醒、避免休克的问题。他们掏出了他的钱包，开始给他看照片。

"这是你妻子吗？"

"是的。"

"你妻子叫什么名字？"

"琳达。"

他带了很多照片，他们把每一张都问了。他们谈他的女儿们和外孙们。男孩们说："这些人都爱你，这就是你要活下去的理由。"

亚伦和凯文越来越绝望。他们在童子军里获得的一切指导已经不够用了。亚伦说："我们接受过培训，能处理骨折、断肢、割伤和擦伤——这些都是野营时会碰上的。没有人教过我们怎么处理枪伤。"

最终，亚伦和凯文再也没有办法让戴夫保持清醒了。戴夫说："我撑不过去了。告诉我的妻子和女儿，我爱她们。"

科伦拜因案　　163

* * *

有一段时间相对平静。火警发出刺耳的嚣叫,直升机没完没了地轰鸣,枪声或爆炸声不时地从走廊那一头传来,似乎在远处的某个地方。好一阵子没有听起来特别近;似乎没有什么事情在逼近。戴夫的胸部起起伏伏,鲜血渗出,但男孩们无法唤醒他了。亚伦和凯文还在努力想办法。

一些孩子不再对警察抱有希望。下午 2 点左右,他们通知 911 接线员要从窗户扔一把椅子出去,他们自己把戴夫弄出来。[1] 她坚决要求他们放弃这个计划,并警告说,这样做可能会引起凶手的注意。

2:38,大家的注意力再度被电视屏幕吸引。帕特里克·爱尔兰从图书馆的窗户摔了出去。"哦,天哪!"一些孩子大叫。他们已经安安静静地躲了好几个小时,但这一幕太震惊了,所以喊了出来。桑德斯教练并不是一个孤例。大厅那头就有一个同样浑身是血的孩子。他们猜想外面的情况很糟糕,现在得到了证实。有些孩子闭上了眼睛,在心里想着所爱的人,默默告别。

几分钟后,危险突然再度逼近:隔壁房间里爆发出尖叫声。然后一切安静下来,持续了一分钟左右。门猛地打开了,一群黑衣人冲了进来。凶手就穿着黑色衣服。冲进来的人端着冲锋枪。他们冲着学生们挥舞枪支,大喊大叫,试图压过火警报警器的音量。"我以为他们是杀手,"玛乔莉·林德霍姆后来写道,"我以为我马上就要死了。"

有几个人转过身去,指着背上的大字:SWAT。

"安静点!"一名队员喊道,"把手举到头顶上,跟我们出去。"

"得有人陪着桑德斯先生。"有人说。

"我来。"亚伦自告奋勇地说。

"不行!"一位队员说,"所有人都出去。"

---

[1] 这一事件的素材来自桑德斯一家的诉讼及其律师彼得·格里尼尔撰写的案件摘要。具体内容与其他说法一致。

凯文建议带上戴夫和他们一起出去。这里有折叠桌子,可以临时做一副担架。

不行。

这么做似乎相当无情,但SWAT小组所受的训练就是要做出务实的选择。数百名学生被困。枪手随时可能再度出现。队员必须视学校为战场,在最短时间内撤离最大数量的人员。他们会派一个医疗人员稍后回来救治伤者。

SWAT小组带领学生排成一队走下楼梯来到公共休息区。消防喷淋头喷的水积了约3英寸深,他们涉水而过。水面上漂着书包和披萨片。不要去碰这些东西,警官警告说。不要触碰任何东西。一名SWAT队员站在门边。他拦下每个学生,停2秒钟,然后轻拍他们的肩膀示意快跑。这是标准的步兵操作。一枚管状炸弹可以炸掉一群孩子;一支瞄准了的机关枪扫射也可以做到。将他们隔开更为安全。

到了外面,孩子们从2具尸体旁跑过,那是丹尼·罗尔博和瑞秋·斯科特。玛乔莉·林德霍姆记得,"他们脸上的表情很奇怪,皮肤的颜色也很奇怪"。她前面的女孩看到尸体时突然停了下来,玛乔莉追上了她。一名SWAT队员冲着他们大吼,要她们继续往前走。玛乔莉看到他们的枪对准了她,赶紧推了那女孩一把,两人一起离开了。

两名SWAT队员待在了戴夫身边,另一人则呼救。大楼外,一名丹佛来的SWAT队员在招募医护人员。他发现了特洛伊·拉曼——一个从城里开车过来的急救人员,此时正在一个分诊区工作。他说:"特洛伊,我需要你进去。走吧。"

拉曼跟着他穿过了水漫金山的公共休息区,走上楼梯,穿过碎石瓦砾,进入3号科学教室。这时,戴夫已经停止了呼吸。根据急诊分诊原则(emergency triage protocol),可以认定他已经死亡。没有携带任何设备的拉曼说:"我知道我已经没有能力将他救活了,但是因为我一个人和他在一个房间里待了15分钟,我还是想救他。"

科伦拜因案

SWAT 队员最终要求拉曼离开，去下一个地方。"你已经尽力了。"他说。

于是拉曼去了图书馆。他是最早进入的医护人员之一。

* * *

戴夫·桑德斯的事很快就传开了。地方报纸《落基山新闻报》和《丹佛邮报》都在周三描述了他的遭遇。星期四，《落基山新闻报》发表了一篇文章，题为"被指反应太慢，警方提出异议"。一名学生说："很多人都非常生气。"但这篇报道的大部分都集中在了警方的反应上。

杰弗科的治安官发言人斯蒂夫·戴维斯表示："我们要面对 1 800 名从学校里跑出来的孩子。警官们不清楚哪些人是受害者，哪些人是潜在的嫌疑人。"

《落基山新闻报》根据该部门的说法总结了 SWAT 小组的回应："在接到第一个惊慌失措的求救电话后 20 分钟内，临时组织的一个 6 人的 SWAT 小组冲进了这所规模庞大的学校，不到一小时，数十名身穿防弹衣的全副武装的警察就对大楼里的房间挨个进行了有条不紊的搜查。"

警方后来终于承认，第一批 5 人小组进去的时间是上述说法的 2 倍多，是 47 分钟后。该小组的另一半人员在草坪上照料受伤的学生，从未进入校内。第二支队伍大概在 2 个小时后进入学校。在找到凶手的尸体以前，情况就这样。

* * *

周五，情况变得棘手，这一天郊区一位老警官在克莱门特公园放下了 13 朵玫瑰，然后表示 SWAT 小组的反应"非常差劲"。

他告诉记者："这让我很气愤，我认为应该有人进去。我们受过这样的训练。我们受过训练怎么进去救人。"

该警官的言论被广泛报道。他立刻成了一个象征。他的部门做了一个愚蠢的决定,放他大假,并下令对他进行"是否胜任工作"的评估,使得事情发酵了。几天后他们又收回了这些处理意见。

SWAT小组的人开始在媒体上回应。一名中士表示:"这就是一场噩梦。家长们需要理解的是,我们希望队员尽快进入校园。我们对将要面临的情况一无所知。其间发生了多次爆炸。我们认为校园里面可能有一群恐怖分子。"

警官们几乎和电视观众一样一头雾水。他们在校外听到爆炸声。但一旦进去,就连彼此的声音也听不见。火警警报盖住了一切声音。他们只能通过手势沟通。一名SWAT队员解释说:"如果能听到枪声和尖叫声,我们一定会直接往那里去。"

连珠炮似的噪音和频闪灯的光线如同心理战一样,让他们的内心崩溃。警察找不到任何知道密码的人来关闭警报。他们找到了一位校长助理,但她太紧张了,记不起数字。无奈之下,警察试图将警报扬声器从墙上敲掉。其中一人试图用枪托砸碎玻璃罩,使控制面板失灵。警报和天花板的喷水装置一直开到下午4:04。报警频闪灯则闪了数周。

桑德斯的家人承认,这些都是合情合理的困难。但他被子弹打中后居然等了3个多钟头?琳达的妹妹梅洛蒂充当了他们家的发言人。几天后,她对《纽约时报》表示:"他的几个女儿很愤怒,她们认为,如果早点进去把戴夫救出来的话,他应该能活下来。"

梅洛蒂说桑德斯家不追究SWAT小组成员的责任。但整个体系太糟糕了。"一片混乱。"梅洛蒂说。

桑德斯家对各方所做的努力表示感谢。为了表示善意,他们邀请SWAT小组全体人员参加了戴夫的葬礼。所有人都来了。

27. 黑 色

　　埃里克的内心世界在不断发生变化。高二那年，变化开始显现出来。15 岁以前的埃里克一直专注于融入周围环境。迪伦也有同样的追求，但收效甚微。尽管不断搬家，埃里克总是能交到了朋友。社会地位很重要。一位同学后来说："他们和其他人并无不同。"埃里克的邻居形容他人好、有礼貌、规规矩矩、是个呆瓜。高中里到处都是呆瓜。埃里克可以接受这一点——至少暂时可以。

　　高二的时候，他尝试了一种相对前卫的造型：军靴，一身黑，垃圾摇滚装①。他开始在一家名为"热门话题"的时尚商店以及军队剩余物资店购物。②他喜欢那种造型。他喜欢那种感觉。他们的朋友克里斯·莫里斯开始戴贝雷帽。埃里克心想，那有点过分了。他希望自己看起来与众不同，而不是弱智。埃里克正在打破束缚，破茧而出。他变得吵吵嚷嚷、喜怒无常、咄咄逼人。有时候他很顽皮，用滑稽的声音说话，和女孩子打情骂俏。他有很多想法，他开始自信地表达出来。迪伦则从来没有这样。

　　大多数认识埃里克的女孩都说他很可爱。他知道大家这么想，但并不完全认同。在一份询问"喜欢什么""不喜欢什么"以及"个人特点"的电子邮件问卷上，他坦率地做出了回答。关于"外貌"，他写道："5 英尺 10 英寸，140 磅。有人说我瘦但是帅。"他唯一想改变的就是自己的体重。真是个怪胎。他一直讨厌自己的外形——不过现在至少算好看的。

　　埃里克因为新造型受到一些攻击——年纪比他大或者块头比他大的孩子有时候会讥笑他，但也不是很过分。他现在会还嘴会挑衅了。他不再沉默，也摆脱了规规矩矩的形象。

迪伦到死都是个安安静静的人。他不喜欢口无遮拦，只是偶尔会突然发作，让大家都有点害怕。他效仿埃里克的时尚打扮，但没有那么夸张，所以嘲笑他的人很少。埃里克本可以继续随大流，让嘲笑他的人没什么可说的，但他现在很享受与众不同的感觉。

另一位同学说："他们总是让我觉得他们有点想被抛弃。这不是给他们贴的标签，这是他们自己选的。"

"被抛弃"是个认知问题。给埃里克和迪伦贴上这个标签的孩子认为他们俩不愿意循规蹈矩，但是学校里的其他几百个孩子也不愿意循规蹈矩。埃里克和迪伦的日常活动很活跃，他们的朋友也比一般青少年得多。他们适应了整个蓬勃发展的亚文化。他们的朋友互相尊重，对于那些瞧不起他们的普通小孩，他们反过来嘲笑其听话乖顺。他们根本不想效仿那些运动健将。还有比这更快让人变得无聊透顶的吗？

对迪伦而言，要做到与众不同挺难的。对埃里克来说，与众不同的感觉真好。

* * *

那年的万圣节，高三学生埃里克·杜特罗想打扮成吸血鬼德古拉。他需要一件酷酷的、戏服那种外套——他颇具表演天赋——所以他的父母在山姆俱乐部③给他买了一件黑色长罩衫。④ 孩子们称之为"风衣"。

万圣节那身装扮不怎么成功，但风衣很酷。埃里克·杜特罗爱不

---

① 指迷恋垃圾摇滚乐者的时尚服式，常穿着邋遢的衣服。垃圾摇滚，grunge，属于另类摇滚与亚文化，流行于1990年代初。——译者
② 警方问讯和媒体采访中，凶手的朋友对他们的着装风格做了相当一致的描述。凶手自己拍摄的视频和散见于其作文的细节也证实了这一点——例如，埃里克提到他曾在叫"热门话题"的时尚店和军队剩余物资店购物。
③ 美国连锁超市。——译者
④ 警方认为杜特罗是第一个穿长外套的人，但各种报告说法不同，因为当时没有人留意这事。另一种说法是萨迪厄斯·博尔斯掀起了这股潮流，博尔斯与凶手是泛泛之交。

释手;他开始穿着去上学。大家对此印象深刻。这件风衣的回头率很高,杜特罗很高兴引起了大家的注意。

他在学校的日子不好过。科伦拜因的孩子们找他麻烦,还无情地嘲笑他,称他为怪胎和基佬。最后,他用他能想到的唯一办法进行了反击:破罐子破摔。如果他们要叫他怪胎,他会给他们演一场怪胎秀。这件风衣正好是个很不错的怪胎装备。

当然,和杜特罗一起混的也是一帮喜欢引人关注的孩子。过了一阵子,他们中好几个人都穿了这种风衣。即使在夏天,他们也会穿一身黑,外面穿件长外套。其间,有人开始叫他们"风衣黑手党"(Trench Coat Mafia),简称 TCM。以后大家都这么叫了。

埃里克·杜特罗、克里斯·莫里斯和另外几个男孩算是 TCM 的核心成员,不过,还有十几个男孩也经常跟 TCM 混在一起——不管他们穿不穿风衣。

埃里克和迪伦没有加入其中。他俩各自认识一些 TCM 的孩子,尤其是埃里克,后来还和克里斯成了好朋友。他们的关系就是如此。

TCM 的风潮过去以后,埃里克还是给自己买了一件风衣。迪伦随后也买了。大屠杀那天他们穿了这身衣服,既考虑到造型,也是实用起见。但此举将会严重地混淆视听。

28. 媒体之罪

　　风衣黑手党之所以被夸大和神化，是因为它丰富多彩、令人难忘，并且契合业已存在的谬谈，即校园枪手都是孤独的社会弃儿。所有事关科伦拜因中学的传言都是这么形成的。它们以迅雷不及掩耳的速度传开，在凶手的尸体被发现之前大多数后来广为流传的不实之词就已经扎根了。

　　我们印象中的科伦拜因杀手是一对哥特风打扮的社会弃儿，①他们属于风衣黑手党，为了一场长久以来的宿怨怒气冲冲地在高中校园大开杀戒，目标是那些体育健将。上述情况几乎都不存在。没有哥特风，没有社会弃儿，没有怒气。没有目标，没有仇恨，也没有风衣黑手党。这些元素中的大部分科伦拜因中学都有——这也就是为什么这些传言被普遍接受。它们与杀戮无关。一些不那么流行的说法也同样毫无证据：与玛丽莲·曼森②、希特勒的生日、少数族裔或基督徒都没有什么关系。

　　了解这个案子的人几乎都不再相信这些捕风捉影的说法，比如记者、调查人员、受害者家属或他们的律师团队。然而，大多数公众都信以为真了。为什么？

　　替媒体辩护的人认为问题出在情况太乱：2 000名目击者，各种相互矛盾的说法——谁能把这些事实都弄清楚？但事实并非问题所在，时间也还不够理清这些事实。第一篇白纸黑字的报道来自《落基山新闻报》出版的一份增刊。它的付印时间是星期二下午3点，图书馆的尸体被发现之前。《落基山新闻报》关于大屠杀的900字概要是一篇出色的新闻报道：扣人心弦，充满悲悯，而且惊人的精准。它给出了几个细节和整个大局：两个残忍的杀手不分青红皂白地杀害学生。这是那年春天刊登的第一篇阐明了这次袭击的本质的报道——也是最后一篇之一。

新闻界有一条公认的原则：灾难报道始于混乱，会随着时间的推移变得越来越清晰。事实纷至沓来，迷雾消散，画面变得清晰明确。公众接受这一点。但最终的画面往往与真相相去甚远。

科伦拜因恐怖事件发生一小时后，新闻台告知了公众此事涉及两名或更多的枪手。两个小时过去了，"风衣黑手党"成了罪魁祸首，被描绘成化浓妆的同性恋哥特文化崇拜者，正在为2000年策划一场离奇的死亡大戏。

无论荒唐与否，媒体犯的所有大错里面，关于风衣黑手党的传言是最有说服力的。凶手确实穿着风衣。一年前，确实有一群人以这身打扮给自己命名。也难怪有些孩子把这两件事联系到一起。听上去确实天衣无缝。但周二下午的报道未提及的关键细节是，大部分在克莱门特公园的孩子并没有说起过"风衣黑手党"。几乎没有人提到埃里克和迪伦的名字。这所学校里有2 000多人，大多数学生甚至都不认识这两个男孩。很多人也没有亲眼看见他们开枪。一开始的时候，大多数学生告诉记者他们不知道是谁袭击了他们。

情况很快发生了变化。这2 000人中的大部分看了电视，或是整晚在和看电视的人通电话。只要电视上有人稍微提几句，跟风衣有关的说法就生根了。听起来多么顺理成章。没错！风衣，风衣黑手党！

---

① 为了摸清楚全国印刷媒体的报道，我分析了事件发生后头两周刊出的每一篇新闻报道，以及来自以下报刊的数百篇后续报道：《丹佛邮报》《落基山新闻报》《纽约时报》《华盛顿邮报》和《今日美国》。我还研究了来自美联社、路透社以及其他出处的大量数据。两家当地报纸分别在网上创建了一个特别的科伦拜因事件档案，收录了其所有报道，这样一来我就能够找出它们在后来几年内的报道频率，同时确保我不会错过任何信息。

② 玛丽莲·曼森，工业金属乐队"玛丽莲·曼森"的主唱。1996年发行首张专辑 Antichrist Superstar，鼓吹反宗教无神论，树立毁灭者形象，引起了一些民众和基督教徒对其作品的抗议。曼森经常以哥特风的苍白人妖鬼魅造型出现，也引发众多争议。——译者

电视记者其实很小心。他们使用了诸如"被认为是"或"被描述为"之类的引语,以免担责。一些人先是大声询问凶手的身份,继而描述了"风衣黑手党"的形象,让观众自行将两者联系在一起。重复提及就出问题了。在 CNN 报道的前五个小时内,只有少数学生提到了"风衣黑手党"——而且几乎所有的内容都是地方新闻台提供的。不过,记者们还是不约而同地注意到了这个说法。他们尽职尽责地考虑用什么方式传播流言,却对流言被反复提及所造成的影响视而不见。

孩子们"知道"此事与风衣黑手党有牵连,是因为目击者和新闻主持人在电视上这么说。他们与观看类似报道的朋友交流,证实了这一点。消息很快传开——互通消息是南杰弗科地区的青少年在周二下午唯一的活动。很快,大多数学生都多次从互不关联的人那里得到了确认。他们由此相信自己真的知道这场袭击的幕后黑手是"风衣黑手党"。从下午 1 点到晚上 8 点,在克莱门特公园的学生从一开始几乎没有人提到"风衣黑手党",变成了人人都在谈。他们不是在胡编乱造,而是在反复确定。

第二个问题在于无人质疑。在 CNN 的最初五个小时节目中,没有一个人向任何一个学生询问,他们怎么知道凶手是风衣黑手党成员的。

平面媒体记者、脱口秀主持人以及其他媒体都在重复同样的错误。周三上午,《今日美国》(*USA Today*)报道说:"全城上下人人都在谈论一个不祥的新词——'风衣黑手党'"。这是事实。但是,是谁告诉谁的?文章作者认为是孩子们告诉媒体的。而事实恰恰相反。

* * *

大多数传言在黄昏前就已经传开了。到了那个时候,大家一致认为凶手的目标是运动员。关于袭击目标的传言是最阴险的,因为它直指动机。公众认为科伦拜因枪击案是一桩报复行为——是遭受了难以启齿的欺负的孩子对运动员发起的绝望报复。和其他流言一样，这其中包含一定的真实性。

在最初的几个小时里，受打击过度的高三学生布丽·帕斯夸尔成了这场灾难的重要证人。她安然无恙地逃了出来，但浑身是血。布丽以令人信服的细节描述了图书馆里的恐怖场面。电台和电视台无情地反复播放她说的话："他们朝有色人种、戴白帽子的或者在玩一种运动的人开枪，"她说，"而且他们不在乎到底是谁，每个人都是近距离开枪。我周围所有人都中枪了。我求了他10分钟让他不要朝我开枪。"

布丽·帕斯夸尔的叙述存在问题，即事实和结论自相矛盾。这是典型的在极度高压下产生的证词。如果凶手是向"所有人"开枪，可不就是包括运动员、少数族裔和戴帽子的人吗？在那段简短的叙述中，她4次提到了随机杀人。可是，记者们却对她话中的反常之处产生了兴趣。

霸凌和种族主义？这些都是业已存在的威胁。这一解释就说得通了。

到了晚上，关于袭击目标的说法出现在大多数节目中；几乎所有的大报都刊登了这一论断。《落基山新闻报》和《华盛顿邮报》整个星期都没有采纳这个观点，但它们是仅有的持不同意见者。

一开始的时候，大多数目击者都驳斥了这种正在形成的共识。几乎所有人都说凶手是随机杀人。星期三早上，所有的报纸和通讯社加在一起也只有四个目击者提出了凶手有特定目标的说法——而且每个人的描述都是自相矛盾的。大多数提出这个说法的报纸，其实只是依据一个学生的亲眼所见——有些报纸连一个目击者也没有。路透社称据"许多目击者"所说，而《今日美国》则称是"学生们"这么说。

"学生"等同于"目击者"。也就是说看见了那天发生的所有事以及凶手的一切。这是一次奇怪的飞跃。记者在报道车祸时就不会犯这个错误。你亲眼看到了吗？如果没有，他们就继续问别人。可是一旦踏入青少年的世界，记者们就感觉自己好像是外国人。他们知道孩子们会向大人隐瞒任何事，但不会对彼此隐瞒。这就是他们的想法：这里发生了令人震惊的事；我们百思不得其解，孩子们却是懂的。所以这2 000人都是知道内情者。如果学生说有目标，那肯定就有。

警方的探员不接受全体人员都是证人的概念。他们询问这些受惊过度的证人，目的在于进行调查，而不是得出结论。他们从不认为凶手有特定目标的说法合理。媒体居然一致这么认为，这让他们很不理解。

* * *

记者并不完全依赖"学生"。整个行业都依赖《丹佛邮报》。该报派出了54名记者、8名摄影师和5名画家进入了案发场地。他们资源最多，人脉最广。第一天，他们领先了全国性传媒好几个小时；第一周，他们的案件进展报道比大多数报纸提前一整天。《落基山新闻报》也派出了记者，但人数较少，而且全国性媒体信任《丹佛邮报》。该报并不曾一手炮制任何流言，但随着它把一个接一个的流言蜚语当成事实，每个错误的结论都显得无可置疑。其他媒体便依葫芦画瓢了。

* * *

杰弗科的公园和游憩部门（Parks and Recreation District）开始把一卡车一卡车的成捆干草运进克莱门特公园。真是一团糟。周三，数千人聚集在公园东北角，周四和周五，人数达数万人。星期三下起了雪，来来往往的人把地面踩得乱七八糟。星期四，那里成了一个巨大的泥坑。似乎没人在意，但县政府的工作人员还是把厚厚的干草铺在了临时纪念地旁边蜿蜒的小路上。

许多幸存者已经开始进入创伤后应激障碍（PTSD）的早期阶段，

但他们还不知道，也不知道这种情况有个专门的名称。还有很多人还没有出现问题。这跟他们目睹或经历暴力事件的程度无关。暴露在其中的时间和严重程度增加了出现心理问题的几率，但长期反应因个体而异。一部分枪击案发生时待在图书馆里的孩子会没事，而一部分离开学校去"温迪快餐"吃饭的孩子则可能会经受多年的创伤。

几个月后，密歇根州立大学的精神病学教授、PTSD 的权威专家弗兰克·奥克伯格博士将会被 FBI 请去，并将花数年时间就此案向精神卫生工作者提供咨询。他和一组精神病医生在 1970 年代首次提出了该术语。他们观察到了一种由压力引起但从定性角度看更严重的现象，通常是由一次极度痛苦的经历引发的。这种经历产生了非常深刻的影响，将持续数年——如果不进行治疗的话，甚至会持续一辈子。

* * *

一个更温和也更普遍的反应也出现了：幸存者的歉疚感。这种情况几乎立即开始在伤者进行康复的 6 家地方医院的走廊上上演。在圣安东尼医院，第一周的时候，候诊室里挤满了来看望帕特里克·爱尔兰的学生。每个房间的每个座位都有人。还有几十个学生在走廊里等着。

帕特里克在重症监护病房度过了头几天。大多数来访者都被拦住了，但孩子们还是源源不断地涌进了医院。他们只是需要待在那里。

"你得理解，这也是他们的疗愈的一部分。"凯希·爱尔兰说。

他们中的一些人会待一整天，一直待到晚上。当工作人员意识到一些孩子一直没有进食时，他们开始带食物进来。

* * *

帕特里克的情况不容乐观。他的医生唯愿他能活下来。他们建议约翰和凯希不要抱太高的期望：不管他们看到的第一天或第二天的情况如何,这都将是他余生的预后①。约翰和凯希接受了现实。他们看到的是一个瘫痪的男孩,挣扎着吐出一些令人费解的声音。

医务人员决定不给帕特里克骨折的右脚做手术。他们把伤口清理干净,在伤口周围放了一个支架。为什么这么做?他的父母问。他们被告知,还有更紧迫的问题。帕特里克的那只脚永远派不上用场了。

约翰和凯希伤心欲绝。但他们必须面对现实。他们将注意力转向如何照顾残疾人,以及如何帮助他在这样的情况下快乐起来。

帕特里克对预后一无所知。他从来没有想过自己会无法走路。他以为自己就是骨折:绑上石膏,恢复肌肉力量,然后重回以前的生活。他知道这会比他折断拇指那会儿更难。难多了。可能需要三四倍的时间才能康复。他以为自己是会康复的。

* * *

帕特里克的朋友马凯星期五从圣安东尼医院出院了。他在帕特里克旁边被打中了膝盖。记者们受邀到医院图书馆参加一场新闻发布会,CNN将会播出。马凯坐在轮椅上。这才发现他认识迪伦。

"我觉得他是个不错的人,"马凯说,"挺正派的,非常聪明。"

他们一起上过法语课,一起做学校的项目。

"他是个不错的人,从没有对我不好过,"马凯说,"他不是大家说的那种人。"

* * *

第一周,帕特里克的语言能力有所改善,他的生命体征开始恢复正常。星期五,他从重症监护室换到了普通病房。一旦他安顿下来,他父母觉得是时候问那个扎心的问题了。他是从图书馆的窗户翻出去的吗?

他们知道答案。他们只想知道他有没有那么做。他清楚自己为什

---

① 医学名词,指根据目前状况来预估未来经过治疗可能获得的结果。——译者

科伦拜因案　　177

么在那里吗?未来的人生里还要面对真相带来的创伤吗?

"啊,是啊!"他磕磕巴巴地回答。他们只是想知道这个?

他一脸狐疑,凯希后来说。"他看着我们,那样子好像在说:'你们怎么会这么傻?'"她并不介意。她只感到如释重负。

* * *

同一周,克雷格医院的神经科医生艾伦·温特劳布来看帕特里克。克雷格医院是全球领先的康复中心之一,专门治疗大脑和脊髓损伤。它位于阿拉帕霍县(Arapahoe County),离爱尔兰一家不远。温特劳布医生给帕特里克做了检查,看了他的病历,并告诉约翰和凯希他的评估结果:"我能告诉你们的第一点是,还有恢复的希望。"

他们既吃惊又开心,还有点困惑。后来,他们明白了诊断差异。医生们有不同的专业方向和不同的思考方法。圣安东尼医院专门治疗外伤。凯希说:"他们的目标是拯救生命。在克雷格医院,他们的目标是重建生活。"

他们开始安排把帕特里克转到克雷格医院去。

* * *

到了周四,克莱门特公园的学生们怒了。凶手已死,所以大部分的愤怒都转移到了哥特风、玛丽莲·曼森、TCM 或者任何样子、穿着或举止像凶手——抑或是媒体描述出来的凶手样子——的人身上。

凶手们很快被视为社会弃儿和"基佬"。①

"他们都是怪胎,"足球队的一名高二学生愤愤不平地表示,"没人真的喜欢他们,只是因为他们——"他顿了一下,然后往下说,"他们很可能是同性恋,所以大家会取笑他们。"

几名运动员表示,他们目睹过凶手和朋友们在走廊里"摸来摸

---

① 本章中有关克莱门特公园的场景以及所有相关的引语都来自我自己的观察和录音带。其中大部分内容都发表在我于该周为《沙龙》杂志撰写的报道中。有关"到处充斥着各种流言"的报道是我写的。

去",相互抚摩或手牵着手。一个足球运动员讲了他们在一起淋浴的事,吸引了众多记者。

关于同性恋的传言媒体上几乎看不见,但在克莱门特公园却传得沸沸扬扬。故事都很含糊,都已经间传了好几手了。传播这些故事的人甚至没一个认识凶手。克莱门特公园的每个人都听到了谣言;大多数学生都看穿了他们。那些运动员在凶手活着的时候污蔑他们,现在凶手死了他们用一样的方式诋毁他们,这让人很反感。很明显,在杰弗科这种地方,"同性恋"是一个孩子对另一个孩子最恶毒的称呼之一。

埃里克和迪伦的朋友们通常对这些故事不屑一顾。其中一个非常光火。他说:"媒体利用了我的朋友,把他们写成同性恋、新纳粹,以及所有心怀仇恨的玩意儿。他们把我的朋友写成了白痴。"那个愤怒的男孩是个壮实的毕业班学生,身高 6 英尺,穿着迷彩裤。他咆哮了好几个小时,很快全国媒体上都是他——有时看起来有点可笑。他不再说话了。他父亲开始筛选媒体打来的电话。

一些报纸顺带提到了同性恋谣言。杰瑞·法威尔[1]牧师在《里维拉现场秀》[2] 上说凶手是同性恋。一位臭名昭著的反同性恋葬礼纠察队成员提醒媒体,称"两个肮脏的基佬在科伦拜因高中屠杀了 13 个人"。最重要的是,《德拉其报告》[3] 引用了互联网上的帖子,声称风衣黑手党是同性恋阴谋杀害运动员的组织,但大多数大媒体都小心翼翼地避开了同性恋谣言。

新闻界对于哥特风就没有这样尊重了。它们对该群体发起了声势逼人的讨伐:这是一种阴郁的亚文化,哥特风爱好者最出名的特征是

---

[1] 美国基督教领袖,美南浸信会牧师,保守的社会活动家,曾抨击同性恋者。——译者
[2] Rivera Live,由杰拉尔德·里维拉主持的晚间新闻访谈节目,在 CNBC(美国国家广播公司商业新闻台)播出。——译者
[3] Drudge Report,曾经号称"美国第一博客",从美国和国际主流媒体选择政治、娱乐、时事进行发布,同时链接到许多专栏作家的作品。——译者

科伦拜因案

将脸抹得惨白，身着黑衣，涂黑色唇膏和黑色指甲油，还要搭配浓厚的睫毛膏以及眼睛下水滴状的妆容。周二那天，不熟悉哥特文化的学生误认为杀手与此有关。同样对此无知的记者放大了这一谣言。最令人发指的是，袭击发生的第二天晚上，美国广播公司（ABC）播出了一期加长版的《20/20》。主持人黛安·索耶在介绍此事时指出，未透露姓名的警察表示"这些男孩可能迷上了一种阴暗的、遍及全国的地下文化，即'哥特运动'，其中一部分哥特分子可能在此之前就已经杀过人了"。说得没错，哥特人以前杀过人——就跟各种背景和亚文化的人也杀过人是一个道理。

记者布莱恩·罗斯详细地描述了哥特分子犯下的一起双重谋杀以及两次可怕的杀人未遂。他把这些作为一种犯罪模式的证据：哥特犯罪浪潮正在席卷郊区，威胁我们所有人。他说："所谓的哥特运动助长了一种新的青少年帮派——一种围绕着对怪诞和死亡的迷恋而建立的郊区白人帮派。"他还播出了其他例子的图像，以及一段恐怖的911求救录音，一名受害者在胸口还插着刀的情况下求救。他哀求道："快点，我坚持不了多久了。"罗斯形容那起案件的凶手"傲慢，自称哥特运动成员，就跟昨天枪击案中的学生一样，追求白人极端主义并满怀仇恨"。

罗斯的报道中唯一一个真问题，是哥特人倾向于温顺及和平主义；他们从来没有和暴力扯上关系，更不用说谋杀了；除了黑色长外套，他们与埃里克和迪伦几乎没有任何共同之处。

不过，但凡避开了仓促下结论，大部分报道质量都是上乘的。《落基山新闻报》传播了大部分流言，但这家报纸和《丹佛邮报》以及《纽约时报》都刊登了有关杀手生平的精彩报道。电视上，几位记者在讲述幸存者故事的同时充满了同情、尊重和洞察力。凯蒂·库里克①尤为出色。还有几家报纸试图控制对哥特文化的恐慌。《今日

---

① 哥伦比亚广播公司（CBS）新闻节目主持人。——译者

美国》上的一篇报道在开篇这样写道："不管科罗拉多州的两个年轻人是怎么想象自己的,他们都不是哥特人,这是一个阴郁的社团,成员太分散,无法称其为'运动',它的核心取向是安静、内向以及和平主义。哥特人往往受到排斥,不是因为他们暴力或好斗,而是恰恰相反。"

周四,一个来自附近学校的年轻哥特人出现在克莱门特公园。安德鲁·米切尔独自站在一英尺厚的雪地里,非常引人注目。一地白衬托出一身黑。头顶上乌黑的头发留得很长,两边都剃光了,耳朵上方可见皮肤。他的黑衣翻领上别着一条银蓝两色的丝带。拥挤的人群散开了。他身边10英尺开外围了一圈人。记者们冲了进来。

"你怎么能来这儿!"有人质问。

"我是来表示敬意的。"米切尔说。然后他申辩道:"想象一下这些孩子,多年来被欺负来欺负去,受到恶劣的对待。过了一阵子你再也忍不了了。他们彻底错了。但他们这样做是有原因的。"

关于凶手的生活和意图,米切尔大错特错了。但这些说法已经满天飞。这场杀戮将这群不合群之人的故事公之于众。《沙龙》(*Salon*)杂志发表了一篇引人入胜的文章,题为"不杀人的不合群者"。[①] 文章站在理性的成年人角度,以第一人称叙述,说成年人也有类似的胡思乱想,却没有在真实的生活中采取行动。"我记得我在生物课上,想要计算出用多少塑性炸药才能将我最大的恐惧和焦虑之源——学校夷为平地。"一名男子写道,"我对那些捉弄我的人怒目而视,我曾经幻想他们乞求我的饶恕,也许他们的嘴里还叼了一把枪。我有病吗?我不这么认为。我敢肯定还有成千上万的学生抱有一样的幻想。只是我们从来没有付诸实施。"

记者们感受到的恨意越强烈,他们的调查就越深入。在科伦拜因高中当一个异类是什么感觉?大部分孩子都承认挺艰难的。高中生活

---

① "Misfits Who Don't Kill",由 YO!(Youth Outlook)制作。

不容易。克莱门特公园的大多数学生依然知无不言，每个人都有一段残酷的经历要分享。大家在讨论作案动机时开始加入"霸凌"的说法。这一点触及了国民的神经，很快，反霸凌运动就登场了。每个上过高中的人都明白这是一件多么可怕的事。许多人认为，这场悲剧能够带来的好处之一也许就是解决校园霸凌问题。

所有关于霸凌和不合群的讨论都提供了一个简单的动机。大屠杀发生48小时后，《今日美国》发表了一篇令人震惊的封面报道，将追杀运动员、报复霸凌者和风衣黑手党的流言结合了起来。文章称："学生们开始描述，他们小圈子（TCM）里的几个阴郁的成员和学校运动员之间长期存在敌对情绪是如何升级并最终在本周爆发，演变成致命的暴力事件的。"文章描述了去年春天的紧张局势，包括天天上演的打架。细节是准确的，结论是错误的。大多数媒体都顺着这个思路，认定这就是事实。

* * *

没有任何证据表明霸凌导致了杀人，但有相当多的证据表明这是科伦拜因高中存在的一个问题。悲剧发生后，D先生因霸凌问题而备受指责，尤其是因为他坚称自己不认为有类似事件存在。①

他说："我跟你说，只要我是学校的管理人员，只要我意识到有这种情况，我一定会处理的。我相信我们的老师，我也相信我们的教练。我自己的儿子也在这里读书。我坚定地认为一切有章可循。"

这可能正是他栽跟头的原因之一。D先生坚信照章办事。他要求他的员工按同样的标准做事，似乎也相信他们都能做到。他与孩子们

---

① D先生的引语来自1999年7月4日我对他的采访，发表在丹佛城市杂志《5280》8/9月刊上。那个打耳洞的女孩是乔-李·加列戈斯，我在6月采访过她，在那篇报道中我引述了更多她的言论。悲剧发生后的几个月里，我与数百名学生进行了交谈，加列戈斯是我采访到的少数几位对D先生提出负面看法的人之一——当然，凶手的朋友们都在避风头。加列戈斯和大多数人一样，赞扬了迪安杰利斯在4月20日之后的行为。她说："在那之后，他的确把和每个人接触作为工作重点。"

异常融洽的关系也造成了一个盲点。当D先生大步走过走廊时，所有人都冲他微笑。他们见到他就由衷觉得开心，他们也想让他开心。有时候，他错误地以为他的高中上上下下都洋溢着这样的幸福感。

个人喜好也掩盖了这个问题。D先生很清楚自己对体育运动特别感兴趣，他努力通过参与辩论赛、戏剧选拔赛和艺术表演来弥补不足。他定期与学生会开会。但这些都是做得好的例子。D先生能做到兼顾体育和学术教育，但在对优等生和差生一视同仁方面就要逊色了。

一个打了耳洞、留板寸头、穿红格子靴子的女生说："我不认为他会故意偏爱某些人。他让学校有了校风，我认为他的目的是朝着他最喜欢的方向发展，比如学校体育活动和学生会。"她认为迪安杰利斯是一个真诚的人，会尽最大的努力与学生互动，却没有意识到他对那些快乐、活泼的学生自然流露出的偏爱，使那些不合群的孩子被视若无睹。"我的哥特朋友们讨厌这所学校。"她说。

* * *

克莱门特公园里的人不断增加，但其中的学生人数却在减少。周三下午，他们对着记者吐露了心声。周三晚上，他们在电视上看到学校被描绘成一个荒诞的所在。一开始，它们说得还比较宽容，但随着时间的推移，学校变得越来越罪恶。媒体越来越喜欢用"有毒"这个形容词。显然，科伦拜因高中是个可怕的地方，它被一群天不怕地不怕的运动健将霸占，由一帮穿着最新款A＆F牌衣服的势利白人富家小孩统治。

有些说法是真的——那是高中。但是，科伦拜因开始成为美国青春期孩子各种恶劣行径的集大成者。一部分学生很乐意看到自己学校的一些丑恶现实被曝光。大多数人则感到震惊。他们谈了自己如何看待这个，谈了他们对自己所述内容有何想法，结果媒体把他们所说的变成了一幅粗俗的讽刺漫画。

这使得后来到利特尔顿希望深入研究这个社区，看看到底发生了什么的社会学家或新闻工作者很难开展工作。维尔纳·海森堡的不确定性原理已经充分发挥了作用：你通过观察一个事物改变了它。科伦拜因的霸凌问题有多严重？凶手受到的待遇有多可怕？第二天之后的所有证词都被污染了。海森堡是一位观察电子行为的量子物理学家。但是，社会学家开始将他的原理应用到人类身上。我们的行为竟和电子如此相似，真是不可思议。在4月的第三周里，利特尔顿在大家的观察下变得面目全非。

　　好的一面是，在最初几天里收集了大量的数据，那时候学生们还很天真，也还没有制定出任何议程。数百名记者身在现场，还有数量几乎不相上下的探员在警方报告中记录自己的各种发现。这些报告将被封存19个月。几乎所有的早期新闻报道都充斥着错误的假设和荒唐的错误结论。但数据还是留下来了。

29. 执行任务

就在埃里克把炸弹拖进科伦拜因的食堂的两年前,他迈出了关键的一步。他一直沉浸在幻想世界中,他的灭绝一切的幻想稳步推进,然而现实坚不可摧,与他的幻想世界完全两码事。然后有一天,在高二学年的年中,埃里克开始采取行动。他并不是出于愤怒、残忍或特别的仇恨。他对于各方面不如他的人采取的行动无趣而荒唐。但他确实做了。

一开始搞恶作剧的是三人组,迪伦和扎克是他的同谋兼队友。[①] 在埃里克写的文章里,他用绰号来指代他俩:"伏迪加"(VoDKa)和"基布兹"(KiBBz)。这些愚蠢的冒险行为始于1997年1月,也就是他们高二的第二个学期。他们大多在埃里克家碰面,午夜以后偷偷溜出去,到那些他讨厌的孩子家去搞破坏。目标自然由埃里克来选定。

他们溜出去的时候必须非常小心,不能把他父母吵醒。埃里克家的后院有很多石头可供确定位置和方向,邻居家一只可恶的狗没完没了地"狂叫,疯了似的",埃里克写道。然后他们跳进一片高高的草丛中,他称那里为《侏罗纪公园》里的"失落世界"。对埃里克来说,这种冒险太刺激了。他从小学开始就在军事游戏中扮演海军陆战队英雄。现在他终于找到地方玩真的了。

埃里克把他的恶作剧称为"任务"。当他们着手行动时,他反复琢磨与美国社会格格不入的天才。他不喜欢他看到的情况。埃里克如饥似渴地阅读,他刚刚读完约翰·斯坦贝克的《天堂牧场》(*The Pastures of Heaven*),其中包括一个关于白痴天才图拉雷西托的寓言。这个小男孩拥有非凡的天赋,他能够看到他的同龄人无法想象的世界——埃里克也是这样看待自己的,尽管他并没有图拉雷西托那样的智力缺陷。图拉雷西托的同龄人看不到他的天赋,恶劣地对待他。图拉雷西托用暴力反击,杀死了他的一名对手。他被终身监禁在精神病院。埃里克不赞成这样做。他在一份读书报告中写道:"图拉雷西托不应该被关起来。他只需要学会控制自己的愤怒。社会应该更友善地对待像图拉雷西托这样极具天赋的人。"埃里克认为,他们所需要的只是更多的时间——天赋异禀的异类可以被教会什么是对的,什么是错的,什么是社会可以接受的。"爱与关怀是唯一的路。"他写道。

爱与关怀。埃里克写这篇文章的时候,正是他开始跟同龄人作对的时候。有时候他袭击他们的房子,是为他觉得自己受到的轻慢进行报复,但更多的时候是因为自卑。

在两次任务之间,孩子们陷入了意料之外的麻烦。埃里克对布鲁克斯·布朗不爽,不再和他说话。[2] 然后,他打破了排水管上的一大块冰,把矛盾升级为雪球大战。他把冰块扔到布鲁克斯一个朋友的车上,后备厢被砸瘪了。他又抓了一大块冰,砸碎了布鲁克斯奔驰车的挡风玻璃。

"操!"布鲁克斯尖叫道,"你要赔我!"

"滚你的,布鲁克斯。我才不会付钱呢。"

布鲁克斯开车回家告诉了他妈妈。然后他去了埃里克家。他非常生气,但凯茜·哈里斯挺冷静的,她请布鲁克斯进来,让他在客厅坐

---

[1] 关于恶作剧的大部分细节和引语都来自埃里克在其网站上发的帖子。这些细节得到了许多当事人的证实,其中包括兰迪、朱迪和布鲁克斯·布朗,他们多次报警,之后警察还提交了报告;科伦拜因高中的一位教务长插手了此事,并与包括韦恩·哈里斯在内的几位家长进行过交谈;韦恩·哈里斯在其日记中记录了与教务长、布朗夫妇以及另一个家庭的谈话。

[2] 关于埃里克和布朗夫妇之间的矛盾,我的素材主要来自以下几处:韦恩的日记;布鲁克斯的回忆录;我多年来对兰迪、朱迪和布鲁克斯的采访;埃里克对此事的多次陈述;以及弗斯利尔探员根据侦探小组向他提供的证据对所发生事件的评估。布朗夫妇和哈里斯夫妇对双方潜在冲突的看法大相径庭,但他们相当认同此处转述的事件细节。

下。布鲁克斯知道埃里克很多秘密,他一五一十全抖了出来。"你儿子晚上一直偷偷溜出去,"他说,"他在到处搞破坏。"凯茜似乎不相信。她试图让这孩子冷静下来。布鲁克斯不停地咆哮:"他房间里藏着酒呢。你去搜搜看!他还有喷漆罐。你去搜!"她由着他说完,但他感觉她的反应跟学校辅导员一样。他说他得走了——得在埃里克回来之前就离开。

布鲁克斯回家后,发现他的朋友拿了埃里克的背包,好歹算是个抵押。布鲁克斯的妈妈朱迪决定出面管管。她命令所有人上车,带着他们去见埃里克。

他还在打雪仗,打得不亦乐乎。朱迪说:"把门都锁上!"她摇下车窗冲着埃里克喊道:"你的书包在我这儿,我要去交给你妈妈。等会儿见。"

埃里克抓住汽车,并且很凶地大叫起来。她试图开走,他则紧抓不放,哭号得更厉害了。埃里克的样子让她想起逃跑的动物在野生动物主题公园里袭击汽车的情景。布鲁克斯的朋友换到了后座的另一侧。朱迪吓得半死。他们从没见过这样的埃里克。他们见惯了迪伦闹情绪的样子,但那都是做给人看的。埃里克的样子好像是来真的。

朱迪加了一点速,埃里克放手了。到了他家,埃里克的妈妈站在车道上迎接他们。朱迪把书包递给她,把事情经过讲了一遍。凯茜哭了。朱迪觉得很难过。凯茜一直都是个温和的人。

韦恩回到家,对着埃里克就是一通要敬畏上帝的言论。[①] 他盘问了酒的事,但埃里克已经藏好了,他装出一副令人信服的无辜模样。不过,他倒没有心存侥幸——一有机会他就把藏的酒毁了。他写道:"我不得不扔掉所有的酒瓶,像个该死的推销员一样对父母撒谎。"

当晚,他做出了忏悔之举。他向父亲承认自己的一个弱项:实际

[①] 韦恩在本子上写了他的反应以及他对这场冲突的许多看法,这个本子被杰弗科当局没收,多年后归还。埃里克写到了韦恩的所作所为,也提供了一个相当接近的佐证。

科伦拜因案

上,他害怕布朗太太。韦恩心想,这就说得通了。

凯茜希望从布朗家打听到更多的情况;韦恩痛恨这样的干涉。这个歇斯底里的女人算什么?她家那个狡猾的小鬼布鲁克斯又算什么?不用外人来教他怎么养儿子,韦恩对孩子们已经够严厉了。

那天晚上凯茜打了个电话给朱迪。朱迪感觉她是真心想了解情况,但韦恩在后面说话,听起来相当消极、不屑一顾。他坚称这是小孩子之间的事。全是小题大做。他接过电话,告诉朱迪埃里克已经坦白了事实:他害怕她。

"你儿子不怕我!"朱迪说。"他在我的车后边追我!"

韦恩在一本绿色的记事簿上草草记下了这次交流的要点。他概述了埃里克的错误行为,包括当面跟朱迪·布朗起冲突和"有点欺负人"。在这一页的底部,他做了个概括。他认为埃里克犯了以下过错:挑衅、无礼、破坏他人财产、口头威胁伤害他人。但他对布朗一家也不客气。"小题大做。"他总结道。他记下了日期,1997年2月28日。

第二天,布鲁克斯在学校听说埃里克对他发出了威胁。晚上,他告诉了父母。他们报警了。一位警官过来进行了询问,然后去了哈里斯家。几分钟后韦恩打电话过来,他要带埃里克过来道歉。

朱迪叫布鲁克斯和他哥哥亚伦躲起来。她说:"你俩躲在后面的卧室里,别出来。"

韦恩在车里等着。他拒绝提供精神上的支持——埃里克只好走到门口,独自面对布朗夫妇。

埃里克恢复了平常的镇静。他表现得懊悔不已。"布朗太太,我没有恶意,"他说,"你知道我绝不会做任何伤害布鲁克斯的事。"

"你能蒙骗你爸爸,"她说,"可你蒙不了我。"

埃里克大吃一惊。"你的意思是我在撒谎吗?"

"是的,没错。如果你再来我们这条街,或者再对布鲁克斯做什么,我就报警。"

埃里克怒气冲冲地走了。他回到家里策划报复。现在他会很谨慎，但不会退缩。下一个任务的目标是布朗家。他们几个还对"随机抽到的房子"发动了袭击，主要是放焰火、丢厕纸或者触发家庭防盗警报；他们还把橡皮泥粘在布鲁克斯的奔驰车上。埃里克一直在自己的网站上吹嘘他干的好事，这次，他把布鲁克斯的名字、地址和电话号码都发了出来。他鼓励网站的访客去骚扰"这个混蛋"。

布鲁克斯背叛了埃里克。布鲁克斯必须受到惩罚，但他从来都不重要。埃里克有更大的主意。他正在用计时器做实验，那些计时器提供了新的机会。埃里克把一打鞭炮连在一起，然后连上一根很长的导火索。他一丝不苟地分析，却没有办法评估数据，因为导火索一点燃他就逃走了。

朱迪·布朗认为埃里克就是个罪犯坏子。她和兰迪跟埃里克的爸爸谈了多次，他们报了好几次警。

韦恩一点都不领情。他会尽一切努力保护儿子的未来。惩罚很容易，但孩子们的名声在他的掌控之外。每个孩子都会时不时犯点错。重要的是在家庭内部解决。一个污点就可能让人失去一辈子的机会。要是一户愚蠢的人家就能让埃里克的人生记录永久留下污点，那么严格管教的目的是什么呢？

韦恩盯着埃里克看了一会儿，最终还是接受了儿子的说法。埃里克很聪明，他会承认一些不良行为。他冷静而真诚地悔罪，相比之下布朗一家倒显得歇斯底里。

冰块砸车事件三天后，韦恩要应付的家长又多了几位，还有科伦拜因中学的一位教务长。韦恩拿出那本 6×9 英寸的记事簿，封面上写着"埃里克"。两天之内他记满了三页纸。布鲁克斯知道他那些"任务"，并去找了教务长。教务长担心酗酒问题以及学校财产受损，必要时他会请警察介入的。

埃里克装傻充愣。韦恩的日记本上连续两页写了"否认"一词。两次都用圆圈圈出，但第一行被胡乱涂掉了。他在第二行写道："他和我谈的时候，否认酒的事情，就说连听都没听过。不知道教务长普莱斯在说什么。"韦恩总结道，这个问题"就这么着吧——不要再和朋友谈起"。他反复强调沉默是金。"和埃里克谈过了：总而言之——到此为止，"他写道，"各管各的，别说了。同意，什么也不说了。"

韦恩·哈里斯显然暂时松了一口气。他有一个半月没有写日记，接着连记四条，是多次通话记录。首先，韦恩和扎克的妈妈以及另一位家长谈过。第二天，也就是杀戮发生两年零一天前，杰弗科治安官办公室的一位警察打电话过来。韦恩顿生警觉。他写道："我们觉得自己也是受害者。我们不希望每次发生什么事都受到指责。埃里克吸取了教训。"他划掉"吸取了教训"，写下"没有错"三个字。

韦恩确信真正的问题出在布鲁克斯身上。"布鲁克斯·布朗就是针对埃里克，"他写道，"布鲁克斯和其他男孩有过节。一个耍心眼、会骗人的家伙。"

如果问题继续存在，也许需要请一名调解人了，或是律师。韦恩最后一次在笔记上提到这场宿怨是在一周后的 4 月 27 日，他和朱迪·布朗之前通过电话。他写道："埃里克并没有违背对普莱斯先生——教务长——的承诺，就是离对方远远的。"在这一页的底部，他重复了早前的想法："我们也感觉受了伤害。一个耍心眼、会骗人的家伙。"

*   *   *

埃里克乐此不疲地执行"任务"。迪伦也乐在其中——他特别喜欢这样的战斗友谊。他适合干这事，有用武之地，能找到归属感。但这些任务只是短暂的消遣，并没有使他感到快乐。事实上，迪伦非常痛苦。①

---

① 迪伦在很久以后才提到这些恶作剧，而且只是顺带一提——其中提到的冒险同伴是扎克，而非埃里克。

30. 告诉我们为什么

杰弗科面前摆着一个问题。在埃里克和迪伦开枪自杀之前,警察已经发现了这两个男孩的档案。警方从埃里克的网站上找到了 12 页材料,充满仇恨并威胁要杀人。对探员而言,在凶手被抓获之前发现的书面供词是一个巨大的突破点。无疑,这样一来签发搜查令就简单了。但对于指挥官们来说,一份自 1997 年以来一直放在那里的公开招供材料,可能是一场公关灾难。

网页是兰迪和朱迪·布朗提供的。一年半以来,他们一再就埃里克的事情警告警方。在 4 月 20 日中午前后,该文件被送到克莱门特公园内充当临时指挥中心的一辆拖车内。杰弗科警方在当天下午签发的搜查令中大量引用了埃里克网站上的内容,但随后否认看过该网站。(他们将在数年内反复否认。他们还封存了呈现确凿证据的文件。)接着,斯通治安官在《今日秀》(*The Today Show*)节目中指认布鲁克斯为嫌犯。

对布朗一家而言,日子很不好过。公众看到了两个相互矛盾的故事:兰迪和朱迪·布朗要么在想方设法阻止科伦拜因的悲剧,要么抚养了其中一名共犯。或者两样都有。

对布朗一家来说,这一切像是报应。是的,他们的儿子曾经跟凶手关系亲近——近到能预见到惨剧的发生。布朗一家在一年前就告发了埃里克·哈里斯,而警察什么也没做。等到埃里克将这些威胁付诸实施后,布朗一家被指为帮凶而不是英雄。他们感到难以置信。他们告诉《纽约时报》,关于埃里克的事情他们联系了警方 15 次。杰弗科的警方在此后几年一直坚称布朗一家从未与调查人员见过面——尽管手上有一份能表明他们见过面的报告。

科伦拜因案　　191

警官们很清楚自己遇上了麻烦,而且比布朗一家意识到的还要糟糕很多。在杀戮发生前 13 个月,警方调查人员约翰·希克斯和迈克·格拉调查了布朗家的一项投诉。他们发现了大量证据证明埃里克在制造管状炸弹。格拉认为这已经严重到足以起草一份附誓证词①来获得对哈里斯家的搜查令。不知什么原因,搜查令从没被拿到法官面前。格拉的附誓证词令人信服,它阐述了所有关键内容:动机、手段和机会。

大屠杀发生几天后,大约十几名地方官员避开 FBI 人员,秘密聚集在县公共空间部门大楼一个隐蔽的办公室里。后来此事被称为"公共空间会议",目的是讨论为申请搜查令准备的附誓证词。事情糟到什么程度?他们应该告诉公众什么?

格拉被叫去参加会议,并被告知不得与这群人以外的人讨论此事。他答应了。

会议也是保密的。整整五年不为人知。2004 年 3 月 22 日,格拉终于向科罗拉多州总检察长办公室的调查人员坦陈了此事。② 他把它描述为"掩盖真相的会议之一"。

地区检察官戴夫·托马斯出席了会议。他告诉这群人说,他没有发现调查人员有将起草好的搜查令实施下去的正当理由——此言论一经公开便遭到了嘲笑。2004 年,科罗拉多州总检察长正式驳斥了他。

在杀戮发生十天后的一场臭名昭著的记者招待会上,杰弗科的官员们隐瞒了附誓证词,并公然就他们所了解的情况大肆撒谎。他们说他们找不到埃里克的网页,也没有找到与埃里克的描述相符的管状炸弹的证据,也没有布朗夫妇与希克斯会面的记录。格拉的附誓证词明显与上述三条说法矛盾,官员们刚刚花了好几天时间来审查它。若干年内他们将不断重复这些谎言。

---

① affidavit,一种宣誓文件,是不经盘问而自愿所作的口供的笔录,当证人无法亲自出庭时,可被法庭作为证言接受。——译者
② 格拉对州总检察长办公室的调查人员做了此声明。

会后几天，调查员格拉对埃里克的调查文件首度消失。

＊　＊　＊

那次掩盖真相的会议是杰弗科主导的，主要限于高级官员。侦办此案的大多数警探——包括 FBI 和当地司法部门的警察——都不知道这事。他们正在全力破案。

警探们继续在利特尔顿地区散开，他们要询问 2 000 名学生——无人预知真相可能藏在哪里。他们都向在科伦拜因乐队教室里的领导小组汇报工作。情况非常混乱。不断有人进来，手上拿着写在碎纸片和火柴盒上的笔记。

到了周末，凯特·巴丁控制了局势。她把所有人都叫进了乐队教室，进行长达四个小时的汇报和信息交流。会议结束时，三个关键问题还是没有解决：凶手是如何获得所有枪支的？他们是怎么把炸弹弄进学校的？谁是帮凶？

巴丁和她的团队认为他们很清楚帮凶在哪里。他们手上有十来个主要嫌疑人，他们安排这些人两两对质。克里斯·莫里斯自称无辜。他们说，证明给我们看。帮我们查查杜兰。

克里斯同意装上窃听器。① 星期六下午，他从丹佛的 FBI 总部打电话给菲尔·杜兰，联邦探员则在一旁监听。

他们就事情变成这般模样互相表达了同情。"太可怕了，哥们儿。"菲尔说。

"是的。媒体都快疯了。"

克里斯太早提到了杀人的问题。他听说杜兰和凶手一起出去练过射击，有人将这录了下来。他提到了录像带，但杜兰没接他的茬。他们聊了 14 分钟，克里斯来来回回在这个问题上绕圈子；杜兰每次都避开了。"我一点也不知道，哥们儿。"他说。

最后，克里斯总算让杜兰承认他曾与埃里克和迪伦一起出去练习

---

① FBI 记录了完整的对话，内容达 22 页。

科伦拜因案　　193

射击。他听到了一个地名：这个地方叫兰帕特岭（Rampart Range）。

听起来没什么。这是条有用的信息。

* * *

星期天，一名 ATF 探员去找了杜兰。① 杜兰把一切都告诉了他。埃里克和迪伦找他要枪。他让他们和马克·曼内斯联系，是他把 TEC-9 卖给这两人的。杜兰承认转交了一些钱，但他说自己在这笔交易中什么也没挣到。句句属实。

5 天后，探员们把曼内斯带到丹佛市中心的 ATF 总部，有几名律师随行，负责辩护和起诉。曼内斯全都招了。杜兰 1 月 23 日在坦纳枪展上把他介绍给了埃里克和迪伦——凶手就是在那个地方买了另外三支枪。杜兰说埃里克是买主，他说了算。曼内斯同意赊账卖这把枪。埃里克会先付 300 美元，等他筹到钱再付 200 美元。

那天晚上来曼内斯家的是迪伦。他交了定金，带走了枪。几周后，杜兰拿过来 200 美元。

探员们反复询问曼内斯凶手的年龄。最后，他承认他觉得他们不到 18 岁。

大约 6 个月前，曼内斯在同一个枪展上购买了这把 TEC-9，用的是他的借记卡。后来，他出示了一份银行对账单，显示他支付了 491 美元。他在这笔交易中赚了 9 美元。为此他可能要坐 18 年的牢。

* * *

最初几天弗斯利尔博士没怎么思考动机的问题。这个问题仍有待讨论，他们得先解决这里面是不是存在阴谋。每一分钟，证据都可能消失、安排好不在场证明、串通一气互相打掩护。但很快他心里就充满了好奇，久久萦绕不去。他一直在思考一个关键问题：这一切究竟

---

① ATF 探员与杜兰和曼内斯面谈的细节以及购买弹药的来龙去脉，都来自对曼内斯银行记录的搜查令。

是为什么？

尽管有近百名探员在调查此案，但这个核心问题基本上落在了他一个人身上。一开始这只是弗斯利尔工作的一小部分，他主要还是领导 FBI 小组的工作。他每天都会与手下各团队领导会面：他们向他做简报，他提问，找出他们的说法的漏洞，提出新问题，并要求他们进一步努力调查。他每天花 8 到 10 个小时领导这项工作，周六他开车去丹佛，在 FBI 总部整理他收到的邮件。他必须及时处理他移交的联邦案件，并尽可能提供见解和建议。

但他开始每天晚上抽出一点时间来评估凶手。他手下有好几个组在收集数据，不过没有人有能力分析。他是队里唯一的心理学家。他为 FBI 研究这类杀手多年，知道自己面对的是什么。哪怕每晚要加班几个小时，他总是会读懂这些孩子的。看着他们在视频里吹嘘说要去伤害他人，他非常生气。"你们这些该死的小混蛋。"他咬牙低语道。但是有时候他会为他们感到一丝遗憾。他们的观点是不可原谅的，但他不得不暂时接受并站在他们的角度看问题。如果他拒绝透过他们的镜头看世界，他如何理解他们怎么能做出这样的事情？他们是高中生。怎么会变成这样？尤其是迪伦——太可惜了。

弗斯利尔的同事和下属很高兴有人担任了非正式的首席心理学家。他们对凶手有很多疑问，他们需要求助：一个能深刻理解罪犯的人。弗斯利尔很快被内部认为是研究这两个男孩的专家。凯特·巴丁领导日常调查，后勤问题上每个人都听从她的安排，比如查明袭击期间的某个时刻，谁在某个走廊上跑动。而弗斯利尔了解行凶者。他一遍又一遍地翻阅埃里克的日记，然后是迪伦的日记，仔细研读字字句句。

杀戮发生大约一周后，弗斯利尔拿到了"地下室录像带"，以及埃里克和迪伦早期自拍的录像带。他把录像带带回家反复观看。他频繁地按暂停键，一帧一帧地进，又倒回去看那些揭示某件事的时刻以剖析细微的差别。从表面上看，大部分内容既乏味又无关紧要：都是

科伦拜因案　　195

日常生活中的一些小片段，比如男孩们在车上和克里斯·莫里斯开着愚蠢的高中生玩笑，在温迪快餐的得来速餐厅为点餐争吵不休。大部分录像带里面甚至都没有出现与谋杀相关的内容，但弗斯利尔已经对行凶者有了总体印象。

弗斯利尔看凶手的讲话或阅读凶手的文字已经不下几十遍了。在杀戮发生几天后，在他看到"地下室录像带"之前，他有了一个大突破。弗斯利尔听到一名 ATF 探员引用了埃里克·哈里斯写的一句耸人听闻的话。

"你找到了什么？"弗斯利尔问他。

一本日记。在埃里克·哈里斯生命的最后一年，他在日记本里写下了许多计划。

弗斯利尔迅速走过去，看到了开头第一句话："我恨这个该死的世界。"

他后来说："当我读到第一句话时，乐队教室里所有的嘈杂戛然而止。我的大脑一片空白。周围的一切都消失了。"突然之间，那些大炸弹变得非常合理了。该死的世界。弗斯利尔说："不是针对布鲁克斯·布朗，不是针对那些运动员。是一种铺天盖地的仇恨。"

弗斯利尔又往下读了一点，然后转向 ATF 探员。"能给我一份复印件吗？"

这些是从一本活页笔记本上复印下来的：16 页手写的，以及十几幅草图、图表和示意图。共 19 篇，每一篇都标注了日期，从 1998 年 4 月 10 日到 1999 年 4 月 3 日——科伦拜因事件发生前 17 天。一开始每篇日记长达一两页，随后大大缩短，最后的一页半里面塞进了他的最后五篇日记。由于反复复印，页面变得又黑又模糊。埃里克的潦草笔迹乍一眼很难辨认，但就在这些页面再度通过复印机复印的当口，弗斯利尔又读了一遍。他说："我被迷住了。"

这些日记里的信息远远多过埃里克网站上的。网站上那些——比日记出现至少早了一年——主要是为了发泄愤怒。它告诉我们他恨谁，他想对这个世界做什么，以及他已经做了什么。但它很少说明为什么。日记虽然满是愤怒，却也有深刻的反思，而且更加直言不讳地表达了埃里克想要杀人的强烈冲动。

  复印机工作的时候，弗斯利尔在读，走回ATF探员办公桌边的时候，他还在读，他站在那里读啊读，都忘了回到自己的位子上。他的背绷得很紧，好几分钟都没有觉察，直到感觉到背痛才停下来。然后他坐下来，继续读。我的天哪，弗斯利尔心想，他在告诉我们他为什么这么做。

  后来的调查会证明埃里克是个比较容易理解的行凶者。埃里克向来清楚自己在干什么。迪伦则不是。

第三部分

下行螺旋

31. 探索者

　　迪伦的脑子日夜飞快地运转：分析、发明、解构。[①]他 15 岁，他一直跟着去执行任务，他是埃里克的头号王牌，但这些都无关紧要。迪伦的脑袋里充满了想法、声音、意象——他永远没法把这些闹哄哄的东西关掉。体育课上的那个混蛋，他的家人，他喜欢的女孩，他喜欢但永远得不到的女孩——为什么他永远得不到她们呢？——他永远不会得到。一个男人总还是可以做做梦，对吧？

　　迪伦很痛苦。没人理解。伏特加帮了忙。互联网也是。跟女孩聊天太难了；网上的即时通信让这事变得容易。晚上，迪伦会独自在房间里呆上几个小时上网聊天。喝点伏特加，他就能侃侃而谈，当然这会影响他的拼写能力。网上一个女孩提醒他拼错了，他笑着承认自己喝醉了。要瞒着父母很容易——他们从未起过疑心。这一切都悄悄地发生在他的房间里。

　　网上聊天是不够的。秘密多到没法守住；有太多的想法在他们脑中闪过。自杀的念头正在吞噬他——但迪伦不可能承认这一点。他试图解释其他的一些想法，但人们太迟钝了，没法理解他。

　　他们开始执行任务后不久，在高二那年的春天，1997 年 3 月 31 日，迪伦喝醉了，他拿起一支笔，开始和一个能听懂的人交谈。他自己。他把自己的日记想象成一本皇皇巨著，羊皮纸外面覆盖着超大的封面，书脊上还缝着一条精致的缎带，就像《圣经》那样。其实他只有一本普通的笔记本，带横线的那种，横线间距约 7 毫米，页面边缘打了三个孔[②]。所以他在笔记本封面上画了一个他想象中的封面，并把他的作品命名为"存在：一本虚拟之书"。

　　第一天的日记没有任何谋杀的迹象，甚至没有暴力。能看出愤怒的迹象，针对的主要是他自己。迪伦在进行精神上的探索。他写道："我做那些烂事是为了用一种精神上、道德上的方式'净化'自己。"他曾经想把《毁灭战士》游戏从电脑上删除，想不喝酒，尝试停止嘲笑孩子们——这个很难。孩子们太容易成为笑柄了。

精神净化没有起作用。"我的存在就是狗屎。"他写道。他通过无垠的现实在无限的方向上描述了无尽的痛苦。

孤独是问题的症结所在，但远不止找到志同道合的朋友那么简单。迪伦感觉自己被隔绝在人性之外。人类被困在一个我们自己造的盒子里：精神牢笼把我们带离一个充满了可能性的宇宙囚禁了起来。天啊，人类太讨厌了！他们在害怕什么？迪伦能看到整个宇宙在他脑海中打开。他是一个探索者，他想要跨越时空探索一切——谁知道其中会有多少维度呢。其中的可能性是激动人心的。谁不想见证这一切的奇迹呢？不幸的是，几乎所有人都不想。人类喜欢他们的小盒子，如此安全、温暖、舒适和无聊！他们自己选择成为僵尸。

迪伦的一些想法很难用语言表达。他在页面空白处画了些弯弯曲曲的线条，并称之为"思想图"。

他是个极度虔诚的年轻人。他的家人并不积极参与任何教会活动，但迪伦的信仰是坚定不移的。毫无疑问他信奉上帝，但他不断挑战袮的选择。迪伦会大喊大叫，诅咒上帝让他成了一个现代约伯③，要求上帝解释为何要如此残忍地对待其忠实的仆人。

---

① 这一章的内容几乎全部来自迪伦的日记，他在日记里真切生动地表达了自己的想法。他不厌其烦地重复着一些观点，我关注的主要就是这些观点。我将迪伦使用的许多词语和表达方式放进了转述的部分——例如，"体育课上的那个混蛋"和"通过无垠的现实在无限的方向上描述了无尽的痛苦"，这都是他的原话，我将其融入了我写的段落中。

② 美国学生最常用的笔记本，打三个孔是为了便于装订。——译者

③ 根据《圣经·旧约·约伯记》，虔敬正直的约伯原本生活安康富足，上帝深为有如此仆人而骄傲，但上帝的使者撒旦挑战约伯的虔敬，于是约伯突遭横祸，丧失了一切财产和儿女并身患恶疾。约伯的友人来看望他，虽然同情约伯的遭遇，却坚信灾祸不会无缘无故降临，必是犯错而被上帝惩罚。约伯坚持自己的无辜。最后上帝双倍归还了约伯的财产，使他重获健康，享高寿而终。——译者

迪伦相信道德、伦理和来世。他专心致志地写下了关于肉体和灵魂分离的文章。肉体毫无意义，而他的灵魂将永生，要么存在于天堂的宁静之中，要么存在于地狱的折磨之中。

迪伦的怒火会突然发作，然后很快化作自我厌恶。迪伦不打算杀任何人，除了他自己——倘若上帝许可的话。他向往死亡至少有两年了。第一次提到这个是在他的第一篇日记中："自杀的念头给了我希望，此生无论<u>我</u>[①]身处何处，终究是<u>我</u>的归属——<u>我</u>再也不用和自己、和世界、和宇宙交战——<u>我</u>的灵魂，身体，所有一切归于安宁——<u>我</u>——<u>我</u>的灵魂（存在）。"

但自杀是个问题。迪伦真的相信天堂和地狱。他将笃信上帝，直到生命的最后一刻。当他杀了几个人时，他知道必须承担后果。他会在自己录的最后一条视频中提到这些后果——视频是在被他称为"审判日"的那天早晨录制的。

迪伦确信自己是独一无二的。他一直在学校观察那些孩子。有些很好，有些很坏，但所有人都和他截然不同。迪伦甚至比埃里克还相信自己的独一无二。但埃里克认为"独特"就是"出类拔萃"——迪伦则视之为一件不太好的事。独特意味着孤独。如果无人分享，天赋异禀又有什么用？

他的情绪来得快去得快。迪伦变得富有同情心，继而听天由命。"我不适合这里。"他抱怨道。但通往来世的路太可怕："去上学，感觉害怕、紧张，希望别人能接受我。"

* * *

埃里克和迪伦都留下了日记。弗斯利尔博士将花数年进行研究，乍看上去迪伦的日记更有价值。弗斯利尔急于获取信息，迪伦留下的材料数量惊人。他的日记比埃里克早一年开始，篇幅是埃里克的 5

[①] 迪伦日记中大量的"我"的"I"都以小写"i"出现，在译文中以下划线标示。全部大写的单词则加粗显示。——译者

科伦拜因案　　203

倍,并且一直持续到最后一天。但埃里克会以杀手的身份开始写日记。他已经知道会在哪里结束。每一页的内容都指向同一个方向。他的目的不是自我发现,而是自我美化。迪伦只是想与存在作斗争。他不知道他要去哪里,他的想法层出不穷。

迪伦非常有条理。每一篇日记的开头,他都在页面右侧空白处写上三行:姓名、日期以及标题,用一半大小的字体。然后,他重写一遍题目——有时候会做些改动——用双倍大小的字体,写在正文上方的中心位置。大部分字体都比较工整,但偶尔会突然转成潦草的涂鸦。他一个月写一篇,几乎每个月都写,但很少一个月写两篇。他会写满整整两页,然后停笔。如果他没想法或没兴趣写,会用很大的字体或素描填满第二页。

他的第二篇日记来得很快——就在第一篇写完两周后。他的想法开始连贯起来。他写道:"善恶之争永远不会结束。"迪伦会在接下来的两年里不断重复这个想法。善与恶,爱与恨——永远在较量,却从没有答案。选好立场,做好自己的决定——但你最好祈祷它也会选你。为什么爱永远不会选择他呢?

他写道:"我不知道<u>我</u>对别人做错了什么,他们似乎从一开始就打算恨我并(欺负我),<u>我</u>从来不知道该说什么做什么。"他努力过。他带了趣多多饼干来讨他们的欢心。到底要怎么做才好?

他写道:"如果你想知道的话,我的生活还是一团糟。"他刚刚丢了45美元,在此之前丢了芝宝打火机和一把小刀。没错,前两样已经找回来了,可是毕竟丢过。"为什么那家伙他妈的是个混蛋???(<u>我</u>猜是上帝——不管谁吧,就是那个专门管烂事的家伙。)他老是和我过不去,<u>我</u>气死了。老天爷啊,我恨这样的日子,我真的很想现在就死。"

32. 耶稣　耶稣　耶稣

4月25日，星期天早上，科伦拜因的各个教堂里挤满了人。之后，人群徒步穿过克莱门特公园走到鲍尔斯十字街购物中心。①根据组织者的预计，来这个不规则伸展的停车场凭吊的人将达3万，结果来了7万。副总统阿尔·戈尔、科罗拉多州州长及大部分国会代表、许多神职人员都在讲台上。几大电视网实况转播了悼念仪式。

牧师比利·格雷厄姆的儿子富兰克林对人群开口道："请将你的信仰和信任托付给上帝之子，主耶稣基督。我们必须诚心接纳祂的儿子耶稣基督。"

当地牧师杰瑞·尼尔森宣告："只有耶稣基督才能带给我们真实持久的慰藉。作为你们的牧师，我们敦促你们：追随耶稣吧！"

耶稣耶稣耶稣。那天满耳朵都是祂。格雷厄姆牧师主持了仪式，他以长时间的慷慨激昂的讲话呼吁公立学校恢复祷告。其间他在45秒的时间内7次提到了救世主的名字。他问："你们相信耶稣基督吗？"他在演讲过程中求告上帝和耶稣近50次。卡西已经准备好了，他说。她站在一个持枪歹徒面前，而这个歹徒立即将她带到了全能的上帝跟前。"你们准备好了吗？"他问。

基督教流行歌手艾米·格兰特唱了两首歌；一支鼓号乐队演奏了一曲激动人心的《奇异恩典》（*Amazing Grace*）；当州长比尔·欧文斯一一念出遇难者的名字，13只白鸽被放飞。临近结束的时候，天开始下雨了。缓慢而持续的阵雨。谁也没有动。成千上万的雨伞打开，但成千上万哀悼者还是淋湿了。

在许多人看来，卡西·伯纳尔是科伦拜因的女英雄。消息迅速传开，说凶手用枪指着她，问她是否相信上帝。她回答："我信。"她公开表明了自己的信仰，然后头部中枪。戈尔副总统对着人群和摄像机讲述了她的故事，他在演讲中引用了大段的经文。

戈尔副总统说："各位遇难者家属，请相信数以亿计的美国人和你们一样痛彻心扉。我们为你们遭遇的痛苦祈祷。你们并不孤单。"

* * *

全国上下震惊不已。在最初的 10 天里，关于此次袭击事件，四大电视网的新闻杂志类节目共播出 43 期。这些节目在当周收视率排名中靠前。CNN 和福克斯新闻的收视率创下历史新高。一周以后，《今日美国》的一期还在继续刊登科伦拜因的文章，且十篇都是独立报道。大约两周后，《纽约时报》的第一版才没有出现有关科伦拜因的报道。

得到最多关注的是卡西·伯纳尔的殉难。克尔斯滕牧师对他的会众说："数百万人被一位殉道者感动了。"[2] 他分享了他手下一位年轻牧师在关照伯纳尔一家时得到的神示："我看见了卡西，我看见了耶稣，他们手拉着手。他们刚刚缔结婚约。他们刚刚完成了结婚典礼。卡西对我眨了眨眼，说：'我不知道说什么好，我沉浸在爱里。'她最大的祈愿是找到真命天子。你们不觉得她找到了吗？"

克尔斯滕安慰了悲痛的会众，但他也看到了利用这次悲剧拯救更多灵魂的机会。他说："要让尽可能多的人登上方舟。"

在同一条街上的山麓圣经教堂内，欧德莫伦牧师也有着同样的热情。他宣告："男人们，女人们，睁开眼睛！孩子们向神了！他们要去教堂！"

---

① 对悼念仪式的描述基于我在现场的观察，同时我也再度回看了我录制的新闻直播节目。
② 引述的克尔斯滕的话和相关描述，来自我亲耳听到的他的讲道、他在圣经研究小组陈述的经文以及他对我的采访。引述的欧德莫伦的话来自我参加的聚会以及他布道的录音带。

丹佛的许多神职人员感到震惊。① 这种公共服务中的机会主义引起了强烈的抗议,特别是来自主流的新教牧师。主持迪伦葬礼的马克斯豪森牧师对《丹佛邮报》表示,他在悼念集会中感到"和耶稣一起受到了打击"。

福音教派面临着一个深刻的道德困境:是尊重他人的信仰,还是每天尽到捍卫耶稣作为唯一信仰的义务?埃里克和迪伦吓坏了这个国家,但他们也提供了一个宝贵的机会。如果浪费了这个机会,福音派的神职人员无法向上帝交代。一位很有想法的福音派牧师说,只要真心侍奉上帝,他赞成利用此次大屠杀来招募信众。② 但他对信仰猎头(spiritual headhunters)怒不可遏,说"他们不过是又割了一块头皮而已③。《圣经》不是用来招募俱乐部成员的",他说,"如果把它当作武器,那真的很可悲。"

* * *

克雷格·斯科特④上高二,16岁,长得非常漂亮,跟他姐姐瑞秋一样。他和马修·盖杰特、艾赛亚·休尔斯一起躲在图书馆的桌子底下。⑤ 他蹲下的时候,听到其中一个持枪歹徒喊道:"抓住任何戴白帽子的人!"克雷格戴着一顶,他把帽子扯下来塞进了衬衣里面。两个杀手来来回回经过他们躲的那张桌子好几次,最终停了下来,两人

---

① 我在那一周就这一争议采访了当地诸多神职人员。马克斯豪森牧师的讲话是对《丹佛邮报》说的。我后来和他讨论了他的这些言论。
② 这里指的是南郊区基督教会的德拉尔·施罗姆牧师。他讲话坦率,令人耳目一新,并且侃侃而谈他对同行所面临的困境所抱有的想法。在这两方面我都对他心存感激。
③ 猎头的原意是(原始部落中)割取敌人首级作为战利品的人,此处借用了猎头的原意。——译者
④ 大量证据表明,殉道者故事源于斯科特。
⑤ 关于图书馆内枪击情况的描述全都基于我对所有目击者陈述的调查,以及我对能够接触到清晰版911电话录音的调查人员的咨询,加上大量的物证。尤其得益于凯特·巴丁的帮助。除了文中被提出来讨论的细节外,大家在大多数重要细节上达成了共识。

双双开枪。马修倒下了，艾赛亚也是，克雷格幸免于难。枪声太响了，克雷格以为自己的耳朵要出血了。大部分时间他都如胎儿般蜷缩着，低头默默地祈求勇气和力量。当他抬起头查看情况时，马修和艾赛亚已经瘫倒在地，两人靠在一起，发出呻吟声。他们的血涌到了斯科特周围——他不知道浸透他裤子的血是谁的。马修的身体一侧裂开了，轻烟或蒸汽从裂缝中冒了出来。

然后枪手进入了走廊。克雷格对大家说："我感觉他们走了，我们快离开这里。"其他孩子慢慢地站起来，朝一个侧面出口走去。克雷格的白帽子掉落在了桌子旁的地板上。在出去的路上，电脑桌下的一个女孩说："请帮帮我。"卡希·鲁西格的右肩被打出一个大洞。斯科特扶她站起来，把她那条没受伤的胳膊搭在自己肩上，带着她出去。

一到外面，他们跑向停在山坡上的一辆警车。警察正在那里用枪指着图书馆的窗户。克雷格继续祈祷，他请其他孩子跟他一起。克雷格已经接受了耶稣基督作为他的救世主，现在他们非常需要祂。他成了一个小型祈祷团的头。

警察先把伤员送走。轮到克雷格时，他听到身后传来更多的枪声。"他们在向我们开枪。"一个警察说。

警察把孩子们送到学校附近的一个死胡同里。克雷格和其他人一起进行了祈祷，然后他找到了一个电话打给他妈妈，请她为他姐姐祈祷。他对她有一种不好的预感，他祈祷瑞秋没有受伤。一两个钟头后，他开始接受她可能已经死去的事实。她确实死了。瑞秋是第一个被杀的，就在外面的草坪上。马修和艾赛亚也死了。卡希活了下来。

克雷格无法接受这一切。他目睹了可怕的事情，但也听到了美妙的事情。在图书馆里，在最恐怖的时刻，他听到一个女孩表明自己的信仰。太了不起了。当天下午，克雷格就开始讲述这个故事。很快，故事像山火一样蔓延开来。福音派教徒迅速通过电子邮件、传真和电话将它传遍全国。

周五，主流媒体开始报道此事。丹佛的两家报纸都刊登了专题报道。《落基山新闻报》的报道题为"为信仰殉难"，文章的开篇犹如亲临现场：

> 科伦拜因的一名枪手用枪指着卡西·伯纳尔，问了她一个生死攸关的问题："你信上帝吗？"
> 她顿了一下。枪口还指着她。"是的，我信上帝。"她说。
> 这是这位17岁的基督徒留下的最后一句话。
> 枪手问她"为什么？"，她还没有来得及回答就被打死了。
> 伯纳尔在午餐时间进入科伦拜因高中图书馆学习。她成了一名殉道者。

《丹佛邮报》也有类似的报道。全国性的媒体迅速跟进。据《旗帜周刊》（*The Weekly Standard*）的记者J.柏顿报道，周六，密歇根州的一场福音派"狂热青少年"[①]集会，"演变成了卡西·伯纳尔的纪念日"。他描述了7.3万名青少年聚集在银穹体育馆（Silverdome）内，"在一场又一场讲述她殉难的布道中落泪"。周日早上，她的故事在无数教堂的讲坛上宣扬开了。

一开始，卡西的母亲不知道该如何看待女儿的殉难。[②] 不过很快，米斯蒂就充满了自豪，她的丈夫布拉德也感到骄傲。布拉德在一份声明中表示："这一悲惨事件直接给了撒旦当头一击。"他号召年轻人在"那个敌人"后撤时挺身而出："所有年轻人请听好了，不要让我女儿死得毫无意义。坚定你的信仰。如果你没有加入地方教会的青年组织，去加入吧。他们需要你，也会帮助你。"

[①] 福音派牧师创立的针对青少年的宗教组织。——译者
[②] 布拉德和米斯蒂在各种电视采访以及米斯蒂的回忆录中讨论了他们的反应是如何发生变化的。记者温迪·默里也慷慨地让我查阅了她对这个家庭的采访记录。

周一，布拉德和米斯蒂出现在《20/20》①的一个名为"天使肖像"的环节中。坊间传说，凶手不仅针对运动员和少数族裔，还针对福音派教徒。布拉德所在的教区会众认为卡西的回答激得凶手开了枪。布拉德说："她知道他的意思。她想要表达的是，'你不可能打败我。你不可能真的杀死我。你可以让我的身体死去，但你不能杀死我。我将永远活在天堂里'。"

起初，布拉德似乎从卡西的英勇行为中汲取了比米斯蒂更多的力量。她说："我总是哭着醒来。我希望有一天能够在早上醒来时不再哭泣。但我对布拉德说，我不懂他们怎么能这么做呢。他们为什么杀了我们的宝贝女儿？为什么这么做呢？为什么？"

《20/20》那期节目播出几天后，布拉德和米斯蒂上了《奥普拉秀》。"你们希望她说'不'吗？"奥普拉问道。

米斯蒂说，"知道有个女孩乞求歹徒以后活了下来"，情况就很不一样了。埃里克奚落了布丽·帕斯夸尔好几分钟，再三逼她求他，最终放过了她。米斯蒂说："作为一个母亲，你会希望她乞求歹徒的。所以，从某种意义上你会认为，'没错，我希望她跟歹徒求饶'。但是我想不出还有什么比因信仰上帝而死更为荣耀。"

---

① ABC 电视台的著名新闻节目。——译者

33. 再　见

在卡西被杀的两年前，迪伦就陈述了他对上帝的看法。他列举了他的存在的利弊。好处：一个美好的家庭，一幢漂亮的房子，冰箱里有食物，几个亲密好友，还有一些像样的财产。坏处列了好长好长：没有女朋友——连柏拉图式的都没有，没有其他朋友，没人接纳他，体育成绩不好，样貌丑陋，为人害羞，成绩不好，生活中没有雄心壮志。

迪伦明白上帝要他成为一个什么样的人。迪伦要成为一名探索者："一个寻找答案的人，永远找不到答案，却在无望中理解事物。他要探求不可想象、不可解释、无人知晓的一切，用他觉得最强大的工具——头脑——来探索。"

迪伦如困兽般挣扎，但时而也会茅塞顿开，"死亡正在穿过一扇扇门，"他写道，"万物存在的永恒动力就是好奇心，沿着大厅走下去的好奇心。"沿着大厅走下去，探索每一个房间，找到答案，提出新的问题——最终，探索者迪伦将达到他正在寻找的状态。

*　　*　　*

迪伦喜欢把人类称为僵尸，这是他难得和埃里克相似的地方。不过，尽管我们这些僵尸很可怜，迪伦却不想伤害我们。他觉得我们很有趣，就像新玩具一样。他写道："与某些无脑的行尸走肉相比，我就是<u>上帝</u>。"

那是迪伦第一次发表亵渎上帝的言论。他随后进行了解释：他并没有宣称自己是神，只是说和人类相比他就像神。过了几个月他才又来了一次。每一次，他都会进一步推动这个想法，但似乎从来没有当真。随着 1997 年春天的到来，他一页接一页地写满了失败的尝试。

他把历史看作善与恶，爱与恨，上帝与撒旦——"永恒的对比"。他认为自己在善的那边。

埃里克更关心实际问题。两个月来他爸爸的严加管束，让他学会了更好地掩盖行踪。从春天到初夏，他们继续搞破坏，但并没有再次被发现的记录。到第五次任务时，男孩们又开始喝酒了。韦恩似乎紧盯了埃里克一段时间，然后又开始信任他。根据埃里克的说法，只有一次出去时没有喝酒。

重点继续放在大型爆炸物上；一些计时装置开始运转。埃里克发现，他可以先点一根香烟，让它慢慢烧着相连的导火索，这样能延长引爆的时间。男孩们好几次在险些被发现时侥幸逃脱，有一次差点被一名开着警车的警官发现。第六次行动时，他们带着迪伦那把锯短的 BB 枪，对着房屋乱射一气。"估计我们没造成什么破坏，"埃里克写道，"但也不确定。"当晚，他们从一个建筑工地偷走了一些写有"围栏出租"的标志牌。埃里克没怎么提及那次偷窃行为，但似乎正是这一次他们跨越了从搞小破坏到小偷小摸的模糊边界。

* * *

几个月来，任务执行得一直令人满意。但高二已经过去了。埃里克渴望更大的满足感。1997 年夏天，扎克·赫克勒去宾夕法尼亚州待了两个星期。等他回来的时候，埃里克和迪伦已经造好了一个管状炸弹，迪伦也参与了，但那是埃里克的成果。

埃里克直到 1998 年春天才开始写日记。不过前一年他在他的网站上很活跃。到 1997 年夏天，他已经发布了自己的仇恨清单：

你知道我讨厌什么！！！？
——乡——村——音乐！！！
你知道我讨厌什么！！！？

——有线电视网的 R 级片①！我的狗都能剪辑得比那群弱智好！！！……

你知道我特别讨厌什么！！！？

——W. B. 电视网②！！！哦耶稣圣母马利亚我全心全意地恨这个频道。

这份清单长达好几页，有 50 多条，憎恨的对象有"健身的蠢蛋"、冒牌武术家，以及把 acrossed 念成 acrosT、把"espresso"念成 eXspreso 的人。乍一看，他的目标似乎是随机而无理的，但弗斯利尔猜到了潜藏的主题：愚蠢的、肤浅的弱者。让埃里克痛恨的不仅仅是 WB 电视网，还因为所有的白痴都看这个台。

埃里克列出的"喜欢清单"要简短得多，正好支持了弗斯利尔的分析。埃里克喜欢"取笑做蠢事的蠢人！"，他最爱的是**物竞天择！！！！！！！！！！！** 他妈的，这是地球上发生过的最好的事。清除所有愚蠢和脆弱的生物。我希望政府能摘掉所有的警告牌。那样一来，所有的蠢驴要么受重伤，要么**死翘翘**！"。

那个男孩真正想要表达的是轻蔑。

* * *

埃里克的各种观念开始融合。他热爱爆炸物，特别痛恨弱者，消极地希望人类灭绝。他制造了他的第一批炸弹。

一开始是小打小闹：不可能要人命，最多是伤到人或他们的财产。他去找制作说明书，发现在网上很容易找到。1997 年夏天，他制造了几个炸药并开始引爆。然后在自己的网站上大肆吹嘘。

他写道："如果你至今没有造过二氧化碳炸弹，我建议你试试

---

① 美国影片分级制度中的一级，属限制级，17 岁以下须由父母或者监护陪伴才能观看。——译者
② 即华纳兄弟电视网，1995 年 1 月开播，2006 年 9 月 17 日停播。——译者

看。我和伏迪加昨天引爆了一个,他妈的就像一根炸药棒。就是要小心弹片。"

有点夸大其词了。他们找了一些小的二氧化碳气罐——类似于孩子们所说的笑气罐,把罐子刺穿后塞入火药。埃里克管它们叫"蟋蟀",它们更像个大鞭炮而不是炸弹。埃里克还制造了威力更大的管状炸弹,并且还在寻找一个安全的引爆地点。

埃里克意识到访问他网站的人会怀疑他,他列了规格和成分表来支持自己的说法。他希望读者明白他是认真的。

* * *

有人感觉到了危险。1997 年 8 月 7 日,一位"不安的市民"——显然是兰迪·布朗——访问了埃里克的网站后给警方打了电话。那一天——科伦拜因枪击案发生的一年零八个月十三天前——凶手的名字永久地进入了执法系统。

警官马克·伯吉斯打印了埃里克的网页页面,他通读一遍后写了一份报告。他写道:"这个网页指的'任务'可能是业已发生的具有犯罪性质的恶作剧。"奇怪的是,伯吉斯没有提到那些看起来性质更恶劣的管状炸弹。

伯吉斯把他的报告交给了他的上级——调查员约翰·希克斯,同时附上了 8 页的网站内容。文件被归档了。

* * *

埃里克、扎克和迪伦都到了能工作的年龄。他们一起在黑杰克披萨店找到了活。随时都有人玩面粉大战或打水仗。埃里克玩得特别起劲;迪伦则在旁边观战。他们在后面的停车场发射干冰,观察一个锥形筒能在气体中上飘多高。实在太棒了。然后扎克遇到了一个女孩。这个混球。

迪伦大受打击。她的名字是德玫,她把这帮人搞得四分五裂。现在扎克老是和她在一起,朋友被他抛到了九霄云外。埃里克和迪伦算不了什么，任务也突然不干了。埃里克似乎并不介意，但迪伦感觉糟透了。

他在自己的日记本里吐苦水，现在他觉得不太好。"我最好的朋友：一起分享、尝试、欢笑、冒险、懂得欣赏我，胜过迄今我交过的任何朋友。自从德玟（<u>我想杀了她</u>）爱上他以来——他就只跟她在一起！"他们以前什么都一起：喝酒，抽雪茄，破坏别人家的房子。从七年级起，他就感到很孤独。扎克改变了这一切。"嘿，我终于找到了一个和我一样的人！他欣赏我，我们有共同的兴趣。我终于（有时候）感到了幸福。"但是扎克找到了女朋友，他跑掉了。"没了朋友，<u>我感到很孤独</u>。"

他不介意杀谁呢？迪伦随手写下这句，估计只是一种修辞方式吧。大概是。但他已经口头表达了这个想法——迈出了一大步。当时迪伦还不认为埃里克是他最好的朋友。迪伦强调了一点，那就是除了扎克没有人了解他，没有人欣赏他。这等于包括埃里克在内。

* * *

迪伦比以往任何时候都孤独。自然而然地，他发现了一个解决方案："我的初恋???"

"哦，老天爷，"他的下一篇日记这样开头，"我几乎可以肯定我爱上了哈丽特。呵呵。好奇怪的名字，跟我的一样奇怪。"他爱上了她的一切，从她的曼妙身材到近乎完美的脸蛋，她的妩媚、她的机智、她的狡黠，以及，不那么受欢迎。他只是希望她能像他爱她那样喜欢他。

那就是问题所在。迪伦实际上没有和哈丽特说过话，但他没有因此停下来。他每时每刻都在想她。他写道："如果灵魂伴侣确实存在，我想我找到了我的。我希望她喜欢泰克诺音乐[①]。"

那是另一个障碍。他都不知道她是否喜欢泰克诺音乐。

[①] Techno，一种节奏快、通常无歌声相伴的电子舞曲。——译者

* * *

有时候迪伦会觉得幸福。他拿到驾照的时候非常兴奋①,但他的幸福无法持久。在爱上哈丽特后不久,他又在日记本上抱怨。如此凄凉、孤独、没有出路的生活。"这不公平!!!"他想去死。扎克和德玟看他像看一个陌生人似的,但哈丽特玩了个最卑鄙的把戏:迪伦陷入了"虚假的爱情"。

他说:"实际上她她妈的并不在乎我。"他承认她甚至都不认识他。他没有幸福,没有抱负,没有朋友,"没有爱!!!"。

迪伦想要一把枪。他和一个朋友说过要买一把。他打算把枪口对准自己。这是漫长的自杀过程中迈出的一大步:从纸上谈兵到实际行动。

这时离科伦拜因枪击案还有近两年的时间,迪伦认为这把枪是他最后的归宿。他继续他在精神上的求索。"我不再看色情片,"他说,"我尽量不为难他人。"但上帝似乎有意惩罚他。"一段黑暗的时光,无限的悲伤,"他写道,"我想找到爱。"

爱,是迪伦日记中最常见的词。埃里克的网站则充斥着仇恨。

* * *

当弗斯利尔调查一桩罪案时,他的主要策略之一是开始排除动机。迪伦看起来像个典型的抑郁症患者,但弗斯利尔必须加以确认。面对这两个科伦拜因杀手,一个显而易见的问题浮现出来:他们有没有精神失常?大多数大规模杀戮的凶手都是故意为之——他们只是想伤害别人——但有些人确实无法自控。弗斯利尔认为那种杀手是精神病患者。精神病是一个广义的术语,其中包括一系列严重的精神疾病,例如偏执狂和精神分裂症。精神病患者会变得极度迷茫、充满妄

---

① 他在日程表上标注了拿到驾照的那一天。日程表和他的其他写作内容帮助我进一步洞察了他的精神状态。

想，会产生幻听和幻觉。严重时，他们会完全脱离现实。有时候他们采取行动是因为在他们的想象中对自身安全有极大的恐惧，抑或是他们想象中的人指示他们行事。在这个案件中弗斯利尔没有看到任何这样的迹象。

另一种可能是精神病态。在流行的概念中，任何疯狂的杀手都被称为变态杀手，但在精神病学中，这个术语表示一种特定的精神状态。精神病态者看起来很迷人、很讨人喜欢，但这是装出来的。他们是冷酷无情的操纵者，为了自己的利益不惜一切。绝大多数精神病态者是非暴力的：他们想要的是你的钱，而不是你的命。但是那些变成虐待狂的人就非常可怕了。如果谋杀让他们开心，他们就会一次又一次地杀人。泰德·邦迪、加里·吉尔摩和杰弗里·达默①都是精神病态。通常，凶残的精神病态者都是连环杀手，但偶尔也会一次杀多人。科伦拜因枪击案可能是精神病态者的手笔，但迪伦没有呈现出任何症状。

弗斯利尔继续排除各种心理侧写。一般的理论都不适用于此。关于迪伦的一切都显示他极度抑郁——他病得非常厉害，用酒精自我治疗。问题是，这种情况是如何导致谋杀的。迪伦的日记读起来像是一个男孩一步步走向自杀，而不是谋杀。

弗斯利尔曾见过抑郁症引发的谋杀，但它很少会像这样。通常会有一系列的抑郁反应，从嗜睡不起到大规模谋杀。迪伦的表现似乎更倾向于倦怠。抑郁症患者本质上是愤怒的，尽管表面上看起来不一定如此。他们生自己的气。弗斯利尔解释说："将愤怒压抑在心里，就转化成了抑郁。"当愤怒累积到足够严重的程度时，就会向外找出口，导致谋杀。抑郁的爆发往往是在遭遇巨大损失以后：被炒鱿鱼，被女友甩了，甚至是一个糟糕的分数——只要抑郁者认为是重要的事情。弗斯利尔解释说："我们大多数人感到生气的时候，踢两脚垃圾

---

① 这几人都是美国历史上臭名昭著的连环杀手。——译者

桶，喝一两杯啤酒，就想通了。"对于 99.9% 的人来说，事情就这样过去了。但对少数人来说，愤怒会恶化。

有些抑郁症患者会和人疏离——不再与朋友、家人、同学来往。他们中的大多数人能得到帮助或者克服过去。少数人越来越糟，走向自杀。但对于极小一部分人来说，光他们自己死是不够的。他们会进行"报复性自杀"——一个常见的例子是愤怒的丈夫在结婚照旁边开枪自杀，故意让自己的血溅在婚姻的象征上面。这种行为直接针对的是他心目中的过错方。极少数愤怒的抑郁症患者决意要让折磨自己的人付出代价，通常是妻子、女朋友、老板或父母——一个关系密切的人。很少有抑郁症患者会诉诸谋杀，但一旦这么做的话，通常死一个人就结束了。

少数人发泄的范围更大一点：说他坏话的妻子及其朋友；老板及部分同事。目标是具体的。但是，最罕见的这些愤怒的抑郁症患者更进一步说明了这个道理：所有人对他们都很刻薄；所有人都对他们的不幸负有责任。他们想随意发泄，让我们看着，他们要报复而且确保我们所有人都能感受到他们的报复。这就是向随机选择的人群开枪的枪手。

弗斯利尔在他的职业生涯中见过上述每一种类型的人。迪伦看起来不像其中任何一类。谋杀甚至自杀都需要意志力和愤怒。迪伦多年来一直幻想着自杀，却从没有实施。他从来没有和他梦寐以求的女孩说过话。迪伦·克莱伯德不是一个有行动力的人，他是被一个有行动力的男孩招募的。

34. 完美的有袋动物

帕特里克·爱尔兰正在努力学习再度开口说话。①太令人沮丧了。头几天他什么也做不到。他用力蹦出一句话，一字一顿，说完了谁也搞不懂他的意思。最好的情况是，帕特里克像中风患者那样说话：缓慢而费力地吐出一个喉音音节，继而突然爆发出很响的声音。他能在脑子里形成词汇，但几乎很少能通过嘴巴表达出来。那些词到底跑哪儿去了？只要有一点点分心，他的思想在传到声带时就卡住了。随机出现的短语往往取代了他的想法。他妈妈问他感觉如何，他会用西班牙语回答，或者背诵南美各国的首都。他的大脑从来没有意识到这种混乱。他确信他刚刚表达了情绪或者要了一根吸管，他不明白她为何一脸茫然。

帕特里克的大脑倾向于让他蹦出短期记忆里的任何东西。枪击案发生前他在研究各国首都，而且他刚刚从西班牙回来。这些记忆往往很容易直接冒出来。帕特里克总是重复医院内部对讲机上的通知，以此回答一些毫不相干的问题。他甚至不知道自己听到了这些背景音，其他时候则完全是胡言乱语。他不停地说"完美的有袋动物"，谁也不知道这个词是怎么冒出来的。

这让每个人都很沮丧。帕特里克从重症监护室出来后的第一顿饭是一个多汁的汉堡包。他很兴奋，迫不及待地想在面包上抹点……什么东西。凯希温柔地要他再说一遍。有点烦人，但他又说了一通新的胡言乱语。他一遍遍重复自己的话，对每一次冒出来的胡言乱语更加生气了。他试着用动作比划，摇晃瓶子——他真的很想要那种调料。凯希的妹妹跑下楼，从自助餐厅买了一堆东西回来：芥末、酱汁、莎莎酱——满满一大包。都不是他要的。他们一直没有搞清楚他到底要什么。

*　　*　　*

帕特里克知道自己中枪了，知道自己从窗户跳出去了。他不清楚这场枪击案的规模，不知道自己上过电视——也不知道电视台对他感兴趣，更不知道电视台把他塑造成了"窗口的男孩"。

帕特里克时不时会磕磕巴巴地说出一个容易懂的答案。他会因此非常高兴。他身体左侧的运动技能似乎正常。如果他的大脑能控制他用左手拿叉子，那他也能拿笔吧？有人拿来一盒马克笔和一块白板。

凯希回忆说："哦，老天，真不该那样做。"

"真是大错特错，"约翰说，"那就是乱涂乱画。完全是瞎涂。"

听到帕特里克磕磕巴巴讲话是一回事。看到他的无能为力变成白板上的黑色涂鸦，真是带给人巨大的冲击。这就像是一张大脑故障示意图：一团一团的小神经元，漫无目的地画得到处都是。

爱尔兰夫妇也意识到问题比帕特里克的声带控制那部分还要严重：他无法组织思维。他能做出情感上的反应，但他无论使用哪种媒介都无法把情感转化成语言。

约翰说："这让他很沮丧；把我们吓坏了。他没法说话，现在还不会写字了，我们要怎么跟他沟通？"

有时候，帕特里克要费了很大的劲才能说清楚一个意思。有时候这会带来更大的问题。这些问题常常令人不安。他急切地求他们告诉他一件事："这样还要多久？"

这样？

住院、康复——他可没有时间做这些。三周后就要期末考试，还有滑雪季和篮球训练，他一定能在篮球场上脱颖而出的。他的成绩不

---

① 帕特里克的故事主要基于我对他本人及其父母的多次采访。录像片段、电视采访、新闻报道和照片……我听了他的演讲，观察了他所参加的活动，他母亲慷慨地提供了他幼年时的相册，以上种种都是对这部分内容的补充和证实。

能是 B。他已经连续三年没有得过一个 B 了；他整个学期都在努力学习，而且每门课都学得很好。他希望作为毕业生代表致辞，这个愿望几乎触手可及。他不想因为住院把这事给搞糟了。他要成为那个做告别演讲的优秀毕业生。

这是一个雄心勃勃的目标。帕特里克是个聪明孩子，但不是天才。科伦拜因是一所充满竞争的学校，每年都有几名方方面面都表现优异的学生共同以优秀毕业生的身份做告别演讲。哪怕一门课拿 B 都不行。

天才学生可以毫不费力就拿到 A。帕特里克讨厌被人拿去和他们相提并论。

所以高一那年，当帕特里克在他父母带他去进行篮球训练的路上宣布了自己的意向时，他让他的父母有点不安。他轻描淡写地，也没有说会努力，只是说准备这么做。

2 年后，在他的病房里，约翰和凯希·爱尔兰放下了打篮球、学滑水以及学术方面的荣誉等目标。走路、说话似乎都成了很难做到的事情。

帕特里克的伤情严重到超出了他的承受能力。"我不明白，真的。"他后来说。

第一周，帕特里克·爱尔兰没有看过电视或读过报纸。他没有意识到他的家人在保护他，也没有意识到科伦拜因有多惨。他不知道全国上下都在看着。他甚至不知道谁死了。

当他的朋友从欧洲打来电话问候他时，他第一次意识到自己卷入其中。一个月前他参加了一次班级旅行，住在马德里附近的一户人家。现在他们很担心他。帕特里克大吃一惊。住在西班牙的他们也听说这事了？

7 天之后，他被转到了克雷格医院。他开始康复训练，并很快就坐着轮椅在医院里四处走动。有一天他从治疗室回来，打开了电视。正是科伦拜因的新闻，他们列出了死难者的名单。电视上出现了科里·德波特的照片,帕特里克惊呆了,那是他最好的朋友之一。他们一开始都在图书馆,但当外面开始闹哄哄的时候,科里出去看发生什么事了。他们分开了,打那以后帕特里克再也没见过他。

"我开始嚎啕大哭,"帕特里克后来说,"我想那是我第一次哭。"

克雷格医院的医护人员并不着急推他迈出第一步——一点一点慢慢来。如果他能控制好自己的腿,把腿从床垫上抬起来,那就有希望。他的腿没有受伤,他脊髓上下的所有神经通路都完好无损,信号能畅通无阻地传递给他股骨周围的肌肉。数以百万计的微小神经末梢继续沿着他的大腿长度传输感觉数据。

理性上,帕特里克明白所有这些精密的机器都能正常工作,但他够不着。他大脑中的网络就是有了那么一个极小的缝隙。在他脑子里的某个地方,他能感觉到自己发出了指令,感觉到指令在里面游走,然后就迷路了。他挤了挤眼睛,捏了捏脑袋,试图施加一点力量。但不管用。那条腿拒绝移动。

* * *

好像缺了点什么。① 最初几天,克莱门特公园的临时纪念地的规模越来越大。成千上万的鲜花旁还堆满了诗歌、绘画以及泰迪熊,还有更具个人风格的字母夹克、首饰以及风铃等。学区租了好几个仓库来存放这些东西。

这还不够。幸存者们说不清楚他们到底需要什么,也不知道到哪里去找,为什么需要,但他们就是需要些什么。他们在寻找一个象征,等它一出现,他们立刻就会知道。

大屠杀发生后第七天,日落前不久,一排 15 个木制十字架沿着

---

① 十字架的描述来自我在克莱门特公园的观察、对大多数重要人物的采访、现场新闻报道、新闻照片、关于这些事件以及木匠早期所作所为的纸媒新闻报道,还有木匠提供给记者温迪·默里的数小时视频——温迪慷慨地借给我使用。最后一项里面包含木匠朋友拍摄的、他带着新十字架回来的视频,他进行的评论,他家庭生活的镜头,以及他无数次上电视的录像。我有意略去了他的名字。

雷布尔山的山脊竖了起来。它们高 7 英尺，宽 3 英尺，沿着平顶的长度均匀地分布。克莱门特公园的泛光灯照亮了山脊背后低垂的云层，十字架在积雨云的衬托下投射出诡异的轮廓。尖端似乎在发光。这些十字架的缺陷也令人吃惊。尺寸似乎有点不合适：横梁看起来实在太短，交叉支点离顶部又太近。有几个没有立好，向一侧倾斜得厉害。没过几个小时，十字架上就挂满了珠子、丝带、念珠、标语牌、旗帜和许多蓝白相间的气球。

在接下来的 5 天里，12.5 万人跋涉上山来到十字架附近。一场猛烈的暴风雨后，他们在泥泞中上了山，草地被践踏得不成样子。许多人在雨中苦等了两个小时才开始攀山。感觉像朝圣一般。

十字架是从芝加哥来的，是一个又矮又胖的木匠用在家得宝百货买的松木做的。他开着车把这些十字架送到了科罗拉多，立到山上，然后掉头回去了。他在每个十字架上贴了一张受害者或凶手的黑白照片，并在下面留了一支笔让大家随便写点什么。

一名旁观者说："大家这么快就上来了，把纪念品放在周围，真的是不可思议。"很快，每一个十字架旁都堆满了东西，盖住了底座，一直堆到横梁那么高。最常见的是基督徒的挂牌，上面写着"敬畏上帝"和"耶稣永生"，有几个十字架被鲜花包裹着，其他的则被套上了衬衫、夹克和裤子。

其中 13 个十字架传达的是爱的讯息，毫无争议。凶手的十字架上则呈现了激烈的争论："仇恨滋生仇恨。""谁能原谅你们？"

"我原谅你。"有人回复。约一半的留言意在和解："对不起，我们都让你失望了。""没有人该受责备。"

这正是汤姆和苏·克莱伯德所担心的。如果他们埋葬了迪伦，他的坟墓就会变成这样。

一名妇女告诉记者，她因为哀悼了凶手而被人吐口水，还被推倒在泥地里。一个怀抱婴儿的女人在迪伦的十字架上写了"邪恶的混蛋"。周围人不喜欢她这么写。然后她又写了一遍。两个十几岁的女孩走过来，哭着求她住手。有人开始唱《奇异恩典》。很快，山坡上的大部分人都开始唱这首歌。那个女人离开了。

《落基山新闻报》的专栏作家迈克·利特温写道："十字架提出了一个暗含的问题。你准备好宽恕了吗？当我第一次看到那些十字架并了解了它们的意思以后，我感到困惑，目前问这个问题是否太早了？大多数人不会玷污十字架，但不少人容易受到怂恿。那两个十字架会玷污已经成为圣地的地方吗？"

当然是的，布莱恩·罗尔博说。就在他已经痛苦到无以复加的时候，有个混蛋为杀害他儿子的凶手立了一座神龛。什么人会那么残忍？

尽管有各种情绪爆发，却没有什么公开的争论。一位妇女对她所在社区的宽宏大量表示惊讶。"别的地方有几个会接受这样的事情并且到现在还没有把它们（埃里克和迪伦的十字架）从地上拔出来？"她问。

星期六的《落基山新闻报》头版一上来就是一个短句：**爸爸怒毁十字架**。[①] 上面登了一张令人难以忘怀的照片，13 名死难者的祭台，以及与之形成强烈对比的两个空洞。埃里克和迪伦的十字架仅竖了 3 天。

布莱恩说："你不能为杀人犯竖十字架，这样做贬低了基督为我们奉献的一切。《圣经》里没有一处要我们宽恕拒不悔改的杀人犯。大多数基督徒不知道这一点。这些傻瓜出来说'原谅所有人'。不悔改的人，不要原谅他们——《圣经》里就是这么写的。"

罗尔博的话引起了整个社区的分化。有些人理解他的愤怒，其他人觉得他的反应过激。"人们需要学会宽恕。"在山上悼念的一位妇女向《落基山新闻报》表示。但她想了一会儿又说："我能理解他的

[①] 《落基山新闻报》的这篇报道有点小报风格，当天仅在第一版刊登了标题和照片，具体报道则在第五版上，标题是"父亲砍倒了凶手的十字架"。在网上可以找到这篇文章，其标题比较长。

愤怒。"

布莱恩最初的想法不是毁掉那两个十字架。一开始他在两个十字架上各贴了一个标语，上面写着"杀人犯入地狱被烧死"。

公园管理员把标语拿走了。他们说，他们还清理掉了一只涂有番茄酱的泰迪熊，并禁止任何下流行为。

布莱恩与前妻苏及其现任丈夫瑞奇·佩特龙进行了交谈。他们同意在所有问题上建立统一战线。瑞奇给几个官员打了电话：斯通治安官，地区检察官戴夫·托马斯，还有公园负责人。

布莱恩说："他们佁说那两个十字架不应该在那儿，我们会把它们挪走的——给我们一点时间，明天5点，我们保证它们会消失的。"他和佩特龙两口子5点钟去了山上，还是老样子。布莱恩说："所以我们决定自己动手处理此事。我们没必要忍受这些东西。"

布莱恩希望做出这些具有象征性的举动，希望全世界都能看到。他打电话给CNN，一个摄制组拍了下来。布莱恩说："我不会趁天黑偷偷摸摸地做。"

布莱恩和佩特龙夫妇把十字架拖走了，砍成碎片后扔进了垃圾箱。

布莱恩回忆说："我们回到家，坐在那里谈论此事，电话铃响了。是托马斯：'再给我们一点时间。'瑞奇说，'不用了，我们已经处理好了。'"

那一天，布莱恩做主处理发生在他身上的悲剧。他发现了身为丹尼·罗尔博父亲的力量。从那天起，他将毫不迟疑地行使它。

但这场特殊的战斗才刚刚开始。木匠从芝加哥开车回来，拔走了剩下的13个十字架。这一来布莱恩·罗尔博气得七窍冒烟。惨剧以后最残忍的人回来拆毁了他儿子的纪念碑。罗尔博也闻到了机会主义者的气息。"我怀疑他的动机。"他说。

布莱恩的直觉是对的。木匠靠着这一类噱头做家族生意。他带着一堆新十字架回来了，后面跟着一群媒体。最精彩的部分是他和布莱

科伦拜因案　225

恩一起上了《今日秀》。这位擅长作秀的人表达了深深的歉意,并许下了一系列郑重的誓言:他不会再为那两个凶手——或任何凶手——做十字架了,他将开车在全国兜一圈,拆掉他过去竖的几个十字架。

他食言了。他做了15个新十字架,并带着它们在全国招摇过市。多年来他一直靠着这个牟取名利。布莱恩·罗尔博再次咒骂他:"机会主义者,好一个(木匠),最可恨、最卑鄙的人,利用他人的不幸敛财。"

世界忘记了木匠。很少有人注意到他叫什么名字,大多数人都不知道他是个什么样的商贩、编了什么谎言,也不知道他造成了什么样的痛苦。但他们怀念他的十字架,回忆起从中找到的慰藉。

35. 逮 捕

埃里克如今成了个小偷。他偷了一套"围栏出租"的标志牌。他喜欢这种感觉,还想继续。高三那年,孩子们能出去打工了。埃里克、迪伦和扎克黑进了学校的电脑,搞到了一份学生储物柜密码清单。他们开始侵入他人的储物柜,而且胆子越来越大。1997 年 10 月 2 日,他们被当场抓住,送到了教务长那里,后者责令他们停课 3 天。

哈里斯夫妇和克莱伯德夫妇的反应和往常一样。韦恩·哈里斯是个实用主义者,他要让埃里克为自己做的事后悔。对外,他一心围堵,以防此事影响埃里克的前程。他打电话给教务长,辩称埃里克还是未成年人。教务长不为所动。韦恩问,埃里克的记录上会怎么写。他在记事本上草草写下了教务长的回答:"警方没有介入,仅作内部处理。毕业时销毁。"不错。埃里克的前程还是光明的。

克莱伯德一家用知性的态度解决了这个问题。迪伦表现出了令人震惊的道德失范,但汤姆处乱不惊,不同意停了孩子的课。管教孩子有更有效的方法。教务长很少遇到如此周到、睿智的家长,但处理结果不变。①

埃里克和迪伦各自被禁足一个月,同时不得与彼此或扎克接触。埃里克还被剥夺了使用电脑的权利。埃里克和迪伦经受住了考验,关系仍然亲近。扎克开始疏远他们,尤其和埃里克越离越远。牢固的三人组结束了。从那天起,埃里克和迪伦成了一对难兄难弟。

* * *

弗斯利尔考查了这个时间点,也就是枪击案发生一年半前埃里克

科伦拜因案   227

的心理状态。埃里克不像迪伦那样抑郁，这一点很明确。他也没有精神疾病的迹象。没有任何迹象显示会动手杀人。埃里克在网站上简直愤怒到可怕，但愤怒和年轻人其实是同义词。至此，导致科伦拜因悲剧的本能肯定已经成形，但埃里克还没有把它们表现出来。

* * *

迪伦迷恋哈丽特。每天50分钟，一节课的时间，让迪伦恍如身处天堂。哈丽特和他在一个教室。

有时她会笑。② 她的笑声真可爱。如此天真，如此纯洁。天真无邪——犹如天使一般。总有一天迪伦会跟她说话。

有一天，迪伦看到机会来了。课上有一个小组项目，几个人一起做一份报告，哈丽特在他的小组里。一个幸福的日子。就在那一天。

他什么也没做。

迪伦把他的人生轨迹描述为一个下行的螺旋。这个说法来自九寸钉乐队③那张扣人心弦的概念专辑，其中记录了一个虚构的人的崩溃，高潮部分是那个人用枪顶着嘴巴开枪。

奥利弗·斯通的讽喻性电影《天生杀人狂》（*Natural Born Killers*）后来被认为是与科伦拜因大屠杀最为相关的流行文化作品。这是说得通的，因为埃里克和迪伦用"NBK"这个缩写来指代他们的行动，而且他们的所作所为与这部电影的内容有不少相似之处。它也捕捉到了埃里克的傲慢自私、毫无同情心的性格特点，但迪伦的心理状态与该电影不沾边。至少在他人生的最后几个月之前，他肯定没有从中看到自己的生活走向。在迪伦开始写日记的头18至20个月

---

① 关于撬开他人储物柜的信息主要来自警方档案，其中包括对教务长的采访，以及韦恩·哈里斯在日记本上做的笔记。我对此事更深入的思考基于凶手和家长填写的"转处计划"调查表。
② 这段叙述来自迪伦的日记。
③ Nine Inch Nails，1989年成立，1994年春，该乐队发行第二张专辑《下行螺旋》。之后乐队灵魂人物Reznor为奥利弗·斯通的争议性电影《天生杀人狂》录制了富有创意的电影原声专辑。——译者

里，他确定了两个很有影响力的人物来表达他的痛苦："下行螺旋"的主角和大卫·林奇的电影《迷失的公路》(*Lost Highway*)的主角。

谋杀案发生后，关于暴力电影、音乐和电子游戏在其中扮演的角色愈演愈烈。一些专栏作家和脱口秀主持人认为其中的因果关系显而易见。这么看，对于埃里克似乎过于简单了——他是一位极具天分的批判性思考者，如饥似渴地阅读古典文学作品——对于他的搭档则是荒谬的。迪伦是处于自杀边缘的抑郁症患者，他关注的是和他一样陷入绝望的虚构人物。

* * *

埃里克太大意了。发现他在制作管状炸弹的是他最怕的人：他的父亲。

韦恩·哈里斯气疯了。玩鞭炮是一回事，但这太过分了。他简直不知道该怎么办。埃里克把这件事告诉了几个朋友，他们对韦恩反应的描述各不相同。扎克·赫克勒说韦恩不知道如何拆除炸弹，所以他和埃里克一起出去把炸弹引爆了。但是内特·戴克曼说韦恩只是没收了炸弹。过了一阵子，埃里克把内特带到他父母的卧室，给他看衣橱里面的炸弹。韦恩·哈里斯在他关于埃里克的日记中从没有提到这件事，那段时期他根本就没写日记。

埃里克对父母发誓说他再也不会制造炸弹了。他们显然信了他。他们也愿意相信他。埃里克可能消停了一段时间，他掩盖形迹的本事肯定也更加高明了。最终，他又重操旧业。他在某个时间点给内特看了两三个他后来制作的炸弹，都藏在他自己的房间里。

* * *

迪伦感觉被遗弃了。他因储物柜事件而被停课，独自一人在家，比以往任何时候都更孤独。之后，他哥哥拜伦因为吸毒被赶出了家门。汤姆和苏明白严厉的家教可能会引发突变，所以他们带着迪伦去做了家庭咨询。这并没有改变他们儿子的人生观。因为这事他有了个

科伦拜因案 　229

新房间，他把里面搞成了他自己想要的样子：两面墙是黑的，两面墙是红的，贴上了棒球明星和摇滚乐队的海报：卢·格里格、罗杰·克莱门斯①和九寸钉乐队。另外还有一些路标和一个穿豹纹比基尼的女人。

"我一天比一天沮丧。"他抱怨道。为什么朋友们总是弃他而去？实际上他们并没有，但迪伦就是这样想的。他也为埃里克甩了他而烦恼。"好想死。"他又写了一遍。现在，死亡等于自由；死亡带来安宁。这些语句开始交替出现。

随后，他认真考虑了另一个选择：他提了一个朋友的名字，说此人"会给我一把枪，我将大开杀戒，我想谁死谁就得死"。

这是迪伦第二次提到杀人。第一次是模棱两可的；这一次直言不讳。而且他还说要大杀特杀。

随后他马上换了话题。这很不寻常。通常，迪伦会反复推敲各种想法。他会连写两页，钻研"永恒的斗争"或他作为探索者的命运。谋杀是不一样的。这是他第二次在绝望的巅峰甩出一句话，并迅速回到了自我毁灭的状态。

这个想法在他的头脑中萌芽，一晃一年半过去了。迪伦似乎在考虑来一场狂欢的可能。和埃里克在一起？有可能。但这个关键时刻的细节不见了。两个男孩都没在他们留下的书面记录中提过这些对话。埃里克记下了他的行动：他正在制造更大的炸弹。巧合？不太可能。从高一开始，埃里克的想法就一直朝着一个方向稳步发展。

* * *

1997 年下半年，埃里克注意到了多起校园枪击案的消息。他写道："每天都有新闻在报道学生射杀学生或继续大开杀戒的故事。"他写了一篇英文论文研究了其可能性。他发现，枪支价格便宜，而且很容易买到。《枪炮文摘》（*Gun Digest*）写道，周六晚上花 69 美元

---

① 格里格和克莱门斯均为美国职业棒球运动员。——译者

就能买到特价枪支。而学校是容易被攻击的目标。埃里克写道："带一把子弹上膛的手枪去上学和带计算器一样容易。"

"哎哟！"他的老师在空白处写了这个词。纵观全文，他认为文章写得"透彻且合乎逻辑，不错"。

* * *

圣诞节前最后一天到校，发生了一件非同寻常的事。迪伦的心上人向他挥手了。终于！迪伦欣喜若狂，然后他开始纳闷。她挥手了吗？是对他吗？也许不是吧。可能不是。肯定不是。他确定这只是他的痴心妄想。又一次。

他坐下来思考谁爱过他。他把这些人的名字写在日记的一页上。他在三个名字旁边画了小心形。19个人。19次败绩。

* * *

埃里克和迪伦的胆子越来越大。他们偷了更多值钱的商品，并且开始测试管状炸弹。从表面上看，他们像是有责任心的孩子。老师们信任他们，允许他们进入电脑房。他们私自拿走了昂贵的设备，埃里克可能在某个时候开始了信用卡诈骗。在他的笔记本上，他列出了完成骗局的八个步骤——尽管没有证据表明他实施了这些步骤。他后来声称他做了。

迪伦不擅长骗人，他老被抓包，埃里克则不会。汤姆·克莱伯德注意到迪伦手上有一台新笔记本电脑。埃里克本可以毫不犹豫地混过去——一个朋友的……从电脑实验室拿来暂时寄存在自己这里的。迪伦直接承认了。他爸爸让他去自首。埃里克和迪伦都喜欢欺负低年级学生，但迪伦被抓个正着。1998年1月，他因在一名新生的储物柜上刻"基佬"等脏话而被送到了教务长那里。他又被停课了，还花了70美元修复储物柜。

那个时期男孩们正在发射管状炸弹，老天，那玩意儿太酷了。他们向内特·戴克曼吹嘘，然后演示给他看。跟炸弹有关的事都是埃里克负责,所以一切都按部就班。他们一直等到超级碗星期天①,那时大丹佛地区的街道上空无一人。丹佛野马队在其第五次夺冠的过程中处于劣势,所有人都在观看比赛。埃里克抓住这个安静的空当,把内特和迪伦带到了他家附近一个僻静处,把炸弹扔到一个阴沟,将其引爆。哇哦!内特惊到了。

1月30日,就在迪伦见教务长3天后,一个犯罪机会出现了。② 那是一个星期五的晚上,男孩们焦躁不安。

埃里克和迪伦开车去了乡下,把车停在一条碎石路上,然后打算去偷点东西。有一辆面包车停在那里,里面有很多电子设备。偷这会有多酷?两个男孩不知道拿那些东西有什么用,但他们确信能逃脱惩罚。没有目击者,也不会留下指纹。埃里克有一副滑雪手套,能不被人查到。

"一切看起来都很容易,"他后来写道,"我们不可能被抓住的。"埃里克望风,迪伦动手。迪伦戴上一只滑雪手套,想把窗户打破。他们没想到车窗那么结实。他敲了一次又一次,根本不行。埃里克接手,还是不行。迪伦去找石头。他搬起一块大石头朝玻璃窗扔去,这一招居然也失灵了。反复好几下以后总算把玻璃砸穿了。迪伦戴上另一只手套,伸手去开车门,开始忙不迭地在那堆东西里扒。埃里克再次留下迪伦,自己则跑回去启动车子准备逃跑。迪伦把任何看起来有点意思的东西都拿了,其余的他统统胡乱扔回面包车里。他算了一下,他总共拿了"一个公文包,一个黑色袋子,一个手电筒,一个黄色的东西,和一大桶什么玩意儿"。

---

① 美国橄榄球大联盟的年度冠军赛,在每年1月底或2月初的这个星期天。——译者
② 我对撬车偷东西事件及其后果的叙述主要依靠40页的警方报告,包括两个男孩的书面供词以及几位警官的陈述,其中一位警官引用了与男孩们交谈期间他们说的话。其他资料还包括:男孩们写的文章、他们在法庭上的陈述、韦恩·哈里斯的日记、"转处计划"调查表以及"转处计划"辅导员的辅导记录。我与调查人员详细讨论了这些事件。

迪伦把一大堆赃物拿回到本田车上。埃里克继续放哨。开过来一辆车。迪伦僵住了；车开过去了。迪伦若无其事地又跑回去拿更多的东西。埃里克开始担心。他命令道："够了！我们走吧。"

他们开车深入乡村，越过猪背岭，来到鹿溪峡谷公园——这是一个绵延数英里的大保护区。公园里空无一人；入夜一小时后就关门了，而四小时前太阳已经落山。他们把车开进停车场，熄火，检查战利品。

他们调了几首曲子来犒劳自己，然后打开车顶灯寻找另一张CD。迪伦向后伸手拿出了他最喜欢的东西：一个价值400美元的电压计，那个黄色的东西，底部有按钮，连着黑色和红色的探针。迪伦戳了戳按钮；埃里克目不转睛地看着。电压计亮了，两个男孩乐疯了。酷！迪伦拿出手电筒打开。埃里克大喊："哇！好亮！"接着他发现了更酷的东西："嘿，我们有了一个任天堂游戏机！"

他们又翻了一遍偷来的东西，然后埃里克意识到他们有点太大意了：这会儿还是应该继续保持谨慎。"我们最好把这些东西放在后备厢里。"他说，然后打开车门准备下车。

就在那时，杰弗科的警官蒂莫西·沃尔什决定露面。他已经在车外站了几分钟，看到并听到了他俩的整个交流过程。在乡间，数英里之外都是一览无余的；空无一人的州立公园停车场里有一辆车，没有理由不过去看看。孩子们太忘乎所以了，他们没有看到他的车，没有听到他的引擎声和脚步声，没有从后视镜注意到他那高大的身躯正慢慢逼近。

埃里克下了车，沃尔什警官的手电筒照得他什么也看不见。警官问他们在干什么？这些都是谁的东西？埃里克后来写道："就在那时，我意识到自己是多么愚蠢。"他会声称懊悔，但就算在当时那种情况下他也没有表现出分毫。

埃里克脑瓜飞快地转了转，但他扯的谎糟透了。那天晚上他的表现有失水准。他说，他们在镇子附近的一个停车场闲逛，偶然发现了

科伦拜因案　　233

这些整齐堆放在草地上的设备。他给出了一个精确的位置，并描述得煞有介事。细节是说谎成败的关键。战术不错，但他选错了地点：他说的正是他们实打实偷东西的地点。

沃尔什满腹狐疑。他要求看看东西。埃里克说："没问题。"他表现得很冷静，说话的一直都是他。迪伦一声不响地听着。沃尔什让男孩们把东西堆到后备厢盖上，又问了一次：你们在哪里找到这些东西的？迪伦鼓足勇气重复了埃里克说的话。沃尔什说他觉得很可疑，他要用无线电通知另一个警官，检查有没有入室行窃事件。

埃里克很自信。他看了看他的搭档，迪伦退缩了。

埃里克到警察局的时候，韦恩和凯茜·哈里斯已经等在那里了，汤姆和苏·克莱伯德随后也到了。他们简直不敢相信自己家的孩子能做出这种事情。这两个男孩可能面临三项重罪指控，其中包括一项五级犯罪行为，最高罚款 10 万美元并处一至三年监禁。埃里克和迪伦分别接受了讯问。经父母同意，他们放弃了自己的权利。两个男孩都做了口头和书面陈述。埃里克把责任推到了迪伦头上。他写道："迪伦提议我们去偷白色面包车里的东西。一开始我觉得不妥，对这个想法提出过质疑。"他的口头陈述更加明确。他说迪伦往车里看了一下，问："我们敲开车窗偷点东西如何？从里面偷点东西挺不错的。干不干？"埃里克声称他回答"不行"，而迪伦一直缠着他，最后他烦了，就答应了。

迪伦同意两个人都有责任。"我们俩几乎同时产生了从这辆白色面包车里偷东西的想法。"他说。

孩子们被带到了县监狱，被提取了指纹、拍了照并做了登记。随后被释放，分别被怒火中烧的父母带走了。

36. 阴谋论

　　枪击案发生后,探员小组寻求对此定罪。此案的罪行可能有三:参与攻击、参与策划或知情不报。乍一看似乎很容易,凶手们一直很草率,甚至没有试图掩盖自己的行踪。活下来的主要嫌疑人都是青少年。大多数朋友都隐瞒了一些重要的事实:罗宾帮忙买了其中三支枪,克里斯和内特看到过管状炸弹,克里斯和扎克听说过凝固汽油弹的事。很快,他们都招认了。他们不过是小孩,易如反掌,但也只招了这么多。他们承认了解一些具体情况,但声称对袭击计划一无所知。

　　探员们步步紧逼。嫌疑人并没有抵抗,只是举手放弃。弗斯利尔手下有好几个可靠的探员在查这个案子。他相信他们能识破谁在说谎。嫌疑人的反应如何?他问。他们看起来有欺骗性吗?一点也不。他手下的队长说孩子们瞪大眼睛,想必非常焦虑。大多数人一开始都会隐瞒点什么,这是显而易见的。他们的演技很糟糕。但一旦说出口了,他们似乎就松了一口气。他们变得平静、老老实实——所有的迹象都表明他们正在坦白。多数嫌疑人同意接受测谎,这通常意味着他们没有什么藏着掖着的了。

　　凶手的两个朋友——罗伯特·佩里和乔·斯泰尔——被目击者指认为枪手,或至少人在现场。他俩都长得高高瘦瘦,因而符合迪伦的大致特征。两个男孩都提出了不在场证明。佩里的不在场证明有点不那么可靠:他在楼下睡觉,他奶奶看到枪击案的消息把他叫醒了。他说他走上楼,跌跌撞撞地走到门廊那儿哭了。除了奶奶,还有人看见他吗?没有,他觉得没人看见他。但是有人看到了佩里——只是他自己心情太差,没有注意到别人。事发不到一周,有一位接受询问的邻

科伦拜因案　　235

居描述说自己中午时分开车过来，看到佩里在哭，就像他说的那样。

物证甚至更不确凿了。凶手所有的朋友家都被搜查过了。没有找到任何武器，没有弹药，没有枪械，没有管状炸弹组件的残留物。扎克有一本《无政府主义者食谱》，但没有迹象表明他在用此书制作任何东西。犯罪现场的指纹全都被破坏了。有大量物证：枪支、弹药、装备、尚未引爆的管状炸弹、扯开的强力胶带以及大型炸弹的几十个部件。上面都是凶手的指纹，没有其他人的。凶手家里也是如此：日记、录像带、摄像机或炸弹装配设备上都没有其他人的指纹。凶手的记录里没有提到过其他人。埃里克对日期、地点以及收据都做了细心的规划和记录。探员们查看了商店记录和信用卡记录，一切迹象表明，所有东西都是凶手自己购买的。

几个月来，斯通治安官一直公开支持阴谋论。弗斯利尔能感觉到第一周过去后阴谋论就靠不住了。到了第二周，他就知道跟阴谋论挨不上。最有力的证据来自凶手本人。他们在日记和视频中承认了所有的事情。他们从来没有提过有外人参与，除了不屑一顾地提到被他们当枪使的倒霉蛋。凶手以无数种方式泄露了他们的计划，但没有迹象表明向他们身边的任何人透露过一丁点。调查人员查看了凶手朋友的电子邮件、即时信息、日程安排和日记，以及他们能找到的每篇文章；没有任何迹象表明这些朋友了解情况。

直到今天，坊间还存在关于第三名枪手的传闻，但在公开场合，调查人员没过多久就不再提及这种观点了。认识埃里克和迪伦的目击者准确地指认了他们俩，根据监控录像或911电话录音，没有出现其他人。目击者一致描述枪手是一高一矮两个人——但似乎有两对：两个人穿T恤，两个人穿风衣。弗斯利尔说："当我得知埃里克的外套留在外面的楼梯平台上时，我就清楚是什么情况了。"目击者交流了彼此看见的情况，有两人身穿T恤，两人身穿风衣，这使得枪手很快变成了四人。迪伦决定进入图书馆以后再脱外套，这样一来导致了两人的着装变化，枪手组合的人数在下午翻了一倍。行凶者还向四面八方投掷管状炸弹,枪声震碎了窗户,子弹从墙壁、管道和楼梯上反弹回来。许多孩子听到破裂声或爆炸声,并咬定该地点就是进攻的起点,实际上这是子弹或炸弹的终点。几名目击者坚称他们在屋顶上发现了一名枪手,其实他们看到的是一个维修人员正在整修空调机组。

那么,是什么造成了这些混乱呢?一名调查员解释说:"一般来说,目击者的证词并不十分准确。再加上枪声和这种他们平生遇到的最可怕的事情,他们现在所记得的可能与真实发生的情况相去甚远。"人类的记忆可能是不稳定的。我们倾向于留住碎片化的记忆:枪声、爆炸、风衣、恐惧、警报、尖叫。画面回想起来是杂乱无章的,但我们期待连贯性,所以就会剪辑,调整细节,并把所有东西组合成一个有意义的故事。我们记住了一些生动的细节,比如,前面逃跑的男孩散乱的马尾辫拍打着他身上那件脏兮兮的蓝色T恤。他跑出大楼的时候,一位目击者可能会把注意力集中在那乱糟糟的头发上。后来,她想起了对凶手的匆匆一瞥:他又高又瘦——头发乱吗?这些记忆合在一起,被她串成一体。于是,凶手也是穿着脏兮兮的蓝色T恤的。片刻之后,她就确信那正是她所看到的。

调查人员在图书馆幸存者中发现了十来种常见的误解。搞错时间的情况非常普遍,尤其是时间顺序。当凶手靠近目击者时,目击者能回忆起来的就更少而不是更多了。恐惧会阻止大脑形成新的记忆。多到数不清的人坚称自己是最后一批出图书馆的——一旦他们出来,一切就结束了。同样,大多数伤者——即便只是皮外伤——都认为自己是最后一个被打中的人。幸存者们还咬定一个宽慰人的说法:他们躲在桌子底下,其实一眼就能看见。

众所周知,记忆是靠不住的。即便最好的证人也会这样。6年后,迪安杰利斯校长描述起枪击事件来还好像他刚刚经历过一样。他在大楼里重走了一遍他当时的路线,在他第一次看到迪伦·克莱伯德开枪的地方停了下来。D先生指出了迪伦的位置,描述了迪伦的穿着:白色T恤、军用背带、球帽的帽檐向后。至于他是如何来到这个地方的,他有两个完全不同的说法。

在一个版本中,他在办公室里得知了枪击事件。这很不寻常:正常情况下,他会在闹哄哄的食堂里。但是,星期二他被一件约好的事耽搁了,他要和一位签一年工作合同的年轻教师见面。D先生对该老师的表现很满意,准备长期聘用他。他们刚刚握手坐下,D先生秘书的脸就出现在门上方的玻璃上。她慌乱地跑过来警告他,结果紧张到连门把手都没有完全拧开就直接冲了进来。下一秒,她突然大叫起来。

"弗兰克!他们在开枪!"

"什么?"

"枪!楼下,有人开枪!"

他猛地跳起来。他们一起跑出去,进了主门厅,刚好路过一个挂在墙上的大奖杯陈列柜。迪伦开枪了,弗兰克身后的柜子碎了。

两三年后,弗兰克的秘书跟他讲述了这个版本。他说她糊涂了。他对此毫无印象。

他说:"我记得的是,我不慌不忙地去吃午饭。会面已经结束了,我给了他这份工作。他很高兴。"

迪安杰利斯已经计划好给那位老师工作。他喜欢这位老师,并已经想象出他欣然接受的情景。在他的脑子中,这件事已经发生过了。而实际发生的事——走廊里的枪声,他冲向女生上课的体育馆,他不顾一切地把她们藏起来——彻底抹去了他脑子里其他的记忆。他秘书的出现并不重要,而且这事与他给对方工作的"记忆"相冲突,那么一个记忆就得消失。

D先生和那位老师进行了核实。没有允诺给工作——他们才刚刚坐下来。其他目击者看到他和他的秘书一起奔跑。他开始接受这个真实发生过的版本,但他想象不出具体的场景。他大脑中负责视觉的部分坚持认为那个虚假记忆是真实的。如果这种情况发生在近2 000名孩子和100多名教师身上,就不可能描绘出一幅精确的画面。

* * *

  调查人员多次回访了凶手的好友。每一次新的问话和引导都会引出更多关于凶手同伙的问题。有时新的证据会揭开谎言。

  一位 FBI 探员在谋杀案发生后的第二天讯问了克丽丝蒂·埃普林。克丽丝蒂和两个凶手都有来往,尤其是埃里克。他们关系很近,她还和他的朋友内特·戴克曼约会过。但她知道的似乎不多。FBI 的讯问笔录很简短,而且平淡无奇。她说内特受了惊吓,"风衣黑手党"的说法很愚蠢,而埃里克很可能是头。克丽丝蒂没有提到她手上有他写的便条。

  和杀手的大多数朋友一样,克丽丝蒂非常聪明;她靠奖学金上了大学。在接受 FBI 的讯问时,她对于纸条的事显得很淡定,随后把它们寄给了一位住在圣路易斯的朋友——这位朋友与科伦拜因案无关,也不可能被审问。克丽丝蒂非常谨慎:信封上没有写回邮地址。这位朋友报了警。她没有通知克丽丝蒂。

  这几页东西里包括克丽丝蒂和埃里克在德语课上来回传的纸条——一次用德语进行的漫无边际的对话,里面提到了一个要打击的人的名单。这对调查人员而言已经不新鲜了——学校大部分人都在埃里克的名单上,但他们对公众隐瞒了这个信息。克丽丝蒂一直藏着这个,也许她隐瞒了更多。探员们又回来审问她,[①] 他们问起德语课的事,克丽丝蒂说她和埃里克传过纸条,但几个月前就已经扔掉了。她一再向他们保证,埃里克从来没有发出过任何威胁,坚称要不然她会告诉老师。克丽丝蒂还说,内特已经逃到了佛罗里达州,去了他父亲那里,以躲避媒体的围追堵截。那天早上,他们还通过电话。

  侦探们问克丽丝蒂,如果有人给凶手提供帮助应该如何处理。她说:"应该把牢坐穿,这是一件很可怕的事。"那么如果有人在袭击

[①] 警探们提交了一份关于审问的详细陈述,其中包括德语课上传递的纸条上的更多信息。弗斯利尔探员就德语课纸条的全文提供了更多分析。

科伦拜因案

事件发生后隐瞒不报呢？克丽丝蒂说："我不知道，那要看是什么情况了。"她建议，这些人也许应该接受心理咨询，但也应该受到某种惩罚。

他们又问了一遍：她还知道别的什么吗？没有了。她有没有销毁埃里克给她的便条呢？没有。他们不停地重复着这些问题，向她保证，如果她现在说出任何实情的话，不会有任何不良后果。没有，什么也没有。他们继续问她，重复这个提议，最后她松口了。好吧，她承认有便条存在。而内特不在佛罗里达，他和她住在一起，现在就在她家。她说，留着那些便条让她很痛苦，但她不想毁掉它们。她只想把它们送到很远很远的地方，等一切尘埃落定，再把它们拿回来。

一旦克丽丝蒂倒出真相，她就一五一十全说了。她同意交出她的电脑和电子邮件账户，并接受测谎。除此以外，她并不知道任何重要的事情。她说了一些内特承认的事情，但探员们已经知道了。克丽丝蒂只是害怕而已。她以为她有什么罪证，就慌了。没有她参与阴谋的证据。又是个死胡同。

尽管如此，弗斯利尔博士还是从德语纸条中了解到很多信息。内容围绕着克丽丝蒂的新男友；她和一个名叫丹的高二学生有过一段短暂的恋情。她居然会和那个小混蛋约会，埃里克难以置信。她问，为什么，丹有什么问题？埃里克说，就因为一件事，去年那个漂亮的男孩给他脸上一拳。埃里克，打架？这让她很惊讶。他看起来总是那么理智。如果孩子们取笑他的黑衣服或者他着迷的那些德国玩意儿，他很生气，但他总是保持冷静。他会冷静地想办法还以颜色。

克丽丝蒂担心埃里克会算账。她问男友，男友说他担心埃里克会杀了他。

克丽丝蒂决定充当和事佬。她又在德语课上和埃里克提起了这件事，直截了当地告诉他丹有多害怕。她用了"杀了他"这句，这让埃里克很紧张。他因为闯入面包车偷窃一事要参加青少年司法转处计划，这样的威胁可能会给他带来麻烦。克丽丝蒂说她会小心的。但是，丹该怎么补偿他呢？

让我往他脸上打一拳如何？埃里克建议道。真的？真的！

弗斯利尔博士看到这些纸条并不觉得吃惊。很冷血。任何孩子都可能打架。丹非常生气，在激烈的打斗过程中打了埃里克一拳。埃里克算计着要打回去。他想让丹毫不设防地站在那里让他打。彻底控制这孩子。这就是埃里克渴望的。

* * *

随着阴谋论的瓦解，淡出公众的视线，一个新的动机出现了。跟运动员的宿怨被认为是潜在动机，但这种情况已经持续了一年。是什么导致凶手突然发狂的呢？谋杀案发生9天后，媒体发现了另一个导火索。海军陆战队的人。《纽约时报》和《华盛顿邮报》在4月29日爆出了这件事。其余的媒体也迅速跟进。

他们了解到，埃里克在生命的最后几周里一直在和一名海军陆战队征兵人员交流。他们还发现，他一直在服用抗抑郁药物"兰释"（Luvox）——通常这会让他失去资格（因为这意味着抑郁）。国防部一位发言人证实，征兵人员已经了解到埃里克在服用药物，并拒绝了他。媒体立即争先恐后地调查此事。

由于兰释的作用是抑制愤怒，它的出现提供了一个新思路。《时代周刊》援引了埃里克一位不愿意透露姓名的朋友的话说："他们认为，也许因为他被海军陆战队拒绝了，他在和他最好的朋友迪伦·克莱伯德带着枪支炸弹冲进科伦拜因中学的5天前可能已经在尝试停药了。"

这篇报道补充了一点证据，似乎证实了上述说法。"验尸官办公室表示，在哈里斯先生的尸检中没有发现毒品或酒精，但没有特别说明尸检是否包含兰释筛查。"真相终于大白：海军陆战队拒绝了埃里克，他停止服用"兰释"以发泄怒火，他拿起枪开始杀人。这一切都合情合理。

弗斯利尔读了这些报道。他打了个寒颤。所有的结论都有道理——可都是错的。一开始没有对埃里克的尸体进行"兰释"筛查。后来查了：直到死前他一直在服用全剂量的药物。调查人员在案发后的第二天早上和海军陆战队征兵人员谈过了，他认为埃里克不符合条件。但埃里克自己根本不知道。①

那个时候弗斯利尔已经阅读了埃里克的日记，也看了"地下室录像带"。他知道媒体所不知道的，从来就没有导火索。

* * *

4月30日，警方与克莱伯德夫妇及几位律师会面，讨论了一系列讯问的基本规则。② 不能直接盘问家属，对此凯特·巴丁很恼火。于是，她要求他们跟她谈谈儿子的事情。他们还处在震惊之中，他们描述的是一个正常的青春期男孩：格外害羞，但很快乐。迪伦的青春期很顺利，他正在成长为一个负责任的年轻人。只要他能说清楚缘由，他们放心让他自己做重大的决定。老师喜欢他，其他孩子也喜欢他。到他死的那天他一直是很温和很敏感的。在苏的记忆中，只看到迪伦哭过一次，他放学回家后心烦意乱，上楼去了自己的房间。他从柜子里拿出一盒毛绒动物扔在外面，自己钻进了柜子里，蜷缩起来睡着了。他一直没有透露是什么让他不安。

父母允许迪伦在自己的房间里保有一定程度的隐私。根据汤姆的回忆，他最后一次进迪伦房间是案发前两周，是去关迪伦的电脑。此外，他们会积极关注迪伦的生活，并禁止他与会带坏他的人来往。

汤姆说他和迪伦非常亲近。他们和另外三个家庭共同持有落基山队的季票，轮到他们家看比赛的晚上，汤姆通常会带上一个儿子。汤姆

---

① 陆军中士马克·冈萨雷斯在枪击案发生后的第二天早上10点给调查人员打电话，告知他与埃里克的接触，并逐一列举了他们见面的所有日期。4月28日，警方询问了他，并在新闻报道发表前一天将他的陈述记录在一份警方报告中。我根据这份证词以及我与调查人员的讨论所写的完整叙述将出现在第50章。冈萨雷斯坚定地认为，埃里克从来不知道自己未被录取。

② 这一幕几乎全都来自调查员凯特·巴丁提供的9页警方报告。

和迪伦总是在一起。他们一起运动，直到90年代中期汤姆得了关节炎。现在，他们经常在一起玩国际象棋，玩电脑，捣鼓迪伦的宝马车。他们一起组装了一套音响系统。不过，迪伦不喜欢和汤姆一起修车，有时他会不耐烦，问他什么都不答。这很正常。汤姆认为迪伦是他最好的朋友。

迪伦的父母说，他有几个好友：扎克和内特，当然还有埃里克，他俩的关系肯定是最亲的。克里斯·莫里斯似乎更像是熟人。迪伦和罗宾·安德森——一个可爱的女孩——玩得很好，但绝对不是男女朋友关系。他还没有交过女朋友，但有时候会几个朋友一起约会。他父母说，他的朋友们看起来很快乐，他们经常开怀大笑，总是很有礼貌，而且看起来有点懒散——没有受社交压力的影响。

埃里克是这伙人中最安静的一个。汤姆和苏感觉他们从来猜不透他脑子里在想什么。不过埃里克总是彬彬有礼的。他们知道朱迪·布朗持有不同的看法。苏说："朱迪不喜欢的人挺多的。"

汤姆和苏并没有察觉到埃里克在领导或追随他们的儿子，但他们确实注意到，当迪伦"把事情搞砸了"的时候，他会对迪伦发火。

在他们离开前，探员问克莱伯德夫妇是否还有要问的。有。他们想读一读迪伦写的任何东西，任何让他们理解他的东西。

巴丁很沮丧。"我没能问任何问题，"她后来说，"我所得到的只是关于他们儿子的一些鸡毛蒜皮。"她记录了此次讯问的过程，并保密了18个月。这一系列讯问是以前从未有过的。律师们在谈话前要求免于追究父母的责任，杰弗科的官员拒绝了。哈里斯家也采取了同样的立场，巴丁从他们那里连鸡毛蒜皮都没有得到。

* * *

在巴丁跟克莱伯德夫妇见面期间，全国步枪协会（NRA）在丹佛召开了会议。① 这是一个可怕的巧合。市长威灵顿·韦伯恳求该组

---

① 这段场景主要基于新闻报道，以及我后来关于枪支管制争议的报道。我特别感谢《沙龙》杂志的杰克·塔佩尔，以及他出色的"Coming Out Shooting"一文。

科伦拜因案

织取消原定的年度大会,双方唇枪舌剑了一个星期。最后,韦伯市长终于说:"我们不欢迎你们来这里。"

其他的活动主办方也对类似要求作出了让步。玛丽莲·曼森被误解为与凶手有关,他取消了他在红岩剧场的演唱会以及余下的几场全国巡演。全国步枪协会的展览继续进行,4 000人去参加,3 000名抗议者与他们对峙。他们在州议会大厦的台阶前集合,一路游行到会议现场,在亚当马克酒店周围筑起了一道人墙。许多人挥舞着"NRA可耻"的标语牌。有一块标语牌与众不同,汤姆·毛瑟的标语牌上写着:"我的儿子丹尼尔死在了科伦拜因。他希望我今天能在这里。"

汤姆是个内向、沉默寡言的男人。这一周过得很艰难,朋友们都不确定他能否应付得来公开针锋相对。"他昨天过得很痛苦,非常痛苦。"一位同事说。

但汤姆深深吸了一口气,又吐了出来,然后对着众人开始讲话。"如果一个孩子能如此轻易地弄到一把枪,用子弹打穿另一个孩子的脸,那么,这个国家出问题了。"他说。他呼吁他们不要让丹尼尔死得毫无意义。

之前汤姆也遇到了另一桩巧合。4月初,丹尼尔对枪支管制发生了兴趣,他问父亲汤姆一个问题:你知道《布雷迪法案》[①] 有漏洞吗?枪支展览是不需要进行强制性背景调查的。两周后,丹尼尔被来自其中某个展览的一把枪杀害。

汤姆后来解释说:"显然,这是给我的一个信号。"

批评人士已经在抨击汤姆从儿子的被杀中获利,或者说他被枪支管制活动分子欺骗。他对众人说:"我向你们保证,我没有被人利用。"

在亚当马克酒店内,全国步枪协会主席查尔顿·赫斯顿宣布枪支

[①] 1981年,辛克利试图刺杀时任总统里根,白宫新闻秘书布雷迪因遭枪击落下终身残疾。此后,布雷迪终身致力于推动更加严格的枪支管制。1993年,美国国会通过《布雷迪法案》,规定民众购买枪支时必须进行背景审查。——译者

秀开始。他把矛头直指韦伯市长。人群里发出了嘘声。"滚出我们的国家,威灵顿·韦伯!"有人喊道。参加会议的人都被逗笑了。

赫斯顿继续出言攻击:"他们说'别到这里来'。我觉得最让我伤心的是,这句话暗示我们是帮凶。它暗示你、我以及 8 000 万诚实的有枪者都应该受到某种程度的谴责,暗示我们不像他们那样关心此事,或者说我们没有资格像其他为利特尔顿悲伤的美国人一样感到震惊和恐惧。'别来这里。'这很无礼,也很荒谬。"

全体与会人员为科伦拜因的受害者默哀片刻。接着是欢迎仪式。按照惯例,在这个时候,他们会向最年长和最年轻的与会者表示感谢。最年轻的通常是个孩子。"鉴于特殊情况",赫斯顿宣布今年将暂停这一传统。

* * *

阴谋论烟消云散后,留下了一个危险的真空。弗斯利尔博士很早就看到了危险。他说:"一旦我们了解到没有第三名枪手,我就意识到,对所有人来说这事都很难做个了结。"凶手的最后一招是最残忍的:他们剥夺了幸存者直面罪犯的机会,剥夺了遇难者家属表达愤怒和谴责的靶子。受害者没有机会通过审判宣泄他们的情绪。没有凶手让他们在法庭上斥责,也没有法官要求处以最高量刑。南杰弗科的人们怒不可遏,他们有理由却没机会了。无处安放的愤怒将困扰整个社区多年。

阴谋论的消亡也消除了专案组的主要任务。这个优秀的团队被留下解决后勤问题:到底发生了什么,如何发生的。这是大规模的调查,很容易迷失在其中。调查人员希望追溯每一步,重建每一刻,把每一个目击者和每一个铅弹碎片都放回事件发生时的地点、时间和背景中。这是一项艰巨的任务,它把调查人员的注意力从真正的目标上引开了:为什么?家属们当然想知道他们的孩子是怎么死的,但和根本问题相比,这并不重要。

从一开始官员们就放话说,报告会避开结论。司法转处部门主管基克布希表示:"我们处理的是事实,我们会尽最大努力不去下一堆结论。事实就在这里面:你看了之后会得出自己的结论。"①

家属们对此表示怀疑。新闻界也一样。让我们自己得出结论?有多少普通百姓觉得自己有资格去诊断大屠杀的凶手?那就是凶案组探员的职责吗?公众印象里,他们中有百来号人已经为干这项工作拿了好几个月的薪水。

当然,凶案组会得出结论,基克布希的意思是他们避免对外讨论这些结论。② 那是检察官的职责。警察负责研究案情,而地区检察官把它提交给陪审团——必要时还有公众。但是,除了有枪支的人之外,没有人会因为科伦拜因枪击案受审。

* * *

斯通治安官一直在向媒体宣扬阴谋论。他把手下人逼疯了。③ 他们几乎已经排除了这一可能性。每隔几天,杰弗科的发言人就要纠正治安官的又一个错误陈述。有几处说法甚至是截然相反的:逮捕疑犯并非迫在眉睫,警察没有阻止凶手逃离学校,斯通对食堂录像的描述纯属臆测——录像带甚至都还没有被分析过。他们并没有去纠正他的某些错误描述,比如他断章取义地引用埃里克的日记,给人留下的印象是凶手在发动攻击时一直在计划劫持一架飞机。他很快就成了笑柄,但他毕竟是此案最高级别的领导。

他的手下恳请他不要再对媒体发表意见了。但是,如果下属在头儿缄口不言的时候谈论这个案子,这像什么样子呢?于是,团队中形成了一种默契:如果斯通闭嘴,他们也保持沉默。(不过他们还是继

---

① 基克布希的话来自 1999 年我对他做的电话采访,《沙龙》杂志发表了该采访报道。他对其他媒体也发表过类似的声明。
② 我与包括基克布希在内的几位调查员以及该案以外的官员和专家讨论了该小组的做法。
③ 我跟许多调查员以及与他们联系密切的官员进行过交谈。

续接受了《落基山新闻报》的一些背景采访。)接下来的5个月里，执法人员几乎不会再公开他们的发现或结论，直到9月份首席调查员凯特·巴丁进行了一次即兴采访。在那之后，所有信息都如同涓涓细流，要大费周章才能弄得一点碎片。在枪击案发生9天后，杰弗科开始封锁消息。

*　　*　　*

对于科伦拜因的报道也戛然而止。① 一连串致命的龙卷风袭击了俄克拉何马州，全国各地的记者在一个下午内全部撤离了这个小镇。未来几年内，学校会定期成为全国头条，但对于事件的叙述已经定格。

---

① 5月3日至6日期间来了66次龙卷风，其中包括一次5级龙卷风，造成36人死亡，1万多栋建筑物受损，损失11亿美元。我当时和许多全国性媒体的记者在一起参加了一个活动，他们得到消息后迅速逃离。几家最大的报纸在丹佛设有分社，由一两名负责国内新闻的记者组成。这些人在龙卷风过后返回丹佛，但其他记者大都没有返回。不管怎样，突然之间，全国上下连篇累牍关于科伦拜因的报道就这样结束了。

科伦拜因案

37. 背　叛

　　埃里克需要专业的帮助。他父亲在他被捕后 48 小时内做出了这个决定。韦恩拿起那本闲置了 9 个月的记事本，一下子写了 6 页。他写道："去看心理医生，看看到底是什么情况。确定治疗方案。"韦恩收集了几个服务机构和服务项目的名称及电话号码，并添加了几个项目名称：愤怒管理、人生管理、专业治疗师、心理健康中心、学校辅导员、青少年评估中心和青少年家庭服务团队。韦恩记录了与律师的几次谈话。他写了"缓刑"两字，圈了起来，又加了一句"抓住一切改造或转变的机会"。

　　韦恩考察了 6 位待定的治疗师。他们的收费从每小时 100 美元到 150 美元不等。[①]他选了一位叫凯文·艾尔伯特的精神科医生，并预约了 2 月 16 日的治疗。

　　韦恩记了一页又一页的电话，都是打给警察、律师和检察官的，推敲他们提出的解决方案。"青少年司法转处计划"听起来比较理想：一年的心理咨询和社区服务，加上罚款、服务费和赔偿。如果埃里克成功地完成了这个项目，并在接下来的一年内不再作奸犯科，那么犯罪记录就会从档案中抹掉。但检察官办公室得认可他。

　　埃里克告诉艾尔伯特医生他易怒。[②]抑郁是个问题。他曾想过自杀。显然他没有提到前一天晚上带去公园的炸弹。艾尔伯特医生一开始给他开了一种抗抑郁的处方药左洛复（Zoloft）。此后埃里克每两周去见他一次，韦恩和凯茜也开始偶尔参加疗程。

　　在家，两个男孩受到了类似的惩罚。各被禁足一个月，并禁止与对方接触。埃里克还被取消了电脑使用权。他就开始做管状炸弹。他弄丢了一个——抑或是作为警告或线索故意留下的。2 月 15 日，就在埃里克第一次去见艾尔伯特医生的前一天，附近街区的人偶然发现了他的作品：一根用胶带绑好的PVC管子放在草丛中，上面有一个红色的导火索，这东西在杰弗科的郊区公园难得一见。杰弗科的警方派来一名拆弹小组的调查人员。果然，这是一枚自制的管状炸弹。警察们没有在附近找到大批这样的炸弹。调查人员拆除了炸弹的引信并提交了一份报告。

* * *

埃里克和迪伦向朋友们隐瞒了他们被捕的事，并为自己行动受限找了各种借口。后来他们开始坦白了。埃里克在黑杰克披萨店跟一个女孩说了，消息传到了内特·戴克曼那里。内特简直不敢相信迪伦一直瞒着他。

"这就是你不能出门的原因吗？"内特问。迪伦脸红了。

"他不想谈这件事。"内特后来说。

消息泄露后，埃里克告诉朋友们，这是他一生中最尴尬的时刻。

两个男孩都感到非常丢脸。埃里克气疯了，迪伦的反应更复杂。被捕三天后，迪伦想象着自己和哈丽特一起走在通往幸福的路上。他在日记中把场景描绘了出来：一条双车道的公路，路肩上有个路标，中间有一条虚线。他画的路通向一排巍峨的山峦，一颗巨大的心指引着他向前。他写道："爱是如此伟大。"如今他成了重罪犯，可他却欣喜若狂。他在半页纸上画满了图和感叹词："我爱她，她也爱我。"

狂喜激发出了愤怒。迪伦开始用埃里克的方式来看待它："真正的人（神）是大多数僵尸的奴隶，但我们知道这一点并喜欢高人一等的感觉……我要么自杀，要么就和哈丽特在一起，那我们就是一对

---

① 韦恩详细记录了适用的律师及心理医生的信息。
② 艾尔伯特医生拒绝与其他任何记者谈论埃里克的事。他跟我说有太多人可能会因此受到伤害。但是埃里克曾与父母和"转处计划"辅导员讨论过这些会面，他们记录了埃里克当时的想法（这是在枪击案发生前很久）。这些记录为我提供了艾尔伯特医生进行治疗的基本信息。

'天生杀人狂'了。我的幸福,她的幸福。其他的都**不重要**了。"

自杀还是杀人?这个模式已经固定了:偶尔会有杀人的想法,每一页上都是自我毁灭的念头。"如果哈丽特不爱我,我就割腕,把亚特兰大绑在我的脖子上炸掉。"他写道。埃里克给他的一个管状炸弹取名为"亚特兰大"。

* * *

韦恩·哈里斯一直在打电话。3月初,他得到了一次由"青少年司法转处计划"顾问安德里亚·桑切斯进行评估的机会。桑切斯打电话给埃里克和迪伦,对他们进行了预筛,他俩通过了。她寄过来十几张表格并安排了见面。两个男孩都要带上父母和一堆文件去她的办公室,两个人的首次辅导都安排了在3月19日。

两个月来,韦恩·哈里斯一直在想方设法让儿子进入"司法转处计划",以保持他人生记录清白。埃里克也很忙。他忙于引爆他的第一枚管状炸弹。他胆大包天地在自己的网站上宣布了这一突破:"妈的,搞了个**大的**。太酷了!心脏狂跳,肚子抽筋,大脑发涨,地都动了!不过,这玩意儿的兄弟们还没有找到目标呢。"

这一次,埃里克要杀人。每次他咆哮"**我恨……**"之类的话时,底下涌动的都是蔑视,现在他表达得很清楚了。他说,胆敢评判他的都是白痴。就因为他设想了大规模杀人就说他疯了?就那些站在审判席上的头脑空空的白痴?他写道:"如果你对我的想法有意见,来跟我说呀,我会杀了你的。**死人就不会争辩了!天哪,我气死了!!**"

* * *

当埃里克开始考虑谋杀时,迪伦却退缩了。被捕后,他的日记里有过一次短暂的情绪爆发,之后近一年的时间里他再没有提及此事。迪伦仍然为"这个马桶一样的破地球"而烦恼,但他的注意力显然转移到了爱情上面。爱。从他日记的第一页开始,就是最重要的主题,而现在已经过去一年了,它变得势不可挡。他在好几页上画了一个个 10 英寸的心形图案，周围则环绕着小小的、翩翩起舞的小心形。

埃里克对爱情毫无想法。性，也许吧。他完全不像迪伦那样对于真理、美或空灵之爱怀有渴望。埃里克唯一的内心斗争是哪个愚蠢的混蛋更应该被他的怒火惩罚。

自从埃里克被捕后，他的梦想改变了。灭绝人类仍然是他的目标，但他由此开始从观望者变成了执行者。他写道："我会在镇上到处放炸药，想引爆哪个就引爆哪个，然后我会把这一片破地方铲平，这个到处都是下贱的有钱的狗娘养的整天鼻孔朝天其实是一文不值的婊子的烂地方。"他把这个公开贴在了自己的网站上。他写道："我不在乎我在枪战中会不会死。我想做的就是弄死弄残你们这些混蛋，越多越好！"

* * *

对迪伦而言这太过分了。杀人？毁掉一切？显然不可能。他背着埃里克做出了一个惊人之举。他把这事告诉了别人，告诉了最不该告诉的人：布鲁克斯·布朗。布鲁克斯知道那起破坏他人财产的轻罪，他父母认为埃里克是个少年罪犯，但他们不知道这事有多严重。

在去上课的路上，迪伦递给布鲁克斯一张纸条，上面只写了一行字——是一个网址。

迪伦说："我觉得你今晚应该看看这个。"

"好吧。有什么特别的吗？"

"这是埃里克的网站。你得看看。不要告诉埃里克是我给你的。"

布鲁克斯当晚上网看了。埃里克威胁要杀人，他威胁要亲手杀死布鲁克斯——在三处不同的地方。

迪伦在他们接受"青少年司法转处计划"面试的前一天把网址泄露给了布鲁克斯。① 如果布鲁克斯告诉了他的父母——迪伦知道他

---

① 布鲁克斯在枪击案发生后不久向记者描述了迪伦的泄密行为。警方记录证实，布朗夫妇在迪伦泄露网址的当晚打电话给杰弗科的警探，并从埃里克的网站上节录了好几页内容。我参考了对布鲁克斯及其父母的采访、布鲁克斯的回忆录、警方报告、网页内容，并与调查人员进行了讨论。

科伦拜因案　251

什么都会告诉朱迪——布朗一家就会直接报警，埃里克就会被该项目拒绝，并因重罪而入狱。迪伦可能也会。他在这个节骨眼上做了这件事。

布鲁克斯确实告诉了他妈妈。兰迪和朱迪报警了。杰弗科的调查人员当晚就进行了调查。他们跟进了此事，提交报告，但没有通知地区检察官办公室。埃里克和迪伦进入了"青少年司法转处计划"。

* * *

申请加入"青少年司法转处计划"的面谈只要求一位家长出席。[①] 汤姆和苏都来了。他们认为这事很重要，填写了一份长达8页的关于迪伦的问卷，迪伦也填了同样的表，随后安德里亚·桑切斯给他们看了结果。有几个答案让克莱伯德夫妇感到意外。迪伦承认从15岁开始他有过五六次醉酒行为。他的父母写道："完全没意识到此事——直到安德里亚·桑切斯几分钟前提出这个问题。"显然，他们不知道迪伦的绰号是"伏迪加"。

迪伦声称他已经不再喝酒了。他不喜欢那种味道，说"没必要"。他也试过大麻，但也以同样的理由放弃了。他的父母对大麻的事情也感到震惊。

汤姆和苏很坦诚，这也是唯一合乎道德的做法。他们写道："迪伦性格内向，从小就形单影只。他经常生气或闷闷不乐，行为上似乎不尊重不包容他人。"他们写了一行，说他不把权威人士放在眼里，后来又划掉了，随后说据老师们报告，他不听话，不好好改正错误。

埃里克更加谨慎。他透露的信息足以让人觉得他在诚心忏悔。他说他喝过三次酒，从来没有喝醉过，而且已经永远戒掉了。这正是家长想听的，也是埃里克的老把戏——比说恪守信仰从没沾过更可信，也更令人安心：他已经面对过诱惑的考验，危险已然过去。他了解他

[①] 安德里亚·桑切斯在两个男孩的"转处计划"档案中详细记录了与他们及他们各自的父母的会面情况。完整的调查问卷已经对外公开。

父母的想法，很快也会揣摩安德里亚·桑切斯的心思。在他们的第一次会面中，他把承认变成了一种美德。关于大麻他也撒了谎，他声称自己毫无兴趣。既然已经承认了喝酒的事情，他的话听起来可信。

韦恩和凯茜也都参加了他们的面谈，让他们吃惊的是心理健康部分。在列出的30个潜在问题上，他们勾了3个方框：愤怒、抑郁以及自杀的念头。埃里克跟他们谈了这三个方面的问题，他和艾尔伯特医生也讨论过。他正在接受帮助。大家都认为左洛复在起效。一个青春期孩子在某些问题上打勾很常见。埃里克勾了14个框，几乎标记了所有与不信任或好斗有关的选项，勾了：嫉妒、焦虑、猜疑、权威人物、脾气、狂躁的想法、强迫性思维、情绪波动、混乱的思维。他略过了自杀的念头，但他勾了杀人的念头。

韦恩和凯茜担心埃里克压抑着自己的愤怒，他们承认他时不时地会大发雷霆——言辞激烈或摔打东西。他从没在他父亲面前这样做过，但他们从他打工的地方和学校收到过报告。虽然不是很频繁，但他们还是非常担心。埃里克能好好接受管教，他们能控制他的行为，但他们能怎么控制他的情绪呢？埃里克说，当他真的生气时，他会用拳头砸墙。他曾想过自杀，但不是特别当真，而且大多是出于愤怒。他说，他一直都很愤怒，任何他不喜欢的事情都会让他生气。

埃里克一边勾答案，一边强压怒火，他实际上是用表格上的勾告诉他们的。这帮下等人的胆子真够大的，竟敢评判他。他解释了他是多么讨厌傻瓜告诉他该怎么做。在面谈中，他的怒火显然是冲着其他傻瓜的。他们都被他骗了。

埃里克后来就这事大发牢骚。在他玩过的所有诡计当中，招供一部分隐瞒一部分是他最得意的一招。他有本事亮出一半的底牌，还能继续骗人。

大约在同一时段，他在自己的网站上贴出了他对法律体系的真实看法："我的信念是，我说什么就是什么。我就是法律。如果你不喜欢，你就死定了。"他描述了自己到某个大城市的随意某个闹市区，

科伦拜因案　253

竭尽所能用开枪丢炸弹毁掉一切。他说他可以保证自己不会感到懊悔、悲伤、羞愧。然而现在他坐在那里，低眉顺眼。他屈从于他们的意愿；他填写了他们那份羞辱他的表格。光在心里面笑是不够的，他要让他们付出代价。

* * *

桑切斯担心这两人不能坦承自己的全部错误。[①] 埃里克坚持自己的说法，说闯入车里行窃是迪伦的错。迪伦认为整件事有点矫枉过正。桑切斯记下了她的保留意见，但推荐他们加入"司法转处计划"。

最终决定权在法庭。一个星期后，3月25日，埃里克和迪伦出现在杰弗科治安法官约翰·德维塔主持的联合听证会上。他俩的父亲站在他们身边，这让德维塔印象深刻。大多数青少年都是一个人来，或者只有妈妈陪来。爸爸们的出现是个好兆头，而且爸爸们似乎正在控制局面。德维塔对他们的惩罚措施也是印象深刻。"好样的，这位父亲，"他说，"听起来你似乎把情况控制住了。"

"这是一次相当痛苦的经历，"汤姆·克莱伯德告诉他，"我认为他们第一次干坏事就被抓可能是件好事，一个很好的经历。"

"他再干的话会跟你说？"

"会，他会说的。"

德维塔不买账。"第一次出手就被抓了？"他问埃里克，"我不相信。第一次干坏事就被抓的情况真的很少见。"

但两个男孩的表现给他留下了深刻的印象[②]：穿着得体，举止合宜，恭恭敬敬敬的。是的，法官大人；不，法官大人。从这一点就能看出，他们尊重法庭。

[①] 她在当时的档案中记录了自己的担忧。
[②] 德维塔在一年后就枪击案接受媒体采访，他回忆了他俩的形象并表达了自己的想法。法院公布了与此案有关的文件。

德维塔对迪伦有好感。他成绩单上的那几个 B 和 C 简直是笑话。德维塔说："如果你把精力都用在学习上，我打赌你一定能拿全 A。"

德维塔教育了他们一通；随后批准了他们加入了"司法转处计划"。他想，这两个孩子会改好的。

14 个月后，即杀戮发生后，德维塔哀叹这两个孩子当时太有说服力了。他说："真是不可思议，他们搞了那么多欺骗，他们骗得如此轻松，如此面不改色。"

* * *

朱迪和兰迪·布朗一个劲地报警，他们确信布鲁克斯有危险。他们的另一个儿子非常害怕，睡觉时旁边要放一根棒球棒。两周后，警方不胜其烦，案子被交到调查员约翰·希克斯手里，他跟朱迪见了面。3 月 31 日，他与另外两名调查员迈克·格拉和格伦·格罗夫坐下来讨论此事。情况看起来相当糟糕——调查员格拉打印了一份两页的附誓证词，上面写着"正式宣誓情况属实"，以申请搜查令。

格拉工作尽责。在附誓证词中，他生动地概述了对这个孩子不利的所有关键因素，详细说明了埃里克的具体计划、方法以及武器，还大量引用了埃里克网站上的内容作为证据。但最重要的是，格拉列出了与之相关的实物证据：最近在埃里克家附近发现了一枚与埃里克描述相符的炸弹。哈里斯家的房子将被搜查，以寻找任何与制造爆炸物相关的文献、笔记或实物材料，以及所有往来的电子邮件——想必包括网站内容。

附誓证词很有说服力。[①] 它被归档了。没人签过名，没人拿到法

[①] 该证词于 2001 年 4 月 10 日对外公布。我和与本案相关或无关的官员及专家讨论了其价值所在。

官面前，没人采取任何行动。没有人就不采取行动做出合理的解释。① 几年后，一位官员说，格拉被调去处理另一个案子了，等他回来时，该证词已过了提交法官的时效。

布朗夫妇说，调查员希克斯也知道埃里克因闯入面包车行窃而被捕的事。没有迹象表明他或治安官部门的任何人曾将他们关于埃里克的可以定罪的证据转交给了"司法转处计划"的官员。德维塔法官在批准他们参加这个计划之前并没有得到任何相关提示。

治安官部门、地区检察官办公室和刑事法庭的高级官员们都不知道对方就埃里克采取过哪些措施。但埃里克显然知道他们都在干什么。埃里克察觉到布朗一家盯上了他，所以他把自己的网站关闭了一段时间。没有迹象表明他知道迪伦背叛了他，没有迹象表明他怀疑过。

现在，埃里克对自己的计划越来越当回事，他不会再冒险在网上发布任何相关信息。他找来一个螺旋线圈笔记本，开始写日记。在接下来的一年里，他将记录下自己发动袭击的进展，并透彻地解释自己的动机。

---

① 这里提到的官员是副治安官约翰·邓纳威，此人在 2004 年接受《丹佛邮报》的采访时说："在他［格拉］被拉去处理其他案子几个星期后，他手头并没有任何具有时效性的材料可以提交给法院。获取搜查令的条件之一是你提供的信息必须及时、准确。"附誓书面证词形成时，邓纳威并不在岗。

38. 殉道者

卡西的牧师在她的葬礼上宣布:"她进了殉道者名人堂。"[①]这话并不夸张。一位著名的宗教学者预言,卡西可能会成为16世纪以来第一位官方认定的新教殉道者。他说:"这实在是很不寻常。形形色色的牧师正在为殉道者的故事煽风点火,他们显然在讲述故事的过程中做了渲染。于是,它被越说越神。"

在《旗帜周刊》上,J.柏顿将她与公元3世纪的殉道者佩蓓图与斐丽西达[②],以及"成千上万的早期基督徒在罗马竞技场欣然赴死的故事"相提并论。柏顿说人们的反应就像18世纪的大觉醒运动,他预见到一代人将崛起,重塑我们的文化景观。之后他描述了一次全国性的转变,"在爆发的边缘……人们越来越相信,美国流行文化中的色情、暴力、无政府主义灾难很快就会被清除"。

这是一篇了不起的报道,它给了布拉德和米斯蒂巨大的安慰。来得相当及时。"那个敌人"已经对他家的小女儿下手了。第一轮,"那个敌人"赢了。

"他"已经侵入过他们的生活,[③]这太简单明了了;米斯蒂就是这么看的。"那个敌人"十几年前就已经潜入她家,但直到1996年的冬天才被发现。她在圣诞节前发现了"他"的存在。当时,她刚刚辞去洛克希德·马丁公司的金融分析师一职,为了回家做一个更好的全职妈妈。这是一个艰难的转变,米斯蒂想找一本《圣经》来汲取力量。她在卡西的房间里找到了一本,同时还发现了一堆信。令她不安的信。

这些信记录了卡西和一位好友之间的悄悄话。那位朋友抱怨了一通某位老师,然后问:"要不然你帮我把她杀了?"信纸上写满了赤

科伦拜因案

裸裸的性话题、神秘的图像以及咒语。信中反复提到:"杀了你的父母!……让那些混蛋为你的痛苦付出代价……杀人能解决你所有的问题。"

米斯蒂只找到了朋友的来信,但它们暗示收信人是乐于收到这些内容的。含血的鸡尾酒和吸血鬼贯穿在文字描述和插图中。一名老师被屠刀捅伤,躺在自己的血泊中。标有"妈"和"爸"的字样的两个人被吊着,用的是他们各人的肠子,血淋淋的匕首插在他们的胸口,旁边一块墓碑上刻着"爸爸和妈妈·伯纳尔"。

一封信里写道:"我的五脏六腑渴望那些奇奇怪怪的玩意儿。我他妈的要自杀,我们要杀了你的父母。学校就是个婊子,把我跟你父母一起杀了,然后自杀,这样你就不用坐牢了。"

米斯蒂打电话给布拉德,然后又打给治安官。他们等卡西回家。一开始卡西试图淡化信的事,然后她开始生气,说她恨他们。她承认自己写了回信。她大声尖叫,说她会离家出走,威胁要自杀。

西鲍尔斯教堂青少年部的牧师戴夫·麦克弗森建议布拉德和米斯蒂采取强硬措施。"切断她的电话,锁上门,不要让她上学了,"他说,"别让她在没人监督的情况下离开家。"他们照做了。他们把卡西转到一所私立学校。唯有去教堂参加青年团契,他们才允许她出门。

随之而来的是激烈的反抗。"一开始她对我们嗤之以鼻。"麦克

---

① 我没有参加卡西的葬礼。后来,我采访了克尔斯滕牧师,他为我提供了这段言论。我还与当时在场的许多教徒讨论了这个问题。
② 佩蓓图是3世纪前叶北非的贵妇,住在迦太基,只有22岁,而且才刚成为一位母亲。她与她的女侍斐丽西达只是刚信基督的信徒,正在学习教义,她们因不肯背弃信仰而捐躯。——译者
③ 我对卡西被恶魔附身以及"重生"的描述,主要来自我对她所在教堂青少年部牧师戴夫·麦克弗森所做的一系列采访。戴夫·麦克弗森给卡西的父母提供宗教意见,并在后来几年成为卡西的牧师;我的描述也来自米斯蒂的回忆录。其他资料来源包括对克尔斯滕牧师对采访、布拉德和米斯蒂接受的电视采访,以及我在枪击案后少数几次与伯纳尔夫妇在教堂活动中的接触。卡西说的话和她朋友写的信来自米斯蒂的回忆录。

弗森牧师说。她会威胁说要逃跑，接着开始大喊大叫。

"我要自杀了！"布拉德记得她这样歇斯底里地喊道，"你们想看着我死吗？我会这么做的，瞧着吧。我会自杀的。我要把刀插进这里，穿过我的胸膛。"

卡西割破了手腕，用重器敲自己的脑袋，把自己锁在浴室里用头撞洗手台。她会一个人呆在卧室里用头撞墙。和家人在一起的时候，她闷闷不乐，说什么都只有一两个字。

"那个女孩没救了，"麦克弗森牧师心想，"我们没有办法救她。"

卡西的父母在她死后发现了一本笔记本，里面描述了她当时经历的痛苦：

> 我无法用语言解释我有多痛苦。我不知道该如何应对这种痛苦，所以我就伤害自己的身体……自杀的念头困扰了我好几天，但我实在太害怕了，不敢动手，于是我"妥协"了，用一把锋利的金属锉刀割双手和手腕，直到血流出来。头几分钟很疼，后来我就麻木了。但是，过了一阵以后那种刺痛特难熬，我觉得我活该。

突然，3个月后的一个晚上，卡西摆脱了"那个敌人"。那是在日落之后，在落基山脉区一个青年团契的赞美和敬拜仪式上。卡西沉浸于音乐之中，突然哭了起来。她歇斯底里地对朋友哭诉，朋友却连一半都没听懂她。当米斯蒂去她静修的地方接她，卡西冲过来抱住母亲说："妈妈，我不一样了。我已经完全变了。"

布拉德和米斯蒂半信半疑，但确实变了。克尔斯滕牧师说："她不再是一个愤怒、心存报复、充满痛苦的姑娘，她已经脱胎换骨。"

皈依后，卡西热诚地加入了青年团契，戴上了WWJD（"耶稣会怎么做"）的手环，并自愿参加了一个帮助丹佛前罪犯的项目。第二年秋天，布拉德和米斯蒂允许她转学到科伦拜因高中。不过直到生

科伦拜因案　　259

命的最后几天，她都在与社交压力作斗争。上周末她没有参加毕业舞会。她感觉其他孩子不喜欢她。卡西遇害的前一天，她所在的青年团契领导人聚在一起开会，其中一项议程是"我们要如何帮助卡西更好地融入？"

布拉德和米斯蒂·伯纳尔对卡西的过往很坦诚。枪击案发生几个星期后，媒体广泛报道了此事。此时，另外两个殉道者的故事也已经浮出水面。瓦琳·施努尔的故事与卡西的非常相似，只是时间顺序和后果不尽相同。瓦琳先中了一枪，然后被问到有关上帝的问题。迪伦将霰弹枪对准她所在的桌子底下，快速开了几枪，打死了劳伦·汤森，打伤了瓦琳和另一个女孩。瓦琳的手臂及身上到处都是霰弹枪的弹丸。迪伦走开了。

瓦琳双膝着地，随后双手也撑到地上。① 鲜血从她身上的 34 个伤口流出来。"哦，上帝，哦，上帝，别让我死。"她祈祷道。

迪伦转过身来。有意思。"上帝？你相信上帝吗？"

她有点犹豫。也许她应该闭嘴。她想说不相信。"是的。我相信上帝。"

"为什么？"

"因为我相信。我父母就是这样教我的。"

迪伦重新装弹，但不知道什么事情分散了他的注意力。他走开了。瓦琳爬着去找别的可以躲避的地方。

瓦琳一逃出来就被救护车送往瑞典医疗中心，并立即送进手术室。当她醒过来的时候，她的父母马克和莎丽在旁边守着。瓦琳迫不及待地讲出了发生的事。她完全康复了，而她的故事从来没有变过样。许多目击者都证实了她的说法。

瓦琳的故事和卡西的故事出现在同一时间——袭击发生的那天下午。媒体一周以后才开始报道她的故事，却并没有引起多大的反响。

---

① 瓦琳的叙述来自她的警方报告以及我在 1999 年 9 月对她及其母亲莎丽的采访。

如果换个时机，瓦琳可能会成为福音派的英雄：这个勇敢的女孩被霰弹枪打中，却依然维护她的救世主。她宣布了自己的信仰，而祂也拯救了她。这是一条带来希望的信息，这位英雄会活下来广而告之。

结果却并非如此。瓦琳常常被视作冒名顶替者。"人们认为我是山寨版，"她说，"他们觉得我只是跟风。很多人就是不相信我的故事。"

卡西的名气越大，瓦琳就越不被接受。一次福音派青年集会尤其令她不安。她向一群前来纪念卡西和瑞秋·斯科特的人讲述了自己的故事，大家的反应非常冷淡。"倒没有人真的站出来说这件事子虚乌有，"她说，"他们只是不想接受。他们会问，'你确定事情经过就是那样？'或者，'你的信仰真的那么坚定？'"

瓦琳的父母非常支持她，但这让她恼火。"唉，真沮丧，"她说，"因为你心里清楚你在什么地方，说了什么话，可是大家怀疑你。这是最让我烦恼的。"

* * *

卡西的名气越来越大。克尔斯滕牧师启动了一次全国巡回演讲来传播这个好消息。"让更多的人登上方舟。"他说。到夏天结束时，当地的青年团契"复兴一代"（Revival Generation）已经从几个地方分会发展成一个在 50 个州都有办事处的组织。主办方与科伦拜因高中的幸存者一起举办了全国巡回秀。卡西的名字让一群少女冲上了舞台。

名声可能会让人忘乎所以。布莱德和米斯蒂在他们的世界里已成名人——殉道者的父母。他们抵挡住了诱惑，像以前一样谦卑地生活。布拉德·伯纳尔一度是西鲍尔斯教堂主日礼拜的接待员。卡西的葬礼结束后，他几乎马上回去继续做志愿者。每次与人握手他都会露出微笑，他的笑容看起来如此真诚，但他的痛苦也袒露无遗。

5月初,教会请来了一位悲伤心理辅导师,并办了一次团体咨询会,向社区里任何还处在伤痛中的人开放。

米斯蒂先到的,她说布拉德晚点会来——他这一天过得很糟糕。自从卡西死后,他就再没进过她的房间,可是今晚他要一个人进去呆一会儿。布拉德出现的时候显得失魂落魄,他装出无所谓的样子表示愿意帮忙。米斯蒂也是一样。

* * *

埃米莉·怀恩特难以置信地看着故事发酵。[①] "他们为什么这么说?"她问妈妈。埃米莉和卡西躲在同一张桌子底下,两人面对面。埃里克开枪的时候,埃米莉直视着卡西的眼睛,她很清楚眼里有什么。

枪击发生时,埃米莉本应该在上科学课。不过课上安排的是考试,因为她前一天没去上课,所以她还没准备好。她的老师让她去图书馆看笔记,她在靠窗的一张桌子旁坐了下来,桌边还坐着另一个女孩——正在研究《麦克白》的卡西·伯纳尔。她们听到外面有些骚动,有几个孩子跑到窗户边去看,但骚动消失了。埃米莉站起来看了一眼,见一个孩子跑过足球场,她又坐下来看她的笔记。

几分钟后,帕蒂·尼尔森尖叫着跑了进来,叫大家赶紧趴下。卡西和埃米莉钻到桌子下面,试图在她们狭小的世界周围拉几把椅子过来挡住自己,这会感觉安全一点。卡西蹲在桌子靠窗的一边,面朝房间里面,埃米莉蹲在另一头,面朝两英尺外的卡西。这样一来她俩可以互相交流,两个人的视野可以覆盖整个房间。椅子挡住了一些视线,但姑娘们不打算移走。那是她们仅有的屏障。

埃米莉听到从走廊方向传来的枪声——一次一声,而不是一阵阵

[①] 有关埃米莉对4月20日事件的叙述,主要来自她4月29日接受警方询问的记录。关于我所描述的她在随后几个月中的挣扎,主要基于我在1999年9月对她母亲的两次采访以及我与《落基山新闻报》首席调查员丹·卢扎德的交谈。我尊重埃米莉母亲的要求,没有直接与埃米莉联系。

的。枪声越来越近了。门开了；她听到他们进来了。他们在开枪，还你一言我一语，叫嚣着"谁想下一个死？"之类的话。埃米莉回头看了看，见柜台附近有个孩子跳了下去或是倒下了。杀手们来回走动，一边嘲讽一边开枪，埃米莉仔细地打量了他们。她以前从来没有注意到他们——她现在高二——但她确信如果再看到他们会认出来。

姑娘们对彼此耳语。"亲爱的上帝，亲爱的上帝，为什么会这样？"卡西问，"我好想回家。"

"我知道，"埃米莉回答，"我们都想离开这里。"

在她俩交流的间隙，卡西悄悄地祈祷。埃里克和迪伦路过好几次，但埃米莉压根没想到其中一个会冲着"桌子底下"开枪。

埃里克在她们蹲的桌子边停了下来，靠近卡西的那头。埃米莉能看到他的腿和靴子直接对着卡西的右脸。卡西没有转过脸去，埃米莉则不必转——她面对的方向与埃里克的位置成直角，所以她可以直视卡西，同时还能看到位于她左侧的埃里克。埃里克把手砸在桌子上，随后半蹲下来看了看。"躲猫猫哈。"他说。

埃里克曲了一下身，把霰弹枪抵在桌子下沿。他没停多久，甚至没弯下腰让埃米莉看清他的脸。她看到了被锯过的枪管，枪口很大。她盯着卡西的棕色眼睛，卡西还在祈祷，她俩没时间说上一句话。而埃里克冲着卡西的头部开枪了。

随即一切都变得模糊了。爆炸声太大了，埃米莉暂时失去了大部分听力。火警警报声响得让人难以忍受，但现在她几乎听不到了。她能看见走廊里的灯在闪烁。埃里克的两条腿转了过去。

布丽·帕斯夸尔坐在几步外的空地上，挨着旁边的桌子。[①] 她跑到那里的时候，桌子底下已经挤满了孩子——她挤不进去了，所以就

[①] 布丽对图书馆里发生的事表现出了惊人的记忆力，在与警方的谈话中，她描述了埃里克最细微的行动。她的证词几乎得到了所有证人、物证和911录音的证实。由于她与埃里克之间的交流如此令人难忘，大量的证人都报告了这一情况，几乎毫无差异。因此，我在这里引用的对话是布丽的精准措辞。

科伦拜因案

坐在桌子旁的地上。

布丽离卡西比埃米莉要远一点——但比其他人离卡西近——但她的视野更开阔。她还看到埃里克右手拿着霰弹枪走过来,用左手拍打了两下卡西头顶上的桌面,然后说了句"躲猫猫哈"。他蹲下来,用脚掌保持平衡,空着的左手依然抓住桌面。卡西看起来很绝望,她用双手托住两边脸。埃里克把霰弹枪伸到桌子底下开了枪。一句话也没有说。

那一枪埃里克打得很马虎:单手举枪,半蹲的姿势也不太舒服。霰弹枪往后冲了一下,枪托撞在他脸上。他在袭击过程中的某个时刻伤到了鼻子,调查人员认为就是这个时候发生的。埃里克背对着布丽,所以看不到枪撞到他的鼻子,但她看到他猛地拉回前护木(pump handle),退出一个红色弹壳。弹壳掉到了地上。她看了看桌子下面。卡西倒在地上,鲜血浸透了她浅绿色衬衫的肩部。埃米莉看起来没有受伤。

布丽无遮无挡,离埃里克只有几英尺,她扛不住了,躺了下来,请旁边桌子下面的男孩握着她的手。他照做了。布丽吓坏了。她的眼睛一动不动地盯着埃里克。他退出弹壳后站了起来,转身面对着她。他朝她走了一两步,又蹲下来,把霰弹枪搁在大腿上。血从他的鼻孔里涌出来。"我打到了自己的脸!"他喊道。他的眼睛看着她,却是对迪伦喊的。

埃里克再次拿起枪,对准了布丽。他来来回回挥着枪——他可以想杀谁就杀谁——最终枪口对准了她。

就在那一刻,迪伦放了一枪。布丽听到他在笑,拿刚刚发生的事情开玩笑。当她回头看向埃里克时,他正直视着她的脸。

"你想死吗?"埃里克问道。

"不想。"

他又问了一次。

"不,不,不,不,不。"她恳求他放过她,埃里克似乎很享受这一点：他反反复复地要她回答。在此期间他的枪一直对着她的脑袋。

"不要开枪，"她说，"我不想死。"

最后，埃里克放声大笑。"每个人都会死的。"他跟她说。

"杀了她！"迪伦喊道。

"不，"埃里克回答，"反正我们要把学校炸了。"

然后有什么事情分散了他的注意力。他走开了，继续大开杀戒。

布丽回头看了看卡西躲藏的那张桌子。另一个女孩，埃米莉，正跪在地上，依然面朝卡西瘫倒的身体，到处都是血。她看起来吓坏了。

你怎么看出来的？一个调查员后来问布丽。

她说，那女孩在咬自己的手。

布丽一直盯着那个女孩。当爆炸声传到走廊时，布丽估计凶手已经走了，她大声叫那个女孩加入他们这群人。埃米莉听不清楚，于是布丽开始朝她挥手。埃米莉终于看见了她，爬了过去。她站不起来，就坐在布丽旁边，靠在书架上。那一刻埃米莉失去了时间概念。后来，她想不起来自己在那坐了多久。

* * *

埃米莉和布丽知道卡西再也没有机会开口说话了。她们向调查人员做了详细陈述。布丽写了整整 15 页，单倍行距，但她们给警方的报告被封存了一年半。911 录音最终证明她们说的是实话。枪击案的录音仅播放给家属听，由于太过恐怖而不公开。

埃米莉和布丽等待真相被公之于众。

* * *

埃米莉·怀恩特非常难过。她每天都去参加心理咨询。4 月 20 日已经够可怕了，现在她又面临道德困境。她不想伤害伯纳尔一家；也不想打破卡西的神话让自己难堪。整件事发展得太快了。但是如果

科伦拜因案 265

保持沉默,埃米莉觉得自己在撒谎。

她的母亲辛迪后来说:"当时她特别为难。"埃米莉已经跟警察说了,但他们不再让媒体知道太多。何况这种爆炸性的信息。

埃米莉希望公之于众。她的父母很担心。殉道已经演变成了一场宗教运动——挑战这个可能会有危险。辛迪说:"她不知道这样做有什么后果。她想到的只是'我要说实话'。"

她的父母也是左右为难。他们希望把真相公之于众,但不能以牺牲女儿为代价。埃米莉的遭遇已经比任何一个孩子遇上的都惨了,这么做可能雪上加霜。她父母建议不要做任何过激的事。辛迪对她说:"对〔卡西的〕家人来说,这是一段美好的回忆。我们不要惹麻烦了。"

5月初,来了个电话,是《落基山新闻报》打来的。丹·卢扎德是全城最优秀的调查记者之一,他正在整理图书馆里发生的一切。他们正在追踪图书馆的所有幸存者,大部分人都很合作。埃米莉的父母很谨慎,她的情况不同。

记者们给怀恩特夫妇看了他们正在绘制的一些地图和时间线,他们一家对此印象深刻。这个团队看起来很认真,工作做得彻底而详细。他们家同意谈谈,埃米莉会讲述她的故事,《落基山新闻报》可以引用她的话,但不能透露她的名字。辛迪说:"我们不想她成为全民公敌。"

采访结束后,埃米莉很高兴自己做了正确的决定,能把心事说出来,真是松了一口气。她等待着这篇报道刊出。

《落基山新闻报》的编辑们觉得这样还不够,这事可能会变复杂。他们希望有人能公开说明。

埃米莉一直在等。她越来越沮丧。

《落基山新闻报》也在等。他们进行了调查,有一个令人难以置信的故事要讲。大部分公众对科伦拜因的看法是错的。他们手头握有真相,他们要揭穿所有的神话,包括运动健将、哥特人、"风衣黑手党"以及卡西之死。他们所需要的只是一个"新闻噱头",如果时机得当,这篇报道将会广泛传播。

他们等着杰弗科完成最终的调查报告。《落基山新闻报》计划在报告公布前一两周爆料,让公众大吃一惊。这是个好策略。

* * *

米斯蒂·伯纳尔受了大打击,讲述卡西的故事让她感觉好受一点。有人建议写一本书。麦克弗森牧师把她介绍给了教会的一家小出版商普劳尔(Plough)的编辑。普劳尔出版了卡西生前正在读的那本书,米斯蒂欣赏那家公司在做的事。

米斯蒂起初很担心,她最不想做的事就是利用卡西获利。但她想讲述两个了不起的故事:卡西为追求精神长存而进行的长期斗争将会是重点,而她面对枪口的声明将会是吸引读者的卖点。

5月底,双方说好了。书名将会是《她说"我信":不可思议的殉道者卡西·伯纳尔》。

伯纳尔一家并不知道《落基山新闻报》已经发现这书名不是真的。米斯蒂已经回到洛克希德·马丁公司做统计员,她将请假来写这本书。为了减少开支,米斯蒂同意放弃预付款,取而代之的是更高的版税率。普劳尔还同意拿出一部分收益以卡西的名义设立一个慈善项目。

普劳尔出版公司预计这将会是其第一本畅销书,它计划首印10万册,这个数字是之前销量最好的书的7倍多。

* * *

5月25日发生了一件出人意料的事。[①] 警察开放校园,请图书馆的受害者家庭前来现场走一遍。这么做能起到两个作用:受害者可以

[①] 克雷格在图书馆的经历被详细记录在他的警方报告中,起始文件是JC-001-000587。我把他与警探之间的交流做了删节。

科伦拜因案　　267

和亲人一起面对犯罪现场，而重访该房间可能会激发起松散的记忆或澄清混乱。三名资深调查员站在边上回答问题并进行观察。第一个讲述卡西的故事的是克雷格·斯科特，他是和几个家人一起过来的。他在自己藏身的地方停了下来，重新跟他爸爸讲了一遍经过。一位资深警探在旁边听着。克雷格坐在离卡西非常近的地方，一桌之隔，正对着她，但当他描述她如何被杀时，却指向了相反的方向。他说，事情发生的地点位于靠近房间中心的两张桌子之一——那正是瓦琳所在的位置。当一名探员指出卡西不在那个位置时，克雷格一口咬定在。他指着离瓦琳最近的几张桌子说："她当时在那边！"探员说不是那里。克雷格一下子激动起来，他说："她就在那边。"又指向瓦琳的桌子道："我很确定。"

探员们澄清了他的错。克雷格恼了。探员把他带了出去，克雷格坐在空荡荡的走廊里镇定下来。他为自己发脾气道了歉。他现在没事了，但他想在外面等家人出来。他不想再去图书馆了。

* * *

伯纳尔夫妇的朋友们说，布拉德的内心比他妻子更煎熬，这可以从他星期天早晨进行礼拜的样子看出来。布拉德看起来无精打采。米斯蒂从她正在写的书中得到了极大的安慰，这本书给了她生活的目标，也让卡西的死有了意义。米斯蒂把自己交给了上帝，而上帝给了她一个使命。她要把祂的信息带给一个全新的信众。她的书将为她的女儿和她的上帝增添荣耀。

调查人员听说了出书的事，他们认为有必要提醒米斯蒂了解真相。6月，首席调查员凯特·巴丁和一名探员去拜访了她。米斯蒂如此描述这次会面："他们说，'不必停止写作。我们只是想让你知道，关于图书馆里发生的事有各种不同的说法。'"

巴丁说，她鼓励米斯蒂继续写书，但不要涉及殉道的故事。卡西的转变听起来是一个很棒的故事。巴丁说，她澄清了卡西遇害的细节,后来还为布拉德和米斯蒂播放了 911 的录音。

米斯蒂和普劳尔的编辑克里斯·齐默曼对此表示担忧。他们去找了证人。三位目击者坚持说那就是卡西。那就够了。不管怎么样,殉道的场景只会占这本书的一小部分。米斯蒂想把重点放在卡西如何战胜自身的恶魔。她说:"我们想让人们知道卡西是一个平凡的少女,她担心自己的体重,为了男孩而忐忑,她从来不是一个圣人。"

米斯蒂没有食言。她的书就是这么写的。她形容卡西有时自私固执,举止"像个被宠坏的两岁小孩",米斯蒂也同意在目录页的反面附上一份免责声明,其中提到根据"不同的回忆",并表示"确切的时间顺序……包括卡西死亡的确切细节……可能永远不为人知"。

埃米莉·怀恩特越来越忧虑。她父母继续劝她谨慎点。

他们和伯纳尔一家一起吃了顿饭,布拉德和米斯蒂问埃米莉是否听到了那段对话。埃米莉有点窘迫,但她回答说没有。辛迪·怀恩特觉得埃米莉已经说得很清楚了,但后来伯纳尔夫妇想不起她说过这话。辛迪后来猜测,他们认为埃米莉的意思是她什么都不记得了。

瓦琳·施努尔的家人也很不安。调查人员向他们简要介绍了证据,并告诉他们克雷格·斯科特在图书馆的发现。瓦琳和她的父母不知道哪种情况更糟糕:伤害伯纳尔夫妇还是保持沉默。他们也和伯纳尔一家一起吃了顿饭,之后大家都感觉好多了。布拉德和米斯蒂看起来非常诚恳,而且深陷痛苦之中。马克·施努尔说:"太难受了。"显然这本书能帮助米斯蒂疗愈。

施努尔一家不太了解出版商,编辑也参加了饭局,莎丽请求他缓一缓。之后她丈夫发了一封电子邮件。他写道:"如果你们一意孤行要出版这本书,务必要谨慎。目前有很多互相矛盾的信息。"他建议普劳尔推迟到警方公布报告以后再出版。普劳尔拒绝了。

* * *

7 月,《华尔街日报》刊登了一篇著名的报道,题为《营销科伦拜因的殉道者》。虽然出版方名不见经传,但齐默曼召集了一群重量级人物。公关方面,公司聘请了负责营销莫妮卡·莱温斯基作品的纽约团队。离出版还有两个月,米斯蒂已经被预约了要上《今日秀》和《20/20》。威廉·莫里斯经纪公司正在设法购买电影版权。(该作品从未被拍成电影。)该公司的一个经纪人把读书会的权利卖给了兰登书屋旗下的一家单位。他说他在推销"你所能利用的一切——我的意思是以一种积极的方式进行"。

39. 上帝之书

螺丝正在拧紧。埃里克去见了安德里亚·桑切斯,接受了"青少年司法转处计划"。他展望了一下毕业学年,到时候,他要写道歉信,付赔款,通过工作挣罚金,每个月见两次"转处计划"的辅导员,去看自己的心理医生,参加诸如"母亲反酒驾"这类组织的狗屁课程,保持成绩良好,上班不出问题,还有做完 45 小时的社区服务。他们会定期给他一个一次性纸杯,指引他去小便池那里[①]。不能喝酒。没有更多的自由。

8 天后,埃里克将迎来第一次咨询及第一次药检。周三,他去见了桑切斯。周四,他焦躁不安。1998 年 4 月 10 日,周五,他打开一个信纸大小的螺旋型笔记本,潦草地写下:"我讨厌这个该死的世界。"一年零十天后,他将发动袭击。埃里克怒气冲冲地写了两页恶言恶语:人类都很**愚蠢**,我不受尊重,每个人对每件该死的事都有该死的看法。

乍一看,日记上的内容跟网站上的差不多,但弗斯利尔在里面找到了答案。[②]网站的内容纯粹是发泄愤怒,没有任何解释。日记内容更加明确。埃里克在纸上详细阐述了他的想法和个性。埃里克有一种荒诞得爆棚的优越感,他厌恶权威,控制欲极强。

埃里克宣称:"我感觉跟上帝一样,就普世智力而言,我他妈的比世界上几乎所有人都高。"随着时间的推移,他的优越感将会显露出来。在此期间,埃里克将他的日记命名为"上帝之书",他的敌意也同样戏剧化。

人类是可怜的蠢货,笨到无法感知自己活得了无生机。我们像机器人一样浪费生命,听从命令,而不是发挥自己的潜力。他问:"有

科伦拜因案

没有想过我们为什么要上学？你们这帮蠢货根本不能理解，但对于那些思考得更多更深入的人来说，你应该意识到这是社会把所有年轻人变成优秀的小机器人的方式。"人性被社会扼杀；健康的本能被法律扼杀。他们训练我们成为流水线机器人；这就是为什么他们把学校的课桌排成一排，并训练孩子们对上课下课的铃声做出反应。单调的人类装配线遏制了个人的生活体验。对此，埃里克写的是"你的人性大都被你的屁放掉了"。

从理念上看，机器人概念是两个凶手之间罕见的共识。迪伦也经常提到僵尸。两个男孩都把自我的独特性描述为自我意识，他们能看穿人类的阴霾，但迪伦认为他的与众不同是一种孤独的诅咒。他用同情的目光看待僵尸，渴望这些可怜的小东西能从他们的盒子里挣脱出来。

埃里克认为，问题在于自然选择。他在自己的网站上提到了这个概念；在日记里，他做出了无情的解释。自然选择败了。人类插手了。药物、疫苗和特殊教育计划合谋地把那些次品留在了人类群体中。所以埃里克周围都是劣等品——这些人就是他妈的不肯闭嘴！他怎么能容忍那些烦人的胡扯呢？

他脑子里充满各种各样的想法。核毁灭，生物战，将物种囚禁在一个巨大的"终极毁灭"游戏中。

但埃里克也很现实。他无法恢复自然秩序，但他可以强加一些个人选择。他愿意牺牲自己来完成这件事。他写道："我知道我即将死去，你和其他人也一样。"

所谓"即将"——他指的是一年。对于一个17岁的孩子来说，埃里克思考自己的死亡的时间相当长。

这些谎言突然出现在弗斯利尔面前。埃里克为自己的骗术得意洋

---

① 留尿检测是否吸毒饮酒。——译者
② 我根据对弗斯利尔的多次采访写下了他的推断。

洋。他写道:"我总是撒谎,没完没了地撒谎。谁都骗。只是为了不让自己跟烂泥搅合在一起。让我们瞧瞧我都扯了什么大谎,'是的,我不再抽烟了','认错是因为做了错事而不是因为被抓包','没,我没有在做炸弹了'。"

埃里克不信上帝,但他喜欢拿自己和祂做比较。和迪伦一样,他经常这样做,但并不是妄想——他们跟上帝很像:具有超凡的洞察力、智力和认知能力。就像宙斯一样,埃里克创造了新的规则,极易发怒,并以非同一般的方式惩罚人类。埃里克有信念。埃里克有计划。埃里克会弄到枪,会制造炸药、致人残疾、要人性命,等等等等。他们的恐怖程度远远超过了枪响本身。终极武器是电视。埃里克看到了科伦拜因的公共休息区。他可能会杀死数百人,但死者和残缺不全的肢体对他来说毫无意义。都是小角色而已——谁在乎呢?这场表演与他们无关。埃里克那个"仅演一场"的大戏在乎的是观众。

讽刺之处在于,那帮受害者配不上这场袭击大戏——这事会直接掠过他们的头顶。埃里克感叹道:"大多数观众甚至理解不了。"太糟了。他们本该感受到他手中的力量:"如果我们手头掌握了制造定时炸弹的技术,我们会在房屋、道路、桥梁、建筑物和加油站周围放置数百枚定时炸弹。""就像洛杉矶暴乱、俄克拉何马城爆炸案、二战、越战、《毁灭公爵》①和《毁灭战士》全加在一起一样。我们甚至可能发动一场小小的叛乱或革命,尽可能把一切搞得乱七八糟。我想给世界留下一个持久的印象。"

* * *

弗斯利尔博士放下日记。在枪击案发生两三天后,他第一次在嘈杂的科伦拜因乐队教室里花了大约一个小时读那本日记。现在他有了一个明确的直觉:他面对的是一个精神病态。

---

① 《毁灭公爵》(*Duke Nukem*)和《毁灭战士》都是射击游戏。——译者

第四部分

拿回学校

40. 精神病态

埃里克写道:"我会选杀人。"为什么?他的解释不合情理。就因为我们是白痴?那怎么会让一个孩子要杀人?对大多数读者来说,埃里克的叫嚣听起来简直是疯了。

弗斯利尔博士的反应正好相反。精神错乱的标志就是疯狂。埃里克·哈里斯表现出冷静、理智的算计。弗斯利尔列举了埃里克的性格特征:迷人、冷酷、狡猾、善于操纵、可笑地浮夸、以自我为中心、毫无同情心到了令人咋舌的地步。这么说等于是把精神病态检测表[①]上的指标背了一遍。

接下来的12周里,弗斯利尔一直在反复推敲自己的想法。他解决问题的方式是:先提出一个假设,然后寻找每一丁点证据来反驳它。对照其他解释来检验假设,并以最有力的案例来证明,看看假设是否还能成立。如果经得起推敲,那就是靠谱的。精神病态这个理论立住了。

诊断并没有破案,但它奠定了破案基础。10年之后,埃里克仍然让公众感到困惑——因为公众坚持通过"正常人"的视角来评估他的动机。埃里克既不是正常人,也不是疯子。精神病态者属于第三类人。精神病态者的大脑功能与其他两类人都不一样,但它们始终有相似点。埃里克杀人有两个原因:一是为了展示自己的优越性,二是为了享受过程。

对一个精神病态者来说,两种动机都是合理的。精神病态研究权威罗伯特·黑尔博士写道:"精神病态者会做出在正常人看来不仅可怕而且很难理解的行为。他们可以折磨和残害受害者,那种感觉就跟我们在感恩节晚餐上切火鸡时差不多。"

埃里克认为人类是一种自我价值感膨胀的化合物。他写道:"人类不过是自然啊,化学啊,数学啊这些玩意儿,人终有一死。烧掉、化掉、蒸发、腐烂。"

精神病态者可能从一开始就困扰着人类,但人们对他们的了解依然匮乏。19世纪,当心理学的新兴领域开始对精神障碍进行分类时,有一组人无法被归入任何一类。每一种已知的精神病都以丧失理智或使人衰弱的疾病为特征:六神无主,有各种幻视、幻听、恐惧症,等等。1885年,引入了"精神病态者"一词用于描述那些并不存在失智、妄想或抑郁等情况的恶毒的人类禽兽。[2] 他们只是喜欢作恶。

精神病态者具有两个特征。一是对他人的无情漠视:他们会为了最微不足道的私利而欺骗、残害或杀戮。二是掩盖前一特征的惊人天赋。正是由于善于伪装,他们才更加危险。你根本想不到他是这样的

---

[1] 本书中对精神病态的所有描述都是基于最新的研究,主要基于赫维·克莱克利博士的工作,并由罗伯特·黑尔博士系统地加以完善。黑尔修订的精神病态检测表(PCL-R)被用来评估受试者的20个特征,分为两类:情绪驱动和反社会行为。这20个特征是:1)花言巧语和肤浅的魅力,2)对自己的浮夸估计,3)对刺激的需求,4)病态的撒谎,5)狡猾和操纵,6)缺乏悔意或内疚,7)浅薄的情感(肤浅的情感反应),8)冷酷和缺乏同理心,9)寄生的生活方式,10)行为控制能力差,11)性滥交,12)早期行为问题,13)缺乏现实的长期目标,14)冲动,15)不负责任,16)不对自己的行为承担责任,17)大量短期婚姻关系,18)青少年犯罪,19)被撤回有条件释放,20)犯罪行为多样性。
如果不参照《PCL-R检查手册》中的正式标准,就不能对以上各项进行评分。该手册仅供有资质的从业人员使用,他们被要求将访谈与病史以及档案资料结合起来考量。但是,在很多情况下——比如科伦拜因事件——受试者无法接受访谈。外部研究人员的结论是,在有大量可靠资料的情况下,即使不进行访谈,这套评估工具也是管用的。埃里克留下了大量宝贵的材料,专家们认为利用这些材料足以对他进行评估。
评估人员对受试者的每项特征进行评分,从0到2进行打分:如果"明显符合"则为2分,如果"部分或偶尔符合"则为1分,如果"根本不符"则为0分。最高分是40分,30分才能被认定为"精神病态者"。精神病态者程度各异,但大多数受试者要么是非常符合评估标准的精神病态者,要么根本就不是。普通罪犯的得分约为20分;他们与精神病态者有一些共同的行为模式,但鲜少存在潜在驱动力。

[2] 根据《牛津英语词典》(1989年版),"精神病态者"这一术语的现有含义在1885年首次出现。德国研究人员在19世纪早期已经使用该词,但针对的意义略有不同。

人。（通常是"他"——超过80%的精神病态者是男性。）他们不是那种让人毛骨悚然的怪胎。精神病态者行事并不像汉尼拔·莱克特或诺曼·贝茨①。他们看起来就像休·格兰特演的那些最讨人喜欢的角色。

1941年，赫维·克莱克利博士以其著作《心智健全的面具》（*The Mask of Sanity*）彻底改变了对精神病态的理解。利己主义和移情失败是潜在的驱动因素，但克莱克利采用这个书名，是为了反映比之更甚的因素。如果精神病态者仅仅是邪恶的，他们就不会造成重大威胁。他们制造了如此大的破坏，照理说容易被指认出来。然而大多数人一直逍遥法外。

克莱克利担心的正是这个书名的隐喻：精神病态不是一个可以像万圣节面具那样的二维平面，不是揭开就能看见真面目的。它渗透于罪犯的个性中。快乐、悲伤、焦虑或消遣——他都能随机应变，活灵活现。他深谙面部表情、声音调节和肢体语言的奥妙。他不只是想了个办法骗你，他是在全心全意骗你。他的整个人格都是虚假的，目的就是欺骗你这样的笨蛋。

精神病态者以欺骗他人为荣，并从中获得巨大的快乐。说谎成了精神病态者的日常消遣，在说真话管用的情况下，他们会为了取乐而撒谎。黑尔的一个研究对象在一次漫长的访谈中对研究人员说："我喜欢骗人，我现在就在骗你。"

在精神病态者中，为了消遣而撒谎的现象如此严重，以至于这一点成了他们的标志性特征。心理学家保罗·埃克曼称之为"欺骗的快感"（Duping delight）。

克莱克利花了50年时间完善他的研究，《心智健全的面具》后来再版了四次。直到20世纪70年代，罗伯特·黑尔才分离出这种情况的20种特征，并创建了精神病态检测表——这几乎是当代所有研

---

① 汉尼拔·莱克特是《沉默的羔羊》的主人公，知识渊博而又足智多谋，因精神错乱成为令人恐惧的食人魔。诺曼·贝茨是希区柯克电影《惊魂记》中的主人公，精神分裂的杀人狂魔。——译者

究的基础。他还写了一本有关这种疾病的权威著作:《良知泯灭》(*Without Conscience*)。

这一术语变得更复杂了。"反社会者"一词出现于20世纪30年代,最初是泛指反社会行为。最终,精神病态者和反社会者几乎成了同义词。(一部分专家对后者有不同定义①,导致两者之间还是有所区别,但这些定义并没有被一致接受。)两个术语之间存在冲突的主要原因是使用它们的领域不尽相同:犯罪学家和执法人员更喜欢用"精神病态者"一词;而社会学家则倾向于用"反社会者"。心理学家和精神病学家意见不一,但研究这种情况的大多数专家都使用"精神病态者"一词,而且大部分研究都是基于黑尔的检测表。第三个术语,"反社会型人格障碍"(APD)在20世纪70年代引入,而且是唯一被收录在最新版《精神障碍诊断与统计手册》(*Diagnostic and Statistical Manual of Mental Disorders*)中的诊断。尽管它所涵盖的疾病范围比"精神病态者"要广泛得多,但已经被研究人员中的领军人物断然拒绝采纳。

那么精神病态者是如何形成的呢?研究人员意见不一,大多数人认为是互相作用而成:先天主导,后天培养。黑尔博士认为精神病态者天生就有一种强烈的倾向,这种倾向会因被虐待或忽视而加剧。精神病态者和动荡的家庭环境之间存在着关联——充满暴力的成长环境似乎会让幼嫩的精神病态者变得更加邪恶。②但目前的数据表明,这

---

① 虽然有些治疗师使用 PCL-R 检测表,并将受试者指定为"反社会者",但并不存在与 PCL-R 类似的"反社会者"检测标准。
② 黑尔写道:"我们不知道为什么人们会成为精神病态者,但目前的证据无法验证人们普遍持有的观点,即父母的行为是唯一或者最主要的原因。"但是,如果一个孩子生来就具有危险的特质,不良的养育方式会使他或她的情况雪上加霜。研究发现,精神病态者的家庭环境与囚犯的家庭环境惊人地一致。在这两种情况下,发生重大家庭问题的概率都很高。对于非精神病态罪犯,问题青年与初犯的年龄以及严重程度密切相关。有家庭问题的人出庭受审的年龄平均是15岁。而没有家庭问题的人在近十年后才会上法庭,即24岁。精神病态者出庭受审的年龄最小,平均只有14岁,但他们的家庭背景对这个数字没有任何影响。不过,家庭生活方式对精神病态者的犯罪类型具有重大影响。来自不稳定的成长环境的人更有可能成为暴力犯罪分子。在其他囚犯中,家庭问题似乎会促使罪犯更早犯罪以及犯下更严重的罪,但都不是暴力犯罪。

些情况并不会导致精神病态,只会让糟糕的情况变得更糟。这也表明,即使是最好的养育方式也可能没有办法调教好一个生来就坏的孩子。

症状出现得很早,而且经常出现在有正常兄弟姐妹的稳定家庭中,如此看来这种疾患似乎是先天的。据大多数家长报告,在孩子进入幼儿园之前,他们已经意识到了一些令人不安的迹象。黑尔博士描述了一个5岁的小女孩反复想把她的小猫冲进马桶。她妈妈说:"就在她准备再试一次的时候,被我抓了个现行。她似乎很不以为然,也许有点生气——因为被我发现了。"当女人将此事告诉丈夫时,女孩淡然否认了整件事,丝毫没有表现出羞耻,也不害怕。精神病态者并非失去了那些情感能力,而是一开始就没有开发它们。

黑尔为青少年设计了一个单独的筛查系统[1],并明确了求学期间出现的特征:无端撒谎、漠视他人的痛苦、蔑视权威人物、对训斥或可能遭遇的惩罚无动于衷、小偷小摸、反复挑衅、逃课以及违反宵禁、虐待动物、很早就有性经验、故意破坏他人财物以及纵火。在埃里克的日记和网站上,他公然对十大特征中的九个进行了吹嘘。唯一没有出现的是虐待动物的行为。

在某个时刻——无论是作为精神病态疾病的原因还是结果——精神病态者的大脑开始以与众不同的方式处理情绪反应。黑尔博士在其职业生涯的早期就认识到了生理结构上的差异。他向一家科学杂志提交了一篇分析精神病态者异常脑电波的论文,但该杂志不屑一顾地回了一封拒绝信。编辑写道:"那些脑电图不可能是真人的。"

正是如此!黑尔心想。精神病态者就是那样异乎寻常。埃里克·哈里斯之所以让公众困惑不解,是因为我们无法想象一个人具有他那样的动机。甚至连凯特·巴丁都说他只是一个试图表现得像个成年人的少年。但我们所认为的青春期焦虑最不可能是埃里克的驱动力。他

---

[1] 这个系统被称为 PCL: YV,即青少年版 PCL。

的大脑从未被扫描过，但它可能会显示的应该是大多数神经学家无法辨识的人类大脑活动。

精神病态者的根本特征是无法感知。精神病态者对恐惧和痛苦的感知尤其微弱。黑尔博士的研究小组花了几十年时间研究监狱中的精神病态者。他们让一个精神病态者描述恐惧。他说："当我去抢劫银行时，我注意到出纳员会颤抖或结巴。有个人吐得钱上面到处都是！"黑尔觉得很费解。研究人员要他描述自己的恐惧。如果一把枪指着他，他会有什么感觉？罪犯说他可能会把钱交出来，滚蛋，或者想办法扭转局面。研究人员说，这些都是你的应对方法。你感觉怎么样？感觉？他为什么会有感觉？

研究者们经常把精神病态者和机器人或流氓电脑（rogue computer）进行比较，例如电影《2001：太空漫游》中的哈尔[①]——其配置仅仅是为了满足自己的目标。他们的行为确实极其相似，但这个类比缺乏细微差别。精神病态者能够感受到一些情感；埃里克在他的狗生病时似乎表现出悲伤，他偶尔也会为人类感到遗憾。但这些信息很微弱。

克莱克利将这描述为情感范围的贫乏。这是一个棘手的概念，因为精神病态者会发展出一些与自身福利密切相关的原始情绪。已经确认了三种：气愤、沮丧和狂怒。精神病态者会爆发出强烈的愤怒，从而被贴上"情绪化"的标签。克莱克利建议要近距离地观察，他说："那些仔细观察他的人会渐渐相信，我们所面对的人有的是强烈的表达欲而非强烈的情感。"没有爱。没有悲伤。甚至没有难过，也没有对自己未来的希望或绝望。精神病态者感受不到任何深刻、复杂或持久的情感。精神病态者倾向于呈现"烦恼、怨恨、快速和不稳定的准情绪、易怒的怨恨、肤浅的自怨自艾、孩子气的虚荣态度、荒谬而

[①] 它是一台具有人工智能、掌控整个飞船的电脑，完成指派的任务是它存在的唯一理由，在影片中它杀害了鲍曼以外的 5 名宇航员。——译者

扎眼的愤怒姿态"。

克莱克利这番话就像是在描述埃里克·哈里斯的日记。埃里克写道:"你竟敢认为我和你属于同一物种,我们是如此如此如此如此不同。你不是人。你是个机器人……要是你以前惹过我,让我再见你你就死定了。"

精神病态者的愤慨来得很猛。它源于惊人的自我和优越感。精神病态者感受不到什么情感,但当他们对不如他们的人失去耐心时,真的会释放出来。他们的情感能力到此为止。就算你用棍子戳蚯蚓,蚯蚓也会退缩。如果你戏弄松鼠,给它一粒花生又抢回来,反复几次后,松鼠会表现出沮丧。精神病态者在情感阶梯上能爬到那个水平,但是他们远不如一般金毛猎犬的水平,后者会表达爱、喜悦、同情以及对处在痛苦中的人类的共鸣。

研究人员对精神病态者的了解才刚刚起步,但他们相信精神病态者渴望获得他们缺乏的情感反应。他们几乎总是在寻求刺激。他们喜欢坐云霄飞车和悬挂式滑翔机,他们寻求高度紧张的职业,比如应急技术人员、债券交易员或海军陆战队员。犯罪、危险、贫困、死亡——任何一种风险都是好的。他们不断追求新的刺激源,因为刺激感太难维持了。

他们很少固定从事一项职业,他们会感到厌倦。即使做职业罪犯,精神病态者的表现也不理想。克莱克利写道,他们"缺乏明确的方向和目标,会涉足各种各样的机会性犯罪,而不是像典型的职业罪犯那样专一"。他们会疏忽犯错,因为失去兴趣而错过了绝佳的机会。他们在短时间内表现出色——几个星期、几个月、一年内的大骗局——然后会一走了之。

埃里克短暂的一生就是这样度过的:他本该是个 GPA 4.0 的学生,却 A、B、C 都拿了。他想成为"天生杀人狂",为此坚持了一年,但他没有雄心壮志,对自己的人生没有任何计划。他是所在高中最聪明的孩子之一,但显然从未费心去申请大学。他没有任何就业前

科伦拜因案

景，除了黑杰克披萨店。尽管儿时有过当军人的幻想，有一个当过军人的父亲，并公开表示过希望加入海军陆战队，① 但埃里克并没有尝试参军。在他生命的最后一周，一个征兵人员给他打了个电话，他去见了，但一直没打过电话去问自己是否被录取了。

就算是罕见的精神病态杀手也几乎总是会对杀人感到厌倦。当他们割断他人的喉咙时，脉搏会加快，但下降的速度也一样快。降下来后——很长时间不再因割喉而感到快乐，那种兴奋已经过去了。

第二种不太常见的应对谋杀后的乏味感的方法似乎是两人合伙作案：两个杀人犯互相依存。几十年来，犯罪学家一直在注意这种二人组现象：利奥波德和勒布②，邦妮和克莱德③，2002 年的环城公路狙击手④。因为二人同伙只占大规模杀人者中的一小部分，所以对他们的研究很少。我们知道，这种同伙关系往往是不对称的。一个愤怒、反复无常的抑郁症患者和一个虐待狂的精神病态者是一拍即合的。当然，精神病态者是控制者，但他那个急躁易怒的同伙能够维持他的兴奋，直到大开杀戒的那天。弗斯利尔博士常常说："龙卷风的形成需要热空气和冷空气。"埃里克渴望兴奋，但他无法维持住。迪伦是座火山。你永远不知道他什么时候会爆发。

一年多来，迪伦日复一日地以反复无常的兴奋刺激着埃里克。他们一次又一次地在脑海中排演杀戮：哭声、尖叫声、皮肉烧焦的气味……

埃里克对这种等待饶有兴味。

---

① 1998 年 3 月，埃里克在"转处计划"调查表上对"职业目标"这一问题的回答是"海军或计算机科学"。
② 利奥波德和勒布于 1924 年因绑票谋杀一名 14 岁的少年而被捕。——译者
③ 邦妮和克莱德是美国经济大恐慌时期著名的鸳鸯大盗，以抢银行闻名。——译者
④ Beltway snipers，指的是 41 岁的穆罕默德与 17 岁的同伙马尔沃 2002 年 10 月 2 日到 24 日在华盛顿周边地区出没，潜伏在车内枪击过往行人，造成 10 人死亡，3 人受伤，引发了美国历史上最大规模的追捕行动。——译者

* * *

  黑尔博士的那些脑电图显示，精神病态者的大脑运作方式不一样，但他不能确定不同在哪里或为什么不一样。埃里克死后，他的一位同行用一种新技术增进了我们的理解。通过功能性磁共振成像检测（fMRI）生成大脑的图像，亮的部分指示了活动区域。肯特·基尔博士将受试者连在设备上，给他们看了一系列词汇卡片。其中一半是能引发情绪的词，如强奸、谋杀和癌症等；另一半则是中性的，如石头、门把手。正常人看到这些令人不安的词语会不安：大脑的情感神经中枢杏仁体部分就亮了起来。精神病态者的杏仁体是暗的。在精神病态者的脑部找不到给我们的生活增添色彩的那些情感。

  基尔博士通过图片重复了该实验，其中包括凶杀案的图片。① 同样，精神病患者的杏仁体没有受到影响；但是他们的语言中枢被激活了。他们似乎是在分析情绪而不是在体验情绪。

  黑尔博士说："对于他人觉得恼怒、厌恶或可怕的事件，他则用'有趣'和'迷人'这一类的词语来回应。"对于精神病态者来说，畏惧纯粹与智力相关。他们的大脑会搜寻词语来描述我们其他人的感受。这正符合对精神病态者的描述：他们对痛苦或悲剧的反应是通过评估他们如何利用这种情况操纵他人来做出的。

  精神病态的治疗方法是什么呢？黑尔博士用一句话总结了一个世纪以来的各种研究：什么也不管用。这是唯一一没办法治疗的一大类精神疾病。而且治疗往往会使病情恶化。② 黑尔写道："不幸的是，这类治疗项目只是为精神病态者提供了更好的操纵、欺骗和利用他人的方法。"单人治疗简直是个大好机会：一对一的训练，让他们完善自

---

① 基于基尔博士已出版的著作，以及他跟我、跟我的调查人员进行的电话交流和电子邮件通信，我对他的研究结果进行了概括。
② 这是一项被广泛认可的结论。许多研究已经证实了这一点。一项研究发现，一个已经被判刑的精神病态者参加治疗以后，其后犯下暴力罪行的可能性是未参加治疗的人的4倍。

己的表现。一个精神病态者向黑尔博士的团队吹嘘道:"参加这些项目就像来进修,他们教你如何玩弄他人于股掌之间。"

埃里克至少从两位无心的老师身上获益匪浅:"青少年司法转处计划"项目的鲍勃·克里格斯豪瑟和他的心理治疗师艾尔伯特医生。埃里克学得很快。他的"转处计划"文件中记录了他经过一次次治疗以后的稳步改进。

奇怪的是,许多精神病态者会在中年前后自发好转。这种现象已经被观察了几十年,却没有找到解释。不然的话,精神病态者似乎是找不到原因的。在精神疾病领域,这引起了对诊断未成年人患有这种疾病的强烈抵制。然而,很多青少年的问题已经初见端倪。

基尔博士有一个流动的功能性磁共振成像实验室和一个由新墨西哥大学资助的研究小组。2008 年,他绘制出了三个监狱系统的大约 500 个人的大脑图像。由于样本池具有明显的倾向性,大约 20% 的人符合精神病态的标准。他相信,找到精神病态的病因以及治疗方法指日可待。

埃里克在谋划枪击案期间,黑尔医生正在制定一个治疗他这一类人的方案。黑尔首先重新审视了那些自发改善者的数据。从青春期到 50 多岁,精神病态者的情绪特征几乎没有变化,但他们的反社会行为有了显著改善。内心的驱动力没有改变,但他们的行为改变了。

黑尔认为这些精神病患者可能只是在适应。他们非常理性,发现监狱对他们不起作用。于是,黑尔提出利用他们的自利意识来为公众服务。他研发的治疗手段接受精神病态者继续以自我为中心、对生活漠不关心,但如果规则符合他们自己的利益,他们就会遵守规则。黑尔说,关键在于"说服他们可以在不伤害他人的情况下得到自己想要的东西。你告诉他们,'大多数人都是用心思考,而不是用脑子思考,你的问题是你用脑子想得太多了。所以,让我们把你的问题变成你的优点'。他们能明白这一点"。

埃里克读高中时,威斯康星州的一个青少年治疗中心开始了一个基于这种理念但独立开发的项目。它还解决了精神病态者渴望获得即时满足感和控制感的冲动：每晚对受试者遵守规则的情况进行评分，并在第二天给予延长特权的奖励。这个项目并不是专为刚刚露出苗头的精神病态者设计的，但它在这一人群中产生了显著的效果。2006年发表的一项为期四年的研究得出结论，与其他精神病态治疗项目中评分相似的孩子相比，这些人变得暴力的可能性要低2.7倍。

在精神病态疾病的历史上，这是第一次一种治疗方法似乎见效了。它在等着进一步推广。

研究精神病态的专家对未来的进展持谨慎乐观态度。基尔博士说："我相信不出十年，我们对精神病态的看法会比现在更加深入。理想的状况是，我们将能够有效地管控这种疾病。我不能说一定会有治愈的方法，但我确实期待我们能够实施有效的管理手段。"

41. 家长团

弗斯利尔确信埃里克是个精神病态。当这孩子开始策划这个阴谋时，他已经 16 岁，大部分计划都是在 17 岁时完成的，当他开枪时还不到 18 岁。就他这几个年龄段的作为将他归为精神病态会受到抵制的。

科伦拜因事件发生三个月后，FBI 在弗吉尼亚州的李斯堡（Leesburg）组织了一次关于校园枪击案的大型峰会。① 该局汇集了一些世界顶级心理学家，其中包括黑尔博士。会议接近尾声时，弗斯利尔博士走到麦克风前，就两名杀手的心智做了详尽的介绍。"看起来埃里克·哈里斯是一个初露头角的年轻精神病态者。"他总结道。

房间里一阵骚动。坐在前排的一位知名精神病学家开始讲话。来了，弗斯利尔心想。这家伙会把评估结果批评得体无完肤。

"我不认为他是一个正在萌芽的精神病态者。"精神病学家说。

"你有什么异议？"

"我认为他是个十足的精神病态。"

他的同事们都表示同意。埃里克·哈里斯是教科书级的精神病态。

峰会结束后，一些专家继续研究科伦拜因枪击案。② 密歇根州立大学的精神病专家弗兰克·奥克伯格数次飞过去帮忙指导心理健康团队，每一趟同时也带着调查事实的任务。奥克伯格博士采访了一批与凶手关系密切的人，并研究了两个男孩写的东西。

社区面临的问题——说到底也是杰弗科的官员面临的问题——是弗斯利尔没获准对公众讲话。早些时候，地方和联邦官员都担心 FBI 的风头会盖过杰弗科的。FBI 坚决禁止其任何特工与媒体讨论此案。③

杰弗科的指挥官认为不应讨论凶手的动机，FBI 尊重这一决定。

既然未能解决对杰弗科明显加深的疑虑，那便恶化了已经盘旋在治安官办公室头顶上的信誉问题。除了为什么会发生这件事之外，公众还有两个迫切需要解答的问题：当局是否应该预见到科伦拜因事件的发生？一旦枪声响起，他们是否应该更早点出来阻止？在这两个有争议的问题上，杰弗科官员间存在明显的利益冲突。但是，他们还是一意孤行。

这是一个惊人的判断失误。杰弗科本可以简单地将这两个可能引起争端的问题分开进行独立调查。这本来是很容易做到的；他们有近百名警探可供调配，其中只有少数人为杰弗科工作。

在 1999 年似乎不太见得到独立调查。指挥官们基本上都是诚实的人，作为警察，谁也没有坏名声。约翰·基克布希在警队内外都深受尊敬，他们相信自己是无辜的，公众会看到这一点。他们中的许多人是无辜的。斯通和他的副手在 3 个月前才宣誓就职——错过任何有关埃里克·哈里斯的警告不是他们的责任。大部分成员没有参与 4 月 20 日的指挥决策。凯特·巴丁负责日常工作；她没有做错什么。

但是，一些好警察在 4 月 20 日之后做出了非常糟糕的决定。幸存者有理由怀疑有人在掩盖事实。杰弗科的指挥官们在对布朗一家警告过埃里克有问题的事撒谎，④ 而兰迪和朱迪就是要让大家都知道这事。在部门内部，有人试图破坏布朗家的文件记录。枪击案发生后不

---

① 几位与会者向我描述了李斯堡峰会的场景。引言是根据他们的回忆撰写的。
② 有几位专家继续研究科伦拜因事件。弗斯利尔、奥克伯格和黑尔博士接受了本书作者的若干次采访，并提供了很大的帮助。另外一些人要求匿名，但他们继续在幕后进行讨论，并提供了不属于个人名义的宝贵见解。
③ 所有特工都被禁止谈论此案，其中包括那些在总部的特工，如组织李斯堡峰会的玛丽·艾伦·奥图尔。包括我在内的所有记者都被一再回绝；《60 分钟》节目起诉要求提供信息，结果败诉。在《落基山新闻报》所做的"Inside the Columbine Investigation"系列报道中，弗斯利尔探员与杰弗科的几位警官破例参加了一次讨论——但谈的是他在调查中的作用，没有提到他的结论。
④ 经过几年的隐瞒，杰弗科当局公布的文件证明指挥官在几个方面一直在撒谎，其中包括反复否认他们手头有相关文件。

久，调查员迈克·格拉发现他一年前整理的有关埃里克的纸质文件从办公桌上消失了。[1] 几天后，它又神秘地出现了。那年夏天晚些时候，他试图调用电脑记录，发现文件已经被清除了。

纸质文件再次消失，再也没有找回来过。

在接下来的几个月里，"转处项目"主管约翰·基克布希的助手参与了一些后来令她不安的活动。

* * *

每一天，帕特里克都试图再次抬起他的腿。他们告诉他要全神贯注。每一次帕特里克全神贯注时，电子就会在他大脑的灰质中扩散。每一次，这些电子都会穿过撕裂的左半脑寻找新的路线。一旦它们建立了一个信号——微弱得几乎无法察觉的——它们就铺设了相当于全新输电线的头脑线路。信号越来越强。

人们总是在他的房间里进进出出。5月的第一个星期，一起玩滑水的伙伴和一些叔叔阿姨来访。帕特里克躺在床上，那条没用的腿搭在枕头上，腿上缠了支架，所以特别重，但他还是往下用力。他慢慢地勉强把大腿抬起来了一点点。"嘿！"他喊道，"瞧瞧我做了什么！"

他们什么也看不出来。他抬起来了一点点，支架下面的枕头也弹起了一点点。但他能感觉到。撑住小腿的不是枕头，是他自己。

帕特里克与他的四肢恢复了联系后就取得了稳步进展。每天早上，他都能感觉到一些变化，力量首先回到了身体的中心，从躯干开始，然后通过他的臀部和肩膀，向右肘和膝盖辐射出去。又过了几个星期，他们就让他站起来试试。一开始他们让他站在一对齐臀高的双杠中间，他腰上有一根牵引绳，治疗师抓住绳子，让他保持平衡，并引导他穿过杆子走上一小段路。那一天真美好。抓着杆子走很艰难，因为他的右臂和他的腿一样无力，但他积聚起全身的力量迈出每

---

[1] 对格拉、基克布希和赛尔所作所为的记录来自大陪审团的报告。格拉陈述了他所做的事情，赛尔陈述了她和基克布希的行为。

一步。

后来，他进步到使用助行器，然后是用前臂拐杖，拐杖上有个手肘筒，可以固定在肘部以下的手臂上。要走长路或者感到疲惫的时候，他就用轮椅。最难完全恢复的是手指和脚趾的灵活度。他要花几个月的时间才能稳稳握住一支笔。他的行走会受到脚趾所做的各种细微调整的妨碍，而这些调整是我们从来没有注意到的。

*　　*　　*

安妮·玛丽·霍奇哈特的进步比较慢。① 她差点没能熬过这次袭击。她的脊髓断裂，造成了难以承受的神经痛。她靠着吗啡迷迷糊糊地躺了几个星期，依赖呼吸机和喂食管维持生命。插着管子，她不能说话；由于晕晕乎乎，她不知道发生了什么，也不知道未来会发生什么。

终于，她的神志清醒了一点，问起她是否还会走路。

"嗯，不会了。"一名护士告诉她。

"我不停地哭，"她后来说，"护士不得不去找我父母过来，因为我哭得实在太厉害了。"

6个星期后，她也去了克雷格医院，和帕特里克一起。丹尼·罗尔博的朋友肖恩·格雷夫斯也在那里，他的脊椎以下部分瘫痪。整个夏天他靠着支架勉强走了几步。兰斯·柯克林的脸通过钛种植体和皮肤移植进行了修复。瘢痕很严重，但他并不在意。"我身上有5%是金属，挺酷的。"他说。

*　　*　　*

枪击案发生后几个星期，几乎所有图书馆受害者的家属都和调查人员一起去看了犯罪现场。他们需要亲眼去看一看。这可能很可

---

① 她的治疗进展是根据新闻报道所写的，尤其是巴特尔斯的报道"A Story of Healing and Hope"。

怕——但他们必须弄清楚是怎么回事。道恩·安娜在女儿劳伦·汤森遇害的地方停了下来。左边第一张桌子。一切都没有动过，只是背包和个人物品被拿走了，拍了照、清点了之后还给了家人。"我甚至无法表达情感上受到的冲击，"安娜说，但她不能逃避，"我需要回到那里，我们所有人都需要回到那里，在一定程度上了解那里发生的事情。"

谁都无法想象继续让任何一个孩子回到那里。不能留着图书馆。13个家庭中的大多数人很快就做出了这个决定——既是各家自己的意见，也是共同的想法。

学生们达成了相反的共识。① 整个春天，他们都在为科伦拜因这个词的意义而奋斗：这是一所高中的名字，而不是一个悲剧。他们对"自科伦拜因事件后"或"防止科伦拜因事件再次发生"等流传甚广的短语感到反感。他们坚持认为，这只是科伦拜因高中生活中的一天。

随后游客就来了。悲剧发生几周后，学生甚至还没有返校，旅游车就开始驶向学校。科伦拜因高中已经跃居科罗拉多州第二著名的地标，仅次于落基山脉，旅游公司迅速地抓住了这个机会。大巴车会停在学校门口，游客们纷纷下车，开始拍照：学校、操场、孩子们在运动场上练习或在公园里闲逛。结果他们拍下了很多愤怒的表情。学生们觉得自己像动物园里的标本。人们还不断地问他们，你感觉如何？

布莱恩·弗斯利尔即将在科伦拜因读高二②。这几个星期他仿佛生活在显微镜下，一直很痛苦；游客太多了。"我好想走上前去对着他们的脸揍上一拳！"他对父亲说。

6月2日，大部分学生终于再度返回科伦拜因校园。这是情绪大

---

① 关于学生和家长在那个春天以及夏天的不同态度，主要基于我当时对该地区的多次采访和走访，以及多年后的采访。我还仔细研究了这一时期的新闻报道。
② 关于布莱恩在那年夏天的反应，我最初是根据对他父母的采访写的；几年后我向他证实了这些描述。

起大落的一天。① 学生们有两个小时的时间可以回到学校，取回他们的背包、手机和他们在逃跑时丢弃的其他东西。他们的父母也被允许进去。这给了大家一个面对自己的恐惧的机会。几百个孩子流着泪跌跌撞撞地走出来。眼泪是管用的。大多数人发现这段经历重重地压在心上，但可以宣泄了。

他们又被赶了出来，接下来两个月不得进校，在此期间施工人员对内部进行了翻新。学生们对任何改变都抱有复杂的情绪，但他们信任这一次的改变。学区实行自主选校，所以大家都以为下个秋季科伦拜因的学生人数会大减。然而，学生们的反应恰恰相反：转学的人极少，秋季入学率居然上升了。学生们感觉他们已经失去了太多，放弃一寸走廊或一间教室感觉像是被打败了。他们想要回他们的学校。要回学校的一切！

D 先生和教员们将注意力放在孩子们身上：让他们接受治疗，并注意创伤症状。校方成立了一个设计审查委员会来解决图书馆的问题。这个委员会的成员包括学生、家长和教师。很快大家就达成了共识：把房间里的一切清空进行重建。重新设计布局，更换和重新配置家具，换掉墙面颜色、地毯乃至天花板的瓷砖。这是为整个学校制订的改建计划的加强版。创伤疗愈专家建议委员会在两个目标之间进行平衡：让孩子们觉得自己的学校挺过来了，而他们周围的变化微妙到难以觉察。图书馆是个例外：它要让人感觉完全不同。

学校的翻新工程将耗资 120 万美元，在 8 月份复课前完成的难度很大。设计委员会迅速行动起来，6 月初，学校董事会通过了方案。遇难孩子的父母大吃一惊。重新布置家具？刷点油漆，重新铺上地毯？设计团队认为他们的方案是一次彻底改造，而持不同意见者则称之为"表面文章"。

---

① 当天大部分时间我都待在学校外面，采访来往的学生，并进行观察。

* * *

一开始,学生和遇难者家属都以为大家是一起的。过了几个星期,才意识到他们之间将较量一番。13个遇难者家庭见寡不敌众;于是成立了家长团进行反击。5月27日,正当他们组织人手时,一个声名狼藉的律师兼狗仔飞到丹佛,召开了一场热闹的新闻发布会。经过媒体的大肆宣传,杰弗里·菲格就像协助自杀的凯沃基安医生①那样成了有线电视新闻的主角。菲格和艾赛亚·休尔斯的家人联手提出了一个赚足眼球的要求,从而稳稳地让科伦拜因高中以最糟糕的方式重回全国的头条新闻:以过失致死起诉凶手的父母,提出2.5亿美元的赔偿。

艾赛亚的继父宣称:"这不是钱的问题!打这场官司是为了改变!如果要改变现状,你就得让他们出钱,这是唯一的途径。"② 他说得没错,但公众对动机持怀疑态度。菲格坚称,他准备这个案子要花的钱将超过他们能获得的赔款。科罗拉多州法律将个人的赔偿额限制在25万美元,而政府实体的赔偿额上限为15万美元。他说:"这场官司是一个象征。会有愤世嫉俗的人把起诉归咎于贪婪。"

诉讼早在预料之中,但没有人预料到这场诉讼会如此招摇,来得如此迅速。科罗拉多州法律规定受害者有一年的时间来提出申请,6个月的时间来宣布意图。这才5个星期。各个家庭一直在讨论以诉讼施加压力,并将其作为万不得已时采用的手段。

这场诉讼起到了试探作用,但随后就沉没了。幸存者们尤其反感。他们中的许多人将自己下一阶段的生活奉献给了某种正义事业:反霸凌、枪支管制、校内祈祷、SWAT协议、警示牌,哪怕只是收回他们的学校或拆除图书馆。诉讼有可能玷污这一切,它们也给下一场

---

① 美国病理学家,安乐死支持者。他公开提倡通过医生协助自杀,完善晚期病患的"死的权利";他声称已协助至少130名患者结束生命。——译者
② 关于休尔斯家的新闻发布会的描述是基于我自己的观察。

大的较量带来了不良影响——当休尔斯夫妇召开新闻发布会时,这场较量已经开始了。这场较量也围绕着金钱展开。公众捐款的数量惊人,但好运是要付出代价的。

第一个月的捐款就超过了 200 万美元。一个月后,总额达到 350 万美元。共有 40 种不同的基金涌现出来。联合之路基金会①在当地的机构设立了康复基金(Healing Fund)来协调资金的分配。罗宾·芬根是一位经验丰富的治疗师和受害者权益倡导者,曾与俄克拉何马城事件幸存者密切合作。她告诉全国公共广播电台(NPR):"可以预见,这将是一个非常困难、非常痛苦的过程。"有太多的利益冲突。"有些人——一部分人——会对此感觉不好。"她这么说算是轻描淡写了。

当一对教师共同获得 5 000 美元的焦虑症治疗费时,布莱恩·罗尔博大发雷霆。"那是犯罪。"他说。他希望这笔钱能在伤者和死者家属之间平均分配。但平分公平吗?兰斯·柯克林的父亲估计他的医疗费用将达到一两百万美元;这家人没有保险。马克·泰勒的胸部中了 4 枪需要手术;他妈妈买不起日用品,也付不起房租。她说,这个过程很屈辱,她觉得自己像个要饭的。"我儿子躺在医院里。我没法去工作。我们生活没有着落,而他们有几百万美元的捐款。我感到恶心。"

泰勒家和柯克林家的律师认为,有些家庭比其他家庭更需要赔偿。布莱恩·罗尔博再次爆发。他告诉《落基山新闻报》,这意味着丹尼的生命没有价值。对布莱恩来说,这笔钱具有象征意义:对每个生命的最终估价。对其他人来说,钱是用来派用场的。

7 月初,康复基金公布了其分配计划。380 万美元中的 40%将用在直接受害者身上。对于这笔钱,大家达成了一个巧妙的折中方案:4 个重伤的孩子每人得到 15 万美元;13 个遇难者家庭每户得到 5 万

---

① United Way,全美最大的慈善机构。——译者

美元。这样一来，死者共得65万美元，而重伤者共得60万美元，从表面上看13个遇难者家庭得的更多一点。21名受伤的学生每人得到了1万美元，这只是其中许多人医疗费用的一小部分。剩下的大部分用于创伤咨询和宽容教育，约有75万美元被指定为应急资金，这是一种折中方案，用于支付未付的医疗费用，避免表面上看起来倾向于伤者而非死者的情况。

布莱恩·罗尔博一感觉有人听了他的意见，就做出了让步。

* * *

汤姆·克莱伯德非常愤怒。"谁给了我儿子这些枪？"他问马克斯豪森牧师。他还觉得自己被这种不随大流的孩子会受到刁难的校园文化辜负了。

汤姆尽力把那个让他愤怒的世界关在门外。他的工作使他可以窝在家里，他充分利用了这一点。苏没法这样。"她不得不出门。"马克斯豪森说。

* * *

5月28日，凯茜·哈里斯给13个遇难者家庭写了吊唁信。好几个家庭的地址没有公开，所以她把信一封封装进信封，写上这一家的姓，然后全部装在一个牛皮纸大信封里，邮寄到学区专门为遇难者家庭设立的一个信件交换所。一周后，凯茜又向23个受伤孩子的家庭寄出了第二批信件。学区把它们作为潜在证据，全部交到了治安官办公室。警方就这么扣着，决定既不查看，也不送出。

7月中旬，媒体发现了这个问题。兰迪·韦斯特警官表示，分发这些邮件"确实不是我们的工作"。这些信要么没有付邮资，要么没有写地址，所以指挥官决定退回给发件人。韦斯特抱怨哈里斯一家拒绝在没有豁免权的情况下会面，并说他的团队很难联系到他们的律师。韦斯特警官说："他们很忙，我们也很忙，我们很难联系上他们。我觉得，如果你们想让事情变得更简单一点，大可直接和我们来谈。"

哈里斯夫妇打破了3个月来的沉默，发表了一份声明，驳斥了关于这些信件的"错误陈述"。他们的律师坚称，杰弗科从未试图就这些信的问题与他联系。

这些信最终被退回。

苏·克莱伯德也在5月份写了道歉信。她直接把它们寄给了13个遇难者家庭。布拉德和米斯蒂收到了这样一张手写的卡片：

亲爱的伯纳尔一家，

我们极为艰难地以极大的谦卑写信给您，对您美丽的女儿卡西的去世表示深切的哀悼。她给这个世界带来了欢乐和爱，却因一时的疯狂举动而逝去。我们希望曾有幸认识她，并受到她的仁爱精神的鼓舞。

我们永远无法理解为什么会发生这样的悲剧，或者我们原本可以做些什么来阻止事情发生。我们为犬子在卡西之死中所扮演的角色深表歉意。我们从未在迪伦身上看到过愤怒或仇恨，直到他生命的最后一刻，我们才和世界上其他人一起无助而恐惧地看着这一切。我们的儿子是造成这场悲剧的责任人之一，我们至今还是无法理解这个事实。

愿上帝抚慰你和你的亲人。愿祂给我们所有受伤的心灵带来安和与谅解。

诚挚的

苏和汤姆·克莱伯德

米斯蒂被打动了——她把这封信全文收进了她正在写的回忆录中。她宽宏大度地表示这一行为是勇敢的。她写道，汤姆和苏同样在这场灾难中失去了一个儿子。至少卡西死得很高贵。克莱伯德夫妇能得到什么抚慰呢？米斯蒂还谈到了对凶手父母的指控。他们应该事先知情吗？是他们疏忽了吗？"我们怎么知道？"

42. 转处计划

一年前，两个男孩确定了发起袭击的时间和地点：1999 年 4 月，公共休息区。这给了埃里克时间做计划，准备枪械弹药，并说服他的搭档这是来真的。

埃里克和迪伦进入"青少年司法转处计划"后不久，收到了他们的初中年鉴。两人交换了年鉴，一页一页地乱涂乱写。"身为神的我们跟 NBK 一起玩会多开心好玩啊！"迪伦在埃里克的年鉴上写道，"我对一月事件将像神那样发泄怒火，且不说我们将在公共休息区发起的复仇。"

"一月事件"指的是他们被捕。埃里克对此也很生气。"1 月 31 日烂透了，"他在迪伦的年鉴里写道，"我讨厌白色面包车！！"

被捕是一个关键时刻——年鉴上的文字证实了弗斯利尔在这方面的初步结论。最终，弗斯利尔将此视为导致埃里克走向谋杀的最重要事件。就在那次被捕之后，埃里克接二连三地引爆了他的第一批管状炸弹，在自己的网站上威胁要进行大规模的谋杀，在日记中则透露了更恐怖的愿景，并确定了袭击的大致计划。但埃里克已经在按计划做了，并不是"突然起意"，弗斯利尔认为迪伦被定罪的后果是他大开杀戒的催化剂，而非诱因。

埃里克将种种不公都暗暗记了下来。他有一份荒诞而冗长的敌人名单，警察、法官以及"转处计划"的工作人员都是新加进去的，其他还包括老虎伍兹[①]、所有拒绝过他的女孩、所有西方文化以及整个人类。在弗斯利尔看来，这次逮捕的不同之处在于，这是第一次极大地限制了两个男孩掌控自己生活的能力——正如迪伦所言，"螺丝正在拧紧"。他们现在是高三学生，这时候个人自由的扩张速度比以往任何时候都要快。他们刚拿到了驾照，有一份带薪的工作，有了第一笔可支配收入，他们的宵禁时间延后了，父母的监督正在放松，埃里克有约会对象……他们生活的可能性越来越大。他们以前也遭受过挫折，但那些挫折都是轻微而短暂的。而这次是一项重罪。为了一点小事就被定为重罪：某个白痴的面包车——结果呢？所有的自由都没了。

埃里克在迪伦的年鉴里画满了各种图案：纳粹的万字符、机器人杀手以及横飞的尸体。死人比活人多。页面边缘的一幅插图显示，数百具丁点儿大的尸体堆积在地平线上，和人类排泄物构成的海洋融为一体。

埃里克一页一页翻着自己那本年鉴，在他不喜欢的孩子的脸上做标记。他把他们定为"一文不值"的人，说他们会死，或者干脆在他们的照片上画了个✕。埃里克有 2 000 张照片要涂，而且最后几乎涂完了。

其中几个是背叛过埃里克的混蛋。他在迪伦的年鉴中写道："上帝啊，我等不及让他们死了，我现在就想尝尝血的味道！"

精神病态者想要品味自己的成就。这就是为什么那些施虐狂倾向于连续杀人：他们很享受残杀的结果。埃里克走的是另一条路：他会从整整一年的期待中汲取乐趣，最终大开杀戒。他喜欢控制——迫不及待地想掌控他人的生命。当那一天终于来临，他在图书馆里慢慢地享受着每一分钟。他心血来潮地杀了一些孩子，同时让另一些轻松离开。

他利用他的网站让他在此生中享有一定的恶名。他喜欢他的网络世界的讽刺，其他孩子在网上装腔作势，而他的幻想却是真实的。

跟埃里克的控制癖相矛盾的一个地方是他愿意把权力交给迪伦。

---

① 美国著名高尔夫球运动员。——译者

科伦拜因案　　299

交换年鉴代表着他们对彼此的信任的巨大飞跃。[1] 他们讨论谋杀已经好几个月了，两本日记中相应的一些暗语也表明他们经常琢磨这些想法。埃里克已经半公开了自己的威胁，并发布在自己的网站上，但似乎没人注意到，也没有人当回事。这一次，他用自己的笔迹潦草地写下了这桩阴谋的罪证，并交给了迪伦。

他们在几个朋友的年鉴中暗示了谋杀计划，但看起来像是玩笑。迪伦说他想杀了吹牛老爹乐队或汉森乐队（Hansen）的人，而埃里克写的极具讽刺意味：不要追随你的梦想，要遵循你的动物本能——"如果它动就杀了它，如果它不动就烧了它。Kein mitleid！！！" Kein mitleid 是德语，意为"不留情面"，也是他最喜欢的乐队 KMFDM 的常用缩写。这正是埃里克乐此不疲的做法：写成文字警告世界，让我们知道我们这些人类是多么愚蠢。

他们俩在彼此的年鉴中来了一场真正的赌博，尤其是迪伦。他写了一页又一页的具体谋杀计划。现在他们的命运都在对方的掌控之中了。只要年鉴曝光，他们参与的"转处计划"就会告终，并重新受到重罪指控。在最后一年里，两个男孩都很清楚自己的伙伴随时可能送他进监狱，当然他们俩会一起进去。互相确保有难同当。

* * *

弗斯利尔博士仔细思考了年鉴里的段落。两个男孩都幻想着谋杀，但迪伦专注于发动一次袭击。埃里克有一个更宏伟的愿景。他所有的文字都暗示着一场大规模的屠杀：杀光一切，灭绝人类。一个月后，在一篇言语狂热的日记中，他引用了纳粹的"最终解决方案"："杀光他们。如果你搞不明白的话，我的意思是'**杀光人类**'。"

目前尚不清楚埃里克和迪伦是否意识到了二人的这种不一致——他们均没有以书面形式讨论过这个问题。很难想象埃里克没有注意到

---

[1] 杰弗科当局公开了年鉴相关页面的扫描件。

迪伦专注的是规模小很多的攻击。他是否把迪伦包括进他的整个梦里了？也许迪伦只会觉得这事不靠谱。炸毁高中，可能真的会——杀光人类……这对迪伦而言也许不过像科幻小说而已。

尽管媒体执迷于"霸凌"和"不合群"的说法，但两个男孩并没有呈现出这样的自己。迪伦觉得欺负新生和"基佬"很好笑。两人都没有抱怨过欺负他们的人——他们总吹嘘自己欺负他人。

*　　*　　*

男孩们在加入"转处计划"以后发生了巨大的变化——再一次朝着相反的方向改变。埃里克发起了新的魅力攻势。[1] 安德里亚·桑切斯成为他生命中第二重要的人。花言巧语蒙骗她，是讨他父亲欢心的最好办法，父亲可是他生命中第一重要的人。这也阻止了该项目让埃里克偏离他的目标。埃里克现在有了一个计划。他在执行一项任务，他很兴奋。他的成绩在被捕后有短暂的下降，[2] 但一旦他有了袭击计划，成绩就回升到了有史以来的最好水平。事情很多，他在日记里抱怨不已；但他非常努力，力求出类拔萃。

迪伦甚至没打算给安德里亚留下好印象。他错过了预约，社区服务也落在后面，成绩直线下滑。实际上他得了两个 D。

NBK 不过是迪伦和他的伙伴们聊他们想做的事时的一种消遣。迪伦并没有当真，也不打算去实现。他只知道自己现在是个重罪犯，他的悲惨生活已经变得不能更糟了。

工作也好，学习也好，埃里克在"转处计划"里都是表现上佳。他甚至还获得了加薪，在作为学生的最后一个暑假，他在朋友内特·戴克曼打工的墨西哥玉米饼店找到了第二份工作。埃里克开始存更多

---

[1] "转处计划"辅导员记录了每次会议的内容——大约每月两次——由此为男孩们在最后一年的活动提供了更详细的资料。当时两个男孩都拿到了每日计划簿，不过迪伦写得更少。

[2] 学校发布的成绩报告显示了每个学期内的进展。"转处计划"还要求两个男孩的教师帮他们填写月度进展报告，并附上成绩预测和评论。

科伦拜因案　　301

的钱充实他的武器储备,他的借口是攒钱买一台新电脑。他打两份工,还要完成法官要求的暑假期间的 45 小时社区服务。那都是无聊的、低下的破事,例如在娱乐中心扫地、捡垃圾等。他很不屑干这些事,但还是假装乐呵呵的。所有这些都是为了干大事。

不管是经济上还是其他方面,迪伦似乎并没有为发动袭击做出很大贡献。他辞掉了黑杰克披萨店的工作,整个暑假期间都懒得去找份固定工作;只是帮一户邻居收拾收拾院子。

埃里克让他的雇主和娱乐中心主管都对他很满意。"他真是个好孩子,"玉米饼店老板说,"他每天都穿着干净的 T 恤、卡其短裤和凉鞋来上班。他有点内向,但大家都和他相处融洽。"内特喜欢穿风衣上班,不过埃里克觉得这样很不敬业。

两个男孩被要求给面包车车主写道歉信。埃里克的信中流露出了悔恨之意。① 他承认,他写信的部分原因是被命令这样做,"但主要还是因为我强烈地感觉我欠你一个道歉"。埃里克一再表示抱歉,并简述了他从立法机构和父母那里受到的惩罚,以便受害者明白他正在为自己的行为付出代价。

埃里克很清楚同理心是怎么回事。信中最有说服力的部分是他把自己放在车主的立场上。他说,如果他的车被人抢了,被侵犯的感觉就会一直困扰着他。对他来说,再开这辆车会很难。每次上车,他都会想象有人在车里翻找东西。天哪,光想想就觉得被冒犯了。他对自己很失望。埃里克写道:"我很快意识到我都干了些什么,这是多么愚蠢。我放任自己的愚蠢胡来。"

"但他这样写是为了达到目的,"弗斯利尔说,"那完全是在操纵。几乎在同一时间,他在日记中写下了自己的真实感受:'难道美国不应该是自由之地吗?可如果我是自由的,为什么我就不能剥夺一个蠢货的财产。如果他把东西放在那辆傻逼面包车的前排座位上,谁

---

① 杰弗科公开了埃里克写的信。

都能一眼看见,而且他妈的星期五晚上把车停在见鬼的荒郊野外。**物竞天择。傻逼都应该被枪毙。**"

埃里克对安德里亚·桑切斯没有表现出任何蔑视的迹象。她在笔记中谈到了埃里克深深的悔意。

很少有愤怒的男孩能如此令人信服地隐藏自己的情感或者忍住胡言乱语。说谎成性的人讨厌那样拍马屁。精神病态者则不然。这是表演中最精彩的部分:埃里克的快乐来自看着安德里亚、面包车车主、韦恩·哈里斯以及每一个看到这封信的人都对他荒谬的谎话信以为真。

埃里克从来没有埋怨过自己撒下那些谎。他为此大肆吹嘘。

埃里克可能是个拖延症患者——这是精神病态者的通病——安德里亚建议他在时间管理上下功夫。于是,埃里克买了一本"不羁少年的骄傲"[①] 每日计划簿,填上一周的计划,并带到两周一次的咨询会上去炫耀。他滔滔不绝地说这个办法如何好。他说,这真的很有用。安德里亚被打动了,在他的档案里表扬了他。然后他就放弃写计划了,转而用这个本子来宣泄他的真实感受。[②] 本子里印了很多激励性的口号和改善生活的建议。埃里克把这几百页翻了一遍,改写了一部分词句。"一个人的脑子总是脑浆四溅的……把老人和其他失败者剪成破屑……九年级学生必须被烧死。"最后,他改了丹佛人口图表上的一栏,改成仅有 47 个居民。

安德里亚·桑切斯对埃里克很满意。她亲自辅导了孩子们几个月,然后把他们交给了一位新的辅导员。在埃里克的档案中,安德里亚在最后一个条目的结尾写了一句 Muy facile hombre——非常容易相处的人。

[①] Rebel Pride,应是专门为科伦拜因高中特制的计划簿,因为"不羁少年"是他们的口号。——译者
[②] 几个月后,埃里克再次开始使用每日计划簿记录他每天的大部分生活。迪伦也填写了自己的计划。杰弗科公开了这两份文件的全部扫描件。

迪伦没有得到这样热情洋溢的评语。安德里亚·桑切斯为什么不能更喜欢埃里克一点呢？每个人都更喜欢他。他风趣，聪明，那笑容，我的天——他还知道什么时候该绽放出那样的笑；什么时候要收住笑，知道用笑容撩拨你，让你听其摆布，然后得寸进尺。

迪伦是个制造阴郁情绪的工厂。苦难是自我应验的：谁愿意整天在云层下徘徊？

内心深处，他是一个充满狂野能量的发电机，同时向八个方向飞奔，脑海里萦绕着音乐，想出聪明的点子，迸发出喜悦、悲伤、遗憾、希望和兴奋……但他不敢表现出来。迪伦把一切藏在表面之下——你可以看到他有时会默默地压抑着情感，但大多数时候他表现得羞怯而窘迫。愤怒是有时候会翻涌的东西。爱，他可以在内心深处放声高歌，只是不打算表现出来，要是愤怒就只会爆发出来。那会把人吓坏。你永远也想不到那样一个孩子会如此愤怒。

* * *

埃里克抱怨药物治疗的效果。他从安德里亚·桑切斯那里转出来之前，跟她说左洛复的效果不好。他感到坐立不安，无法集中精神。艾尔伯特医生给他换了兰释。① 换药期间必须停药两周，以便左洛复代谢出他的体内。埃里克告诉安德里亚，他很担心停药的后果。他在日记中讲述了一个截然不同的故事，他写道，艾尔伯特医生想给他用药，以消除他的不良思想，平息他的愤怒。这简直是疯了。他不会接受自己像人类装配线上的产品那样被改造。"**不行，不行，不行**，绝对他妈的**不行**！"他写道，"我宁愿死也不会背叛自己的想法。但在我离开这个屁用没有的地方之前，我会杀死任何我认为不合格的人。"

现在还不清楚埃里克到底在和艾尔伯特医生玩什么把戏。实际上，他之所以发牢骚可能是因为左洛复的效果太好了。每个病人的反

---

① 埃里克的药物治疗过程和他对药物的反应都记录在他的"转处计划"档案中。1998 年 5 月 14 日，他的药物从左洛复换成了兰释。

应都不一样。这一手无疑坐实了埃里克努力控制自己愤怒的假象。

"如果埃里克对他的医生诚实坦率，我会非常惊讶，"弗斯利尔说，"精神病态者也试图操纵精神健康专业人士，而且往往会成功。"

* * *

韦恩·哈里斯是埃里克最难糊弄的人。他见识过埃里克的精彩表演，都识破了。4月份，韦恩参加了第一次"转处计划"的情况介绍会之后，在日志里写了一篇没有注明日期的文章。他很沮丧。他列出了要跟埃里克谈一谈的要点：

- 不愿意调整睡眠习惯。
- 不愿意改正学习习惯。
- 没有动力好好学习。
- 我们可以处理1和2：电视、电话、电脑、熄灯时间、工作、社交。
- 你要处理3。
- 你需要实现目标，表现出良好的判断力，付出额外的努力，追求感兴趣的事情，寻求帮助和建议，从而向我们证明你渴望成功。

他再次对埃里克的行动进行了限制：除了学习之外，晚上10点宵禁，学习期间不能打电话，还可能再延长四个星期不得使用电脑。

这次管教是韦恩·哈里斯的最后一次记录，也几乎是公众能从他那里看到的最后一点文字。一年后对他家的搜查针对的是埃里克写的东西，韦恩、凯茜和埃里克哥哥的东西都没有被没收。在袭击发生后的10年里，他们通过律师发表过一些简短的声明，与警方进行了简短的会面，并与受害者的父母进行了一次会面。他们从未对媒体发表过任何言论。埃里克与父亲的关系，从他们的日记以及外人的证词中可见端倪。凯茜·哈里斯的形象更加模糊，这家人究竟是怎么互动的仍然难以捉摸。

* * *

和埃里克在一起时，迪伦就口头上应承一下 NBK 计划。私下里，他在权衡两个选择：自杀，还是真爱。他给哈丽特写了一封情书，坦陈了一切。他在开头直言不讳地写道："你并不知道我是谁。我，写这封信的人，对你的爱是无穷无尽的。"他说自己无时无刻不在想她。"你是我的命中注定，然而这个宇宙却用不确定性阻挡了我。"他其实跟她有不少相似之处：心事重重，安静，喜欢观察。她也似乎和他一样对物质世界不感兴趣。生活、学校，这一切都毫无意义——她能理解这个简直太好了。迪伦从她身上看到了一丝忧伤：她很孤独，就像他一样。

他想知道她是否有男朋友。奇怪的是，他从来没有去查过这事。他几乎没有再见过她。他意识到自己可能有点过分："我知道你在想什么：'（某个神经病给我写了这封骚扰信）'。"但他必须冒这个险。他确信她注意过他几次——她的目光没有一次逃过他的眼睛。迪伦坦承了自己最可怕的意图——他希望像扎克一样找到一个灵魂伴侣，可以向对方倾诉自己的自杀欲望。起初，迪伦还有些忸怩。"我很快就会离去……请不要对我即将'离开'这个世界感到任何内疚。"最后，他承认，如果她知道全部真相，一定会恨他，但他还是交代了。"我是个罪犯，我做了一些几乎没人愿意宽恕的事。"他说，他的大部分罪行都被抓包了，他想换个新的存在方式。他确信她知道他的意思。"自杀？我没有任何活下去的理由，而在这次被定罪之后，我将无法在这个世界上活下去。"但如果她像他爱她一样热烈地爱着他的话，他就会想办法活下去。

如果她认为他疯了，请不要告诉任何人，他恳求道。请接受他的道歉。但如果她对他也有感觉，请在他的储物柜里留一张纸条——837 号，靠近图书馆那里。

他签上了自己的名字。他没有把这封信寄出去。他打算寄出去吗？还是仅仅写给自己看的？

与此同时，埃里克很不高兴。他通过电子邮件向布鲁克斯·布朗发难。邮件中写道："我知道你是埃里克的敌人，我知道你住在哪里，开什么车。"

精神病态者不会尝试欺骗所有人。他们会把自己的表演留给有权力的人看，或者为了他们需要的东西而表演。要是你看到了埃里克·哈里斯丑陋的一面，说明你对他毫无意义。

布鲁克斯告诉了他妈妈；朱迪报了警。一名警察又写了一份可疑事件报告，并将其放进了正在进行的对埃里克的调查中。报告说布朗一家很担心，他们要求在晚上增加巡逻。

* * *

三人组不复存在了。扎克没有被纳入 NBK 小组，埃里克彻底将他排除在外。扎克说那年夏天埃里克对他很冷淡——他一直不明白为什么。那年秋天，两人之间爆发了公开的敌对行动。迪伦没有插手。不跟埃里克在一起的时候，他跟扎克很要好，他俩每天晚上打电话聊天。

兰迪·布朗又报了警。有人用彩弹枪给他的车库做了记号。他确定还是那个小罪犯，埃里克·哈里斯。警长询问了兰迪并写了一份报告，他写道："无嫌疑人——无线索。"

在那期间，新任辅导员鲍勃·克里格斯豪瑟在埃里克的档案中写道："埃里克表现很好。"埃里克的表现超出了预期，还掩盖了他犯的错误。由于拖延症，最后 4 个小时的社区服务遇到了麻烦，他一直拖拖拉拉到最后一天也没能完成全部 45 个小时。所以，他那天跟娱乐中心的负责人甜言蜜语，对方虽然不认识他，却被他打动了，替他撒了谎。在鲍勃·克里格斯豪瑟的印象里，埃里克按时完成了社区服务。那年秋天，埃里克靠这件事赢得了一位老师的赞许。他吹牛说自

科伦拜因案　307

己一整个夏天都在为社区做贡献。

两个男孩在理念上继续各行其是：埃里克掌控着人和自然；迪伦是命运的奴隶。迪伦有件大大出乎意料的事。他无意搅和到埃里克的大屠杀里去。他喜欢拿这事开玩笑，但私下里已不打算干了。他指望8月10日写的那篇日记是他的人生终章。迪伦早在"天生杀人狂"的说法出现之前就计划自杀了。

* * *

杀人者的高四生活开始了。埃里克和迪伦开始上视频制作课。很有意思的课。他们有机会拍片子了。① 他们拍的虚构题材视频大多是一个模子的变体：冷漠的硬汉保护不合群的人免受大块头壮汉的欺负。埃里克和迪伦用计谋打败了恃强凌弱者，但其实他们真正看不起的是被他们保护的人。他们榨干了失败者的钱财，然后杀了他们，就因为他们想这么做。受害者活该；他们是下等人。故事情节明明白白地写在埃里克的日记里。

多好的机会啊。埃里克指导着他那不太靠谱的同伙：从幻想到现实，一步一个脚印。迪伦照单全收。他在镜头前活了过来。他的眼睛瞪得鼓鼓的，你可以感觉到他皮肤下郁积的真正的愤怒。男孩们已经反反复复讨论"天生杀人狂"计划好几个月了，如今他们通过几个电影片段演了出来。他们是胶片上的英雄，为同学和成人拍下他们的事迹。埃里克喜欢这么做。以这种方式透露他的计划真是太滑稽了。他都这么公开了，他们还是猜不透。何况还有迪伦和他在一起。

* * *

埃里克如饥似渴地阅读文学作品。② 《麦克白》《李尔王》《德伯

---

① 除了地下室录像带以外，杰弗科还公开了他们拍摄的许多录像。这里的内容是我根据所看的录像撰写的。
② 埃里克保留了大量学校作业，其中包括本章各节中引用的所有文字。我仔细阅读了他写的所有内容。

家的苔丝》。尼采或霍布斯（Thomas Hobbes）的著述他百读不厌。英语课要求他们每周就其中一个故事或某个随机的话题写一篇短文，它们在枪击案发生几周后被送到了弗斯利尔博士的手上。他发现这些文章颇有启发性，尤其是其中省略的部分。

9月，埃里克写了一篇名为《谋杀或违法是否有正当理由？》的短文。他的回答是有——在极端情况下。他描述了挟持宠物和人类为人质，威胁要炸死一车人的情况。在是非观坚定的文章中掩饰可怕的谋杀幻想，这种讽刺意味让他很得意。埃里克认为，一个警方狙击手杀了一个人可以拯救许多人。法律必须倾斜。埃里克在日记中也提出了同样的观点，但又更进一步：道德责任要看情境，绝对的情况只存在于想象中；因此，他可以杀任何他想杀的人。

这表明埃里克提出了一个具有挑衅性的问题，并准确地评估了自己能走多远。弗斯利尔并没有看到道德上的混乱，显然也没有明显的精神疾病——埃里克通过他驾驭这种棘手问题的能力证明了他的理智。他用另一种方式警告了我们，却没有暴露自己，从中他得到了满足。

* * *

迪伦期待自己能赶快死去。上学的意义何在？他的课程很轻松，可还是得了两个D。他在课堂上睡觉，错过了第一次微积分考试，也懒得补考。他的"转处计划"辅导员鲍勃·克里格斯豪瑟说，这样的成绩是不可接受的。他要么尽快提高分数，要么每天下午在"转处计划"办公室写作业。克里格斯豪瑟很为埃里克的进步感到高兴。埃里克正在写一篇关于外国音乐的演讲稿，并正在背诵歌德的黑色歌剧诗《魔王》（Der Erlkönig）。他到博尔德（Boulder）去看了科罗拉多大学的一场足球赛。他正在为十月节[①]做一批甜甜圈，并吸收了他

[①] Octoberfest，又称慕尼黑啤酒节，每年9月末到10月初在德国的慕尼黑举行，喜欢德国文化的人也会庆祝该节日。——译者

能找到的关于纳粹的一切。他仔细阅读了《纳粹党》(*The Nazi Party*)、《党卫军的秘密》(*Secrets of the SS*)以及《纳粹帝国主义的意识形态起源》(*The Ideological Origins of Nazi Imperialism*)等书籍。他在自己写的论文《纳粹文化》中引用了十几本学术著作。这是一篇掷地有声的作品：生动、全面、详细。

埃里克通过这篇论文公然表达了邪恶的欲望。开头，它要求读者想象一个体育场里挤满了被杀害的男人、女人和孩子——不仅塞满了所有座位，还高高地堆到了半空。他说，这还只是被纳粹消灭的人数的一小部分。600万犹太人被他们消灭了，还有500万其他种族的人。1 100万——瞧，这是尸体的数量。埃里克幻想着能超过这个数字。

他描述了纳粹军官将囚犯排成一排，然后向第一个人开枪，看看子弹能穿透多少个人的肋骨。他的老师在空白处写道："哇，这太可怕了……难以置信。"

埃里克影印了海因里希·希姆莱[①]对党卫军领导人的臭名昭著的演讲中的一段，并把它放在自己的房间里。"不管1万名俄国妇女在挖反坦克壕沟时是否累倒，我只关心为德国挖的反坦克壕沟是否完工。"希姆莱说，"[德国人]也会对这些人类动物采取一种体面的态度，但是，为他们操心，给他们理想，是对我们的血统的犯罪。"这是个明白人！纳粹用人类动物做苦工；埃里克只想把他们炸上天。五六百个断肢残躯够看一下午的电视了。

埃里克觉得自己天不怕地不怕。他开始穿印有德语短语的T恤，他的文章里贴上纳粹的万字符，当他在动感保龄球馆击球时大喊德语"胜利万岁"。对于埃里克的朋友克里斯·莫里斯来说，所有这些该死的纳粹玩意儿越来越没劲。埃里克还引用希特勒的话大谈集中

[①] 纳粹党卫队队长、党卫队帝国长官、盖世太保首脑等要职，鼓动对欧洲600万犹太人等发起大屠杀，被称为"有史以来头号刽子手"。——译者

营……真是够了。

10月份，埃里克遇到一个挫折。一张超速罚单。他的父母很严格，这让他为此付出了代价：他们要他自己支付罚款，参加防御性驾驶①课，支付任何增加的保险费；此外，他还被禁足三周。

所有公开表达的对纳粹的向往开始把埃里克逼入困境。交了论文的四天后，埃里克在日记上坦言，他表达得太多了。他写道："我可能需要戴上一个大大的面具再来骗你们。见鬼见鬼见鬼，要坚持到4月可真不容易。"

他尝试了一种新的策略：改动一下他已经透露的东西。他在"政府"那门课上写了一篇非常个人的文章交给了托内利先生——他们都叫他"T狗"。埃里克承认自己是个罪犯，曾作为罪犯见识了警察局的恐怖，但他已经洗心革面了。他在拘留所呆了四个小时，那是一场噩梦。当他们让他进那个牢房一样的厕所时，他崩溃了。"我哭了，我很难过，我感觉糟透了。"他写道。

他说他还在努力赢回父母的尊重。那是最大的打击。谢天谢地，他和迪伦从不喝酒吸毒。在结尾处，他亮出了一个精神病态者常用的招数。他写道："就个人而言，我认为那一整晚对我来说已经受了足够的惩罚。"他解释说这迫使他面对一种全新的人生经历。"所以，总的来说，"他总结道，"我认为这是一个很有必要的惩罚。"

"T狗"中招了。他怎么能对付得了一个机智的、年轻的精神病态者呢？甚至很少有老师知道这个词的含义。托内利用打字机给埃里克写了一份批语："哇，这是吸取教训的一种不错的方式。我也认为那晚你受的惩罚已经够了。不过，我还是为你以及你做出的反应感到骄傲……你确实从中吸取了教训，它改变了你的想法……我完全相信你。谢谢你让我读到这篇文章，也谢谢你来上我的课。"

---

① defensive driving，即有预见性的驾驶，有预见性地避开路上的危险，在美国共有70条规则。——译者

科伦拜因案　311

弗斯利尔比较了公开忏悔和私下自白的日期：只隔了两天。值得注意的是，埃里克经常在这两个场合谈到同样的想法，并且非常狡猾地掩盖了自己的真实意图。

枪击事件发生几个月后，托内利在听取了关于凶手的情况介绍后去见了弗斯利尔。

他说："我得和你谈谈。"弗斯利尔和他一起坐下来。托内利心怀愧疚。"我错过了什么？"他问。

没什么，弗斯利尔说。埃里克很有说服力。他告诉你的正是你想听的。他没有装无辜；他承认有罪，请求宽恕。平常人总是会相信一个演技高超的精神病态者。

埃里克再度在日记里吹嘘了自己的表现，然后话锋一转。"该死的，我本来会是一个特别了不起的海军陆战队员，我本可以因此做一个好人。"这对埃里克而言很不寻常。他通常会为自己的"坏"选择而陶醉，但就在那一刻，他忽然说起了别的："而且我也绝对不会酒驾，如果我们真的要乱来，感觉会有点别扭。"他补充了一句。

弗斯利尔博士读到这段话时，只是略感惊讶。即使是极端的精神病态者也会时不时地表现出一丝同理心。埃里克是极端的，但不是绝对的。这一刻是他最接近于与自己的想法背道而驰的一次，而且是合乎情理的一个过程。计划正在变成现实。埃里克终于有了杀人的手段。他感受到了力量；他必须做出决定——继续保持幻想还是让它成为现实？

埃里克的反思写了两行。所有的句子连在一起，似乎他写得非常快，而下一句是对大规模袭击的展望。一个巨型弹药筒会很棒："想想看，100发子弹不用反复装填，老天爷！"

43. 这是谁的悲剧

在拉勒米镇（Laramie）外有一所房子。[1]这是一个崎岖多山的怀俄明小镇，坐落在落基山脉的边缘，是戴夫和琳达·桑德斯退休后打算安居的地方。拉勒米是一个安静的大学城，在很多人看来可能显得荒凉，但其实它充满了青春活力，是该州的人才聚集地。戴夫的那辆福特护卫者不到三个小时就能开到那里，他们每年都会去好几次。

现在他们离那里越来越近了——还有两年，也许三年。他们期待着这一天的到来。他们称之为退休，但这是工作狂所谓的退休：离开这个职业，进入下一个职业。戴夫将去大学上班；琳达则看上了一家古董店。戴夫在科伦拜因工作了25年，已经有资格领取教师退休金。刚好有个契机。怀俄明大学是个不错的选择：他已经为大学做了多年的球探，并一直执教夏令营，和篮球队主教练也是好朋友。

每次当他们快要开进小镇的时候，都会从公路上看到他们的养老房在眼前闪过。那是一栋灰色的平房，宽阔的门廊延伸到屋子四周。他们打算放上摇椅，再给孙辈们装一个门廊秋千。

戴夫去世后，琳达·桑德斯经常想起拉勒米的那栋房子。她想到自己的煎熬和其他受害者的是多么的不同。所有的注意力都在学生和他们的父母身上。

*　　*　　*

凯希·爱尔兰一度只想着救儿子的命。现在她想亲手对付那些伤害了他的孩子。她看着帕特里克的眼睛，平静无波，就像她的眼睛，可惜是这次恐怖袭击发生前的。凯希安抚了家里人的情绪，但在帕特里克身边，她得拼尽全力才能保持镇定。

科伦拜因案

凯希站在帕特里克的床边，问他是否知道是谁伤害了他。

他说，这不重要。他们犯糊涂了。就原谅他们吧。请原谅他们。

"这让我不由得一惊。"凯希后来说。一开始她以为帕特里克糊涂了。他并没有。他有太多的事要去做。他要重新学会走路、说话，像正常人一样生活。他坚持认为他依然会作为优秀毕业生做告别演讲。愤怒会吞噬他的心。他承受不起。

好吧，凯希说。她不停地祈祷，祈祷帕特里克能带着幸福感熬过这段日子——最终他会找到办法让这事儿过去。而现在这样，是她没有预料到的。她担心她自己做不到，但她也会尝试去原谅。她将花好几年的时间才放下，她从来没有完全放下愤怒，但她一直寄望于帕特里克引领她。

* * *

帕特里克·爱尔兰在艰难地与命运抗争。第一年夏天，他在克雷格医院过得精疲力尽。语言治疗、肌肉训练、各种检查、各种刺激、戳来戳去，还有为了交流而付出的无休止的努力。他经常找不到合适的字眼。晚上，帕特里克会静静地躺在自己的房间里，在进入梦乡前放松下来。约翰或凯希会陪着他，每天晚上他俩轮流值班；其中一人睡在他床边的折叠椅上。以防万一。

他们会在十一二点时关灯，然后在黑暗中和他一起坐着，先是一片沉默，然后他就会开始发问。他想要知道一切。图书馆里到底发生了什么？他是怎么应对的？现在会发生什么？帕特里克还想知道其他受害者的情况，有时候也会问凶手的情况——是什么能让他们做出这样的事情？

"有几次我确实气疯了，"帕特里克后来说，"但我想，我生气更多是因为我意识到我被夺走了什么，而不是因为实际发生了什么。我的生活将彻底改变。"在篮球场上，帕特里克尽量不去生气。犯了错

---

① 琳达在接受我的采访时描述了他们的退休计划，包括这栋房子。

就抛到脑后。他记得他爸爸说："眼睛盯着球。"帕特里克专注于当下。

他的言语能力正在慢慢恢复。短时记忆很困难。每件事都要练习。治疗师会读一份包括 20 件事的清单给他听，他必须按照同样的顺序重复一遍。非常难。

帕特里克很快放下了对凶手的恨意，但他的病情让他恼火。头部创伤常常会导致突然发怒。愤怒和沮丧的情绪通常会持续几个月，他们称之为"低迷期"（blue period）。他的治疗师们也在追踪这些情况。当帕特里克向他们挥动拳头时，他们会记在他的病历上。

* * *

帕特里克在克雷格医院住了九周半。7 月 2 日，他用前臂拐杖支撑着身体出院了。他的右腿上装了个塑料支架。医生让他带着轮椅回家，以便在需要走长路的时候使用。朋友们拉了一条签了名的横幅，欢迎他回来。

夏天过得很快。帕特里克还没有做好开学的准备。他的时间已经排得满满当当：职业疗法①、物理治疗、语言治疗和神经心理学治疗。这些日子让他筋疲力尽。但他走路越来越稳了，说话也相当好懂了，他搜寻词汇时的停顿变得越来越短，一个句子现在可能只中断一次，有时候压根不会中断。低迷期过去了。

帕特里克一边继续努力，一边越来越想念湖边。他知道自己下不了水了。他能听到船发动的嗡嗡声，闻到水拍打码头的气味。最后，帕特里克说服父亲带他出去看他姐姐训练。他喜欢滑水。约翰发动了船。当发动机突突突地响起来时，帕特里克闻到了烟的味道，他闭上眼睛，他又回到了水面上了。他坐在甲板上回味着这一切，然后哭了起来，剧烈地颤抖。他破口大骂。约翰冲过去安慰他。他感到痛不欲生，不是生父母的气，不是生自己的气，也不是生埃里克或迪伦的

---

① occupational，帮助患者或伤者培养或恢复技能的治疗方法。——译者

科伦拜因案　　315

气——他只是非常生气。他想要回自己的生活。却永远得不到了。约翰向他保证,他们会渡过难关的。然后他抱住帕特里克,由着他大哭。

* * *

在警方拉起警戒线 4 个月后,科伦拜因中学将重新开放,日子定在了 8 月 16 日。① 那天早上的气氛决定了一切。如果学生们回家后感觉自己已经跟这个夏天彻底告别并继续前行,那么他们就会向前看。当天早上的头几分钟将为下一学年定下基调。学校管理层召集了学生、教师、受害者和其他利益相关人员,集思广益了一整个夏天。他们咨询了心理学家、文化人类学家和悲伤心理辅导师,并定下了一个精心设计的仪式,将其命名为"夺回学校"。

为了让这场仪式产生影响,他们需要找一个对手来打败,越是有形的、可恶的就越好。这个对手很容易选:媒体。《丹佛邮报》和《落基山新闻报》依然每天都在报道科伦拜因事件,而且一天好几篇。随着秋季学期的临近,媒体的报道又多了起来:两份报纸每天加起来有 10 篇。全国性的媒体也回来了。你们感觉怎么样?人人都想知道。学生们开始穿印着"别来烦我"(BITE ME)字样的 T 恤,不少教职工也穿了。

媒体把他们的生活搞得一团糟。记者的人数也将达到创纪录的水平。集会将包括演讲、欢呼、摇滚乐以及剪彩,但核心内容是公开谴责媒体以及从他们手中收回学校的一个仪式。上千家长和邻里将被招募来组成人墙,以谴责媒体。人墙的作用既是象征性的,也是有实际作用的,它将阻止记者从事他们卑鄙的工作。他们将无法看到学校里正在发生的事。集会原本完全可以安排在校园里面——实际上每个学

---

① 我参加了媒体峰会和"拿回学校"的集会。在集会上,只有记者区里面的记者被允许穿过人墙,所以我根据他们的简报以及我后来对里面许多人的采访写了这段内容。我与负责安排集会的几位管理者讨论了集会的目标和背后的想法。

校的集会都是这样，此次集会将在室外举行，就是向媒体叫板。任何门、锁或墙都挡不住媒体；但他们会被一道足以令他们丢脸的人墙挡住。学校要看看他们有没有胆量穿过去。

* * *

直到集会前 7 天，记者们还对议程一无所知。8 月 9 日，学校召开了媒体指导峰会，40 家地方及全国性新闻机构出席。邀请函上写满了"交换意见"、"平衡利益"等抚慰性的措辞。学区安排了一批创伤疗愈专家。一位教授概述了丧亲之痛：这些孩子尚处于人生起步阶段，许多人还没有从 PTSD 中恢复。创伤在脑子里一遍遍重复，让他们不能自拔。电视台不停地播放同一段素材：SWAT 小组，血淋淋的受害者，紧紧相拥的幸存者，孩子们双手抱头跑出来。

记者们不喜欢此事的走向。随后，受害者权益保护人罗宾·芬根提出了一个更严重的观点：孩子们觉得自己的身份被偷走了。"科伦拜因"现在成了一场悲剧的名字。他们的学校成了大屠杀的象征，他们被看作霸凌者或被宠坏的富家子弟。芬根说："现在这个阶段，受害者需要发生在他们身上的悲剧有处置权。"到目前为止，科伦拜因悲剧都是媒体说了算。该学区表示，这种情况该变一变了——还是祝你们能写出精彩的"科伦拜因归来"故事吧。学校管理人员简要介绍了仪式的要点。

"那这人墙是干吗的？"一位记者问道。

"为了保护学生免受你们的伤害。"学区发言人里克·考夫曼说。

大多数媒体将被拒之门外，只有少数记者由他们领着进了校园。记者们感到不可思议。只有一位纸媒记者？白宫都不会如此严格地限制采访团人数。全国性大报的记者们挤在房间后面，讨论"请律师"的方案。

考夫曼说，学区不会让步的。事实上，如果记者团想进去，媒体就必须做出重大让步：不能有直升机，屋顶不能有摄影师，不得进入

科伦拜因案

校园。"如果不同意，就没有记者团。"他说。

记者们威胁说，走着瞧吧，这么做会适得其反的。一位电视台主管说："只要家长们明白事理，站出来说不，我们就会再次突破限制弄到声音和画面。我不知道家长们是否真的明白，如果他们认为只要说不就能控制我们，那么他们就没想明白，这是在逼我们想其他办法。"

考夫曼说他支持组成人墙。愤怒的父母们对任何记者团都很排斥。"家长和教职员工们，他们真的受不了你们这些人了。他们说：'那就这么着吧！我们受够了。'"

当周晚些时候，双方达成了妥协。记者团的规模稍微扩大了一些，并在人墙内增加了一个"开放区域"，有兴趣的学生可以接近被限定在那里的记者。媒体同意了之前所有的要求以及两个新的要求：当天早上不得在上学路上接触任何孩子，也不能使用任何伤者的照片。孩子们终于有了得胜的感觉。

* * *

D先生对这次集会很兴奋，但他也很担心那些新来的孩子。这是校长的任务——每年这个时候，他满脑子想的都是高一新生。孩子们要么迅速融入，要么花四年时间努力适应。头两周是至关重要的。

D先生决定通过强调新生与老生之间的鸿沟来弥合它。整个暑假，他见了学术团队、体育团队以及学生会成员，他给每个孩子和老师下达了同样的任务：这些学生永远不会理解你，他们永远不会承受你的痛苦，永远不会像你那样弥补社会阶层之间的差距，所以去帮助他们吧。

总的来说，他们都这么去努力了。孩子们以为自己的痛苦难以承受，但他们真正需要的是去照看另一个人，他们必须从抚慰他人的痛苦中理解如何治愈自己的痛苦。

D先生的团队集思广益，想出了一系列活动来顺利过渡。贴墙砖项目看起来是一个简单的活动。3年来，孩子们一直在美术课上学习在4英寸大小的瓷砖上作画。500块崭新的瓷砖画被贴在了储物柜上方的墙上，为科伦拜因高中的走廊增添了亮色。复课前还将贴上1 500块新瓷砖，这是学校内部最显著的变化。孩子们可以利用一个早上①，通过形象和抽象的方式来表达他们的悲伤、希望或渴望，无需言语。

*　　*　　*

布莱恩·弗斯利尔不希望他的父母站在人墙里。"你越是这么做，这事就越不自然。"他跟他父亲说。布莱恩在应对创伤方面做得还不错；他只是想找回他的生活，找回他的学校，回到以前的样子。

"那是不可能的。"他父亲说。

弗斯利尔探员周一上午向调查组请了假，加入了人墙。咪咪站在他身边。早上7点，孩子们和他们的父母一起鱼贯而入。7:30，人墙已经有500多人了。还会更多。家长们为每个学生的到来鼓掌。

大部分孩子穿着印有学校口号的白色T恤衫，胸前印着"我们是"，背后则是"科伦拜因"。一小部分孩子在衣服上表达了自己的想法，他们身上印的是：是的，我相信上帝，或者我们是胜者而非受害者。

弗兰克·迪安杰利斯拿起麦克风，一群孩子高呼起来："我们爱你，D先生！"

此情此景令他泪流满面，然后他发表了感人的演讲。他说："你可能会感到不安，但你要知道，你不是一个人在战斗。"

自4月20日以来，学校挂的国旗首次从半旗状态升到了顶，象征性地结束了哀悼期。穿过入口的丝带被剪断，帕特里克·爱尔兰带领学生走了进去。

---

① 我在科伦拜因中学的公共休息区度过了一个上午，在孩子们画瓷砖的时候和他们聊天。

44. 炸弹难做

埃里克希望恢复得慢点。相比 4 月 20 日几百人遇害的事,他更在意这件事将让数百万人多年活在痛苦之中。他的观众就是他的目标。他希望每个人都感到痛苦:学生群体,杰弗科的居民,美国公众,人类。

埃里克一想到自己会像幽灵一样在幸存者心头挥之不去,就觉得开心。他会折腾出动静让他们回想起过往,把他们都逼疯。这种期待让埃里克好几个月都过得很满足。现在该行动了。

高四那年的万圣节前①,他开始组装武器。②埃里克坐在自己的房间里,身边是一堆爆竹,他把每一个爆竹从侧面切开,然后把闪亮的黑色粉末拍进一个咖啡罐里。一旦量够了,他就把罐子倾斜过来,一点一点地倒进一个二氧化碳弹药筒里。他仔细地控制好量,差不多装到了筒口。然后,他装上一根灯芯绳,封好放在一边。一枚"蟋蟀"炸弹就待命了。他对自己的活很满意。他又组装了 9 个。

管状炸弹需要更多的火药,每个还要一个 PVC 管子来装。那天埃里克组装了 4 枚管状炸弹,头三个是一批,被他命名为"阿尔法"。还不错,但他可以做得更好。他把它们收起来,又尝试了一种不同的方法。他只做了一枚"贝塔"。好多了。但仍有改进的余地。一天里做这几个足够了。

埃里克画了一张图表来记录他的生产数据。他画了几列,按照名称、尺寸、数量、弹片含量和杀伤力来记录每一批产品。然后他给自己的作品打了分。在他的 8 批产品中,6 批获得了"优秀"的评价。最差的评的是"O. K."。

第二天,埃里克又开始工作,做了 6 枚管状炸弹——这是"贝塔"那批的剩余几个。后来，他又制造了几个批次，分别叫"查理"、"德尔塔"、"回声"和"狐步"，所有批次都使用军事术语来命名，只不过士兵们用的是"布雷沃"（Bravo），而不是"贝塔"。

埃里克在接下来的两个月里写了十几篇新日记。他写道："我有个目标，那就是消灭的人越多越好，所以我不能被同情、怜悯或任何类似的感情左右。"

这是埃里克冷酷无情的标志，他理解痛苦，并有意识地抑制了免除痛苦的冲动。"我会强迫自己相信，每个人都只是来自《毁灭战士》的另一个怪物，"他写道，"我必须关掉我的感情。"

记住一点，他说：他要烧毁这个世界。那会很难。他已经开始制造炸弹，这是一个巨大的工程。做 10 枚管状炸弹和 10 个小"蟋蟀"用了两天，这些没法造成巨大的破坏。"上帝啊，我真想把这整个该死的地方烧光，夷为平地。"他说，"但那么大的炸弹太难做了。"

有一刻，埃里克沉浸于自己的梦中。他想象半个丹佛熊熊燃烧：凝固汽油弹吞噬着摩天大楼的外墙，爆炸性气罐把住宅车库炸得七零八落。凝固汽油弹的配方可以在网上找到，原料很容易获得，但他必须现实一点。"要把所有的物资、炸药、武器、弹药都弄到手，然后藏起来，再把它们都埋设好，将是非常棘手的。"他说。在接下来的六个月里，很多事情都可能出错，如果他们真的被抓了，"那我们就在那时当场大开杀戒。我不会不战而退的"。

埃里克在一篇英语作文中几乎一字不差地重复了最后一句话。作业要求对文学作品中的一句话写出感想，埃里克选择了欧里庇得斯的悲剧《美狄亚》（Medea）中的这句话："不，就像黄眼兽杀了猎手一样，让我躺在猎狗的尸体和断了的长矛上吧。"埃里克写道，美狄亚

---

① 从这时起，埃里克记录了所有具有重大意义的日期，以及一系列琐事。他还保留了许多印有日期的购物小票。
② 埃里克让内特看了他做的一批炸弹中的一部分。内特向警察描述了这个过程；我描写的做炸弹的细节是基于他们的记录。

科伦拜因案　　321

是在宣告她将战死。他们绝不会轻轻松松把她带走。他在一页又四分之一的篇幅里,重复了这个观点7次。他形容美狄亚勇敢无畏、坚韧刚强、坚如磐石。这是埃里克留下的作业里最慷慨激昂的一篇。

在埃里克死后的几年里,他被视为一个矛盾的集合体。但是,那一句"我不会不战而退"中汇集了各种线索。埃里克梦想远大,却接受了现实。遗憾的是,这段文字多年来一直瞒着公众。他的文字会零散地泄露出去,如果是不完整的片段,它们可能看起来互相矛盾。埃里克是在策划一场枪战、飞机失事,还是一场比俄克拉何马城爆炸案更大的恐怖袭击?如果他如此热衷于大规模杀戮,为什么他只杀了13个人?试图通过手上拿到的一点信息理解埃里克,就像五页五页地翻阅一部小说,然后得出结论说整本书毫无意义。

弗斯利尔博士的优势在于他从头到尾读了埃里克的日记。忽视那些漏洞的话,其主旨非常清晰:人类什么都不是;埃里克高人一等,并且他决意证明这一点。看我们受苦是一种享受。每周他都会设计出丰富多彩的新方案,包括用飞机撞楼,点燃摩天大楼,把人体发射到外太空。但目标从未动摇:杀的人越多越好,做得要尽可能引人瞩目。

在埃里克认为的完美世界里,他将消灭全人类。不过,埃里克是个务实的孩子。这个星球是他无法企及的目标;连丹佛城里一个街区的高楼大厦都是遥不可及的。但他可以对一所高中下手。

* * *

袭击一所高中是可行的,但这个选择并不是随机的。如果他的目标是运动健将,他可以选择袭击体育馆。他本可以在科伦拜因的一场橄榄球赛中杀死挤坐在看台上的几千人。如果他的目标是社交达人,他原本可以在三天前干掉毕业舞会上那些人。埃里克攻击了他受压迫的象征:制造机器人的工厂及青少年喜欢去的核心场所。

对埃里克而言,袭击科伦拜因是一场表演,展示的是杀人的艺术。他在日记中真的提到了他的观众："大多数观众甚至不理解我的动机。"他抱怨道。他像写电视剧本一样策划科伦拜因事件，主要是担心我们太蠢了，看不出这一点。恐惧是埃里克的终极武器，他希望恐慌最大化。他不想让孩子们害怕体育赛事或舞会这样的孤立活动；他想让他们害怕日常生活。他成功了。全国各地的父母都不敢送孩子去学校了。

埃里克没有恐怖分子的政治议程，但他采取了恐怖策略。社会学教授马克·尤尔根斯迈耶将恐怖主义的核心特征确定为"表演暴力"。恐怖分子设计的事件"凶残、壮观，破坏力惊人。这种夸张的暴力事件是人为的：它们是令人晕头转向、目瞪口呆的戏剧表演"。

对蒂莫西·麦克维、埃里克·哈里斯或巴勒斯坦解放组织来说，观众总是在遥远的地方，通过电视观看他们。恐怖分子很少满足于仅仅开枪射击，那只会伤及几个人。他们更喜欢炸东西——通常是建筑物，而且聪明的人会仔细选择目标。

"当恐怖行为夷平了一栋建筑物或破坏了某个被视为社会生活核心的实体，在那个短暂的、天翻地覆的时刻，肇事者声称，他们——而不是世俗政府——对该实体以及以此为中心的一切拥有最终控制权。"尤尔根斯迈耶写道。他指出，在1993年纽约世贸中心遭到首次袭击的那天①，开罗的一家咖啡店遭到了更致命的袭击。这些袭击可能是同一个组织协调的。埃及的死亡人数更多，但埃及境外几乎没有关于那次爆炸的报道。"那家咖啡店不是世贸中心。"他解释道。

大多数恐怖分子的目标是他们所憎恶的体系的标志——通常是标志性的政府建筑。埃里克遵循了同样的逻辑。他明白他的计划的基石是炸药。当他制造的所有炸弹都失灵时，关于这场袭击的一切都被误读了。他不光没能打破蒂莫西·麦克维的纪录——他所做的一切尝试

---

① 1993年2月26日，一辆停在世界贸易中心北座地库、装有1 500磅尿素硝酸盐氢炸药的汽车发生剧烈爆炸，致6人死亡，1 042人受伤。——译者

甚至连认可也得不到。他从来没有被归入同龄人的行列，我们却把他和那些单枪匹马开枪杀人的人混为一谈。

* * *

埃里克又失算了。这次是关于喝酒的事。他和迪伦说服一个朋友的妈妈买了很多酒。她答应了他们的请求。埃里克要了龙舌兰酒和百利甜酒。迪伦当然要了伏特加。还有啤酒、威士忌、杜松子酒和苏格兰威士忌。那个周末这群人狂欢了一下。埃里克带走了剩下的酒，把它们藏在汽车的备胎厢里。他得意得很，未来很长时间里他都有酒喝了。他给自己买了一个小酒壶，装上醇和浓烈的苏格兰威士忌。其实埃里克不喜欢喝酒，但他喜欢这个主意。在拥有这只酒壶的那个月内他只喝了三口，但只要他愿意，随时可以喝苏格兰威士忌——这有多酷啊？他嘚瑟过了头，向朋友吹嘘。那个混蛋向埃里克的爸爸告了状。

那天晚上哈里斯家发生了一场激烈的争吵。韦恩脸色铁青。你打算什么时候走正道？你打算怎么过你的生活？

埃里克编造了一批新的谎言。他一直在努力提高学习成绩，只是为了维持那些借口，为下一轮谎言创造条件。老天，那天晚上他演得不错。他甚至引用了他最喜欢的电影中的台词，并说得好像他就在那个场景里。他在日记中写道："我应该拿个该死的奥斯卡奖。"

尽管和父母有矛盾，埃里克还是让他的"转处计划"辅导员相信，他和父母相处融洽。鲍勃·克里格斯豪瑟在那段时间的每次谈话记录中都提到了快乐的家庭氛围。埃里克有一种本能，他知道什么时候真相能取悦成年人，应该透露多少，向谁透露。当他参加"转处计划"的愤怒管理课时，他写了符合要求的心得报告，尽力吹捧这门课的作用。等他和鲍勃·克里格斯豪瑟面对面的时候，他感觉到对方会需要不同的反应。埃里克承认，上这门课纯粹是浪费时间。鲍勃为他的坦白感到骄傲。他在谈话记录中表扬了埃里克的诚实。

还有一个原因也让弗斯利尔博士发现埃里克的文章很有意思。埃里克的确从愤怒管理课中学到了一些东西,他列出了愤怒的四个阶段和几个触发因素:呼吸急促,眼睛眯成缝,肌肉紧绷,牙关紧咬。埃里克写道,触发因素是愤怒的警示信号或症状。这只是他能利用的信息。埃里克在掩饰自己的真实情绪和装出预期效果方面是个天才,但神童离老手还有很长的路要走。分析可能会被专家看穿的行为小漏洞——这样的资料太宝贵了。埃里克形容自己是一块海绵,而模仿讨人喜欢的行为是他的头号技能。

* * *

埃里克的成绩上去了,他的老师很高兴。秋季学期结束时,老师会在他的成绩单上热情地表扬他积极的态度和合作。迪伦还是萎靡不振。11月3日,他又交了一份进度报告给克里格斯豪瑟。微积分好不到哪里去,连体育课都得了D。他解释说,就是迟到而已。

克里格斯豪瑟对他的要求是,你一定要准时到,也就是说一分钟都不能迟。最好在下次课程前拿到能通过"转处计划"的成绩。

结果等他们下一次见面时,成绩降到了F。克里格斯豪瑟质问迪伦是怎么回事,迪伦闪烁其词。克里格斯豪瑟说,这是一种行为模式。迪伦甚至都不去试一下。微积分老师的评语表明他的学习态度很糟糕。他没有有效地利用课堂时间。到底发生了什么?迪伦说他在课堂上看别的书,克里格斯豪瑟不相信。迪伦并不伶牙俐齿。克里格斯豪瑟告诉他,听听你自己都在说什么,你在避重就轻,说来说去都是借口,你的话听起来倒好像你觉得自己是受害者。

克里格斯豪瑟说,如果迪伦不努力改正就要承担后果,其中可能包括终止"转处计划"。一旦终止,将导致多项重罪定罪,迪伦可能会进监狱。

* * *

埃里克又造了3枚管状炸弹:"查理"批次。然后他停工了,直到 12 月。他需要的是枪。这就成了一个问题。

埃里克一直在研究《布雷迪法案》。国会在 1993 年通过了一项法律，限制购买最受欢迎的半自动机枪。联邦即时背景调查系统很快就会生效。埃里克很难绕过这个问题。

"去你妈的布雷迪！"埃里克在日记中写道。他不过想要几把枪而已——"就因为你那该死的法案，我可能一把枪都搞不到！"他只是为了防身，他戏谑道："我又不是什么那种会乱射一气的神经病，混蛋。"

埃里克经常让他的研究发挥双重作用，一边用于做计划，一边用于完成学校作业。他在那周写了一份关于《布雷迪法案》的简短研究报告。他说，除了某些漏洞，理论上说，这是个好主意。最大的问题在于，背景调查仅针对有执照的经销商，而非私人经销商。所以，三分之二的有执照经销商都变成了私人经销商。"FBI 不过是搬起石头砸自己的脚。"他总结道。

埃里克对于自己的火力的认识是很理性的。他写道："截至目前，我的炸药足以杀死大约 100 人。"用斧头、刺刀和各种刀片，他也许还能再干掉 10 个人。这是肉搏战能达到的极限。110 人。"这还不够！"

"枪！"日记最后写道，"我需要枪！给我几把该死的枪！"

45. 余 震

纪念性的日子很难挨。[①]第一天开学，第一场雪，第一个圣诞节，各种第一次。所有可怕的记忆，所有无助的感觉又涌上心头。

枪击案的半周年纪念日令人不安。杀手们在食堂游荡的监控录像刚刚被泄露给了哥伦比亚广播公司。这家电视台在其国内头条新闻中播放了袭击发生期间建筑物内的第一段录像。埃里克和迪伦挥舞着武器走来走去。他们从桌子上拿起被丢弃的杯子，随便喝了几口。他们朝大炸弹开枪，吓得孩子们仓皇逃窜。

肖恩·格雷夫斯的母亲说："听到或读到这些是一回事，看到则是另一回事。"她边看边哭。她坚持看完了——她必须了解是怎么回事。她逐渐接受这件事无可避免。她说："我希望录像没有传出去，但我知道早晚会的，这只是时间问题。"

她儿子没有看。肖恩在另一个房间做作业。

肖恩是重伤的孩子之一——他半身瘫痪了。所有人都在关注他们的进展。安妮·玛丽·霍奇哈特在艰难地努力。她去学校上物理课，其余的课由家教来教。她家刚搬了新房子，志愿者来进行了改建以便她坐轮椅进出。安妮·玛丽正在努力学习行走。就在半周年纪念日的前几天，她终于能挪动腿了——一次一条腿，抬到三四英寸的高度。她爸爸泰德说，这是"了不起的成就"。但是，仍然疼痛难忍。

半周年纪念日让人神经过敏，让一切变得更加艰难。谣言四起：光凭埃里克和迪伦不可能做到这些事。"风衣黑手党"仍在活动——他们随时可能再次发动攻击。

10月20日，六个月告一段落，似乎是个完美的时机。10月18日，一个新的谣言浮出水面：曾跟埃里克和迪伦一起给学校拍视频的

科伦拜因案　　327

一个朋友告诉某人,他要"把活干完"。

第二天,警察突袭了他家,搜查了房屋并逮捕了他。他的父母很合作。他被指控犯有重罪,并被处以 50 万美元的保释金。他被置于防自杀监视之下。他 17 岁。

周三,这个孩子戴着脚镣,穿着绿色囚服,在少年法庭上短暂露面。他面对的是法官约翰·德维塔,也就是一年半前宣判埃里克和迪伦有罪的人。因为嫌疑人是未成年人,所以隐去了他的名字,记录被封存。但德维塔证实警方发现了一份有犯罪嫌疑的日记。他说:"这是指控的依据。"他们还找到了一张学校的示意图,但并没有开展任何活动的迹象。在这本 12 页的日记中,男孩哀叹自己没能帮助埃里克和迪伦渡过难关。他考虑过自杀。他写了这些想法。他们来逮捕他时,他谈到了这件事。

半周年纪念日当天,有 450 个孩子请了病假。为什么要踏入那所死过人的学校?一整天都有人溜出来。等放学的铃声响起时,已经走了一半的学生。3 个受重伤的孩子——理查德·卡斯塔多、安妮·玛丽·霍奇哈特以及帕特里克·爱尔兰——坚持到了最后。肖恩·格雷夫斯待在家里和朋友一起烤巧克力饼干。他说:"我不想冒这个险。"

周四,仍有 14% 的学生没有露面。正常的缺勤率为 5%。

紧张情绪慢慢消退。周五,出勤率恢复到了接近正常水平。那天早上,安妮·玛丽·霍奇哈特和她父亲去了利伍德小学,感谢募捐者并接受了为她筹集的捐款。上午 10 点左右,安妮·玛丽的母亲走进丹佛南面的阿尔法典当行,要求看看手枪。店员提供了几种选择;她透过玻璃柜台看了看,决定要那把点 38 口径的左轮手枪。就这把。当他开始做背景检查时,她转向柜台并装上了子弹。她自带了子弹。

---

① 本章中的大部分事件也见诸于我为《沙龙》杂志撰写的报道,其中大部分素材出现在那篇报道中。(一个例外是橄榄球锦标赛——我关注了球队的进展,但没有去看比赛。)几年后,我收集了数百页关于这些事件的新闻报道,并在其中挖掘出更多的发言内容,包括来自格雷夫斯和霍奇哈特两家人所说的话。所有引用的新闻内容都可在本注释部分的网络扩充版中找到。

第一枪是朝着墙打的。第二枪穿过了她的右太阳穴。

医护人员将卡拉·琼紧急送往瑞典医疗中心,也就是治疗安妮·玛丽的那家医院。几分钟后,卡拉·琼去世了。一位曾经给这家人提供过服务的心理咨询师上门通知这家人。安妮·玛丽去开门,咨询师要求和泰德谈谈。"我开始喘不过气来,"安妮·玛丽后来说,"我就是有一种不祥的感觉。"

咨询师说:"我真不想带给你们坏消息。卡拉死了。"

泰德·霍奇哈特瘫倒在地。

"不!"安妮·玛丽说,"不!不!不!"她爸爸站起来抱住她。他花了几分钟才镇定下来,咨询师解释了事情的经过。

"我们又崩溃了。"安妮·玛丽说,"我爸爸脸上的表情将永远刻在我的记忆中。那就是一张充满悲伤和恐惧的脸。"

* * *

周六,科伦拜因的心理健康热线快要被打爆了。咨询员们到达时,机器上显示出了几条令人忧心如焚的信息。他们多排了一个周末轮班。杰弗科的一名官员说:"这是艰难的一周。他们感到悲伤、沮丧,希望能找人聊一聊。"

几个月来,父母们一直看着他们的孩子在悬崖边挣扎。尤其是这个月。其他父母根本不知道他们的孩子在想什么。他们也变得那么绝望了吗?卡拉的选择会是一个出路吗?有些孩子对父母也抱有同样的担心。

斯蒂夫·科恩对美联社说:"我就是想不通。我无法相信有人会因为那些白痴而自杀。"

斯蒂夫的儿子亚伦毫发无伤地从图书馆逃脱了,但压力正在使这个家庭分崩离析。斯蒂夫说:"我开车经过学校时会朝每一棵树后面看。我感觉自己像个警察。我希望能在这种事再次发生前阻止它。"

斯蒂夫和他儿子都去做了心理咨询,但如果亚伦什么也不说,咨询也没用。"除非他愿意开口，不然我们无能为力。"他爸爸说。

康妮·米查里克尤其惶惶不安。她在瑞典医疗中心和卡拉一起待了好几个月，照看她们的孩子康复。康妮是理查德·卡斯塔多的妈妈。两个孩子恐怕都无法再走路了。康妮说："她被压垮了。你看着她的眼睛，会发现她茫然无措。她似乎丢了魂。她是那么温柔可爱又善良的人，但这一切她承受不了了。"

康妮自己也动摇过。"事情刚发生的时候，[卡拉]和其他父母没什么两样，"她说，"我们都感到沮丧，心力交瘁。曾经有一段时间，我认为我已经没了活下去的意义。她和我们没什么不同。"

康妮努力熬过去了，卡拉没能做到。"我们的确看到她逐渐萎靡，"康妮说，"我看着她每况愈下。"但是康妮从来没有预料到她会如此绝望。她以为卡拉会走出来，尤其是当安妮·玛丽的腿能动了以后。

社区里大多数人不知道的是，卡拉长期与精神疾病斗争，终于扛不下去了。

霍奇哈特家希望公众理解这一点。在她死后，他们发表了一份声明，称她已经与临床抑郁症斗争了3年。她曾自杀过，一直在服药。一个月前，泰德曾在凌晨3点打电话报警说她失踪。第二天，她走进当地的急诊室，寻求治疗抑郁症。她在医院住了一个月。就在她自杀前8天，她被转到了门诊。

家人后来透露，卡拉被诊断为躁郁症。科伦拜因事件加重了卡拉的抑郁。如果没有这事，她也许会走极端，也许不会，但是科伦拜因的悲剧不是根本原因。

* * *

学校要求那个对半周年纪念日发出威胁的男孩停课，留待开除。自4月以来，杰弗科已经因各种枪支威胁和炸弹恐吓做出了8起开除决定。现在对所有类似情况都是零容忍。谁也不敢冒险。

这个男孩在监狱里呆了七个星期,到感恩节才放出来。在此期间社区了解了他的计划。他本打算在车里装满汽油罐,然后像自杀式炸弹袭击者那样冲进学校。12月,他对两项轻罪指控供认不讳,并被判处加入青少年"转处计划"一年,就像埃里克和迪伦那样。其他指控被撤销,包括盗窃。他从他工作的音像店偷了100美元,然后逃到了得克萨斯州。他已经开始接受精神科医生的治疗并服用药物。判决要求继续进行这两项。检察官说:"这是一个身陷困境的年轻人,他会得到需要的帮助。"

* * *

半周年纪念日也意味着一个最后期限。科罗拉多州法律规定,任何人如果想起诉政府机构玩忽职守,必须在180天内提交意向通知。有20个家庭提交了申请,包括死者家属、伤者家属和克莱伯德夫妇。

汤姆和苏·克莱伯德指控斯通所在的部门有"鲁莽、故意和肆无忌惮"的不当行为,因为该部门没有提醒他们1998年对埃里克行为做过调查,特别是对他发出过死亡威胁的调查。文件中提到,如果警方提醒,"很可能会让克莱伯德夫妇意识到他们此前没有留意的危险,从而要求他们的儿子迪伦停止与埃里克·哈里斯进行一切接触"。这一不作为,"导致克莱伯德夫妇遭受了大量的损害索赔、诽谤、悲伤并失去生活乐趣"。通知说,克莱伯德一家预计会被受害者起诉,并要求杰弗科赔偿与最终和解金额相等的损失。

克莱伯德一家的担心并非空穴来风。这两个家庭仍被指为罪魁祸首。

这起诉讼让社区感到意外。哈里斯和克莱伯德两家已经好几个月没有发声了。

最严厉的指责来自治安官斯通。他说:"我认为这太离谱了。这是他们为人父母的责任,他们的孩子干了这种事情不是我们的错。"

他还对这场悲剧竟沦落到如此"丑陋的地步"表示遗憾。

对于克莱伯德夫妇的举动，布莱恩·罗尔博表现得很淡然。他说，一开始他很吃惊，但仔细想想，"这似乎是合理的"。他把愤怒的矛头指向了斯通治安官的反应。布莱恩说："我们觉得真正丑陋的是4月20日发生的事。"

* * *

10月25日，韦恩和凯茜终于同意在没有豁免权的情况下与调查人员见面。那是一次由斯通治安官主持的简短会谈。警方报告中没有留下记录。

* * *

只有两个人会被控有罪：卖TEC－9给他们的马克·曼内斯，和促成这笔交易的菲尔·杜兰。几个月前，弗斯利尔探员就预测矛头将指向这两人——针对他们的愤怒一部分是合理的，一部分是替凶手背的黑锅。

"那两个家伙是走在了一列货运火车前面。"他说。

他说得没错。曼内斯第一个受审，他接受了认罪协议，于11月11日被判刑。场面很难看。9个家庭在听证会上发言，每个人都要求最高量刑。

13个遇难者家庭之一的汤姆·毛瑟要求："我郑重要求你发表一份声明。"

休尔斯家说："如果我们按照我们的方式行事，被告将永远不能再上街。"

作证持续了两个小时。曼内斯低垂着头。两个家庭制作的视频尤其具有冲击力。旁听席上，法庭记者们来来回回传着几盒面巾纸。

曼内斯的律师描绘了他艰难的童年生活：他曾遇到麻烦，然后改过自新了。曼内斯戒掉了毒品，上了大学，在计算机领域找到了一份稳定的工作。律师说："他如今的品性堪称楷模。"

亲属们都被激怒了。戴夫·桑德斯的女儿康妮说:"那个律师大谈马克·曼内斯有多棒,真是听不下去。他没有被人误解。他是做错了。"

曼内斯最后一个发言。他面对法官,发誓说他根本不知道埃里克和迪伦在计划什么。他说:"我吓坏了。我告诉父母我一辈子都不想看到枪。我无法向遇害家庭表明我有多么难过。我的余生都会后悔做了这件事情。"

曼内斯原本可以被判18年监禁,但他的认罪协议将其减了9年。亨利·尼托法官说他别无选择。"该被告的行为是余震的第一步。当我们看到潜在的危害时,我们所有人都有道德义务进行干预。"9年。但他会把刑期合并执行,所以曼内斯只需要服刑6年——如果获得假释的话,也许只要3年就够了。尼托提醒各家不要指望从判决中得到安慰。

曼内斯看起来平静,但还是难以接受。他的律师把手放在曼内斯的脖子上,低声安慰他。曼内斯戴着手铐被带走了。家属们鼓起掌来。

曼内斯的律师说他的当事人是个替罪羊。他对全国广播公司的记者说:"发泄对象没有了。这些人的愤怒是可以理解的。必须有个出口。"

* * *

基督教殉道者卡西·伯纳尔提供了希望。9月,米斯蒂参加了一次全国性的图书巡展。《她说"我信"》在第一周就登上了《纽约时报》畅销书排行榜。《落基山新闻报》的编辑们左右为难,他们知道卡西从来没有说过"我信"。他们原本以为到现在这个神话已经被打破了,可他们还在等待警方的报告。他们不得不报道这本书的出版。编辑们决定在出版日刊登两篇文章,肯定卡西的神话。

几周后，另一家出版物爆出了这一消息。① 《落基山新闻报》紧随其后刊登了埃米莉·怀恩特的证词。既然故事已经见报，埃米莉同意披露她的名字。给伯纳尔家出书的出版社猛烈抨击埃米莉。连伦敦的报纸头版都刊登了这个消息。布拉德和米斯蒂大吃一惊。他们感到被埃米莉、警察和世俗媒体羞辱和背叛了。

驳倒殉道的证据是压倒性的，但是卡西的教会牧师看到有更强大的力量在起作用。戴夫·麦克弗森牧师说："你永远不可能改变卡西的故事。教会将坚持殉道者的说法。你可以说事情不是这样的，但教会不会接受。"

他不仅仅指他的教堂，也指全世界广大的福音派团体。在很大程度上他说得没错。图书销售继续活跃，大量的网站涌现出来为这个故事辩护。其他人只是重复这个故事，甚至没有人提到它已经被揭穿了。

* * *

杰弗科还面临一系列令人尴尬的泄密事件。调查人员将视频泄露给了哥伦比亚广播公司，并披露了关于卡西·伯纳尔的真相；首席调查员凯特·巴丁打破沉默，与一名记者交谈；埃里克日记中的第一段已经泄露。然而，警方继续保持了沉默。他们再度推迟了调查报告的发布。

受害者家属非常愤怒。治安官办公室的可信度一落千丈。警员在这个案子上做了彻底的侦查工作，但是公众没有办法看到。杰弗科对泄密表示震惊和困惑；警员们提供了站不住脚的借口和保证。一位发言人坚称，埃里克的日记只有两份，而事实上，它已经被复印机多次复印，没有人知道有多少份在外流传。

之后，副治安官让《时代周刊》记者看了"地下室录像带"。他曾经向受害者家人反复保证，他们将第一个看到这些录像带。

---

① 指的是我在《沙龙》杂志发表的文章。

圣诞节前不久，该杂志刊登了一篇封面报道。① 斯通和副治安官约翰·邓纳威穿着蓝色警服，戴着白色手套，手上举着凶手的半自动武器。

许多家庭都惊骇万分。一些人要求斯通辞职。有关SWAT小组胆小怕事的指控再次浮出水面。一些知名执法人员也加入了谴责的行列。斯通坚称，最终报告将会证明他的部门无需承担任何责任——但该报告再度延期了。

* * *

大家预计那年秋天会出现动荡。所有人都清楚他们将面临周年纪念和听证会。没有人预见到一连串的余震。学校因一个手工项目出了岔子而被起诉——罗尔博一家被控侵犯了他人的宗教表达。卡西所属的教堂建了个纪念花园，而布莱恩·罗尔博在此重现了"十字架事件"：他和一群人在周日礼拜时举行抗议，随后当着惊恐的青年团契成员的面砍下了这些人种下的15棵树中的2棵。他们无意中选择了象征卡西的那棵树。

炸弹恐吓是经常发生的事，但随着《时代周刊》的报道，其中一个威胁引起了关注。学校一直关闭到圣诞节后。期末考试取消了。关于地下室录像带的法律纠纷开始出现。

"什么时候才是个头？"一位当地牧师问道，"为什么是我们？我们的社区这是怎么了？"

---

① 《时代周刊》派了一个小组回来重新调查这一悲剧，并在该封面报道中重新回顾整个案件。这种做法很好，有效地纠正了几大迷思。但是，《时代周刊》并没有指出这是一种纠错。这是一个彻头彻尾的"改了就不算犯错（rowback）"的例子——这个词在2004年由《纽约时报》公共编辑丹尼尔·奥克伦特重新提出，旨在批评关于伊拉克战争的报道；即使在业内人们也很少使用这个词，因为这么做是一种丑陋的罪行。奥克伦特引用新闻教育家梅尔文·门切尔的话说，这种做法"试图纠正以前的报道，但没有指出以前的报道是错误的，也不对错误负责"。奥克伦特写道，关于这种做法，一个更直接的定义也许是"报纸搞了块遮羞布出来，却不肯承认之前已经光过屁股了"。

新年开始了,情况变得更糟。一个小男孩被发现死在离科伦拜因高中几个街区的垃圾箱里。情人节那天,两名学生在离学校两个街区的一家赛百味餐馆被枪杀。篮球队的明星队员自杀了。

赛百味餐馆受害者的一位朋友告诉记者:"两周前,他们在垃圾箱里发现了那个孩子。现在——我有点想搬家。这比科伦拜因枪击案还糟糕。"学生们已经勉强接受了以他们学校的名字作为悲剧的代称。

有些事件与这场杀戮乃至学校都毫无关联,但是社区里的许多人已经失去了辨别能力。客观判断是不可能的了。和女朋友吵架,车祸,旱灾……全都称为"科伦拜因"。这就是一个诅咒。孩子们称之为"科伦拜因诅咒"。

整个秋季,为科伦拜因幸存者设立的心理健康机构的预约人数急剧上升。该机构的一位心理学家说:"很多人是在尝试了他们已知的所有方法以后才来我们这里的。"悲剧发生后大约9个月,该机构的利用率达到峰值,并保持稳定到一年半以后。在此期间的任何一个时段,处理个案的研究人员手头都在跟进15个左右有自杀意图的孩子的情况。渐渐地,孩子一个个从悬崖边下来了,但又会有别的孩子站上他们的位置。药物滥用人数激增,该地区的交通事故和酒驾事件也显著增加。

PTSD研究领域的先驱弗兰克·奥克伯格博士写道:"根据定义,PTSD是一种恶化的三联征,持续至少一个月,发生在切实的创伤后的任何时间。患者会产生的三重障碍反应是:1)反复出现的侵入性回忆;2)情感麻木,生命活动受限;3)恐惧阈值的生理变化,影响到睡眠、注意力和安全感。"

个体对PTSD的反应差异很大。有些人感觉非常强烈,有些人几乎不太有感觉。感受过深的人经常出现记忆闪回。恐惧感怎么也赶不走。他们每天早上醒来都觉得这一天可能又是4月20日。他们可以几个小时、几周或几个月都没事,然后突然间一个触发点——通常是某个场景、声音或气味——就能把他们打回原地。这不像是对那件事的糟糕回忆；感觉就是在经历那件事。其他人通过完全封闭自己来自保。愉快的感觉和快乐随着坏的感觉一起消失。他们经常形容自己感觉麻木。

* * *

这一年过得很艰难。橄榄球队给了大家一个喘息的机会。马修·凯赫特在图书馆遇害时还是个高二学生。1998年赛季，他在青少年橄榄球小联盟，是防守前锋，原本希望在这年秋天能进入校队。在他父母的要求下，球队把这个赛季献给了马修。每个球员的头盔上都印有马修的球衣号，帽子上也有马修姓名的首字母MJK。他们以12胜1负的成绩给这个赛季画上了句号。他们在第四节落后17分的情况下拿下了第一场季后赛。球员们在场上痛哭流涕，他们高呼"MJK！MJK！"

他们在州冠军赛中处于劣势。丹佛劲旅樱桃溪高中赢得了过去10个冠军赛中的5个。科伦拜因高中只参加过一次大型比赛：20年前，以败北告终。

支持者从世界各地飞来。8 000人把体育场挤得满满当当，到处都是媒体。《纽约时报》报道了这场比赛。温度降到零度以下，帕特里克·爱尔兰坐在前排，试图让自己暖和起来。

樱桃溪队一开始领先。上半场科伦拜因队将比分扳平，之后他们加强了防守。下半场他们只让对方两次达到首攻，第三次触地得分将比分拉开。科伦拜因队以21比14胜出。球迷们冲进了球场，熟悉的喊声在看台上响起，"我们是……科——伦——拜因！我们是……科——伦——拜因！"

学校举行了庆祝胜利的集会。投影仪播放了比赛的精彩片段，以马修的照片收尾。字幕出现："这是献给你的。"全场为所有13个死难学生默哀。

* * *

一些孩子似乎对阴霾免疫，另一些人则按照截然不同的进度奋力

科伦拜因案　　337

抗争。帕特里克·爱尔兰取得了稳步的进步,那年秋天保持了GPA 4.0的平均分,并依然很有可能作为优秀毕业生做告别演讲。但是一个更重要的问题出现了。

帕特里克在高三那年就已经设计好了自己的生活。在中枪之前,他想要成为一名建筑师。他的祖父是一名建筑工人,而帕特里克在初中的制图课上就喜欢上了绘图。他把丁字尺靠在绘图桌上,那种感觉太好了。他喜欢精确。他喜欢这种技巧。在科伦拜因,他利用复杂的计算机辅助设计软件绘图。当埃里克和迪伦敲定他们的计划时,帕特里克正在细细琢磨研究大学课程,并已开始调查实习。

他依然想成为一名建筑师。帕特里克在门诊治疗期间一直秉持这个梦想。假期里他去了三所州外的学校参观,它们都有一流的建筑学课程,都同意收他。但是,它们强调了这个专业的严格程度。建筑专业以功课量巨大而著称:五年通宵达旦的学习。帕特里克不可能通宵不睡。他可以骗自己少睡几个小时,但他的大脑需要几年才能恢复。他会因为用脑过度而延缓恢复的进度,甚至可能导致癫痫发作。

3月份,他去英国参观了学校。时差反应很大。凯希和他一起去的,周五晚上,她注意到他表情空洞,眼球颤动了几秒钟。"你是故意这么做吗?"她问。

"做什么?"

凯希认为这是两天后发生的事的前兆。帕特里克在伦敦走着走着,就倒在了街道中央。他身体晃得厉害,勉强撑到路边向一位朋友呼救。

伦敦的医生给他开了抗癫痫的药物。回家后家里确定了治疗方案,帕特里克将终身依赖这种药物。

建筑学院是不行了。约翰和凯希从一开始就明白这一点,但他们等待帕特里克接受这种情况。他选择了离家一个多小时路程的科罗拉多大学。他打算去商学院试读一年。科罗拉多大学也有一个建筑专业。如果一年后,他觉得自己可以胜任,就可以换专业。

尽管前途未卜，帕特里克在这一年里重新振作了起来。社交方面，他在享受人生中的快乐时光。帕特里克一直很抢手，他向来聪明、迷人、英俊、有运动天赋。有时候他有点不够自信。劳拉会不惜一切代价和帕特里克一起去舞会。要是当时他开口的话，她也许已经成了他的女朋友。那一发霰弹夺走了他最重要的一部分资本，但他成了一个明星。他是经历过这场悲剧的名人。他打了一场了不起的仗。女孩们毫不掩饰地跟他打情骂俏。

但是帕特里克中意的是劳拉。那之后的第一个夏天，他告诉她他想要她，他深深地爱恋着她，恋了好久。

上帝啊，我也是，她说。

如释重负。经过了这么长时间，两人终于说开了。

劳拉坦陈了一切：所有那些通过电话打情骂俏的夜晚，都是在暗示他，希望他先开口。要是他邀请她参加舞会就好了。

好吧，帕特里克说：我喜欢你，你也喜欢我，那我们一起努力吧。太晚了。她在和舞会上的男生约会。

那似乎不是问题。你希望和我在一起吗？是的。那就和他分手吧。她说她会的。

他给了她时间。他又问了一次。你打算什么时候分手？她说很快。但什么也没发生。

女孩们都在抢着和他约会，所以他厌倦了等待，约了一个人出去。然后他又约了另一个。再来一个——真有意思！

和劳拉的关系变得越来越紧张。他们从来没有一起出去过。他们开始回避对方。关系又回到了小学四年级。

科伦拜因案

46. 枪

埃里克给他的霰弹枪取名叫"艾琳"[①]，是在 1998 年 11 月 22 日弄到的，还宣布这是"雷布"个人历史上的一个重要日子。"我们……有……枪了！"他写道，"我们他妈的搞到这个狗娘养的了！哈！"

埃里克和迪伦前一天开车去丹佛参加坦纳枪展。他们发现了一些很棒的武器。一把 9 毫米的卡宾枪和一对点 12 口径的霰弹枪：一把是双管的，一把是单管泵动式的。他们想买下来但没有成功。埃里克的个人魅力没能发挥作用。没有身份证就没法买枪。他们开车回到了郊区。

埃里克在 4 月的袭击日期前不久就会满 18 岁。他们原本可以等一等，但埃里克想要得到真正的武器，从而保证计划顺利进行。枪展还剩一天了。他们认识的人里面谁满 18 岁了？很多人。谁会为他们做这事，谁可以信任？罗宾！可爱的教会姑娘小罗宾。她迷恋迪伦，愿意为他做任何事。她会拒绝吗？

第二天，事情就办妥了。

在他的日记中，埃里克将此事称为"不归路的起点"。然后他深情款款地提到了父亲。他写道，自己在枪展上玩得很开心，"如果你在那里，我会很开心的，爸爸。我们俩会感情大增。会很棒的。哦等等。唉，可惜我搞砸了，跟［我朋友］说了酒壶的事"。这段时间，他和韦恩的好关系已经结束了。现在他的父母比以往任何时候都更担心他的未来。你的生活是怎么打算的？很简单。成为"天生杀人狂"。他写道："这就是我的动机。这就是我的目标。这就是我'打算的生活'。"

* * *

埃里克和迪伦把新买的霰弹枪的枪管锯掉了——锯得低于法定长度。12月的第一个星期,他们把步枪拿出去试射。一颗子弹在枪膛里爆了,枪托猛地撞在了埃里克瘦骨嶙峋的肩上。哇!那东西的威力够大的。他手里可不是一根管状炸弹。这可是能杀人的。

* * *

精神病态者通常只有在他们的冷酷无情和强大的虐待狂倾向相结合时才会转向谋杀。心理学家西奥多·米隆确定了精神病态者的十种基本亚型。只有两种亚型具有残忍或谋杀的特征:恶毒的精神病态者和暴虐的精神病态者。在这些罕见的亚型中,精神病态者的动力与其说是对物质利益的贪婪,不如说是出于对自我的强化和对不如自己的人的狠狠惩罚的渴望。

埃里克同时具备这两种亚型的特征。[2] 他的日记里随处可以看到他的虐待狂倾向,但一篇写于深秋的文章显示,如果埃里克的生命没有终结于科伦拜因事件,他可能会过着怎样的生活。他描述了自己要如何把女孩骗到他的房间,强奸她们,然后做真正有趣的事。

"我想用自己的牙齿把她们的喉咙撕开,就像开易拉罐那样,"他写道,"我想抓几个弱鸡一样的小新生,像狼一样把他们撕碎。勒死他们,压扁他们的头,打掉他们的下巴,把他们的胳膊掰成两半,让他们知道谁才是上帝。"[3]

---

[1] 是埃里克喜欢的《毁灭战士》游戏中的女主角的名字。他把这个名字刻在枪把上,并在作文和视频中提到过它。
[2] 米隆、西蒙森、戴维斯和伯克特-史密斯规划出了精神病态者的十种基本亚型,以区分不同类型的变态者,但他们规划的这些亚型之间并不是相互排斥的;这些亚型也不一定具有驱动力。埃里克表现出与狠毒及暴虐人格相一致的症状,弗斯利尔博士也认为埃里克身上似乎融合了这两种人格类型。
[3] 我对这段文字做了删节。原文更长,也更恶毒。

科伦拜因案

＊　＊　＊

就在圣诞节前,埃里克庆祝了他的最后一次期末考试结束。他嘲笑他的同学们,他们以为还有下一次考试等着他们呢。

第二天,埃里克为卡宾枪订购了几个十发的弹匣。这些子弹可以搞点破坏。他可以快速地连发130发子弹。

出了个问题。埃里克给绿山枪支公司留了他家的电话号码。他们在新年前打电话过来,他爸爸接的。

"你要的弹匣到货了。"店员告诉他。

弹匣?他没有订过任何弹匣。

埃里克无意中听到了这段对话。哦,天哪。他在日记中描述了事件的经过。"天啊,真是他妈的太险了。枪械店的那帮混蛋差点把所有的计划给搞砸了。"幸运的是,韦恩并没有打断那人问他号码对不对。而那家伙也没有问任何问题。这事就这么结束了。埃里克说,如果他们中的任意一人对那个电话的处理方式稍有不同,整个计划可能就泡汤了。但他们没有。

不过韦恩有点起疑。

"谢天谢地,我真是太能胡扯了。"埃里克写道。

＊　＊　＊

一旦弄到了枪,埃里克就对"上帝之书"失去了兴趣。现在要转向实施了。新年过后,他只留下了最后一篇日记,就在他们开始行动的几周前。

埃里克急切地要下手;迪伦则继续摇摆不定。自从他说了再见,他那名为"存在"的日记已经五个月没动了。但是,1月20日[①],鲍勃·克里格斯豪瑟把迪伦叫去参加一个重要的会议。迪伦在那一天继

[①] "转处计划"档案以2月3日作为终止日期,但这不能准确地反映实际情况,尤其是站在两个男孩的角度来看。在两份档案中,克里格斯豪瑟分别记录了1月20日与他们的会面过程,他俩的"转处计划"以这份记录作结。

342　　Columbine

续写起了日记。

"又是这个狗屎。"他一上来就写道。他不想再写这个了,他想"自由"——也就是死。他写道:"我想现在应该是时候了。痛苦无限增加。永不停歇。"埃里克的计划安抚了他自杀的想法:"也许和埃里克一起做'NBK(老天爷呐)'是获得自由的最好方式。我讨厌现在这样。"然后是更多的心形图案和"爱"字。看起来他对这个计划并不上心,但他似乎在埃里克面前表现得很好。两个男孩都没有记录迪伦有任何抵制的迹象,但看起来大部分事情都是埃里克干的。

埃里克还在拼命找机会跟小妞上床。[①] 他正在追另一个小妞。克丽丝蒂是他在德语课上传纸条的那个女孩,最近她似乎对他有了更多的兴趣。所以他们尝试了一种非正式的集体约会,去贝尔维尤巷的"动感保龄球"玩。

克丽丝蒂喜欢他,但她举棋不定。还有另一个家伙在,埃里克的朋友内特·戴克曼。这个混蛋。

埃里克施展了自己的魅力,克丽丝蒂上钩了——但还不够。他真正想要的是性;他对一段真正的关系不感兴趣,也许克丽丝蒂看穿了这一点。

内特很快就对克丽丝蒂下手了。他们开始约会,关系逐渐认真起来,埃里克立即跟内特翻脸了。

* * *

就在埃里克一门心思为4月20日做计划时,迪伦正疯狂地埋头写日记。每篇都很短,飘忽不定,抛弃了他以前的所有惯例。有几篇不到半页。他越来越多地用图片来表达自己,以前用过的图标又回来了,用狂野激动的笔触连在一起。到处都是跳动的心形图案,涂满了一页又一页,中间炸出通往幸福的道路,四周星光四射,由一个形状像无穷符号的发动机驱动。迪伦现在专注于一个话题:爱。直到生命的最后一周,迪伦私底下几乎没有写过别的内容。

[①] 埃里克在最后几个月里经常写到要争取跟人上床。

47. 诉　讼

在一周年纪念日前十天，布莱恩·罗尔博决定孤注一掷。警察一直在拖延时间，诉讼似乎是唯一的解决办法。家属可以以失职或过失致死为由提起诉讼，逼警方提供信息。发掘真相比判决更重要。

他们应该起诉吗？他们怎么知道呢？这一切都取决于杰弗科出具的最终报告。如果杰弗科公布了所有的证据，大多数家庭都会满意；如果迟迟不公布，他们就要上法庭了。谁也没有预料到这份报告会花这么长时间。早在1999年夏天，杰弗科就表示出具报告还要6到8周的时间。现在已经是4月了，官员们还在说他们需要6至8周。

调查人员在头4个月里就已经完成了大部分的工作，但是对是否要公布这些信息，杰弗科一直犹豫不决。然而，他们等待的时间越长，泄密的风险就越大，受到的指责就越多，而对每一句话的正确性要求也越高。

连学校管理层都感到沮丧。4月份的时候，D先生告诉一家杂志："我们一直在做准备。我一直对社区里的人说，'好吧，再等两个星期，再等两个星期就好了。'有无数次你会激动地说，'行了，我准备好了，我准备好了，'然后突然之间来了一句，'不行！'这真是令人沮丧。"[1]

拖延令人恼火，同时也出现了一个实际问题。一周年纪念日正好是诉讼时效的最后期限。杰弗科将报告推迟到2000年4月20日以后发布，意在迫使这些家庭要么信任他们，要么起诉他们。这很容易选。4月10日，罗尔博家[2]和弗莱明家提交了一份公开记录的申请，要求立即查看警方报告——这是避免诉讼的最后一个选择。既然他们提了申请，他们就要求查看所有材料，包括地下室录像带、凶手的日记、911电话录音以及监控录像。罗尔博希望把原始材料与杰弗科正在构建的说法进行比较。他预测两者之间存在巨大差异。

他说:"撒谎是他们的家常便饭。"

地区法官 R. 布鲁克·杰克逊阅读了申请材料。他同意了。一周年纪念日三天前,由于杰弗科官方强烈反对,他仅允许原告们阅读警方报告的草稿,此外还同意他们取用数百小时的911录音带和一部分录像片段。他本人同意开始阅读装订好的200份证据材料,但指出这需要几个月的时间。

这个裁决震惊了所有人。材料太少,时间来不及。那一周,有15个家庭向治安部门提起诉讼。之后他们还会增加更多的被告。

克莱伯德夫妇选择不起诉。相反,他们发出了另一封道歉信。哈里斯家也这么做了。

这些诉讼预计会失败。法律门槛太高了。在联邦法院,失职证据不足;这些家庭需要证明警察确实让学生们的处境更糟。这还只是第一个障碍。不过主要的策略还是逼他们交出信息。

戴夫·桑德斯的女儿安吉拉提起的诉讼可能是其中一个有胜算的。她的代理律师是彼得·格里尼尔,来自华盛顿特区,很有实力。他们指控杰弗科的警察在长达三个小时里不仅对戴夫·桑德斯见死不救,还阻碍了他求生,并禁止其他人把他带离那里。他们以警方马上会来人的谎言欺骗志愿救援人员,以阻止他们破窗而出或带他下楼。该诉讼指出,杰弗科这么做就意味着要承担对戴夫的责任,然后却任其死亡。从法律角度来说,他们剥夺了他的公民权利,在他们自己不准备这么做的情况下,切断了其他所有可能救他的机会。

罗尔博一家和其他家庭也遵循了类似的逻辑。他们说,要不是听

---

① 与他交谈的人是我。我为《沙龙》杂志做了广泛的报道,这里的大部分内容是基于该报道。
② 为了简单起见,我时不时用"罗尔博家"来表示丹尼父母两边的家人,即罗尔博家和佩特龙家。

信了警察会"帮助"的话,图书馆的孩子们原本可以轻松逃脱。情况颇为难看。但法律分析人士对所有这些案子是否成立持怀疑态度。丹佛大学法学教授萨姆·卡明认为:"要陪审团承认我们普通人比 SWAT 小组更了解如何处理这些情况是很难的。"

在法律界,这些诉讼早在意料之中,但其来势之猛还是惊到了众人。一周年纪念日再次被仇恨的阴影笼罩,而媒体依旧无处不在。13 个遇难者家庭中的许多人离开了镇子。学校停课一天,进行不对外开放的追思会。在克莱门特公园则举行了公祭活动。

* * *

一周年纪念日后几天,杰克逊法官命令警方在 5 月 15 日之前向公众发布报告。他还公布了更多的证据,包括一段引起强烈反响的录像。几个月来,杰弗科一直将其称为"培训视频",由利特尔顿消防局制作。它以尸体被移走后不久在图书馆拍摄的素材剪辑而成,这将是家属们第一次看到那恐怖的场景。杰克逊的裁决指出,看这些材料会非常"痛苦",但这不能作为秘而不宣的理由。

杰克逊写道:"没有令人信服的公共利益考量,根据《公开记录法》(Open Records Act)披露本视频或其中任何部分并无不妥。"

第二天,杰弗科开始复制录像带,并以 25 美元的价格出售拷贝。发言人说,这笔费用是为了支付复制成本。家属们目瞪口呆。然后他们看到了录像带。没有说明,没有旁白,看不出是为了"培训"。这是某人试图通过一种可怕的方式进行纪念:骇人的犯罪现场镜头配上流行音乐——莎拉·麦克拉克伦(Sarah McLachlan)的《我会记住你》(*I Will Remember You*)。麦克拉克伦的唱片公司威胁要起诉其侵犯版权。杰弗科删除了音乐。但销量依然强劲。

* * *

布莱恩·罗尔博撕开了杰弗科的防线。杰克逊法官源源不断地下令公开材料。5 月,他公布了所有的 911 录音带和一份弹道报告。有一段时间，他读到什么材料就公开什么。凶手的家人试图阻止他，5月1日，他们提出了一项联合动议，要求将其家中查获的材料保密。这将包括最重要的证据：日记和地下室录像带。

杰弗科遵照法官的命令于5月15日发布了报告。报告的重点是1999年4月20日的时间线，精确到每一分钟。它以出人意料的方式说明了一切发生得有多快：图书馆袭击只有7分半钟，所有的死伤都发生在头16分钟。批评人士说，太会打算盘了。警方报告不遗余力地说明警察根本没有机会。

正如预期的那样，报告回避了核心问题——为什么？相反，大约700页的内容是在讲发生了什么，如何发生以及何时发生。警方的整理工作当然有用，但这不是人们一直期待的报告。

其中有三段文字与布朗家的事先警告有关：一段总结，两段辩护。警方声称一直无法访问埃里克的网站，尽管他们在4月20日袭击事件发生后的几分钟内打印了这些页面，将其归档，并在尸体被发现前发出的搜查令中详细引用。但在谋杀发生一年后，杰弗科还在隐瞒档案和搜查令。所以家属们怀疑这是谎言，可他们没办法证明。

杰弗科的报告受到了嘲笑。警察们似乎真的被这种反应弄糊涂了。私下里，他们坚称只是照一贯的方式行事：在内部立案，对结论保密。传达结果是检察官的职责。这不是他们的工作范畴。他们依然无法理解此案并非普通的案件。

* * *

随着矛盾的加剧，人们的同情心开始减退。只是没有人大声说出来。

查克·格林是《丹佛邮报》的专栏作家，也是全丹佛最毒舌的人之一，他打破了僵局。他的两篇专栏文章震惊了受害者家庭，他在文中指控他们利用这场悲剧"敛财"。

他写道，他们已经得到了数百万美元。"这是一场前所未有的惨烈雪崩,可是科伦拜因的受害者们仍然伸手来要。"

"家长团"毫无心理准备。他们根本没想到这茬。更让他们震惊的是居然有人支持格林的想法。"我们都厌倦了没完没了的哀怨。"一位读者回应道。另一位读者说,这样的情绪已经流传了相当长的时间——"大家心里有点内疚,但还是会在小范围内窃窃私语。"

现在都说出来了。

* * *

周年纪念日也成为获得政治机会的窗口。汤姆·毛瑟在全国步枪协会的抗议活动中慷慨激昂,并全心致力于这一事业。他说:"我不是一个天生的领导者,但说出来对我有帮助,因为这将延续丹尼尔的生命。"汤姆请了一年的假担任科罗拉多"枪支泛滥的明智替代方案(SAFE)"组织的首席说客。他们支持科罗拉多州议会的几项法案,限制未成年人和罪犯获得枪支。前景看起来不错,尤其是关于堵上枪支展览漏洞的重点提案。2月,该提案以微弱劣势遭否决。一条类似的提案在国会也陷入僵局。

于是,在周年纪念日的前一周,克林顿总统回到丹佛,鼓励幸存者并支持 SAFE 组织的新战略:通过公民投票争取在科罗拉多州通过此项措施。

科罗拉多州共和党领导人谴责总统的做法并拒绝与他一起出场。共和党州长比尔·欧文斯支持投票倡议,但拒绝参加汤姆·布罗考主持的 NBC 有线新闻频道(MSNBC)的《市民大会》(*Town Hall Meeting*)节目,直到克林顿总统在节目中途离场才出现。

这次访问似乎迫使华盛顿采取了一点行动。就在与布罗考会面之前,众议院领导人宣布两党就枪支展览进行相关立法达成妥协。但已经过了一年,接下来还有很长的路要走。

汤姆·毛瑟一直活跃于各处。在同一周的一场集会上,SAFE 组织在州议会大厦的台阶上铺开了 4 223 双鞋——每一双鞋子代表自

1997年以来被枪杀的一名未成年人。汤姆脱下自己脚上的运动鞋，举起来给人群看。这双鞋是丹尼尔的。汤姆穿着这双鞋参加了各种集会。他需要与儿子有切实的联系，是这双鞋帮助这个腼腆的男人把丹尼尔和他的听众联系在了一起。

5月2日，州长和州总检察长——州内最著名的共和党人和民主党人——在科罗拉多州投票倡议请愿书上签下了头两个名字。它需要62 438个签名。他们收集到的签名几乎是这个数字的两倍。

这项措施将以2比1通过。枪展的漏洞在科罗拉多州被堵上了。

国会没有通过此项措施。没有针对科伦拜因事件制定重要的全国性枪支管制法案。①

* * *

这一季顺利结束。5月20日，第二批幸存者毕业。9名受伤的学生经过舞台，其中两人坐着轮椅。帕特里克·爱尔兰一瘸一拐地走上讲台做了告别演讲。

他说，这是艰难的一年，"枪击事件让这个国家意识到高中内部隐藏着意想不到的仇恨和愤怒"。但他坚信这个世界本质上是善良的。他花了一年时间思考是什么支撑着他穿过了图书馆。一开始他以为是希望——不完全是，是信任。他说："当我从窗口掉下去的时候，我知道有人会接住我。这就是我要告诉你的：我相信这一直是一个充满爱的世界。"

---

① 2000年4月，几项允许在科罗拉多州隐蔽地持枪的法案正在审议中。悲剧发生后，这些法案很快遭到否决。

科伦拜因案

第五部分

审判日

48. 上帝的情感

埃里克有事要忙。凝固汽油弹很麻烦。这是一种本质上不稳定的物质，埃里克在网上找到了很多配方，但它们似乎从没有产生出说明书上预测的那种效果。第一批产品一塌糊涂。他又试了一次，还是很糟糕。他不断改变配料和加热过程，但还是一次接一次失败。分批做也不是一件容易的事。埃里克没有具体说明他如何或何时进行实验的；估计跟他做其他事情在同一时间地点：他的家里，趁他父母外出时。每一批都是苦差事，既耗时又有风险。干这个需要把汽油与其他物质混合，然后在炉子上加热，让它凝结成黏稠的浆，只需一点火花便可点燃，通过管状物体用力发射出去，会持续燃烧一段时间。

埃里克还得造火焰喷射器。他在日记本背面画了武器的详细草图；有些相当实用，有些纯粹是幻想。迪伦似乎没有提供任何帮助。两个杀手都在他们的日程计划中留下了数百页的文字、图画和时间表，埃里克的日记中都是计划、日志和实验结果；迪伦几乎没有表现出任何努力。埃里克搞到了枪支、弹药，显然还有制造炸弹的材料，并进行了规划和制造。

另一个大麻烦是如何将大型炸弹悄悄带入拥挤的食堂。[①]每个奇形怪状的装置都会从 3 英尺长的行李袋中鼓出来，而且重达 50 磅左右。他们不可能就这样小跑进食堂中央，在 600 人面前扑通一声放下，然后若无其事地走出去。或者这样也行？从某个时间点起，两个男孩放弃了事先谋划。他们决定直接带着炸弹走进去。这是一个大胆的举动，却是典型的精神病态者行为。实施复杂袭击的罪犯通常会特别关注薄弱环节并极力降低风险。精神病态者则鲁莽行事。他们对自己的行动充满信心。埃里克精心策划了一年，结果以一个错误开场，从而削弱了95%的攻击力。没有任何迹象表明他考虑过这个巨大的漏洞。

现在他要全力以赴给迪伦弄第二把枪。埃里克还有很多东西要制作。如果他手头再有点钱就好了，② 他可以继续进行实验。唉，得了吧，在披萨店工作，就只供得起这么多炸弹。他还需要去检查刹车，他刚刚买了冬天用的雨刮器，还有一大堆新的CD要买。

* * *

他们还需要从"转处计划"中脱身。埃里克成了该项目的明星。由于表现出色，他提前结业，这非常罕见——只有5%的孩子能做到。克里格斯豪瑟决定让迪伦和他一起结业，尽管迪伦的微积分课没有进步，分数还是D。克里格斯豪瑟建议迪伦谨慎对待自己未来的选择。他在项目结业报告中写道，迪伦在学校里缺乏动力，但结论还是乐观的："预测：良好。迪伦是个聪明的年轻人，他很有潜力。如果他能够挖掘自己的潜力，并自我激励，他应该会在生活中做得很好……建议：成功完成此项目。迪伦赢得了提前结业的机会。他需要不断激励自我，这样才能保持积极的态度。他够聪明，有能力实现任何梦想，但他需要明白，努力不可或缺。"

迪伦在"存在"日记本里写下了一篇阴郁的日记作为回应。正是那次见面后，他又写起了日记。他在当天写了一篇，却没有提到这个好消息。他继续认为生活越来越糟。从某种意义上来说的确如此。脱离"转处计划"是一个痛苦的信号。迪伦并没有打算活着离开该项目。

埃里克获得了一份热情洋溢的报告："预测：良好。埃里克是一个非常聪明的年轻人，他极有可能在生活中取得成功。他的智慧足以让他实现崇高的目标，只要他坚持完成一项任务并保持内在动力……

---

① 埃里克写过，如何把炸弹弄进学校是一个主要问题。
② 埃里克手头的钱有限，对此他表达过沮丧，同时还为自己的武器装备做了预算。

建议：成功完成此项目。埃里克应该寻求更高层次的教育。他给我的印象是非常善于表达，悟性强。这些是他应该尽可能经常发展并加以利用的技能。"

* * *

两名男孩都是逐渐走上杀戮之路的，但两人分别是被一件事推过了那道坎。埃里克的那件事发生在1998年1月30日，警官沃尔什铐住了他的手腕。从那晚开始，这个男孩就开始了谋杀计划。迪伦的转折点整整一年后才出现，而且是循序渐进的，但转折点似乎很明显，那是1999年2月。他们已经提前一年约好在4月动手，时间就快到了。埃里克是认真的。他是真的要去完成它。迪伦很矛盾，像往常一样，还是倾向于反对，强烈反对。迪伦想做个好孩子。他有三个选择：放弃，退出，或者仓促自杀。

这三个选择已经存在一年或更久。他就是下不了决心。

然后迪伦写了一个短篇故事。① 它围绕着一个愤怒的黑衣人有条不紊地枪杀了十几个预备球员②。他这样做是为了复仇和娱乐，也是为了证明自己的能力。

迪伦提到了NBK计划的大部分细节。他按照他们计划的装备以及着装方式来描绘杀手。这个故事里有一个行李袋，有转移注意力用的炸弹，还提到侦查受害者的习惯。最微小的细节都是一致的。凶手混合了他们两人的特征。他的身高与迪伦相当，但行为与埃里克一模一样：冷酷，有条不紊，凶狠又冷漠。

很容易想象埃里克对4月20日那天扣动扳机会有什么反应，但迪伦似乎对自己的反应感到困惑。他笔下的埃里克活灵活现，而他自己则是作为叙述者旁观。杀人会是什么样的感觉？

---

① 杰弗科公开了这篇作文，并附有朱迪·凯利的评语。
② 在美国学校，曲棍球等运动会先有预备队员，经过短期训练择优进入少年队或校队。——译者

感觉棒极了。他写道:"如果我能直面上帝的情感,那看起来就会像那个人。我不仅从他的脸上看到了,我还从他身上感受到了力量、自满、宽慰和虔敬。他展颜一笑,在那一瞬间,虽然我没有参与,但我理解了他的行为。"

故事到此结束:与一桩桩谋杀无关,而是写对它们背后的人的影响。

没有人注意到迪伦在电脑上写这个故事,但他似乎是一口气把它打在了屏幕上,他没有停下来检查拼写或改错,也没有按回车键。所有内容都集中在一个段落内,如果用正常的字体可以填满5页。

2月7日,迪伦把这个故事作为创意写作课的作业交了上去。他的老师朱迪·凯利看了之后不寒而栗。就一个17岁的少年而言,这篇作品令人震惊,而她深感不安。迪伦不是第一个写暴力故事的孩子——整个学期埃里克都在写英勇的海军陆战队员的战斗场景。埃里克对战争很着迷,他在课堂上一直模拟机枪射击的动作。但这不是战争故事;迪伦的主人公是在残忍地杀害平民,甚至乐在其中。凯利在下面批了一句话,叫迪伦来见她。她想在打分之前和他谈谈。"你是个出色的作者,很擅长讲故事,但我对这篇文章有些疑问。"她写道。

迪伦来了。她说,这个故事太过暴力、令人不适——难以接受。

提交这个故事可能就是故意泄露。迪伦畏缩了。他说:"就是一个故事而已。"这是创意写作课。他一直很有创意。

凯利说,有创意很好,但这些残酷的内容是哪里来的?光是读到就令人不安。

迪伦坚称这只是一个故事。

凯利不买账。她打电话给汤姆和苏·克莱伯德,和他们详细讨论了这件事。她后来告诉警方,他们似乎并不太担心,还评论了一句,说理解孩子可能是一项真正的挑战。

即使在谋杀案发生后,迪伦的一位同学也觉得没什么不对劲。"这是创意写作课,"她告诉《落基山新闻报》,"你想写什么就写什么。莎士比亚写的都是关于死亡的。"这个女孩不是凶手的朋友。

但凯利意识到她发现了一些与众不同的迹象。她见过迷恋暴力的男孩,她读过无数谋杀案的报道,但她从来没有读过如此暴虐的故事。这不仅仅是故事内容的问题,而是作者传达这些事件的态度。迪伦有一种让场景逼真的天赋:他向读者展示了动作、思想和感觉。一种令人毛骨悚然、残酷无情的感觉。凯利形容这个故事是"具有文学性并令人毛骨悚然——我读过的最恶毒的故事"。

凯利带着它去找了迪伦的学校辅导员布拉德·巴茨。他和迪伦谈了,迪伦再次轻描淡写蒙混了过去。只能如此了。

凯利做了正确的事:她联系了三个最有可能了解迪伦其他信息的人——他的辅导员和他父母。如果辅导员或父母知道迪伦一直在引爆管状炸弹,再带他们去黑杰克披萨店转转,他们可能会把幻想和现实联系起来,NBK 计划可能就走到了尽头。可他们没有。杰弗科的调查人员已经掌握了大部分的信息。大多数与凶手关系近的成年人都被蒙在鼓里。

* * *

在日记中,迪伦又谈起了他的爱情执念。他想成为一个虔诚的人,但他已经痛苦地求索了两年,他的梦想完全没有实现。埃里克提供了希望,给了迪伦正在寻找的感觉。在一切事情上只有埃里克给了他现实的出路。

也许寻找是一场虚空。

迪伦还没准备好接受杀人的事。他几乎会纠结到最后一刻。可是从现在开始,他就快妥协了。

他将带着这篇故事走向 4 月 20 日。人们在迪伦的车里发现了它,和没有爆炸的炸药在一起,准备在他的最后一幕中被撕成碎片。车子被安排好了要炸毁,所以迪伦并不是为了我们带上这篇故事。也许那一天他还需要一点勇气。也许他想最后再读一遍。

* * *

该练习打靶了。他们选了一个漂亮的景点,这个地方被称为兰帕特岭:布满了蜿蜒的原始山路,穿过落基山脉崎岖的国家森林,离迪伦家不远。他们为第一次长时间射击练习选择了一块供越野自行车和全地形车(ATV)使用的空地。一个越野驾驶网站大力推荐读者慢慢地尽情体验这里的远景:"巨石在你眼前千变万化,让你的想象力纵情驰骋吧。"

3月6日一起去的还有三个朋友。[①] 给迪伦搞来一把TEC-9自动手枪的马克·曼内斯和菲尔·杜兰,以及马克的女朋友杰西卡。他们带了为袭击准备的枪,朋友们还另有几支。他们带了从贝尔维尤偷来的几个保龄球瓶作为靶子。他们还带了一台摄像机。这种大事得拍下来。

山上很冷,地面还有积雪。他们明智地穿了好几层衣服。埃里克和迪伦一开始穿了风衣,但出了一身汗,就把风衣脱了。他们带了护耳和护目镜,其间他们会用上。

他们射了一个满是铅的保龄球瓶,然后埃里克有了个想法。他把霰弹枪瞄准了5英尺开外的一棵茁壮的松树。没打中,还很痛,枪的后坐力非常厉害,他的手臂生生地挨了一下。霰弹枪管被锯短一英寸,后坐力就会放大数倍。埃里克和迪伦把枪锯得极短,几乎到了枪膛,现在他们要为此吃苦头了。

他指示迪伦照做。"对着一棵树打,"他说,"我想看看子弹打在树上会怎么样。"

迪伦在树干上打出了一个2英寸宽的洞。他们跑过去检查战果。埃里克用手指挖出一个弹丸。

"那是他妈的子弹!"迪伦尖叫起来。

埃里克小声说:"想象一下把它射进某人的脑袋里。"

[①] 男孩们录下了很长时间的打靶训练,杰弗科公布了这盘录像带。

"我手腕痛死了,狗娘养的!"迪伦说。

"我想也是。"

迪伦开始笑起来。"瞧瞧!我都出血了!"他喜欢这样。

埃里克一直在拿人说事。他捡起一个保龄球瓶,瓶身前面钻了一个小洞,后面有一个凹坑。他对着摄像机展示了前后面:"射入伤,贯穿伤。"他的伙伴们笑了,但他并没有完全明白。他听懂了小玩笑,漏掉了笑话中的深意。战斗已经在他周围打响了。埃里克喜欢埋伏笔。在那里的每个人都会牵连其中。只有两个人看清楚这一点。

大多数时候,他们都在有条不紊地提高自己的技能。一个孩子开枪,而另一个孩子则站在他身边喊出结果,以便进行实时调整。"向右高一点……向左低一点……再向左一点……"

单管霰弹枪每开一枪都需要重新装弹,这将严重影响杀人数量。埃里克通过练习快速射击和装弹技术来做准备,每一枪都是惩罚。爆炸会从他的左手上撕下枪管,并且将他拿枪的手像橡皮筋一样抽回来。但是他学得非常快。过不了多久他就克服了后坐力,接住转动的枪管,打开弹匣,装上子弹,锁紧弹匣,射出一发子弹,以一种流畅连续的动作重复这个过程。他在5秒钟内连打了4枪,这让他非常开心。

在那一刻之前,一切都只是理论上的:他们用那把枪到底能造成多大的伤害?现在有答案了。埃里克就是个杀人机器。

埃里克和迪伦走近镜头,展示他们的伤痕:拇指和食指之间的大块皮肤被刮掉了,他们需要加强这个部位的握力。

"瞧,高中生开枪就这个样子。"有人说。大家都笑了。

曼内斯试用了一下埃里克的枪,枪把手让他皱了下眉。"你应该把它弄圆一点。"他建议道。

"是啊,"埃里克说,"我会再修一下的。"

他们又打了很多发子弹,并再次展示了伤处:出血更多,更严重。"枪不行,"曼内斯说,"你把枪管锯断,搞得不合法,那会给你带来麻烦的。"大家又笑起来,"不要用锯短的霰弹枪不就行了。"

他们现在进展顺利。埃里克抓住枪管,对着镜头做鬼脸。他作势拍了几下开火装置:"不听话!"

迪伦对着镜头挥挥食指:"不!不!不!"

杀戮发生几天后,弗斯利尔博士看了在兰帕特岭拍的视频。它显示了从幻想到事实的最后一步。从无聊的恶作剧任务到一系列不断升级的盗窃,经历了两年的演变。埃里克正在变成一个职业罪犯,他已经跨越了从想象犯罪到实施犯罪的心理障碍。他找到了感觉。

* * *

两个男孩继续去训练。他们和曼内斯一起出去进行了三次打靶练习。①

迪伦又泄密了。② 他为自己的武器感到兴奋,2月的某个时候,他告诉扎克,他手上有一些"非常酷"的东西。

什么东西?

迪伦说,《杀人三部曲》(*Desperado*)③ 里那样的——他们以为这部暴力片是昆汀·塔伦蒂诺拍的。

扎克质问他:那是把枪,是不是?

是啊,一把双管霰弹枪,迪伦说,跟《杀人三部曲》里的那把一样。埃里克也有一把。他们已经开过枪了。太过瘾了!

扎克后来告诉FBI,他们之后再也没有提起过这事。

---

① 曼内斯告诉首席调查员凯特·巴丁,他们一共出去了三次,但她无法确定每次是在拍录像那次之前还是之后。
② 扎克告诉警方,他与迪伦的谈话发生在2月。他的记忆可能略有偏差,也有可能迪伦开始训练的时间更早——曼内斯可能去了,也可能没有。
③ 罗伯特·罗德里格斯导演了这部电影。塔伦蒂诺作为演员出现在片中,他与罗德里格斯关系很好。

49. 准备就绪

　　D 先生知道他的任务结束的日期：2002 年 5 月 18 日。枪击案以后，他只有一个目标：带领近 2 000 名孩子走出低迷。最后一批新生将在那年 5 月毕业。

　　弗兰克不知道他往后会做什么。他还没办法做计划，因为他忙得不可开交。他还有三个学年要熬过去，但他严重低估了事件以后第一年的动荡。没有人预见到那一连串的余震。他不会再犯那种错误了。第二年夏天，就和第一年夏天一样，也提供了一个喘息的机会，但是 2000 年 8 月，当校门重新打开时，教员们已经准备好了迎接下一次冲击。没有出现。再也没有一年像第一年那样——再也没有那么接近过。

　　第二学年开始得很顺利。整个夏天学校都在扩建，建了一个新图书馆。旧的那个被拆除了，公共休息区变成了一个两层的中庭。"家长团"的大多数成员出席了开学仪式。①苏·佩特龙容光焕发，在过去的 16 个月里，她每次走进学校都浑身无力。她说："就像人在水下，呼吸不了。"这种感觉不复存在。她已经战斗了一年多，到了她的极限。几乎所有的父母都是一样。

　　苏的前夫是个例外。布莱恩·罗尔博和弗兰克·迪安杰利斯是开学仪式的主角，他们站在食堂里，周围都是记者，使他们隔开了 30 英尺，就这样谈论对方。D 先生很有外交手腕，试图完全避开舌战。但记者们不断从罗尔博那里走过来，让 D 先生就新一轮谴责作出回应。布莱恩不留情面，直截了当。他说，杀戮是学校造成的，学校管理部门必须付出代价。

科伦拜因案

*　　*　　*

D 先生患上了心脏病,枪击案发生后的第一个秋天发现的。医生说是压力过大造成的。不是玩笑。

弗兰克还表现出了 PTSD 的症状:麻木、焦虑、无法集中注意力、孤僻。心理治疗帮助他解决了问题。谋杀刚发生后那段时间,他无法与人进行眼神交流。情况越来越糟。那是怎么回事?"是内疚造成的,"他说,"我从来不知道幸存者会内疚。戴夫和孩子们死了,我却活了下来,这让我觉得内疚。"

他的妻子想帮他。这感觉正在吞噬他,但他无法向她倾诉。他就像他的学生一样。他恳求他们:"不要把你们的父母拒之门外。"他可以当着他们的面哭了。但他的妻子……她不理解。他也不是特别想让她明白。他只想在家里得到一点慰藉。

悲剧发生后的那几年是人心惶惶的。他早上 6 点到校,晚上八九点才离开。周末,他来工作的时间会短一点——安安静静地赶进度。任何时间段都有十几个孩子处于防自杀监护状态,每天都有学生和教职员工出现情绪崩溃。他从帮助孩子们中获得了极大的满足,但这是一种可怕的消耗。他每天晚上都要花好几个小时来忘记这一切。他说:"我需要时间来自我修复。我回家后最不想做的就是谈论这个。"

他的妻子恳求他敞开心扉,他的儿女很担心,他的父母和兄弟姐妹似乎总是打电话来问。你在吃饭吗?你该开车吗?他会说:"我想我知道什么时候吃饭。"每个人都特别想了解他的感受。你好吗?你好吗?"够了!"他会说,"请别再说了!"

D 先生和一些员工也闹了矛盾。一位治疗师抱怨说,悲剧发生后,她在他的学校里呆了几年,他却从不知道她的名字,可他能说出 2 000 名学生的名字。他有一个强大的管理团队,他们擅长解决问题,但他们中的一些人自己也需要支持。其中有一位非常出色,但话很

---

① 中庭开幕时的场景是基于我的观察写的。

多——她必须倾诉自己所有的痛苦。弗兰克不会这么做的。他向他的员工承认,自己支持不了他们。他就是没有这份精力。他把所有的精力全都投给了孩子。他帮助孩子们渡过了难关。

弗兰克寻找放松的途径,他和妻子一起去参加了周日晚上的保龄球联赛。每一局都有陌生人靠过来。你好吗?学生们怎么样?"又来了,还是在谈科伦拜因的事,"他说。出去吃饭也一样,"人们会径直走到我的卡座那里。到后来,我什么都不想做了,只想呆在家里。"

家里也一样糟糕。他说:"我会去地下室呆着,躲开我妻子和孩子。"他的金毛猎犬跟着他。这还不错。

他的家人埋怨他。他说:"他们不明白我为什么要那样做。"他自己感觉也很糟糕。"我成了自己也不喜欢的人。"

枪击案结束后,他立即开始心理咨询,并认为这么做拯救了他。如果他能再做一件事,那就是让他的家人也参加治疗。他说:"他们不知道什么是PTSD。如果他们能理解我所经历的,那就好了。"

他的婚姻没能挺过去。2002年初,他和妻子同意离婚。他说科伦拜因不是唯一的原因,但是很大程度上是因为这个。

就在弗兰克准备搬走时,他发现了他在1999年收到的4 000封信。大多数是表示支持的,有些表达了愤怒,还有一些威胁要他的命。他曾经试图一天读25封信;结果证明那样非常痛苦。现在他准备好面对这些信了。他读了一大堆,其中有个名字是他意想不到的——黛安·迈耶,他高中时的恋人。他们在毕业前分手,已经30年没联系了。他去找她。她妈妈也住在她家。他打电话给黛安,她非常善解人意。他们聊了几次,并没有见面,只是长时间宽慰他。她帮助他度过了离婚以及5月即将到来的情绪起伏。他还有一件事要做。

对许多教职员工来说,科伦拜因事件是一次情感宣泄的体验。他们重新评估了自己的生活,许多人开始了新的职业生涯。到2002年春天,他们中的大多数人都已经离开了。除了弗兰克,其他所有的校管理人员都走了。随着5月的临近,D先生开始思考什么能让他最快

科伦拜因案　363

乐。他到底想如何度过余生？

他决定不妥协；他要追随自己的梦想。他选择继续担任科伦拜因中学的校长。他喜欢那份工作。一些家庭恨他；对他宣布的这个决定感到厌恶。其他人则很高兴。孩子们欣喜若狂。

* * *

罗尔博处在盛怒中。但他和警方的交涉取得了很成功。他的杀手锏冲破了阻碍：杰克逊法官继续公布证据。最终，杰弗科被要求放出几乎所有材料①——除了可能具有煽动性质的杀手日记和地下室录像带。2000 年 11 月放出的材料最丰富：长达 11 000 页的警方报告，其中包括几乎所有证人的陈述。杰弗科表示都在这里了。

其实它还隐藏了一半以上的材料。记者和遇难者家属不断地敲打，要求提供已知物品。杰弗科在试图压制的过程中表现得滑稽可笑。他们对所有页面进行了编号，然后删除了数千页，结果放出来的文档页码连不上。其中一个公开的文件显示缺了近 3 000 页。

在接下来的一年里，杰弗科被迫又公开了 6 个文件；2001 年 11 月，官方称这是"最后一批"了。到 2002 年底，又出来 5 000 多页，2003 年又公开了 10 000 页——分别在 1 月、2 月、3 月、6 月，10 月则有 3 次。

在这一切进行到一半的时候，2001 年 4 月，地区检察官戴夫·托马斯无意中提到了一个确凿的证据：枪击案一年多前为搜查埃里克家准备的附誓书面证词。② 两年来杰弗科一直极力否认有这份文件存

---

① 几年来我一直关注着这些信息一点一滴地被公开，并在大多数材料发布后对其进行了研究，但我当时并没有写这些事件。《西部之声》和《落基山新闻报》针对这些细水慢流般的材料做了出色的报道，我的写作仰赖于他们的工作。我认为科罗拉多州总检察长和大陪审团的报告是确切的。

② 经过几个月的沉默，检察官回复了布朗夫妇的书面申请。他在信中提到了格拉的附誓书面证词，两年来他所在的机构一直坚称该附誓证词不存在。兰迪和朱迪感到难以置信。他们把这封信带到了哥伦比亚广播公司，《60 分钟》节目以此把托马斯逼进了死胡同。杰弗科也没有把这份文件交给杰克逊法官，法官要求他们交出。

在。杰克逊法官下令将其公开。

这份附誓书面证词比预期的更具杀伤力。① 调查员格拉敏锐地梳理了埃里克早期谋划的线索,并记录了大量的谋杀威胁以及炸弹制造,以此意识到这些威胁的存在。掩盖真相的目的昭然若揭。然而,这个做法又持续了好几年。

最终,在2003年6月,凯特·巴丁在枪击案当天下午颁发的搜查令出现了。它确凿无疑地证明,关于布朗家报案的事杰弗科的官员一直在撒谎——他们从一开始就知道这些警告,而且"找不到"的网页非常容易访问,他们在袭击发生后几分钟就找到了。

愤怒和藐视的情绪不断高涨。联邦法官终于受够了。他裁定,杰弗科根本无法胜任保存有价值的证据。他命令该县交出关键材料,如地下室录像带等,由丹佛的联邦法院保管。

* * *

弗斯利尔探长在D先生之前就退出了该案的调查。这场杀戮发生6个月后,调查工作基本完成。弗斯利尔继续研究凶手,但他回到

---

① 格拉的证词极为令人信服。他在其中说明了动机、手段和时机。从威胁评估的角度来看,埃里克的袭击行为计划非常具体翔实,风险非常高。有关武器装备的细节令风险进一步提高。不过,最重要的部分在于证词将埃里克的计划与实物证据联系了一起。证词描述了在埃里克家附近发现的管状炸弹,并两度指出该证物符合埃里克对炸弹"亚特兰大"和"弗勒斯"的描述。
格拉在附誓书面证词的末尾写道:"基于上述信息,本人恳请法庭签发对该住所的搜查令。"警察原本会有很多发现。当时埃里克已经做了不少炸弹。科罗拉多州最高法院前首席法官曾担任由州长指定成立的科伦拜因事件调查委员会主席,他最终发表了意见。他指责杰弗科错过了"大量"线索。他总结说,这场大屠杀原本是可以避免的。他对警方在警戒线外的反应表示遗憾;他说,如果SWAT小组冲进大楼,本可挽救一些生命。
证词还显示,科伦拜因事件发生十天后的新闻发布会上,基克布希至少撒了三个弥天大谎:布朗夫妇没有与调查员希克斯见过面,警方找不到与埃里克在网上所描述的相类似的炸弹,也无法找到他的发帖。那份证词与这三点都矛盾,而基克布希应该很了解这份证词,因为他参加了那次公共空间会议,会议主题只有一个:如何压住这份证词。为了回应,杰弗科又撒了几个新谎。当局发了一份新闻稿,声称在科伦拜因事件发生几天后,他们已经披露了附誓证词的存在——实际上当时指挥官们正在开会想方设法隐藏这份证词。所有当地媒体都对杰弗科的谎言进行了谴责。

了原来的岗位，即科罗拉多-怀俄明地区国内反恐部门的负责人。鲜有美国人听说过奥萨马·本·拉登，但 FBI 分局的办公室里却挂着一张真人大小的通缉海报。每天早上弗斯利尔从 18 楼的电梯里出来，就会看到这位头号敌人的照片。

"这是个危险人物。"弗斯利尔告诉一位访客。FBI 决意要阻止此人制造危险。

弗斯利尔也恢复了人质谈判专家的培训，并在发生重大事件时出现场。2 年后，他终结了近代史上最臭名昭著的越狱事件之一。"得州七人组"逃出了一座最高戒备等级的监狱，开始疯狂作案。其头目被判 18 个无期徒刑——他没什么可失去的了。2000 年圣诞节前夕，他们从一家体育用品商店偷了一批枪，并伏击了一名警察。他们向他开了 11 枪，并在逃离时碾过他的身体，以确保其死亡。他确实死了。这几人的悬赏金额是：50 万美元。

这伙人继续上路。2001 年 1 月 20 日，他们在科罗拉多斯普林斯附近的拖车公园被人发现。一个 SWAT 小组抓住了其中四人，第五个人为了逃避被抓自杀了。最后两个拒捕，把自己关在假日酒店里不出来。弗斯利尔探员的团队花了 5 个小时才说服他们。犯人揪着刑事制度中的腐败问题不放，因此弗斯利尔安排了当地电视台在凌晨 2:30 做现场采访。一名摄影师走进房间，让拒捕的人看到他们确实在进行直播。2 名罪犯随后投降并被判处死刑。这 6 名被活捉的罪犯都在得克萨斯州等待注射死刑。

压力令弗斯利尔疲惫不堪。这年 10 月，他将在 FBI 工作满 20 年，有资格领取退休金。他宣布在那一天退休，届时他将年满 54 岁。

2001 年 9 月 11 日，美国遭遇恐怖袭击。本·拉登是幕后主使。弗斯利尔推迟了退休时间，并在接下来的 11 个月里把大部分时间花在这个案子上。2002 年夏天，美国占领阿富汗，本·拉登已经躲藏起来，紧迫感减弱。

同年 5 月，弗斯利尔的儿子布莱恩从科伦拜因高中毕业——这是

D 先生一直在等待的最后一个班了。7 月，布莱恩将去上大学。德韦恩把退休时间安排在一周之后，这样布莱恩就不会看到他爸爸不上班无所事事的样子。

"我第二天就看出了你的变化。"布莱恩回家探望父亲时跟他说，"你从来没有这么轻松自在过。"

可是弗斯利尔很怀念工作。几个月后，他成了国务院顾问。他被派往第三世界国家进行反恐培训。每年，他花四分之一的时间呆在巴基斯坦、坦桑尼亚、马来西亚、马其顿的危险区域——任何恐怖分子活跃的地方。

咪咪很担心。德韦恩没有考虑太多，布莱恩没有察觉到他的声音中再次带有紧张情绪。在 FBI，恐惧不是问题，责任才是。

他说："当我意识到某个人的生命可能取决于我当班时不犯任何错误，那责任就更加艰巨了。"

* * *

布莱恩从科伦拜因毕业后不久，迈克尔·摩尔的《科伦拜因的保龄》(*Bowling for Columbine*) 一片在戛纳电影节引起了热烈的反响，成为美国历史上最卖座的纪录片。这部片子实际上并不是完全关于科伦拜因的，片名里包含了一个小小的传说——埃里克和迪伦在 4 月 20 日去打了保龄球——但片中有一个戏剧性的场面，就是摩尔和一个受害者去凯马特超市，要求退掉尚未从他体内取出的子弹。这个噱头和/或围绕它的宣传使凯马特超市大为羞愧，从而停止了全国范围内的弹药销售。

玛丽莲·曼森在影片中接受了采访。摩尔问曼森，如果他有机会和杀手交谈，他会对他们说什么。"我不会对他们说一句话，"他说，"我会好好听他们说，而这是没有人做过的事情。"这是媒体报道的情况。

和 KMFDM 乐队的关联却被各大媒体忽略了——而这个虚无主义

的乐队倒是埃里克真正崇拜并经常提及的。不过，歌迷们得到了消息，该乐队发表了一份表达深刻自责的声明："我们和全国其他人一样，对科罗拉多州发生的事情感到难过和震惊……我们绝不会宽恕任何与纳粹有关的信仰。"

* * *

凶手的父母保持缄默。他们从未在媒体面前发表任何言论。牧师唐·马克斯豪森一直陪伴在汤姆和苏·克莱伯德的身边，带给他们巨大的安慰。苏回到社区学院培训残疾学生，这有助于她应对日常生活。

她后来说："太难以置信了，我花了很长时间才在一次会议上站起来说出自己的名字，随后说'我是迪伦·克莱伯德的母亲'，迪伦有可能杀掉了我不少同事的孩子。"[1]

出去购物也常常让她感到恐惧——售货员查看她的信用卡时，你得等着被认出来的那一刻。这是个与众不同的名字。有时他们会注意到。

"天呐，你是个幸存者。"一位店员如是说。

汤姆在家工作，所以他可以选择什么时候外出。他一直窝在家里。唐牧师很担心他。

马克斯豪森牧师为他的同情心付出了代价。他的教区很多人因此而爱戴他；而另一部分人则深感愤怒。教会委员会因此分裂。他很难立足。枪击案一年后，他被迫离开。

马克斯豪森曾是丹佛地区最受尊敬的牧师之一，可如今他找不到工作。失业一段时间以后，他离开了这个州，去管理一个小教区。他想念科罗拉多州，最终还是搬了回来。他在县监狱找到了一份牧师的工作。他的主要职责是为有亲人去世的囚犯提供咨询。他天生就适合

---

[1] 苏·克莱伯德2004年向大卫·布鲁克斯回忆了这次对话，后者在《纽约时报》的专栏文章中写了这件事。

这份工作——为绝望的人服务。他对每一个人都有同理心,为此耗尽了心力。

*　*　*

诉讼持续了好几年,变得越来越混乱,新的被告不断涌现,包括学校官员、凶手的父母、"兰释"的制造商以及任何接触过枪支的人。这些诉讼在联邦法院被合并了。刘易斯·巴布科克法官接受了该县的两个主要论点:县政府没有责任提前阻止凶手,警察不应该因为在遭遇火力攻击时做的决定而受到惩罚。巴布科克说,当局本可在几个月前阻止大屠杀,然而当局对此不负有法律责任。

2001年11月,他驳回了对治安官和学校的大部分指控。这些家庭提出上诉,县政府第二年就解决了:每人15 000美元——这只是他们法律费用的一小部分。证据开示过程并没有披露多少内容;没必要这么做。罗尔博家发起的攻势启动了法律程序,并靠着自己的力量继续进行。

巴布科克法官拒绝驳回桑德斯一案。对于营救戴夫一事,事关极短时间内的决策,他感到难以抉择。

"他们在第三个钟头还有机会救他的!"巴布科克低沉而有力地说。

警察有数百人要救,他们的律师回应道。他们必须分配资源。

法官提醒他,当时有超过750名警察在场。他说:"当天他们并不缺人手。"

2002年8月,杰弗科付给安吉拉·桑德斯150万美元。县当局不承认存在任何不当行为。与杰弗科有关的最后一个案件是帕特里克·爱尔兰的案子。他获赔117 500美元。

经过多年的纠缠,大部分边缘案件均被驳回。"兰释"撤出市场。剩下的就是凶手的家人了。他们希望和解。他们没有很多钱,但有保险。结果发现他们的房主保单款项涵盖了他们孩子实施的谋杀,有160万美元供31家人分。其中大部分来自克莱伯德家的保单。受害者也与马克·曼内斯、菲尔·杜兰和罗宾·安德森达成了类似的协议，估计总金额约为130万美元。

五个家庭回绝了哈里斯和克莱伯德的赔款：不提供信息就不接受买断。对罗尔博家和其他四家来说，这的确不是钱的问题。他们要的是答案，而他们也证明了这一点。

但他们陷入了僵局：如果受害者放弃诉讼，凶手的父母就开口；如果父母开口，受害者就放弃诉讼。

在接下来的2年里，他们一直僵持着。然后在法官的斡旋下达成了协议。如果凶手的父母以不公开但宣誓如实陈述的方式回答他们所有的问题，拒绝让步的家庭就放弃诉讼。这是一个痛苦的妥协。拒绝让步的家庭希望公众和他们自己都能找到答案。他们为了自己退了一步。

2003年7月，4位家长参加取证若干天。媒体来给他们拍照。他们行动隐秘，以至于很少有记者了解他们长什么样。宣誓作证2周后，双方宣布了一项协议。一切似乎已经结束了。

但道恩·安娜呼吁将这些证词公之于众：了解应引起警惕的信号，有助于防止下一个科伦拜因悲剧。她身后聚集了一群支持者。一位地方法官裁定，根据协议，笔录将被销毁。这引发了公众的强烈抗议，并再度要求公开记录。巴布科克法官同意考虑一下。

花了四年时间才走到这一点。而他们只走了一半。

2007年4月，巴布科克法官最终做出裁决。他写道："这些材料具有正当的公众利益，将其公开有望避免类似的悲剧。然而，我的结论是，利益的天平依然倾向于对其进行严格保密。"

他达成了一个折中的方案。这些文字记录将在国家档案馆封存20年。真相将于2027年揭晓，也就是枪击案28年后。

* * *

尽管已经退出调查，弗斯利尔还是希望能看到证词。最理想的状况是能够亲自询问父母。他已经从心理层面了解到两个男孩长成了怎样的人,但如何开始的还是个谜,尤其是埃里克。只有两个人见证了18年来他走向精神病态的过程。埃里克从什么时候开始表现出早期特征的,这些特征是如何显现的?韦恩采取了严厉的养育方式——这起到了怎样的作用?埃里克鲜有提到与母亲的互动——凯茜的养育方式是怎样的?有没有起作用?有没有什么可以帮到未来的家长的?

他们拒绝交谈,弗斯利尔表示理解。

"我非常同情哈里斯和克莱伯德的父母,"他说,"他们在一无所知的情况下受到诋毁。谁也没有足够的客观信息来得出任何结论。"

弗斯利尔说,他养育了两个儿子,每个儿子都可能出现他无法理解的特质。埃里克记录了他父母对他行为的挫败感,以及他们试图强迫他顺从的行为。对于一个初露端倪的年轻精神病态者来说,他们采取的策略可能都是错误的,但父母怎么搞得清到底是怎么回事呢?

弗斯利尔说:"我相信他们因为儿子的所作所为而受到了无理的指责。他们可能会问自己的问题,和我们业内人士问出的问题是同样的。"

* * *

2000年秋天,帕特里克·爱尔兰离开家乡前往科罗拉多大学。他过得很好。他真的很喜欢校园生活。他惊讶于自己那么喜欢商学院。放弃建筑学原来并不难。他出于无奈却找到了自己更喜欢的事。

他依然在跟记忆力作斗争,搜肠刮肚寻找合适的词,可能一辈子都要服用抗癫痫药物。在大学的第一个晚上,他就遇到了一个女孩。凯西·兰卡斯特。她聪明,迷人,还有点害羞。他们一拍即合,成了好朋友。

2004年5月,他以优异成绩毕业。获得工商管理学士学位后,他成为西北互惠人寿公司的一名金融规划师。他喜欢这份工作。

有一根手指让他有些困扰。他的右手小指向外突出,无法与其他手指并拢,这在他跟人握手时造成了一个小问题,它会戳到对方的手掌——让人感觉有点不对劲。如果你比较敏锐,会看到他正紧张地瞅着这根手指。他不想留给人这样的第一印象。不过,他一开口就有一种自信满满的感觉。客户信任他。老板们也很高兴。他正在崭露头角。

帕特里克在高中时已经不再使用轮椅和拐杖,但脚踝支架还在。他的右腿走起路来有点滞后:看得出来,但并不显得虚弱。跑步是不可能了,但滑水还行。

平衡感、力量、灵敏度,都是帕特里克能克服的障碍,但他的右脚再也无法灵活地抓握滑水板。于是,他与一位工程师朋友合作,量身定制了一款靴子,当他想站上水面的时候可以穿上它。他们花了几个月的时间制作模子,并在湖边进行实验。约翰和他们一起去,给他们打气。每次,船都徒劳地把帕特里克拖在后面。

他们尝试把直排旱冰鞋的外层剥掉,然后粘在滑水板上。不行。他们继续改进,再次回到湖边。没有用。帕特里克试了一遍又一遍。那天晚上他已经尝试了大约10次,天越来越晚了。约翰确定帕特里克已经筋疲力尽,觉得该回去歇着了。不,我可以的,帕特里克说。

约翰同意了。他面朝后坐在副驾驶座上,司机踩下油门,约翰看着他的儿子站在了湖面上。哇哦。

帕特里克感觉到水雾打在脸上。阳光在波浪上舞动,拖绳拽着他的手臂。他转了个弯,一片水花扬起,打在他的小腿上。有点疼,不厉害。啊,追逐浪花的代价。感觉太棒了。

* * *

每个人都预料会有模仿者。这个国家为新一轮的恐怖事件做好了准备。在接下来的三年里,校园枪击案的死亡人数实则下降了25%。但埃里克和迪伦给年轻的追随者提供了一种新的方式:强化个人装备的恐怖袭击策略。2001年,科罗拉多州柯林斯堡的一所中学,两个九年级学生也采购了类似的武器弹药——TEC‑9、霰弹枪、步枪以及丙烷炸弹。他们打算倒过来实施埃里克的计划：封锁出口，砍杀学生，用炸弹对付落在后面的人。他们计划最终劫持 10 名人质，将其关在辅导员办公室内取乐，然后杀死他们并自杀。

但他们泄密了。孩子几乎都会泄密。阴谋越大，泄露的范围就越广。柯林斯堡那两人要招募枪手来封锁所有的出口。其中一个策划者至少跟 7 个人说了他打算"重演科伦拜因枪击案"。他跟 4 个女孩吹嘘说她们会是第一批死的人。她们直接报了警。

1999 年之后，青少年之间的关系就不同了。"开个玩笑"会把孩子们吓得屁滚尿流。在最初 5 年内，又有两起庞大的阴谋被挫败，分别是在内布拉斯加州的马尔科姆和新泽西州的奥克林。

全国各地的学校管理者都报以"零容忍"的态度——这意味着每一个无聊的威胁都会被当成一把上了膛的枪。每个人都很抓狂。几乎所有所谓的杀手结果都被证明只是孩子们发泄怒气而已。这么做对谁都不管用。

还是两份政府的指导原则起到了作用。FBI 和特勤局在头三年分别发布了报告①，指导教职员工识别严重的威胁。核心建议与科伦拜因事件后流行的行为相矛盾。他们认为，将不合群的人视为威胁是不对的，这是在妖魔化已经处于挣扎中的无辜孩子。

这样做也是无益的。怪人不是问题所在。他们不符合凶手特征。根本就没有什么特征。

近年来所有的校园枪手都有一个共同的特点：全是男性。（自有

---

① FBI 在 2000 年发布了一份报告，题为《学校枪手：如何进行威胁评估》(*The School Shooter: A Threat Assessment Perspective*)。2 年后，特勤局和教育部联手进行了更广泛的分析，发布了《安全学校计划最终报告及调查结果》(*The Final Report and Findings of the Safe School Initiative*)。这两份报告都非常出色，给了我很大的帮助。我还借鉴了其他新闻报道，它们记录了其他城市模仿科伦拜因事件发动袭击者被挫败的事例。为了解"零容忍"政策，我采访了学校管理人员、学生和心理健康专家。

科伦拜因案

研究以来只有少数是女性。）除了个人经历，没有其他特征能达到50%的准确度，连接近都达不到。特勤局表示："不存在关于袭击者的准确或有用的'特征'描述。"袭击者来自所有种族、所有经济和社会阶层。大部分出自稳定的双亲家庭。大多数人没有犯罪记录或暴力史。

两个最大的迷思①是，枪手都独来独往，他们会"突然动手"②。令人震惊的是，多达93%的人事先做了计划。FBI 的报告指出："走向暴力的路是一条不断进化的路，沿途都有路标。"

文化的影响也显得微弱。只有四分之一的人对暴力电影感兴趣，一半的人对电子游戏感兴趣③——可能低于十几岁男孩的爱好的平均水平。

大多数罪犯都有一段重要的经历④：98%的人经历过他们认为严重的损失或失败——从被炒鱿鱼到考试失利或被人甩掉。当然，每个人都会遭遇损失和失败⑤，但对这些孩子来说，创伤似乎引发了愤怒。科伦拜因事件自然也是如此：迪伦把他的一生看作一场败局，而埃里克的被捕加剧了他的愤怒。

那么成年人应该寻找什么呢？首先也是最重要的，事前的坦白。

---

① 特勤局研究了自 1974 年 12 月至 2000 年 5 月发生的每一次针对学校的袭击。在 37 起事件中，共有 41 名袭击者。他们的违纪履历和学习成绩有很大差异。所谓独来独往者，可能是最大的误解。有部分袭击者是独立作案；但三分之二的人不是。

② FBI 的报告指出："不具备暴力特征的人不会瞬间突然失控或临时决定用暴力来解决问题。"策划的时间从提前一两天到超过一年不等。

③ 只有八分之一的人喜欢暴力电子游戏。更大的群体——约占三分之一——在自己的书面作业或日记中表现出暴力倾向。

④ 在很多案件中，霸凌可能造成了一定的影响：71%的袭击者曾受过迫害、欺凌、威胁或伤害。乍一看这很夸张，但这项研究并没有说明有多少未发动袭击者也会有类似经历；对于高中生来说，霸凌的情况并不少见。不过，有几名枪手曾遭受严重或长期的霸凌，在某些案件中，这似乎是决定发动袭击的一个要素。

⑤ 所谓损失，有多种不同形式：66%的人遇到过地位下降；51%的人的损失发生在校外，其中包括亲人去世，但更常见的是被女友抛弃。这其中的关键在于袭击者认为此事极其严重并感觉到自己的地位随之下降。

81%的枪手透露过他们的意图。超过一半的人告诉过至少两个人。①不过，大多数威胁都是空穴来风，关键是具体性。含糊、隐约以及不可信的威胁是低风险的。如果威胁是直接的、具体的，动机明确，并表明了为实施威胁所做的工作，那么危险就会激增。② 夸张的情感爆发不会增加风险。③

一种更微妙的泄密形式是对死亡、破坏和暴力的关注。④ 一个形象的暴力伤害故事可能是一个预警信号——当然也可能只是生动的想象。如果故事里含有恶意、残暴和死不悔改的英雄，就得进一步关注了。FBI警告说，不要对单个故事或一幅图画反应过度。正常的十几岁男孩喜欢暴力，对恐怖的东西很着迷。报告称："关于这些主题的写作和绘画作品可能反映了一种无害但充满创造力的幻想。"关键在于反复多次会导致痴迷。FBI报告里描述了一个男孩，他把枪支和暴力写进了每一份作业。他在家政课上烤了一个枪形蛋糕。

FBI编制了一份具体的警告信号清单⑤，包括精神病态和抑郁症的症状：操纵、不宽容、优越感、自恋、疏离、僵化、无精打采、不把他人当人看，以及把一切归咎于外因。这是一份令人望而生畏的清单——这里只是摘录一小部分。很少有老师能掌握它。FBI建议不要

---

① 59%的情况下，至少有两个外人知晓内情。93%的情况下，会有人怀疑袭击的可能性。
② FBI提供了以下例子来说明什么是高风险威胁："明天早上8点，我打算向校长开枪。那个时候他一个人呆在办公室。我有一把9毫米手枪。相信我，我清楚自己在干什么。我烦透了他管理这所学校的方式。"
③ 夸张并疯狂地使用标点符号是很常见的情况，例如，"我恨你!!!!……你毁了我的生活!!!!"。大多数非专业人士以为这种情况是严重的危险信号。报告认为这是个常见的谬误。犯罪者同样有可能保持冷静。在情绪强度和它所预示的实际危险之间并没有直接关联。
④ FBI表示，"不管谈论的主题、内容、任务或笑话是什么"，如果一个孩子紧紧揪着某些危险的想法不放，那他已经到了泄密的边缘。
⑤ FBI列出了四个不同领域的标准：行为特点、家庭状况、学校表现和社交压力。仅仅是行为特点方面的清单就包括28个特征。这份文件警告说，很多无辜的孩子会表现出其中一两个甚至几个特征；关键在于所有四个领域中的大多数项目都存在示警信号。这些风险因素也与药物滥用的程度相关。

试图掌握，它建议每所学校派一个人接受严格培训，以便向所有的教职员工和行政人员提供帮助。

FBI 补充了最后一个警告：符合大多数警告信号描述的孩子更可能是患有抑郁症或精神疾病，而非打算发起攻击。大多数符合这些信号的孩子需要的是帮助，而不是监禁。

* * *

科伦拜因事件也改变了警方对袭击的反应。不再拉警戒线。组织了一个全国性的工作小组来制订一项新的计划。[1] 2003 年，他们发布了"应对活动枪手方案"（The Active Shooter Protocol）。它的要点很简单：如果枪手正在行凶，就直接冲进大楼。朝着枪声方向去。无视任何人，乃至受害者。只有一个目标：压制枪手。要么阻止他们，要么杀死他们。

这个概念已经存在多年，但一直没有被接受。在科伦拜因事件之前，警察们被告诫要谨慎行事：保护好周边，争取让枪手开口，等待 SWAT 小组到来。

新方案的关键词是"活动"状态。多数枪击案——甚至绝大多数——都被认为是"非活动的"：枪手还活着，但没有开火。在这种情况下就按照旧方案操作。成功与否，取决于能否在第一时间准确判断威胁的性质。

警员在到达枪手身边后将面临第二个决策点。如果凶手躲在教室里，抓着孩子，但没有开枪，警方可能需要在那里停下来，使用传统的人质解救技巧。冲进教室可能会激怒枪手。但如果枪手在开火，哪怕只是间歇性地，也要马上进入。

"应对活动枪手方案"迅速得到了广泛认可。在接下来十年里发

---

[1] 其中包括参与科伦拜因事件的警官，以及该领域的领导者——有洛杉矶警察局的 SWAT 小组成员，也有全国战术人员协会（National Tactical Officers Association）成员。

生的一系列枪击事件中——包括发生在弗吉尼亚理工大学的最严重的那起——警察或警卫都是直接冲进去阻止了枪手，拯救了生命。

* * *

苏·佩特龙提出要她儿子丹尼去世时躺在上面的两块人行道砖，她拿到了。它们被手提钻从地上起出来，拿到了她的后院，安在一棵芬芳的云杉树的阴影里。在石板周围，她造了一个岩石花园，两个大木盆里种满了矮牵牛花。她在石板上搭了个坚固的橡木桁架，横梁上挂了个门廊秋千。她和里奇还有他们那条毛茸茸的小狗可以舒服地窝在宽大的秋千上。

琳达·桑德斯保留着在戴夫尸体附近发现的布洛芬药片。他膝盖肿胀，所以口袋里总是装着一片药。就一片。她拿走了他被血浸透的衣服，他头下的一片地毯，他摔倒时崩掉的一小粒牙齿碎片，还有他的眼镜。

她永远不会把那副眼镜丢掉，她把它装进眼镜盒，放在床头柜上。她打算永远这样放在那里。

代表戴夫·桑德斯提起的诉讼比其他所有的诉讼历时都久，但他的遗孀选择不参与。她没有对警察、学校或家长生气。她是对自己的处境感到愤怒。她很孤独。

50. 地下室录像带

埃里克希望被人记住。他花了一年时间写"上帝之书",但是在审判日的前五周,他觉得还不够好,他想在镜头前当个主角。所以3月15日那天,他和迪伦开始制作"地下室录像带"。这是一个紧凑的拍摄计划,没有时间进行编辑或后期制作。他们用一台索尼8毫米摄影机进行拍摄,相机是从科伦拜因高中的视频实验室借出来的。

第一期①是简单的脱口秀形式:摄像机固定在埃里克卧室外,也就是他家地下室的家庭娱乐室内。摄影机开始运转后他还在调整镜头——也许是想要悄悄地确保观众能搞清楚导演是谁。拍这个视频完全为了他的观众看到,说到底袭击的目的也是这个。

一开拍埃里克就到了迪伦旁边。他们躺在舒服的天鹅绒躺椅上,嘻嘻哈哈地谈论这件大事。埃里克一手拿着一瓶杰克丹尼,"艾琳"就搁在他腿上。他喝了一口,尽量不皱眉头。他讨厌这玩意儿。迪伦叼着根牙签,也喝了一小口杰克丹尼。

他们大吼大叫了一个多小时。迪伦狂野、活泼、愤怒,不停用手指卷着又长又糙的头发。埃里克大多数时候很冷静,很克制。两人口径一致,说来说去都是埃里克的主意。

埃里克介绍了大部分想法;迪伦在一旁起哄。他们侮辱了常说的地位低下的人:黑人、拉丁美洲人、同性恋者和女性。埃里克说:"是的,大妈们,呆在家里。他妈的给我做晚饭,婊子!"

有时候埃里克说话的声音有点大,这让迪伦很紧张。当时是凌晨1点多,埃里克的父母已经在楼上睡着了。注意点,迪伦警告说。

他们一口气列了一串让他们不爽的孩子的名字。埃里克被拖着去过全国各地:瘦巴巴的白人小家伙,不断从头开始,总是处于食物链的最底层。人们一直取笑他——"我的脸,我的头发,我的衬衫"。他把每一个拒绝他求爱的女孩都列了出来。

迪伦听得火大。他面对镜头,对着折磨过他的人说话。他说:"但愿你能看到我在过去他妈的 4 年里积蓄的愤怒。"他提到一个高二学生,说这人不配进化到有下巴。迪伦说:"到时候去找找他的下巴,不可能在他脸上了。"

埃里克说了一个名字,他打算对着那家伙的蛋蛋开枪,脸上再来一枪。他说:"我估计我会被一个该死的警察射中脑袋。"

被他们点到名字的人都没有被杀。

谈话追溯到了高中之前很遥远的年代。从学前班开始,在弗特希尔日托中心,迪伦还记着他们所有人:所有幼儿都趾高气扬,对他冷嘲热讽。他说:"内向真是一点不管用。"家里的情况也一样糟糕。

---

① 杰弗科先后给《时代周刊》和《落基山新闻报》的人看了地下室像带,随后在唯一一次放映会中给一小群记者看了。我不在场,也没有看过。我的描述基于以下三个方面:警方档案中的详细描述,观看过录像带的记者的新闻报道,以及弗斯利尔探员和凯特·巴丁的描述——这两人各自对此进行了 6 个月的研究。警方报告用 10 页详细记录了每个场景及大量原话。

在首次给媒体看过以后,杰弗科承诺以后还会进行展示,但实际上从未有过下一次。克莱伯德夫妇随后提出动议,声称这些录像带是属于凶手的个人财产。其他诉讼也随之而来。大多数受害者的家人竭力要求公开录像带。杰弗科与凶手的家人合力压制公开录像带,他们的联手让受害者非常恼火。2002 年 12 月,地区法官查德·马奇愤怒地驳回了对录像带的版权要求,称之为"一个拙劣的企图,目的在于隐藏与公共利益相关的信息"。但斯通的部门坚持认为杀手的言论太具危险性,不可将其公之于世。

《丹佛邮报》提出了一项动议并一直将其递交到科罗拉多州最高法院。法院做出了对杰弗科不利的裁决,认可这些材料属于公共记录。但是,科罗拉多州法律存在一个漏洞,即可以出于"公共利益"的考量而不公开记录。接下来就由新任治安官来裁定这些录像带和文字材料是否对社区构成威胁。治安官认定凶手的日记可以安全公开,但地下室录像带不能。《丹佛邮报》选择不上诉。未来任何一位治安官都有权力在任何时候公布这些录像带。

科罗拉多州总检察长的网上说明如下:"'公共利益'考量是《公开记录法》中的一个特例。根据这项法律,如果在记录保管人看来,向公众提供公共记录会对公共利益造成实质性的伤害,那么有关机构可以选择不公开这些公共记录。即使该记录是根据《公开记录法》可以向公众提供的材料,此案的情况就是如此。这条法律存在的原因在于,立法机构意识到在某些情况下,即使没有法律明确规定信息需要保密,有些信息还是不应被公开。"

除了他父母，全家都看不起他，把他当作废物。他哥哥总是讥讽他；拜伦的朋友们也是一样。"是你们让我变成了现在这个样子，"迪伦说，"你们让我如此愤怒。"

"让愤怒来得更猛一些吧！"埃里克要求道。他用双臂示意道："继续让怒火熊熊燃烧。"

迪伦抛出了埃里克的另一个观点。"我把范围缩小了。其实我讨厌的是全人类。"

埃里克举起"艾琳"对准了摄像机镜头。他说："你们都会死的，而且会他妈的死很快。你们都得死。我们也得死。"

两个男孩一再明确表示，他们计划在战斗中死去。而他们的传奇会流传下去。埃里克说："我们要发动一场革命。我向人类宣战，这就是一场战争。"

他向妈妈道歉。他跟她说："我真的很抱歉，但战争就是战争。我的妈妈，她是那么贴心。她给了我好多帮助。"当他难过时，她会给他糖果，有时是 Slim Jim 牌的熏肉棒。他说他爸爸也很不错。

埃里克安静了下来。他说，他的父母可能已经注意到他在疏远他们。他是故意这么做的——为了让他们好受一点。他说："我不想再和他们呆在一起了。我希望他们去外地，这样我就不用看着他们，不必和他们有更多的亲情。"

迪伦就没那么宽宏大量了。他说："我很抱歉我有这么多愤怒，但这些都是你们给我的。"他终于还是感谢了他们培养他自觉、自立。他说："谢谢你们。"

两个男孩坚称他们的父母不应该受到责备。迪伦说："他们给了我他妈的生命，我怎么处理我的命是我的事。"

迪伦哀叹他们会感到内疚，但随后对此冷嘲热讽。他提高嗓门儿模仿他妈妈的声音说："要是我们能早点注意到他们就好了。或者早点找到这盘带子也好。"

埃里克喜欢这招。他补充道："要是我们问对问题就好了。"

两个男孩一致认为，哦，他俩很狡猾。父母很容易被愚弄。老师、警察、老板、法官、心理医生、"转处计划"的官员以及任何权威人士都是可悲的。埃里克说："我可以让他们相信我要去爬珠穆朗玛峰，或者说我有一个双胞胎兄弟是从我的背上长出来的。我能让你相信任何事情。"

最终，他们厌倦了说话，转而展示起他们的军火。

* * *

埃里克比迪伦更善于表达歉意。在未受过训练的人看来，他似乎很真诚。研究该案的心理学家发现埃里克不太令人信服。他们看到的是一个精神病态者。典型的。他甚至还耍了个自我诊断的把戏来排除这一点。埃里克说："我希望我是个他妈的反社会分子，这样我就不会有任何悔意了。可是我有。"

看着这一切，弗斯利尔博士非常生气。悔恨意味着纠正错误的强烈愿望。埃里克还没有这样做。他在录像带中多次为自己的行为开脱。弗斯利尔轻易不会动气，但这让他感到气愤。

他说："这是我这辈子听到的最廉价的道歉。"后面的就更可笑了，埃里克把自己的一些东西留给了两个哥们儿，还说"如果你们还活着的话"。

"如果还活着，"弗斯利尔重复道，"他们在计划进入学校，极有可能会杀死他们的朋友。如果他们有丝毫的悔意就不会这么做！"

这正是克莱克利博士在1941年的文献中指出的那种虚假歉意。他描述了虚假的情绪爆发以及对朋友、对亲戚、对自己孩子的令人眼花缭乱的虚假爱意——就在毁灭他们之前不久。精神病态者装出来的悔恨如此令人信服，以至于受害者常常相信他们的歉意，即使是在被其毁灭的状态下。看看埃里克·哈里斯：在他大开杀戒几个月后，一群来自全国顶尖报纸的经验丰富的记者观看了他在地下室录像带上的表演。大多数报纸报道了埃里克的道歉行为以及他表现出的悔意。他

科伦拜因案　　381

的悔悟令他们感到不可思议。

* * *

三天后的晚上，两个男孩又开始拍摄。同样的地点，同样的设置，同样的时间段。

他们笑着谈论制造所有这些东西是多么容易。说明书都能在互联网上找到——"炸弹、毒药、凝固汽油弹，以及未成年人如何购买枪支"。

在讨论装备的间隙，他们还抛出了一些哲学观点。"世界和平是一件不可能的事……宗教都是同性恋那一套。"

"导演们会为这个故事打架的。"迪伦夸口道。他们考虑了他们的素材给谁比较放心：斯蒂文·斯皮尔伯格还是昆汀·塔伦蒂诺？

* * *

弗斯利尔探员把录像带看了几十遍。一方面，它是个启示。日记解释了动机，录像带则传达了个性。凶手的朋友们提供了大量有关凶手的证词，但还有什么比亲眼看到他们更好？可以说录像带提供了最近距离观察的机会。

弗斯利尔明白，地下室录像带是为观众拍摄的。他们在一定程度上是表演给公众、警察以及对方看的。尤其是迪伦，他正全力以赴地向埃里克展示自己是多么投入。在外行人看来，迪伦的风头似乎更劲。他更大声，更盛气凌人，更有个性。埃里克更愿意当导演，他经常躲在镜头后面，但管事的总是他。弗斯利尔发现迪伦的眼神出卖了他，他会像个疯子一样大喊大叫，然后瞥一眼搭档以求得赞许。你觉得怎么样？

地下室录像带是虚构角色与真实杀手的融合。但杀手们选择的角色也颇具启发性。

* * *

埃里克有了一个新主意。科伦拜因还是他制造毁灭的中心，但他也许可以做得更大胆。绊脚炸弹①和地雷？没什么稀奇的，不过简单的炸药而已。

扩充规模需要增加人手。埃里克开始了招募计划。

大概在3月底，埃里克找到了克里斯·莫里斯。在黑杰克披萨店后面搞一个绊脚炸弹如何？栅栏上的那个洞是最佳地点——孩子们总是在那里爬进爬出。

克里斯没有兴趣。给讨厌的孩子准备一个炸弹？他说，听起来有点极端。

埃里克换了个说法。炸弹不会真正打中孩子们，只是吓唬吓唬他们。

不行，克里斯说。绝对不行。

克里斯开始担心了。埃里克和迪伦正在制造很多炸弹，他们已经引爆了不少。他还从其他孩子那里听说他们在搞枪。

克里斯注意到了埃里克的变化，突然之间他变得咄咄逼人，无缘无故地跟人打架。内特·戴克曼也发现了埃里克和迪伦的一些异状：翘课更加频繁，在课堂上睡觉，行事鬼鬼祟祟。谁都没说什么。

埃里克至少尝试了三次想拉克里斯·莫里斯入伙，不过克里斯当时并没有意识到这一点。② 有些建议是埃里克在"说笑"间提出来的。

他在保龄球课上问："把所有运动员都杀了是不是挺有意思的？"但既然做了，何不把整个学校都炸掉？说真的，那能有多难？克里斯认定埃里克在开玩笑，但总归不太好。

埃里克说，得了吧。他们可以在发电机上放一些炸弹——那应该能把学校炸掉。

克里斯不想听了。他转身去和别人说话。

---

① trip bomb，脚踩上后会爆炸，爆炸效果同小型烟雾弹。——译者
② 克里斯后来向警方探员报告了这三次尝试的经过。

科伦拜因案　　383

弗斯利尔解释说，这是野心勃勃的杀人狂魔采用的标准招募技巧。他们抛出这个想法，如果没人接招，那就是一个"玩笑"；如果对方显示出兴趣，招募者就会进行下一步。

当媒体报道了埃里克夸口说要杀死运动员的消息后，很多人认定这就是他的目标动机。埃里克是一个狡猾得多的招募者，他总是在观众面前表演。他几乎总是能准确判断出他们的愿望。提出杀死运动员的想法并不意味着他的目标只是这些人，它表明的是，他认为这么说会吸引克里斯。

当然，杀死运动员埃里克也是会高兴的，还有黑人、西裔、同性恋，以及其他所有被他抨击的群体。

迪伦现在开始肆无忌惮地泄露他们的秘密。他多次公开展示管状炸弹。随着 NBK 计划的出现，这种情况越来越多。很多人都知道枪的事情，还有管状炸弹。埃里克和迪伦引爆的管状炸弹越来越多，至于有什么人知道这事，他们也越来越不在乎了。

在二三月的时候，埃里克透露了更可怕的东西：凝固汽油弹。事情发生在罗宾家的一次聚会上。自从前一年夏天扎克和埃里克闹翻后，他俩就不再是朋友了，但埃里克需要一些东西。他从网上找不到凝固汽油弹的配方，没办法做成功。扎克对这种事情很在行。埃里克很清楚扎克就是那个可以帮他的人。

埃里克客客气气地走到扎克身边，问他近况如何，和他聊了一会儿。他们谈到了自己的未来。

扎克和埃里克同时离开了聚会，各自开车去了金·索普斯超市。扎克买了一瓶汽水和一根糖棒，在停车场等埃里克回来。埃里克出来后，给他看了一瓶汽水和一盒漂白剂。漂白剂？要漂白剂做什么用？扎克问道。

埃里克说他"打算试一试"。

试一试什么？

凝固汽油弹。埃里克说他要试一试做凝固汽油弹。扎克知道怎么做吗?

不知道。

扎克在枪击案发生后向调查人员讲述了这个故事,但他第一次讲的时候撒了谎。① 他谈到了罗宾家的聚会,但没有提凝固汽油弹的事。他同意接受测谎,就在他们给他连接设备前,他坦白了之前没有说的事。他说谈话没有继续下去,他再也没有和埃里克、迪伦或其他任何人谈起过凝固汽油弹以及霰弹枪的事情。对他的测谎没有得出结论。

埃里克还问过克里斯能不能把凝固汽油弹存放在他家。埃里克和迪伦在"地下室录像带"里开玩笑说:"凝固汽油弹最好不要在那个人的房子里结冰。"一开始他们掩去了他的身份,但后来就说是"克里斯·披萨家的房子"。够狡猾。(克里斯·莫里斯后来作证说那人确实是他,而他拒绝了这个要求。)

* * *

没时间了。还有不到一个月。埃里克还有很多事情要做。他整理了一个名为"剩下的破事"列表。他必须搞定凝固汽油弹的制作方法,获取更多的弹药,找到一个激光瞄准装置,练习使用装备,准备最后的爆炸物,并确定杀戮的最佳时刻。有一项显然没有完成:"跟人上床"。

* * *

4月2日,陆军中士马克·冈萨雷斯冷不丁地打电话给埃里克,② 询问应征海军陆战队的事。埃里克说我考虑一下吧。他们谈了几次。

同月,他重新开始写"上帝之书"。几个月过去了;发生了很多事情。他准备了39个"蟋蟀",24枚管状炸弹,还有4把枪。埃里

---

① 但根据FBI的记录,扎克说的两个版本都语焉不详,所以我在此介绍的是他所传达的要点。
② 冈萨雷斯从学校得到了一份毕业班学生的名单。

克合上了日记本。就这样了。

* * *

埃里克去见了冈萨雷斯中士，他穿着"德国战车"的黑色 T 恤，黑色裤子，黑色作战靴。他做了一个筛选测试，得了一个平均分。中士让埃里克从标有个人特质的选项中选出能用于描述他本人的标签，他选择了"身体健康""有领导力、能自力更生"以及"自律和自我引导"三项。他会考虑参军，并与父母商量。他同意和父母一起接受家访。

目前尚不清楚埃里克从那次经历中得到了什么。他可能有多重动机，他一直把自己想象成一名海军陆战队队员——可能想在最后一刻尝一尝滋味。他也需要信息：他还是搞不定定时炸弹和凝固汽油弹。他告诉冈萨雷斯，他对武器和爆破训练感兴趣，还问了很多问题。但他的关键动机可能来自父母，他们一直追问埃里克如何计划未来，这么做可以甩掉他们的纠缠。两周的太平给了他回旋的余地。

* * *

下一段录影是埃里克独自拍的，当时他正开着自己的车，镜头放在仪表板，正对着他。他把音乐放得震天响，所以他说的大部分话都不清楚。他谈到了黑杰克披萨店的工作人员，并为即将发生的事情道歉："对不起，伙计们，我必须去做我该做的事情。"他会想念他们的。他会很想念鲍勃——和他们一起在屋顶上喝醉了的前老板。

埃里克仍然无法决定发动袭击的时间：毕业舞会之前还是之后？他说："想到自己还有两个半星期就要死了，真是一种奇怪的感觉。"

* * *

4 月 9 日是埃里克的生日。18 岁——正式成年了。他在当地一处地方和一帮朋友聚了聚。

就在聚会前后几天，一个朋友看到埃里克和迪伦在食堂里挨在一起研究一张纸。她问，你俩在干什么？他们试图掩饰。她装出若无其事的样子，然后一把抢了过去。那是一张手绘的食堂示意图，上面标出了监控摄像头的位置等细节。有点奇怪。

埃里克又画了几张图。他对食堂的人员进出情况进行了清点。他没让任何人看到这些。

* * *

两个男孩又拍了几盘录像带。他们说，NBK 行动将打造一个地狱般的毕业典礼。很多人会哭，可能会有烛光守灵夜。可惜他们看不到了。他们庆幸自己记录下了这一切。但警察会先拿到录像带。你认为他们会让人们看到这个吗？迪伦问。也许不会。警察会把他们的录像剪得碎碎的，给公众看警方希望大家看到的东西。这可能是一个问题。他们决定把录像带拷贝几份，分别寄送给四个新闻台。埃里克会扫描他的日记，并通过电子邮件发送地图和蓝图。

他们压根没有付诸实施。

周日，男孩们前往丹佛寻找补给。当然，带上了摄像机。这是历史记录。他们买了燃料容器和丙烷瓶。迪伦买了一条军裤。看起来似乎是埃里克为行动投入了大部分的资金，但这一次迪伦支付了他自己那份。他带了 200 美元现金，埃里克则带了一张 150 美元的支票。

下一个镜头是在埃里克的卧室里，只有他一个人。他坐在床上，镜头在几英寸外对准他的脸，产生了一种诡异的鱼眼效果。埃里克又谈到了他"最好的父母"——以及警察会让他们付出的代价。

"这样对待他真他妈的糟透了。"他说，"他们会被送进地狱的。"

埃里克向他们保证，他们是阻止不了他的。他引用了莎士比亚的一句话："好子宫生了坏儿子。"[①]

他也把这一句写在了日历中母亲节的那一页。弗斯利尔想，这真

[①] 语出莎士比亚作品《暴风雨》第一幕。——译者

是发人深省。迪伦想做个好孩子，但埃里克明白自己是邪恶的。

真是有意思，埃里克对着录像带的观众说：他父母总是不断抨击他的人生目标，殊不知他那么卖力在实现自己的目标。他说："这几天我挺难受的。这是我在地球上的最后一周，他们却不知道。"

回报是值得的。他说："世界末日即将来临，8天以后就要开始了。"他舔了舔嘴唇。"噢耶。就要来了，瞧着吧。"

然后他举起自己的杰作。"这是'上帝之书'，"他说，"这是思考的过程。"——如果你想知道为什么，请读读这个。他哗哗地翻动书页展示他最好的作品。"无论如何这个会出版的。"

他翻到后面的一幅素描，停了下来，上面画的是他自己或迪伦穿着战斗装备的样子。士兵的装备是一个大桶，打算系在背上，上面标有"凝固汽油弹"。他指着它说："这就是自杀计划。"

* * *

在审判日前五天，迪伦终于接受了他正在参与的事情。他写道："是时候去死了，我们在等待我们的回报，彼此的回报。"

我们。这个词在当天的日记中非常醒目，但其中不包括埃里克。迪伦指的是哈丽特。他感谢埃里克为他提供了一条出路，但丝毫没有与他一起永生的兴趣。

* * *

周四晚上6点，海军陆战队征兵员来家访，韦恩和凯茜有很多关于军中工作机会的问题。凯茜问抗抑郁药是否会影响埃里克的入伍资格，她取来处方药瓶，冈萨雷斯中士记下了"兰释"。他说他会查一查再打电话过来。

搞得好像埃里克在乎似的。在他一生的战争幻想中，他总是提到海军陆战队，但他真正想从中得到的只是那块肩章带来的威望。埃里克从未表示过自己要为某个中队效力，当然也没有表示过要服从命令。他幻想的军队总是由一两个人组成，任务都是为了他，而不是为了国家或他的部队。

冈萨雷斯在周五或周六打电话过来，留言让他回电。埃里克压根没理会。

＊　＊　＊

D 先生说的话可够讽刺的。他在周五的集会结束时说每个人都要活着回来。妙极了。

男孩们那天买了更多的丙烷。埃里克追着马克·曼内斯要子弹。① 耽搁的时间可能要把 NBK 计划从 4 月 19 日推到 4 月 20 日。

埃里克在迪伦家过夜。② 这让汤姆和苏·克莱伯德很吃惊——他们已经有 6 个月没有见到埃里克了。晚上 10 点多，孩子们进来了，迪伦很紧张——汤姆能从他的声音中听出来。他的音调有点不对劲；汤姆后来形容为"绷着"。他在心里记下要和迪伦谈谈这事儿。结果一直没有去做。

埃里克带着一个很大的行李袋，里面塞满了东西，袋子又大又笨重，他拿得很费劲。汤姆以为那是一台电脑。其实这是为了最后的表演准备的武器库。他们当然拍了下来——这是"地下室录像带"中唯一一场在迪伦家拍摄的场景。埃里克照常执导。迪伦往身上系装备：背带、弹药袋……等他拿起刀子时，开玩笑说某个高二学生的头被其中一把刺穿了。他把 TEC‐9 自动手枪扛在肩上，把霰弹枪塞进裤子上的侧袋。然后，他用带子把它绑起来，固定在一个位置。

迪伦需要双肩背包。他在衣柜里翻找，发现里面挂着为明天晚上的舞会准备的晚礼服。管他呢。他转身对着镜头，加了一句："罗宾。我并不是很想参加舞会。但既然我都快死了，我想我可能会做一些很酷的事情。"再说他的父母为此付了钱了。

迪伦穿上风衣，对着镜子摆了个姿势。这是他的入场服——酷毙

---

① 曼内斯在其量刑听证会上就这些弹药作了证。
② 迪伦的父母在接受警方问讯时描述了这次过夜。

了。它看起来有点笨重。他抱怨道："从这边看过去有点显胖。"

一切都是为了给人留下深刻的印象。细节很重要。服装、出场、气氛、音效、烟火、动作、悬念、时机、嘲讽、铺垫——所有的电影元素都很重要。他们还为现场观众增添了风味：硫磺、燃烧的血肉以及恐惧。

迪伦尝试了他的下一个姿势，这也是个问题。一旦行动开始，他的第一个动作就是把TEC‐9自动手枪从肩上拉下来，然后用一个夸张的动作递到用来开枪的那只手上。他的风衣妨碍了这个动作，他又试了一次，不咋地。动作快点，埃里克说。他显然很恼怒。他已经把每一个动作都练得很完美了。迪伦还是第一次练习这些。

* * *

埃里克早上9点左右离开了，没有带行李袋。孩子们可能整晚都没睡觉。汤姆和苏注意到迪伦的床看起来像没有睡过。

* * *

星期六一天都是舞会的活动。迪伦凌晨3点回到家，苏起来迎接他。她问，过得怎么样？迪伦给她看了一个酒瓶子。他告诉她，他只喝了一点点。他说，其他人都去吃早餐了。他累了。累死了。

第二天的大部分时间他都在睡觉。

* * *

周一早上9点左右，迪伦拿起他的螺旋线圈笔记本，画了一个巨大的数字1的顶部。他把数字1的底部画在页脚，中间留了一个大大的空隙用来写字："1，一天。1是开始或结束。哈哈哈，获救了，还在这里。再过大约26.5小时，审判将会开始。难，但不是不可能，必要的，伤脑筋的 & 有趣的。"

他写道，知道自己要死了，很有趣。一切都无足轻重。微积分在他的生活中确实没有任何实际用处。

最后一个字很难认，似乎是"Fickt"——fucked 的德语。

* * *

迪伦在人生最后的 24 小时里变得活跃起来。他画了一整页自己穿着防弹背心的素描：正面和背面都显示装上了炸药。最后一页是 NBK 行动的简明时间表，现在推迟到了周二。结尾处写道："当第一颗炸弹爆炸时，冲啊，玩得开心！"

星期一晚上，两个男孩和朋友们一起出去吃饭。他们去了澳派牛排馆，这是埃里克最喜欢的餐厅。迪伦有几张优惠券，所以他们可以省点钱。回家后他妈妈问他吃得如何。很好，他说。他们玩得很开心。他给自己点了一块很好的牛排。

埃里克从马克·曼内斯那里拿到了最后两盒子弹，他说明天可能会去打靶。那天晚上，就算他睡了的话，也没有睡多久。凌晨 2 点多他还醒着，离他的起床闹铃还有 3 个小时。他有一些感想要补充到他的音频回忆录中。他对着微型录音机说话，提到还有不到 9 个小时。埃里克说："有人会因为我而死，这将是一个永远被铭记的日子。"

星期二早上，男孩们起得很早。汤姆和苏听到迪伦在 5: 15 左右离开。他们以为他是去上保龄球课。他们没有看到他。

"再见。"他喊道。

然后他们听到门关上了。

埃里克把他的微型录音带留在了厨房的台子上。[1] 那是一盘旧磁带，被重复使用多次，有人在某个时刻贴了个写有"尼克松"的标签。多年来，研究者对该标签的含义深感困惑。它没有任何含义。

---

[1] 在对最高法院裁决的回应中，杰弗科回避了"尼克松"录音带的存在。除了埃里克留下的古怪标签以及记录在一段不起眼的证据日志中的两句话之外，人们对这盘磁带一无所知。连弗斯利尔博士都没有听过里面的内容。它现在依然无人问津。杰弗科的治安官有权在任何时间公开这盘磁带。

科伦拜因案

51. 两个障碍

五周年纪念活动吸引的观众人数低于预期。人数每年都在逐渐减少，但学校预见到此次重要纪念日会有比较大的冲击。几乎所有人都为出席人数不多而感到高兴，这意味着人们已经向前看了。

许多幸存者开始思考还有多少事情需要熬过去。现在只剩下两件事了：十周年纪念日和纪念馆的落成仪式。当然，20 年后他们就不必再来了。

总是会出现很多相同的面孔，但安妮·玛丽·霍奇哈特今年是第一次来。

这一路走来很不容易。

安妮·玛丽在母亲自杀身亡后完成了高四学业，并进入社区大学。她不太适应。她前往北卡罗来纳州接受电刺激治疗。医生希望这能让她重新走路。结果没有成功。

科伦拜因事件带来的动荡似乎从未结束。两年后，她父亲把家搬到了乡下，以求安宁。他们在那里闷得精神要失常了。

安妮·玛丽辍学了。她没有工作，非常痛苦。医生一直在尝试新的方法来治疗她的脊椎，毫无效果。她消沉了一段时间，然后实在受不了了。

她回到了校园——一所四年制的大学，主修商科。她用捐款买了一栋房子，修建了适合轮椅出入的设施，才开始感到生活的美好。

她说："我希望我能说这是顿悟，但实际上是渐进的。"当她放弃了再次行走的梦想时，转机出现了。"我终于接受了我要一直坐在轮椅上的事实。一旦我做到了这一点，我就可以自由地继续生活了。我感觉解脱了。"

父亲再婚了,安妮·玛丽原谅了母亲。她已经挣扎了这么久,精神疾病把人折磨到无比脆弱。安妮说:"在她心里,这是她能做的最佳选择了。"

安妮·玛丽也放下了对凶手的恨。她说:"那样子只能适得其反。如果你不原谅,你就无法继续前进。"

五周年纪念日的时候,她回到了科伦拜因分享她的希望。

* * *

为克莱门特公园纪念馆筹措资金的过程遭遇了意想不到的阻力。预算是 250 万美元,比图书馆项目要少,而受害者家庭在四个月内就筹集到了图书馆项目的资金。所以这事看起来很容易。

但当他们在 2000 年开始筹款时,人们的善意已经消耗殆尽了。2005 年,他们将项目规模缩减了 100 万,但还是离完工很远。

总统比尔·克林顿个人非常关心这场校园大屠杀。2004 年 7 月,他回到杰弗科助一臂之力。他的出现引来了 30 万美元。这是一个很大的推动,但势头再次弱了下来。

* * *

高级特工弗斯利尔在退休前请求他的部门负责人允许他分享自己分析的结果。[①] 他的上司同意了。FBI 请来的其他专家也与之进行了合作,包括黑尔博士、弗兰克·奥克伯格博士以及其他没有公开发表意见的人。枪击案五周年之际,他们的分析摘要发表了。

《纽约时报》专栏作家大卫·布鲁克斯写了一篇专栏文章,介绍了他们的结论。汤姆·克莱伯德读了文章,很不喜欢。他给大卫·布鲁克斯发了一封邮件,表达了自己的意见。布鲁克斯被汤姆对迪伦如

[①] 我与奥克伯格博士进行了几次面谈,并最终获得了 FBI 的批准,对弗斯利尔探员进行了采访。在我们的一系列采访中,他指导我阅读了关于精神病态者的经典书籍并引见了 FBI 请来的其他专家。在我从事其他报道的同时,我花了数年进行研究,在本书中提到的文章里写到了我的研究结果。这篇文章题为"The Depressive and the Psychopath",刊登在 Slate 杂志上。

此深信感到震惊，几次交流以后，汤姆和苏同意与布鲁克斯坐下来讨论他们的儿子以及他的悲剧——这是四位父母中的人第一次也是唯一一次接受媒体采访。①

原来他们也有点生气。苏讲述了一个她被人宽恕的经历。那人说："我原谅你的所作所为。"这让苏很愤怒。她告诉布鲁克斯："我没有做过任何需要被原谅的事情。"

但汤姆和苏主要还是感到困惑。他们确信运动员和霸凌确实有一定的影响，但运动员和恃强凌弱者随处可见，很少有孩子会想炸毁他们的高中。他们是聪明人，他们知道自己没有资格为儿子的罪行提供解释。"我是个喜欢跟数字打交道的人。"汤姆说。他是个科学工作者，也是个商人。"我们没有资格来解决这个问题。"他说。

他们在脑子里反反复复琢磨；他们曾试着客观看待这事，他们能很诚恳地说其中一个原因可以排除。"迪伦做了这样的事情，不是因为我们养育他的方式。"苏说。他们很强调这一点。"他这样做与他的成长方式是相悖的。"

他们知道公众做出了与此不同的判决：父母是罪魁祸首。当布鲁克斯见到他们时，汤姆拿了一大堆新闻报道，上面记录了民意调查数据：83%的人把责任归咎于他们俩和埃里克的父母。五年来，这个数字几乎没有变化。对于克莱伯德夫妇来说，保持沉默，就得付出遭人批评的代价。而这刺痛了他们的心。

公众谴责他们，但与他们关系近的人并没有这样做。"大多数人都是善良的。"汤姆说。

他和苏为一个悲惨的错误承担了责任。迪伦处于痛苦之中；他们认为他会好起来的。汤姆现在说："他感到绝望，而我们直到最后才意识到这一点。"他们认为他们并不曾诱导迪伦去杀人，但未能阻止

---

① 大卫·布鲁克斯采访了汤姆和苏·克莱伯德，并写了一份充满洞察力和同理心的报道。他通过电话慷慨地和我分享了其他想法。

他自杀。他们没有预见到这事会发生。苏说:"我认为他死前遭受了极度的痛苦。我没有发现这一点,因而我永远不会原谅自己。"

汤姆和苏更倾向把科伦拜因事件说成是一桩自杀事件。布鲁克斯写道:"他们承认但不愿意强调儿子犯下了谋杀罪。"他们真正希望的是进行一项权威研究来解释为什么埃里克和迪伦会这么做。然而,他们刚刚阅读了北美一些顶尖专家的分析;他们觉得该分析提供了错误的解释,因而不予理会。他们抱怨说,弗斯利尔博士没有采访他们就对他们的儿子进行了评估。可弗斯利尔太想采访他们了。

最主要的是,这四位父母一直是谜一样的存在。这是他们自己的选择。但大卫·布鲁克斯花了足够的时间与克莱伯德夫妇相处,由此给对方留下了鲜明的印象,而且他也已经证明了自己在判断他人性格方面很出色。他在专栏文章结尾处做了这样的评价:迪伦留下汤姆和苏去面对可怕的后果。"我认为,他们正在勇敢而体面地迎接这些挑战。"

克莱伯德夫妇想知道发生了什么。他们想帮助其他跟他们一样的父母。他们觉得与媒体谈话不安全,但他们与两位儿童心理学家进行了交谈,前提是不能直接引用他们的话。这两人正在写一本关于青少年暴力的书。问题是,在作品发表的时候,作者们无法获得关键证据。

* * *

每天早上帕特里克·爱尔兰穿衣服时,都要把右脚套进一个硬塑料支架。他扭开一个处方药瓶,吞下一剂抗癫痫药。他走路时一瘸一拐。他的头脑很敏锐,但他偶尔会找不到合适的词。他的朋友们没有注意到,他自己却清楚,这和以前不太一样了。

帕特里克很少想起以前。生活和他之前想象的不一样。更好了。因为支架的缘故,鞋子成了个问题。他的大脚趾向内弯曲,紧压其他脚趾。他右脚的小脚趾向外翘——没有人会做这么宽的鞋。医生没能把他的脚矫正好。"我爸爸特别生气。"他说。

他仍然和许多高中同学一起玩。他们不怎么谈论枪击案,其他许多幸存者也是这么说的。这事不再引起情绪变化,只是没什么意思而已。都过去了。

他也厌倦了采访,偶尔也会同意接受采访。记者们一般都会小心翼翼地提到他在图书馆遭的罪,不过帕特里克倒是很决绝,描述起来毫无感情,就像在回顾一部电影。当他参加奥普拉的节目时,她播放了他从窗户掉出去的片段。

"老天啊!"她说,"你看那段视频会觉得看不下去吗?"

"不会。"

"不会吗?那好吧。"

其实,他看的时候感觉很好。他体会到了一丝成就感。

2005年春天的一个早晨,帕特里克收到了一个令人费解的留言。是一个很久没有联系的老朋友,祝他"今天"一切顺利,希望他一切都好。咦,那到底是什么意思?

那天下午,帕特里克给工作上的一份文件标了日期。4月20日。又到周年纪念日了吗?

*　*　*

琳达·桑德斯在每一个周年纪念日都有反应。每年4月,她的心情开始变差;她变得焦躁不安,她能感觉到它的到来。

她尝试去约会;做不到。戴夫的影子挥之不去,男人们都讨厌他的存在。他是整个国家的英雄——谁能和他比?

"这就好比,戴夫·桑德斯是无法企及的,"她说,"把其他男人与我心目中塑造的男人相比是不公平的。他高高在上,他在天堂。"

她知道戴夫会希望她找个人。她想象他在上面说:"琳达,我希望有人给你拥抱。"

琳达说:"这是不可能的。没有人会出现。因为他离开的方式,我注定要孤独终老。"

琳达退出大家的视线。她不再应门，不再接电话。两年来，她几乎不说话。她靠安定和酒精麻醉自己。她说："我就像一个空心人。我会去商店，我去一些地方，但我整个人空落落的。"

她的父亲非常担心。他能做什么呢？

他说："我要我的琳达恢复以前的样子。"

琳达再也没有回去工作。她每天步行，她照顾父母。她不再靠近科伦拜因酒吧一带——太多的回忆，而且离酒精太近。她不能看有枪出现的电影，也不敢读惊悚小说。

戒酒多年后，有一年4月，她突然感觉到自己迫切需要帮助。她说："我跑出前门去寻找任何在家的邻居。我需要一个拥抱，你知道吗，我需要一个拥抱。所以我敲了邻居家的门，她不在家，于是我去找了下一户邻居，她在家。我走进去，她正在看书。我说，'就是你了。'我不记得她的名字了。我说我需要一个拥抱。她看着我，我在哭，她说好的。她给了我一个拥抱。"

琳达现在还时不时地收到陌生人的来信，他们听了戴夫或她的故事，立即体会到了琳达的感受。大多数人没有。大多数人看到的是孩子，是父母。偶尔也有人能体会到一个妻子的心情。有个女人写信告诉琳达她能理解。琳达说："那封信是在一个我感觉非常糟糕的日子里寄来的。它打动了我。我每天晚上都拿着那封信。那个女人不会知道她为我做了什么。"

* * *

几位幸存者出版了回忆录，布鲁克斯·布朗写了他对凶手以及他经历的苦难的看法。没有一本能像米斯蒂·伯纳尔的书那样引人注目。

* * *

2003年9月，最后一层已知的被掩盖的真相终于浮出水面。经过整整一年的抽丝剥茧。事情始于治安官办公室的某人在一个三环活页夹里发现了一些与科伦拜因案件无关的文件，这是警方关于埃里克·哈里斯的简短报告，文件附有来自他网站上的 8 页内容，其中包括"我恨……"的谩骂，对历次任务的吹嘘以及对第一批管状炸弹的描述。埃里克吹牛说引爆了一个。这份报告的日期是 1997 年 8 月 7 日，比迄今披露的报告早了 6 个多月。

这份报告交到了新上任的杰弗科治安官泰德·明克手里，他召开了新闻发布会。他说："这一发现及其带来的影响令人不安。显然表明……治安官办公室在科伦拜因枪击案发生前几年就对埃里克·哈里斯和迪伦·克莱伯德的活动有所了解。"他公布了这些文件，并要求科罗拉多州总检察长肯·萨拉扎进行外部调查。

萨拉扎指派了一个小组，该小组发现更重要的文件不见了。大部分与迈克·格拉在枪击案之前进行的调查相关的文件都消失了——包括纸本和电子副本。2004 年 2 月，州检察长发布了一份报告，称杰弗科并没有玩忽职守，但其应该在科伦拜因事件之前一年多就执行搜查令，搜查埃里克的家。报告还指出文件依然没有找到。

他的团队继续调查。一部分人员拒绝合作。关于前治安官约翰·斯通的采访报告称，他显然非常愤怒，并认为调查是出于政治动机。报告最后指出："由于斯通明显情绪激动，我们无法就我们的调查向斯通提出任何问题，也无法进行任何有意义的对话。"

一个月后，调查人员第三次对格拉进行询问，并取得了突破。这一次，他非常乐于提供信息。他泄露了杰弗科官员保守得很好的一个秘密：开过一个"公共空间会议"。调查人员开始悄悄地与其他出席会议的官员对质。他们得到了一些丰富多彩的回答。前副治安官约翰·邓纳威说，他认为格拉心存不满，因为"他可能被看作一个令人发笑的白痴。瞧，是他把这一切都压着不处理"。

2004 年 8 月，科罗拉多州总检察长召集了一个大陪审团来整理文件并考虑起诉。陪审团传唤了 11 名证人。尽管调查人员能够恢复大部分档案，但一直未能追回全部文件。

调查还挖出了其他惊人的发现。根据大陪审团的报告，约翰·基克布希的助手朱迪·赛尔作证说，1999年9月，他要求她找到格拉的文件。他让她搜索网上及纸本文件，并且要求秘密进行。他特别嘱咐她不要告诉相关人员。赛尔宣誓作证说，她觉得这很可疑，通常她在开始搜索前会先和那些警察谈一谈。赛尔搜了一下，什么也没有找到。她把这个消息告诉了基克布希：似乎任何地方都没有记录，没有迹象表明文件存在。她注视着他的反应。她作证说，他看起来"如释重负"。

根据同一份报告，2000年，基克布希指示她粉碎掉一大堆科伦拜因事件的相关报告。赛尔作证说，她当时并没有觉得这个要求有什么不寻常，因为基克布希正准备离职，赛尔以为他是在清理重复的文件。她照做了。

大陪审团于2004年9月16日公布了其报告。报告指出，格拉的文件本应存放在三个单独的地点，既有纸本又有电子副本。报告的结论是，这三个地方的文件都被销毁了——显然是在1999年的夏天。报告称此举"令人不安"。

大陪审团还对压制信息的企图感到不安——特别是"公共空间会议"，与会者包括斯通、邓纳威、基克布希、托马斯、格拉和县检察官等人。该报告称："公共空间会议的主题、新闻发布会的遗漏以及基克布希的行为让大陪审团怀疑文件可能是被故意销毁的。"

但是，报告指出，所有证人都否认参与了破坏。有鉴于此，大陪审团无法确定这一可疑活动是否"与某特定人员或特定犯罪的结果有关"。因此，报告的结论是，没有足够的证据起诉。

基克布希提出了正式的异议。[①] 他说粉碎的材料仅限于草稿或副

[①] 《落基山新闻报》还打电话给前治安官约翰·斯通求证。后者称调查是"一派胡言"，他说那名记者是"蠢蛋"，然后挂断了电话。该报刊登了所有这些内容。副治安官邓纳威告诉《丹佛邮报》，他没有做错任何事，并再次把矛头指向布鲁克斯·布朗。有记录表明，他再次指控布鲁克斯提前知道会发生这桩谋杀。没有任何证据支持他的这一指控。

本。至于助手感觉他"如释重负",他表示无法理解。

他说大陪审团暗指他曾试图掩盖、隐藏或销毁文件。他毫不含糊地否认了这一切。

* * *

布莱恩·罗尔博追求的大部分目标已经达到:几乎所有的证据都公开了,国家应对枪手的方案也做出了修改。但他从未感觉自己赢了。他不再对正义抱有希望。没人会付出代价;什么都不会改变。

大多数高级官员都离开了杰弗科警署。斯通从罢免他的请愿活动中侥幸逃脱,但不再参加竞选连任。科伦拜因事件中唯一一位容光焕发的县级官员是地区检察官戴夫·托马斯。许多受害者认为他是他们的支持者。2004年,他放弃了自己的职位去参选国会议员。民调显示,这是一场胜负难分的选举,这次选举获得了全国性的关注和资助。离选举日不到两个月的时候,"公共空间会议"丑闻爆发。托马斯的民调数字大幅下降。钱用完了。他以惨败告终。[①] 2007年,他竞选学校董事会成员。目前他参与监管杰弗逊县的150所学校,其中包括科伦拜因高中。

布莱恩·罗尔博倾情投入了另一项事业。他在堕胎诊所外进行抗议,并升任科罗拉多州"生命权"(Colorado Right to Life)组织的主席。在那里,他与保守的组织总部发生了冲突——他认为该组织过于自由。罗尔博签了一封公开信,谴责基督教保守党领袖詹姆斯·多布森在堕胎问题上态度软弱。公开信占据了一整版报纸广告。此举成为压倒罗尔博的最后一根稻草。全国"生命权"组织驱除了他的分会。多布森的组织"关注家庭"(Focus on the Family)发布了一份新闻稿,称之为"一个流氓和分裂组织"。

后来,布莱恩竞选公职。他加入了一个默默无闻的第三党,该党

---

① 根据所有选区的报告,托马斯以55:42输给了现任共和党众议员鲍勃·博普雷兹。

在三个州获得了选票，它提名布莱恩为美国副总统。

布莱恩并不总是在生气。他再婚并收养了两个孩子，孩子们给了他巨大的安慰。工作中他可以出奇地安静。他继续经营着定制音响业务，大部分活都是他自己干。他喜欢这种精密的工作：调整声学仪表，将前排扬声器的时间延迟设置得比瞬间更短，这样当声波从后排传过来的时候，和弦正好在同一时刻精准地击中驾驶员的耳膜。极度和谐。布莱恩会在他的车间里埋头干上好几个小时。有顾客来咨询时，他就像穿着带扣羊毛开衫的罗杰斯先生①一样温和。

然后他会想到丹尼。或者一个偶然的想法把他带回到科伦拜因。怒容重新回到脸上。

* * *

布拉德和米斯蒂·伯纳尔离开了科罗拉多州，搬到了北卡罗来纳州山区中心的蓝岭公园道（Blue Ridge Parkway）附近的一个小村庄。他们讨厌那个地方，比他们预想的更加离群索居。他们的婚姻时而摇摇欲坠，但他们坚持了下来。13 个遇难孩子的父母几乎都没有分开。

布拉德在最初的日子里一直很挣扎，但是随着时间的流逝，朋友们说他已经接受了卡西的死。米斯蒂一直闷闷不乐。近 10 年后，朋友们说一旦提及殉道者争议，她还是感到愤怒和沮丧。米斯蒂感觉自己被抢劫了两次。埃里克和迪伦带走了她的女儿；记者和警探抢走了这个奇迹。

* * *

D 先生找到了在学校逗孩子开心的新方法。在每次返校节集会（homecoming assembly）上，他都会扮演一个名人。有一年，返校节

---

① 他是最有名的美国儿童电视节目主持人，主持的《罗杰斯先生的左邻右舍》（*Mr. Rogers' Neighborhood*）节目，深受一代又一代美国小朋友的喜爱。2019 年汤姆·汉克斯在电影《邻里美好的一天》里扮演了温和善良的罗杰斯先生。——译者

的主题是"科帕卡巴纳",D先生扮成巴瑞·曼尼洛①的样子——戴着蓬松的金色假发,穿着白色休闲服和荧光色夏威夷衬衫——大步走了出来。②

"嘿,D先生,鞋子不错!"一个女孩喊道。他踢腿炫耀脚上的4英寸高跟鞋。孩子们开心坏了。集会是标准的高中风格:欢呼、颁奖、徒手吃蛋糕比赛、蒙眼障碍赛。其特有的喧闹嘈杂充斥着前后走廊。

天气好的时候,D先生偶尔会去外面散步,寻求平静。沉重的大门在他身后关上,门闩合上,紧张的情绪就停止了。一切如此安静。每走一步,他都能听到脚底下的草丛发出窸窸窣窣的声音。远处,一位老师正走向她的车。传来钥匙彼此撞击的声音——似乎就在他自己的手上晃来晃去。他在雷布尔山上走了一段。十字架没了,地上的洞也填满了,但是草却没有沿着小路长回来。

走到雷布尔山的平顶,山的背面空寂无人。如果他在那里停留足够长的时间,会遇到草原犬鼠(prairie dogs)。一开始,除了随风轻轻吹弯的杂草,看不到它们的迹象,也没有任何动静。安静了15分钟后,它们开始在一丛丛的野冬菊(mountain aster)中乱窜,觅食,嬉戏,互相梳理毛发,为越冬增肥。悲剧发生六个月后,D先生在那里遇到了一个日本摄制组,他们被这些迷人的啮齿动物迷住了。摄制组是过来拍一部关于枪击案的纪录片的,他们以为会看到青少年的焦虑和美国的社会达尔文主义。在离学校不到100码的地方,他们被这里的宁静吸引了。他们花了好几个小时拍摄12英寸长的草原犬鼠的素材。

日本摄制组对这个地方的看法与美国人有些不同。他们描述这里

---

① 他1979年创作了歌曲《科帕卡巴纳》,讲述的是一个令人心碎的爱情故事,被广为传唱。——译者
② 我参加了这次集会,在看台上观看并拍了照片。

402　　Columbine

时而喧嚣，时而残酷，时而暴躁，时而平静。

*　　*　　*

一段时间以来，校园枪击案逐渐蔓延成全国性的恐惧。情况在欧洲恶化了。2006年秋天，当大批成年杀手意识到学校环境会获得人们的关注，校园枪击案以更加丑陋的面目回到美国。从2006年8月下旬开始，3周内发生了4起枪击案。枪手们使用了各种手法来模仿科伦拜因杀手，其中包括身着风衣以及在网站上提到他们的名字。他们似乎把埃里克和迪伦留下的影响力视为一个推销自己的机会。全国关注的焦点集中在宾夕法尼亚州一所只有一间教室的阿米什①学校，五名女孩被杀。但在丹佛，普拉特峡谷高中（Platte Canyon）枪击案尤其揪心。②

普拉特峡谷高中和杰弗科就隔了一个县，当地警力弱，于是指挥应急小组的是杰弗科的治安官。没过几个小时，它成了一个全国性事件，然后就结束了。它带给杰弗科的冲击要大得多。丹佛的各家电视台整个下午都在直播这件事。每个人都惊呆了。这次是人质对峙，SWAT小组冲进了大楼。枪手当时只扣押着两个女孩，当警察冲进去的时候，他向其中一个女孩的头部开了一枪，然后自杀了。他当场死亡，但受害者被医护人员救出。全城的人都盯着载着她的直升机起飞，又降落在圣安东尼医院的屋顶上；然后观众们满怀期待等了两个小时。医生们在刚刚傍晚的时候举行了新闻发布会，她伤得太重没能救回来。

第二天早上的《落基山新闻报》上登满了类似4月20日那样令人不安的照片：幸存者们啜泣着，祈祷着，紧紧地拥抱在一起。

炸弹威胁在科伦拜因激增。几天后，学校疏散了所有师生。母亲们感到浑身紧张，担心可怕的消息即将来临。有些人几乎忘记了科伦拜因事件，但他们的身体记得。转眼间，又是4月20日。危险几个

---

① 基督新教一个分支，以拒绝汽车及电力等现代设施，过着简朴的生活而闻名。——译者
② 我对这一事件的描述主要来自电视直播，在事件发生时，我看了两个电视台的相关报道并录了下来，我还追踪了后续报道。

小时后就过去了——只是一个恶作剧。但焦虑久久萦绕在人们心头。

在科伦拜因事件后的十年间，美国发生了八十多起校园枪击事件。幸存下来的校长们——许多人是袭击目标——总是发现自己很难摆脱阴影。D 先生对他们所有人都有求必应。许多人接受了他的善意。他每学期都会花不少时间来分享他所学到的东西。

那些电话很难回答。那年秋天他收到的一封邮件更糟。它写道："亲爱的校长，几个小时后，你可能会听说北卡罗来纳州一所学校发生了枪击事件。我对此负责。我记得科伦拜因。是时候让世界记住它了。我很抱歉。再见。"

邮件是早上发出的，但是 D 先生有几个小时没有查看邮件。他立即打电话给警察，他们给男孩的高中发了消息。已经太迟了。这个 19 岁的男孩开车经过他的学校，开了 8 枪，打伤了 2 人。然后警察突袭了他的家，发现他父亲已经死亡。

枪手被逮捕并送上法庭。当被问及为何痴迷于科伦拜因事件，他说他不知道。

校园枪手再次让人感觉到是个威胁。但是真正令人震惊的事件发生在第二年春天，在弗吉尼亚理工大学。赵承熙杀了 32 人，包括他自己，伤了 17 人。媒体宣称这是一项新的美国纪录。校园枪击事件已经演变成一场竞赛的想法令他们不寒而栗，然而一转头却给了赵这么一个称号。

赵留下了一份声明解释他的行为。里面至少两次提到受埃里克和迪伦的启发。他向两人表示敬意。他并不像他俩。赵似乎并不喜欢自己的狂暴行为。他没想到会这样。他带着茫然的表情打光了枪里的子弹。他没有埃里克或迪伦的嗜血癖好。赵留下的视频描述了自己被强奸、被钉上十字架、被刺穿、整张脸被劈开的过程。赵似乎有严重的精神问题，正在对抗一种重度精神病，有可能是精神分裂症。与科伦拜因的杀手不同，他似乎不接触现实，也不理解自己在做什么。他只知道，埃里克和迪伦给他留下了印象。

52. 平　静

袭击那天早上，埃里克和迪伦在埃里克家的地下室拍摄了一段简短的告别视频。埃里克导演的。他说："现在说吧。"

迪伦说："嘿，妈妈，我得走了。离审判日大约还有半个小时。我只是想为这件事可能引发的一切向你们道歉。①你们只需要知道我要去一个更好的地方。我不太喜欢活着，我知道无论我去什么鬼地方都是好的。所以我走了。再见。雷布……"

埃里克把摄像机递给了他。"嗯……我爱的每一个人，我真的很抱歉。"埃里克说，"我知道我爸妈会……惊到难以置信。对不起，好吧。我没办法。"

迪伦从摄像机后面打断了他。他说："这是我们必须做的。"

埃里克还想到了一个人，毕业舞会之夜的女孩。"苏珊，对不起。要是在别的情况下事情会不一样。我想把那张《飞》CD②留给你。"迪伦有点坐立不安，他打了个响指。埃里克闪过一丝愤怒的表情。他闭嘴了。埃里克要表达一些深刻的东西。迪伦压根不在乎。埃里克的重要时刻转瞬即逝。"就这样，"他说，"对不起。再见。"

迪伦把摄像机转向自己："再见。"

* * *

埃里克和迪伦只在外面开了 5 分钟枪。他们杀了 2 个人，然后进入学校。5 分钟内，他们击退了警察，打中了戴夫·桑德斯，并在走廊里四处寻找目标。他们开始把管状炸弹扔过栏杆，扔进似乎没有人的公共休息区。事实并非如此。几个躲在桌子底下的学生逃走了，跑出了食堂的大门。他们都安全地逃出来了。其他人留在原地。

科伦拜因案　　405

一路上，两个男孩经过图书馆的窗外，忽略了挤在那里的孩子们。然后他们绕了回来。那间屋子聚集着他们见过的密集度最高的攻击对象。他们发现里面有 56 个人。他们打死了 10 人，打伤了 12 人。剩下的 34 个很容易对付。但是埃里克和迪伦觉得无聊了。7 分半钟后，11:36，也就是袭击开始 17 分钟后，他们离开了。除了他们自己和警察，他们将不再对其他人开枪。

两个人逛到了科学楼一侧。③ 他们走过 3 号科学教室，鹰级童子军刚开始着手抢救戴夫·桑德斯。他们透过几个教室门上的玻璃窗看了看。大多数孩子都在里面。至少有两三百个孩子留在学校里面。凶手知道他们在那里。许多目击者和他们有过眼神交流。埃里克和迪伦走过去了。他们选择对着空教室开火。

他们漫无目的地在楼上闲逛。在平民看来，他们停止射击并进入"安静期"似乎有些奇怪。对一个精神病态者来说其实很正常。他们享受自己的战绩，但谋杀也会变得无聊。即便是连环杀手也会一度失去兴趣。埃里克很可能感到骄傲、膨胀，但他已经厌倦了。迪伦比较难预测，但他很可能像一个各种精神疾病同时发作的躁郁症患者：既抑郁又狂躁——对自己的行为无动于衷；无情但不残暴。他已经准备好去死了，和埃里克融为一体，跟在其身后。

埃里克还有一些刺激可以享受。杀戮已经变得乏味，但他仍在等着那场爆炸。他一生中最大的一次爆炸。他仍然可以表演他的一大壮举：炸毁学校，烧成废墟。

11:44，他走下楼梯，进入公共休息区。迪伦紧随其后。埃里克

---

① 迪伦的原话更长一点，其中有个词听不清。
② 目前还不清楚他是把"飞"（fly）作为形容词（俚语中"酷"的意思）还是指专辑标题。2008 年，iTunes 列出了 88 首标题中含有"飞"一词的歌曲。《飞》是美国"南方小鸡"乐队（Dixie Chicks）1999 年发行的歌曲。近期受种族争议影响乐队改名为 The Chicks。——译者
③ 许多目击者都看到了他们，公共休息区的监控摄像头记录了他们在那里的活动，并有时间标记。杰弗科公开了几段重点录像，弗斯利尔探员向我描述了他对完整录像的印象。

中途在楼梯平台停了下来。他跪下，把枪管架在栏杆上，以提高准确度。到处都是背包，但埃里克清楚哪个是他的行李袋。他开枪了。两个男孩都在爆炸区内，他们很清楚这一事实。大屠杀开始25分钟后，埃里克第二次尝试此次袭击的大事，这也是他第一次尝试自杀。再度以失败告终。

埃里克放弃了。他直接走向炸弹，身后跟着迪伦。迪伦摆弄了一下炸弹。也还是没有成功。有些桌子下面可以看到孩子们的身影。凶手没有理会他们。桌子上留下了很多饮料，杀手们打翻了几杯。其中一人说："今天世界将走到尽头。今天是我们的死期。"

监控摄像头捕捉到了他们在公共休息区的行动。他们的肢体语言与图书馆里目击者的描述大不相同。他们的肩膀耷拉着，走得很慢。兴奋已经从他们身上消失了，也没了那股逞能的劲儿。埃里克的鼻子破了，他疼得厉害。

他们在两分半钟后离开了食堂。在出去的路上，迪伦向大炸弹扔了一个燃烧瓶——最后一次试图引爆它们。又一次失败了。几个孩子感觉到了爆炸，跑了出去。

他们俩在学校里晃来晃去：楼上走走，又走到楼下。他们查看了公共休息区的破坏情况。真是差劲透了。燃烧瓶只放了一小把火，烧掉了一个装炸弹的行李袋，并点燃了绑在上面的一些燃料，但丙烷罐没受影响。火焰触发了房间里的自动喷水灭火系统。两个男孩一心想放一把熊熊大火；结果来了一场洪水。

杀手们显然是没了主意。他们原本预料这时候已经死了，却从来没有计划过怎么死。警察应该会处理这个问题。埃里克预测他会被一枪爆头。居然没人来做这事。

他们有两个基本选择：自杀或投降。埃里克要死得快一点。他崇拜美狄亚，因为她投身于烈焰，可他却没办法点燃自己的火。

走投无路的精神病态者往往会尝试"让警察帮忙自杀"：挑衅，逼警察开枪。埃里克和迪伦本可以通过冲破警戒线来戏剧性地收场。

科伦拜因案　　407

这将是华丽的死法。但这么做需要巨大的勇气。

埃里克渴望自决。迪伦只是想找一条出路。只有他一个人的话，他很可能会被说服。两年来，他一直承诺自杀，但从来没有动手尝试。他从来没有一个伙伴来引导他解脱。

中午，他们回到了图书馆。为什么要在那里结束呢？第三幕就要开始了。汽车炸弹即将爆炸。救护车按计划在迪伦的宝马车周围集结。一个分流小组在附近忙碌着。断臂残肢会漫天飞，就像埃里克画的那样。图书馆的窗户就像体育馆的贵宾看台。埃里克和迪伦选择图书馆，很可能不单单因为他们已经在那里大开杀戒，而且也因为那里视野更好。

他们发现这个房间和24分钟前离开时大不相同了。① 人体腐烂开始得很快。首先袭来的可能是气味。血液中富含铁，所以大量的血液会散发出强烈的金属味。平均一具尸体含有5夸脱的血液，地毯上聚积了好几加仑的血液，凝结成红褐色的胶状物，以及不规则的黑色斑点。雾化的液滴很快会干，所以飞溅物呈黑色，起了硬壳。喷溅的脑浆会迅速变得像混凝土一样坚固，要用腻子刀才能刮掉，而顽固的块状物要通过蒸汽喷射器融化才能处理。

杀手们在一片混乱中离开了图书馆：枪声、尖叫声、爆炸声，还有42名青少年的呻吟、喘息和祈祷。骚乱已经停息，取而代之的是刺耳的火警声。烟雾散去；一阵暖风从被击破的窗户中飘进来。12具尸体与他们共处一室。有两个人还有呼吸：帕特里克·爱尔兰和莉萨·克鲁兹正在渐渐失去知觉，无法动弹。4名教职员工躲在更后面的房间里。有10具尸体已经过了苍白僵直期②，尸斑开始出现。皮

---

① 我所描述的凶手返回图书馆自杀时的场景基于以下几个来源：验尸报告；我对现场调查员的采访；尸体被移走的房间的警方录像；以及关于尸体在头30分钟内腐烂情况的标准医学资料。我与调查员进行了核对，以确定是否适用于此案的实际情况。根据证词、验尸报告、警方图表、警方报告和警方拍摄的凶手尸体照片，我在此重现了凶手的自杀行为。
② pallor mortis，通常发生于死亡后15到120分钟。——译者

肤已经发白，随着残留的血液沉淀，现在冒出了紫斑。

两个男孩可能没察觉。大规模杀人者经常会转变成一种扭曲的状态，对恐怖无动于衷。一些人几乎没有注意到，另一些人则对临床上的变化感到好奇，比如眼睛鼓起或缩回，眼白浑浊或夹杂红色斑点。如果埃里克或迪伦触摸受害者，他们会发现尸体明显变凉，但依然温暖而柔韧。

他们继续往前走。埃里克走向中间的窗户，这一片伤亡最重。他穿过最惨烈的区域来到那里。迪伦则避开了，选择了一个更靠近入口的地方，距离六扇窗左右。如果他直行，他走的是伤亡人数最少的路径之一。

男孩们视察了一下外面包围他们的大部队。医护人员正试图穿过警戒线救出肖恩、兰斯和安妮·玛丽。埃里克开火了，迪伦也跟着做了。两名警官开枪还击，大部分是压制性火力。医护人员放弃了，男孩们也停手了。这是他们在 32 分钟的安静期里唯一一次向人开火。这是一次典型的"让警察帮忙自杀"的尝试：在战斗中英勇死去，但时间、地点、方式由他们自己选择。这一招也失败了。

过了一两分钟，12:06，第一个 SWAT 小组终于从大楼另一侧进入了科伦拜因高中。埃里克和迪伦不可能知道。他们显然在等待他们的汽车爆炸，他们经受了最后的失望，然后决定，一切到此为止。

埃里克背对着这个烂摊子，退到了西南角，这是房间里为数不多的未被破坏的区域之一。迪伦也跟过去了。那是靠近窗户的一块舒适的地方，在三面墙和书架之间，可以看到山景。附近躺着一个人。那是帕特里克·爱尔兰，他呼吸很轻，已经不省人事。① 男孩们面朝窗外坐在地板上，似乎是为了躲避警察的火力而压低身体的。鉴于他们的意图，这似乎有点奇怪，但他们想掌控自己的生死。埃里克靠在书

---

① 帕特里克时而清醒时而失去意识。他有可能已经爬离了最初所在的位置，但可能性不是很大。有一种微乎其微的可能性是他在凶手自杀的过程中尚有意识。但他完全记不得这些事情了。

科伦拜因案　　**409**

架上，离迪伦右边一肩宽，在他后面几英尺处，埃里克看着他的背影。

他们中的一人点燃了用作燃烧瓶引信的布条。他把它放在帕特里克身体正上方的桌子上。埃里克像《下行螺旋》中的反英雄那样，把霰弹枪枪管举到嘴边。迪伦把 TEC‑9 对准自己的左太阳穴。燃烧瓶的引信越烧越短。

埃里克对准上颚开枪，造成"脑浆迸裂"。他靠着书本倒下，身躯向一边倒去。他的双臂向前蜷缩，仿佛抱着一个无形的枕头，就这样了结了自己。迪伦的一枪打得自己仰面倒在地上，脑浆洒在埃里克的左膝上。迪伦的头就靠在旁边。

他们流了很多血，但还是比受害者少。埃里克和迪伦打坏了自己的延髓——控制非自主功能的大脑中枢。他们的心脏几乎立刻停止了跳动。用医学术语讲，"出血"停止了。重力控制了他们的身体，血液渗出。迪伦的血浸湿了埃里克的裤腿。

燃烧瓶爆炸了，引发了一场小火。它还把埃里克粗制滥造的凝固汽油弹液体洒到了桌面上，并把他的一坨脑浆封在了下面。这个细节可以证明男孩们在燃烧瓶爆炸前就死了。警报系统监测到火情，记录的时间是 12:08。

喷水装置把火浇灭了，也把两个男孩泡在水中。血液从他们的头骨中流出，氧化成发黑的光晕。

3 个小时后，警方发现埃里克瘫倒在地，迪伦则仰面摊开悠闲地躺着。他的双腿耷拉到一边，一只膝盖顶在另一只膝盖上，脚踝交叉。一条手臂搭在腹部，正好在他黑色 T 恤上印的文字下面。他的头向后仰，嘴巴张开，下巴松弛。血从眼角流向耳朵。他看起来很平静，只有胸前的红字叫嚣着：忿怒（WRATH）。

53. 在受伤之地

建永久纪念地花了 8 年半的时间。2006 年，筹集到了削减后的预算基金的 70%，纪念地得以开工建设。计划在 6 月份举行一次奠基活动——为了悼念逝者，同时向公众宣布还有 30 万美元没有着落。比尔·克林顿飞过来参加活动，现场来了 2 000 名悼念者。[①]

道恩·安娜念了 13 位死难者的名字。她说："我们来这里是因为我们爱他们，我们作为一个家庭，作为一个社区，经历了最黑暗的日子，现在正在走向光明。"

雷声隆隆，向人群袭来。零零星星地有人撑起了伞，但大多数人都被淋湿了。没有人动。他们并不在意。

这里是共和党州，但克林顿的出场赢得了热烈的掌声[②]。大家以接待一位美国总统为荣。

"我今天来到这里，是因为数百万美国人被科伦拜因事件改变了。"他说，"那是我和希拉里在白宫度过的最黑暗的日子之一。我们落泪，我们为此祈祷。"

他说，就在他出场之前，她从参议院打来电话，——"只是为了提醒我那天我们做了什么。这是我们国家历史上的一件大事。每一位家长都感到无助，连总统也不例外。"

克林顿说，他目睹了幸存者的变化。他拿他们和他的同事麦克斯·克莱兰做了比较——后者在越南失去了双腿和一条手臂。麦克斯每天早上穿衣服都很吃力。克林顿说，他原本可以怨恨成千上万毫发无损回来的人，或者怨恨像他这样没有去当兵的人，但那么做岂不枉然。克莱兰竞选了参议员，并代表佐治亚州任职六年。他很喜欢引用海明威的名言，克林顿便背诵了他最喜欢的一句："这世界打击每一

科伦拜因案　　411

个人，但经历过后，许多人会在受伤之地变得强大起来。"

克林顿补充道："每一天，从现在起世界上都会有人受到伤害。但这些了不起的家庭，为了缅怀自己的孩子与孩子们的老师，能帮助其他人变得永远坚强。"

* * *

帕特里克·爱尔兰向他在科罗拉多大学的第一晚遇到的女孩凯西求婚了。他特别指出，如果他没有遭遇枪击，他们永远不会相遇。

他们在 8 月的一个下午举行婚礼。③ 6 名身着玫瑰红礼服的伴娘走在装饰华丽的天主教堂过道。

D 先生来了。看到帕特里克站在圣坛上，完全不需要任何支撑，感到很震惊。前来参加婚礼的同学人数也让他吃惊。还是他熟悉的模式。20 年来，他眼看着高中同学毕业后渐行渐远，但这 2 000 名幸存者却紧紧地站在一起。

帕特里克优雅而沉着地走了过来。D 先生擦去眼角的眼泪。帕特里克的医生也从克雷格医院赶来了，依然感到难以置信。劳拉也是如此觉得，她就是帕特里克当年没有勇气邀请去参加舞会的那个女孩。

为了这场婚礼，他们去上了一个月的交际舞课。帕特里克带着凯西在地板上旋转。他们跳了华尔兹，跳了两步舞，还跳了狐步舞。他们用一个深深的后仰拥抱结束了第一支舞。帕特里克和他妈妈和着《因为你爱我》（*Because You Loved Me*）跳了一支舞，黛安·沃伦写了这首歌献给她的父亲，因为在没有人相信她的时候，是他鼓励了她。被儿子拥抱着，帕特里克的妈妈静静地流下了泪。

* * *

前特工德韦恩·弗斯利尔仍然被请去在执法团体和教师大会上发

---

① 我出席了 2006 年和 2007 年的两次悼念活动。
② 克林顿是民主党推选的总统，而科罗拉多州则长期支持共和党。——译者
③ 对婚礼的描述基于现场观礼者的讲述。

言。他们依然想知道为什么？弗斯利尔每次都同意去，每次都说这是最后一次了。

他继续在第三世界培训人质谈判人员。他有了更多的时间去打高尔夫球，偶尔会想到埃里克和迪伦——但毫无成就感，因为结局永远不会改变。

他的两个儿子都从大学毕业，并开始了成功的事业。

他仍然希望采访埃里克和迪伦的父母。

* * *

布拉德和米斯蒂·伯纳尔搬到邻州定居了。他们在那里开心多了。

《她说"我信"》以两个平装本（一个图书馆版，一个有声读物）重版上市。它已经售出了100多万册。网络上充斥着一些毫不掩饰讲述这一神话的网站。卡西的青年团契牧师是对的：教会会坚持这个说法。

在科伦拜因事件之后，当地的教会感受到了一股涌动的人潮。[①] 参加礼拜的人数也激增，热情空前高涨。但随后就消失了。牧师们表示没有形成长期的影响。

* * *

哈里斯家和克莱伯德家依然与世隔绝。哈里斯家最终卖掉了房子，但仍留在该地区。克莱伯德家没有搬走。2006年7月，迪伦的哥哥拜伦结婚了。

[①] 我采访了当地的众多牧师，以了解他们的会众在过去几年中的动向。这种模式非常相似，并符合历史趋势。巴拿研究所（Barna Group）对911事件造成的宗教影响做过一项重要研究，发现在全国范围内也有类似的激增：一半的美国人表示其信仰有助于他们应对危机；参加教会的人激增——在一些教会，第一个周日的会众就翻了一番；原来属于少数派信仰的人中间有很大一部分人改变了他们的核心信仰。但是后一种变化与传统的观点相悖——它脱离了原教旨主义信仰：相信上帝全知全能或撒旦以实体形式存在的人略微减少。四个月以后所有这些变化消失了。5年后，每项指标的比率仍然与911事件之前没有区别。

科伦拜因案　　413

* * *

科伦拜因的孩子们不再用"科伦拜因"一词来指代大屠杀，它又变回了一所高中的名字。吸烟的孩子又开始跟在他们的吸烟区附近溜达着穿过克莱门特公园的陌生成年人聊天。没有人会因此感到害怕。

有记者①路过那里评估学校恢复正常到什么程度时，他们感到困惑。为什么会有人对他们这所无聊的学校感兴趣？他们真的不知道。当他们发现这人是从城里来的时候，就会眼睛一亮。俱乐部是什么样的？他去过科尔法克斯大道②吗？那里真的有脱衣舞俱乐部、酒鬼和妓女吗？

他们当然记得那场悲剧。多么可怕的一天。他们的小学被封锁了，每个人都很害怕。有几个孩子的哥哥姐姐被困在高中里。他们的父母难过了好几个月。那，丹佛到底是什么样的呢？

* * *

D先生有两个孙辈。他的儿子开始了自己的事业，女儿也订了婚。弗兰克不希望再度失去黛安·迈耶。他离婚后，他们重逢了。她还是和高中时一样有趣。一样的蓝眼睛，一样的洞察力，一样的无私。"一个可以依靠的人。"弗兰克说。他们又开始了约会。2003年圣诞节前夕，弗兰克向她求婚。她答应了。他们现在还在订婚状态。

D先生告诉他的学生，他计划退休。他将工作到2012年或者2013年的毕业季，届时他五十七八岁。他不知道到时候他会做什么，也许打高尔夫，旅行，享受生活。

* * *

琳达·桑德斯摆脱了抑郁。她依然会面对艰难的日子，但并不频

---

① 我就是这位记者。
② 丹佛城里的一条街，以酒吧林立著称。——译者

繁。2008 年,她重新开始约会。

* * *

纪念地感觉就像是最后一步。最后一个争议影响了它的顺利建成。2007 年春天,当推土机在雷布尔山的后坡上开凿出场地时,布莱恩·罗尔博与纪念地委员会杠上了。内圈的"纪念环"(Ring of Remembrance)以一种特殊的方式纪念那 13 个人。围绕它的是一圈更大的"愈合环"(Ring of Healing),上面刻有学生、老师、朋友、邻居——每一个被悲剧触动的人——的留言,无论子弹是否真的穿透了他们的皮肤。13 个家庭中的每一个都分到了内环的一块地方,他们可以在棕色大理石上刻上铭文,以纪念他们的孩子、父亲或配偶,要求是符合这里的风格、尊重。

12 个半家庭同意了。苏·佩特龙和布莱恩·罗尔博分别为丹尼题了铭文,将被并排刻上去。苏描述了她儿子的蓝眼睛、迷人的微笑和富有感染力的笑声。布莱恩交的则是一篇愤怒的檄文,他指责科伦拜因事件的源头在于一个将堕胎合法化的国家建立了一个不信神的教育系统,当局还撒谎并掩盖他们的罪行。他最后引用了《圣经》里的一句话:恶人必不得安宁①。

委员会要求布莱恩收敛一下语气。他拒绝了。双方都同意对措辞保密,但争议的要点泄露了。它在科罗拉多州引发了一场风暴。公众意见不一。随后出现了僵局。没人想在"纪念环"里面看到愤怒的长篇大论。委员会有权阻止。布莱恩却谅他们不敢。

这不是较劲。即使过去了 8 年,也没有谁能够打败一个悲伤的父亲。

* * *

科伦拜因纪念地在 2007 年 9 月一个阳光明媚的下午举行了落成

---

① 语出《以赛亚书》48:22。——译者

仪式。几千名访客静静地列队穿过内墙。言辞激烈的碑文没有引起骚动。即使引人好奇，它引来的参观者也并不比其他 12 个纪念碑的参观者多。没有明显的反应。似乎没人在意。

帕特里克·爱尔兰代表伤者发言。他说："枪击事件是已经发生的事。但它并不能定义我的人生。我的未来也没有由这件事定下基调。"

他们放飞了 13 只鸽子。几秒钟后，又有 200 多只自由地飞向天空——数字是任意的，代表其他所有人。它们飞向四面八方。有那么一会儿，整个天空似乎布满了鸽子。然后，它们找到了彼此，聚成了一群，在碧蓝的天空映衬下，它们从左到右反复穿梭，交织出一片巨大的白色云朵。

...to fuck you? no, I didn't think so. women you will always be under men. its been seen throughout nature, males are almost always doing the dangerous shit while the women stay back. its your animal instincts, deal with it or commit suicide, just do it quick. thats all for now — 5/20/98

If you recall your history the Nazi's came up with a "final solution" to the Jewish problem. kill them all. well incase you havent figured it out yet, I say,

"KILL MANKIND"

no one should survive. we all live in lies. people are always saying they want to live in a perfect society, well utopia doesnt exist. it is human to have flaws... you know what, fuck it, why should I have to explain myself to you survivors, when half of this shit I say you shitheads wont understand and if you can then woopie fucking do. that just means you have something to say as my reason for killing. and the majority of the audience wont even understand my motives either! they'll say "ah, hes crazy, hes insane, oh well, I wonder if the bulls won." you see! its fucking worthless! all you fuckers should die! DIE. what the fuck is the point if only some people see what I am saying, there will always be ones who don't, ones that are to dumb or naive or ignorant or just plain retarded. If I cant pound it into every single persons head then it is pointless. fuck mercy fuck justice fuck morals fuck civilized fuck rules fuck laws.... DIE. manmade words... people think they apply to everything when they dont/cant. theres no such thing as True Good or True Evil, its all relative to the observer. its just all nature, chemistry, and math. deal with it. but since dealing with it seems impossible for mankind, since we have to slap warning labels on nature, then... you die, burn, melt, evaporate, decay, just go the fuck away!!!! YAAAAA!!!

— 6/12/98 —

"when in doubt, confuse the hell out of the enemy" - Fly 9/2/98

wait, mercy doesn't exist....

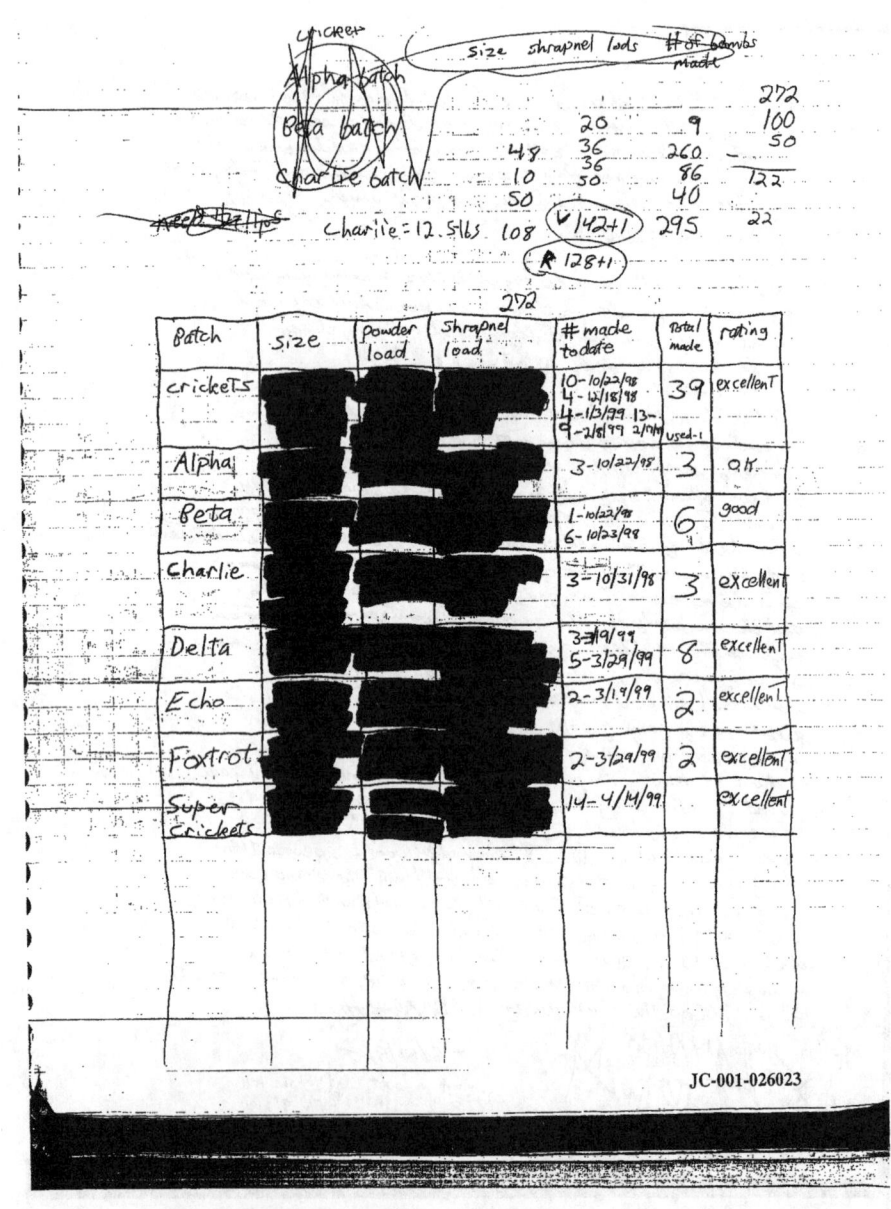

埃里克的制造管状炸弹的计划表，1998年10月至1999年4月

apology

Dear Mr. Ricky Becker,

    Hello, my name is Eric Harris. On a Friday night in late-January my friend and I broke into your utility van and stole several items while it was parked at Deer Creek Canyon Road and Wadsworth. I am writing this letter partly because I have been ordered to from my diversion officer, but mostly because I strongly feel I owe you an apology and explanation.

    I believe that you felt a great deal of anger and disappointment when you learned of our act. Anger because someone you did not know was in your car and rummaging through your personal belongings. Disappointment because you thought your car would have been safe at the parking lot where it was and it wasn't. If it was my car that was broken into, I would have felt extreme anger, frustration, and a sense of invasion. I would have felt uneasy driving in my car again knowing that someone else was in it without my permission. I am truly sorry for that.

    The reason why I chose to do such a stupid thing is that I did not think. I did not realize the consequences of such a crime, and I let the stupid side of me take over. Maybe I thought I wouldn't be caught, or that I could get away. I realized very soon afterwards what I had done and how utterly stupid it was. At home, my parents and everyone else that knew me was shocked that I did something like that. My parents lost almost all their trust in me and I was grounded for two months. Besides that I have lost many of my privileges and freedom that I enjoyed before this happened. I am now enrolled in the diversion program for one full year. I have 45 hours of community service to complete and several courses and classes to attend over the course of my enrollment.

    Once again I would like to say that I am truly sorry for what I have done and for any inconvenience I have caused you, your family, or your company.

                                              Respectfully,

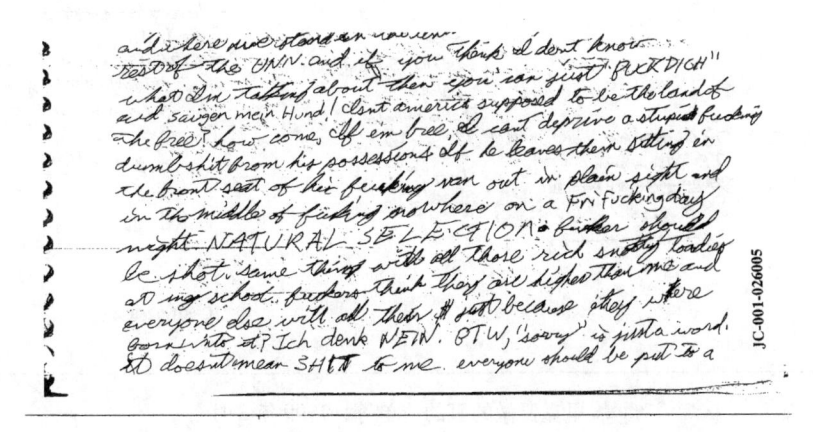

                                                 Eric Harris

上：埃里克的道歉信
下：日记段落，同一时间，同一话题，1998 年 4 月

Have | Need

~~$380~~
200 - money order wise

~~$200~~ ~~45¢~~
~~$200~~ - 4-6 mm thi~~ck~~
300 - at 3/26
200 - at 4/9
80 $?

~~30 shells~~

$20 - Gasoline

$200+ - Explosives (Propane tanks, camping fuel tanks, etc.)

150 - R + 2S
$50 per tank

~~Shotgun~~ ~~shells~~ ~~Assault weapon~~
Explosives ~~Bullets~~ ~~Time Bombs~~

560

shotgun
36 shells + S loaded
carbine
12 clips + 1 loaded
switchblade
boot knife
long knife

230 - Propane (4) + refill
25 - 9mm ammo (100)
~~20 - buckshot (30)~~
15 - Gas (10-13 gal?)
~~30 - lasers (2)~~

shit left to do at 3/22/99
- Figure out napalm recipe + storage area
- time schedule the commons / people patterns
- 9mm ammo (150-200)
- shells (50+)
- practice in-car gear up
- ~~lasers for carbine~~
- get laid X
- prepare explosives
  - distractions
  - commons
  - cars
  - grenades

JC-001-026024

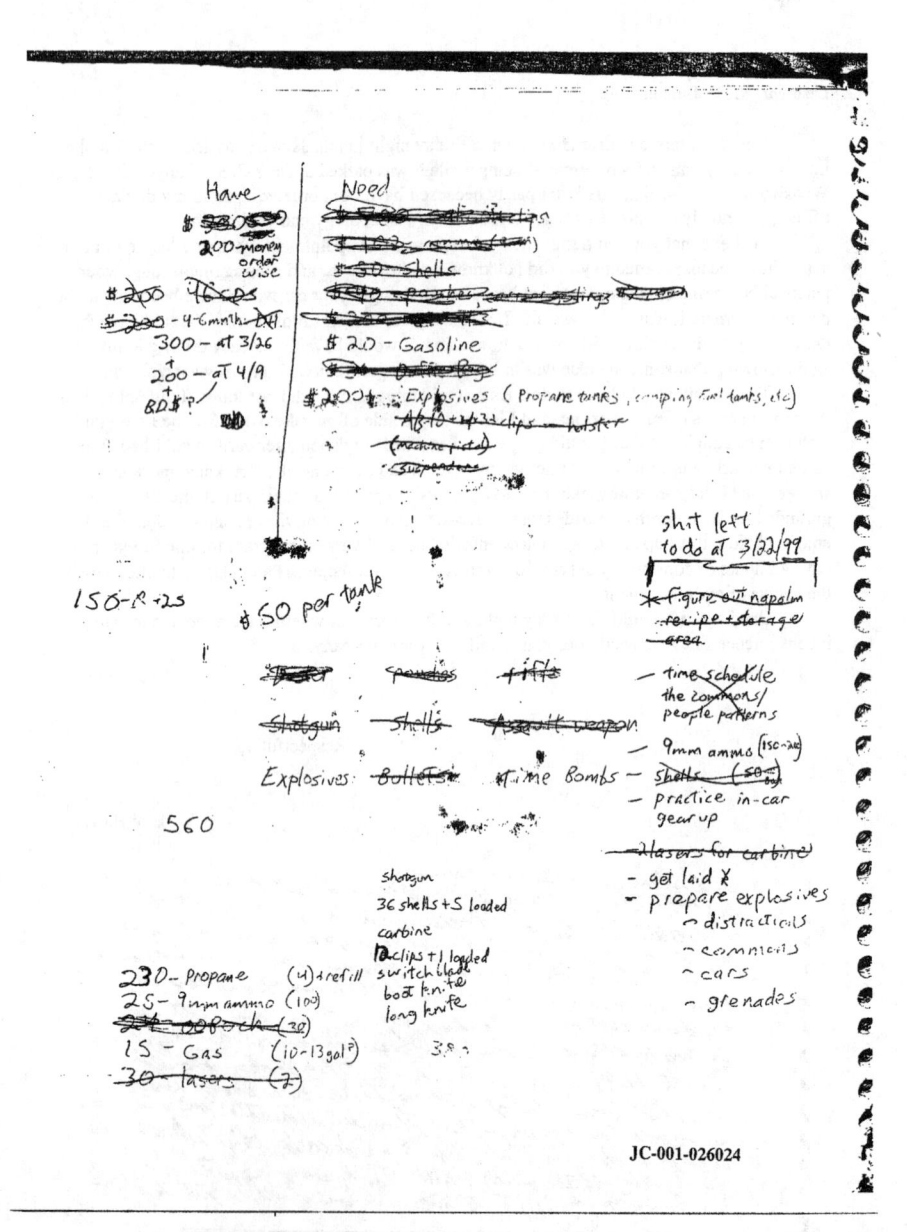

埃里克要做的事的清单等，1999年3月

Columbine

I just want to be surrounded by the flesh of a woman, someone like ▓▓▓▓ who I wanted to just fuck like hell, she made me practically drool, when she wore those shorts to work... instant hard on. I couldn't stop staring. and others like ▓▓▓▓ in my gym class, ▓▓▓▓ or whatever in my gym class, and others who I just want to overpower and engulf myself in them. mmmm, I can taste the sweet flesh now... the salty sweat, the animalistic movement... feeehhh... lieeebe... fleisccchhhh... who cares, I trick into my room first? I can sweep someone off their feet, tell them what they want to hear, be all nice and sweet, and then "fuck em like an animal, feel them from the inside" as Reznor said. oh — that's something else... that one NIN video I saw, broken or closer or something. the one where the guy is kidnapped and tortured like hell... actual hell. I want to do that too. I want to tear a throat out with my own teeth like a pop can. I want to gut someone with my hand, to tear a head off and rip out the heart and lungs from the neck, to stab someone in the gut, shove it up to the heart, and yank the fucking blade out of their rib cage! I want to grab some weak little freshman and just tear them apart like a fucking wolf. show them who is god. strangle them, squish their head, bite their temples into the skull, rip off their jaw. rip off their collar bones, break their arms in half and twist them around, the lovely sounds of bones cracking and flesh ripping, ahh... so much to do and so little chances. — 11/17/98

"weisses fleisch"! — perfect — song — for me.

Well folks, today was a very important day in the history of R. Today, along with Vodka and someone else who I wont name, we went downtown and purchased the following; a double barrel 12ga. shotgun, a pump action 12 ga. shotgun, a 9mm carbine, 250 9mm rounds, 15 12ga slugs, ▓▓ 40 shotgun shells, 2 switch blade knives, and a total of 4 -10 round clips for the carbine. we...... have..... GUNS! we fucking got em you sons of bitches! HA!! HAHAHA! neener! ▓▓▓▓ Booga Booga. heh. its all over now, this capped it off, the point of no return. I have my carbine, shotgun, ammo and knife all in my trunk tonight and they'll stay there till tomorrow... after school you know, its really a shame, I had a lot of fun at that gun show, I would have loved it if you were there dad. we would have done some major ▓▓▓▓ bonding. would have been great. oh well. but, alas, I fucked up and told ▓▓▓▓ about my ▓▓▓▓ that really disappointed me. I know you thought it was good for me in the long run and all that shit, smart of you to give me such a big raise and then cut me out, you figure it was supposed to cancel ▓▓ each other. goddamn flask, that just fucked me over bigtime. now you all will be on my ass even more than before about being on track. I'll get around it though, I'll have to cheat and lie to everyone, thats fine. THIS is what I am motivated for, THIS = my goal. THIS is what I want "to do with my life". you know what weird, I don't feel like punching through a door because of this flask deal, probly cause

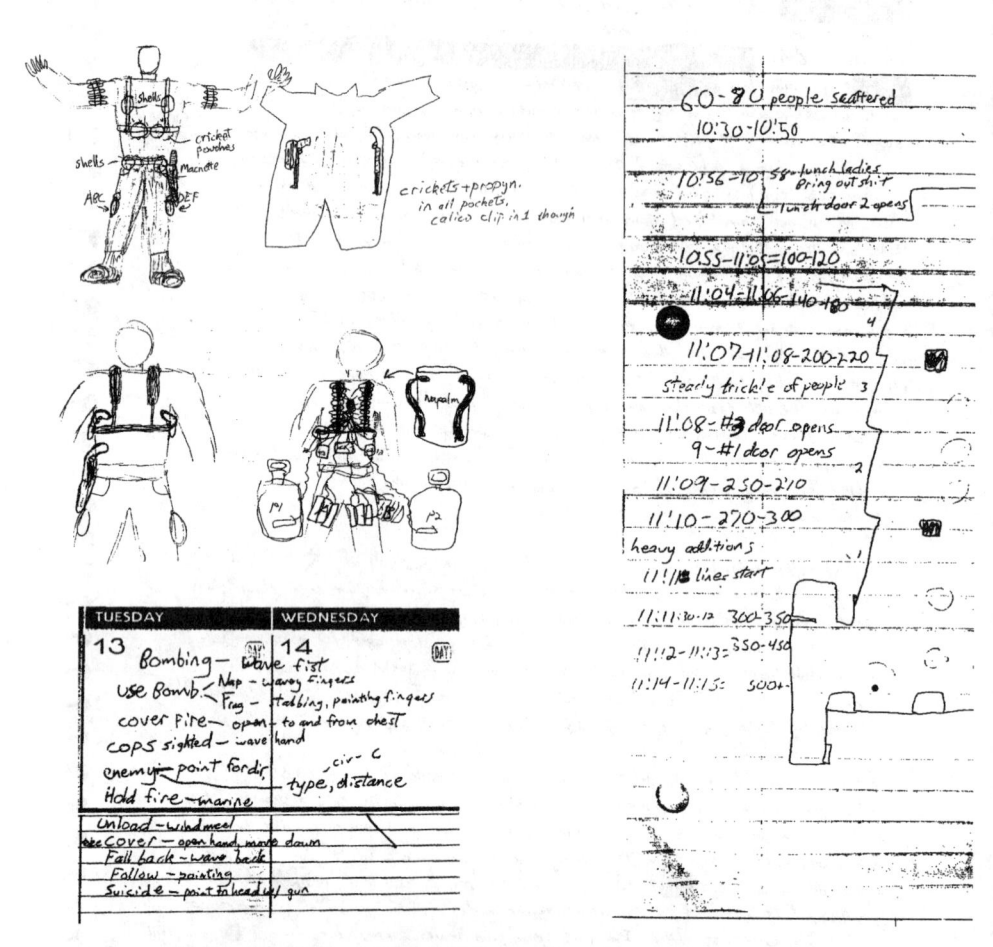

埃里克的装备图、每日手势暗号的图表、对午餐时间人员的计数

《〈-リル(A-〉〉
9-5-97
life, suX

my thoyts

oohgod i want to die sooo bad... such a sad, desolate, lonely unsalvageable feel i am... i am not fair, NOT FAIR!!! ferrin I wanted happiness!! I never got it...

let's sum up my life... the most miserable existence in the history of time.... My best friend has ditched me forever, by'm bettering himself & having/enjoying/taking for granted his love..... I've NEVER been this ... not too times near this.... they look at me ▓▓▓ like i'm a stranger..... I helped them both out thru life, & they left me in the abyss of suffering when i gave them the boot out. The one who I thought was my true love, ▓▓▓▓ is not. Such a shell of what i want the most.... The meanest trick was played on me - a fake love.... She in reality doesn't give a good fuck about me.... doesn't even know me..... I have no happiness, no ambitions, no friends, & no LOVE!!! ▓▓ can get me that sun I hope, i wanna use it on a poor SOB. I know... his name is vodka, dylan is his name to. what else can I do/give... i stopped the pornography. I try not to pick on people. Obviously at heart one power is against me. ▓▓▓▓▓▓.... funny how I've been thinking about her over the past few days.... giving myself like possibilities that she, atleast MIGHT have liked me just a bit.... my bad... I have always been hated, by everyone & everything, just never knew.... Goodbye all the crushes i've ever had, just shells.... images, no truths.... BUT

WHY? YES (you can read)
this, why did you snow ▓▓▓▓▓

A dark time,
infinite sadness,
I want to find
love.

迪伦的日记：失去了他最好的朋友，1997年9月

科伦拜因案 423

#6013

Dylan, To make this more readable, double space, use 12 King, and consider a larger font. This is difficult to edit!

Dylan Klebold
2-?-99

great opening

The town, even at 1:00 AM, was still bustling with activity as the man dressed in black walked down the empty streets. The moon was barely visible, hiding under a shield of clouds, adding a chill to the atmosphere. What was most recognized about the man was the sound of his footsteps. Behind the conversations & noises of the town, not a sound was to be heard from him, except the dark, monotonous footsteps, combined with the jingling of his belt chains striking not only the two visible guns, in their holsters, but the large bowie knife, slung in anticipation of use. The wide-brimmed hat cast a pitch-black shadow of his already dimly lit face. He wore black gloves, with a type of metal spiked-band across the knuckles. A black overcoat covered most of his body, small lines of metal & half-inch spikes layering upper portions of the shoulders, arms, and back. His boots were newly polished, and didn't look like they had been used much. He carried a black duffel bag in his right hand. He apparently had parked a car nearby, & looked ready for a small war with whoever came across his way. I have never seen anyone take this mad-max approach in the city, especially since the piggies have been called to this part of town for a series of crimes lately. Yet, in the midst of the nightlife in the center of the average-sized town, this man walked, fueled by some untold purpose, what Christians would call evil. The guns slung on his belt & belly appeared to be automatic hand guns, which were draped above rows of magazines & clips. He smoked a thin cigar, and a sweet clovesque scent emanated from his aura. He stood about six feet and four inches, and was strongly built. His face was entirely in shadow, yet even though I was unable to see his expressions, I could feel his anger, cutting thru the air like a razor. He seemed to know where he was walking, and he noticed my presence, but paid no attention, as he kept walking toward a popular bar, The Watering Hole. He stopped about 30 feet from the door, and waited. "For whom?" I wondered, as I saw them step out. He must have known their habits well, as they appeared less than a minute after he stopped walking. A group of college-preps, about nine of them, stopped in their tracks. A couple of them were mildly drunk, the rest sober. They stopped, and stared. The streetlights illuminating the bar & the sidewalk showed me a clear view of their stare, full of paralysis & fear. They knew who he was, & why he was there. The second-largest spoke up "What're you doin man..... why are you here...?" The man in black said nothing, but even at my distance, I could feel his anger growing. "You still wanted a fight huh? I meant not with weapons, I just meant a fist fight....cmon put the guns away, fuckin pussy!!" said the largest prep, his voice quavering as he spoke these works of attempted courage. Other preps could be heard muttering in the backround; "Nice trench coat dude, thats pretty cool there....".... "Dude we were jus messin around the other day chill out man... " ... "I didn't do anything, it was all them!!" ... "cmon man you wouldn't shoot us, were in the middle of a public place..." Yet, the comment I remember the most was uttered from the smallest of the group, obviously a cocky, power hungry prick. "Go ahead man! Shoot me!!! I want you to shoot me!! Heheh you wont!! Goddam pussy...." It was faint at first, but grew in intensity and power as I heard the man laugh. This laugh would have made Satan cringe in Hell. For almost half a minute this laugh, spawned from the most powerful place conceiveable, filled the air, and thru the entire town, the entire world. The town activity came to a stop, and all attention was now drawn to this man. One of the preps began to slowly move back. Before I could see a reaction from the preps, the man had dropped his duffel bag, and pulled out one of the pistols with his left hand. Three shots were fired. Three shots hit the largest prep in the head. The shining of the streetlights caused a visible reflection off of the droplets of blood as they flew away from the skull. The blood splatters showered the preps buddies, as they were to paralyzed to run. The next four preps were not executed so systematically, but with more rage from the man's hand cannon than a controlled duty for a soldier. The man unloaded one of the pistols across the fronts of these four innocents, their instantly lifeless bodies dropping with remarkable speed. The shots from that gun were felt just as much as they were heard. He pulled out his other pistol, and without changing a glance, without moving his death-stare from the four other victims to go, aimed the weapon out to the side, and shot about 8 rounds. These bullets mowed down what, after he was dead, I made out to be an undercover cop with his gun slung. He then emptied the clip into two more of the preps. Then, instead of reloading & finishing the task, he set down the guns, and pulled out the knife. The blade loomed huge, even in his large grip. I now noticed that one of two still alive was the smallest of the band, who had now wet his pants, and was hyperventilating in fear. The other one tried to lunge at the man, hoping that his football tackling skills would save his life. The man sidestepped, and made two lunging slashes at him. I saw a small trickle of blood cascade out of his belly and splashing onto the concrete. His head wound was almost as bad, as the shadow formed by the bar's lighting showed blood dripping off his face. The last one, the smallest one, tried to run. The man quickly reloaded, and shot him thru the lower leg. He instantly fell, and cried in pain. The man then pulled out of the duffel bag what looked to be some type of electronic device. I saw him tweak the dials, and press a button. I heard a faint, yet powerful

JC-001-026522

迪伦的日记：有关"上帝的情绪"的故事，老师标了评语，1999年2月

424   Columbine

explosion, I would have to guess about 6 miles away. Then another one occurred closer. After recalling the night many times, I finally understood that these were diversions, to attract the cops. The last prep was bawling & trying to crawl away. The man walked up behind him. I remember the sound of the impact well. The man came down with his left hand, right on the prep's head. The metal piece did its work, as I saw his hand get buried about 2 inches into the guy's skull. The man pulled his arm out, and stood, unmoving, for about a minute. The town was utterly still, except for the faint wail of police sirens. The man picked up the bag and his clips, and proceeded to walk back the way he came. I was still, as he came my way again. He stopped, and gave me a look I will never forget. If I could face an emotion of god, it would have looked like the man. I not only saw in his face, but also felt eminating from him power, complacence, closure, and godliness. The man smiled, and in that instant, thru no endeavor of my own, I understood his actions.

Quite candid

Dylan —
I'm offended by your use of profanity. In class we had discussed the approach of using *!#!

Also, I'd like to talk to you about your story before I give you a grade. You are an excellent writer/storyteller, but I have some problems with this one.

JC-001-026523

科伦拜因案 425

everything is as least expected. the meak are trampled on, the assholes prevail, the ~~xxxxx~~ gods are decieving, lost in my little insane asylum w. the nuthouse redneck music playing... wanna die & be free w. my love... if she ever exists. She probably hates me... finds a nondee or a jock who treats her like shit. I remember details... nothing worth remembering i remember. I don't know my love, could be ███ or ███ or ███ or ███, or anyone. I don't know & its spell of not knowing!! to be kept in the dark is cp urishnent!!

I have lost my emotions... like in heart the song. NIN. People eventually find happiness i never will. Does that make me a non-human? YES the god of sadness... ███ church was so funny the rec thing w. ~~xxxx~~

never stops

Hell existed

everything (No, Everything) every thing (No)

JC-001-026401

迪伦的日记："神的悲伤", 1997 年 11 月

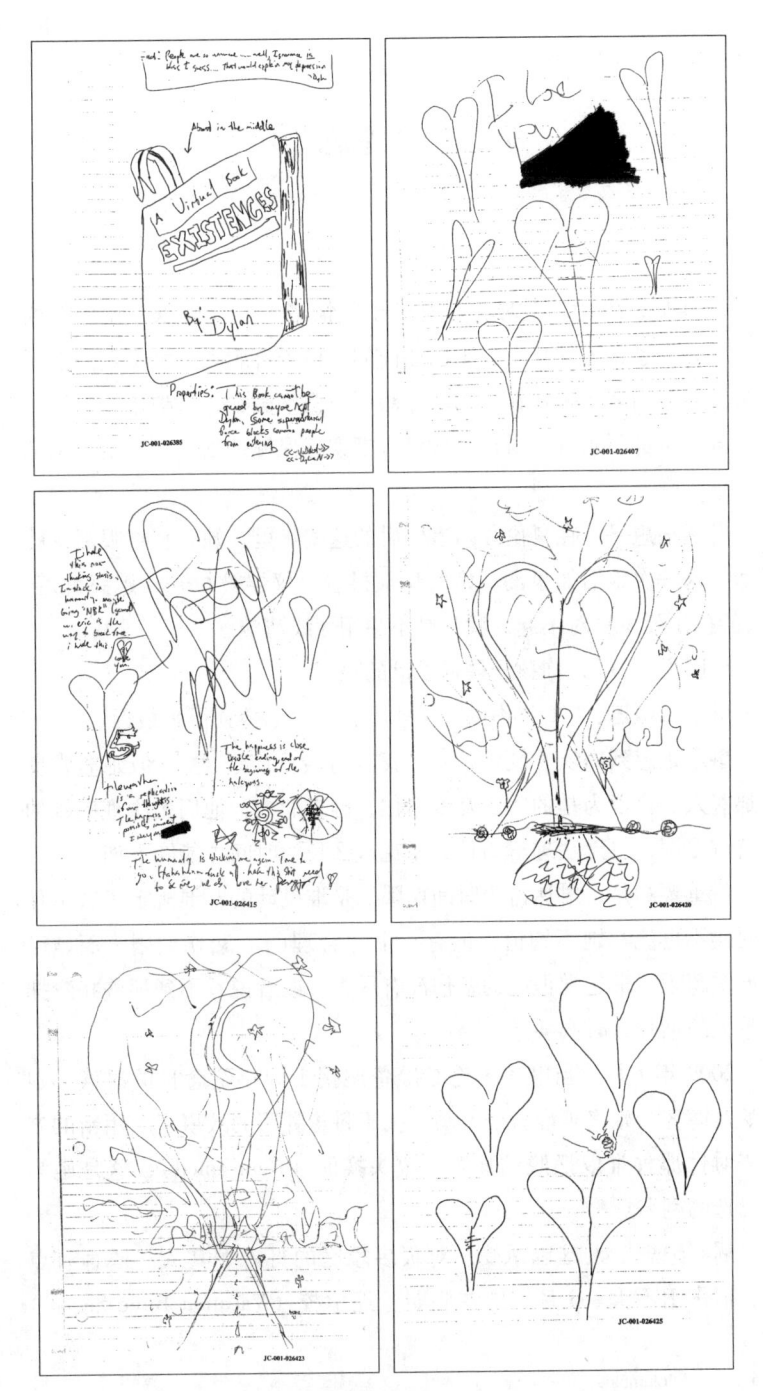

迪伦的日记：封面和画心的页面，1997年至1999年

后记　"宽恕"[①]

10年后,琳达·毛瑟在牙科椅子上情绪失控。她以一种脆弱的姿势躺着,紧紧抓住扶手,下巴往前伸。检查灯刺眼,她不禁闭上了眼睛。牙医用牙周探针在琳达的牙龈周边戳来戳去,打趣地给每颗牙齿打分。全都不乐观。琳达一直没有把家庭保健计划放在心上。又搞砸了。

琳达很想哭。在科伦拜因事件后的这些年里,她一直把眼泪往肚里咽。这一次她泪如泉涌。她的嘴颤抖着,仪器被拉开。她哭诉道:"我的孩子死了!对不起,我只是不想用牙线清洁。"

牙医说:"哦,你孩子最近去世的吗?"

琳达回敬道:"要是你的孩子死了,你永远会觉得是最近。"

事后她感到内疚。她承认:"我有时会反应过度。"但她非常反感那些人。自以为是的人,麻木不仁、健忘的人,他们无法理解她的痛苦有多深,也无法理解为什么要花这么长的时间才能卸下痛苦。

最重要的是,琳达讨厌时间期限。是谁设计的?谁规定了眼泪什么时候不再流?她不知道,但有一个"合理的"悲伤期限,而她已经严重超限。琳达觉得她的悲伤没有尽头,或者说看不到那些拐弯抹角噎人的话什么时候会停。

2009年1月,当琳达·毛瑟准备迎接十周年纪念日的时候,她开始写博客。她终于准备公开写下关于科伦拜因的故事了。用新的方式来对付那种难以摆脱的痛苦。改头换面(Reinvented),这是她为自己选的网名。

周年纪念令人难以承受。对很多家庭的打击尤其大。博客有点用,但作用不大。6月,她在假期圣经学校(Vacation Bible School)

再次失控。琳达哀叹那一周特别艰难,一个"略带斥责"的老妇人嗤笑道:"哎,已经10年了呀。"

琳达·毛瑟很生气,她是这样看的:

琳达对警察、学校以及她最终放弃的教会都很生气。警察一再让她失望:拉上警戒线,任由戴夫·桑德斯死去,掩盖搜查令的存在。斯通治安官简直是个笨拙的小丑。D先生有不少问题需要解答,而督学——"有一段时间,我有点讨厌简·哈蒙德②,"她说,"又冷漠又官僚,出国像家常便饭。"比起差点让她女儿死掉的学校教职工,这根本不算什么。克丽丝蒂·毛瑟很难接受她哥哥被杀。随后一群女生开始欺负她。老师们对此置之不理。克丽丝蒂出现了自杀倾向。一个官员拒绝了对她进行辅导的请求,他们完全低估了她的创伤。琳达就是这么看的。这段记忆仍然让她感到愤怒。

琳达对那些把科伦拜因事件视为宗教战争的福音派基督徒感到愤怒,特别是两位牧师:圣三一基督教会的比利·埃珀哈特和富兰克林·格雷厄姆。更不用提她自己所在的圣弗朗西斯-卡布里尼教区了。从一开始,她就感觉到圣弗朗西斯-卡布里尼教区相当冷漠。她的牧师对她不理不睬,只来过一次——与最尊贵的大主教和"他那可怕的谄媚者"一起进行了一次短暂的仪式性访问。这让人感觉非常敷衍了事。教会指派了一位老神父来辅导她,他在头几个月里坚持要她

---

① "后记"的素材主要是基于我对琳达·毛瑟、鲍勃·柯诺和瓦琳·施努尔做的3次各5小时的采访,随后我还跟他们以及其他与他们关系密切的人进行了电话、电邮和其他方式的联系。他们都非常坦诚,我对他们的慷慨和诚实深表谢意。

琳达·毛瑟做了大量的笔记,并在与哈里斯夫妇会面的第二天写了一篇单倍行距的3页文章,她把文章放在博客上,几分钟后就撤下了。她给我看了,文章具有非常重要的价值。其他资料还包括琳达的博客、苏·克莱伯德在《奥普拉杂志》上发表的文章(题为"我永远不可能知道为什么")以及对克莱伯德夫妇身边人的采访。

这些故事反映了琳达、鲍勃和瓦琳的感想和观点,写它们的目的在于用他们自己的方式来呈现如何应对悲痛,而非表达所有相关方就事论事的看法。我通过哈里斯和克莱伯德夫妇的律师与他们进行了联系,他们婉拒了采访。同样,我认为我本人最好不要出现在叙述过程中。其中一部分关于人际交往的描述与我有关,例如,琳达·毛瑟为我沏了茶、削了苹果。

② 时任杰弗逊县(杰弗科)学区督学。——译者

振作起来。"他非但没有看到我的痛苦,反而老想着和我争论。"琳达在教会找不到理解,找不到同情。过了大约6年,她离开了。

琳达对罗宾·安德森、马克·曼内斯和菲尔·杜兰弄到枪的行为感到愤怒,而她已经记不起那两个男孩的名字了。她对全国步枪协会、国会以及科罗拉多州立法机构的姑息态度感到愤怒。"他们甚至不愿意延长攻击性武器禁令的期限?"很长一段时间里,琳达对她的丈夫汤姆感到愤怒,因为他寻求纠正这些错误。她说:"他在大约一周内就投身于枪支管制问题,我不愿意去管。我想把自己关在家里。"她同意汤姆的观点,但也极度需要他。她说:"我感到被击垮了,但我需要为克丽丝蒂活着。我觉得自己在情感上被抛弃了。"

她原谅了汤姆,但仍然对自己的处境感到愤怒。她现在期待含饴弄孙。而实际上她还在抚养一个正在上小学的女孩。丹尼尔的死留下了一个缺憾,于是他们在一年后收养了一个亚洲婴儿。一切都很顺利——当玛德琳冲进来问题时,琳达心情就好了起来——但她感到很疲惫,也没有像第一次做妈妈时那样与其他妈妈建立联系。她说:"我就是那种邻家老大妈。我看着漂亮的母亲和她们的孩子。他们的生活都没有经历过大危机。我有点忿忿不平。"

一切都在琳达的内心深处翻滚,很少表现出来。她身材高挑,母性十足,有点驼背,脸上带着和蔼可亲的表情,似乎总是想给你沏一杯热茶。当有客人到来时,她在厨房里忙碌:为饥饿的陌生人削一个苹果能让她很高兴。她说话的时候,热情且口齿清晰,但这可能经历了漫长的过程。她性情安静内敛,所以她的情绪爆发往往让人措手不及。她自己还不太适应这一切。8年来,她把一切都埋在心里。她得到过几位牧师和四五位治疗师的帮助。"我就像在凯撒医疗机构(Kaiser Permanente)看病的儿童。"后来,她去了史蒂夫·波斯本森牧师的教堂。他鼓励她把现有的情绪表达出来。她做到了。她因此失去了一些朋友,但也更喜欢这种方式。

让琳达感到愤怒的还有阴谋论者,建网站纪念埃里克和迪伦的同情者，渲染暴力的电影导演和音乐人，以及对暴力趋之若鹜的美国文化。她也气布莱恩·罗尔博"总是搞事"，气另外几个受害者总能得偿所愿。她还对许多以前的朋友和还来往的亲戚感到生气。多年来，她也一直对上帝心怀怨念。她与上帝和解了，"但这不完全是多愁善感。我依然祷告，但我不期望结果"。她也生自己的气。然而，琳达并不生凶手的气。

"我从来没有对埃里克或迪伦特别生气。"她说。她想不通，觉得莫名其妙，"你们为什么要对丹尼尔开枪？"

她怎么能责怪两个孩子误入歧途呢？"我气的是他们的父母。"

与韦恩和凯茜·哈里斯见面以后，她的情绪有所好转。有点用。这是一个漫长的过程。

早些年，琳达对此毫无兴趣。"我不想冲出去见他们，然后原谅他们。"她说，"也许这对阿米什人有用。在我看来那么做是错的。我希望看看证据是如何呈现的。"

毛瑟家不想参与诉讼，但渴望得到答案。然后，怨恨来了。为什么当父母的没有再多帮助孩子一点？

汤姆·毛瑟的挫败感爆发了。这么多年来，他还是无法理解那些男孩是如何得逞的。2007年，他给哈里斯夫妇写了一封愤怒的信，提出了一些尖锐的问题。他们拒绝见面，但他们的律师同意一见，并提供了一些答案。

于是，汤姆·毛瑟给苏·克莱伯德写了信，后者与他见了面。琳达留在家里。这太折磨人了。看着那些人的眼睛——她准备好了吗？她愿意宽恕吗？还是拒绝？琳达还没准备好处理这一切，尤其是面对凶手的家庭。琳达说："杀我儿子的不是她的孩子，是埃里克。"

琳达找到新的方向来利用她新近寻回的表达能力。2009年年初，她又给哈里斯夫妇写了一封信。文字很温暖：没有要求，只是她的感受。说实话，她觉得很矛盾。她不知道韦恩和凯茜做了什么。但关于埃里克，她做了决定。她原谅了他。

科伦拜因案　431

消息通过律师慢慢传了回来：他们愿意见面吗？愿意。

在埃里克·哈里斯谋杀他们的孩子大约 10 年 4 个月后，琳达和汤姆开车到丹佛去与他的父母见面。哈里斯夫妇拒绝对这次会面发表评论。这是琳达的印象。

他们是在贵格会会所见的面，哈里斯家的律师是那里的会员。哈里斯夫妇送上一篮鲜花欢迎他们。韦恩首先开口。"很高兴见到你们。"他微笑着伸手握住琳达的手。

"谢谢你们能来。"她说。

大部分时间是韦恩在说话，他听起来就像一个军官，言语一丝不苟。他看起来不像想象中的样子。他个子很高，但很纤瘦，带着慈爱，像个友善的邻居。韦恩似乎也看不懂埃里克。韦恩和凯茜接受了埃里克是个精神病态者的说法。病因在哪里，他们不知道。但他彻底地愚弄了他们。

琳达相信韦恩，但发现他有点难以捉摸。诚实，但并没有坦陈一切。

凯茜很害羞，但一旦她开始说话，就会变得主动。她的棕色头发理成波波头，搭配黑白套装和黑色凉鞋。琳达注意到了她的脚趾涂了红色指甲油。凯茜分享了很多关于埃里克的暖心故事。她说他们对他严加管束，坚持要求全家一起吃饭。高四那年，他既没有读大学的计划，也没有职业规划，她为此非常苦恼。她以为他大概会去社区大学。琳达觉得她很诚恳，令人信服。韦恩和凯茜似乎参与了埃里克的生活，至少做得和普通父母并无不同。

毛瑟夫妇试图保持交谈的方式，避免像审犯人一样说话。但终究提到了虐待儿童的话题。不，他们说，他们从来没有打过埃里克，也没有对他很凶。

韦恩自豪地谈起他们的大儿子凯文。他现在过得不错——"挺成功的"。凯茜问起克丽丝蒂的进展，以及琳达关于丹尼尔最美好的记忆。凯茜哭了好几次，反反复复说她对发生这一切有多抱歉。她一度转向琳达,坦言自己来时非常害怕。韦恩默默地看着她哭泣。

韦恩回答了他们所有的问题,但开始感觉徒劳无益。他没有从中得到启示。汤姆感到沮丧。他问,所以没有什么可以从这件事里面学到的吗?没有错误吗?不见得吧。

谈话在一个小时后结束了。琳达告诉他们,她原谅了埃里克。这很重要,她后来说——"对他父母做出具体的表态。"她希望他们能卸下心头的部分压力。"我不想他们继续折磨自己。"放手的感觉真好。她同时也放过了自己。

韦恩和凯茜似乎很高兴,但没有像琳达预期的那么热情。她原本希望看到更多一点的感激之情。

琳达也决定原谅韦恩和凯茜。但她选择不在贵格会会所提起这个。他们没有要求原谅,他们也没有杀人,琳达对他们很纠结。

她现在仍是如此。但与他们见面有极大的帮助。他们并不可怕。以前很难想象他们是这样的人,是普通人。现在她别无选择。

琳达·毛瑟说她很生气。有时,这是真的。她流露出的是悲伤。她会小小地发作一场,然后很快收敛。阴霾一直存在。

她说:"我应对逆境的能力差了一点。我已经失去了某种韧性。年轻人更坚韧。"

* * *

鲍勃·柯诺既不生气,也不悲观。他是疲惫不堪。他感到空虚,失去了方向。鲍勃从未对迪伦和埃里克的父母感到愤怒。除了当他告诉他们他们不该受谴责时,他们的脸上明显流露出的宽慰,他不想从他们身上得到任何东西。而他如愿以偿。这让他短暂地开心了一下,但还是无法填补空虚。

2009年11月,鲍勃60岁了。他是个和蔼可亲的人,头顶秃了,两侧和脑后是稀疏的白发,他看起来像个海军,确实也当过海军。鲍勃结婚25年,有两个孩子。他的妻子在科伦拜因事件前几年和他离

科伦拜因案　433

婚了，有一段时间，他搬到了母亲家的地下室。他的女儿不高兴。鲍勃和她维持着脆弱的关系——主要是通过她弟弟。可是埃里克杀了斯蒂文以后，他的女儿也没了音讯。鲍勃失去了两个孩子。

科伦拜因事件后，鲍勃无法集中精神，他失去了工作。他另找了一份工作，但也失业了。在他 60 岁生日的时候，他已经失业四五年了——他都记不太清了。现在他偶尔也打打零工。大家会帮他，他还在苦苦挣扎。他说："我真的很迷茫。我非常爱我的女儿，但我无法让她喜欢我。"

鲍勃并没有出现自杀倾向，甚至没有抑郁。他浑身散发着焦虑，让房间里的每个人都感到不舒服。鲍勃感觉自己像一根暴露在外的神经。他说话的速度很快，讲个不停——也许是害怕安静。很难再找到愿意听他讲悲伤故事的人了，可他还是有很多话不吐不快。

陌生人会在不期然提及这个话题。他问："你怎么回答'你有几个孩子？'这个问题？"

两个答案都让人觉得不诚实，或缺乏亲情。两者都会带来实际问题。有时候他说两个。然后他们问起斯蒂文。哦，他被人杀了。其他时候，他说只有一个女儿，她不再和我说话了。但说到后来他会提到斯蒂文踢足球的一件轶事，然后他们就会指责他刚刚不该那么说。

话题总是回到科伦拜因事件。虽然人们不想听他说这个，却又不断令他想起这个。他说："他们会说，'你知道那天我在哪里……'他们扯开话题。他们以为自己知道这事。他们以为自己了解我的事。"

但他一个劲地说着这个话题。他说："你是朋友就得听。"

鲍勃非常感谢帕特里克·爱尔兰，帕特里克在爬到图书馆窗边的过程中，经过了斯蒂文的尸体。帕特里克后来去看鲍勃，告诉他自己记得斯蒂文的脸。他看起来很平静。那个画面救了鲍勃·柯诺。在他心里，斯蒂文永远停在了 14 岁，回想起来脸上永远带着平静。靠着这份慰藉鲍勃撑过了十几年。他很感激帕特里克，也为他的康复感到骄傲。但他也感到一丝痛苦。他没有应邀去参加帕特里克的婚礼。鲍勃告诉他:"想到你活下来了,而斯蒂文却不在了,对我来说太艰难了。"

鲍勃在好多幸存者身上看到了巨大的喜悦。帕特里克很快就投入了积极乐观的生活,并且一直没有放弃。鲍勃很早就原谅了凶手。他人的幸福却是他过不去的坎。

那是一种小小的磨难,一种难以捉摸的喜悦。最难的部分是关于凶手。从第一天开始,鲍勃就把责任完全归咎于他们。警察,运动员,学校,电子游戏——这些在他看来都是多余的。他说:"你可以两种做法选其一。怪罪埃里克和迪伦,再加上其他人;或者从一开始怪罪所有人,再一个个排除。"

鲍勃选择了从怪罪两个凶手开始,再有选择地添加。他生上帝和自己的气,但都没有坚持很长时间。他从未对凶手的父母感到愤怒。他的问题是如何让他们知道这一点。他们似乎一直躲在掩体里。他猜他们一定以为全世界都在责怪他们,而他要告诉他们事实并非如此。

苏·克莱伯德在第一年春天给 13 个遇难者家庭写了信,但鲍勃没有收到。信寄给了他的前妻。他听说有这封信,要求给他一份复印件。她给了。然后他又要了信封。他收到了信封背面的复印件。起初他很生气,但后来他注意到了一些东西。苏在信封折口上写了她的家庭地址。他笑了。

他回了一封信,又通过哈里斯家的律师给他们发了一封信。几年里他没有得到任何回应。这并不是很重要。他知道有人看到了他要说的话。

见面的事来得及时,先是和哈里斯夫妇见了面。杰弗科是个小镇,鲍勃与本·科尔基特有私交,后者是位律师,帮哈里斯家处理过与科伦拜因无关的事务。早几年,大概是 2001 年,这位律师安排了一次鲍勃和第三方的会面。鲍勃认为那次会面的目的是为了考察他——"看看我是否有诚意,是不是会突然袭击做采访"。后来,本提到他要与韦恩和凯茜共进晚餐。鲍勃想来吗?当然!

情人节那天，三对男女坐到了一起。鲍勃带了女朋友。他们在晚餐时聊了孩子、足球和琐事。没有提到任何跟谋杀相关的话题。

本和他的妻子提出由他俩清理碗碟，把其他两对打发了出去。趁着洗碗的当口，他们在客厅里简单地谈了有关科伦拜因的事情。鲍勃坐在沙发上，面对着韦恩和凯茜。他已经准备好了要说的：除了埃里克和迪伦，我不怪任何人。他突然停了下来。他曾无数次重复这句话，但这次听的人不一样。这句话会很残忍。

"我不认为你们有责任。"他说道。

听到自己这么说他感到不安。他可以把这句话想一千遍，他可以对他遇到的每一个朋友和陌生人说这句话，在说给眼前这两个人听之前，他随时可以收回这话。他后来说："现在，我已经做出了承诺。作为受害者的父亲，这句话有一种巨大的力量，也是一种巨大的责任。"

他们又聊回了随机的话题上。凯茜很安静。韦恩似乎心不在焉。他说话最多，似乎很有控制力。

鲍勃有各种各样的问题，但决定不问出口。此刻他说："当时气氛有些紧张。我不想指责他们。那不是我想做的。我想做的是看着他们，减轻他们的自责。"

大约一年半后，苏·克莱伯德打电话给鲍勃，感谢他寄去的卡片。他愿意聚一聚吗？他说："她星期六打电话来，我说星期天如何。"

星期天早上，他在教堂里一直惴惴不安。在他看来，哈里斯夫妇已经控制了局面。他们已经预先摸过他的底，并了解了他的提问方向。相比之下，克莱伯德夫妇什么都没做——他们本可以去做类似的事。鲍勃说："这是一个勇敢的举动。这说明了苏是什么样的人，说明她是开朗的。"苏显然是四位父母中最外向的一个。

汤姆和苏·克莱伯德与鲍勃约了在利特尔顿的一家餐馆共进午餐。这比与哈里斯夫妇的见面更友好更简单，主要是因为苏。他们在一起呆了2个小时。很多欢笑,很多泪水。他们一直保持着联系。

鲍勃很高兴与这两家人见了面。他从这次经历中得到的要比琳达·毛瑟得到的多得多。鲍勃有不同的考虑。琳达希望这两个家庭出来接受专家或媒体的质疑,不管这可能有多难。哈里斯夫妇告诉她,他们觉得自己无法承受。

鲍勃的主要目标是减轻他们的负担。"我想让他们知道,并不是世界上每个人都责怪他们。"两对夫妇都向他表示感谢。两家人似乎都松了一口气,这让鲍勃很高兴。

* * *

瓦琳·施努尔很开心。喜出望外。她在十周年纪念活动上代表受伤者发言,她关于治愈与接受的有力演讲,成为本次活动的亮点。早几年的话,她还不可能在活动中发表这样的演讲。

她说:"五周年的时候,一切都乱糟糟的。"媒体在从积极的角度报道。"我想让自己振作起来,但压力非常大。要让大家觉得我过得还行。实际上,我过得一团糟。"她说,那一年大家很快想到了一个主题:"继续前进"。"我是如何继续前进的?过去四年我一直在随波逐流地完成大学学业。然后呢?我完全迷失了方向。脱轨了。"

那一年,瓦琳把重点放在让媒体积极的一面上。她决定:"我会尽可能多地呈现积极的东西。我最不想说的话就是'我的生活很糟糕'。"

可她的生活确实很糟糕。迪伦用霰弹枪击中了她。这两个男孩把弹壳里的弹丸倒出来,换上了更大的弹丸,还塞进了玻璃、锯木屑以及任何能造成更大伤害的东西。这招果然奏效。瓦琳来到瑞典医疗中心时,手臂和躯干上到处都是洞眼,9颗子弹,还有各种下作的弹片,她的免疫系统毁了,导致了多年的感染。第一批外科医生不得不迅速将伤口缝合以挽救她的生命,这造成她的大部分皮肤出现了错位和缺损。她失去了左臂上的大片皮肤,以至于多年无法伸直。她无法用正常姿势坐起来，走路也受到影响。她接受没完没了的物理治疗，并在几年内经历了四次手术。

这一切非常艰难，但她挺住了。伴随着浑身的疼痛、治疗、心理咨询、恐惧、愤怒、内疚、混乱以及经济上的压力，她浑浑噩噩地度过了大学时光。今天她已经记不起那段时期的任何细节。她称之为"雾蒙蒙的日子"。这已经超出了她的能力——她只能沿着最容易走的道路无目地漂流。靠着家里人的关系，她在银行找到了一份工作，这对她来说不难对付，而且经济上也有保障。

但在熬过了第一个五年后，她终于意识到了问题所在。银行业务？她在做什么？她的梦想一直是做一名心理咨询师。

她重返校园。她找到了一份社会工作，专门从事儿童保护工作。2009年底，她完成了她的硕士学业。她爱做这个。她爱她的生活。

"我找到了我擅长的，同时能带给我满足感的工作，这份工作把我和那些身处逆境却逆流而上的人联系在一起。"她说，"怎么会有人不爱这样的生活呢？我爱我的工作。我爱我的男朋友。我很感恩我能这么说。"

正是这个新方向让她能够宽恕埃里克和迪伦。她说："愤怒吗？我已经放下。"这确实花了一段时间。几年来，她的愤怒逐渐消退。"我越是开始挖掘自我的意义，就越是能放手。"这和他们无关，这是她自己的事情。放手，继续前进。

孩子们更有韧性。琳达·毛瑟说的没错。在十周年纪念活动上看到他们真是很了不起。私下里，对于13个遇难者和2个凶手的家庭来说，这个里程碑式的日子是痛苦的。但在公开场合，对于包括伤者在内的大多数幸存者来说，这是一种来之不易的安宁。大家语气平和，互相尊重，没有谁不服气。演讲也不是特别刻意：没有必要说服他人了解自己经历了什么，也不需要说服自己应该有什么感觉；该怎样就怎样。

500名校友在纪念日头天晚上回来参加聚会，其中四分之一的孩子亲历了那场袭击。D 先生被那种气氛吓了一跳。他们已经长大，大学毕业，开始了职业生涯。许多人已经结婚，并开始养育孩子。他们并不经常回想枪击事件。他们都过得不错。

D 先生带着 10 年来从未有过的轻松心情离开了仪式。

对瓦琳来说，最难的部分是原谅他们杀害了她的好友劳伦·汤森。代表他人原谅是很不容易的。但如今，瓦琳不再憎恨埃里克和迪伦。

她也早就原谅了他们的父母。她说："很早以前，我就明白了，我同情他们。他们失去了一个孩子。埃里克和迪伦也是人家的孩子。"

随后，2009 年 10 月，苏·克莱伯德在《奥普拉杂志》上发表了一篇长文，表达了她对迪伦陷入"下行螺旋"的理解。她向那些家庭道歉，并生动详细地描述了她十年来的痛苦：对着洗碗巾哭泣，看到杂货店里的孩子们会心神不宁，因为她知道她儿子对无辜的孩子做了什么。

"看完她的文章，我哭了。"瓦琳说。她知道四位父母肯定都很痛苦，但并不清楚那是什么样的痛苦。"那篇文章把我带进了她的世界，我看到了她的痛苦。她真的很勇敢。全世界都恨他们，指责他们。如果说出来能让她轻松一点，我希望她感受到了。"

关于科伦拜因，几乎没有什么能扰乱瓦琳的情绪了。她是一个非常有魅力的年轻女子，伤疤对她的形象有所影响，但她会卷起袖子毫不在意地展示它们。当她谈到枪击、住院和疼痛时会面带微笑。她回忆起这些事情，但不再回味其中滋味。只有一段插曲依然令她恼火，她讲起来会泪水涟涟。

瓦琳·施努尔才是那个在图书馆里坦承自己信仰的女孩。卡西的殉道故事有误，引发了人们对瓦琳的恶毒攻击。在她康复以及悼念劳伦的过程中，她被无情地指责撒谎。"我很生克雷格的气。他的胡言乱语给我带来了很多负面影响。当你说出了真话却被人骂是骗子时，是很伤人的。在我自己的教堂里，牧师们四处奔走讲述卡西的故事。我感觉他们也加入了说我是骗子的那伙人的行列。"

她说:"这是对我品行的攻击。这就是我难以释怀的原因。"她的意思是,这比差点要了她命的枪击事件还要痛苦。她摆脱了死神,伤也恢复了,但说她是骗子的指控仍然存在。

米斯蒂的那本回忆录尤其令她难过。瓦琳说:"我就知道会这样。不管他们是不是有意的,把那本书印出来,就是在说我是个骗子。这是种羞辱。我爸爸非常生气,我很伤心。"

"他们从来没有向我道歉,也从来没有向我解释过什么。"

瓦琳说,克雷格的确道歉了。她很感激。

大多数时候,瓦琳不再生任何人的气。愤怒是需要付出代价的。在内心深处,她已经原谅了克雷格和米斯蒂——"令人惊讶的是,原谅他们所花的时间比原谅埃里克和迪伦还要长。"

瓦琳在令人惊讶的细节中找到了安慰。她说:"是迪伦向我开的枪,这让我好过了一点。"她很早就知道凶手杀人是随机的,而她是被一个陌生人打中的。从高一开始她就通过朋友认识了埃里克,她甚至不知道迪伦也在这个学校读书。如果埃里克开枪打她,她会花好几年时间自我反省:"我做了什么?我是不是某天瞪了他一眼?是我惹了他吗?那样会在心理上阻碍我的向前看。"

许多受害者会问"为什么",会受此困扰,但是瓦琳已经受够了。"我不再想这个问题了。你越是反复猜测和提问,就越会阻碍你向前走。如果我放任科伦拜因的事毁了我的生活,那他们就得逞了。如果你继续痛苦、继续愤怒、继续伤心,那么你的心就死了。如果我关闭心门,如果我任由情绪掌控我,那么我就死了。"

瓦琳也从凶手的自我了断中得到宽慰。"我很高兴他们自杀了。这对我来说可能是最好的事情了。"她曾在法律系统工作过,能够想象经年的取证、出庭作证、交叉询问是怎样的;律师会把你撕碎,会给你下套,让你看起来愚蠢、怨恨或者不诚实。"你知道不用进行刑事审判能减轻多少压力吗?我不需要知道'为什么'。我知道他们是随机杀人。我由此感到安心。"她理解为什么很多人如此迫切地要知道"为什么"。她尊重布莱恩·罗尔博为证据而战。但是,"布莱恩不可能出庭作证。站在证人席上的是我们"。

她说:"我们的幸福与成功是对他们最好的嘲弄,他们想让我死。我活下来了。你们已经死了,而我会幸福地活着。"

宽恕救了瓦琳的命。她宽恕了,但没有遗忘。记忆随时随地会被触发,尤其是她身上遍布的伤疤。穿衣服、洗澡,甚至低头看一眼自己的胳膊,一切都会提醒她。各种情绪袭来,她并不抗拒。情绪没法再控制她了。她说:"这不会再激怒我,它不能破坏我的心情,也无法操控我的情绪。"

最重要的是,瓦琳说:"10年后,我可以看着镜子里的自己,却看不到疤痕。"当然,从字面上讲,她的眼睛还是会看到,但现在她不觉得自己伤痕累累,也不认为自己被毁容了。以前她总是别过头去。现在她不需要了。她释怀了。

终曲　世界末日梦

抵触的轨道、表演型谋杀以及假剧本

1

悲剧不断发生。当我们还没有从最新的恐怖事件中回过神来，电视上就会出现一个感人的片段，用30秒概括了某位受害者短暂的一生，我把遥控器抓在手中。我的拇指悬停在快进键上，随时准备换台不看这些悼词，把那些受害者从我的意识里抹去。偶尔，某人会让我顿住——故事太打动人，我不忍换台。2012年，纽敦镇（Newtown）的老师维多利亚·利·索托为保护她的一年级学生而牺牲[①]。2015年，前步兵克里斯·明茨在俄勒冈的安普瓜社区学院为救同学身中3枪。他活了下来[②]。有时候我反复琢磨这些故事，然后就难免想起过去。

悲伤如此奇特。它的袭来无法预知，而且反复无常：你经受住了一次暴击，却被一件小事打倒了。我向一名科伦拜因的幸存者坦承，我一直呼吁新闻报道要以受害人为中心，可看到这样的新闻却在按快进键；她批评我一旦意识到了自己欲罢不能的东西，也就是受害者的故事，就一叶障目。

多年来我沉浸于研究两个杀手的心理，这是我防范的危险。实际上没必要。研究埃里克就像在显微镜下检查疾病，他没有进入我的内心，迪伦却悄悄地潜了进来。他的葬礼场景是第二难写的。我为他的父母、他的哥哥以及唐·马克斯豪森牧师哭泣——因为我很清楚那场葬礼会让他付出什么样的代价。后来我意识到，我也在为迪伦悲伤。在他人生的大部分时间里，他是一个可爱的孩子。这让我感到震惊，但我弄不懂它为什么如此折磨我。迷途的孩子，我们原本可以救他的。我现在明白了，我一直都是这种感觉，即使在我恨他的时候——只是我当时不知道。

我为迪伦难过，但比起我为幸存者难过的程度相形见绌。因为我见到了他们。我生命中最可怕的一天是 4 月 21 日，即枪击案第二天。这场杀戮显然很骇人，但并不是那么直观。我清楚地记得获悉死亡人数的那一刻。4 月 20 日下午 4 点，在克莱门特公园密实的草地上，斯通治安官在距离我们一臂开外的地方举行了新闻发布会。我喘着粗气，因为声音太响被人瞪了一眼，我浑身颤抖，下巴松了下来。我没办法合上嘴。然后，一片空白。开始干活！我的大脑叫嚣着。这比我想象的要糟糕得多。开始干活吧。

我又试着想象了一下对那些人的影响，但他们是谁？男孩？女孩？教师？他们的家人是谁，又会对家人造成什么样的影响？我什么也想不出来，也无法产生与之相应的感觉，于是我的大脑陷入了麻木。

我以为最让我难过的会是死难者的父母。不，是那些眼神空洞的迷茫的孩子；是那一大片幸存者，他们逃过了枪林弹雨并且想知道为什么会这样。他们拖着沉重的脚步在"世界之光"教堂的前厅走来走去，等待着第二天早上的第一次正式集会。我认出了那里的孩子。我见过他们奔跑、呼喊、哭泣、拥抱、那么热切地挤在一起。肾上腺素飙升。一夜之间，他们全变了。眼睛干涩，声音嘶哑，表情平淡，拥抱无力。但最令人不安的是那种集体的寂静。青少年身上散发的所有能量——只有一小股在大厅里散开，你可以感觉到电流在墙壁上反弹。在那间屋子里，我周围有千名青少年，但我闭上眼睛，感觉只有

---

① 2012 年 12 月 14 日，位于康涅狄格州的纽敦镇上的桑迪·胡克小学发生校园枪击案，导致 28 人（包括 20 名儿童）死亡。枪手亚当·兰扎自杀。这是美国历史上死亡人数第二多的校园枪击案。——译者

② 2015 年 10 月 1 日，26 岁的枪手克里斯·哈珀·梅瑟在该校开枪打死 9 人，伤 7 人，之后被击毙。——译者

科伦拜因案　　443

我一个人。

尤其是男孩,几乎认不出他们了。他们知道发生了什么吗?吓到他们了吗?这让我很害怕。我不知道该怎么提问。我不想成为那个去问他们感受如何的混蛋。

后来,他们又开始成群结队缓慢吃力地走在克莱门特公园里,我有了一个想法。我和一群男孩闲聊了起来,把头转向另一群孩子,并提到他们似乎没怎么哭。就这么简单。他们迫不及待地讲起了自己的故事:眼泪是怎么停的,什么时候停的——就像开关突然关了。整个下午,我都听到了同样的故事:不同的时间和场合,但都没有触发点,没有警告,没有解释,只是"嘭"的一声:所有的情感都凝滞了。这让他们很害怕。有些人想哭;一个女孩描述说她感觉不到自己的情感,就像它已经逃离了她的身体,漂浮在那里,不知道在什么地方——但是如何把它找回来呢?没错!她的朋友们都喊起来,就是那样的感觉。

向一位成年人坦白这些令他们大大地松了口气。他们希望我可以解释一下。这正常吗?会持续多久?这正是我的问题。他们一定还在想另一个问题,也许说出来太可怕了:他们会好起来吗?感觉会恢复,肯定会,但伤害——是永久性的吗?感谢上帝,他们没有问这个问题。

那天早上,我的注意力转移到了活着的人身上。我仍然没有理解15名死者——13名受害者和2名凶手——意味着什么。不管他们是谁,我都为他们感到难过,但逝者已逝,无力回天。还有2 000个孩子身处危险之中,但终究有希望获救。

常常有人问我为什么要在科伦拜因事件上耗费十年时光。是因为那一天和那些孩子。我当时并没有想到要写一本书,但我知道我会和这些孩子在一起很长时间。最终,有两个问题驱使我去做这件事。第二个问题是"为什么"。"为什么"这个问题让我抓狂。但真正促使我开始并坚持下来的问题是,那2 000个孩子会变成什么样。

我低估了我将从他们身上吸收的痛苦,也低估了光。我把这本书献给13位死难者,是因为他们的离世,而我献给帕特里克·爱尔兰,则是因为他帮我渡过了难关。他的康复过程令人难以置信,所以我得去见见他。那是一份意外之喜。他把好的坏的都说了出来,既不虚伪,也不自负。几个月甚至几年来,每次我们说话,他都保持镇定,不慌不忙。他周身散发的那种坚韧深深地影响了我。如果他能带着优雅、谦卑——以及喜悦——克服这一切,我也能做到。

* * *

这场悲剧让我认识了唐·马克斯豪森。他在一个茁壮成长的路德教会当牧师,受人爱戴,也是我所遇过最美好的人之一。唐挺身而出,为迪伦举行了葬礼。然后,他接受《纽约时报》的采访时,充满同情地谈到汤姆和苏·克莱伯德,称他们是"地球上最孤独的人"。因为这些无私的举动,唐失去了他的教会和事业。他再也没能在大型教区服务。唐潇洒地离开了科罗拉多州,后来回到了一个山区小教堂工作。当我写下这段文字的时候,他已经在从事退休后的第三份工作了:帮助当地一个小教堂探访病人,其中有大门不出的病人和老年痴呆症患者,教一两门课,并为一个遗孀团体提供帮助。

枪击案发生大约9个月后,当他还处在职业生涯的巅峰状态时,我对唐做了一次很长的采访。然后我收拾好东西,跟他握了握手,朝门口走去。当我伸手去开门时,身后传来一句探询之语。"你的精神状态如何?"

我愣住了。"有点糟糕。"

"要不要谈谈?"

有点怪怪的。但我是一团糟。他能看出来。

好吧,为什么不呢?

接下来的一个小时基本上就是免费的心理治疗,和一个全心献给上帝及其子民的人在一起,他非常睿智、令人安心。一半是牧师,一半是心理医生。我们谈论了我妈妈，男朋友们，信任危机，一切。他敦促我以某种方式重新认识上帝，但他并不急于求成，也不特别指明方式：佛教、犹太教或摩门教；弥撒、圣经研习、静修……怎么样都可以。而且他也不在乎我是个同性恋。他试着在某一点上把我的个性与某个教派匹配起来，但大多数时候我们谈的都是非宗教的话题——所有那些在吞噬我的东西。唐并不是想让我皈依，他只是想帮助我。他的确也做到了。他的智慧是真实的，他的质疑需要认真思考。我没有在那天加入教会，也没有加入戒酒会，但我开始做一些事情。最大的影响力来自简单的同情心。感受到我的痛苦，把我从人群中拉出来，让我知道有人在意我。

早些时候，也有人这样做了。4月20日上午11:45左右，我离开家，驱车来到这个我从未听说过的学校，在克莱门特公园待了9个小时。日落时分，我看到了第一批红十字会志愿者。两个人拿着用纸板做的4寸托盘。一人拿着瓶装冰水，另一人拿着袋装薯片。他们边走边喊："有人渴了吗？饿了吗？"一听这话就会觉得：天啊，我好渴！我也很饿，但没时间吃东西了。

"是的！"我本能地说，并朝拿着水的那家伙伸出手去。

他笑了笑，递了一瓶水过来，但是，还没等我拿住，我就意识到了自己的错误，我结结巴巴地说："哦，是给受害者的。我是记者。对不起。"我放下手，有点惭愧。我发誓，我不是故意从捐款盘里偷东西的。

我记得接下来的每一个词。

"你渴了吗？"

"是啊。"

"那就是给你的。"

他又把水瓶递过来。

我接了。

我想他预见了一些我没有预见的事情：在场的每个人都经历了一

段艰难的过程。这一路，那小小的善举增强了我的人性。有人在意。16 年过去了，这段记忆依然带给我慰藉。

* * *

4 月 20 日我没有哭。工作为重——你必须全神贯注。我甚至没有意识到这一点，直到星期三下午，眼泪突然流了出来。我在第 20 章中简要介绍了引发我流泪的事件。突然有人尖叫起来，大家都朝那个方向跑过去，我们发现瑞秋·斯科特的朋友们在她的车子旁边围成了一个半圆。尸体还在学校里面。没地方好好哀悼，也没有实物可以哀悼。所以，他们用蜡烛和鲜花装饰了她的车，车窗上贴满了令人心碎的纸条。我脑子里突然冒出了一个奇怪的想法：死亡仪式，我看错你了。开棺、葬礼、墓碑——我向来不喜欢这些。但我从来没有试过没有这些东西的哀悼仪式。这些女孩需要一些东西，一些和瑞秋有关的实物来引导她们的悲伤。她们找到了她的车。她们做了一个小小的神龛。

然后我感觉到了有些东西不知从何处涌起，我趁着同伴们还没看到我崩溃赶紧跑开了。我躲到一夜之间出现的密集的电视台转播车后面。我倒在柏油路上，背靠着一个巨大的车轮，难以自控地哭了 10 分钟。几名技术人员在我边上经过，假装没看见。然后我就解脱了——我以为。

* * *

那个周末，我休息了一天，坐下来看 CNN 直播瑞秋的葬礼。我马上意识到自己犯了个巨大的错误。我需要在那里。不是为了报道，而是为了纾解自己的悲伤。那些人正在宣泄自己的悲伤。

我飞快地开车过去，刚好赶上快结束。我排队去灵柩前致哀。我没有勇气看她，不过显然灵柩就要关上了。队伍缓缓行进着，我感觉迷迷糊糊的，等我抬头的时候已经快到灵柩跟前，盖子是掀开的。哦，天哪。这个时候闪人太没有礼貌了，于是我就留下来了。真是松

科伦拜因案　　447

了一口气。她很美。但是小小的！突然间，我听说过的所有关于瑞秋的佳话都与此情此景契合了。我可以想象小小的瑞秋就活在那些故事里，而我能感觉到自己与死者产生了联系。

*   *   *

好几次，我违背了自己的承诺，没有和那 2 000 个孩子待在一起。枪击案发生一周后，我开始写一个长篇的沉浸式报道，是有关那里的福音派社区的。我在卡西的教堂报名参加了圣经研究小组，学了《启示录》。尽管我承认我是个记者，还是个脱教的天主教徒，他们还是对我很好。我惊讶地发现，天主教的《圣经》和他们的《圣经》很不一样。坐在我旁边的一位可爱女士给我讲了她的《圣经》。我们到现在还是朋友。那篇报道花了一个月的时间，我精疲力尽。我受够了科伦拜因事件。到此为止了。

那是 1999 年 5 月。这本书在 9 年零 11 个月后出版。随着"余震"的开始，我做了几次简短的回顾性报道。接下来，为了弄清楚凶手到底是怎么样的人，我埋头苦干了很长时间。很多次，我都说我干完了。公众和媒体也都怀有同样的错觉。有多少次我们认为这事已经结束了？

*   *   *

我现在明白了我在 1999 年是第一次抑郁症发作。几年后，当我不再更换灯泡或打开邮件，它又以不同的形式回来了。一年的账单堆积如山，我打开冰箱或烤箱，借着那些小灯泡发出的光做饭。我本应该看到问题的，但它来得悄无声息。我很开心，很快活——抑郁症不是这个样子的。

然后我写了最残酷的一章：戴夫·桑德斯流血而死。我的导师露西娅·柏林曾教我用斯坦尼斯拉夫斯基指导方法型演员的方式来写作：让自己沉浸在事件中，想象自己在那里，在 3 号科学教室，把自己想象成其中一人去体验，然后把感受到的写在纸上。我后来才意识到,这一章并不是真正关于戴夫的。我从来没有试图从他的角度去描述当时的场景。塞巴斯蒂安·容格尔在小说《完美风暴》(*The Perfect Storm*)中精彩地描述了其中一个人物被淹死的感觉,因为那就是发生在他们身上的事情。我写的并不是关于流血而死的感觉,而是眼睁睁看着一个好人慢慢死去的恐怖场面。

每天,我都会选一个记录了他们经历的人,然后回到3号科学教室,化身为一个吓得瑟瑟发抖蜷缩在桌子下的女孩,或者一个看着鹰级童子军奋力救助自己的朋友而自己却无能为力的老师。我写了一个月,被它打败了。然后,我写迪伦的葬礼,又重复了这个过程。最后,到了2006年9月,2周内发生了3起校园枪击案。普拉特峡谷高中是最后一个,也是最糟的一个,因为它离杰弗科很近,只隔了一个县。人质对峙持续了几个小时,我在当地电视上看了,并在网上写下了我的感受。一个SWAT小组冲进了大楼,枪手射杀了最后一名人质。丹佛新闻显示,直升机接走了女孩,几分钟后降落在圣安东尼医院,而帕特里克·爱尔兰正是在那里被救治的。我们等待着她的医疗团队的消息。时间越长,我就越觉得有希望,情绪也越投入。那个女孩必须活下来。可她没有。

这让我直接崩溃了。焦虑症发作,成天流泪,大部分时间没办法起床。就在那时,我接受了自己的局限,也开始在枪击事件发生后按遥控器的快进键。多年来,我一直怪我的心理医生。责怪他人比承认自己"怯懦"更容易。

* * *

科伦拜因事件以后,我以为我们会再次上演那样的恐怖,甚至比之更糟,而且很快就会来。但没有发生。8年来,我们经历了一连串的模仿——很糟糕,但没有糟到科伦拜因的程度。科伦拜因事件是上限了吗?听起来不太可能,但似乎站得住脚。

2007年4月16日,我起床时,电话铃响了。是BBC的同行,在贝尔法斯特的谢默斯·凯尔特斯。他说他打电话是告诉我"发生在弗吉尼亚的惨剧"。

哦，天啊，多少人？

我估计是 6 到 8 个。"30 个还不止。"我试图理清思绪。一片空白。跟 1999 年那时一样。

我跑进客厅，打开电视，调成静音，看着他说的那些可怕画面。没有大屠杀镜头，只有拥抱。全都挤在画面上：身体，脸，泪腺。这再次把我带回了科伦拜因。不一样的背景，一样的痛苦。这是我认定上限以后发生的第一场悲剧。我按下了暂停键。

2

自从科伦拜因以来，我们所看到的是一个新的模板。今年秋天，退休的 FBI 心理画像师玛丽·艾伦·奥图尔告诉我："1999 年的模仿效应及其定义在今天已经没有意义了。模仿在今天意味着完全不同的事情。"

在科伦拜因事件之前，校园枪击案的规模相对较小，过程简单，缺乏戏剧性：一把枪，一些弹药，少数受害者。工作场所的枪击案也遵循着类似的脚本：见人就开枪，乱射一气，撂倒为止。死者不是目标——所处的场所和里面的人员才是。上班族在工作场所开枪；孩子们在学校开枪。

但恐怖分子遵循的是一种表演模式。在第 44 章中，我惊讶地发现马克·尤尔根斯迈耶用两个词概括了恐怖主义："表演暴力"。不管是炸掉卡斯巴还是皮卡迪利广场①，目标都是法国或英国，以色列、美国或"西方世界"。恐怖分子在表演戏剧，他们明白戏剧的价值。炸弹让子弹相形见绌，象征性的目标至关重要。尤尔根斯

---

① 卡斯巴是阿尔及利亚著名的文化遗产，曾为法属殖民地，皮卡迪利广场则是伦敦著名地标。——译者

迈耶写道："这些行为旨在最大限度地展现暴力行为的野蛮本质。"枪支简单、可靠，往往比炸弹更致命。但是子弹干净利索，肉眼看不见，而且瞬间就结束了。尸体会倒下，但总是在镜头之外。爆炸物则可以造成惊人的效果。建筑物倒塌，有时速度缓慢，伴随着烟雾和瓦砾、大火肆虐数小时。其破坏力与自然"灾害"不相上下。

大规模枪击事件也是有计划的——通常在开第一枪之前。但接下来的时刻往往非常模糊，以至于 FBI 创建了一个类型，即第 15 章描述的"非人质"对峙情况。意外劫持人质。这家伙一开火，人们纷纷躲避，突然间他有了人质。人质？怎么处理人质？2010 年，威斯康星州的马里内特高中就发生过这样的事情。一名高二学生挟持了 24 名学生和 1 名老师 6 个小时。看来，他显然没有预见到会有人质，也不知道该如何处置他们。那天晚上，我与协助创建 FBI 人质谈判小组的加里·诺斯纳讨论了这次袭击事件。诺斯纳说他曾与许多处于这种困境的枪手进行过谈判。"这些人对于自己将要干什么，以及随后会产生的影响，只有一个简单的概念。"他说。他们当然没有认真想过电视上会如何呈现他们做的事情。马里内特高中的那个男孩最终自杀了。

几十年来，恐怖分子和大规模枪击事件的枪手各行其道。然后出现了科伦拜因事件。埃里克和迪伦融合了这两者。校园谋杀已经告一段落；埃里克设想的是一场校园大灾难。

一个新的模板诞生了。表演型谋杀。无缘无故的表演。只是个人力量的展示。了不起的埃里克。迪伦作为助手，沐浴在埃里克的光芒下。

当我看到成年人在科伦拜因事件后开始攻击学校时，感到不寒而栗。场地越受瞩目，越适合上电视。虽然这样做极度自私自利，媒体继续养虎为患。

* * *

表演型谋杀是为电视量身定做的。媒体将此类表演分为两类：一日奇观或是令人窒息、没完没了的"一周大事"。在枪声响起不到一小时，我的收件箱会提示我这种事属于哪类：应接不暇的写作要求、发言邀请，或者，什么都没有。我已经变成大规模谋杀的万事通；这让我不胜其烦。在让我心神不宁的同时，这也给了我机会做一些建设性的事。很久以前我就深陷这个泥潭，但我是心甘情愿地涉足其中的。每当这种事找上门，我就会想到康妮·桑德斯——她经历的事情比我难多了，而她处理得多么从容。在她的父亲戴夫流血而死后，她被残忍地卷入其中。她永远无法逃避。约翰和凯希·爱尔兰、唐·马克斯豪森、苏·克莱伯德、韦恩·哈里斯、帕蒂·尼尔森、埃米莉·怀恩特、德韦恩·弗斯利尔、亚伦·汉西、琪琪·莱巴、约翰·萨维奇、弗兰克·奥克伯格以及玛丽·艾伦·奥图尔也无法逃避。还有很多人，来自各行各业的人。其中许多人我认识，并满心敬佩。其他人，我仍然感到疑惑和担心。我有权随时离开，但我无法接受当逃兵——除非我们能控制住这类祸害。

大多数悲剧发生后，我都会和一些研究大规模杀戮的专家进行讨论。这是一种特权。在我写这类文章时，我对每一个观点负责，但我鲜少能声称那些是原创的观点。大多数情况下，我是一个传递信息的人。深入这些杀手的头脑，想出战胜他们的方法，这能令人精神振奋。但杀手们一直遥遥领先。这 15 年来，人们开始感到败绩连连。我也因此沮丧且愤怒。我以前会生一两个小时气，然后把它抛到一边继续工作。最近，情况有蔓延之势，我疲于应付。因为我们并不是无能为力，尤其是我们在媒体的，可我们的表现就是无能为力。

2015 年 8 月，罗阿诺克（Roanoke）一名被解雇的记者对正在进行电视直播的两名同事开枪。为了留备份，他还用手机拍下了这一幕，并上传到脸书和推特上。那天晚上，我无法平息愤怒。我直接地对凶手喊话，吓坏了 CNN 的一位主播。我说，如果你正在策划一场表演型谋杀，你要做的是：在尸体数量上下功夫，或者杀得有创意，这是加入著名杀手俱乐部的两条路。如果你选"尸体数量"，那你就得闯入前十名。媒体喜欢计数，会在进行哀悼时在遇难者下面拉一条字幅宣布你的成就。如果你选"创意"，那你就要追求原创性和恐怖。有本事就用纽敦镇的小孩子、宾夕法尼亚州的阿米什人或你毫不在意的女议员来吓我们一跳。把你的残忍本性发挥到极致。让我们害怕电影院、教堂或寺庙——《蝙蝠侠》电影里的小丑装扮就很有戏剧效果。电视直播还真是了不起的把戏——只需在罗阿诺克制造两个遇难者就成了大明星。有本事给我们瞧瞧厉害的。

这么做不仅轻率而且令人恶心，我是这么认为的。这些就是凶手无情地用在我们身上的手段。他们洞察了媒体的心思，轻而易举地。如果这对媒体来说是新闻，那我们是最后一个知道的。假如我们希望结束这一切，我们媒体需要像罪犯一样搞清楚自己的角色。不是我们挑起的，我们也没有扣动扳机，但是凶手让我们成为可靠的同伙。我们提供观众，他们提供节目。

* * *

表演型杀手在他那一个星期的荣耀时段里，是世界上最炙手可热的明星。任何体育冠军、电影明星、总统或教皇都相形见绌。2015 年 10 月，俄勒冈安普瓜社区学院杀手写了一篇反思 5 周前罗阿诺克事件的博文，解释了媒体扮演的角色。"他们洒了点血，然后整个世界都知道他们的名字了……一个无人知晓的人如今无人不识。他的脸出现在每一个屏幕上，他的名字挂在地球上每一个人的嘴边，这一切都发生在一天之内。似乎你杀的人越多，你就越出风头。"

出风头。这是让大多数人都感到困惑的部分。这是我最常被问到也最难以回答的问题：名气到底有什么魅力？

名气。我们能不能把这个词从谈话中删除？他们并不想在红地毯上摆姿势，也不想在斯蒂芬·科拜尔①的深夜节目访谈中大受欢迎。他们大多是绝望的男孩，渴望抚平深深的创伤。无足轻重。毫无价值。社会隐形人。这个男孩一直梦想并祈祷有人爱他，注意到他，最重要的是，尊重他。并不是说他理应得到这一切。显然他并不尊重自己。

当希望枯竭，祈祷得不到回应时，这些男孩中的一部分会自杀。这样虽然结束了痛苦，但并不能平复伤口。自杀证实了他们的可悲存在。但是，一声轰响，一个社区夷为平地，震惊全国——这会令人敬畏。受人尊崇。他被宣称为主谋。得到渴望的一切。

从我们的角度看莫名其妙，从他的角度看却合乎逻辑。

这就是为什么一场表演不可或缺。敬畏与宏大成正比。埃里克用世界末日梦激励了这些男孩。

"世界末日带来的力量和荣耀既是表演，也是落幕。"最近，一位研究这些杀手的顶级专家这样告诉我。我经常向他咨询，但他希望我隐去他的名字。他说："那些抑郁和有自杀倾向的人觉得这样的结局非常诱人。"

奥图尔同意这个观点。她告诉我："毁灭的想法在获得武器之前就存在了，并且在人生的早期就开始萌芽。这是一种模仿行为。"奥图尔组织了李斯堡峰会，撰写了FBI关于校园枪手的报告，被公认为大规模杀人犯的重要研究者之一。

在这一切刚刚开始的时候，迪伦·克莱伯德预见到了那份荣耀带来的喜悦。他预言此次袭击的创意写作故事，以他对他想象中的凶手投去崇拜的眼神结束，他写道："我不仅看到了他的脸，我还感受到了他eminating［原文如此］的力量、满足、宽慰和神性。如果我能面对上帝的情绪，它应该就像那个人那样。"

---

① 中国大陆常译为"扣扣熊"，是一位美国电视节目主持人和喜剧演员，因其讽刺和扑克脸式的喜剧表演风格在美国广为人知。——译者

我们看到的是自私的小怪物。他们期待的是上帝的情绪。

* * *

埃里克在高中放置炸弹，但他的目标是上电视。他在日记中明确写到了这一点。其后的每一个杀手都明白了观众的角度，很多人提到埃里克和迪伦的名字。多年后，依然是科伦拜因事件引得这些人想入非非。

2013年5月，俄勒冈州科尔瓦利斯（Corvallis）的一个男孩被人发现有笔记、计划和详细的攻击示意图，其中大部分是对科伦拜因事件的效仿。他还有一份打印的清单，上面是埃里克和迪伦使用的武器及装备。其中几个做了查讫记号，包括燃烧瓶、管状炸弹、弹片、丙烷罐、行李袋和凝固汽油弹。警方在他卧室的地板下发现了管状炸弹、燃烧瓶和至少两枚较大的炸弹。

2013年12月，在田纳西州的丘奇山（Church Hill），警方突袭了两个男孩的家。他们缴获了详细的袭击计划，以及属于其中一个男孩父亲的枪支，还有简陋的炸药。警方称，这些男孩研究了科伦拜因事件，希望纠正那两人的失误，并最大限度地提高尸体数量。他们要等到自己高四那年再动手。

明尼苏达州瓦塞卡市（Waseca）的一个男孩计划先开火转移注意力，然后在学校食堂里引爆大炸弹，接着是子弹、管状炸弹和燃烧瓶齐发，"杀光所有人"，然后"了结我自己"。他会提前杀死学校的安保人员，以消除差点妨碍了埃里克和迪伦的威胁。他计划在科伦拜因事件十五周年纪念日发动袭击，然后他意识到那是个星期天。于是，他继续练习和测试，提炼化学物质以达到最大的爆炸效果。跟科伦拜因事件的很多效仿者一样，他认识到丙烷是薄弱环节，因而采用了更可靠的压力锅取代了气罐。他还计划杀死他的父母，这是对科伦拜因事件这个剧本的润色，且已被一些效仿者采纳。他于2014年4月下旬被捕，警察没收了枪支、弹药、炸药、一本日记本和所有的炸

科伦拜因案　　455

药。这个17岁的男孩平静地解释了他的计划,以及他想要效仿他的偶像埃里克·哈里斯的愿望。

2015年4月20日是一个工作日,南卡罗来纳州哥伦比亚市的一名学生因计划当天发动校园袭击而被捕。警方再次发现了与科伦拜因事件有关的材料。6月,沃斯堡一名19岁的青年被捕——他在网上举着步枪摆出攻击的姿势,同时扬言要袭击他的教堂,像"科伦拜因事件那样杀死13个人"。8月,2名携带枪支和弹药的艾奥瓦州男孩被捕,他们计划在波士顿的"世界精灵宝可梦锦标赛"上疯狂射击。他们在脸书上发布了此事,同时列举了科伦拜因枪击案和波士顿马拉松爆炸案。

在2年多一点的时间里,至少有6次明确效仿科伦拜因事件发动袭击的尝试被挫败。同一时期,还有四起未被及时发现,它们都抄袭了科伦拜因事件的语言、图像、符号和戏剧效果。2013年10月,一个12岁男孩在内华达州斯帕克斯市的一所中学里杀死了一名老师和他自己。他的手机上有埃里克和迪伦的照片,并搜索了以科伦拜因事件为脚本的一款电子游戏来演练此次袭击。拉斯维加斯的一对夫妇对邻居吹嘘打算大开杀戒,并"做成又一起科伦拜因事件",随后在2014年6月杀死3人后自杀。同一周,西雅图太平洋大学的枪手留下了一本日记,上面写道:"我曾为被杀的人感到难过〔原文如此〕,但如今埃里克·哈里斯和赵承熙成了我的偶像。"2015年8月,罗阿诺克那个杀手写道:"我受到了赵承熙的影响。我想成为他那样的人。他杀的人数几乎是埃里克·哈里斯和迪伦·克莱伯德的2倍。"这已经成为一个共同的主题:埃里克(有时还有迪伦)是先行者,而赵承熙则更上一层楼。

赵承熙就是这么看的,他称埃里克和迪伦为烈士和兄弟。在他所描述的未来,他们的袭击故事会令"孩子们"觉得厌烦。官方报告称,纽敦镇的凶手收集了"数百份与科伦拜因大屠杀有关的文件、图像和视频,包括调查报告的一份完整副本"。

主题惊人地一致：被排挤者扭转局面击败欺负他们的人。多么吸引人的脚本。在无数视埃里克和迪伦为偶像的Tumblr①网站页面上，残忍的杀手被塑造成了民间英雄。两个高贵的灵魂被无情地折磨，直到他们反击，以此警告每一个恃强凌弱的美国人。复仇者，会为所有受压迫的失败者挺身而出。这是一个精神错乱的罗宾汉式的寓言：在高中阶段从富人那里夺取权力，授予闷蛋和书呆子。

许多年轻的追随者自称为"科伦拜因人"。我每天都在网上收到他们的来信；大多是拙劣的骚扰，间或有死亡威胁，我把这些都交给了指派给我的FBI探员。直到2015年，3个"科伦拜因人"计划在情人节袭击位于哈利法克斯②的一家购物中心，这些邮件才引起媒体的注意。加拿大当局闻风而动，逮捕了两名嫌疑人：一名当地男子和一名从伊利诺伊州飞去的23岁美国女子。（按"科伦拜因人"的标准来衡量，年纪算大了。）第三名年轻人死于明显的自杀。

着迷于科伦拜因事件的人有很多种。有的人只是想了解这场悲剧，但是许多女孩用带有情色画面的故事和图片把凶手打扮成了浪漫人物。女孩们被迪伦吸引：一个内心炽热、悲伤、迷茫的男孩。但几乎所有人都相信了被压迫者打倒压迫者的说法，很多人还责怪受害者。

那样的说法不仅恶毒，也是错误的。1999年，弗兰克·奥克伯格博士在FBI的李斯堡峰会上首次接触到这个案子，他对这些捏造的剧本感到难以置信。他说："他们对恃强凌弱者的对象毫无同情心。埃里克·哈里斯是个精神病态者，是个自恋狂，是个虐待狂。他那么做不是为了对恃强凌弱者以牙还牙，他是为了伤害他看不起的人。"而他看不起的是人类，是我们所有人。

几乎每一位参与此案的专家都表示赞同。

---

① 曾是全球最大的轻博客网站，一度是最受年轻人欢迎的社交网站之一。——译者
② 加拿大城市。——译者

那么，那个俨然已经成为众多男孩偶像的凶手会如何看待这个他们认为是他写的剧本呢？好吧，他已经说过了。埃里克在自己的日记里咆哮道："大多数观众甚至连我的动机也不会明白！你们这些混蛋都该死！去死吧！"

3

所以，塞到我们手上的是一个假剧本。这重要吗？科伦拜因事件引发的反霸凌运动是喜闻乐见的，而且早就应该有了。我们需要再接再厉，但要把它从科伦拜因神话中分离出来。复仇天使的形象很有诱惑力，正好满足了真正陷入困境的弃儿的胃口。

这本书出版的时候，我天真地以为霸凌动机这一理论会逐渐消失。但那么多孩子都扎进了复仇天使的神话中。"科伦拜因人"孜孜不倦地把凶手生活中的任何争吵甚至难过作为被欺凌的证据。可以肯定的是，埃里克和迪伦有过不开心的日子。他们可能因为食物打了一架，弄得满身都是番茄酱。细节不明，流传的故事那么多，争议很大，他们的好友从一开始就没有公开发表过意见。心理学家彼得·朗曼博士出版了两本关于校园枪手的书，对现有资料进行了彻底的分析。他列举了所有关于骚扰的相互矛盾的证词，小到埃里克因为盯着别的孩子看而被投诉，或者因为他敬"希特勒万岁"的礼而被"取笑"。通过朗曼的研究勾勒出来的人物形象，几乎呼应了16年来所有参与此案的知名精神病学家、心理学家以及警方调查人员的结论：这两个男孩与人起过很多冲突，有时候他们宣扬开来，有时候他们默默咽下，但他们并非一再被欺负的对象。朗曼总结道："在科伦拜因，确实有同学受到了几个问题学生的欺负，但埃里克似乎不在其中。"

关键在于是否存在反复以及力量不平衡。挪威研究者丹·奥尔韦斯是霸凌的研究和预防领域的先驱。他下的定义至今仍被广泛使用。"当一个人反复、长期暴露在一个或多个其他人的负面行为中，他或她就遭遇了霸凌，而且他或她很难保护自己。"艾米丽·巴泽隆（Emily Bazelon）多年来一直为 Slate 杂志撰写关于霸凌的专栏，她的文章睿智又充满同情心。在写《棍棒与石头》（Sticks and Stones）一书的过程中，她采访了奥尔韦斯，并总结了他的一个核心原则："一次卑鄙或暴力的插曲在当时可能很糟糕，但造成持久的伤痕累累的影响的还是反复遭遇这种事以及力量不平衡。"作为一个曾经被霸凌的孩子，我可以证明这句话完全正确。被殴打、被嘲笑、被叫作基佬，或者早上被人扔吐了口水的纸团——我都能挺过去。难的是那种预感、恐惧、心惊胆战。日复一日艰难地走向学校，等着被羞辱。

我采访过霸凌者，读过无数关于他们折磨他人的学术文章。埃里克和迪伦的记录中丝毫没有那种迹象。但说到底，只有一个观点是重要的：他们自己的观点。他们很清楚：他们是实施骚扰的人，而非被骚扰者。

验证这个观点的证据有三类：袭击方案的设计、执行，还有凶手自己的解释。恃强凌弱的运动员原本应该在其中很显眼。但三类证据中都没有出现。

埃里克在日记里吹嘘他留下的影响力："当然，这里会有大量的象征意义、双重意义、主题、外在表现与现实之类的较量。"象征霸凌的内容在哪里？有关运动员的主题又在哪里？他们原本可以把炸弹放置在体育馆里，放在足球比赛或任何体育赛事期间。案发第二天早上，我在克莱门特公园和学校橄榄球队的很多球员交谈过，大多数人都惊魂未定，因为他们与之擦肩而过。他们被排在第一批吃午餐，跟往常一样开车出去吃快餐。这不是什么秘密。埃里克和迪伦在安排袭击计划时把他们排除在外了。我相信这并非刻意——他们只是不在乎。埃里克想的是死的人越多越好；霸凌不霸凌根本无关。

而且大多数运动员都并非霸凌者——为什么要针对他们所有人呢？杀掉欺负他们的那个男孩不是很简单吗？至少对付领头的吧？他

科伦拜因案　　459

们甚至没有提过霸凌者的名字。被埃里克反复点名的，把家庭地址贴在网上让别人找他麻烦的，只有布鲁克斯·布朗一个。

那么下手的时候呢？在图书馆里猎杀运动员吗？文静、好学、不吃午饭的运动员？

杰弗科本应公布杀手的日记，尽早消除霸凌的谬论。这不实之词以讹传讹了7年，而杰弗科一直压着这些文件。它们记录了真相。埃里克和迪伦详尽地记录了他们的不满，霸凌者从未被提及。

埃里克的日记记录了长达一年的嘲笑、辱骂和抱怨，其间出现了两次简短的抱怨，时间相隔5天，他抱怨人们取笑他，没有对他赞赏有加，不来求他指点。在同一天的日记中，他承认自己取笑他人，热爱纳粹，憎恨黑人和西裔，还写了一个邪恶的、详细的强奸幻想。还挺让人吃惊的，孩子们对他爆粗。这不是霸凌，只是纠纷。

* * *

还有另一个贻害无穷的神话：埃里克和迪伦成功了。以他们自己的标准来衡量，科伦拜因事件是一个巨大的失败。只死了13个人，而不是上百个人。没有残垣断壁，没有熊熊烈火。可怜的管状炸弹只响了个声，一个人都没有伤着。他们希望超越俄克拉何马城爆炸案，结果连像都不像。实在无法认定为恐怖袭击，所以我们把他们列为排名第一的校园枪手——而这是他们所不齿的。好一个谢幕式啊。埃里克一定气炸了。他想象的是一个辉煌的场面，还得意洋洋地描述过一个警察朝他脑袋开枪。结果不是那样的。回到公共休息区为世界末日最后努力一把。他们想尽了一切办法引爆炸弹：没有反应。还有最后一个希望，在警方人马的中心地带滴答作响的汽车炸弹。没有反应。被警察从图书馆窗户外开枪打死？没有如愿。迪伦甚至不愿意踏足自己的屠场；埃里克的脸因为鼻子骨折而抽搐。走投无路，他们用自己的武器宣告投降。

杀手们一直试图重现科伦拜因的荣耀和兴奋。可这里一个也没有。这剧本根本就是双重虚妄。

4

过去最迫切的问题是"为什么?",如今它已经演变成"我们能做什么?"。

媒体给出了两个选择:枪支或"心理健康"。显然,两者都是问题,但是看在上帝的分上,别再这么定义"心理健康"了!这是个复杂的系统,千头万绪,以至于我看到这个词都呆住了。把焦点聚集到青少年抑郁症上。特勤局的报告指出,61%的枪手"有记录在案的感到极度抑郁或绝望的历史"。高达78%的人"有自杀企图或自杀念头的历史"。而且,目前的枪手都很清楚,几乎没有一个人能够活下来,所以几乎100%的人是在尝试自杀。谋杀式自杀。在我们看是谋杀,但他们的目的是自杀。是绝望催生了世界末日梦。不是孤注一掷,不是要去解决什么问题。但是,"自杀"这个词充满了对"受害人"的同情。我们反感这种说法。这就是为什么我们的反应如此不集中。要打击这类残暴行为,我们必须通过凶手那双抑郁的眼睛来观察他们。

时间是我们最好的资本。这些男孩不是啪嗒一声崩溃的,他们是慢慢燃烧的。退休的FBI心理画像师奥图尔表示:"这些枪手对世界的思考和情感反应,在他们行动之前就开始了。他们至少在几个月前就开始计划了。而且在五六岁的小男孩身上就可以看到这种观念的雏形。"我们有时间来帮助他们,可我们一直在浪费时间。

* * *

美国预防服务工作组(Preventive Services Task Force)估计,6%的美国青少年患有临床抑郁症。那就是200万孩子,大多数未被确诊。这听起来几乎和"心理健康"一样令人生畏,但治疗才是困难的地方，而治疗体系已经到位。（不是很理想，但已经准备好了。）可悲的是，我们败在了最简单的部分：发现。

筛查很简单。我自己的医生开始常规筛查时，用的是一张常见的表格，叫 PHQ-9①。它只有一页纸，上面有 9 个问题，像这样：

过去两周，你有多少次被下列问题困扰？（答案请打√。）	从不	有几天	一半以上天数	几乎每天都是
1. 做事情没什么兴趣或乐趣	0	1	2	3
2. 感到低落、抑郁或无望	0	1	2	3
3. 入睡困难或者难以持续睡眠，或者睡眠过多	0	1	2	3

我花了 1 分钟就填好了。打分更快：把数字加起来。5—9 分表示轻度抑郁，20—27 分为重度抑郁。学校可以在班级里分发这些表格。我们还在等什么？

通过将"心理健康"问题简化为"青少年抑郁症筛查"，我们可以解决一个触手可及的关键因素。它成本低，操作简单，而且可以在男孩的死亡念头逐渐加强之前尽早发现。学校的支持也是至关重要的：教师、管理者和关心这件事的学生。每个人都为有问题的孩子提供帮助。

我们不应该仅仅因为校园枪手的存在而去鉴别青少年抑郁症。我们这样做是为了降低辍学率、青少年怀孕、吸毒和酗酒、车祸以及泛泛的痛苦。但如果我们准备采取行动，答案已然在此。青少年抑郁症：科伦拜因事件中未吸取的巨大教训。

在枪支控制方面，我们显然失败了。受害者吸引了公众的注意力，民调一致显示，包括有枪者在内的绝大多数人支持常识性措施。

---

① 全称为 Patient Health Questionnaire，是考量一个人是否抑郁以及抑郁的轻重程度的专业测评工具，即"患者健康问卷"。——译者

奥克伯格博士也感到郁闷。他说："好人尽力做好事，但没有制定任何政策以减少儿童获得军事武器的机会。没有一个领导人有胆量去跟全国步枪协会对着干。"它自己的会员也不敢。

* * *

媒体提供了两种选择，但是不是漏了那个显而易见的？媒体本身。这些是为了电视定制的，是渴望被关注的男孩们制作的。为什么我们还一直把麦克风递给他们？

我们不应该停止报道这些，我们应该重新思考如何报道。淡化凶手。我们必须报出凶手的名字，展示他的形象，但是如何证明无休止地重播合理呢？播一次就完事怎么样？或者一个节目里只播一次？转移焦点，把他降为一个暗淡的配角。关注受害者需要付出更大的努力，但安德森·库珀自2012年以来一直在成功地进行着这样的尝试。每次发生袭击事件，他的节目都会简短地播报杀手的最新情况，然后将大部分时间用于对受害者的报道。他们避免提到凶手的名字或展示其本人。这很容易做到，而且一直是CNN收视率最高的节目。后来，福克斯新闻的梅根·凯利和CNN的《新的一天》（*New Day*）节目也采用了库珀的方法。查理·罗斯和黛安·索耶呢？斯科特·佩利、瑞秋·马多、乔治·拉莫斯、莱斯特·霍尔特、格温·伊菲尔和大卫·穆尔呢？美国国家公共广播电台（NPR）、《纽约时报》和电视网的高管们，你们怎么说？[①]

缩小覆盖范围，这将是个难题，但这将是最重要的。这些都是大新闻，但一周7天一天24小时的播放只关乎收视率。做出改变可能会导致一年中的那几个晚上收视率降低。不值得吗？

这要由新闻界来解决。大家就如何应对众说纷纭，这也是合理的。假装媒体与此毫无干系，那是不切实际的，也是可悲的。

[①] 本段中提到的人名均为美国各大电视台的著名新闻记者或主持人。——译者

5

每次发生袭击事件,我都为幸存者揪心。过了一段时间我才意识到,新的枪击事件正在暴击之前袭击的幸存者。每次都是如此。康妮·桑德斯是比我坚韧的人之一。她告诉我:"这感觉就像一股黑暗的寒意通过一颗受损的心脏。血液似乎无法在我的身体中流动,所以我的手变得麻木,我的四肢变得冰冷。我觉得自己被压抑着,被迫去记起每一个可怕的时刻,每一个血淋淋的场景。我的呼吸好像被恶魔偷走了。我感到头晕,感到疯狂、绝望、悲伤和愤怒。我不想让别人来理解这些感觉,因为只有同样经历过的人才会感同身受。代价就是你所爱的人死在别人的手里。"

我一遍又一遍地从 13 个遇难者家庭中听到这样的说法。有些人每次都会失控。不忍卒睹。康妮给了我力量。每次枪击案发生都会把她击倒,然后她会重新站起来。科伦拜因事件让我们走到了一起,我们也进入了彼此的生活轨道。我们从同事开始,发展到脸书上的朋友,现在是真正的好友。受埃里克和迪伦之事的影响,康妮去读了一个心理学博士学位,并对血案凶手进行研究。这份工作需要对"敌人"抱有巨大的同理心。但这是伸手拉住他们的唯一方法。

时间线：枪击案之前

高二

1997年1月　任务开始。

1997年2月28日　韦恩·哈里斯开始写日记。

1997年3月31日　迪伦开始写日记。

1997年夏天　埃里克和迪伦开始在黑杰克披萨店打工；制造第一枚管状炸弹。

1997年7月23日　迪伦第一次在日记中提到杀人——可能是象征性的说法。

1997年8月7日　埃里克的网站被报告给警方。网页上叫嚣着列举了"我恨……"。

高三

1997年10月2日　埃里克、迪伦和扎克因撬开他人储物柜被停学。

1997年11月3日　迪伦首次在日记中提到杀人事件。

日期不明　埃里克和迪伦从学校电脑室偷东西。

1998年1月30日　埃里克和迪伦因盗窃一辆面包车上的财物被捕。

1998年2月15日　警员在埃里克家附近发现一枚管状炸弹。

1998年2月16日　埃里克开始看心理医生，不久开始服用"左洛复"。

1998年春天[①]　埃里克的父亲发现埃里克携带有管状炸弹。

1998年3月18日　迪伦提醒布鲁克斯·布朗有关埃里克发出死

科伦拜因案　465

亡威胁的信息。

1998年3月19日　埃里克和迪伦参加了进入"青少年转处计划"的面试。

1998年3月25日　埃里克和迪伦在法庭上被正式判刑。

1998年4月　调查员格拉起草了一份附誓书面证词，申请搜查埃里克的住所。

1998年4月8日　埃里克收到他的"转处计划"同意书。

1998年4月10日　埃里克开始写日记。

1998年5月9日　埃里克和迪伦概述了袭击计划，并在彼此的年鉴上写下此事。

1998年5月14日　埃里克停止服用"左洛复"，改服"兰释"。

高四（毕业班）

1998年10月22日　埃里克开始批量制造管状炸弹；第二天恢复写日记。

1998年11月13日　埃里克交了一篇关于纳粹的作业。

1998年11月17日　埃里克在日记中描述了他的虐待狂强奸幻想。

1998年11月22日　埃里克和迪伦在坦纳枪展上买了两支霰弹枪和一支步枪。

1998年12月2日　埃里克第一次开枪射击。

1999年1月23日　埃里克和迪伦从马克·曼内斯手中买下TEC-9。

1999年1月20日　埃里克和迪伦完成了"转处计划"，迪伦重新开始写日记。

1999年2月7日　迪伦交了一篇关于杀死"预备队员"的预言

---

① 日期不详，大约在这一时期。

故事。

1999年3月6日　埃里克和迪伦在兰帕特岭练习射击。

1999年3月15日　埃里克和迪伦开始在地下室拍录像带。

1999年3月20日　埃里克试图拉克里斯·莫里斯入伙。

1999年4月5日、8日、15日　埃里克与一名海军陆战队征兵人员谈话。

1999年4月17日　舞会。

1999年4月20日　大屠杀。

致 谢

这本书之所以成为可能,是因为幸存者慷慨地分享了他们的故事。谢谢你们。尤为慷慨的是约翰、凯希和帕特里克·爱尔兰一家(John, Kathy and Patrick Ireland)、布莱恩·罗尔博(Brian Rohrbough)、琳达·桑德斯(Linda Sanders)、弗兰克·迪安杰利斯(Frank DeAngelis)、德韦恩·弗斯利尔(Dwayne Fuselier)、弗兰克·奥克伯格(Frank Ochberg)博士、罗伯特·黑尔(Robert Hare)博士和凯特·巴丁(Kate Battan)。唐·马克斯豪森(Don Marxhausen)牧师和卢西尔·齐默尔曼(Lucille Zimmerman)牧师特别友善。

这本书是琼·沃尔什(Joan Walsh)在《沙龙》(*Salon*)杂志上发表了我早期写的报道后提议我写的。她给了我信心,帮我发出了我的声音。作为作家夫复何求。感谢大卫·普罗茨(David Plotz)、大卫·塔尔博特(David Talbot)、丹·布罗根(Dan Brogan)、米姆·乌多维奇(Mim Udovich)和托比·哈肖(Toby Harshaw)帮助我继续在其他出版物上发出报道。

一开始,在我最需要鼓励的时候,三位资深记者——理查德·戈尔茨坦(Richard Goldstein)、弗兰克·里奇(Frank Rich)和乔纳森·卡普(Jonathan Karp)——给我发来电子邮件打气,我感到受宠若惊。你们想象不到这对我意味着什么。

乔纳森第一个建议我写这本书。米奇·霍夫曼(Mitch Hoffman)之后表示支持,并在初期给我指点,帮助我确立基调。乔纳森还做了关键的编辑工作。他条理清晰,令我印象深刻。乔纳森在 Twelve and Hachette 出版社召集了一个出色的团队:他的助手科林·谢泼德(Colin Shepherd)为手稿添加了很有见地的注释;凯伦·安德鲁斯

（Karen Andrews）充分核实了法律方面的表述；邦妮·汤普森（Bonnie Thompson）重新定义了"文字编辑"一词的意义；总编辑哈维-简·科瓦尔（Harvey-Jane Kowal）对我的修改很有耐心；亨利·塞内·易（Henry Sene Yee）、安妮·图梅（Anne Twomey）和弗莱格·托努兹（Flag Tonuz）给出了杰出的设计。经过卡里·戈尔茨坦（Cary Goldstein）和劳拉·李·蒂姆科（Laura Lee Timko）出色的宣传工作，这本书到了你的手上。

这本书经历了好几个轮回。从首次报道到最终出版经历了十年。我的经纪人贝茜·勒纳（Betsy Lerner）从未对它或我失去信心。我由衷地感谢她。她同时还是一位了不起的编辑、顾问、心理医生——以及摇滚歌手。

这本书借鉴了其他伟大记者的作品，尤其是丹·卢扎德（Dan Luzadder）、艾伦·普伦德加斯特（Alan Prendergast）和林恩·巴特尔斯（Lynn Bartels）。我无比感恩。迈克尔·帕特尼蒂（Michael Paterniti）在 GQ 杂志发表的关于这场悲剧的精彩报道给了我新的启发。温迪·默里（Wendy Murray）慷慨地分享了她的现场采访笔记。马克·尤尔根斯迈耶（Mark Juergensmeyer）的作品让我对恐怖分子有了更深入的了解。米歇尔·洛佩兹（Michelle Lopez）和迈克·迪特（Mike Ditto）孜孜不倦地进行了研究和事实核查。弗兰克·奥克伯格（Frank Ochberg）博士、布鲁斯·夏皮罗（Bruce Shapiro）、巴布·蒙索（Barb Monseu）以及达特中心[①]的每一个人都帮助我学会了如何关爱受害者以及我自己。

让我感到惊讶的是，有那么多朋友自愿花时间为本书做出如此巨大的贡献。大卫·于（David Yoo）、艾拉·吉尔伯特（Ira Gilbert）、乔·布利曼（Joe Blitman）、大卫·博克斯韦尔（David Boxwell）、杰

[①] Dart Center，全球关注新闻和创伤的权威机构之一，设有关于灾难新闻报道的自学课程。——译者

夫·巴恩斯（Jeff Barnes）和艾伦·贝克尔（Alan Becker）是第一批读者，他们的反馈意见令我受益匪浅。艾伦帮的忙数不胜数，比如有一个周日晚上，当我的硬盘在交稿期限前崩溃的时候，他把他的电脑借给了我，并在"百思买"电器店（Best Buy）花了好几个小时盯着我的硬盘。我妈妈帮我录入了参考书目并进行了排版，她还为我的每一点进步欢呼。感谢Alexian and Health Futures公司的员工给了我一份间歇性的日间工作，让我得以维生，同时有时间把写书放在第一位。特别需要单独感谢的是莉迪亚·威尔斯·斯莱奇（Lydia Wells Sledge），她花了一年时间全职无偿地做这本书的读者、校对、事实核查员、调查者、组织者、助手，并帮我解决所有奇奇怪怪的问题。她说她乐在其中。

杰夫·摩尔斯（Jeff Moores）、玛丽莲·萨尔茨曼（Marilyn Saltzman）、里克·考夫曼（Rick Kaufman）、基思·艾博特（Keith Abbot）和鲍比·路易斯·霍金斯（Bobbie Louise Hawkins）在许多方面提供了帮助。很多志愿者在我的网站上投稿，尤其是梅利桑德尔（Melisande）、格雷格·史密斯（Greg Smith）以及多位版主、技术人员、艺术家和编辑。感谢那些介绍我作品的作家和博主，特别是大卫·布鲁克斯（David Brooks）、汉娜·罗辛（Hanna Rosin）、杰拉尔林·梅里特（Jeralyn Merritt）、邓肯·布莱克（Duncan Black）、斯蒂芬·格林（Stephen Green）、斯科特·罗森伯格（Scott Rosenberg）、威尔·莱奇（Will Leitch）、罗尔夫·波茨（Rolf Potts）、米开朗基罗·西诺里尔（Michelangelo Signorile）、辛恩·谢帕德（Cyn Shepard），以及Brokeback论坛和Open Salon的所有成员。

花10年时间写大屠杀，对于一个人的灵魂是一种煎熬。幸亏有好朋友们帮我渡过难关。特别感谢蒂托·内格罗恩（Tito Negron）、格雷格·特罗斯特尔（Gregg Trostel）、伊丽莎白·吉奥格根（Elizabeth Geoghegan）、斯泰西·阿门德（Staci Amend）、汤姆·科茨尼斯（Tom Kotsines）、乔纳森·奥德姆（Jonathan Oldham）、帕特里克·布朗（Patrick Brown）、杰西卡·于（Jessica Yoo）、迈尔斯·哈维（Miles Harvey）、凯文·戴维斯（Kevin Davis）、比尔·凯利（Bill Kelly）、莫琳·哈灵顿（Maureen Harrington）、安迪·马鲁萨克（Andy Marusak）、蒂姆·维吉尔（Tim Vigil）、凯伦·奥维宁（Karen Auvinen）、汤姆·威利森（Tom Willison）、帕特·巴顿（Pat Patton）、斯科特·昆斯（Scott Kunce）、格雷格·多宾（Greg Dobbin）、艾拉·克莱因伯格（Ira Kleinberg）、贾斯汀·格里芬（Justin Griffin）、查克·罗塞尔（Chuck Roesel）、比尔·莱卡克（Bill Lychack）、亚历克斯·莫洛斯（Alex Morelos）、小木屋小组[1]、娜塔莉（Natalie）和新奥尔良的"黑幕揭发者"[2]，此外还有我的8个兄弟姐妹、7个侄女、侄子以及我的父母马特和琼·库伦（Matt and Joan Cullen）。所有帮我阅读稿子的早期读者都值得在这里重复一遍，尤其是大卫·于，他总是把我逗乐。

30年来我遇到了很多好老师，后来遇上了一系列颇有见地的编辑。我能够完成此书，要感谢瑞格·萨纳（Reg Saner）、彼得·迈克尔森（Peter Michelson）、露西娅·柏林（Lucia Berlin）和我在科罗拉多大学博尔德分校遇到的其他教授；还有很久以前当我在伊利诺伊大学香槟分校校报《每日伊利诺伊人》（*The Daily Illini*）工作时遇到的琳达·图法诺（Linda Tufano）；我的高中新闻学辅导老师巴罗斯夫人（Mrs. Barrows）。萨克尔（Thacker）老师，谢谢你在1979年我毕业那天跟我说的话。我从未忘却。

那些人帮助了我。我很感激他们，也感谢所有帮助过孩子们的人。感谢每一位医护人员、消防员、警察、受害者权益保护人、教师、监护人、心理医生、红十字会志愿者、侦探、医生、护士、父母、兄弟姐妹、朋友和匿名的陌生人，他们在4月20日以及后面的日子里帮助了孩子、遗孀以及他们的家人。

---

[1] The Cabin Group，是一家提供高级成瘾治疗服务的机构，在全球范围内提供居家和门诊戒毒服务以及附属服务。——译者
[2] The Muckrakers，一个市民自发揭露真相的社群。——译者

参考文献

除了这些资料之外,本书还基于我为几份以不同形式出版的期刊所做的报道。它们于 1999 年至 2007 年刊载于 *Salon*、*Slate*、《5280》和《纽约时报》上。这些文章的链接以及下面许多作品的在线版,可以在我的个人网站 davecullen.com/columbine 上找到。网站还提供了获取杰弗逊县和其他机构公布的证据的说明。

关于科伦拜因事件和校园枪手的政府报告

Centers for Disease Control and Prevention. "*School-Associated Student Homicide: United States, 1992 – 2006.*" Morbidity and Mortality Weekly Report 57, no. 2 (January 18, 2008): 33 – 36.

EI Paso County Sheriff's Office. *Reinvestigation into the Death of Daniel Rohrbough at Columbine High School on April 20, 1990.* April 10, 2002.

Federal Bureau of Investigation. U. S. Department of Justice. Critical Incidence Response Group. National Center for the Analysis of Violent Crime. *The School Shooter: A Threat Assessment Perspective*, by Mary Ellen O'Toole. 2000.

Jefferson County Sheriff's Office. *Sheriff's Office Final Report on the Columbine High School Shootings*. CD. May 15, 2000.

Lindsey, Daryl. "A Reader's Guide to the Columbine Report." *Salon*, May 17,2000. http://archive.salon.com/news/feature/2000/05/17/guide/index.html.

The Report of Governor Bill Owens' Columbine Review Commission. Hon.

William H. Erickson, chairman. May 2001.

U. S. Secret Service and U. S. Department of Education. *The Final Report and Findings of the Safe School Initiative: Implications for the Prevention of School Attacks in the United States.* May 2002.

关于凶手:公布的证据

Colorado Bureau of Investigation. *Laboratory Report.* Released by Jefferson County on May 31, 2000.

Colorado Bureau of Investigation. *Laboratory Report.* CD. Released by Jefferson County on February 6, 2002.

Colorado Department of Law, Office of the Attorney General. *Columbine-Related Grand Jury Report: Supplemental Attorney General Investigative Report.* Released on September 16, 2004.

Colorado Department of Law, Office of the Attorney General. *Grand Jury Report: Investigation of Missing Guerra Files.* September 16, 2004.

Colorado Department of Law, Office of the Attorney General. *Report of the Investigation into Missing Daily Field Activity and Daily Supervisor Reports Related to Columbine High School Shootings.* September 16, 2004.

Columbine High School. *Cafeteria Surveillance Tapes.* DVD. Released by Jefferson County on June 7, 2000.

Denver Police Dispatch. *Denver Dispatch Cassette Tapes.* CD containing seven and a half hours of communication. Released by Jefferson County on March 6, 2003.

Federal Bureau of Investigation. Denver Division. *FBI Crime Scene Processing Team Reports and Sketches.* CD. Released by Jefferson County on September 5, 2001.

Federal Bureau of Investigation. Denver Division. *FBI Report of Interview* with Randy, Judy and Brooks Brown. CD. Released by Jefferson County on May 22, 2001.

Harris, Eric. *Harris Web Site: 1997 Police Report and Web Pages.* CD. Released by Jefferson County on October 30, 2003.

Harris, Eric. Journal, school essays, yearbook inscription, IMs, schedules, and hundreds of other pages of accumulated writing. Included in *936 Pages of Documents Seized from Harris and Klebold Residences/Vehicles.* CD. Released by Jefferson County on July 6, 2006.

Harris, Eric, and Dylan Klebold. *Klebold/Harris Footage.* Contains miscellaneous footage retrieved from Columbine High School or provided by citizens. VHS tape. Released by Jefferson County on February 26, 2004.

———. *"Rampart Range" Video.* VHS tape. Released by Jefferson County on October 21, 2003.

Harris, Wayne. Journal. Included in *936 Pages of Documents Seized from Harris and Klebold Residences/Vehicles.* CD. Released by Jefferson County on July 6, 2006.

Jefferson County Coroner's Office. Autopsy Summaries. Released on February 6, 2001.

Jefferson County Coroner's Office, Klebold Autopsy Reports. Released on February 23, 2001.

Jefferson County District Attorney's Office. Juvenile Diversion Program Documents (Harris). Released on November 4, 2002.

Jefferson County District Attorney's Office. Juvenile Diversion Program Documents (Klebold). Released on November 22, 2002.

Jefferson County Juvenile Court. Magistrate John A. DeVita. Hearing Resulting in Assignment to a Diversion Program for Eric Harris and

Dylan Klebold. March 25, 1998.

Jefferson County Sheriff's Department, Case No. 98 – 2218, February 24, 1998. Westover Mechanical Services by Ricky Lynn Becker v. Eric Harris and Dylan Klebold. Arrest report, case synopsis, and supplemental reports about the January 30, 1998, van break-in.

Jefferson County Sheriff's Office. *11,000 Pages of Investigative Files*. DVD. November 21, 2000. (The largest single release of police reports.)

——. *Additional Investigative Files*. Contains CD of additional ancillary reports (tips, Internet pages, threats, and related reports, plus audiocassette of Jefferson County 911 dispatch tape and missed side of tape from previous release) and two large crime scene diagrams. August 8, 2001.

——. *Crime Scene Processing Team Reports and Sketches*. CD. Released on June 19, 2001.

——. *"Crowd" Video*. VHS tape. Approximately 38 minutes of crowd footage filmed by the Jefferson County Sheriff's Office Crime Lab outside Columbine High School after 1.00 p.m. on the day of the shooting. Released on February 26, 2004.

——. *Evidence Books*. CD. Released on May 11, 2001.

——. *Jefferson County 911 and Dispatch Audio*. Two CDs. Released on August 7, *2000*.

——. *Miscellaneous Items*. CD. Contains the draft search affidavit, audio of the shoot team interviews, written transcript of an interview with Columbine High School community resource officer Neil Gardner, and the executive summary of the library investigative team. Released on April 10, 2001.

——. *Miscellaneous Missing Documents*. CD. Released in 2003.

———. *Tracking Sheets*, *Investigative Index and Other Columbine Documents*. CD. Released on January 8, 2003.

———. *Warrants Book*. CD. Released on June 9, 2003.

Klebold, Dylan. Journal, school essays, yearbook inscription, schedules, and other pages of accumulated writing. Included in *936 Pages of Documents Seized from Harris and Klebold Residences/Vehicles*. CD. Released by Jefferson County on July 6, 2006.

Littleton Fire Department and KCNC – TV. *Littleton Fire Department "Training" Video and Raw Helicopter Footage*. VHS tape. Released by Jefferson County on April 26, 2000.

关于凶手：言行描述与童年经历

Achenbach, Joel, and Dale Russakoff. "Teen Shooter's Life Paints Antisocial Portrait." *Washington Post*, April 29, 1999.

Anton, Mike, and Lisa Ryckman. "In Hindsight, Signs to Killings Obvious." *Rocky Mountain News*, May 2, 1999.

Bartels, Lynn, and Carla Crowder. "Fatal Friendship: How Two Suburban Boys Traded Baseball and Bowling for Murder and Madness." *Rocky Mountain News*, August 22, 1999.

Briggs, Bill, and Jason Blevins. "A Boy with Many Sides." *Denver Post*, May 2, 1999.

Brooks, David. "Columbine: Parents of a Killer." *New York Times*, May 15, 2004.

Dykeman, Nate. "More Insight on Dylan Klebold." Interview of Nate Dykeman by Charles Gibson. *Good Morning America*, ABC, April 30, 1999.

Emery, Erin, Steve Lipsher, and Ricky Young. "Video, Poems Foreshadowed Day of Disaster." *Denver Post*, April 22, 1999.

Gibbs, Nancy, and Timothy Roche. "The Columbine Tapes." *Time*, December 12, 1999.

Johnson, Dirk, and Jodi Wilgoren. "The Gunman: A Portrait of Two Killers at War with Themselves." *New York Times*, April 26, 1999.

Johnson, Kevin, and Larry Copeland. "Long-Simmering Feud May Have Triggered Massacre." *USA Today*, April 22, 1999.

Kurtz, Holly. "Klebold Paper Foretold Deadly Rampage." *Rocky Mountain News*, November 22, 2000.

Lowe, Peggy. "Facts Clarify but Can't Justify Killers' Acts." *Denver Post*, March 12, 2000.

Prendergast, Alan. "Doom Rules: Much of What We Know About Columbine Is Wrong." *Westword*, August 5, 1999.

———. "I'm Full of Hate and I Love It." *Westword*, December 6, 2001. Russakoff, Dale, Amy Goldstein, and Joel Achenbach. "Shooters' Neighbors Had Little Hint." *Washington Post*, May 2, 1999.

Simpson, Kevin, and Jason Blevins. "Mystery How Team Players Became Loners." *Denver Post*, April 23, 1999.

Simpson, Kevin, Patricia Callahan, and Peggy Lowe. "Life and Death of a Follower." *Denver Post*, May 2, 1999.

Wilgoren, Jodi, and Dirk Johnson. "The Suspects: Sketch of Killers; Contradictions and Confusion." *New York Times*, Friday April 23, 1999.

关于精神变态

Babiak, Paul, and Robert D. Hare. *Snakes in Suits: When Psychopaths Go to Work*. New York: HarperCollins, 2006.

Barry, Tammy D., Christopher T. Barry, Annie M. Deming, and John E. Lochman. "Stability of Psychopathic Characteristics in Childhood:

The Influence of Social Relationships." SAGE Publications, Thousand Oaks, CA. *Criminal Justice and Behavior* 35, no. 2 (February 2008): 244-62.

Cleckley, Hervey. *The Mask of Sanity.* 1st ed. St. Louis: C. V. Mosby Co., 1941.

———. *The Mask of Sanity: An Attempt to Clarify Some Issues About the So-Called Psychopathic Personality.* 5th ed. 1988.

D'Haenen, Hugo, Johan A. Den Boer, and Paul Willner, eds. *Biological Psychiatry.* 2 vols. New York: Wiley, 2002.

Greely, Henry T. "The Social Effects of Advances in Neuroscience: Legal Problems, Legal Perspectives." In *Neuroethics: Defining the Issues in Theory, Practice and Policy*, edited by Judy Illes, 245-63. New York: Oxford University Press, 2005.

Hare, Robert D. Hare Psychopathy Checklist—Revised (PCL-R). 2nd ed. Toronto: Multi-Health Systems, 2003.

———. *Psychopathy (Theory and Research).* New York: Wiley, 1970.

———. *Without Conscience: The Disturbing World of the Psychopaths Among Us.* New York: Guilford Press, 1999.

———. "Without Conscience." Robert Hare's Web page devoted to the study of psychopathy. http://www.hare.org/.

Hart, Stephen, David N. Cox, and Robert D. Hare. *Psychopathy Checklist: Screening Version (PCL: SV).* Toronto: Multi-Health Systems, 2003.

Kiehl, K. "Limbic Abnormalities in Affective Processing by Criminal Psychopaths as Revealed by Functional Magnetic Resonance Imaging." *Biological Psychiatry* 50, no. 9 (November 2001): 677-84.

Kiehl, Kent A., Alan T. Bates, Kristin R. Laurens, Robert D. Hare, and

Peter F. Liddle. " Brain Potentials Implicate Temporal Lobe Abnormalities in Criminal *Psychopaths.* " *Journal of Abnormal Psychology 115*, no. 3 (2006): 443 – 53.

Kiehl, Kent A., Andra M. Smith, Adrianna Mendrek, Bruce B. Forster, Robert D. Hare, and Peter F. Liddle. "Temporal Lobe Abnormalities in Semantic Processing by Criminal Psychopaths as Revealed by Functional Magnetic Resonance Imaging. " *Psychiatry Research: Neuroimaging* 130 (2004): 297 – 312.

Kosson, David S. "Psychopathy Is Related to Negative Affectivity but Not to Anxiety Sensitivity. " *Behaviour Research and Therapy* 42, no. 6 (June 2004) 697 – 710.

Larsson, Henrik, Essi Viding, and Robert Plomin. "Callous-Unemotional Traits and Antisocial Behavior: Genetic, Environmental, and Early Parenting Characteristics. " *Criminal Justice and Behavior* 35, no. 2 (February 2008): 197 – 211.

Millon, Theodore, and Roger D. Davis. *Psychopathy: Antisocial, Criminal, and Violent Behavior.* New York: Guilford Press, 1998.

Millon, Theodore, Erik Simonsen, Roger D. Davis, and Morten Birket-Smith. "Ten Subtypes of Psychopathy. " In Millon and Davis, *Psychopathy: Antisocial, Criminal, and Violent Behavior*, pp. 161 – 70.

Moran, Marianne J., Michael G. Sweda, M. Richard Fragala, and Julie Sasscer-Burgos. "The Clinical Application of Risk Assessment in the Treatment-Planning Process. " *International Journal of Offender Therapy and Comparative Criminology* 45, no. 4 (2001): 421 – 35.

Newman, Joseph P. " The Reliability and Validity of the Psychopathy Checklist—Revised in a Sample of Female Offenders. " *Criminal Justice and Behavior* 29, no. 2 (2002): 202 – 31.

Oxford English Dictionary, s. v. "psychopath. " 1989. (Indication of first use.)

Patrick, Christopher J., ed. *Handbook of Psychopathy*. New York: Guilford Press, 2007.

Ramsland, Katherine. "Dr. Robert Hare: Expert on the Psychopath." Crime Library. http://www.trutv.com/library/crime/criminal_mind/psychology/robert_hare/index.html.

Stone, Michael H. "Sadistic Personality in Murderers." In Millon and Davis, *Psychopathy: Antisocial, Criminal, and Violent Behavior*, pp. 346–55.

青少年精神变态疾病

Forth, Adelle, David Kosson, and Robert D. Hare. *Psychopathy Checklist: Youth Version (PCL: YV)*. Toronto: Multi-Health Systems, 2003.

Glenn, Andrea L., Adrian Raine, Peter H. Venables, and Sarnoff A. Mednick. "Early Temperamental and Psychophysiological Precursors of Adult Psychopathic Personality." *Journal of Abnormal Psychology* 116, no. 3 (2007): 508–18.

Loeber, Rolf, David P. Farrington, Magda Stouthamer-Loeber, Terrie E. Moffitt, Avshalom Caspi, and Don Lynam. "Male Mental Health Problems, Psychopathy, and Personality Traits: Key Findings from the First 14 Years of the Pittsburgh Youth Study." *Clinical Child and Family Psychology Review* 4, no. 4 (December 2001): 273–97.

Lynam, Donald R., Rolf Loeber, and Magda Stouthamer-Loeber. "The Stability of Psychopathy from Adolescence into Adulthood: The Search for Moderators." *Criminal Justice and Behavior* 35, no. 2 (February 2008): 228–43.

Munoz, Luna C., Margaret Kerr, and Nejra Besic. "The Peer Relationships of Youths with Psychopathic Personality Traits: A Matter of Perspective. " *Criminal Justice and Behavior* 35, no. 2 (February 2008): 212 – 27.

Murrie, D., D. Cornell, S. Kaplan, S. McConville, and A. Levy Elkon. "Psychopathy Scores and Violence Among Juvenile Offenders: A Multi-measure Study. " *Behavioral Sciences and the Law* 22 (2004): 49 – 67.

Pardini, Dustin A., and Rolf Loeber. "Interpersonal Callousness Theories Across Adolescence Early Social Influences and Adult Outcomes. " *Criminal Justice and Behavior* 35, no. 2 (February 2008): 173 – 96.

Salekin, Randall T., and John E. Lochman. "Child and Adolescent Psychopathy: The Search for Protective Factors. " *Criminal Justice and Behavior* 35, no. 2 (February 2008): 159 – 72.

Vitacco, Michael J., Craig S. Neumann, Michael F. Caldwell, Anne-Marie Leistico, and Gregory J. Van Rybroek. "Testing Factor Models of the Psychopathy Checklist: Youth Version and Their Association with Instrumental Aggression. " *Journal of Personality Assessment* 87, no. 1 (2006): 74 – 83.

Vitacco, Michael J., and Gina M. Vincent. "Understanding the Downward Extension of Psychopathy to Youth: Implications for Risk Assessment and Juvenile Justice. " *International Journal of Forensic Mental Health* 5, no. 1 (2006): 29 – 38.

精神病态治疗

Caldwell, Michael F., David J. McCormick, Deborah Umstead, and Gregory J. Van Rybroek. "Evidence of Treatment Progress and Therapeutic Outcomes Among Adolescents with Psychopathic Features. " *Criminal Justice and Behavior* 34, no. 5 (2007): 573 – 87.

Caldwell, Michael, Jennifer Skeem, Randy Salekin, and Gregory Van Rybroek. "Treatment Response of Adolescent Offenders with Psychopathy Features: A 2-Year Follow-Up." *Criminal Justice and Behavior* 33, no. 5 (October 2006): 573–87.

Caldwell, Michael F., and Gregory J. Van Rybroek. "Efficacy of a Decompression Treatment Model in the Clinical Management of Violent Juvenile Offenders." *International Journal of Offender Therapy and Comparative Criminolog y* 45, no. 4 (2001): 469–77.

Caldwell, Michael F., Michael Vitacco, and Gregory J. Van Rybroek. "Are Violent Delinquents Worth Treating? A Cost-Benefit Analysis." *Journal of Research in Crime and Delinquency* 43, no. 2 (May 2006): 148–68.

Cohen, Mark A., Roland T. Rust, and Sara Steen. "Prevention, Crime Control or Cash? Public Preferences Towards Criminal Justice Spending Priorities." *Justice Quarterly* 23, no. 3 (September 2006): 317–35.

Skeem, Jennifer L., John Monahan, and Edward P. Mulvey. "Psychopathy, Treatment Involvement, and Subsequent Violence Among Civil Psychiatric Patients." *Law and Behavior* 26, no. 6 (December 2002): 577–603.

Wong, Stephen C. P., and Robert D. Hare. *Guidelines for a Psychopathy Treatment Program*. Toronto: Multi-Health Systems, 2006.

其他心理问题

American Psychiatric Association. *Desk Reference to the Diagnostic Criteria from DSM-IV-TR*. Arlington, VA: American Psychiatric Publishing, 2000.

Anderson, Scott. "The Urge to End It." *New York Times Magazine*, July

6, 2008.

Ekman, Paul. *Telling Lies: Clues to Deceit in the Marketplace, Politics, and Marriage*. 2nd rev. ed. New York: Norton, 2001.

Millon, Theodore, and Roger D. Davis. *Disorders of Personality: DSM-IV and Beyond*. New York: Wiley, 1996.

Ochberg, Frank. "PTSD 101." DART Center for Journalism and Trauma. http://www.dartcenter.org/articles/special_features/ptsd101/00.php.

关于幸存者：回忆录和采访手记

Bernall, Brad, and Misty Bernall. "Columbine Victim Cassie Bernall's Story." Interview by Peter Jennings. *World News Tonight*, ABC, April 26, 1999.

Bernall, Misty. *She Said Yes: The Unlikely Martyrdom of Cassie Bernall*. Farmington, PA: Plough Publishing, 1999.

Brown, Brooks, and Rob Merritt. *No Easy Answers: The Truth Behind Death at Columbine*. Herndon, VA: Lantern Books, 2002.

Carlston, Liz. *Surviving Columbine: How Faith Helps Us Find Peace When Tragedy Strikes*. Salt Lake City: Shadow Mountain, 2004.

Ireland, Patrick. "The Boy in the Window." Interview by Diane Sawyer. *20/20*, ABC, September 29, 1999.

———. "Headline Follow-ups: What's Happened in the Aftermath of Explosive News Stories." *Oprah Winfrey Show*, May 22, 2002.

Kirklin, Lance, and Sean Graves. Interview by Barbara Walters. *20/20*, ABC, October 1, 1999.

Lindholm, Marjorie. *A Columbine Survivor's Story*. Littleton, CO: Regenold Publishing, 2005.

Nimmo, Beth. *The Journals of Rachel Scott: A Journey of Faith at Columbine High*. Adapted by Debra K. Klingsporn. Nashville:

Thomas Nelson, 2001.

Saltzman, Marilyn, and Linda Lou Sanders. *Dave Sanders: Columbine Teacher, Coach, Hero*. Philadelphia: Xlibris Corporation, 2004.

Sanders, Angela. "Angie Sanders Talks About Her Father, Only Teacher to Die in Colorado School Shooting, Who Is Now Being Remembered for His Bravery." *Today Show*, NBC News, April 22, 1999.

Scott, Darrell, Beth Nimmo, with Steve Rabey. *Rachel's Tears: The Spiritual Journey of Columbine Martyr Rachel Scott*. Nashville: Thomas Nelson, 2000.

Taylor, Mark. *I Asked, God Answered: A Columbine Miracle*. Mustang, OK: Tate Publishing, 2006.

关于幸存者：新闻报道

Bartels, Lynn. "Mom Had Been Hospitalized for Depression: Carol [sic] Hochhalter Had Struggled with Depression for Three Years." *Rocky Mountain News*, October 26, 1999.

———. "Some Families Arguing over Money: Accountability, Means of Distribution Lead List." *Rocky Mountain News*, May 26, 1999.

———. "A Story of Healing and Hope: Faith and Friends Helped Paralyzed Student Overcome a 'Very Dark Place.'" *Rocky Mountain News*, April 20, 2004.

Callahan, Patricia. "Dream Turns to Nightmare." *Denver Post*, April 22, 1999.

Michalik, Connie, and Jo Anne Doherty. "Connie Michalik and Jo Anne Doherty Discuss Death of Carla Hochhalter, Mother of Paralyzed Columbine Shooting Victim." Interview by Charles Gibson. *Good Morning America*, ABC News, October 25, 1999.

Curtin, Dave. "Suicide, Arrest Spur Columbine Calls." *Denver Post*,

October 24, 1999.

"Distribution Plan." *Rocky Mountain News*, July 3, 1999.

Edwards, Bob, anchor, and Andrea Dukakis, reporter. "Controversy over How to Spend the Millions of Dollars Donated Since the Columbine High School Shooting." *Morning Edition*, NPR, June 22, 1999.

Fox, Ben. "School Shooting Suspects Appear in Court." Associated Press, March 26, 2001.

"Grace Under Fire: Columbine High School Teacher Dave Sanders Dies a Hero, Saving the Lives of Others." *48 Hours*, CBS News, April 22, 1999.

Green, Chuck. "Columbine Receives, Asks More." *Denver Post*, March 31, 2000.

———. "Enough Milking of Tragedy." *Denver Post*, April 3, 2000.

Johnson, Dirk. "The Teacher: As They Mourn, They Are Left to Wonder." *New York Times*, April 28, 1999.

Kurtz, Holly. "Columbine-Area Groups Reap Funds: Nine Agencies, Charities to Use Money for Victim Counseling, Anti-violence Teen Programs." *Rocky Mountain News*, August 14, 1999.

———. "Healing Fund Gives to Families: Columbine Victims Satisfied with Plan; Half of Distribution Goes to Students, Staff." *Rocky Mountain News*, July 3, 1999.

Lowe, Peggy. "Aired Video Irks Sheriff." *Denver Post*, October 14, 1999.

———. "Columbine: They Are 5A Champions; Team Triumphs After Tragedy." *Denver Post*, December 5, 1999.

Lowe, Peggy, and Kieran Nicholson. "CBS Airs Cafeteria Tape." *Denver Post*, October 13, 1999.

Obmascik, Mark. "Healing Begins: Colorado, World Mourn Deaths at Columbine High." *Denver Post*, April 22, 1999.

Olinger, David, Marilyn Robinson, and Kevin Simpson. "Columbine Victim's Mom Kills Herself: Community Grief Continues with Pawnshop Suicide." *Denver Post*, October 23, 1999.

Paterniti, Michael. "Columbine Never Sleeps." *GQ*, April 2004, pp. 206 – 20.

Paulson, Steven K. "Aftershocks Assail Columbine Community: Will It Ever End?" Associated Press, October 23, 1999.

"Phenomenon of the Goth Movement." Interview by Brian Ross. *20/20*, ABC, April 21, 1999.

Prendergast, Alan. "Deeper into Columbine." *Westword*, October 31, 2002.

Scanlon, Bill. "'Nothing but Cheers, Yells and Tears': First Day Back Starts with Music, Parents Forming Human Chain." *Rocky Mountain News*, August 17, 1999.

Slevin, Colleen. "Mother of Columbine Victim Kills Self in Pawn Shop." Associated Press, October 22, 1999.

Sullivan, Bartholomew. "In Memory of Daniel Rohrbough." *Rocky Mountain News*, April 27, 1999.

"Video from Inside Columbine: Students, Teachers Seen Fleeing Cafeteria." CBS News, October 12, 1999.

诉讼：法庭文件与案件摘要

Grenier, Peter C. "Civil Litigation Arising Out of the Columbine High School Massacre." National Crime Victim Bar Association. Continuing Legal Education. http://www.ncvc.org/vb/main.aspx?dbID=DB_Biography170.

Rohrbough, Brian E., and Susan A. Petrone, *individually and as personal representatives of the estate of Daniel Rohrbough, deceased, et al. v.*

John P. Stone, the Sheriff of Jefferson County, Colorado, et al. Civil Action No. 00 - B - 808, April 19, 2000.

Ruegsegger, Gregory A., and Darcey L. Ruegsegger, et al. v. The Jefferson County Board of County Commissioners, et al. Civil Action No. 00 - B - 806, April 19, 2000.

Sanders, Angela, personal representative of William David Sanders, deceased v. The Board of County Commissioners of the County of Jefferson, Colorado, et al. U. S. District Court for the District of Colorado. Civil Action No. 00 - 791, April 19, 2000.

Schnurr, Mark A., and Sharilyn K. Schnurr, et al. v. The Board of County Commissioners of Jefferson County, et al. Civil Action No. 00 - 790, April 19, 2000.

基督教

相关基督教书籍,也可参见"关于幸存者:回忆录和采访手记"一节。

The Barna Group. "Five Years Later: 9/11 Attacks Show No Lasting Influence on Americans' Faith." *The Barna Update*, August 28, 2006. http://www.barna.org/FlexPage.aspx?Page=BarnaUpdate NarrowPreview&Barna UpdateID=244.

Bartels, Lynn, and Dina Bunn. "Dad Cuts Down Killers' Crosses." *Rocky Mountain News*, May 1, 1999.

Bottum, J. "Awakening at Littleton." *First Things*, August - September 1999, pp. 28 - 32.

———. "A Martyr Is Born." *Weekly Standard*, May 10, 1999.

"Burying a Killer: Dylan Klebold's Funeral Service." *Christian Century*, May 12, 1999.

Crowder, Carla. "Martyr for Her Faith." *Rocky Mountain News*, April 23,

1999.

"Dad's Inscription Ties Columbine Deaths to Abortion, Immorality." Associated Press, September 22, 2007.

Dejevsky, Mary. "Saint Cassie of Columbine High: The Making of a Modern Martyr." *Independent* (London, U. K.), August 21, 1999.

Fong, Tillie. "Crosses for Harris, Klebold Join 13 Others: Killers Remembered in Memorials on Hillside Near Columbine High School." *Rocky Mountain News*, April 28, 1999.

———. "Fifteen Crosses Traced to Mystery Builder." *Rocky Mountain News*, April 30, 1999.

Go, Kristen. "Pastor Criticizes Security." *Denver Post*, May 6, 1999.

Haley, Dan. "Protesters Fell Church's Trees." *Denver Post*, September 27, 1999.

Kass, Jeff. "Angry Parents Cut Down 2 Trees: Church Planted 15 for Those Who Died at School, Including Harris and Klebold." *Rocky Mountain News*, September 27, 1999.

Kirsten, Reverend George. "When God Speaks." Sermon. West Bowles Community Church, Littleton, CO, May 9, 1999.

Littwin, Mike. "Hill of Crosses a Proper Place to Confront Ourselves." *Rocky Mountain News*, April 30, 1999.

Luzadder, Dan, and Katie Kerwin McCrimmon. "Accounts Differ on Question to Bernall: Columbine Shooting Victim May Not Have Been Asked Whether She Believed in God." *Rocky Mountain News*, September 24, 1999.

Miller, Lisa. "Marketing a Columbine Martyr: Tragedy Leads Victim's Mother to Media Stage." *Wall Street Journal*, eastern ed., July 16, 1999.

Oudemolen, Reverend Bill. "Responding to 'Every Parent's Worst

Nightmare.'" Sermon. Foothills Bible Church, Littleton, CO, May 9, 1999.

Richardson, Valerie. "Columbine Trees Splinter Church, Victims' Parents: Killers' Inclusion Sparks Protests." *Washington Times*, September 28, 1999.

Rosin, Hanna. "Columbine Miracle: A Matter of Belief; The Last Words of Littleton Victim Cassie Bernall Test a Survivor's Faith—and Charity." *Washington Post*, October 14, 1999.

Scanlon, Bill. "*She Said Yes* to Tell Cassie Bernall's Story." *Rocky Mountain News*, June 4, 1999.

Sullivan, Bartholomew. "Hallowed Hill." Rocky Mountain News, April 29, 1999.

Vaughan, Kevin. "Divided by the Crosses." Rocky Mountain News, May 2, 1999.

Zoba, Wendy Murray. Day of Reckoning: Columbine and the Search for America's Soul. Grand Rapids, MI: Brazos Press, 2001.

关于此次袭击的封面报道

Bai, Matt. "Anatomy of a Massacre." *Newsweek*, May 3, 1999.

Brokaw, Tom. "Shooting at Colorado High School Leaves at Least 14 Persons Shot, Gunmen Still Not Apprehended." NBC, 3:48 p.m. ET, April 20, 1999.

Crowder, Carla. "For Friends, Long Wait Is Painfully Tense." *Rocky Mountain News*, April 22, 1999.

Crowder, Carla, and Scott Stocker. "Teen-agers Battle to Help Wounded Science Teacher; Students Try to Stem Blood from Gravely Injured Man." *Rocky Moun- tain News*, April 21, 1999.

Eddy, Mark. "Shooter Told Friend: 'Get Out of Here.'" *Denver Post*,

April 21, 1999.

Johnson, Kevin. "Teacher with Critical Wound Saved Teens." *USA Today*, April 22, 1999.

LeDuc, Daniel, and David Von Drehle. "Heroism Amid the Terror: Many Rushed to the Aid of Others During School Siege." *Washington Post*, April 22, 1999.

Roberts, John. "Shooting at High School in Littleton, Colorado." CBS News, 2:07 p.m. ET, April 20, 1999.

Ryckman, Lisa Levitt, and Mike Anton. "'Help Is on the Way': Mundane Gave Way to Madness with Reports of Gunfire at Columbine." *Rocky Mountain News*, April 25, 1999.

Savidge, Martin, et al. "Gunmen Rampage Through Colorado High School." CNN, 1:54 p.m. ET, April 20, 1999.

人质与恐怖分子

Fuselier, G. Dwayne. "A Practical Overview of Hostage Negotiations (Part 1)." *FBI Law Enforcement Bulletin* 50, no. 6 (June 1981): 2–6.

———. "A Practical Overview of Hostage Negotiations (Part 2)." *FBI Law Enforcement Bulletin* 50, no 7 (July 1981): 10–15.

Fuselier, G. Dwayne, and John T. Dolan. "A Guide for First Responders to Hostage Situations." *FBI Law Enforcement Bulletin* 58, no. 4 (April 1989): 9–13.

Fuselier, G. Dwayne, and Gary W. Noesner. "Confronting the Terrorist Hostage Taker." *FBI Law Enforcement Bulletin* 59, no. 7 (July 1990).

Gilmartin, Kevin M. "The Lethal Triad: Understanding the Nature of Isolated Extremist Groups." *FBI Law Enforcement Bulletin* 65, no. 9 (September 1996): 1–5.

Juergensmeyer, Mark. *Terror in the Mind of God: The Global Rise of Religious Violence*. Comparative Studies in Religion and Society, vol. 13. University of California Press, 2001.

Noesner, Gary W. "Negotiation Concepts for Commanders." *FBI Law Enforcement Bulletin* 68, no 1 (January 1999): 6–14.

Reich, Walter, and Walter Laqueur. *Origins of Terrorism; Psychologies, Ideologies, Theologies, States of Mind*. Washington, D.C.: Woodrow Wilson Center Press, 1998.

警察伦理与应对协议

Brown, Jennifer, and Kevin Simpson. "Momentum for School Safety at Stand-still." *Denver Post*, September 28, 2006.

Delattre, Edwin J. *Character and Cops: Ethics in Policing*. 5th ed. Washington, D.C.: AEI Press, 2006.

Fuselier, G. Dwayne, Clinton R. Van Zandt, and Frederick J. Lanceley. "Hostage/Barricade Incidents: High-Risk Factors and the Action Criteria." *FBI Law Enforcement Bulletin* 60, no. 1 (January 1991): 7–12.

Garrett, Ronnie. "Marching to the Sound of Gunshots." *Law Enforcement Technology*, June 2007.

Khadaroo, Stacy Teicher. "A Year After Virginia Tech, Sharper Focus on Troubled Students: Many Campuses Have New Practices." *Christian Science Monitor*, April 16, 2008.

Lloyd, Jillian. "Change in Tactics: Police Trade Talk for Rapid Response." *Christian Science Monitor*, May 31, 2000.

科伦拜因事件的警方应对、调查和掩盖

Able, Charley. "Police Want Columbine Video Copier Found and

Prosecuted." *Rocky Mountain News*, October 14, 1999.

"America's Police Suppress Columbine Killers' Videos." *Special Report: Denver School Killings*. BBC, November 12, 1999.

"Cop Cleared in Columbine Death." CBS News, April 19, 2002.

Kenworthy, Tom, and Roberto Suro. "Nine Days After Rampage, Police Still Under Fire." *Washington Post*, April 30, 1999.

Lusetich, Robert. "Anger Grows at Two-Hour Police Delay." *Weekend Australian*, April 24, 1999.

Luzadder, Dan, and Kevin Vaughan. "Inside the Columbine Investigation Series, Part 1." *Rocky Mountain News*, December 12, 1999.

———. "Inside the Columbine Investigation Series, Part 2: Amassing the Facts." *Rocky Mountain News*, December 13, 1999.

———. "Inside the Columbine Investigation Series, Part 3: Biggest Question of All." *Rocky Mountain News*, December 14, 1999.

McPhee, Mike. "Sheriff's Former No. 2 Man Denies Coverup." *Denver Post*, September 17, 2004.

McPhee, Mike, and Kieran Nicholson. "Deputy in Columbine Case Fired Sheriff: Taylor Admits Lying to Families; Rohrbough Kin Calls Confession a Ruse." *Denver Post*, January 10, 2002.

Prendergast, Alan. "Chronology of a Big Fat Lie." *Westword*, April 19, 2001.

———. "In Search of Lost Time." *Westword*, May 2, 2002.

———. "The Plot Sickens." *Westword*, November 6, 2003.

———. "Stonewalled: The Story They Don't Want to Tell." *Westword*, April 13, 2000.

———. "There Ought to Be a Law." *Westword*, March 7, 2002.

Vaughan, Kevin. "Police Dispute Charges They Were Too Slow." *Rocky Mountain News*, April 22, 1999.

其他几起校园枪击案

The Brady Campaign. "Major U. S. School Shootings." http：// www. bradycampaign. org/xshare/pdf/school-shootings. pdf.

Egan, Timothy. "Where Rampages Begin: A Special Report; From Adolescent Angst to Shooting Up Schools." *New York Times*, June 14, 1998.

Glaberson, William. "Word for Word: A Killer's Schoolmates; Guns, Mayhem and Grief Can Flourish When Good Friends Do Nothing." *New York Times*, August 6, 2000.

"Gunman Kills 2, Wounds at Least 13 at School near San Diego." Associated Press, March 5, 2001.

"Mass Shootings at Virginia Tech, April 16, 2007: Report of the Review Panel." Presented to Governor Tim Kaine, Commonwealth of Virginia, August 2007.

Morse, Russell, Charles Jones, and Hazel Tesoro. "Misfits Who Don't Kill: Outcasts Who Grew Up Without Resorting to Violence Talk about What Kept Them from a Littleton-style Massacre." *Salon*, April 22, 1999. http：//www. salon. com/news/feature/1999/04/22/misfits/.

Paulson, Amanda, and Ron Scherer. "How Safe Are College Campuses?" *Chris- tian Science Monitor*, April 18, 2007.

Schiraldi, Vincent. "Hyping School Violence." *Washington Post*, August 25, 1998.

枪支管控

Abrams, Jim. "House Tempers Background Checks for Guns." Associated Press, Washington, June 14, 2007.

Bortnick, Barry. "Passed/Amendment 22: Background Checks—Gun

Shows." (Colorado Springs) *Gazette*, November 8, 2000.

"Colorado Kills Gun Laws." Report by Vince Gonzales. CBS News, February 17, 2000.

Ferullo, Michael. "Clinton Implores Colorado Voters to Take Action on Gun Show Loophole." CNN.com, April 12, 2000.

Hahn, Robert A., Oleg O. Bilukha, Alex Crosby, Mindy Thompson Fullilove, Akiva Liberman, Eve K. Moscicki, Susan Snyder, Farris Tuma, and Peter Briss. "First Reports Evaluating the Effectiveness of Strategies for Preventing Violence: Firearms Laws: Findings from the Task Force on Community Preventive Services." Centers for Disease Control and Prevention. http://www.cdc.gov/mmwr/preview/mmwrhtml/rr5214a2.htm, October 3, 2003.

Havemann, Joel. "Gun Bill Passes with Aid of NRA." *Los Angeles Times*, June 14, 2007.

Holman, Kwame. "A Quick Draw." Report by Kwame Holman. *NewsHour with Jim Lehrer*, May 14, 1999.

———. "Gun Control." Report by Kwame Holman. *NewsHour with Jim Lehrer*, June 18, 1999.

O'Driscoll, Patrick, and Tom Kenworthy. "Grieving Father Turns Gun-control Activist." *USA Today*, April 19, 2000.

Paulson, Steven K. "Governor Signs Four Gun Bills, Says Compromises Necessary." Associated Press, Denver, CO, May 19, 2000.

Schwartz, Emma. "Gun Control Laws." *U.S. News & World Report*, March 6, 2008.

Soraghan, Mike. "Colorado After Columbine: The Gun Debate." *State Legislatures Magazine*, June 2000.

Tapper, Jake, "Coming Out Shooting: In the Wake of the Littleton Massacre, the NRA Holds Its Convention in Denver, Less than 20

Miles Away from Columbine High School." *Salon*, May 2, 1999. http://www.salon.com/news/feature/1999/05/02/nra/index.html.

Weller, Robert. "Colorado Supreme Court Clears Way for Vote on Closing Gun Show Loophole." Associated Press, Denver, CO, July 3, 2000.

其 他

Fragar, Russell. "Church on Fire." Hillsong Publishing, 1997.

Garbarino, James, and Claire Bedard. *Parents Under Siege: Why You Are the Solution, Not the Problem in Your Child's Life.* New York: Free Press, 2002.

Hemingway, Ernest. *A Farewell to Arms.* New York: Scribner's, 1929.

Jefferson County School District Profile of Columbine High School. http://www.jeffcopublicschools.org/schools/profiles/high/columbine.html.

Okrent, Daniel. The Public Editor. "Setting the Record Straight (but Who Can Find the Record?)" *New York Times*, March 14, 2004.

Shepard, Cyn. A Columbine Site. http://www.acolumbinesite.com.

Staff and News Services. "Inevitably, School Shootings Cause Ratings Spike." *Atlanta Constitution*, April 23, 1999.

Steinbeck, John. *Pastures of Heaven.* New York: Braver, Warren & Putnam, 1932.

给阅读小组的建议

讨论的问题

1. 你还记得 1999 年 4 月 20 日你在哪里吗？你是如何听说科伦拜因校园枪击案的？你最初的想法是什么？

2. 一些读者将《科伦拜因案》称为"非虚构小说"。你认为这种描述合适吗？

3. 作者是如何在书中建立并保持悬念和神秘感的？读者可能了解——或假定他们了解——书中事件的后果或细节，那么作者是如何处理这种情况的？

4. 你对埃里克和迪伦之间的关系有何看法？这种关系在全书中是否一以贯之？如果他们的角色发生了转变，你能指出是什么时候发生，为什么会发生吗？

5. 为什么必须读《科伦拜因案》这样的书？谁应该阅读这本书？

6. 你是否认为这本书美化了埃里克和迪伦，并延续了他们希望留下的名声？

7. 当你阅读这本书时，有没有令你吃惊的发现？你认为是什么原因导致你以前不知道这些情况？

8. 假如你见到杀手的父母，你会想让他们知道什么？如果你能见到书中的另一个人物，你希望见到谁，你会对他/她说什么？

9. 假如本书中存在英雄的话，你认为哪些人物是英雄？哪些是替罪羊？除了两个凶手外，是否还有人应该对这桩杀戮负责？

10. 哪些人物有理由感到内疚？你认为谁现在仍然感到内疚？

11. 在整个故事的发展过程中，是否有人物产生了转变或有所发展？他们是否改变了对世界的看法以及他们与世界的关系？如果是这样，什么事引发了这种变化？

12. 试比较《冷血》中的迪克和佩里与《科伦拜因案》中的埃里克和迪伦。你发现了哪些相似和不同之处？卡波特和库伦在研究及讲故事方面的方法有何不同之处？

13. 这本书的背景有什么独特之处吗？它是否对故事的内容具有强化作用？与你所在的学校和社区相比，科伦拜因高中以及利特尔顿社区有何不同？你所在的区域发生类似事件的可能性有多大？

14. 哪些段落对你来说是最难读的？哪些场景让你印象最深？

15. 书里的哪个部分决定了你对这本书的喜好程度？是什么帮助你做出了决定？这本书对你产生了什么样的影响？

16. 关于这次袭击，揭开的真相是否有让你感到惊讶的？具体是哪个真相？你对事后社区的反应感到惊讶吗？你认为你所在社区在发生此类事件后会如何反应？

17. 在本书叙述的哪个点上，一个决定或一个行动原本可以改变结果？哪些人物有机会做出改变却没有？

18. 10多年来，校园枪击案经常被作为头等大事出现在媒体上，目前公众对这类事件的反应是否产生了变化？学生的反应有变化吗？学校工作人员、执法者、新闻界的反应有变化吗？

19. 这本书是否改变了你和青春期子女或与你关系亲近的青春期孩子的关系？

给教师的建议

以下内容节选自《科伦拜因教师指南》（*The Columbine Teacher's Guide*），该指南由戴夫·库伦与多位高中及大学教师共同制定。全文可在 davecullen.com 查阅。

文学：讨论的问题

人物

1. 写下每个凶手的人物简介。他们是否相似？是什么吸引他们走到了一起？

2. 将《冷血》中的迪克和佩里与《科伦拜因案》中的埃里克和迪伦进行比较。你发现了哪些相似之处和不同之处？卡波特和库伦在研究和讲故事方面有什么不同？

3. 该书引用了两个文学人物作为标准的精神病态者样本：《奥赛罗》中的伊阿古和《地下室手记》中的叙述者。这两个人物都是在诊断存在之前被创作出来的。在现代科学诞生之前，莎士比亚和陀思妥耶夫斯基是如何理解这种现象的？还有哪些作家和艺术家对人类的境况具有敏锐的洞察力？讨论小说家和剧作家是如何帮助人类更好地了解自我的？

4. 你还能找出其他文学作品中虚构的精神病态者和愤怒的抑郁症患者吗？

剧情与结构

1. 作者是如何在书中建立并保持悬念和神秘感的？读者可能了解——或假定他们了解——书中事件的后果或关键细节，那么作者是如何处理这种情况的？

2. 找出这本书蕴含的至少 9 个主要情节。本书中间穿插了很多其他内容，回忆每个故事/人物的难度有多大？你通过什么手段记住这些情节并帮助你保持阅读兴趣？

风格和表达

1. 作者是如何改变内容和风格来影响作品的氛围的？例如，悲剧性的段落与充满希望的场景交错出现，抑或是谋杀的叙述与救赎的场景交错出现？选择一个 20 页的段落，找出每一种情绪的转变。这对阅读体验有什么影响？

2. 这本书的叙述者被人描述为表达情绪"不外露"。你同意吗？引用一段文字，并解释其中的表达方式是"响亮的"还是"低调的"。

特别议题：讨论的问题

抑郁症概览

1. 解释一下抑郁症和"悲伤"之间的区别。是什么让抑郁症如此危险？

2. 识别抑郁症的五个常见后果。讨论每一种后果会如何对一个年轻人的生活造成不良影响。

3. 你知道 6% 的美国青少年患有临床抑郁症吗？讨论一下这个数据对学校和个人的影响。备选问题：讨论成人抑郁症对经济的影响。

4. 概述治疗抑郁症的两种主要方法。它们的成效如何？

5. 讨论青少年的自杀率。有哪些预警信号？你该如何接近你担心有自杀倾向的同学？如果你担心自己也有这种情况，应该怎么做？

6. "家长和学校正在用药物解决孩子们的问题。"你对上述说法有何看法？抗抑郁药物是否存在过度开药的情况？或者开药不足？请表明你的立场。

抑郁症和迪伦·克莱伯德

1. 抑郁症在这次枪击案中扮演了什么角色？如果迪伦得到诊断和治疗，他还会杀人吗？

2. 描述一下迪伦所经历的痛楚。是什么让他如此痛苦？情况是否随着时间的推移而发生改变？他对这些痛苦的反应是如何变化的？

3. 迪伦如何看待自己？他的自我感觉比起他人对其评估（例如，基于他的社交活动安排、他的朋友如何看待他，等等）是怎样的？

4. 愤怒的抑郁症患者实施谋杀的概率如何？

精神病态和埃里克·哈里斯

1. 识别精神病态者的主要特征。解释精神病态与精神类疾病有什么不同，以及为什么精神病态如此危险。解释埃里克·哈里斯如何符合这一特征。他的行为与患者特征之间是否存在矛盾？

2. 精神病态者从何而来？描述一下当前的理论。选择其中一个理论进行解释。

3. 精神病态者具有暴力倾向的概率有多高？解释一下埃里克·哈里斯属于哪种精神病态亚型。

4. 精神病态可以治愈吗？我们在治疗方面学到了什么？

5. 识别早期预警信号。

分析性写作练习

问题—解决方案/研究

1. 调查该事件中一个有争议的方面（如下）。从陈述问题到提出解决方案，写一篇五页的论文，文章要提出如何解决与科伦拜因事件相关的一个问题。

   a. 警方的反应。

   b. 精神病态或抑郁症——以及为什么没有人"知道"。

c. 枪械法案。

研究实践

1. 从《科伦拜因案》书后所列的参考文献中找出 3 到 5 项资料。为每项资料写一个注释性的条目。可采用政府文件、电视节目及印刷版新闻作为资料来源。

考量的视角（父母）

1. 苏·克莱伯德在 2009 年写了一篇关于迪伦的文章，反响很大，请阅读此文。然后查看部分受害者在《夜线》（Nightline）和《早安美国》（Good Morning America）节目上对这篇文章的回应。阅读"后记"以及库伦和大卫·布鲁克斯撰写的专栏文章，以获得更多观点。然后根据以下每一条的要求写作。

a. 假设你是苏·克莱伯德，用第一人称写两段话，描述"你"（苏）是如何看待迪伦和这场争议的。

b. 从另一个人的角度重写上述问题，你可以是迪伦的兄弟或朋友、受害者的父母、被迪伦打伤的学生、科伦拜因的老师、特警、救护人员等。

c. 从第三个角度出发再写一遍。

d. 最后，从你自己，也就是你个人的角度写一页文章。写出你在考虑每个角度时观点如何发生变化。

比较与对比（两个杀手）

1. ，找出其中两到三篇登载于报纸上、作者可信的关于科伦拜因事件的文章。写一篇 2 到 3 页的文章，说明随着时间的推移，我们对杀人犯有了哪些了解？从 1999 年至今，我们对他们的了解发生了哪些变化？有哪些新的消息来源或材料，这些信息又是如何影响我们认知的？

小组活动：克服逆境

指示说明

1. 将学生分成若干小组，并向他们宣读提示。
2. 给每个小组 3 到 5 个问题，让他们对每个问题进行 5 分钟的讨论。
3. 在讨论结束时（15 至 25 分钟），让他们选择一个讨论最充分的问题。以小组为单位，让学生用 5 分钟时间总结他们学到的内容。
4. 让每个小组选出一个发言人向全班做 2 分钟的发言。
5. 利用剩余时间进行公开的课堂讨论，让学生就他们听到的所有内容做出回应。

提示

"幸存者们遭遇了各种各样的损失，他们各自挣扎求生。布莱恩·罗尔博失去了一个儿子；琳达·桑德斯失去了一个丈夫；帕特里克·爱尔兰被告知失去了一条腿的功能、大部分的语言能力，还有大部分脑部功能。他们都渡过了难关，但各人的应对方式不尽相同。许多幸存者面对着难以想象的恐怖：一些人做出了英勇的反应，另一些人则差强人意。谈一谈你学到了什么。"

问题

1. 列举五个你认为表现得非常勇敢或克服了巨大障碍的人。每个人做了什么事让你印象深刻？
2. 你从每个人身上学到了什么？
3. 你最欣赏哪个人物？
4. 书中的哪个人物面临最大的挑战？谁克服的挑战最多？
5. 这个人的态度是否对其成功有影响？他们对自己所面临的困难有怎样的心理反应？

Columbine

Copyright © 2009 by Dave Cullen
Afterword Copyright © 2010 by Dave Cullen
Epilogue and Teacher's Guide Copyright © 2016 by Dave Cullen
Reading Group Guide Copyright © 2010 by Dave Cullen
Published by arrangement with Dunow, Carlson & Lerner Literary Agency, through The Grayhawk Agency Ltd.

图字：09-2019-759号

图书在版编目(CIP)数据

科伦拜因案／（美）戴夫·库伦（Dave Cullen）著；傅洁莹译. — 上海：上海译文出版社，2023.5
（译文纪实）
书名原文：Columbine
ISBN 978-7-5327-9214-6

Ⅰ.①科… Ⅱ.①戴…②傅… Ⅲ.①纪实文学—美国—现代 Ⅳ.①I712.55

中国国家版本馆CIP数据核字(2023)第083241号

科伦拜因案
［美］戴夫·库伦　著　傅洁莹　译
责任编辑／钟　瑾　装帧设计／柴昊洲　邵旻　观止堂_未氓

上海译文出版社有限公司出版、发行
网址：www.yiwen.com.cn
201101　上海市闵行区号景路159弄B座
启东市人民印刷有限公司印刷

开本 890×1240　1/32　印张 16　插页 3　字数 337,000
2023年7月第1版　2023年7月第1次印刷
印数：0,001—8,000册

ISBN 978-7-5327-9214-6/I·5734
定价：68.00元

本书中文简体字专有出版权归本社独家所有，非经本社同意不得连载、摘编或复制
如有质量问题，请与承印厂质量科联系。T：0513-83349365